FABLEHAVEN
Segredos do santuário de dragão

Seres poderosos demais
para uma reserva encantada

FABLEHAVEN
SEGREDOS DO SANTUÁRIO DE DRAGÃO

BRANDON MULL

Ilustrações
Brandon Dorman

Tradução
Alexandre D'Elia

ROCCO
JOVENS LEITORES

※ ※ ※

Para Chris Schoebinger, o guardião original de Fablehaven.

Título original
FABLEHAVEN
SECRETS OF THE DRAGON SANCTUARY

Este livro é uma obra de ficção. Qualquer referência a fatos históricos, pessoas reais ou localidades foi usada de forma fictícia. Os outros nomes, personagens, lugares e incidentes são produtos da imaginação do autor, e qualquer semelhança com acontecimentos atuais, localidades e pessoas, vivas ou não, é mera coincidência.

Copyright do texto © 2009 *by* Brandon Mull
Copyright das ilustrações © 2009 *by* Brandon Dorman

Todos os direitos reservados, incluindo o
de reprodução no todo ou parte sob qualquer forma.

Direitos para a língua portuguesa reservados
com exclusividade para o Brasil à
EDITORA ROCCO LTDA.
Av. Presidente Wilson, 231 – 8º andar
20030-021 – Rio de Janeiro, RJ
Tel.: 3525-2000 – Fax: 3525-2001
rocco@rocco.com.br
www.rocco.com.br

Printed in Brazil/Impresso no Brasil

preparação de originais
FRIDA LANDSBERG

CIP-Brasil. Catalogação na fonte.
Sindicato Nacional dos Editores de Livros, RJ.

M922f   Mull, Brandon, 1974-
Fablehaven: segredos do santuário de dragão / Brandon Mull; ilustrações de Brandon
Dorman; tradução de Alexandre D'Elia. – Primeira edição.
– Rio de Janeiro: Rocco Jovens Leitores, 2012.

Tradução de: Fablehaven – secrets of the dragon sanctuary
ISBN 978-85-7980-141-9

1. Magia – Literatura infantojuvenil. 2. Avós – Literatura infantojuvenil.
3. Irmãos e irmãs – Literatura infantojuvenil. 4. Literatura infantojuvenil
norte-americana. I. Dorman, Brandon. II. D'Elia, Alexandre. III. Título.
12-6103   CDD – 028.5   CDU – 087.5

O texto deste livro obedece às normas do novo Acordo Ortográfico da Língua Portuguesa.

Sumário

Capítulo 1	Diário	7
Capítulo 2	Fruta-espinho	19
Capítulo 3	Impostora	30
Capítulo 4	Cativa	48
Capítulo 5	Pranto	66
Capítulo 6	O Olho-que-tudo-vê	79
Capítulo 7	Sabotagem	106
Capítulo 8	Mochila	123
Capítulo 9	Hall dos Horrores	140
Capítulo 10	Hotel	160
Capítulo 11	Destruidora de portões	178
Capítulo 12	Grunhold	196
Capítulo 13	Encantador de sombras	216
Capítulo 14	Coração e alma	233
Capítulo 15	Trombetas	254
Capítulo 16	De saída	272
Capítulo 17	Wyrmroost	297
Capítulo 18	Fortaleza Blackwell	320
Capítulo 19	Domadores de dragão	342
Capítulo 20	Grifos	360
Capítulo 21	Problema gigante	383

Capítulo 22	Raxtus	398
Capítulo 23	Santuário	418
Capítulo 24	Templo	438
Capítulo 25	Chacinas	456
Capítulo 26	Emboscada	480
Capítulo 27	Navarog	498
Capítulo 28	Os novos Cavaleiros	523

CAPÍTULO UM

Diário

Kendra Sorenson riscou rapidamente a cabeça de um fósforo de madeira na lateral áspera da caixinha retangular. Protegendo a nova chama com a mão em torno, ela levou o fósforo aceso até o pavio escurecido de uma vela. Assim que a chama se espalhou no pavio ela sacudiu o fósforo, liberando alguns fios de fumaça.

Sentada à escrivaninha de seu quarto e avaliando o que restava do fósforo, Kendra ficou impressionada pela velocidade com que o fogo consumira a madeira, deixando-a num estado irreconhecível. Ela contemplou a praga de Fablehaven que transformara rapidamente muitos dos habitantes da reserva mágica em criaturas das trevas. Ela, sua família e seus amigos haviam conseguido reverter a praga antes que a reserva fosse destruída, mas seus esforços haviam custado a vida de Lena, a náiade.

Saindo de seu devaneio num estalo, Kendra jogou para o lado o fósforo usado, enfiou três chaves num diário fechado, abriu o livro e começou a folhear apressadamente as páginas. Aquela era a última vela umite que ela tinha – não podia se dar ao luxo de desperdiçar a iluminação especial que tornava visíveis as palavras nas páginas.

Ela trouxera para casa o Diário de Segredos. Ele já havia pertencido a Patton Burgess, um antigo zelador de Fablehaven que Kendra conhecera inesperadamente quando ele viajara no tempo, no final do verão passado. Escrito em uma língua secreta das fadas, as palavras no interior do diário eram ainda mais disfarçadas por terem sido grafadas com cera umite. Apenas sob a luz de uma vela como aquela os caracteres podiam ser vistos, e apenas em virtude de sua condição fadencantada Kendra podia decifrá-los.

Ler e falar línguas das fadas eram apenas algumas das habilidades outorgadas a Kendra após centenas de fadas gigantes a haverem cercado e beijado. Ela conseguia enxergar no escuro. Determinados truques mentais mágicos não a atingiam, permitindo que ela penetrasse as ilusões que impediam que a maioria das criaturas mágicas fossem vistas por olhos mortais. E as fadas eram obrigadas a acatar todas as ordens dadas por ela.

Kendra olhou por cima do ombro, de ouvidos atentos. A casa estava quieta. Mamãe e papai haviam começado a correr na academia todas as noites na esperança de tornar a atividade um hábito antes do Ano Novo. Ela duvidava muito que a decisão sobrevivesse mais do que algumas semanas, mas, por enquanto, isso lhe garantia uma oportunidade para fuçar o diário sem ser perturbada. Seus pais não percebiam o mundo mágico que ela e seu irmão haviam descoberto. Como consequência, quando eles a pegaram lendo um livro cheio de estranhos símbolos à luz de vela, pensaram que ela estava envolvida com algum culto bizarro. Não havia como explicar que o livro continha os segredos de um antigo zelador de Fablehaven. Como não queria que seus pais confiscassem o diário, Kendra fingiu que havia devolvido o livro para a biblioteca e só o lia quando tinha certeza de que desfrutaria uma prolongada privacidade.

Diário

Como a presença de seus pais reduzia seu tempo de leitura, e tendo em vista que ela dispunha de um limitado estoque de velas, Kendra ainda não lera todas as palavras do começo ao fim, embora houvesse passado os olhos em todo o volume. O narrador do diário lhe era familiar – ela lera muitas passagens em alguns dos diários menos secretos de Patton que estavam em Fablehaven. Enquanto examinava o Diário de Segredos, Kendra descobrira o local onde Patton descrevia detalhadamente a estória de como Ephira havia se tornado uma ameaça espectral, sem omitir nenhum dos detalhes funestos, além de passagens onde ele expressava seus temores mais íntimos referentes a seu relacionamento com Lena. Kendra também descobrira uma via para uma caverna que ficava abaixo da antiga mansão, pilhas e mais pilhas de tesouro e armas escondidos em Fablehaven e uma piscina na base de uma pequena cascata onde algum intrépido caçador de fortunas podia pegar um duende. Ela encontrou informações a respeito de uma câmara secreta no fim do Hall dos Horrores no calabouço de Fablehaven e as senhas e os procedimentos necessários para entrar. Ela leu sobre viagens ao exterior, para a Índia, Sibéria e Madagascar. Absorveu informações sobre várias reservas nos cantos mais distantes do globo. Vasculhou teorias concernentes a possíveis ameaças e vilões, incluindo muitos supostos complôs perpetrados pela Sociedade da Estrela Vespertina.

Hoje à noite, com a vela umite queimando lentamente, Kendra virou a página de sua passagem favorita do diário e leu a familiar escrita de Patton:

Tendo retornado poucas horas atrás de uma singular aventura, agora me encontro incapaz de suprimir a ansiedade para compartilhar meus pensamentos. Raras foram as vezes em que eu me pus a pensar para quem deveriam ser dirigidas as informações secretas contidas nesse registro. Nas ocasiões em que dediquei algum tempo ao assunto, concluí vagamente que estava fazendo essas anotações para mim mesmo. Mas agora estou ciente de que essas palavras alcançarão um ouvinte, e que esse ouvinte responde pelo nome de Kendra Sorenson.

Kendra, acho essa percepção não só eletrizante como também dotada de presságios. Você encara tempos desafiadores. Um pouco do conhecimento que possuo poderia ajudá-la. Lamentavelmente, grande parte desse mesmo conhecimento poderia colocá-la frente a frente a perigos inomináveis. Eu continuo encenando vigorosos debates internos na tentativa de discernir quais informações proporcionarão a você uma vantagem sobre seus inimigos e quais poderiam impor riscos à sua situação. Muito do que eu sei possui o potencial para causar mais estragos do que benesses.

Seus inimigos na Sociedade da Estrela Vespertina não medirão esforços para obter os cinco artefatos que juntos podem abrir Zzyzx, a grande prisão de demônios. No momento em que a deixei, o que nós sabíamos era que eles haviam adquirido apenas um artefato, enquanto seu capacitado avô retinha um outro. Possuo informações sobre dois dos artefatos que faltam a vocês, e poderia provavelmente adquirir mais conhecimento com algum esforço. E ainda assim eu hesito em compartilhar os dados. Se você ou outras pessoas tentarem procurar ou guardar os artefatos, poderiam inadvertidamente levar nossos inimigos a eles. Ou vocês poderiam se ferir na tentativa de recuperá-los. Por outro lado, se o Esfinge for um ávido perseguidor de artefatos, estou inclinado a acreditar que ele acabará obtendo êxito. Sob determinadas circunstâncias, seria positivo para a nossa causa você ter o meu conhecimento para poder manter os artefatos fora de alcance.

Portanto, Kendra, decidi confiar em sua capacidade de julgamento. Não vou incluir as especificidades nesse diário, pois quem poderia resistir a um acesso tão tentadoramente conveniente, independente da integridade da pessoa? Mas na câmara escondida mais além do Hall dos Horrores eu revelarei outros detalhes concernentes aos locais onde estão escondidos dois dos artefatos. Desenterre a informação somente se você achar que se tornou absolutamente necessário. Do contrário, nem mesmo mencione que tal informação existe. Seja discreta, paciente e corajosa. Minha esperança é que a informação ficará dormente por todo o seu tempo de vida. Se não, informações sobre a localização da câmara escondida estão à sua espera em alguma outra parte desse diário. Vá até a câmara e use um espelho para achar a mensagem no teto.

Kendra, eu gostaria muito de poder estar aí para ajudá-la. Seus entes queridos são fortes e capazes. Tenha plena confiança em si e tome as decisões corretas. Mantenha aquele seu irmão na linha. Eu sou imensamente grato por ter uma sobrinha tão exemplar.

Batendo com os dedos na escrivaninha, Kendra apagou a vela. Sobrou cera suficiente para iluminá-la novamente, mas a chama não duraria muito tempo. Provavelmente vovô já teria mais velas umites em Fablehaven a essa altura, mas consegui-las seria um drama. Ela recostou-se na cadeira, mordendo o lábio inferior. Entre a escola e seu trabalho como voluntária, ela dificilmente encontrava tempo para dar ao assunto a contemplação que ele merecia.

Ela ainda não compartilhara a mensagem de Patton com ninguém. Ele confiara no seu julgamento, e ela não tinha pressa alguma para trair aquela confiança. Patton estava certo quando dizia que uma vez que a informação acerca da localização dos artefatos viesse a público, todo mundo ia querer procurá-los. E ele também estava certo quando dizia que o Esfinge estaria esperando a chance ideal para explorar qualquer tentativa dessa natureza. A menos que alguma informação sobre o artefato escondido se tornasse essencial, ela deixaria tudo como estava.

Ao longo daquele outono, Kendra mantivera contato com seus avós. Eles não falavam abertamente sobre segredos ao telefone, mas descobriram maneiras de passar informações necessárias sem precisarem ser muito específicos. Desde que o Esfinge havia sido revelado como sendo o líder da Sociedade da Estrela Vespertina, todas as atividades da Sociedade deram a impressão de haver cessado. Mas todos eles sabiam que o Esfinge estava por perto, observando e fazendo intrigas, esperando o momento oportuno para atacar.

Dois membros dos Cavaleiros da Madrugada mantinham Kendra e Seth sob constante vigilância e contrabandeavam informações para eles quando necessário. Até o momento nenhum incidente alarmante fora observado. Embora os indivíduos escalados para proteger Kendra e Seth trabalhassem em rodízio, pelo menos um de seus guarda-costas era sempre um amigo confiável como Warren, Tanu ou Coulter. Pelos últimos quatro dias, Warren os vigiara, acompanhado de uma menina supostamente confiável chamada Elise.

Kendra suspirou. Depois de todos os subterfúgios durante os últimos dois anos, ela imaginava se algum dia conseguiria voltar a confiar inteiramente em alguém. Talvez essa tenha sido mais uma razão pela qual ela não divulgara a mensagem de Patton.

Alguma coisa produziu um ruído atrás dela. Ela se virou e viu que uma folha de papel dobrada fora passada por debaixo da porta. Ela foi até lá, pegou o pedaço de papel branco, desdobrou-o e esquadrinhou a lista impressa. Quanto mais lia, mais estreitos seus olhos ficavam. Ela saiu às pressas do quarto em direção ao corredor e parou na frente da porta aberta do quarto de Seth.

— É sério que você está esperando ganhar de Natal uma asa-delta? — perguntou Kendra a seu irmão menor.

Seth levantou os olhos da escrivaninha onde estava rabiscando lagartixas em seu trabalho de casa de matemática.

— Se eu não pedir, com certeza não vou ganhar.

Kendra segurou a lista no ar.

— Quem mais recebeu isso aqui?

— Mamãe e papai, é claro. Eu também mandei umas cópias por e-mail pra todos os nossos parentes, até pra uns bem distantes que descobri na internet. E mandei por correio uma cópia pro Papai Noel, só pra garantir.

Kendra atravessou o quarto e ficou em pé ao lado do irmão. Sacudiu a página na frente dele e disse:

— Você nunca fez pedidos malucos como esse antes. Um conjunto de bastões de golfe customizados? Uma banheira? Uma motocicleta?

Seth arrancou a lista da mão de Kendra.

— Você só está falando os itens mais caros. Se você não pode me arrumar uma cadeira que faz massagem, você bem que poderia me dar uma pipa, um videogame ou um filme, de repente. Você vai encontrar ideias pra qualquer tipo de orçamento na minha lista de objetos do desejo.

Kendra cruzou os braços e disse:

— Você está aprontando alguma.

Seth olhou para ela com os olhos arregalados e a expressão ofendida que ele sempre usava quando queria esconder alguma coisa.

— Limitar o que eu quero de Natal é uma coisa. Limitar o que eu peço é outra completamente diferente. Quem é você afinal, o Grinch?

— Você normalmente usa uma abordagem estratégica em relação ao Natal, pedindo alguns poucos presentes que você realmente quer, e isso normalmente funciona. Você nunca fez campanha pra alguma coisa que custa mais do que uma bicicleta ou um videogame. As suas listas sempre têm um jeito bem realista. Por que a mudança agora?

— Você está analisando demais, professora – disse Seth, suspirando e devolvendo a lista. – Eu só imaginei que não faria mal nenhum uma meta mais ambiciosa esse ano.

— Por que mandar a lista pra parentes tão distantes que nem te conhecem?

– Um deles poderia ser um bilionário solitário, quem sabe? Eu estou com uma sensação de que esse pode ser o meu ano de sorte.

Kendra olhou para o irmão. Depois daquele verão, ele parecia cada vez menos um menino. Não parava de crescer, todo braços e pernas compridas. E seu rosto parecia mais fino, seu queixo mais definido. Eles não haviam passado muito tempo juntos no outono que pudesse ser chamado de convívio produtivo. Ele tinha seus amigos, e ela estava ocupada acostumando-se com o ensino médio. Agora a parada para as férias de fim de ano estava a menos de duas semanas de distância.

– Vê se não faz nenhuma idiotice – avisou Kendra.

– Obrigado pelo conselho brilhante – disse ele. – Você se importa se eu te citar no meu diário?

– Você está escrevendo um diário?

– Eu vou acabar sendo obrigado se você continuar lançando tantas pérolas de sabedoria.

– Tenho uma frase pra começar que é perfeita – sugeriu Kendra, olhando-o com raiva. – Querido diário, hoje eu comprei presentes muito maneiros de Natal com ouro que roubei de Fablehaven. Tentei fingir que os presentes tinham vindo de longe, de parentes bilionários, mas ninguém caiu nessa, e os Cavaleiros da Madrugada foram atrás de mim e me prenderam num calabouço tenebroso.

A boca de Seth abriu e fechou sem emitir nenhum som enquanto ele começava e em seguida abandonava diversas respostas possíveis. Depois de limpar a garganta, finalmente conseguiu:

– Você não tem como provar isso.

– Como foi que você surrupiou aquele ouro?! – exclamou Kendra. – Pensei que vovô tivesse confiscado o tesouro que você e os sátiros tomaram dos nipsies.

– Essa conversa não está rolando – insistiu Seth. – Eu não sei do que você está falando.

Diário

— Você devia ter várias pilhas em vários lugares, e o vovô não achou todas. Mas como é que você está convertendo ouro e joias em grana? Numa loja de penhores?

— Isso é piração sua — insistiu Seth. — Parece até que a mente criminosa é a sua.

— Agora você está com a defesa montada, mas percebi tudo um minuto atrás. Aquele ouro não era de Newel e nem de Doren pra eles darem pra você! Depois de tudo o que aconteceu no verão passado, como foi que você teve a coragem de sair de lá com tesouro roubado no bolso? Você não tem vergonha na cara?

Seth suspirou, derrotado.

— Vovô e vovó não estavam usando o ouro.

— Certo, Seth, mas é porque eles são os administradores de Fablehaven. Eles estão tentando proteger as criaturas e as coisas que estão escondidas lá. Você também podia muito bem ter roubado de um museu!

— Tipo aquilo que você fez quando levou o cajado da chuva de Lost Mesa? Ou quando Warren ficou com a espada que ele encontrou lá?

Kendra ficou enfurecida.

— Tecnicamente, Painted Mesa não fazia parte da reserva de Lost Mesa. E, além disso, não estou colocando à venda o cajado da chuva pra comprar um jet ski! E Warren não está tentando trocar a espada por um carrinho de andar na neve! Um dos motivos pelos quais aqueles objetos ficam com a gente é porque assim ficam protegidos. Nós não podemos colocá-los à venda por uma fração do que valem!

— Fica calma. O ouro está todo comigo ainda.

— De repente seria melhor você deixá-lo guardado comigo.

— Sem chance — resfolegou Seth. Ele olhou para ela relutantemente. — Mas eu vou devolver o tesouro do vovô da próxima vez que a gente for pra lá.

Kendra relaxou.

— Assim já fica melhor.

— Não tenho muita escolha, já que moro com a maior tagarela da face da Terra. E se eu te der um por fora? Assim você fica de bico calado? Eu podia comprar pra você alguns presentes de Natal maneiríssimos.

— Eu não estou a fim de uma asa-delta.

— Pode ser qualquer coisa — ofereceu Seth. — Vestidos, joias, um pônei; qualquer porcaria de menina que você estiver a fim!

— A coisa que mais quero esse ano é que o meu irmãozinho desenvolva algum senso de integridade pra que eu possa parar de agir como a babá dele o tempo todo.

— Eu podia também usar um pouco do ouro pra contratar alguns mafiosos pra te sequestrar e te deixar presa até as festas de fim de ano acabarem — ponderou Seth.

— Boa sorte — disse Kendra, amassando a lista impressa e jogando-a na cesta de lixo ao lado da escrivaninha. A bolinha irregular saracoteou ao longo da borda da cesta e aterrissou suavemente no chão.

Seth curvou-se na cadeira, agarrou o papel amassado e arremessou-o na lixeira.

— Boa pontaria.

— Boa lista. — Kendra caminhou até o corredor e voltou ao seu quarto. O aroma de fumaça de vela ainda estava tão impregnado no ambiente que ela abriu a janela, deixando entrar uma brisa fria. Ela balançou a mão para dispersar o cheiro e depois fechou a janela e desabou em sua cama.

Mesmo distante de Fablehaven, em sua própria casa, com supervisão constante de guarda-costas escondidos, Seth ainda encontrava meios de causar problemas desnecessários! Uma parte dela desejava poder compartilhar a mensagem de Patton com o irmão. Ultimamente, ele era a única pessoa com quem ela podia conversar acerca desse tipo de problema. Mas ela não ousaria lhe dar acesso às informações contidas no Diário de Segredos. Ele acharia um modo, sem dúvida nenhuma, de usar aquele conhecimento de maneira indevida.

O sigilo que ela mantinha em relação ao diário causara algum atrito entre os dois. Quando eles discutiam o assunto, ele sabia, pelas respostas vagas da irmã, que ela estava ocultando informações. Mas, incapaz de traduzir a escrita arcana ele próprio, não havia nada que Seth pudesse fazer em relação à relutância da irmã em compartilhar as informações.

Kendra rolou sobre a barriga, deslizou uma das mãos por debaixo do colchão e puxou cinco envelopes atados por uma tira de borracha. Não havia necessidade de ler as cartas de Gavin – ela tinha memorizado o conteúdo. Mas gostava de segurá-las.

Ele prometera que tentaria participar do rodízio como um de seus guardas, mas ainda não aparecera. Na condição de domador de dragão, ele possuía habilidades incomuns que haviam sido solicitadas recentemente em alguns locais distantes do mundo. Pelo menos ele enviara cartas, entregues pelos guarda-costas. Nos bilhetes, ele compartilhava detalhes sobre os tratos com os dragões: remover tumores de pele da pelagem pegajosa de um dragão comprido e delgado; estudar um raro dragão que vivia debaixo d'água e usava densas nuvens de tinta para confundir suas presas; resgatar uma equipe de especialistas em plantas mágicas de um dragão pequeno, porém feroz, que fiava teias como uma aranha.

Por mais interessantes que fossem os dragões, Kendra tinha de admitir que as partes das cartas que ela mais gostava diziam respeito a quaisquer menções por ele feitas sobre a falta que sentia dela ou de como esperava com ardor poder voltar a vê-la. Quando as respondia, ela deixava bem claro que também estava esperando ardorosamente poder reencontrá-lo, na esperança de que não parecesse ansiosa em excesso com suas palavras. Kendra fechou os olhos e visualizou-o. Será que ele estava ficando mais bonito em suas lembranças?

Contente por ter segurado as cartas por um momento, ela deslizou-as novamente para baixo do colchão. Fizera o máximo para impedir que Seth visse a correspondência. Ele já adorava implicar com ela em relação a paixonite que ela nutria por Gavin. Imagine se seu irmão achasse provas de que isso era meio que verdade mesmo!

Do térreo veio o barulho da porta automática da garagem se abrindo. Seus pais estavam em casa. Kendra saiu a jato da cama e arrancou o diário e o toco de vela da escrivaninha, colocando-os numa prateleira alta em seu closet e dispondo suéteres dobrados na frente deles. Ela abriu o zíper de sua mochila e colocou um caderno e um par de livros em cima da escrivaninha, embora seu dever de casa já estivesse pronto.

Kendra respirou bem fundo. Ela só precisava passar por mais dois dias de aula e então o recesso de inverno permitiria que ela relaxasse e pensasse em alguns dos assuntos que a estavam incomodando. Saiu do quarto e andou até a escada, tentando recompor o rosto para aparecer diante de seus pais com uma expressão casual com que pudesse cumprimentá-los.

CAPÍTULO DOIS

Fruta-espinho

Neve triturada e salpicada de sujeira cobria o chão do lado de fora da Wilson High School enquanto Kendra descia os degraus em direção à calçada. Montinhos deformados e ásperos margeavam a rua e pilhas irregulares cercavam a calçada. Embora o caminho parecesse limpo, Kendra pisava cuidadosamente por medo de escorregar em alguma parte coberta de gelo. Um teto nebuloso formado por leves nuvens de coloração acinzentada acrescentavam sombra ao dia frio.

Balançando despreocupadamente sua mochila, Kendra mirava os pontos em que seus guarda-costas normalmente passavam o tempo e notou Elise encostada num carro estacionado do outro lado da rua fazendo palavras-cruzadas. A mulher não fez contato visual, mas Kendra sabia que ela estava observando dissimuladamente. Elise parecia estar na casa dos trinta anos – magra, altura mediana, com mechas de cabelo liso caídas na testa. Kendra imaginava se Warren a achava bonitinha.

Ao dobrar à esquerda na calçada que ficava paralela àquela rua, Kendra continuou avaliando a área. Na maioria das vezes ela conseguia avistar Warren, mas naquele dia não tentou com afinco, já que provavelmente ele estaria vigiando Seth.

Kendra atravessou a rua e em seguida passou pela biblioteca, seguindo em direção ao imenso centro de recreação. A estrutura de tijolinhos quadrados abrigava uma piscina, uma sala de exercícios físicos, uma quadra de basquetebol, três quadras de raquetebol, vestiários e uma espaçosa creche. Kendra trabalhava como voluntária na creche todos os dias depois das aulas até as cinco da tarde. Era um trabalho fácil, e havia inclusive algum tempo livre que ela usava para fazer os deveres de casa.

As aulas da escola fundamental mais próxima terminavam antes do ensino médio, de modo que quando Kendra entrou na área da creche, as crianças já estavam colorindo, mexendo nos bloquinhos, conversando sobre brinquedos e correndo de um lado para outro. Algumas das crianças próximas à porta cumprimentaram Kendra como a "Senhorita Sorenson". Nenhuma delas a conhecia como Kendra.

Rex Tanner estava em pé do outro lado da sala orientando um garotinho sardento a jogar comida para peixes no aquário. Homem de meia-idade e pele morena oriundo do Brooklyn, Rex administrava a creche e mantinha um ar relaxado. Ele tinha um jeito natural e fácil de lidar com a garotada. Nada jamais parecia perturbá-lo.

Quando o garoto terminou com o peixe, Rex reparou em Kendra e acenou para ela, seu sorriso mais largo do que o habitual. Seus cabelos encaracolados, espesso bigode e óculos ligeiramente escuros faziam-no sempre parecer estar usando um disfarce piegas. Quando Kendra se aproximou, pôde sentir que, como de costume, ele pegara pesado no Old Spice.

– Oi, Rex – disse ela.

– Kendra, que bom te ver, que bom te ver. – Dirigindo-se a crianças ou a adultos, Rex normalmente falava como se estivesse apresentando um show para jovens. Ele bateu palmas, esfregando as mãos uma na outra. – Nós vamos explorar os cinco sentidos hoje. Inventei um exercício muito legal. Vem ver o que você acha.

Ela o seguiu até o balcão nos fundos da sala onde cinco caixas quadradas de cartolina encontravam-se enfileiradas. Cada uma delas tinha um buraco cortado na lateral.

– Eu tenho de sentir o que tem lá dentro? – perguntou Kendra.

– Bingo – disse Rex. – Tenta adivinhar o que você está tocando. Da esquerda pra direita.

Kendra aproximou-se da primeira caixa, seus dedos deslizando pela superfície das pequenas esferas pegajosas.

– Globos oculares viscosos? – tentou adivinhar ela.

– Uvas sem casca – revelou Rex. – Tenta a próxima.

Kendra enfiou a mão na segunda caixa.

– Intestinos?

– Macarrão.

A terceira caixa continha borrachas escolares de vários tamanhos, que ela adivinhou corretamente. A quarta caixa parecia estar vazia, a princípio, mas logo ela encontrou algo que parecia ser uma batata. Ela estava abrindo a boca para fazer a adivinhação quando sentiu uma dor pungente no polegar. Kendra chiou e tirou a mão.

– O que é isso? – gritou ela.

– Tudo bem com você? – perguntou Rex.

– Deixa eu adivinhar, cacto? – Kendra sugou o polegar, sentindo o gosto de sangue.

– Quase. Figo de cacto. Fruta comestível. Eu podia jurar que tinha retirado todos os espinhos afiados!

Kendra sacudiu a cabeça.

– Faltou um.

Rex piscou, parecendo estar um pouco tonto.

— Deixa eu pegar um band-aid pra você.

Kendra deu uma olhada no polegar.

— Não precisa, foi só um furinho.

— De repente é melhor a gente limitar o exercício a quatro caixas — decidiu Rex.

— Talvez. O que tem na última? Lâminas enferrujadas?

— Esponjas molhadas.

— Você esfregou alguma delas em vidro quebrado?

Rex riu.

— Não deve haver problema nenhum com elas. — Ele levantou a caixa com o figo de cacto dentro. — Vou guardar essa aqui no meu escritório.

— Boa ideia — disse Kendra.

Assim que Rex saiu com a caixa, Ronda apareceu. Mãe de três filhos e com sobrepeso, ela trabalhava meio expediente na creche, principalmente durante o turno da tarde.

— Tudo bem com você? — perguntou ela.

— Rex me obrigou a sentir a fruta do cacto. Furou legal o meu dedo. Mas está tudo bem comigo.

Ronda balançou a cabeça.

— Apesar de ser um cara bem legal, ele às vezes faz umas coisas meio imbecis.

— Não é nada de mais. Eu só estou satisfeita pela vítima não ter sido uma criança de cinco anos.

O resto da tarde seguiu sem contratempos. Kendra não tinha nenhum dever de casa urgente, de maneira que pôde relaxar e aproveitar a criançada. Ela propôs o jogo da dança das cadeiras e algumas rodadas de Macaco falou. Rex leu uma historinha, Ronda tocou seu ukulele na hora da cantoria e o exercício de contato fez bastante sucesso. Logo o relógio em cima da pia marcou dezesseis e cinquenta e cinco, e Kendra começou a juntar suas coisas.

Ela estava colocando a mochila nos ombros quando Rex apareceu atrás dela.

– Estamos com um problema, Kendra.

Kendra virou-se, seus olhos vasculhando a sala em busca do que havia se quebrado ou de quem havia se machucado.

– O que houve?

– Tem uma mãe irada ao telefone do meu escritório – desculpou-se Rex. – Preciso de você um minutinho.

– Com certeza – disse Kendra, tentando adivinhar o que poderia ter motivado a ligação. Será que ela tratara alguma criança de maneira injusta ultimamente? Nenhum incidente lhe veio à mente. Perplexa, ela seguiu Rex até o escritório. Ele fechou a porta e baixou as persianas. O aparelho de telefone estava fora do gancho, em cima da escrivaninha. Ele fez um gesto na direção do telefone. – Quem é? – sussurrou ela.

Rex girou a cabeça na direção do canto do escritório.

– Pra começo de conversa, dá uma olhadinha atrás do arquivo ali.

Com a testa vincada, Kendra moveu-se na direção do arquivo alto de metal. Antes de ela chegar, uma garota saiu de trás do móvel. Uma garota exatamente igual a Kendra. Mesma altura, mesmo tipo de cabelo, mesmo rosto. Podia ser uma irmã gêmea, ou algum truque com um espelho. A réplica de Kendra empinou a cabeça, sorriu e acenou.

Kendra ficou paralisada, tentando entender aquela visão bizarra. Ela vira algumas coisas impossíveis nos últimos anos, mas nada mais surpreendente do que aquilo.

Utilizando-se da pausa estupefata, Rex atacou por trás. Um de seus braços alcançou o torso de Kendra, puxando-a com aspereza para si. Um pedacinho de pano com aroma pungente cobriu-lhe o nariz e a boca. Ela se debateu e se contorceu, mas o cheiro do paninho deixou-a rapidamente com a cabeça leve. A sala oscilou, e seu sentido de urgência desapareceu. Com os sentidos turvos, ela caiu de encontro a Rex e deslizou para um estado de inconsciência.

※ ※ ※

Kendra recobrou a consciência aos poucos. Primeiro ela ouviu um alvoroço distante de vozes de crianças e pais. Enquanto tentava esticar o corpo com preguiça, ficou ciente de que seus braços e pernas estavam amarrados. Com seu sentido de alerta cada vez mais aguçado, lembrou-se da imagem especular de si mesma e de como Rex a atacara inexplicavelmente. Quando tentou gritar, Kendra reparou o tecido embolado dentro de sua boca amordaçada.

Só então ela abriu os olhos. Estava no chão atrás da escrivaninha de Rex, atada a um comprido pedaço de madeira compensada. Uma dor latejante pulsava atrás de sua testa. Ela lutou, mas as cordas estavam apertadas, e a tábua de madeira a mantinha imobilizada. Em pânico, Kendra se concentrou em respirar pelo nariz e ouviu quando a algazarra de crianças e pais diminuiu até não haver mais nada.

Pensamentos desorganizados passavam como um raio pela mente de Kendra. Será que havia alguma maneira de convocar as fadas para que viessem em seu encalço? Ela não via um ser encantado há meses. Será que seu estado de fadencantada lhe outorgava alguma vantagem naquele apuro em que se encontrava? Nada lhe vinha à mente. Precisava de um Tylenol; sua cabeça estava realmente latejando. Talvez Warren a resgatasse. Ou Elise. Kendra queria muito que Gavin estivesse ali vigiando. Onde estava ele? A carta mais recente viera da Noruega. Por que será que eles haviam enfiado tanto pano em sua boca? Uma das luzes fluorescentes no teto estava apagando. Será que Ronda sentiria sua falta e viria atrás dela? Não, esse seria o propósito da Kendra duplicada. A impostora provavelmente enganaria Warren e Elise da mesma maneira. De onde ela viera? Será que Rex era membro da

Sociedade da Estrela Vespertina? Se fosse, devia ser alguma espécie de agente infiltrado – ele trabalhava na creche há anos.

A porta do escritório se abriu. Uma esperança desesperada surgiu em Kendra até que Rex apareceu e ficou parado ao seu lado.

– Só eu e você, menina – disse ele, de modo agradável, agachando-se.

Kendra emitiu algumas reclamações abafadas, suplicando com os olhos.

– Não está gostando muito da mordaça?

Kendra balançou a cabeça de um lado para o outro.

– Você consegue manter essa matraca fechada? Pode acreditar em mim, se você abrir essa boca eu te detono de novo. – Ele abriu uma gaveta da escrivaninha e retirou uma garrafinha e um pano. Tirou a tampa da garrafa, umedeceu o pano e colocou-o de lado. – Dê um grito e você vai se arrepender depois. Se você está achando que está com dor de cabeça agora, espere só até você receber uma segunda dose. Está me entendendo?

Olhos arregalados e cintilando, Kendra assentiu com a cabeça.

Rex puxou a fita adesiva da boca de Kendra e retirou o pano encharcado de saliva. Ela lambeu os lábios. Sua língua estava seca.

– Por que isso, Rex?

Ele sorriu, os olhos estreitando-se atrás das lentes ligeiramente escuras.

– Rex não faria uma coisa dessas com você, guria. Você ainda não sacou? Eu não sou Rex.

– Você é alguma espécie de metamorfo?

– Está esquentando.

– Havia dois de você, assim como havia outra de mim – adivinhou Kendra.

Rex sentou-se na cadeira ao lado da escrivaninha.

– Quer os detalhes? Honestamente, eu vim de uma árvore. Eu era originalmente uma fruta. Uma fruta-espinho. Não é pra gente existir mais. No entanto, aqui estou eu.

– Não estou entendendo.

Um singelo sorriso apareceu nos cantos da sua boca.

– Quando você meteu a mão na caixa, na brincadeira de tocar, uma fruta-espinho te picou. Frutas-espinho devem ser manuseadas com cuidado. Elas se transformam na primeira coisa viva que picam.

– Aquele clone meu era antes um figo de cacto?

– Nós somos uma fruta fantástica. Leva mais ou menos noventa minutos pra ocorrer uma metamorfose. Ao longo da transformação, nós continuamos a receber matéria e nutrientes da árvore de onde fomos arrancados. Depois a notável conexão se rompe, nós sobrevivemos por três ou quatro dias e puf!, nós morremos.

Kendra olhou fixamente para Rex, pensando quais seriam as implicações.

– Quer dizer então que a Kendra fruta-espinho vai se passar por mim.

– Ela é uma duplicata notável. Tem até uma grande parte de suas lembranças. Ela vai fazer um bom trabalho imitando você. Seus guardiões nem vão reparar a diferença.

Kendra franziu as sobrancelhas.

– Se ela tem a minha personalidade, por que não está me ajudando?

Rex juntou as palmas das mãos, batendo os dedos uns nos outros.

– Não a sua personalidade. Suas lembranças. A maioria delas, digamos. Como qualquer fruta-espinho, tem sua própria consciência. Assim como eu. O simples fato de eu conseguir acessar as lembranças de Rex não significa que ele é o dono do show. Nós, frutas-espinho, seguimos quaisquer comandos que recebemos depois de nossa transformação. Minha meta está traçada. Rex era complicado. Eu não sou. Fui criado com o propósito de te abduzir. Enquanto Ronda estava conduzindo a cantoria das crianças, eu estava dando instruções à sua duplicata.

— Por que não desobedecer as suas instruções e me deixar ir embora? As pessoas que fizeram você são más! Você não vai querer ajudar os carinhas do mal, vai?

Rex riu, sorrindo amplamente.

— Não desperdice o seu oxigênio. Frutas-espinho são de uma lealdade a toda prova, Kendra. Nossa percepção do mundo funciona de maneira diferente da de vocês. Nós realizamos aquilo para o qual fomos programados. Apesar das lembranças carinhosas que Rex possui a seu respeito, eu só posso te perceber como minha inimiga. Destino cruel. Eu só vou existir por mais um ou dois dias. Preciso concluir o meu compromisso.

— O que você vai fazer comigo? — sussurrou Kendra.

— Entregar você ao meu criador.

— Quem foi que te criou?

Ele franziu as sobrancelhas.

— Você vai ver.

— A gente vai pra muito longe?

Ele deu de ombros.

— O Esfinge está por trás disso?

— Esse é um nome que eu deveria conhecer?

Kendra juntou os lábios com força.

— Qual era a missão da outra fruta-espinho?

— Agir como se fosse você a principal tarefa dela. Se os seus guardiões acharem que você está bem deitadinha na sua cama, imagine como vai ser simples te levar pra longe.

— Que outras tarefas ela tem?

Rex mexeu a cabeça, curvando-se para a frente.

– Eles disseram que você faria muitas perguntas, e que tentaria me persuadir a te ajudar. Eles disseram que eu deveria te ajudar a entender o que havia acontecido, que isso te deixaria mais calma. Eles não me contaram muito mais do que as coisas que eu precisava saber, e eu te contei tudo que eu podia contar.

– Quem foi que te programou?

– Já chega de conversa por enquanto.

– Rex, não faz isso, você me conhece, você não vai querer me fazer mal. Rex, eles vão me matar. Eles vão fazer mal a minha família. Rex, por favor, não me entregue a eles, isso aqui é uma questão de vida ou morte. Eles estão tentando destruir o mundo.

Ele sorriu como se a súplica fosse engraçadinha e ridícula.

– Chega de conversa fiada. Eu estou muito bem orientado, estou nessa pele há mais de um dia. Não posso ficar confuso ou ser persuadido. Vamos desfrutar de um pouco de música. Eu gosto mesmo de música. Nunca tive ouvidos. Não grite, não tente fazer nada. Isso só vai piorar as coisas.

Rex ligou o rádio que ficava em cima da escrivaninha e aumentou o volume. Kendra imaginou que o rock clássico tinha a função de ajudar a mascarar qualquer som que porventura ela ousasse produzir. As guitarras ensandecidas e os vocais aos berros tornavam mais difícil para ela o ato de pensar.

Será que alguém descobriria esse estratagema? Será que Warren viria correndo ajudá-la? Ou Elise? Ou Seth? Como eles poderiam adivinhar que uma outra pessoa tomara o seu lugar? Até ele se revelar, nem passara pela cabeça de Kendra que Rex pudesse ser uma fraude. Se a Kendra falsa tivesse as lembranças dela, que informações ela poderia compartilhar com seus inimigos? O que poderia ela roubar? A quem poderia fazer mal?

Rex permanecia ao lado de Kendra na cadeira, observando-a pacientemente, batucando vez por outra uma bateria imaginária. Ele não demonstrava nenhum sinal de que poderia baixar a guarda. Por mais que tentasse, ela não conseguia vislumbrar nenhuma saída para sua agrura. Era uma armadilha perfeita e impossível de ser detectada. O Esfinge tinha de estar por trás daquilo. Será que Rex a levaria até ele? Quando? Kendra fechou os olhos, tentando afastar a mente do rock pesado e ansiou desamparadamente por um plano.

CAPÍTULO TRÊS

Impostora

Mastigando um pedaço de torrada, Seth observava sua irmã despejar uma impressionante quantidade de cereal na tigela. Quando acrescentou leite, a montanha de cereal ficou mais alta, pedacinhos transbordando da tigela e caindo na mesa. Enquanto o cereal se partia, ela pegou os pedacinhos que haviam caído, colocou-os na palma da mão e em seguida os enfiou na boca. Depois, começou a usar a colher.

– Muita fome hoje? – perguntou Seth.

Kendra olhou para ele.

– Eu amo esse troço.

– Essa é a sua terceira tigela. Você está fazendo alguma espécie de antidieta?

Ela deu de ombros, enfiando na boca mais uma colherada.

– Provavelmente você só está lamentando – implicou ele, dando mais uma mordida na torrada. – Último dia de escola até o próximo ano. Nenhum teste, nenhum compromisso, o que é que você vai fazer?

– Não tem nada de especial acontecendo hoje. De repente eu vou matar aula.

Seth riu.

– Maneiro. Boa essa. Pra onde você está pensando em ir? Pro cinema? Detonar algumas moedas no fliperama?

Kendra deu de ombros.

Seth avaliou sua irmã.

– Qual é a tua hoje? Quase nunca você come o meu cereal.

– Eu acho que tinha me esquecido como ele é gostoso.

Ele balançou a cabeça numa descrença divertida.

– Sabia que você está quase chegando ao fundo da caixa? É lá que fica a cobertura de chocolate. É bom mesmo. Experimenta só.

Kendra olhou dentro da caixa, cheirou-a e em seguida despejou o que restava de cereal na tigela. Ela mexeu o cereal com a colher e voltou a comer. Seus olhos ficaram arregalados.

– Você tem razão.

– Não esquece de tomar o leite que fica no fundo. O que sobra lá embaixo é uma delícia.

Kendra assentiu com a cabeça, engolindo mais uma colherada.

Seth olhou de relance para o relógio.

– Preciso ir pro ponto de ônibus. A não ser que o papo de matar aula seja pra valer. Se for, eu vou junto só pra testemunhar o milagre.

Kendra olhou fixamente para ele como se estivesse tentada, e então rolou os olhos.

– Você me conhece, Seth. Eu nunca faria uma coisa dessas.

– Será? Você quase me convenceu. Papai já saiu pra trabalhar, mamãe foi pra aula de pintura. A gente podia fazer isso aí numa boa.

– É melhor correr. Não tem ninguém aqui pra te levar de carro se você perder o ônibus.

Seth agarrou a mochila e encaminhou-se para a porta.

– Não deixa essa sujeira toda na mesa! – gritou Kendra.

– Dá pra você limpar pra mim? Eu deixei você ficar com a melhor parte do cereal.

– Você não é mole, hein?

Seth saiu de casa. Ele ainda estava se sentindo frustrado por Kendra haver acabado com seus planos de um Natal financiado a ouro. Todo aquele trabalho – levar as pilhas para Fablehaven para serem trocadas com os sátiros, recolher seu pagamento com os nipsies, devolver apenas metade do ouro para vovô antes de surrupiar o que sobrara – fora um total desperdício. Mas também, ele ainda podia separar um pouco de ouro e fingir devolvê-lo por completo da próxima vez que eles visitassem Fablehaven. Mas com Kendra por perto, quem podia saber quando ele poderia encontrar uma chance para converter ouro em dinheiro sem ser detectado?

Sua irmã com certeza estava agindo de modo muito estranho naquela manhã. Ele dera de cara com ela cheirando o sabonete decorativo do banheiro. Não apenas dando uma cheiradinha – ela estava com as rosinhas de lavanda na mão inalando o aroma com os olhos fechados. E ele sabia por experiência própria que consumir três tigelas imensas de cereal adocicado provocaria uma séria dor de barriga. Kendra normalmente tomava um café da manhã frugal e saudável. Ainda por cima, que conversa era aquela de matar aula? Mesmo como piada, a coisa era totalmente fora de propósito. Ele gostaria muito que ela não tivesse plantado a ideia de matar aula em seu cérebro. As possibilidades eram atraentes.

Quando Seth viu o ônibus amarelo dobrar vagarosamente a esquina, saiu correndo para o ponto, tomando cuidado para não escorregar e cair com toda uma plateia assistindo tudo. Ele chegou bem na hora, e seus pensamentos voltaram-se para o convívio com os colegas.

🦋 🦋 🦋

À medida que descia os degraus do ônibus depois das aulas do dia, Seth sentiu como se um enorme peso tivesse sido retirado de seus ombros. O recesso de inverno não era nada comparado ao de verão, mas ainda assim era longo o bastante para fingir que as aulas jamais voltariam a acontecer. Andando para casa, ele chutava pedaços de neve endurecida, espalhando gelo na rua a cada impacto. Encontrou a porta da frente trancada. Mamãe mencionara que talvez estivesse fora tratando de assuntos pessoais. Ele pegou a chave e entrou na casa.

Na cozinha, Seth saiu à cata de algo para beliscar no armário. As melhores coisas haviam acabado, de modo que ele ficou mesmo com Doritos e leite achocolatado. Depois do lanche, desabou na frente da tevê e começou a zapear os canais, mas, evidentemente, só havia talk-shows e coisas piores. Ele ficou lá durante um tempo, mudando de um canal para o outro, na esperança de que a variedade pudesse substituir a qualidade, mas por fim desistiu. Quando desligou a tevê em desespero, foi acometido por uma inspiração.

Mamãe saíra. Papai estava no trabalho. E, talvez pela última vez em um bom tempo, Kendra estava ausente. Ele sabia que ela uma vez ou outra recebia cartas de Gavin. Em outubro passado, enquanto caçava o Diário de Segredos, Seth descobrira dois bilhetes enterrados na gaveta de meias da irmã. Cada qual continha todo tipo de informação fantástica acerca de dragões. Mas então Kendra escolhera um novo esconderijo. Ele estava certo de que ela recebera mais cartas, mas fazia tempo que ele não dispunha de uma oportunidade para dar uma busca bem feita na casa.

Subindo a escada correndo, Seth sentia-se entusiasmado e um pouquinho culpado. Deu uma corridinha até o quarto de Kendra e deu uma olhada entre a estante e a parede. Nada. Ela costumava guardar o Diário de Segredos ali. A exemplo das cartas, ela aparentemente o levara para um local menos óbvio.

Seth começou a abrir as gavetas, mexendo com cuidado em meio às peças de roupas muito bem dobradas em seu interior. Parte dele desejava poder acelerar a busca jogando todo aquele lixo no chão e dando chutes nos móveis, mas, obviamente, era crucial que ele não deixasse nenhuma prova de sua intrusão. Por que sua irmã tinha tantas gavetas, tantas roupas? À medida que o processo começava a dar a sensação de que estava sendo executado de forma dolorosamente lenta, ele pôs-se a relembrar o quanto ele queria ver aquelas cartas.

Foi em direção ao centro do quarto, mãos na cintura, olhos vasculhando em cima e embaixo. Kendra não era nenhuma idiota. Onde ela poderia ter escolhido esconder as cartas? Que local era realmente infalível? Talvez ela tivesse colado as cartas com fita adesiva debaixo de sua escrivaninha. Nadinha, não havia nada lá. Dentro do buraco da ventilação na parede? Ali também não. Entre as páginas de seu dicionário mastodôntico? Nadica.

Seth começou a se dirigir ao closet. Dentro de uma caixa de sapato? Dentro de um sapato? Em cima de uma prateleira? Atrás e embaixo de alguns suéteres numa prateleira alta, ele encontrou o Diário de Segredos e o toco de vela umite.

Ficou surpreso por ela ainda manter coisas tão importantes num local bastante óbvio. Ele as teria escondido atrás do espaço isolado no sótão ou em algum outro lugar verdadeiramente fora de mão.

Sem que Kendra soubesse, Seth descobrira o Diário de Segredos antes. Ele acendera uma vela umite, avaliara os símbolos indecifráveis, percebera que jamais saberia o que o livro dizia sem que ela o traduzisse e o recolocara de maneira cuidadosa na estante.

Seth folheou o diário, na eventualidade de ela haver colocado as cartas em seu interior. Nada, apenas páginas em branco. Ele pensou na possibilidade de esconder o diário num local diferente para demonstrar que ela precisava guardá-lo num lugar mais difícil de ser encontrado. O exercício serviria como uma chamada de atenção. Mas é claro que, se ele o fizesse, sua irmã saberia que ele andava bisbilhotando em seu quarto, o que só causaria problemas.

E então, sem alarde, Kendra entrou no quarto.

Seth ficou paralisado, seus olhos indo de sua irmã para o diário em suas mãos. O que ela estava fazendo em casa? Ela devia estar na creche por mais uma hora!

– O que você está fazendo? – acusou Kendra com severidade.

Seth tentou parecer calmo enquanto lutava para se recuperar da surpresa e inventar uma resposta plausível. Cara a cara com o olhar duro de sua irmã, ele resistiu à ânsia de tentar ocultar o diário. Era tarde demais. Ela o vira.

– Eu queria ter certeza de que você tinha escondido o diário num lugar seguro.

– Você não tem direito de entrar aqui e remexer as minhas coisas – disse ela com todas as letras.

– Eu não estava fazendo nada de errado. Só estava entediado. – Ele levantou o diário. – Você não escondeu muito bem o diário.

Os punhos cerrados de Kendra tremiam ao lado de seu corpo. Quando falou, ela parecia estar quase fora de controle.

– Não tente fingir que você é o meu cão de guarda. Pra começo de conversa, Seth, você precisa admitir que o que fez é errado. Você não pode fingir que isso não tem importância.

– Eu estava invadindo a sua privacidade – admitiu ele.

Ela relaxou um tantinho.

– Isso foi uma coisa certa ou errada?

– Errada por eu ter sido pego.

O rosto dela ficou vermelho. Por um momento parecia que ela avançaria sobre ele. Seth ficou sobressaltado pela reação exagerada de sua irmã.

— Você já fez isso antes? — perguntou ela, a voz tensa.

Seth sabia que deveria acalmá-la. Mas quando as pessoas ficavam irritadas dessa maneira com ele, mesmo que elas estivessem com a razão, ele sempre acabava assumindo um comportamento belicoso.

— Você acreditaria se eu dissesse que a primeira vez que eu invadi o seu quarto foi justamente o único dia em que você chegou em casa cedo? Que falta de sorte a minha, hein?

— Eu sei que você acha que tudo isso é uma grande piada. Que nenhuma regra se aplica a você. Mas eu não vou deixar isso aí passar em branco.

Ele jogou o diário na cama dela.

— Calma aí. Eu nem consigo ler nada do que está escrito aí.

Ela grunhiu.

— Eu estou surpresa por você querer ler alguma coisa por livre e espontânea vontade.

— Você sabe o que eu gosto de ler? Cartas de amor. Essa é a minha leitura favorita.

Kendra tremeu de raiva. Ele reparou os olhos dela piscarem em direção à cama. Seth tentou não sorrir. O que estava acontecendo com ela naquele dia? Normalmente ela era mais inteligente do que aquilo. E menos zangada.

— Sai daqui — disse ela, fervilhando de raiva. — Espera só até mamãe e papai chegarem.

— Você vai colocar mamãe e papai nessa história? Você está planejando contar pra eles sobre as cartas de Gavin e sobre o seu diário secreto de Fablehaven? Vê se arruma um cérebro!

Com o rosto contorcido de raiva, Kendra correu até ele. Seth era mais alto do que a irmã, mas não muita coisa, e acabou sendo obrigado a fugir dela aos trancos e barrancos, bloqueando socos ferozes. O que estava acontecendo com ela? Ela estava mirando o rosto dele com os punhos cerrados! Eles já haviam lutado com certa frequência quando eram mais novos, mas ela jamais avançara sobre ele daquela maneira. Ele não queria tentar imobilizá-la ou rechaçá-la – isso apenas a deixaria mais zangada. Em vez disso, ele desviava os golpes da melhor maneira possível, manobrando ao redor de modo a conseguir escapar pela porta.

Felizmente, Kendra não o seguiu até o corredor. Ela manteve-se no umbral, os olhos duros, as mãos agarrando a moldura da porta com firmeza como se estivesse se segurando para não empreender mais atos violentos. Do térreo veio o ruído da porta da garagem automática se abrindo. A expressão de Kendra foi da raiva à preocupação e talvez à vergonha.

– Fica longe do meu quarto – disse ela, insensível, batendo a porta.

Em seu quarto, Seth examinava os hematomas formando-se em seus antebraços. Algo estava com toda a certeza fora de prumo com sua irmã. Será que ela estava tendo problemas na escola? Será que tirara um B em alguma matéria? Talvez ela tivesse recebido notícias ruins de Gavin. O que quer que tivesse sido a causa, ele precisava realmente agir de modo cauteloso com ela por alguns dias. Era visível que algo a irritara o bastante a ponto de alterar drasticamente sua personalidade.

※ ※ ※

Seth acordou tarde da noite naquele dia com uma delicada batida em sua janela. Ele se levantou na cama, piscando, e estreitou os olhos para o relógio digital: três e dezessete da manhã. A única luz na sala quieta vinha da face do relógio e do luar que vazava através da cortina brilhando com suavidade. Será que ele realmente ouvira uma batidinha na janela? Ele mergulhou de volta no travesseiro, enroscando-se aconchegantemente na cama. Antes do sono envolvê-lo, a batidinha repetiu-se, tão fraca que só podia ser um galho raspando o vidro da janela enquanto movia-se na brisa suave. Exceto pelo fato de que não havia árvores perto da janela.

Mais alerta agora que sabia que a batidinha não fora uma alucinação, Seth saiu da cama num pulo e foi em direção à janela. Puxou a cortina e encontrou Warren, a aparência um pouco pálida, agachado na saliência estreita do telhado que ficava atrás do vidro. Ele já havia retirado a telinha.

Seth aproximou-se para destrancar a janela, e em seguida hesitou. Ele já havia se queimado no passado ao abrir uma janela de modo imprudente. Havia criaturas no mundo que podiam se disfarçar por meio de ilusões.

Warren balançou a cabeça, reconhecendo a hesitação. Ele fez um gesto na direção da rua. Curvando a bochecha de encontro ao vidro frio, Seth pôde ver onde Elise estava em pé ao lado de um dos carros que eles dirigiam. Ela acenou.

Talvez aquilo não representasse uma prova concreta, mas Seth se convenceu. Abriu a janela. Um ar exageradamente frio passou por ele.

Warren esgueirou-se para dentro do quarto. Até onde Seth sabia, aquilo marcava a primeira vez que algum dos guarda-costas entrava em sua casa. Na época em que Tanu os vigiara, ele e Seth conversavam bastante, mas isso sempre ocorria do lado de fora. Somente algo extraordinário teria motivado Warren a aparecer daquele jeito.

– Você não vai se transformar num duende e tentar me matar? – sussurrou Seth.

– Sou eu de fato – disse Warren calmamente –, embora, pra todos os efeitos, você não devesse ter me deixado entrar, mesmo depois de ter visto Elise. A Sociedade faria de tudo pra chegar até vocês.

– É pra eu chamar a Kendra? – perguntou Seth.

Warren levantou as duas mãos.

— Não, eu vim até você dessa maneira justamente pra podermos conversar em particular. Elise e eu estamos preocupados com a sua irmã. Você tem reparado algum tipo de comportamento estranho nela ultimamente?

Seth foi invadido por um sentimento de culpa.

— Hoje ela nem parecia a mesma. Mas foi principalmente por culpa minha. Ela me pegou bisbilhotando no quarto dela e ficou uma fera.

Warren olhou fixamente para Seth.

— A reação dela pareceu extremada?

Seth fez uma pausa.

— Eu não devia ter entrado lá. Ela tinha razão em estar zangada. Mas, pode crer, a reação dela foi extremada mesmo.

Warren assentiu com a cabeça como se a descrição se encaixasse em suas expectativas.

— Kendra saiu às escondidas da casa no início da madrugada, um pouquinho depois de uma da manhã. Ela pulou a cerca dos fundos. Elise estava de vigia. Ela avistou Kendra e seguiu-a a distância.

— Kendra sabe que não pode ir a parte alguma sem vocês – interrompeu Seth. – Por que ela tentaria enganá-los? Não é assim que ela costuma agir.

— Você tem razão, isso não se encaixa no padrão de conduta dela, mas a coisa ficou ainda pior. Elise seguiu sua irmã até uma caixa de correio, onde Kendra depositou uma carta. Seth, você compreende, a nossa missão é protegê-los de influências externas, e parte dessa missão inclui proteger vocês de vocês mesmos. Assim que Elise teve certeza que Kendra retornara em segurança para casa, ela certificou-se de que eu estava de guarda e voltou à caixa de correio. Ela localizou o envelope que Kendra postara e verificou que tipo de informação a correspondência continha.

– Vocês leem as nossas cartas? – perguntou Seth, transtornado.

– Varredura de rotina – assegurou-lhe Warren. – Temos de ter certeza de que vocês não deixam vazar acidentalmente informações comprometedoras. Principalmente quando uma carta é postada em circunstâncias tão suspeitas. Nós não verificamos as cartas que vocês enviam através de nós para os seus avós, apenas correspondências a terceiros.

– Eu imagino que Kendra tenha feito alguma besteira. É isso?

Warren ergueu um envelope.

– A mensagem que ela enviou não dá margem a nenhuma dúvida. Dê uma olhada.

Seth pegou o envelope. Warren acendeu uma lanterna. O envelope era endereçado a T. Barker em uma caixa postal em Monmouth, Illinois.

– Alguma ideia de quem possa ser? – perguntou Seth.

– Nenhuma pista. Não te lembra nada?

Seth avaliou a pergunta.

– Não me lembro de nenhum Barker. Até onde eu saiba, a gente não conhece ninguém em Illinois.

– Leia a carta.

O envelope fora aberto com maestria. Nada rasgado, nenhuma evidência de que havia sido corrompido. Poderia ser facilmente reenviado pelo correio. Ele retirou o papel dobrado de dentro e leu o seguinte:

Cara Torina,
Eles me vigiam de perto aqui. Eu não tenho certeza se vou ter outra chance de enviar mais informações. Não sei ao certo se os telefones estão grampeados, então eu vou ficar com o correio mesmo. A propósito, até agora está tudo bem. Ninguém desconfia de nada, embora Seth seja uma dor de cabeça.

Eu tenho informações cruciais. Eles encontraram um dos artefatos! O Cronômetro está em poder deles em Fablehaven! Eles também estão de posse de um diário de Patton Burgess. Ele afirma saber a localização de outros artefatos. Essas localizações não estão descritas no diário, mas estão escondidas em Fablehaven numa sala secreta depois da área do calabouço chamada de Hall dos Horrores.

Vou tentar escrever novamente se descobrir qualquer outra coisa que seja essencial. Antes de terminar, vou tentar esconder o diário de Patton perto da velha casa na árvore, no córrego que passa na avenida Hawthorn.

Abraços fraternais,
Kendra Sorenson

Seth levantou os olhos para Warren.

– O que está acontecendo?

– É uma boa coisa nós rastrearmos as cartas, embora jamais esperássemos encontrar um bilhete como esse. Imagine as consequências se essa mensagem caísse nas mãos erradas.

– Parece a letra dela.

– Eu creio que Kendra escreveu essa carta.

– Vanessa está fora da Caixa Quieta? De repente ela pode estar controlando Kendra enquanto ela dorme.

Warren balançou a cabeça.

– Eu avaliei essa possibilidade e entrei em contato com o seu avô. Ele verificou. Vanessa permanece aprisionada. Mas esse tipo de ideia pode estar seguindo no rumo correto.

– Alguém deve estar chantageando ou controlando Kendra. Ela jamais trairia a gente assim sem mais nem menos! Não por conta própria!

– Eu não consigo imaginá-la fazendo algo assim. No entanto, é duro ler essa carta e não ver uma tentativa deliberada de efetivar uma traição que nos deixaria em péssimas condições. Elise não conhece Kendra muito bem. Ela quer prendê-la.

Seth levantou-se.

– Ela não pode prender a Kendra!

– Relaxe. Eu não estou dizendo que essa é a única opção. Mas seja lá qual for o método, dada a quantidade de coisas em jogo, silenciar Kendra imediatamente tornou-se necessário. Não quero encarcerar sua irmã, mas nós temos de chegar ao âmago dessa história.

– Vamos encostá-la na parede? – pensou Seth em voz alta. – Esfregamos isso na cara dela e vemos como ela vai responder, que tal?

– Eu adoraria ouvir uma explicação. Não consegui nenhuma que fosse ao menos razoável.

– A menos que alguém esteja utilizando controle mental.

Warren deu de ombros.

– Depois de ler essa carta, nada mais me deixaria chocado. O que quer que façamos, não devemos perturbar os seus pais.

– Vamos dar uma pressão nela agora mesmo?

– Nós não podemos esperar muito para descobrir. Além do mais, se nos mexermos agora, é possível que a peguemos de surpresa. Se ela estiver um pouco grogue, isso pode nos ajudar a extrair respostas honestas.

– Tudo bem. – Seth conduziu Warren até a porta. – Você tem razão em não querer acordar mamãe e papai.

– Eles não gostam de homens estranhos visitando a casa deles no meio da noite?

Seth deu uma risadinha sarcástica.

– A cena não seria muito boa.

– Vamos lá descobrir por que a sua irmã está enviando cartas potencialmente desastrosas.

Seth levou Warren ao corredor e foi na pontinha dos pés até o quarto de Kendra. Experimentou delicadamente a maçaneta.

— Trancada — murmurou. Ele ficou bem pertinho de Warren. — Nós não precisamos de chave. Só de um alfinete ou de um clipe. Alguma coisa fininha pra enfiar no buraco da fechadura e soltar a lingueta.

Warren levantou um dedo e retirou do bolso o que parecia um equipamento profissional para abrir fechaduras. Ele inseriu pacientemente um dos instrumentos finos no diminuto buraco embaixo da maçaneta, e ouviu-se um clique. Enfiou as ferramentas no bolso, abriu rapidamente a porta e entrou no quarto com Seth logo atrás dele.

Kendra estava sentada de pernas cruzadas em sua cama lendo uma carta. Ela levantou os olhos, incomodada a princípio, e em seguida perplexa ao reconhecer Warren.

— O que houve? — perguntou ela.

Seth fechou a porta.

— Você acordou cedo — disse Warren.

— Tive problemas pra dormir — respondeu Kendra, dobrando a carta.

— Precisamos conversar — disse Warren.

Kendra mexeu-se na cama de modo desconfortável.

— Por quê?

Warren levantou o envelope que ela havia postado mais cedo, naquela noite.

Por um momento o rosto dela traiu um puro terror. Em seguida ela reclamou em altos brados:

— Como você ousa mexer nas minhas coisas pessoais desse...

— Nem tente — cortou logo Warren. — Eu preciso de respostas honestas nesse exato momento ou então nós seremos obrigados a te levar embora. Não havia nada pessoal nessa carta. Trata-se de pura e simples traição. Por que, Kendra? Nós precisamos de uma explicação imediata.

Os olhos de Kendra vasculhavam o quarto enquanto ela elaborava uma resposta.

– Eu não estava enviando a carta pra um inimigo.

– Em momento algum eu disse isso – respondeu Warren. – Enviar esse tipo de informação a qualquer pessoa fora de nosso círculo de confiança seria qualificado como alta traição. Eu nunca ouvi falar de Torina Barker. Quem é ela?

– Por favor, Warren, você precisa confiar em mim, você sabe que eu jamais...

– "Eu vou tentar esconder o diário de Patton perto da velha casa na árvore no córrego que passa na avenida Hawthorn" – leu Warren. Ele baixou a carta. – Você tem razão, Kendra, eu jamais teria suspeitado que você fosse capaz desse tipo de deslealdade. Explique-se.

A boca dela abriu e fechou sem que ela emitisse nenhuma palavra. Subitamente, os olhos dela se encheram de dor e preocupação.

– Por favor, Warren, não faça mais perguntas. Eu precisava fazer isso, eles me obrigaram, não tenho como explicar.

Warren analisou-a com perspicácia.

– Isso parece uma encenação. Seth?

– Ela está mentindo – concordou ele.

De maneira abrupta, Kendra pareceu ter ficado com raiva.

– Eu não posso acreditar que você esteja me tratando desse jeito.

– O que eu não consigo acreditar é como você consegue pular de tática em tática desse modo tão desajeitado – disse Warren. – Com quem eu estou falando? Não estou convencido de que a mente de Kendra possa estar por trás dessas palavras.

– Sou eu, Warren, é claro que sou eu. Lembra como eu te ajudei a deixar de ser albino? Lembra como nós enfrentamos aquela pantera de três cabeças com Vanessa? Pode me perguntar qualquer coisa.

– Por que você esqueceu a combinação do seu armário na escola? – quis saber Warren.

– O quê?

– Eu estava te vigiando na escola hoje. Você precisou pedir ajuda na secretaria pra poder abrir o armário. Por quê?

– Por que alguém esquece alguma coisa? – protestou Kendra, a voz desequilibrada. – Os números simplesmente sumiram da minha cabeça.

– Por que você voltou pra casa cedo depois da creche? – perguntou Seth.

– Rex não foi trabalhar porque estava doente. A moça que o substituiu disse que não se importava que eu saísse mais cedo.

Seth deu um passo na direção da irmã.

– Esse tipo de coisa não faz parte do estilo Kendra de ser. Você tem razão, Warren. Essa não é ela. Eu acho que não era ela o dia todo.

– Eu sou a sua irmã – insistiu Kendra, os olhos suplicantes. Ela enfiou as mãos nos bolsos.

Seth balançou um dedo.

– Não. Com certeza você não é a minha irmã. Quer saber o que você é? Você é um porco! Eu nunca vi ninguém comer tanto cereal com chocolate!

Warren agarrou o braço de Kendra.

– Você precisa vir comigo, seja lá quem for, até nós podermos ter certeza de que você se soltou da mente de Kendra. – Ele falava com dureza.

Kendra deu um tapa na boca com a mão livre e engoliu. Warren empurrou-a de volta à cama, tentando enfiar o dedo na sua boca. Kendra riu.

– Tarde demais, Warren – disse ela, com o dedo intruso ainda dentro da boca. Ela começou a tossir. – Ação rápida, quase não deixa rastro. Todo mundo vai pensar que foi um derrame.

— Isso era veneno? — perguntou Seth, aparentemente abalado.

Kendra fez um beicinho para ele e assentiu com a cabeça.

— Não tem mais irmã mais velha. Espero que vocês dois estejam — disse ela, e começou a se sentir mal, mas em seguida recuperou-se —, estejam orgulhosos de si mesmos.

O corpo dela começou a ter convulsões.

— Faz alguma coisa! — urgiu Seth.

Warren curvou-se para a frente, agarrando o queixo de Kendra.

— Seja lá quem você for, vai pagar por isso.

— Duvido muito — disse Kendra, sem ar.

As convulsões pararam. Warren verificou a pulsação no pescoço dela.

— Ela não está respirando. — Ele encostou o ouvido no peito dela e começou uma ressuscitação cardiopulmonar.

Seth assistia horrorizado, as pernas trêmulas, à medida que Warren tentava incessantemente reviver o corpo de sua irmã. Ele gostaria muito que ela estivesse acordada e zangada e dando-lhe socos, estando sua mente sob controle ou não — qualquer coisa, menos aquilo!

Depois de vários minutos, Warren finalmente se afastou do corpo morto.

— Seth, eu não sei o que dizer.

— É melhor sair daqui. — Seth soluçou, as bochechas encharcadas de lágrimas. — Mamãe e papai não podem te ver aqui com ela desse jeito.

— Eu devia ter... Eu não me dei conta de que...

— Quem poderia ter imaginado que isso aconteceria? — disse Seth, com aspereza. Ele aproximou-se da irmã, tentando achar uma pulsação, acariciando seu rosto, em busca de algum sinal de vida. Não havia nenhum.

Warren ajudou Seth a recolocá-la debaixo das cobertas. Mamãe e papai pensariam que ela havia falecido tranquilamente enquanto dormia. Seth não conseguia parar de chorar.

Finalmente, Warren ajudou Seth a voltar para o próprio quarto e a deitar-se na cama, e em seguida saiu pela janela e recolocou a telinha. Seth descobriu que não conseguia dormir. Logo seu travesseiro estava molhado. Ele não conseguia conter sua obsessão em relação ao corpo sem vida no quarto de sua irmã. Depois de tudo pelo que eles haviam passado juntos, Kendra partira.

CAPÍTULO QUATRO

Cativa

Quando a minivan diminuiu a velocidade e parou na escuridão, Kendra não fazia a menor ideia se eles haviam alcançado seu destino final. Amarrada e amordaçada num trailer apertado e entulhado, ela se rendera à sinistra teoria de que poderia passar o resto da vida sendo levada de acampamento em acampamento.

Kendra passara o dia anterior amarrada a uma árvore numa remota área florestal de acampamento comendo compota de maçã, feijão assado e pudim enlatado. Uma modesta fogueira afastava a friagem, que ocasionalmente tornava-se quase insuportável quando a fumaça soprava para o outro lado. Isso foi depois de ser transferida da creche para um trailer na calada da noite, e de ser levada por horas a fio por autoestradas e estradinhas tortuosas de todo tipo.

O Rex impostor não era muito de conversar, mas tentara mantê-la em relativo conforto. Múltiplas colchas a cobriam naquele momento, e ela estava deitada em cima de diversos travesseiros. A fruta-espinho impostora não mediu esforços para que ela permanecesse alimentada e hidratada. Mas havia inúmeras inconveniências. Ela não tivera condições de utilizar um banheiro de verdade, a mordaça era detestável e as cordas que a amarravam provaram-se seguras de modo frustrante.

Subitamente, a porta de trás do trailer se abriu e duas figuras direcionaram suas lanternas para Kendra. Ela piscou e estreitou os olhos para a luz quando os indivíduos se aproximaram, enrolaram-na em uma das colchas que a cobriam e levaram-na para fora do trailer. Kendra optou por não se debater. A que serviria isso? Amarrada e amordaçada, o máximo que ela podia conseguir resistindo era levar um soco na cabeça.

Enquanto os estranhos a carregavam, parte da colcha caiu de cima de seu rosto e Kendra se viu olhando para uma grande casa em ruínas tendo um céu estrelado como pano de fundo. Dentro de seu casulo, ela subiu os degraus da varanda e passou pela porta da frente. Embora a casa estivesse com as luzes apagadas, nem a total escuridão poderia cegar Kendra, e ela viu que o interior era mais bem mobiliado do que o exterior sugeria. Seu corpo pendeu quando os estranhos levaram-na escada acima e em seguida se reequilibrou quando a arrastaram através de um conjunto de portas duplas e a depositaram num piso de madeira encerada de uma sala bem iluminada.

Kendra olhou para cima e viu que um dos homens que a levavam era o Rex impostor, e o outro um barbudo peso-pesado que usava óculos escuros. Os dois homens se retiraram, e Kendra mudou o foco de sua atenção para a sala. Vibrantes quadros abstratos adornavam as paredes, iluminados com muito bom gosto por faixas de luz no teto. Um relógio estiloso em feitio de neon estava pendurado acima de uma viga pomposa. Dinâmicas esculturas de metal, de diversos tamanhos, adicionavam personalidade à sala.

– Quer dizer então que toda essa confusão tem a ver com você – declarou uma voz feminina.

Kendra se virou para encarar a dona da voz. Aparentemente na casa dos cinquenta anos, a mulher tinha uma constituição esguia e vestia um elegante vestido vermelho. Sua pesada maquiagem estava bem aplicada. A mão pousada na cintura cintilava com anéis. Ela tinha os cabelos louros curtos e encaracolados, o estilo parecendo um pouquinho jovem demais para sua idade.

A mulher andou na direção de Kendra, saltos altos clicando no chão, e puxou um canivete retrátil da bolsa. A lâmina surgiu. Kendra mirou-a com os olhos arregalados. Com uma expressão indecifrável, a mulher curvou-se e cortou a mordaça sem arranhar-lhe a bochecha.

– Não ouse gritar – repreendeu a mulher de modo despreocupado. – Ninguém vai te escutar, e os meus nervos não conseguem suportar esse tipo de coisa.

– Tudo bem – disse Kendra.

A mulher sorriu. Ela tinha lábios carnudos e uma boca larga. Dentes perfeitos. Seus olhos azul-claros eram grandes, seu nariz um pouquinho grosso, suas orelhas pequenas, seu rosto tinha o formato semelhante a um cartão do dia dos namorados. Muito embora algumas de suas características individuais parecessem quase desafortunadas, de um modo geral seu rosto mantinha uma beleza inegavelmente arrebatadora. Os anos estavam tentando roubar sua beleza com rugas e vincos, mas ela estava retaliando as investidas com sucesso, utilizando-se de cosméticos.

– Por acaso eu sou a sequestradora que você esperava?

– O que você vai fazer comigo? – perguntou Kendra com coragem.

– Desamarrá-la, se você prometer não fazer nenhum tumulto. Eu devo parecer uma relíquia velha e enferrujada aos seus olhos, mas, por favor, acredite em mim quando eu digo que não existe a menor possibilidade de você escapar dessa sala. Farei com que você se arrependa amargamente se tentar.

– Você não parece velha – disse Kendra. – Eu não vou tentar escapar. Sei que você tem capangas.

– Você está correndo um sério risco de estimular o meu lado bom – disse a mulher, curvando-se para baixo com a faca. A lâmina afiada sussurrou através das cordas.

Kendra sentou-se e massageou o ponto onde as cordas lhe haviam deixado marcas.

– Quem é você?

– Eu sou Torina – disse a mulher. – Sua anfitriã, sua captora, sua confidente, seja lá como você preferir me chamar.

– Eu acho que *sequestradora* cai bem.

Torina inclinou a cabeça, mexendo distraidamente no colar de pérolas.

– Fico feliz por você possuir um pouco de coragem. Ando bem tranquila ultimamente, o que significa que estou enfiada numa cidadezinha do meio-oeste respirando o mesmo ar que cabras, porcos e vacas. – Ela fechou os olhos e estremeceu. Suas cristalinas íris azuis reapareceram, se fixando em Kendra. – Talvez você consiga aliviar um pouco dessa suavidade.

– Você é alguma espécie de bruxa? – tentou adivinhar Kendra.

Torina deu uma risadinha.

– Eu posso tolerar a audácia se você continuar educada. Para sua sorte, eu conheci algumas bruxas quentíssimas na minha época, portanto não me ofendo com isso. Eu não sou bruxa, *per se*, embora conheça uma ou outra magiazinha. Por trás dessas paredes a minha identidade não é segredo. Eu sou uma lectoblix.

– Do tipo que consegue sugar a juventude das outras pessoas?

– Nada mal – disse Torina, impressionada. – Sim, eu dreno vitalidade dos outros para poder permanecer jovem. Antes que você comece a formular comentários espertinhos, não, eu não faço esse tipo de coisa há um bom tempo, o que explica essa minha aparência abatida. Prefiro não abusar gratuitamente da minha habilidade.

– Você não está com a aparência abatida – assegurou-lhe Kendra.

Torina olhou para Kendra através de cílios baixos.

– Você tem o dom de imitar sinceridade. Que idade você me daria?

Kendra deu de ombros.

– Quarenta e tantos? – Ela deliberadamente chutou um pouco menos do que estava imaginando. Cinquenta e poucos seria mais honesto.

Olhos desconfiados, Torina proferiu um riso breve e cheio de humor.

– Meu corpo atualmente está com sessenta e dois.

– Você está brincando! Você realmente parece ser bem mais jovem – disse Kendra, reparando que Torina não conseguia resistir a se sentir satisfeita. – Mas se você drenou vitalidade de outros, deve ser mais velha do que sessenta e dois.

– Minha nossa, é isso mesmo, criança! Eu jamais divulgaria a minha verdadeira idade! Você pensaria que estava conversando com uma múmia!

Estudando sua estilosa captora, Kendra respirou fundo, estremecendo todo o corpo.

– Você vai sugar a minha juventude?

Torina deu uma gargalhada. Seu sorriso pareceu subitamente frágil, e embora o riso tivesse tido a intenção de dispensar a possibilidade como ridícula, ele carregava consigo uma intenção predatória.

– Não, Kendra, coisinha tola, o Esfinge arrancaria a minha cabeça! Além do mais, vivo de acordo com códigos de ética. Sou contra sugar crianças. Isso interrompe o crescimento delas, as transforma em monstrinhos. Injusto demais. – Torina fez uma pausa, arranhando brevemente o canto do lábio com a ponta de uma longa unha. – Voltando àquele assunto, se você tentar escapar, eu não teria outra escolha a não ser impedir a tentativa através daqueles meios que estão disponíveis para seres como eu. – Seus olhos cintilaram.

– Você não precisa se preocupar com isso – afirmou Kendra.

– Eu sei que não – concordou Torina. – As janelas estão todas barradas. As barras são invisíveis pra evitar atenções não desejadas. As portas estão trancadas e poderosamente reforçadas. Eu poderia te deixar sem vigilância e ainda assim você jamais teria esperança em poder escapar. Mas eu tenho guardas, e o meu sussurro vigilante.

Vovó e vovô tinham um sussurro vigilante tomando conta dos prisioneiros no porão. Kendra não sabia muita coisa sobre ele.

– O que um sussurro vigilante faz?

– Engraçado você fazer essa pergunta – observou Torina, indo na direção da porta pela qual Kendra entrara. Ela abriu a porta e proferiu uma ordem numa língua estrangeira. Um vento frio soprou através da porta. – Fique paradinha, Kendra.

Kendra sentou-se de maneira rígida no chão de madeira enquanto o ar gélido rodopiou ao seu redor. O ar assentou, agitando-se ligeiramente, e ficou ainda mais gelado, um frio penetrante que fez os dentes dela baterem. Ela conteve a respiração à medida que o ar frígido a acariciava estranhamente. Torina emitiu mais uma ordem ininteligível, e o ar frio sumiu, soprando porta afora.

– Agora que o sussurro vigilante sentiu o seu cheiro, escapar daqui tornou-se impossível – disse Torina, fechando a porta. – Barras nas janelas são uma redundância desnecessária. Assim como são os meus parceiros que certamente manterão um olho vivo em você. Assim como os encantos que eu coloquei nas portas.

– Entendi – disse Kendra, deprimida.

– Para o seu próprio bem, eu espero que tenha entendido. Agora, minha cara, sei que não é culpa sua, mas você está fedendo a madeira queimada e seiva de árvore. Eu sinto muito por você ter sido submetida aos rigores da natureza. Tal tortura é cruel e incomum, mas o pobre Rex estava dando o melhor de si pra não chamar muito a atenção. A primeira providência que tomaremos vai ser recolocá-la num estado apresentável. Você vai encontrar um traje novo no meu banheiro junto com quaisquer acessórios que porventura necessite.

Fazendo um gesto para que Kendra a seguisse, Torina foi clicando no chão até passar pela porta e entrar num banheiro decorado com muito bom gosto. Kendra passou a mão em cima da pia de granito, percebendo a coleção de produtos cosméticos com aparência cara. Os aromas estonteantes de sabonetes finos e loções misturavam-se no ar. Luzes suaves estavam alinhadas no espelho acima da pia. Kendra achou que seu reflexo estava com uma aparência estranhamente bonita.

– É impressionante o que uma luz adequada não faz pela fisionomia das pessoas – observou Torina airosamente. – Aqui estão as suas coisas. – Ela passou os dedos numa toalha grossa e macia e fez um gesto na direção de um vestido xadrez verde e branco. – Você pode usar a banheira de hidromassagem ou tomar uma chuveirada no box espaçoso. Quanto aos xampus e aos sabonetes, o que é meu também é seu. Eu vou deixar que você tenha um pouco de privacidade. Estarei por perto caso precise de alguma coisa.

– Obrigada – disse Kendra.

Torina saiu, fechando a porta atrás de si. Kendra trancou-a. O banheiro tinha uma janela com vidro opaco. Era grande o suficiente para uma pessoa poder passar por ela. Para a eventualidade das barras invisíveis não passarem de um ardil, Kendra resolveu abrir a janela. Parecia que ela oferecia um acesso fácil ao telhado, mas quando Kendra esticou a mão, sentiu barras de metal bloqueando qualquer saída em direção à noite fria, exatamente como prometera Torina. Ela fechou a janela com um suspiro.

Kendra cruzou os braços, se encostou à parede e avaliou o opulento banheiro. Ela quase teria preferido estar confinada numa cela lúgubre. A sensação teria sido menos traiçoeira. Ela não apreciava as ilusões de amizade e conforto. Para Kendra, Torina aparentava ser uma sedutora planta tropical com o intuito de devorar insetos distraídos.

No entanto, lá estava ela naquele adorável banheiro, e realmente estava necessitada de um banho. Portanto, talvez devesse mesmo tomar um. Kendra despiu-se. Embaixo de seus pés descalços, o chão estava pegajoso com resíduos de spray capilar. O vapor quente do chuveiro dava uma sensação agradável, assim como o sabonete perfumado. Depois de se lavar, Kendra permaneceu um tempo debaixo do chuveiro com os olhos fechados, absorvendo o vapor, desfrutando a sensação da água escorrendo por suas costas, relutando em encerrar aquele solitário interlúdio.

Finalmente, ela desligou a torneira e se enxugou. Vestiu roupas de baixo novas e o vestido axadrezado. Tudo se encaixava perfeitamente.

Cabelos ainda molhados, Kendra abriu a porta e voltou para o quarto moderninho. Torina tirou rapidamente um par de óculos de leitura e jogou para o lado uma revista de celebridades. Dobrou os óculos de qualquer maneira e enfiou-os na bolsa. Em seguida levantou-se e disse:

– Eu estava começando a me preocupar com a possibilidade de você nunca mais aparecer.

– O banho estava bom.

– O vestido está uma graça. Dá uma voltinha pra eu ver.

Kendra a satisfez.

– Ótimo – aprovou Torina. – Nós precisamos fazer alguma coisa com seus cabelos.

– Eu não estou muito no clima pra isso.

– Só um penteadozinho com estilo, que tal? Ou então podíamos arregaçar as mangas e nos divertir pra valer. Realces em vermelho e dourado? Não? Numa outra noite, quem sabe. Eu não sou nenhuma amadora, viu?

– Eu acredito em você. Vamos adiar isso um pouco.

Torina sorriu.

– E se nós déssemos uma volta por aí? Ou será que eu devo simplesmente te mostrar o seu quarto?

– Estou meio que cansada.

– É claro que está, querida. Mas você também deve estar se sentindo desconcertada, uma estranha num lugar novo. Deixe-me pelo menos te mostrar o aquário. Depois eu deixo você descansar um pouquinho.

– Você manda.

Torina seguiu na frente pelo corredor, os saltos fazendo clique, a cintura balançando. Kendra ia atrás dela, impressionada com a decoração. Quanto não deveria custar mobiliar uma casa daquele tamanho de modo tão suntuoso?

– Nosso aquário é singular – comentou Torina, abrindo um par de portas decoradas. – Ele também funciona como a nossa biblioteca.

Kendra parou no umbral, boquiaberta diante do que via à sua frente. Prateleiras de livros preenchiam as paredes do chão ao teto, interrompidas apenas por um ou outro nicho onde se encontravam dispostos instrumentos científicos antigos. Pesados sofás de couro e poltronas reclinadas ofereciam uma fartura de espaços para que o leitor relaxasse, acompanhados de uma variedade de bonitas mesas para adicionar um pouco mais de conforto. Fora as luzes no teto, diversas luminárias contribuíam para a iluminação equilibrada do local. Mas nada disso foi o responsável por deixar Kendra petrificada no umbral.

Dezenas de peixes vagavam pelo ar, como se estivessem nadando na água. Quanto mais Kendra mirava, mais detalhes eram registrados por seus olhos. Arraias de vários tamanhos patrulhavam o recinto, suas barbatanas em forma de asa batendo com delicadeza. Um polvo estava grudado na lateral de uma otomana. Peixes exóticos com faixas e manchas em cores vivas nadavam em cardumes sincronizados. Crustáceos rastejavam pelo chão, as antenas apontadas para cima. Um tubarão de 1,80m com pontinhos pretos nadava à espreita na biblioteca em círculos ameaçadores.

Em contraste com a visão bizarra diante de si, Kendra inalava o que parecia ser ar normal. Nada na sala continha um pouquinho que fosse de umidade.

Torina requebrou o corpo e entrou na espaçosa biblioteca infestada de peixes.

– Isso não é um espetáculo? Entre!

– E o tubarão? – perguntou Kendra.

– Shinga? É um tubarão-leopardo. Nós nunca tivemos nenhum problema sério com ele. As enguias às vezes são um pouco mordazes. Basta ficar longe do globo.

Kendra entrou hesitante no local, encantada com o peixe que nadava ao seu redor.

– Posso tocar em algum?

– Claro. Experimente o grandão com as listras amarelas.

O peixe ficou fora de alcance, as barbatanas fluindo como se ele estivesse na água, e Kendra roçou a pontinha do dedo na lateral. A sensação era ligeiramente pegajosa e surpreendentemente palpável.

– Eles são de verdade?

Torina deu uma risadinha.

– Com certeza.

Kendra notou um peixe laranja com uma elaborada série de esporões aproximando-se da porta.

– Não é melhor fechar a porta?

– Eles não podem sair.

Kendra agachou-se ao lado do polvo, inclinando a cabeça para poder ver algumas das ventosas nos tentáculos. O corpo do polvo flexionou-se, pulsando estranhamente, e Kendra afastou-se rapidamente. Três cavalos-marinhos pairaram nas proximidades. Ao lado de uma luminária, pequenos peixes engoliam fragmentos diminutos de uma matéria flutuante.

– Isso é muito legal. Como é que funciona?

– Você quer a resposta fácil? – perguntou Torina, a mão com unhas muito bem feitas na cintura. – Magia. – Ela comprimiu os lábios, pensativa. – Como eu poderia colocar isso em termos leigos? Imagine que numa realidade adjacente, essa biblioteca esteja cheia de água. Um contêiner robusto mantém tudo isso no lugar. Em seguida imagine que esses peixes sejam capazes de habitar ambas as realidades simultaneamente. Eles estão interagindo totalmente em ambas as realidades, ao passo que nós continuamos sem perceber a água. Essa descrição não é exata, mas transmite a ideia de maneira adequada.

– Inacreditável – sussurrou Kendra, observando cautelosamente o liso tubarão pairar quase que ao alcance de seu braço.

– Nós podemos estar cercadas por celeiros e recheadas de vacas e bois, mas nem mesmo os incontáveis quilômetros de fazenda podem nos negar pelo menos algumas amenidades verdadeiramente sofisticadas.

– Como é que você alimenta os peixes?

– Às vezes eles devoram uns aos outros, embora nós tenhamos alguns meios mágicos de intimidação no local, principalmente com o tubarão. Normalmente nós apenas fazemos com a comida deles o que fazemos com eles, deixamos flutuar em ambas as realidades, e eles a encontram sem maiores problemas. – Torina bateu palmas. – Eu testei a sua paciência tempo o bastante. Permita-me acompanhá-la até o seu quarto.

Kendra deixou que Torina a conduzisse de volta ao corredor. Ela roubou alguns olhares de relance na direção do aquário surreal e imaginou como uma pessoa conseguiria ler alguma coisa naquele local. Torina direcionou Kendra através de uma escada ao terceiro pavimento, onde inúmeras portas margeavam um estreito corredor. Kendra vislumbrou um homem idoso espiando de um dos umbrais, mas ele sumiu de vista assim que elas se aproximaram. Torina, sem prestar a menor atenção a ele, acompanhou Kendra à terceira porta à direita.

Depois da porta encontrava-se uma cama de rodinhas cheia de babados, um vestíbulo, uma estante, um par de mesinhas de cabeceira, uma modesta escrivaninha e um pequeno banheiro particular. O quarto simples possuía uma única janela e paredes desprovidas de enfeite.

– Esse vai ser o seu quarto enquanto você estiver aqui – disse Torina. – Você pode explorar o andar como bem lhe aprouver. Por favor, não se aventure pelo resto da casa, exceto se for convidada. Eu prefiro não ser obrigada a transferir você para acomodações menos confortáveis.

– Pra uma sequestradora, até que você tem sido bem legal comigo – disse Kendra. – Legal até demais. É realmente estranho. Você vai me engordar e depois me comer?

Torina franziu os lábios e arranhou delicadamente o canto do olho.

– As referências às bruxas estão começando a ficar cansativas, minha cara.

– O que você vai fazer comigo? Você mencionou o Esfinge.

– Você respondeu a sua própria pergunta. Eu vou fazer o que o Esfinge mandar.

A boca de Kendra ficou seca.

– Ele vai aparecer aqui?

Um sorrisinho maroto surgiu nos lábios de Torina.

– Eu não sou a mantenedora dele, mas espero que ele apareça, mais cedo ou mais tarde. Escute, querida, não tenho a menor intenção de tornar a sua situação mais dura do que o necessário. Acredite em mim, você não tem como escapar, e ninguém encontrará você aqui. Não bagunce o coreto e eu manterei as coisas suportáveis.

Kendra duvidava muito que pudesse extrair mais informações úteis de Torina.

– Tudo bem. Eu vou tentar ser boazinha.

– Durma bem, Kendra.

Torina fechou a porta.

Kendra sentou-se na beirada da cama. O que poderia querer o Esfinge? Informações? Cooperação? Será que ele a torturaria? Será que ela teria condições de resistir à tortura? Antigo como ele era, provavelmente conhecia milhões de maneiras de obrigar as pessoas a falarem. Havia inúmeros segredos que ela precisava proteger. Será que ele iria querer usar sua habilidade fadencantada para recarregar objetos mágicos gastos? Será que ele encontraria meios de usar as habilidades dela para fazer mal às pessoas que ela amava?

Ela visualizou a falsa Kendra naquele momento dormindo em sua cama. O que estaria fazendo a impostora? Será que ela faria algum mal a Seth ou a seus pais? Supostamente, a impostora tinha acesso a suas lembranças. Será que ela já estava divulgando segredos? Kendra colocou as mãos no rosto. Quando o Esfinge chegasse, quaisquer segredos que ela eventualmente possuísse talvez já fossem irrelevantes.

Ela ouviu uma suave batida na porta. Kendra saltou da cama e a abriu. Dois senhores idosos estavam esperando do lado de fora, um sentado numa cadeira de rodas, o outro empurrando-a.

– Bem-vinda – disse o homem na cadeira de rodas. Seus cabelos brancos estavam desgrenhados. Ele usava grossos óculos de aro de chifre, pijamas lisos e chinelas de feltro. Um jornal dobrado estava pousado em seu colo.

– Podemos entrar? – perguntou o homem que empurrava a cadeira. Seu couro cabeludo calvo estava repleto de manchas de sol.

– O que vocês querem? – perguntou Kendra, sem sair da frente.

– Nos apresentar – disse o homem na cadeira. – Nós somos seus novos vizinhos.

O homem atrás da cadeira baixou o tom de voz.

– Nós sabemos algumas coisas que podem ser úteis. – Ele fechou os olhos.

Kendra saiu do caminho.

– Não está tarde?

– Pouco nos importa se está tarde – resmungou o homem na cadeira de rodas. – Muitos dias são iguais aqui. Você acaba enjoando. Um novo rosto é manchete de capa. – O homem calvo guiou a cadeira de rodas para dentro do quarto.

– Eu sou Kendra.

– Haden – disse o cara na cadeira de rodas. – O outro velhote aí é Cody.

– Nós não somos exatamente velhotes – disse Cody. – Eu tenho trinta e dois anos. Haden tem vinte e oito.

– Ah, não – disse Kendra. – Ela drenou vocês! Como é que foi? Posso perguntar?

– A primeira mordida é rápida – disse Cody. – Deixa você paralisado. Depois ela realmente não desgruda de você, e dá pra sentir que a sua vida está se esvaindo. O seu corpo definha. Diminui. Não dói. É como se fosse um sonho. É difícil descrever.

– Torina faz uma encenação e tanto – alertou Haden. – Não confie nela. Nem por um segundo.

– Por que vocês moram aqui com ela? – quis saber Kendra.

— Nós somos prisioneiros — disse Haden. — Torina escolhe suas vítimas com sabedoria. Eu não tenho nenhum parente próximo. Mesmo que eu conseguisse de alguma maneira dar o fora daqui, um cara incompetente como eu não teria pra onde ir.

— O mesmo comigo — ecoou Cody.

— Então a gente coopera — disse Haden, com resignação em seu tom de voz. — É a única alternativa.

— Você não quer acabar no porão — alertou Cody. — Alguns dos outros caras na mesma situação que a gente acabaram lá embaixo. Nada agradável. Eles nem sempre voltam.

— Quantos de vocês existem aqui? — perguntou Kendra.

Haden inflou as bochechas e exalou lentamente.

— Sete, nesse exato momento. Dois no porão. Um em seu leito de morte. Um quase não sai do quarto. Tipo quieto. E Kevin é o cãozinho de estimação dela. Fala tudo pra ela. Fique longe de Kevin.

— Dois outros morreram desde que eu cheguei — acrescentou Cody.

— Não está dando pra entender muito bem — reclamou Kendra. — Vocês estão falando de centenas de anos de vitalidade. Existem muitos lectoblixes aqui?

— Só ela — disse Haden. — Ela é bem velha, e está escorregando. Como uma pilha recarregável que não recarrega mais. Cada ano que passa ela envelhece o quê, pelo menos vinte e cinco anos!

— Quase trinta! — asseverou Cody.

— Ela rouba quarenta ou cinquenta anos de nós e os consome em menos de dois.

— Que coisa horrível — disse Kendra.

— Ela tenta não se regalar excessivamente — disse Cody. — Ela odeia exibir rugas, mas se ocorrerem muitos desaparecimentos ela vai ter de transferir a operação toda para algum outro lugar, vai ter de encontrar um outro covil. Ela está aqui há quase vinte anos, é mais ou menos o que a gente imagina.

Haden ergueu o jornal do colo e começou a abri-lo.

– Ela está à cata de uma nova presa. Anda publicando esse anúncio aqui em todos os condados das redondezas já faz uma semana. – Ele dirigiu a atenção de Kendra para um determinado anúncio:

Viúva rica
Procura jovem do sexo masculino para companheiro
aliviooutonal@gmail.com

– É assim que ela faz pra pegar as vítimas?! – exclamou Kendra.

Haden e Cody trocaram olhares desconfortáveis.

– Nós fomos idiotas o bastante pra cair nessa – disse Cody.

– Parecia uma grana fácil – admitiu Haden. – Eu fiquei curioso.

– Ela tem uma consciência e tanto, entende? – disse Cody.

– Principalmente quando entra num frenesi de talk-show – interveio Haden, rolando os olhos.

– Ela fala pra si mesma que está apenas exaurindo os anos dos garimpeiros. Tirando de quem tira. É claro que a gente nunca teve chance de tirar coisa alguma. E ela nem se importou em descobrir que tipo de cara a gente era.

– Não somos piores do que a maioria. Nenhuma malícia. Nós apenas demos de cara com o anúncio errado.

– Como acontecerá com algum outro pobre imbecil logo, logo.

– E então nós teremos uma outra cara nova.

Cody ergueu as sobrancelhas.

– A miséria adora companhia.

Apesar das idades reais que os homens afirmavam ter, o duo certamente estava agindo como coroas excêntricos. O que fez Kendra imaginar o quanto seus corpos envelhecidos não estariam afetando suas personalidades.

– Por falar em caras novas – disse ela –, o que vocês iam me dizer mesmo? Enfim, pra me ajudar.

Haden ajustou os óculos.

– Não confie nela. Não desobedeça, senão você vai acabar no porão. Não a deixe com raiva.

O rosto de Cody adquiriu um tom solene.

– Eu a vi sugando os últimos anos de um cara que não sabia quando era a hora de parar com os insultos. Ela foi ficando cada vez mais jovem e ele... morreu. Ela normalmente deixa sua presa com alguns anos finais. Ela sente culpa o bastante pra deixar alguma coisa pra maioria de nós. Mas não a deixe irritada. Ela é capaz de horrores que você nem consegue imaginar.

– Você está assustando a menina – reclamou Haden. – A melhor dica é essa aqui: bajulação funciona que é uma maravilha. Mesmo quando sabe que a puxação de saco é exagerada, Torina não consegue resistir a acatar observações generosas. É realmente patético. Da forma como eu vejo a coisa, no fundo, no fundo, ela precisa tão desesperadamente se sentir admirada que dá uma enorme importância a palavras doces, principalmente sobre sua aparência.

– Ela está supervulnerável nesse exato momento, quando a idade dela está visível – concordou Cody.

Haden reclamou:

– Velha ou jovem, ela está sempre sedenta por elogios. Não chega ao ponto de te soltar ou qualquer coisa assim. Mas ela vai tornar a sua vida mais fácil se você adulá-la.

– Ao bom entendedor, meia palavra basta – disse Cody, acrescentando uma piscadela a título de ênfase.

— Agora que fizemos nossas apresentações – anunciou Haden –, é melhor deixarmos essa jovem em paz.

— Pra que tanta pressa – reclamou Cody. – Uma última pergunta. Kendra, diga pra nós, o que você fez pra merecer a atenção dela? Por que Torina trouxe você pra cá?

— Não insista pra ela extravasar tudo em nosso primeiro encontro – grunhiu Haden.

Cody indicou que ele se calasse.

— Acho que é principalmente porque eu tenho informações que ela quer – disse Kendra.

— Você faz parte do mundo dela – confirmou Cody. – Não é nenhuma garota da rua.

— Eu sei que existem criaturas mágicas escondidas entre nós, junto com outras pessoas perigosas como ela – confirmou Kendra.

Haden e Cody assentiram com a cabeça em silêncio.

— Nós não sabemos muita coisa sobre o mundo sobrenatural – disse Cody. – Só o que nós vimos desde que passamos a morar aqui.

— Tenha cuidado – aconselhou Haden. – Nós vamos tentar ficar alertas pra você, vamos tentar manter nossos ouvidos aguçados.

Cody girou a cadeira de rodas de Haden porta afora.

— Amanhã a gente se vê, Kendra – disse Cody.

— Boa noite, pessoal. Sinto muito vocês estarem aqui.

Haden se contorceu na cadeira e apontou para ela.

— Sinto o mesmo por você, só que mais ainda.

CAPÍTULO CINCO

Pranto

A neve endurecida brilhava sob o sol de inverno, refratando a luz em padrões deslumbrantes, como se o cemitério estivesse inundado de diamantes. Por fim, a brisa ascendente empurrou a vanguarda de uma fileira de nuvens ameaçadoras para a frente do sol, reduzindo o brilho intenso, deixando o cemitério frio e soturno. Aqui e ali, flores e pequeninas bandeiras acrescentavam salpicos de cor aos túmulos apinhados de neve.

Usando um terno azul-escuro, os cabelos bem penteados, Seth estava sentado com as costas apoiadas num obelisco de dois metros e meio de altura, os pulsos repousando sobre os joelhos. O terno oferecia apenas uma diáfana proteção contra o frio gélido, mas ele mal reparava. Sua irmã havia sido enterrada recentemente no jazigo da família perto de vovó e vovô Larsen. Ele dissera pacientemente a seus pais que precisava de alguns minutos sozinho.

Não havia lágrimas nos olhos de Seth. Ele achava que havia utilizado seu suprimento de uma vida inteira ao longo dos últimos dias.

Agora se sentia entorpecido e seco, como se toda a emoção tivesse sido arrancada de seu ser.

Passos esmagavam a neve, aproximando-se pelo lado e por trás. Um momento depois, vovô Sorenson estava em pé ao lado dele, as mãos nos bolsos.

– Como é que você está indo, Seth?

Seth mantinha os olhos nos sapatos de vovô.

– Eu estou bem. E vocês? – Eles ainda não haviam encontrado uma oportunidade para de fato conversarem. Vovô e vovó Sorenson mal haviam chegado a tempo para o funeral.

– Você pode imaginar – suspirou vovô. – A situação como um todo é um pesadelo insuportável. Nós temos lutado para juntar os cacos do que aconteceu.

Seth levantou a cabeça.

– Acharam alguma pista? – Era isso o que ele precisava. Todos estavam chafurdando na perda. Ele necessitava de respostas.

– Algumas. Quando você se sentir preparado, nós podemos...

– Eu já estou preparado – assegurou-lhe Seth. – Preciso saber como e por quê.

Vovô assentiu com a cabeça.

– Alguns amigos nossos invadiram o necrotério e fizeram uma autópsia informal em Kendra. Parece que é ela mesma. Pelo menos não se trata de uma troca de pessoas. Nós ainda não conseguimos esquadrinhar que espécie de controle mental pode ter sido utilizado.

– Ela não estava agindo como se fosse ela – sustentou Seth. – Não era a Kendra quem estava no comando.

– Eu tenho certeza disso – concordou vovô. – Assim como Warren. O homem que administra a creche onde ela trabalhava como voluntária, Rex Tanner, apareceu morto em seu apartamento no fim de semana. O que você sabe sobre ele?

— Nada. Mas isso aí é realmente suspeito.

— Uma aposta segura é que, seja lá o que aconteceu com Kendra, originou-se na creche. Mas a pista não leva a nada. — Vovô olhou ao redor e em seguida fez um gesto com o braço. — Seus pais foram embora. Eu lhes disse que o levaria para casa. Eles não estavam em condições de discutir. Eu quero te apresentar a uma pessoa.

Seth ouviu mais passos se aproximando, estes muito mais furtivos do que os de vovô. Eles raspavam a neve, muito mais do que a esmagavam. Um homem negro e calvo, vestindo um longo casaco de couro escuro e botas bem engraxadas, contornou o obelisco. As pedras dos túmulos refletiam em seus óculos de sol.

— Seth, esse aí é o Trask — disse vovô. — Ele é detetive e Cavaleiro da Madrugada. Ele vai nos ajudar a descobrir o que aconteceu.

— Maneiro o seu visual — disse Seth. — Você anda de moto?

Trask olhou para ele.

— Sinto muito pela sua perda. — Não havia nenhum contrassenso em sua voz.

— Você já descobriu alguma coisa?

Trask olhou de relance para vovô, que assentiu com a cabeça.

— Eu passei os últimos dias em Monmouth, Illinois.

— Pra onde a carta foi endereçada — recordou Seth.

— Fiquei de olho na caixa postal. Passei algum tempo na universidade local, conheci a cidade e as áreas circunvizinhas. Lugar legal. Até agora, não temos nenhuma informação. Eu deixei um homem vigiando o correio.

— Fico feliz por vocês terem seguido a pista da carta — disse Seth.

— Nós não estamos nem perto de uma conclusão — prometeu Trask. — Quero ouvir em primeira mão as excentricidades que você notou em relação ao comportamento da sua irmã.

Seth contou novamente como Kendra agira durante o café da manhã, como ela chegara em casa cedo da creche, como ela agira de maneira exagerada quando o encontrou em seu quarto, e o último e trágico confronto com Warren.

– Tudo isso aconteceu no mesmo dia – confirmou Trask.

– É isso aí. Exceto a parte assustadora com Warren que, tecnicamente, ocorreu cedinho no dia seguinte.

– Nenhum comportamento estranho no dia anterior.

– Bom, ela ficou na dela mais do que costumava ficar, na noite anterior. Ficou trancada no quarto.

– Depois que ela chegou da creche – disse Trask.

– Certo – disse Seth. – Ela parecia muito ser ela mesma um dia antes.

Trask virou a cabeça na direção de vovô.

– Tudo aponta para a creche. Elise verificou as janelas diversas vezes enquanto Kendra estava lá. Nada parecia estar faltando. Eu entrevistei Ronda Redmond, uma mulher que trabalha com Kendra. Eu me apresentei como investigador particular. Ela afirmou que a única vez que Kendra saiu de seu campo de visão no dia em questão foi quando Rex levou Kendra pra seu escritório por alguns minutos para atender um telefonema da mãe de alguma criança. Nós mantivemos uma total vigilância sobre Ronda e escavamos bem fundo o passado dela. Seja lá o que tenha ocorrido, ela parece não passar de uma mera expectadora.

– Essas são as últimas informações – disse vovô para Seth.

– Eu quero ajudar a descobrir mais coisas – disse Seth. – De repente você pode me usar como isca.

Vovô balançou a cabeça.

– Nós não podemos fazer nada desse tipo até entendermos melhor com o que estamos lidando.

— Warren e Elise não são principiantes – disse Trask. – Nem eu. Isso foi feito com um inimaginável nível de sofisticação. Nós vamos chegar ao fundo disso, mas necessitaremos de tempo. A menos que novos detalhes lhe venham à mente, Seth, você seria de mais utilidade para nós voltando a Fablehaven com seu avô.

— Pra Fablehaven? – perguntou Seth.

— Tanu já está preparando os seus pais – disse vovô. – Devido a agitada condição na qual eles se encontram por causa da perda de Kendra, e a habilidade dele com as poções, eles logo chegarão à conclusão de que você deve passar o Natal com sua avó e comigo.

— Não – protestou Seth suavemente. – Eu quero ficar aqui, ajudando na investigação.

— Nós não temos como protegê-lo muito bem aqui – disse Trask. – Existem muitos motivos para preocupações. Nós não temos como ter certeza se a carta foi o único comunicado enviado aos nossos inimigos por seja lá quem estava se passando por sua irmã. Quem tem como dizer o que eles já podem ter descoberto? Precisamos assumir uma postura defensiva até termos uma compreensão mais completa da situação.

— Levante-se – disse vovô, estendendo a mão enluvada.

Seth pegou-a e deixou que vovô o levantasse. De pé, ele obteve uma noção melhor da impressionante estatura de Trask. Eles começaram a percorrer o cemitério coberto de neve.

— Você sabe onde se encontram os pertences de Kendra? – perguntou vovô a Seth.

— Eu escondi o diário e as cartas, como Warren mandou. E achei o cajado de chuva de Lost Mesa. Ela tinha escondido ele bem mesmo, atrás do forro do closet dela. Kendra fez uma pequena abertura e enfiou o cajado lá dentro, depois lacrou o local muito bem. Eu levei um bom tempo pra descobrir o esconderijo.

— Nós vamos levar esses pertences para casa conosco – disse vovô.

— Vovô – disse Seth, hesitante. – Eu peguei um pouco de ouro de Fablehaven no verão passado. Achei que tinha ganhado o ouro fazendo negócio com os sátiros, aí não devolvi todo o montante para vocês. Kendra me pegou. Antes de deixar de ser Kendra. Ela não está aqui pra me entregar, mas eu queria que você soubesse que vou devolver o ouro todo.

Os olhos de vovô ficaram marejados. Ele deu um tapinha nas costas de Seth e assentiu com a cabeça.

※ ※ ※

Na última vez que Seth estivera em Fablehaven, ele viajara no meio da noite no banco traseiro de um vistoso carro esportivo pilotado por Vanessa. O ritmo era consideravelmente mais lento com vovô Sorenson no volante de um utilitário pesadão.

Vovô e vovó passaram dois dias consolando os pais arrasados de Seth enquanto Tanu ajudava Warren, Elise e Trask na investigação do homicídio. Os dias foram desprovidos de eventos significativos, de modo frustrante. Nenhuma pista nova foi descoberta. Nenhum inimigo surgiu. E eles não conseguiram encontrar nenhum vínculo entre Rex e a Sociedade da Estrela Vespertina. O supervisor da creche parecia ter sido uma vítima inocente.

Trask, Warren e Elise haviam ficado na cidade para dar continuidade ao trabalho. Estranhamente tranquilo e pensativo, Tanu seguia viagem ao lado de Seth, o cinto de segurança com um comprimento quase insuficiente para dar conta de seu corpanzil samoano. Vovó estava sentada na frente com vovô.

Seth tentava dormir, mas nunca conseguia se sentir confortável para isso. Sua imaginação recusava-se a parar de inventar motivos para explicar o que havia acontecido com Kendra. Ele tentava manter a mente aberta, mesmo ao ponto de questionar se algum controle mágico da mente havia sido de fato empregado. Se alguém tivesse usado uma chantagem bruta, talvez o estresse em si tivesse alterado a personalidade dela. Mas que ação poderia ter motivado Kendra a trair sua família? Talvez ela tivesse pensado que os estava protegendo de algo pior. Mas o quê?

O celular tocou, e vovô atendeu. Depois de um momento, o utilitário acelerou de modo brusco.

– Você contou para Dougan? – disse vovô. – Continue tentando. Isso, faça o que puder por ele, nós vamos correr. – Vovô colocou o aparelho de lado.

– O que foi? – perguntou vovó, alarmada.

– Maddox apareceu no sótão – disse vovô. – Está um caco. Magricela, sujo, machucado, doente. Coulter e Dale estão fazendo o que podem.

Embora estivesse empolgado por ouvir que o comerciante de seres encantados retornara, Seth ficou entristecido ao visualizar o robusto aventureiro adoentado e fraco. Pelo menos Maddox estava vivo.

– Ele veio pela banheira? – perguntou Seth. No verão passado, ele descobrira que Tanu havia levado uma grande banheira de latão para a reserva brasileira destruída para fornecer a Maddox um portal de onde ele pudesse voltar para casa. A banheira compartilhava o mesmo espaço que uma banheira idêntica que ficava no sótão de Fablehaven. Depois que um objeto era colocado em uma das banheiras, ele apareceria em ambas, permitindo que um cúmplice o removesse da outra. Quando as banheiras ficavam bem distantes uma da outra, o espaço que as ligava permitia que itens fossem instantaneamente transportados através de grandes distâncias.

– Veio, sim – disse vovô. – Depois de todo esse tempo. Bom trabalho, Tanu.

— Parece que Maddox vai precisar de um pouco de cura — disse Tanu.

— E é essa justamente a razão pela qual estou pisando firme no acelerador — respondeu vovô.

— Desgraça pouca é bobagem — observou vovó.

🦋 🦋 🦋

Enquanto o utilitário saía da estrada, Seth olhava pela janela na direção da floresta esquelética, impressionado com a distância que podia enxergar com as folhas caídas e a vegetação rasteira reduzida a raízes emaranhadas. Até então, ele só havia visto Fablehaven no verão. Tudo agora estava marrom e cinza, com alguns poucos resquícios de neve entre as folhas caducas.

O utilitário alcançou a entrada, passou pelo portão e chegou na casa. Os jardins que a cercavam permaneciam floridos de maneira absurda. Seth percebeu que as fadas deviam ser as responsáveis pela improvável floração.

Assim que pararam, Tanu saiu do carro e entrou correndo na casa. Desde o telefonema, ele estivera remexendo em suas poções e ingredientes. Seth saiu correndo atrás dele.

Dale estava parado no hall de entrada.

— Oi, Seth.

— Onde está Maddox? — perguntou Seth, incapaz de saber que direção Tanu tomara.

— Lá em cima, no quarto dos seus avós. A cama mais próxima da banheira.

— Como ele está?

Dale assobiou suavemente.

— Ele já esteve melhor, mas vai sair dessa. Você não para de crescer.

— Mas ainda não estou do seu tamanho.

Vovô e vovó passaram pela porta da frente juntos.

– Onde está ele? – perguntou vovó.

Dale os conduziu pela escada até o andar de cima e através do corredor em direção ao quarto onde Tanu estava sentado numa cadeira ao lado da cama, remexendo em seu saco de poções. Coulter estava encostado na parede no canto do quarto. Maddox estava na cama, os lábios ressecados, as bochechas vermelhas, uma imunda barba ruiva escondendo metade de seu rosto.

– Que bom te ver, Stan – grasnou ele, esticando o pescoço.

– Fique parado – advertiu Tanu. – Guarde as palavras pra mais tarde. – O samoano virou-se para olhar para vovô. – Ele está febril, mal nutrido e seriamente desidratado. Provavelmente está com parasitas no corpo. Punho quebrado. Tornozelo torcido. Concussão leve. Cortes e hematomas em toda parte. Preciso de um tempo com ele.

Vovô levou os outros para fora. Coulter foi com eles. Reuniram-se não muito longe do corredor.

– Ele divulgou alguma coisa? – perguntou vovô em voz baixa.

– Ele não está com o artefato. A Sociedade também não – disse Coulter, passando a mão pela cabeça quase toda calva, abaixando os tufos de cabelos grisalhos no meio. – Ele sabe a localização do cofre onde o artefato está guardado. Não tenho detalhes. Dale e eu estávamos tentando fazê-lo descansar.

– Nenhuma pista ainda sobre a sala que fica além do Hall dos Horrores? – perguntou vovô.

Coulter estremeceu.

– Apenas uma parede vazia. Eu passei um bom tempo investigando, muito embora aquele não seja o meu ambiente favorito.

– Você não encontrou a sala da carta de Kendra? – perguntou Seth. – Eu tinha imaginado que, na condição de administrador, você já saberia tudo a respeito.

— O segredo não nos foi revelado — disse vovó.

— Não estamos nem mesmo convencidos de que desejamos descobrir as possíveis localizações dos artefatos — explicou vovô. — Por enquanto, nós só queremos saber que temos acesso às informações caso surja alguma necessidade.

— O que existe exatamente no Hall dos Horrores? — perguntou Seth. — Vocês nunca foram muito específicos a esse respeito.

— Criaturas perigosas que não requerem cuidados em relação à manutenção são aprisionadas lá — disse Coulter. — Elas não precisam de comida e nem de bebida. Seres como o espectro que nós encontramos no bosque.

— Eles irradiam medo? — perguntou Seth.

— Alguns deles, sim — disse Coulter. — Isso faz com que ter de descer lá seja uma dor de cabeça. Eu normalmente prefiro ficar bem longe daquelas celas.

— De repente eu poderia ajudar a procurar essa sala, já que o medo mágico não me incomoda.

Vovó balançou a cabeça.

— Não, Seth, isso torna as coisas ainda mais perigosas para você, de uma determinada maneira. A ameaça que aquelas criaturas representam é real. O medo pode ser uma coisa boa. Ele nos mantém com uma atitude respeitosa diante dos seus poderes. Muitas dessas entidades poderiam destruir Fablehaven se escapassem de lá.

— Eu não ia soltá-las! Eu não sou idiota assim!

— Mas talvez fosse interessante ver qual é a aparência delas — sugeriu vovô.

— Você as viu? — perguntou Seth. — Como é que elas... espera um pouquinho, você está me testando.

— A curiosidade matou o gato — disse vovô. — E quase acabou com Fablehaven no passado, se eu me lembro dos detalhes.

— Eu sigo as suas regras — disse Seth. — Se a regra for não espiar, nem vai passar pela minha cabeça fazer isso.

— Se encontrarmos uma necessidade para sua imunidade especial, nós a usaremos — prometeu vovô.

— *Se* vocês encontrarem uma necessidade — murmurou Seth. — Eu aposto que não vão procurar com afinco. Tipo assim, Coulter, como foi que você soube que Maddox tinha aparecido? Enfim, ele só podia sair pela banheira por onde entrou, não é assim que funciona? Pra sair do nosso lado, alguém precisou levantar ele fisicamente.

— É exatamente isso — explicou Coulter. — Nós colocamos Mendigo como sentinela permanente, pra vigiar a banheira. Verdade seja dita, provavelmente não teríamos mantido o fantoche superdimensionado estacionado lá por muito mais tempo. Depois de todos esses meses, havia pouquíssimo espaço para esperanças.

Tanu abriu a porta do quarto e esticou a cabeça.

— Ele está estável agora. Respondeu bem ao tratamento. Eu o aconselhei a dormir um pouco, mas Maddox insiste em falar com vocês o quanto antes. Todos vocês.

— Ele está em condições? — perguntou vovô.

— Ele vai ficar bem. Está determinado. Vai descansar melhor depois que nós lhe dermos uma chance de ser ouvido.

Vovô conduziu a procissão de volta ao quarto. Maddox estava sentado com o corpo apoiado sobre os travesseiros. Sua pele brilhava devido ao suor, e seus lábios já pareciam estar menos quebradiços. Seus olhos olhavam para eles de modo alerta.

— Vocês não precisam olhar pra mim como se eu estivesse num caixão — disse Maddox, sua voz mais forte do que antes. — Confortável como é esse colchão, isso aqui está longe de ser o meu leito de morte. Eu já estaria zanzando pra cima e pra baixo se Tanu me permitisse.

— Você deve ter uma história e tanto para contar — instigou vovô.

— É isso aí, e aprendi uma ou outra lição. Primeiro e mais importante: nunca aceite missões dos Cavaleiros da Madrugada. — Ele piscou para Seth. — Onde está a sua irmã?

Todos os outros adultos trocaram olhares estranhos.

— Está morta — disse Seth, sem pestanejar. — A Sociedade pegou ela.

Maddox empalideceu.

— Minhas condolências, Seth. Eu não fazia a menor ideia. Que tragédia.

— Não foi culpa sua — assegurou-lhe Seth. — Você já tem problemas suficientes.

— Como você sobreviveu? — perguntou vovô.

— Me escondendo em cavernas, principalmente. Lugares escuros, úmidos e estreitos. Eu encontrei câmaras onde Lycerna não teria como me achar. Sobrevivi ingerindo alimentos horrorosos, insetos, fungos e coisas do gênero. Perdi a noção do tempo. Mal conseguia colocar a cabeça pra fora sem que houvesse alguma coisa pra me morder. Todas as aberturas para a caverna permaneciam intensamente vigiadas, noite e dia, chovesse ou fizesse sol. Então fiz um túnel pra escapar de lá, consegui chegar na casa e encontrei a banheira. Se eu não tivesse achado uma mensagem codificada de Tanu me informando sobre a minha viagem gratuita de volta, eu ainda estaria atolado em cavernas inundadas.

— Fico feliz pelo fato da minha missão ter servido a um propósito — reconheceu Tanu.

— Então ele acaba me salvando duas vezes, administrando poções milagrosas. Eu já estou duplamente em débito, meu amigo.

— Bobagem — disse Tanu, desdenhoso. — Pra começo de conversa, você estava arriscando a sua pele por todos nós.

— Estamos felizes por você ter conseguido voltar com vida — disse vovô. — Estávamos começando a perder as esperanças.

Maddox deu uma piscadela.

– Nunca deixem de me chamar. Eu já sobrevivi a vários arranhões na minha vida.

– Coulter mencionou que você tem uma ideia de onde o artefato estaria localizado – disse vovó.

– Isso eu tenho, sim – respondeu Maddox. – Posso desenhar um mapa, ou até mesmo levar uma equipe até lá.

– Um mapa já seria suficiente – disse vovó. – Nós vamos querer tratar desse assunto logo, logo, e você não está em condições de ir a campo.

– Estou surpreso de você não ter voltado com algumas fadas a tiracolo – disse Coulter.

– Foi quase – disse Maddox, os olhos cintilando. – Dei de cara com alguns espécimes exóticos. Tenho alguns métodos seguros para atrair e fazer amizade com fadas, mesmo naquelas condições horrendas. Sem um pouco de ajuda das fadas, eu não teria como sobreviver nas cavernas. Eu queria trazer algumas delas comigo, mas no fim, por pouco não consigo sair de lá com a minha pele! Oportunidade perdida.

– É melhor você descansar agora – instou Tanu.

– E o mapa? – reclamou Maddox.

– Logo, logo nós vamos trazer alguns materiais aqui para você – prometeu vovó. – Feche os olhos e recupere um pouco de força.

Maddox olhou ao redor do quarto, para uma pessoa de cada vez.

– Obrigado por me tirarem de lá e me darem um lugar onde aterrissar. Eu devo a vocês todos.

– Muito pelo contrário – disse vovó. – Nós é que devemos a você por ter se submetido a uma missão tão perigosa. Agora descanse um pouco.

Maddox fechou os olhos e recostou-se nos travesseiros.

CAPÍTULO SEIS

O Olho-que-tudo-vê

— Tudo bem, Kendra – disse Haden, pegando uma rainha habilmente esculpida entre um dedo e o polegar. – Saber como as peças se movem e como capturá-las é apenas uma pequena parte do jogo. Compreender posições e valores é crucial. Eu conheço um sistema de pontos que atribui valores às peças de um modo útil. Pense na rainha como nove pontos. – Ele baixou-a e começou a tocar as outras peças enquanto as nomeava. – Torres são cinco, cavalos três, bispos três e peões um. Isso deve te ajudar a calcular se um sacrifício vale a pena.

— E o rei?

— Pense a respeito.

— Certo. Prioridade máxima. Não dá pra dar de fato um número a ele.

— Bom. Brancas se movem primeiro, então é a sua vez.

Kendra estudou sua fileira de peões. Ela podia mover uma das oito peças para uma ou duas casas adiante.

– Existe uma maneira melhor de se iniciar?

– Os primeiros movimentos estabelecem muita coisa sobre o jogo. Experimente e veja.

Kendra mordeu o lábio.

– O xadrez não é um jogo meio que pra coroas?

Haden levantou as sobrancelhas.

– Eu lhe pareço uma pessoa jovem? Minhas pernas não funcionam. O que meio que limita as minhas opções. Isso aqui mantém a minha mente ágil. Eu estou entusiasmado por treinar uma nova oponente.

Kendra levantou o peão na frente da rainha e moveu-o duas casas adiante.

A porta do quarto de Haden foi aberta e Cody entrou.

– Nós temos visita – anunciou Cody.

– Quem? – perguntou Kendra.

– A mosca mais recente aterrissou na rede de Torina – respondeu ele.

Kendra se levantou.

– A próxima pessoa que ela pretende drenar!

Haden espelhou o movimento de Kendra, o peão dele impedindo o dela de avançar mais uma casa.

– Você vai se acostumar com isso – murmurou Haden.

– Precisamos alertá-lo – declarou Kendra.

– Isso pode não cair muito bem – disse Cody. – Nós apenas deixaríamos Torina irritada e tornaríamos a vida de todos pior, incluindo a da nova vítima.

– Pessoal, vocês desistiram completamente? – acusou Kendra.

– Nós aceitamos o inevitável – apascentou Haden. – Sente aí.

– Não, obrigada – disse Kendra, saindo do quarto como um foguete. Cody deu um passo para o lado para permitir que ela passasse.

— Cabeça-dura — ela ouviu Cody murmurar às suas costas. Kendra estava andando com muita rapidez para conseguir discernir a reação de Haden.

Ela alcançou o fim do corredor e começou a descer a escada. O que de pior poderia acontecer? Torina poderia talvez sugar sua juventude? Matá-la? Trancá-la no porão? Kendra cerrou os punhos. Ela já era uma prisioneira. Qual a vantagem de fingir que era uma hóspede? Pelo menos era uma chance de ela ajudar alguém e, quem sabe no meio do processo, ajudar a si mesma. Se ela não tirasse alguma vantagem de oportunidades como aquela, jamais sairia de lá.

Kendra alcançou o segundo pavimento. Um duende grande usando um terno barrava o acesso à escadaria que levava ao térreo. Sua pele macilenta e vermelha esticava-se sobre os ossos protuberantes da bochecha e uma mandíbula proeminente. Veias ziguezagueavam grotescamente nas laterais de sua testa inchada.

— Volte lá pra cima — rosnou ele, cerrando os dentes desiguais.

— Preciso falar com Torina — exigiu Kendra. — É uma emergência.

— Nada de joguinhos — ralhou o duende.

— Eu nunca vi você antes — disse Kendra. — Não tenho nenhum motivo pra te obedecer. Eu preciso falar com Torina. É urgente.

— Por que você acha que ela está aqui embaixo? A ama está ocupada. Mais tarde ela vai te procurar. Seu lugar é lá em cima.

Kendra tentou contorná-lo e descer a escada, mas o corpulento duende agarrou-lhe o braço com a mão áspera.

— Isso não é da sua conta — rebateu Kendra. — Eu preciso descer. Você sabe que eu não tenho como sair dessa casa. Me solte ou o Esfinge vai transformar você em carne moída. — Os dois se entreolharam com fúria por um momento. Depois de uma pausa hesitante, os dedos calosos abriram-se abruptamente, soltando o braço dela.

— Eu acho que não é você quem vai dar ordens ao Esfinge – gargalhou o duende.

Kendra desceu correndo a escada. Obviamente, o duende tinha algumas dúvidas, mas não se importou em apontá-las. Trotou pelo hall de entrada e fez uma pausa quando viu um jovem em pé na sala de visitas, admirando um quadro grande numa moldura dourada. Uma mala já bastante gasta e uma bolsa cheia em excesso estavam encostadas num sofá não muito longe dele.

— Quem é você? – perguntou Kendra, do umbral.

O jovem virou-se. Ele tinha cabelos escuros na altura dos ombros e um bigode descuidado. Algumas espinhas podiam ser vistas em seu rosto branquelo. Ele vestia uma camiseta preta e jeans justos.

— Eu sou Russ. Você viu a Torina?

Kendra entrou na sala.

— Você está aqui por causa do anúncio?

— É isso aí. Você é parente dela?

— Fui sequestrada. Eu sou prisioneira de Torina. Você precisa sair daqui agora mesmo!

Russ fez uma careta sarcástica.

— Boa essa. Gostei demais. Será que eu devo sair correndo e chamar a polícia?

— Estou falando sério – disse Kendra. – Vai embora.

Ela correu em direção à porta da frente. Russ seguiu-a, exibindo apenas uma ligeira curiosidade.

Kendra tentou abrir a porta. Trancada. Ela sacudiu a maçaneta desesperadamente.

— Me ajuda a arrebentar isso aqui.

— Isso vai dar uma primeira impressão fantástica a meu respeito – riu Russ. – Você deveria ser atriz.

Lágrimas de frustração inundaram os olhos de Kendra.

— Isso aqui não é uma encenação, Russ. Ela é uma psicopata. Mantém presos aqui, senhores idosos e crianças. Não há tempo a perder! Por favor, me ajude. Saia daqui e entre em contato com Scott Michael Sorenson ou com Marla Kate Sorenson. Eles vivem nos arredores de Rochester. Meu nome é Kendra. Eu estou desaparecida.

Em meio às lágrimas, Kendra viu que Russ finalmente parecia estar desconfortável. Ele começou a roer as unhas.

— Sobre o que você está falando, minha querida? — inquiriu uma voz sedosa. Torina desceu a escada gingando o corpo, seu vestido preto de noite tremeluzindo com lantejoulas. — Sua mãe só vai chegar às quatro.

Russ olhou de relance, ora para Kendra, ora para Torina.

— Corre, Russ — implorou Kendra.

— Kendra, vá com calma com o coitadinho do Russ. Ele não está acostumado com as suas travessuras. Por que você não vai brincar um pouco lá nos fundos? Tia Torina tem coisas a tratar com o nosso novo amigo.

Kendra fora pega em flagrante. Ela não imaginava como poderia ter entrado em encrenca pior do que aquela. Era tudo ou nada.

— Russ, vai lá pra trás comigo. Eu preciso te mostrar uma coisa.

— Ele vai se encontrar com você em alguns minutos. Nós temos coisas de adultos a tratar. — Torina andou até Russ fazendo cliques no chão e tomou-lhe a mão. — Vamos para a sala?

— Não deixe ela te morder, Russ, ela vai te sugar todo! — alertou Kendra. — Juntos nós podemos enfrentá-la, podemos dar o fora daqui.

O sorriso radiante de Torina sumiu ligeiramente de seu rosto.

— Agora eu sou uma vampira? Que coisa mais insólita! Mocinha, eu prezo uma imaginação saudável, mas seu comportamento está beirando a impertinência. Jameson! Quer, por obséquio, acompanhar Kendra até os aposentos dela?

— Certamente, madame — respondeu uma voz áspera. O duende de terno desceu a escada. Olhou com raiva para Kendra. Olhando de relance para Russ, Kendra percebeu que ele não conseguia identificar a verdadeira aparência do duende. Para ele, provavelmente a monstruosidade parecia um mordomo humano como outro qualquer.

Kendra correu em direção aos fundos da casa, mas o duende interceptou-a, agarrando-lhe os ombros dolorosamente. O duende dirigiu-a para a escada enquanto Kendra berrava e se contorcia e tentava dar chutes no monstro.

— Que comportamento! — exclamou Torina. — Sua mãe vai ficar sabendo disso, mocinha.

— Olha só pra eles! — berrou Kendra. — Portas trancadas, pessoas me arrastando! Cai na real, Russ!

— O que está acontecendo? — perguntou Russ, a voz nervosa.

— A menina tem problemas mentais — ronronou Torina. — Deixe-me contar-lhe um segredo.

O duende colocou Kendra em seus ombros robustos. Ela olhou de volta para Russ e viu Torina encostar o nariz no pescoço dele e em seguida segurá-lo enquanto o jovem desabava no chão, uma das pernas se contorcendo. À medida que o duende subia a escada, o par saía de seu campo de visão.

※ ※ ※

Kendra curvou-se sobre a escrivaninha em seu quarto, dobrando mais uma vez um pedaço de papel. O bilhete já possuía tantas dobras que já estava praticamente inutilizável. Ela tentara mais uma vez melhorar o único desenho que havia meio que funcionado, e mais uma vez o resultado fora insatisfatório.

Ela dobrara o papel no formato básico conhecido, pressionando com força os vincos, na esperança de que a forma se mantivesse.

Quando terminou, levantou o pedaço de papel em formato de avião, inspecionando-o sob vários ângulos. Ele não venceria nenhum concurso de beleza ou de funcionalidade. Ela quase podia ouvir Seth rindo da ridícula tentativa.

Por que ela jamais aprendera a fazer adequadamente um avião? Seu irmão podia produzir pelo menos seis modalidades, todas elas com extraordinária capacidade de voo. Eles eram finos e simples, e Seth ainda acrescentava pequenos rasgos ou vincos para produzir efeitos acrobáticos.

O avião que ela bolara depois de diversos fracassos lamentáveis voou só um pouco melhor do que teria voado se não passasse de um pedaço de papel amassado. Ela transportou seu horroroso aviãozinho para a janela, abriu-a e passou a mão entre as barras invisíveis. Ar frio inundou o recinto. A experiência havia demonstrado que um movimento rápido e delicado do punho era a melhor maneira de fazer com que o avião planasse. A noite escura ocultaria o voo e, esperava ela, algum passante encontraria algum dos bilhetes de manhã.

Meu nome é Kendra Sorenson. Eu fui sequestrada. Por favor entre em contato com a polícia. Em seguida entre em contato com Scott Michael Sorenson ou com Marla Kate Sorenson. Eles vivem nos arredores de Rochester, Nova York. Isso não é uma piada.

Não muito depois do duende trancar Kendra em seu quarto, ela decidiu começar uma campanha de cartas aéreas – o equivalente aeronáutico de cartas em garrafas. Kendra ponderou acerca de qual seria o melhor ângulo para realizar o próximo lançamento.

Uma chave fez um barulhinho na porta.

Kendra jogou o aviãozinho e fechou rapidamente a janela, virando-se de frente para a porta. Torina entrou, exalando confiança. Estava

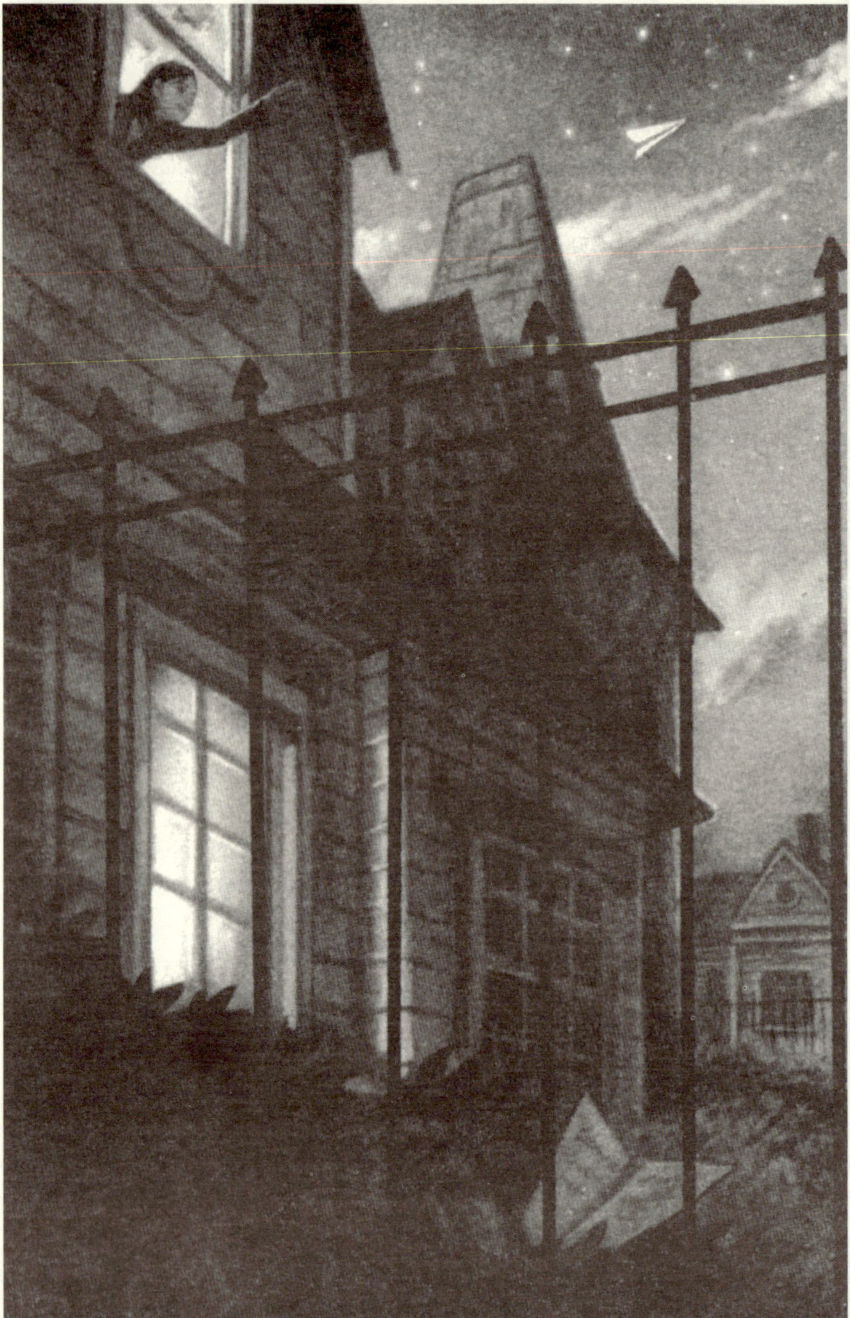

usando o mesmo vestido vistoso de antes, mas o recheio estava diferente, seu corpo agora mais curvilíneo. Seus braços e pernas estavam firmes e com mais tônus muscular, sua pele macia e saudável. Ela estava com uma maquiagem mais sutil, confiando no esplendor natural de suas feições arrebatadoras. Com um olhar de triunfo dirigido a Kendra, parecia uma Rainha de Baile de Formatura pronta para sua grande noite.

Depois de uma pausa um tanto quanto esquisita, Kendra percebeu que Torina estava esperando um elogio.

– Você está maravilhosa – disse Kendra.

– As pessoas podem dizer o que quiserem – observou Torina casualmente, colocando a mão na cintura fina. – Dieta, exercícios, produtos de beleza, cirurgia, tratamentos em spas, cosméticos... simplesmente não existe nenhum substituto para a juventude.

– Você drenou o cara?

– Muito mais implacavelmente do que teria drenado sem a sua intervenção – sustentou Torina, os olhos duros.

– Por quê?

Ela fechou a porta e saracoteou para dentro do quarto.

– O meu estilo de vida me permite desfrutar de prazeres limitados, Kendra. Brincar com a minha presa talvez seja o mais satisfatório deles. Eu já tinha sido obrigada a me contentar com um espécime inadequado. E então você acaba com toda a diversão do encontro, forçando-me a acelerar a brincadeira.

– Sinto muito – desculpou-se Kendra. – Deve ser chato quando o ato de sugar a vida de uma pessoa não é superdivertido.

– Não ouse fazer pouco de mim, mocinha – sibilou Torina. A indignação enrijeceu suas feições jovens. Tendões ficaram visíveis em seu pescoço.

– Você fica tão linda quando está com raiva – disse Kendra com dramaticidade.

A fúria de Torina transformou-se numa gargalhada frenética.

– Muito embora isso seja uma piada, Kendra, você pensou ao dizer, o que significa que suas palavras devem conter algum fundo de verdade. – Ela enxugou a lágrima do canto do olho e atravessou o quarto em direção à escrivaninha, juntando os papéis e abrindo gavetas para recolher quaisquer outros objetos de escritório. – Chega de aviões. Nós juntamos aqueles que você lançou até agora. Origami não é a sua especialidade.

– Eles não estavam muito bons – admitiu Kendra.

– A obviedade do ano – murmurou Torina. – Ouça, normalmente eu colocaria você no porão pelo espetáculo que promoveu hoje. Eu te dei muita liberdade e você me queimou por isso. Mas existe uma certa euforia que acompanha a minha reconquista da juventude, e o Esfinge estará aqui amanhã, de modo que pode ficar trancada aqui até que ele esteja pronto pra você.

As pernas de Kendra ficaram subitamente trêmulas.

– O Esfinge?

– Por que você acha que eu escolhi um espécime inferior como Russ? – disse Torina enfaticamente, estalando os dedos como se para obter a atenção de Kendra. – Leia nas entrelinhas. Eu queria estar com a melhor das aparências por um único motivo. Impressionar o chefe. Você não é a mesma menina que supostamente derrotou Vanessa Santoro?

– Você conhece a Vanessa?

– Conhecia. Pretérito. Como você sabe muito bem, o bichinho de estimação do Esfinge tem os olhos maiores que a boca. Ela está fora do jogo. Dizem que você teve algo a ver com isso. Eu não saberia dizer como. Enfim, Vanessa foi superestimada, mas a garota não era totalmente incompetente!

– O que o Esfinge quer comigo? – perguntou Kendra.

Torina exibiu um sorrisinho predatório.

– Boa pergunta. Eu vou deixar você remoendo isso até que ele a chame amanhã. Bons sonhos. – Ela andou até a porta. – A propósito, querida, não perca o seu sono planejando alguma fuga ousada. O sussurro vigilante tinha ordens para deixar você zanzar pela casa. Até que ele receba outras instruções, você ficará confinada a esse andar. Uma vez que o vigilante apreende o seu cheiro, você não tem como enganá-lo.

– Espera um pouco, eu podia pelo menos...

Torina cortou-a fechando a porta com firmeza. Kendra ouviu o clique da fechadura. Voltou para a janela e mirou a penumbra, sem ter certeza de como poderia ter condições de dormir naquela noite.

※ ※ ※

Alguém estava batendo na porta. Kendra estreitou os olhos para a luz que vazava pela cortina parcialmente fechada. Ela pouco descansara, levantando muitas vezes durante a noite, assolada por sonhos perturbadores que evaporavam quando submetidos ao escrutínio da consciência. E, evidentemente, quando finalmente caiu num sono profundo, alguém começou a bater na porta.

– Eu até te convidaria a entrar, mas a porta está trancada – falou Kendra, ainda grogue.

– Estou com a chave. – Soava como Cody. – Eu também estou com o café da manhã.

Kendra esfregou os olhos. Ela dormira com a roupa do corpo.

– Então entre.

A porta se abriu e Cody entrou com uma bandeja.

– Ovos mexidos, salsicha, bacon, torradas, iogurte e suco – anunciou, colocando a bandeja em cima da escrivaninha. – Você desce a escada como uma louca, enfurece Torina e acaba com um café da manhã de primeira. De repente eu devia começar a agir de maneira um pouco menos complacente!

— Não fique com ciúmes. Essa pode ser a minha última refeição.

Cody deu de ombros.

— Eles estão esperando visitas. Me disseram pra entregar isso aí. Era para eu sugerir que você se comportasse da melhor maneira possível. Então é o que eu estou fazendo.

— Quer um pouco de bacon ou alguma outra coisa?

Ele hesitou antes de dizer:

— Eu não posso comer a sua comida.

— Pega uma tirinha de bacon. E um pouco de salsicha também. Como é que eu vou conseguir comer tudo isso?

— Se tivesse de escolher, eu usaria a torrada pra fazer um sanduíche. Se você estiver disposta a ceder uma tirinha e uma rodelinha, eu consideraria isso a minha gorjeta. — Cody colocou um pouco de bacon e salsicha em cima de um guardanapo e saiu do quarto. Ela ouviu o trinco da porta sendo fechado.

Kendra sentou-se na frente da escrivaninha. Queijo fundido grudava pedaços de presunto aos ovos moles. As salsichas brilhavam de gordura, mas o sabor era bom, e o bacon estava bem crocante. Enquanto ela bebericava um pouco de suco, a porta foi novamente destrancada e Torina entrou usando um sedutor vestido de verão e sandálias.

— Ele está aqui — anunciou ela, agitada como uma adolescente. — Você dormiu com essa roupa? Tenha a santa paciência, Kendra, você precisa tomar um banho e ficar apresentável. — Havia um toque de empolgação na expressão e na voz de Torina, como se ela estivesse prestes a cumprimentar sua estrela de rock favorita.

— Ele vai mesmo ligar pra roupa que eu estiver vestindo? — respondeu Kendra, mastigando um pedaço de torrada.

— Eu ligo — disse Torina. — Como está o café da manhã? Preparei pra você.

— Com certeza eu vou avisar ao Esfinge como você é uma pessoa prendada.

— Vou sentir falta da musicalidade do seu sarcasmo — disse Torina, fazendo beicinho. — Terminou de comer?

— Você não me deu muito tempo.

— Ele chegou cedo.

— Por que a gente não pula o banho?

Torina riu de maneira nervosa.

— Agora é sério, vamos logo com isso, senão vou mandar o Jameson te esfregar de cima a baixo.

Kendra tomou o que restava do suco.

— Você venceu. — Ela roubou uma última mordida da torrada enquanto se levantava e seguiu Torina até o suntuoso banheiro que ficava no térreo. Logo estava debaixo do jato de água quente, imaginando como se desdobraria o encontro que estava a ponto de acontecer. Ela não via o Esfinge desde que ele se escondera atrás de uma máscara em uma reunião dos Cavaleiros da Madrugada no verão passado. Agora que sua condição de inimigo havia sido desmascarada, o que ele faria com ela?

Kendra tentou não ficar remoendo as possibilidades. Preocupar-se só a deixaria agitada. Ela precisava relaxar e ficar preparada para lidar com quaisquer problemas que porventura se materializassem.

Depois de tomar sua chuveirada e de se enxugar, Kendra vestiu calças compridas pretas e uma blusa que Torina havia escolhido para ela. Na frente do espelho, o traje ficou de fato muito bonito. Ela voltou ao quarto de Torina, e a lectoblix loura insistiu para que Kendra a deixasse criar um penteado estilizado. Kendra sentou-se com relutância numa cadeira em frente ao espelho do banheiro enquanto Torina adicionava alguns cachos.

— O que você acha? — perguntou Torina por fim, acrescentando uma última aplicação de spray.

Kendra balançava a cabeça de um lado para o outro. O resultado final lhe parecia fabuloso.

— Acho que agora estou pronta pro meu encontro.

— Fico feliz em ver que você ainda é capaz de uma boa piada. Agora você passou oficialmente na minha inspeção. Vamos?

Kendra seguiu Torina escada abaixo em direção ao térreo. A caminho da parte dos fundos da casa, Kendra tomou ciência de um grupo de adultos conversando na sala de estar, mas seu foco continuou sendo o local para onde Torina estava se encaminhando. Ela parou na frente de uma pesada porta de madeira, bateu duas vezes e em seguida abriu-a, dedicando a Kendra um sorriso açucarado que transmitia silenciosamente: *você não é mais problema meu.*

Assim que Kendra entrou no estúdio, o Esfinge levantou-se para saudá-la. A última vez que ela o vira sem máscara havia sido do lado de fora da Caixa Quieta, em Fablehaven. Ele estava vestido com simplicidade, sua camisa marrom solta por cima das calças, os pés descalços. Dreadlocks curtos e coloridos emolduravam seu rosto de idade indefinida. Kendra ouviu a porta fechar-se levemente atrás dela.

O Esfinge tomou-lhe a mão, apertando-a afetuosamente entre as suas.

— Eu estou muito feliz em vê-la novamente, Kendra — disse ele. A voz suave, o sotaque fazendo com que ela imaginasse imediatamente ilhas tropicais. A saudação foi tão cálida e delicada que ela quase relaxou.

— Eu gostaria muito de poder dizer o mesmo — respondeu Kendra cautelosamente, retirando sua mão das dele.

— Por favor — disse ele, fazendo um gesto na direção de uma das duas cadeiras posicionadas uma na frente da outra. Ambos sentaram-se. — Você possui toda a razão pra se sentir frustrada.

— Você é um traidor — disse Kendra. — Afinal, qual é a dessas pessoas que fingem serem legais comigo enquanto me mantêm presas? Torina tem o mesmo problema de personalidade. O que você quer comigo?

— Não pretendo lhe fazer nenhum mal — respondeu Esfinge, sereno. — Preciso ter uma conversa com você. Te encurralar tem sido uma tarefa difícil agora que eu caí em desgraça junto a seus entes queridos.

— Você quer dizer desde que você roubou o artefato de Fablehaven, soltou um príncipe demônio de seu cativeiro, incendiou Lost Mesa e matou Lena?

O Esfinge curvou-se para a frente, os insondáveis olhos fixos nela.

— Eu sempre admiro a espirituosidade, Kendra. Não a culpo por me ver como seu inimigo. Estou ciente da dor que as minhas ações causaram. Todavia, seus comentários levantam uma questão. Por que rotular o prisioneiro da Caixa Quieta de príncipe demônio?

Kendra censurou-se silenciosamente pela explosão. Ela precisava dizer o mínimo possível. O Esfinge não tinha nenhuma razão para suspeitar de que eles sabiam que o ocupante da Caixa Quieta antes de Vanessa passar a residir lá havia sido um dragão demoníaco chamado Navarog. Cada pedacinho de informação que Kendra oferecia ao Esfinge sobre o que ela e sua família sabiam poderia dar a ele uma vantagem.

— Sei lá.

Ele examinou-a em silêncio.

— Não tem importância — decidiu ele, por fim. — Como Torina tratou você?

— Ela fez meu cabelo hoje. Eu acho que ela está a fim de você.

— Ela te mostrou o aquário?

— Ele é realmente muito maneiro.

— De acordo. Como está Seth?

— Você é que tem que me dizer — disse Kendra. — A Kendra clone não tem mandado relatórios?

— Fruta notável, a fruta-espinho. Quase todo mundo que tem conhecimento acerca de frutas-espinho acredita que elas estejam extintas. Mas tendo vivido muitos anos e visitado muitos lugares, eu sei onde uma árvore de fruta-espinho ainda está de pé. A árvore não dá muitos frutos a cada ano. Eles devem ser usados num curto espaço de tempo ou então tornam-se inúteis.

— O Rex impostor morreu?

— As formas que as frutas-espinho assumem sobrevivem apenas por alguns dias. Ele serviu a esse propósito.

Kendra desviou o olhar do Esfinge.

— E o verdadeiro Rex?

— Eu gosto de você de verdade, Kendra. Infelizmente, nós estamos em lados opostos de uma luta acalorada. Você ficaria surpresa se descobrisse todas as pessoas que estão do meu lado nesse assunto. O conflito resume-se a isso: você e aqueles com quem você se alinhou acreditam que as criaturas mágicas deveriam ser mantidas em cativeiro a todo custo, ao passo que eu acredito que elas deveriam ser livres. Rex foi uma vítima desafortunada dessa discordância. Houve muitos antes dele, de ambos os lados. Certamente ele não será o último.

— Eu sou a próxima? — perguntou Kendra.

— Acho que não — disse o Esfinge. — Eu espero que não. Preciso realizar uma experiência. Eu solicito informações de você. Ajude-me a descobrir respostas às minhas perguntas e você voltará pra casa. Imediatamente e intacta. Alguns professam ver coragem em quem suporta durezas por uma determinada causa. Isso só faz sentido quando a vitória é possível. Eu possuo os meios de extrair de você involuntariamente as informações solicitadas. Vejo sabedoria em se aceitar com graça o inevitável. Kendra, onde está o artefato que estava escondido em Lost Mesa?

Sua voz ardente invocava uma espécie de transe, e Kendra descobriu-se à beira de dar a resposta. Ela segurou com firmeza os braços da cadeira e manteve a boca lacrada.

– Kendra, estou convencido de que ou você está de posse do Cronômetro ou sabe onde ele se encontra.

Kendra fechou os olhos. O olhar fixo do Esfinge era penetrante demais, como se seus olhos pudessem invadir sua mente e desvendar a verdade.

– Eu não sei do que você está falando.

– Você precisa compartilhar comigo todas as pistas que possui dos artefatos desaparecidos. Forneça-me as informações que estou lhe solicitando e você será solta em seguida. Recuse-se a compartilhar as informações e, creia em mim, Kendra, eu as pegarei a força.

Kendra abriu os olhos.

– Não há o que pegar. Não existia nenhum artefato em Lost Mesa. Quando eu voltei a Fablehaven, um demônio estava tentando destruir a reserva, aí a gente acabou com ele. Fim da história. Tente pegar o que você quiser. Eu não tenho nada para te dar.

O Esfinge observava-a detidamente.

Um sorrisinho produziu um par de covinhas em seu rosto.

– Você tem mais a dar do que imagina, Kendra. Permita-me apresentar dois sócios meus.

A porta se abriu. Um homem gorducho com a pele rosada e cabelos pretos no estilo Pompadour entrou na sala. Uma senhora idosa de pele morena com fartos cabelos grisalhos estava com a mão ressecada pousada no cotovelo dele. Seu amarfanhado xale feito em casa contrastava com o terno risca de giz que ele estava vestindo.

— Kendra, eu gostaria que você conhecesse Darius e Nanora — disse o Esfinge.

— Encantado — disse Darius, com ar desdenhoso, olhando para Kendra de alto a baixo como se a desaprovasse em todos os sentidos. Nanora mirava-a silenciosamente. Será que ela estava babando? — Eu compreendo que você esteja relutante em compartilhar o que sabe a respeito dos artefatos.

— Não há nada a ser compartilhado.

— Deixe ao meu encargo julgar o mérito dessa questão — disse Darius. Parecia que ele estava tentando com afinco parecer gentil. Ele colocou o polegar ao lado da têmpora. Nanora levantou as mãos tomadas de artrite, torcendo os dedos num padrão complexo e espiando através de um buraco com um dos olhos. Darius fez cara feia e deu um passo à frente para se aproximar. Nanora deu um passo para trás.

Aparentemente, eles estavam tentando ler sua mente. Com toda a força que conseguiu reunir, Kendra transmitiu mentalmente a mensagem.

"Vocês são dois idiotas."

Darius olhou de relance para o Esfinge, que assentiu ligeiramente com a cabeça.

— Fique parada, Kendra — disse o Esfinge.

— Não pense nos artefatos — arrulhou Darius, curvando o corpo para a frente e encostando a ponta de um dedo na testa de Kendra. Seus olhos ficaram bem fechados. Kendra mirou o espesso anel de ouro no dedo mindinho rechonchudo dele. Nanora aproximou-se como pôde, sua boca escancarada revelando uma úmida falta de dente.

— Iluminada demais — falou Nanora, a voz parecendo uma lixa. Sua boca parecia estar cheia de saliva.

Darius afastou-se, aparentemente perplexo.

— Nada. Você tem razão. Ela seria uma candidata interessante.

— Isso não me surpreende — disse o Esfinge. — Mande o senhor Lich trazer o objeto.

— Se você quiser, nós poderíamos tentar...

O Esfinge interrompeu-o erguendo uma das mãos.

— Certo — disse Darius, retirando-se da sala.

— Você possui uma mente insondável, Kendra — disse o Esfinge. — Métodos psíquicos não são o meu único recurso para destravar os seus segredos, apenas o menos entediante.

— Pelo menos eles vieram na hora certa, sem que você precisasse chamar — disse Kendra. — Essa parte foi impressionante.

Darius voltou acompanhado do senhor Lich e de uma figura mascarada. O senhor Lich trazia consigo de modo reverente um pequeno travesseiro vermelho. Um quadrado sedoso de tecido rosa ocultava um objeto em cima do travesseiro. O Esfinge fez um gesto na direção de uma mesa baixa. Darius puxou-a para colocá-la entre Kendra e o Esfinge; em seguida o senhor Lich depositou o travesseiro sobre a mesa.

O Esfinge se aproximou e retirou o lenço. Em cima do travesseiro encontrava-se um cristal esférico com inúmeras facetas.

— Observe o Oculus.

— Parece uma coisa cara — disse Kendra.

— Ajoelhe-se ao lado da mesa — instruiu o Esfinge —, e coloque a mão sobre a esfera.

— Você precisa recarregá-lo? Ele vai sugar os meus segredos?

Apontando para o cristal, o senhor Lich deixou escapar um breve grunhido. O asiático de grande estatura assomou sobre Kendra, seu rosto comprido desprovido de humor. Mesmo na época em que ela considerava o Esfinge um aliado, o senhor Lich a deixava nervosa.

O Esfinge levantou a mão.

— O que o senhor Lich está tentando dizer é que se você se recusar a cooperar, nós a forçaremos a tocar o cristal. Isso não seria tão seguro pra você quanto uma aquiescência voluntária.

— O que é isso? — perguntou Kendra.

— O Oculus. A Lente Infinita. O Olho-que-tudo-vê. O protótipo a partir do qual são produzidos todas as pedras videntes e todos os instrumentos de cristalomancia. É o artefato proveniente da reserva brasileira.

— Você encontrou mais um! — gritou Kendra.

— Quando nós conversamos pela primeira vez, eu discuti o tópico da paciência. Eu exerci uma grande paciência por muitos e muitos séculos, aprendendo, me preparando, me infiltrando. Mas a paciência prova-se inútil sem a vontade de empreender ações decisivas quando o momento oportuno aparece. Minha chance, há muito esperada, finalmente chegou. Tomarei posse de todos os artefatos mais cedo do que você pode imaginar.

— Eu não vou carregar isso aí pra você.

O Esfinge riu com suavidade.

— O Oculus não necessita da sua energia. O artefato está em plenas condições de funcionamento. Nós queremos ver se você consegue sobreviver usando-o.

Kendra olhou ao redor da sala para as muitas faces que a observavam.

— Como assim?

— Esse é o artefato da visão, Kendra. Com ele, você consegue ver tudo e em todos os lugares.

— Então por que você não o usa pra encontrar os artefatos que estão faltando?

— A maioria das mentes não consegue utilizar a vasta capacidade sensorial disponível através do Oculus. Ele já colocou quatro de nossos melhores membros num estado de estupor catatônico. Tendo em vista que o seu estado fadencantado fornece um escudo à sua mente, protegendo-a de determinadas magias, nós queremos ver se você lida com o objeto melhor do que nossos colegas.

– Eu me recuso – disse Kendra.

– Se nós forçarmos a sua mão a tocar a esfera, Kendra, ela certamente vai sobrepujar a sua mente. Mas se você participar voluntariamente, e eu estiver te guiando, existe uma chance de você sobreviver.

– Se você fritar a minha cabeça, você nunca vai descobrir o que eu sei sobre os artefatos.

– Nós já sabemos demais – disse o Esfinge. – Nós recebemos um extenso e-mail da réplica da fruta-espinho que criamos de você. Ela desconfiou de que estava sendo seguida ao voltar do correio e enviou o e-mail como garantia. Ela explicou que seu avô está de posse do Cronômetro em Fablehaven e que Patton Burgess deixou pistas concernentes a alguns dos artefatos remanescentes. Nós sabemos que essas pistas estão guardadas numa sala escondida além do Hall dos Horrores, no calabouço de Fablehaven. Nós já temos um plano em ação para recuperar a informação. Nossa réplica não podia se lembrar exatamente de como proceder para ter acesso à sala. Eles nunca se lembram de tudo. Eu adoraria ter essa informação, se você a tiver, a senha ou o gatilho, mas nós entraremos na sala com ou sem você. Eu adoraria a sua ajuda na tradução do diário, mas nós encontraremos alguém que consegue ler a língua requerida com ou sem você. O que realmente quero é ver se você consegue sobreviver ao Oculus. Ele é sem sombra de dúvida o artefato mais poderoso dentre os cinco. Dominá-lo é a minha mais alta prioridade. Estou otimista em relação à sua capacidade de sobreviver a ele.

Kendra não fazia a menor ideia do que dizer.

– Pense nisso, Kendra – continuou o Esfinge. – Se você obtiver sucesso em dominar o Oculus, poderá olhar todos os lugares, discernir todas as coisas, e nós continuaremos no escuro. Talvez você descubra informações que a ajudarão a escapar de nossas mãos, ou nos vencer na busca do artefato seguinte. Existem muitas razões pra que você se interesse em aceitar a nossa solicitação. As possibilidades são infinitas.

– Então por que me dar essa chance? – perguntou Kendra. – Pra vocês tirarem de mim as informações mais tarde sob tortura?

– Nesse exato momento, um homem nessa cidade está no correio vigiando a caixa-postal 101 na esperança de interceptar um assassino. Esse homem está aqui a serviço de seus avós na esperança de pegar as pessoas que mataram a sua neta. Eu sei qual é a aparência do homem. Quero que você use o Oculus pra descrevê-lo para mim em detalhes. Esse é o primeiro teste. Você vai participar voluntariamente?

– Até parece – rebateu Kendra.

O Esfinge olhou de relance para o senhor Lich. O lacaio grandalhão agarrou o braço de Kendra pouco abaixo do cotovelo, arrastou-a para fora da cadeira e baixou sua mão relutante na direção do Oculus.

– Espere! – berrou Kendra. – Eu faço! Não precisa me forçar! Eu faço!

– Agora? – perguntou o Esfinge.

– Agora.

O Esfinge fez um gesto com a cabeça e o senhor Lich soltou-a. Kendra ajoelhou-se ao lado da mesa, avaliando as intricadas facetas do globo de cistal.

– Você vai preferir fechar os olhos – instruiu o Esfinge. – O Oculus vai se tornar o seu órgão de visão. Muitas visões vão competir pela sua atenção. Sua tarefa será ignorar a grande interferência e concentrar o olhar na agência dos correios. Encontre o homem. Será visualmente desorientador. Se você perder o controle, terá permissão de retirar a mão do cristal. Descreva o que vê e eu a ajudarei a conduzir a experiência.

— E se essa coisa explodir a minha cabeça e eu ficar maluca? — perguntou Kendra.

— Você seria mais uma vítima de nosso conflito. Desejo que tudo dê certo. Relaxe e concentre-se.

Kendra respirou bem fundo. Incapaz de vislumbrar uma outra opção, ela esticou a mão trêmula na direção do cristal. Diminutos arcos-íris piscavam no interior da esfera resplandecente. Quando seus dedos estavam quase lá, ela fechou os olhos.

No instante em que seus dedos entraram em contato com a superfície fria, parecia que seus olhos haviam se aberto, muito embora ela pudesse sentir claramente que eles ainda estavam fechados. Ela mirou o Esfinge. Então percebeu que também conseguia ver o senhor Lich em pé atrás dela, como se ela tivesse um segundo par de olhos na nuca. Não, mais do que isso. Ela conseguia ver para a frente e para trás, para cima e para baixo, à esquerda e à direita, tudo ao mesmo tempo. Não havia pontos cegos.

— Eu consigo ver em todas as direções — disse Kendra.

— Bom — estimulou-a o Esfinge. — Continue olhando e sua visão vai se ampliar.

Ele estava certo! Agora não apenas ela conseguia ver em todas as direções, como também conseguia ver a si mesma, como se tivesse olhos fora de seu corpo. Ela conseguia ver o Esfinge de frente, de trás, de cima e pelos lados. Ela conseguia ver a sala de centenas de ângulos diferentes, não de maneira fragmentada ou compartimentada, mas como parte de uma imagem ininterrupta que deformava a sua mente. Tentar avaliar a perspectiva fazia com que ela se sentisse tonta.

— Agora eu consigo ver a sala em todas as direções — disse Kendra.

— Você também consegue ver além da sala — disse o Esfinge.

Kendra tentou mover seu olhar da sala para o corredor, e a visão expandiu-se subitamente, atingindo-a com uma sensação semelhante a de uma vertigem. Ela agora conseguia ver todos os aposentos da casa a partir de múltiplos ângulos. Era como se sua mente estivesse atrelada a milhares de câmaras de segurança, mas em vez de olhar de uma tela para a outra ela estava vendo através de todas as câmaras simultaneamente. Havia o tubarão-leopardo à espreita na biblioteca. Havia Torina remexendo ingredientes na cozinha para preparar um almoço elaborado. Havia Cody jogando xadrez com Haden. Havia diabretes arrastando-se pelas paredes da casa como se fossem ratos. Era difícil focalizar qualquer coisa específica, porque ela apreendia coisas em excesso.

– Eu estou vendo Torina na cozinha. Estou vendo a casa inteira.

– Mova a visão para o exterior. Examine a cidade. Encontre a agência dos correios. Encontre o homem.

À medida que sua visão expandia-se para além das paredes da casa, a sensação interna de Kendra era similar à primeira queda numa montanha-russa, exceto pelo fato de que ela estava caindo em todas as direções ao mesmo tempo. Seu ponto de vista estendia-se tanto que ela estava olhando para a cidade de cima, espiando os telhados diminutos abaixo, enquanto também mirava o céu nublado. E olhava para baixo na direção das ruas movimentadas. E para dentro das casas e lojas. Ela via o interior de esgotos úmidos, sótãos empoeirados, garagens parcamente iluminadas e closets entulhados. Tudo ao mesmo tempo, ela observava cada pessoa na cidade de todos os ângulos. Cada cômodo em cada edifício. O exterior e o interior de cada carro. E a visão que embaralhava a sua mente prosseguia em direção ao exterior, agora ingovernável. Ela olhava para baixo, no espaço, e via faixas de terra e formações de nuvens. Via cidades espiralando-se e todos dentro delas. Observava cada cubículo em cada arranha-céu. Penetrava em cavernas, em florestas e em oceanos. Ela via vacas, veados, pássaros, cobras, insetos. Esquilos enfurnados no solo. Dragões empoleirados em elevados penhascos. Via o interior de hospitais e tendas de circos e prisões, e também a superfície estéril da lua.

Kendra não estava mais ciente de seu próprio corpo, do cristal ou do Esfinge. Ela ficara impotente diante da inundação de energia sensorial, tudo visto ao mesmo tempo, tudo em movimento. Havia muitas coisas – era impossível até mesmo começar a tentar processar essa inacreditável visão de tudo. Nesse momento ela estava testemunhando muito mais do que experimentara ao longo de toda a sua vida. Ela não conseguia se concentrar em coisa alguma. Não conseguia nem mesmo pensar com clareza o bastante para poder tentar. O pensamento consciente acabara, afogado pelo incompreensível excesso de estímulo.

Então ela reparou algo tão novo e brilhante que a distraiu de tudo o mais. Um belo rosto banhado em luz. Uma corporificação da pureza. O rosto olhou para Kendra. Não simplesmente na direção dela – Kendra sabia, de uma forma ou de outra que, ao contrário de qualquer outra pessoa dentro de seu infinito campo de visão, a radiante mulher conseguia vê-la.

Solte o cristal.

O pensamento veio à sua mente de uma maneira familiar. Não com palavras para seus ouvidos. Era uma comunicação através do pensamento e da sensação, de mente para mente. Kendra percebeu que estava vendo a Fada Rainha.

Solte o cristal.

Que cristal? Então Kendra lembrou-se de que tinha um corpo. Ela estava na sala com o Esfinge conduzindo uma experiência. Ainda via tudo de todos os ângulos, mas a visão tornou-se distante. Ela se concentrava no rosto belo e brilhante. De modo tênue, usando sentidos esquecidos, ela conseguiu ouvir uma voz chamando seu nome, e conseguiu sentir seus dedos tocando alguma coisa.

Solte o cristal.

Kendra tirou a mão da superfície fria e vítrea. A visão acabou como se alguém tivesse puxado uma tomada. Kendra caiu sobre os cotovelos, piscando, atônita por perceber o quanto sua visão parecia estar limitada. Ela na verdade teve de virar a cabeça para absorver os rostos surpresos ao seu redor.

O Esfinge agachou-se sobre ela, dando um risinho, seus dentes brancos.

– Bem-vinda, Kendra – disse ele. – Você me conhece, não conhece?

– Nunca mais – arquejou Kendra.

Todos na sala murmuravam. Eles pareciam estar perplexos.

– Eu pensei que talvez você não visse nada. Que sua natureza fadencantada protegesse totalmente a sua mente da visão. Mas você viu tudo e distinguiu tudo.

– Quase – disse Kendra. – Perdi toda a noção de onde eu estava, de quem eu era. Era muita coisa junta.

– Você pareceu ter desaparecido assim que olhou além da casa – disse o Esfinge, para agradá-la.

– Era como tentar beber água de um tsunami – disse Kendra. – Quanto tempo eu fiquei ausente?

– Dez minutos – disse o Esfinge. – Você estava tendo delicadas convulsões, como os outros. Nós havíamos perdido as esperanças de que você pudesse retornar. O que a trouxe de volta? Assim que os ataques começaram, eu imaginei que você fosse terminar seus dias num estado vegetativo.

Kendra não quis falar para ele sobre a Fada Rainha. Seu reino devia permanecer oculto.

– Minha avó me viu. Vovó Sorenson. Ela me viu a observando e me disse pra soltar o cristal.

O Esfinge analisou Kendra.

– Eu não fazia a menor ideia de que Ruth fosse clarividente.

Kendra deu de ombros.

– Resumindo: se você quiser que eu toque essa coisa de novo, vai ter que me obrigar e, por favor, não finja que está fazendo alguma coisa além de apagar a minha mente. Não havia a menor possibilidade de eu controlar o que eu estava vendo. Não tinha como me concentrar. Eu era nada.

– Você foi muito bem, Kendra – disse o Esfinge. – Se o sucesso não foi completo, a experiência pelo menos foi instrutiva. Eu estou convencido de que o manuseio do Oculus está além da sua capacidade. Tendo testemunhado os outros que fizeram a tentativa, sinto que não havia a menor chance de você ter imitado o estado de agitação demonstrado por eles de modo mais preciso. Nós todos pudemos ver quando o Oculus te sobrepujou. Foi antes do que com qualquer um dos outros.

Kendra olhou para o Oculus, cintilando inocentemente em cima do travesseiro, como nada além de uma bugiganga resplandecente de alguma coleção de museu. No entanto, nunca mais ela veria o objeto como um fulgurante trabalho de artesanato. O Oculus era um portal para a insanidade.

O Esfinge trocou olhares intensos com os outros na sala, um após o outro.

– Essencialmente, nosso trabalho por aqui está encerrado. Amanhã nós partiremos. Kendra, você pode retornar ao seu quarto. Obrigado pela cooperação. Descanse um pouco. Prepare-se para partir conosco ao nascer do sol.

Capítulo Sete

Sabotagem

Com a rede balançando de um lado para outro, Seth mirava os galhos nus nas árvores, rígidos contra a dureza do céu azul. Um sátiro estava reclinado numa rede similar à sua direita, tocando suavemente uma flauta confeccionada a partir de junco, sem camisa apesar do frio. Um segundo sátiro com pelagem mais ruiva e chifres mais longos estava deitado numa terceira rede no outro lado, um comprido cachecol listrado pendendo do seu pescoço e encostando no chão.

– Você tem razão – admitiu Seth. – Essa é a cama mais confortável do universo.

– Você duvidou da gente? – retrucou Newel, ajustando seu cachecol de lã. – E nós ainda temos a vista do jardim, o que faz com que o Stan não seja capaz de vir aqui te atazanar.

– Vocês me deram comida e me deixaram bem confortável mesmo – disse Seth. – Estou imaginando que vocês devem estar querendo me pedir alguma coisa.

— Motivos ocultos? — arquejou Newel. — Estou chocado e perplexo! Você só consegue nos conceber ajudando um amigo de longa data a relaxar se estivermos com o intuito de lhe fazer alguma proposta?

Doren parou de tocar sua flauta.

— Nós estamos novamente sem pilha.

— Foi o que eu pensei — disse Seth. — Vem cá, pessoal, vocês nunca ouviram falar de economia? Eu dei uma montanha de pilhas pra vocês da última vez.

Newel cruzou os braços no peito cabeludo.

— Você alguma vez já usou pilhas pra ligar uma tevê? Mesmo que fosse uma pequena? Elas não duram.

— E depois a gente assiste sem parar até ficarmos sem pilha — acrescentou Doren, recebendo um olhar enfurecido de seu camarada.

— Essa poderia ser mais uma oportunidade *de ouro* pra você — atiçou Newel.

— Eu tive de trazer de volta o ouro que ganhei da última vez — disse Seth. — Não vão me deixar ficar com ele. E eles têm razão. Vocês não têm direito de me dar o que não lhes pertence. A gente está roubando da reserva.

— Roubando? — explodiu Newel. — Seth, caçar tesouros não é a mesma coisa que roubar. Você acha que trolls como Nero conseguem aquelas mercadorias todas por meios legítimos? Você acha que a riqueza tem alguma utilidade empilhada em criptas ou em cavernas? Se a moeda não é trocada, a economia fica estagnada. Nós somos heróis, Seth. Estamos mantendo o ouro em circulação para benefício do mercado como um todo.

— E assim nós podemos assistir mais tevê — esclareceu Doren.

— É sério, eu não estou mais gostando dessa história de pegar ouro — disse Seth. — Tirar tesouros de Fablehaven é como roubar um museu.

— E que tal alguma outra coisa que não seja ouro? – sugeriu Newel. – Nós temos litros e mais litros de vinho. A gente mesmo faz. Coisa de primeira categoria, deve valer uma grana preta. Se você vendesse o lote, ganharia muito dinheiro, e não estaria roubando nada.

— Eu não vou virar um comerciante de vinho – disse Seth. – Não tenho nem treze anos.

— E se a gente recuperar algum tesouro que não tem dono? – disse Doren. – Não é roubo, é salvamento.

Newel deu um tapinha na lateral do nariz.

— Agora você está pensando, Doren. Seth, a gente tem feito algumas pescarias no lago de alcatrão perto de onde vivia Kurisock. Desde que Lena se livrou dele, seu domínio se tornou um território neutro.

— Ele não deixou testamento – disse Doren a título de piada.

— Nós encontramos alguns objetos interessantes. Vários troços se acumularam na lama ao longo dos anos. Alguns sem nenhum valor, alguns surpreendentes.

— Ossos de alguém? – perguntou Seth.

— Ossos, armas, armaduras, quinquilharias, equipamentos – listou Newel. – A gente está separando os troços interessantes. Nada de ouro de verdade até agora, mas só temos pescado no piche nas horas vagas. Se você aceitar tesouros das profundezas, podemos passar mais tempo lá.

— Vou precisar ver o que o vovô acha – disse Seth.

— Stan? – gritou Newel, exasperado. – Desde quando você é lacaio do Stan? Ele vai colocar todos os obstáculos do mundo em nossas transações, independente do que for! Pra começo de conversa ele é até contra a gente assistir tevê!

— O que aconteceu com você, Seth? – perguntou Doren. – Você **nem parece o mesmo.**

— É difícil explicar — disse Seth.

— Doren, você perdeu a sua vocação! — exclamou Newel. — Você deveria ter sido um terapeuta. Estava lá bem na nossa frente e a gente não notou. Algo está perturbando o garoto. O que é, Seth? O que foi que tirou o seu entusiasmo?

— A Sociedade matou Kendra — disse ele com relutância.

Os dois sátiros ficaram em silêncio, seus semblantes melancólicos.

— Não faz muito tempo. Eu praticamente não consigo pensar em mais nada. A gente nem entendeu o que aconteceu de fato. Preciso descobrir.

— Lamento saber disso — disse Doren delicadamente.

— Não falem isso para o Verl — alertou Newel. — Talvez ele caia num abismo. Ele só consegue falar em Kendra ultimamente. O coitado do cara está totalmente apaixonado. Eu não paro de lembrá-lo de que ela é neta de Stan. Ele não liga pro fato de ela ser jovem demais. Diz que espera. Eu falo pra ele que sátiros não se prendem a uma única donzela. Ele fala que não está se prendendo. Fala que ela o capturou contra a sua vontade e que vai ser prisioneiro dela pra sempre. Foram exatamente essas as palavras.

Seth riu.

— Essa fase vai passar — disse Doren. — Verl é maluquinho.

— A gente vai te dar um tempo — compadeceu-se Newel. — Nós podemos falar de negócios quando você estiver se sentindo você mesmo novamente.

— Galera, eu sei o quanto essas pilhas são importantes pra vocês. De repente eu podia ir lá em casa pegar um montão delas e trazer pra vocês sem nenhum...

Doren sentou-se rapidamente, fazendo com que sua rede balançasse.

— Tem alguma coisa vindo aí.

— Alguma coisa grande — confirmou Newel, encostando a mão no ouvido e fazendo o gesto característico de quem está se esforçando para ouvir algo em detalhes. — Vindo rápido. Mas Seth estava dando uma ideia. Sobre pilhas?

Seth apoiou-se nos cotovelos. Ele agora quase conseguia ouvir as pesadas batidas de pés ao longe.

— Hugo? — tentou adivinhar Seth.

— Deve ser — disse Newel. — Mas por que ele está vindo com tanta rapidez?

— Quem pode saber? — respondeu Doren. — O grandalhão tem agido de maneira esquisita ultimamente.

Hugo apareceu pisando estrondosamente no chão, um conglomerado humanoide de pedra, terra e argila. A última vez que Seth o vira, o golem havia recebido das fadas um aumento de tamanho e um traje especial de batalha. Agora ele parecia estar novamente com seu aspecto original, exceto, talvez, pela estatura um pouco mais elevada e pela massa corporal um pouco mais avantajada.

Hugo deu um último e tremendo salto, aterrissando com solidez perto das redes, o impacto fazendo tudo tremer.

— Hugo... sente... falta... Seth — declarou o golem numa voz semelhante a um deslizamento de terra. As palavras eram enunciadas com uma clareza que Seth jamais imaginara que o golem pudesse ser capaz de exibir.

— Oi, Hugo! — disse Seth, rolando para fora da rede. — É muito bom te ver também! Você está falando super bem!

O golem deu um sorriso áspero.

— Parece que a nossa festinha foi oficialmente detonada — lamentou Newel.

Hugo olhou fixamente para Seth.

— Quer brincar? — perguntou Seth.

– Quero – disse Hugo.

– Quer saber uma brincadeira legal? – murmurou Newel suavemente para Seth. – Pescar tesouro no poço de alcatrão.

– Newel, isso é longe demais do jardim – sussurrou Seth.

– Manter... Seth... a salvo – trovejou o golem.

– Certo – disse Newel. – Foi só uma ideia que passou pela minha cabeça. Vocês dois podem ir.

– A gente logo, logo vai fazer outra festinha de rede – prometeu Doren.

– Com certeza, galera – disse Seth. – O que você quer fazer, Hugo? – A própria pergunta já era uma espécie de teste. O golem ainda estava se acostumando a ter vontade própria. Ele normalmente lutava para inventar uma atividade sem que houvesse alguma sugestão.

– Vem – disse Hugo, estendendo um braço rochoso.

Seth agarrou-se nele, e Hugo içou-o para seu ombro. Seth gostava dos sátiros, mas estava se sentindo aliviado por escapar de sua companhia. A conversa tornara-se séria demais uma vez que o assunto Kendra aflorou. Ele gostaria muito de poder fazer um pronunciamento geral a todos que conhecia afirmando que sua irmã estava morta e que ele precisava de um tempo para lidar com isso à sua própria maneira. Recontar a tragédia seguidamente inflamava demais a dor que ele sentia. Talvez, enquanto estivesse circulando com Hugo, ele pudesse finalmente ignorar a perda por algum tempo.

O golem pisou forte na grama verde que cobria o jardim fora de temporada e se aproximou de uma grande árvore na extremidade. Seth reconheceu o local como sendo o da antiga casa na árvore, antes dele haver enfurecido as fadas e de elas terem arrebentado tudo com ele dentro. Os destroços haviam sido retirados muito tempo atrás, mas agora Seth estava vendo que uma nova casa na árvore havia sido construída, maior e mais sólida do que a anterior, escorada por um par de pesadas estacas.

– Fazer – disse Hugo, apontando para a casa na árvore.

– Você refez a casa? – perguntou Seth. Como aquelas mãos enormes puderam manipular ferramentas com a habilidade necessária para construir algo como uma casa na árvore?

– Seth... ver – disse Hugo, erguendo Seth e colocando-o na estreita saliência de madeira do lado de fora de uma porta na lateral da casa na árvore.

Seth entrou. Havia alguns poucos móveis, mas o local era espaçoso. O piso parecia firme, e as paredes eram grossas. Um velho forno de ferro encontrava-se no meio do chão, com uma chaminé que se estendia até o teto. Como o golem era grande demais para entrar na casa, Seth não permaneceu lá dentro muito tempo. Ele desenrolou a escada de corda ao lado da porta e desceu.

– Hugo, esse é o refúgio mais fantástico que eu já vi em toda a minha vida!

– Feliz – disse Hugo.

Seth abraçou a criatura terrosa, seus braços mal dando conta de abarcar metade da cintura de Hugo. O golem deu um tapinha em seu ombro.

Seth deu um passo para trás.

– Você fez isso sozinho?

– Hugo... ideia. Stan... ajudar.

– Vamos dar um pulo em casa. Eu também quero agradecer ao vovô.

Hugo levantou Seth e trotou em direção à casa, depositando-o perto do deque. Seth entrou correndo.

– Hugo está falando bem demais! – falou ele, sem ver ninguém da porta dos fundos, onde estava parado. – Ele me mostrou a casa na árvore! Pessoal?

Ele ouviu um ligeiro ruído de algo batendo. O som parecia vir do porão. Será que todos estavam no calabouço?

Quando Seth abriu a porta que dava no porão, o som das batidas ficou mais alto. Alguém estava batendo na porta que ficava depois da escada. Ele ouviu uma voz feminina gritando, abafada pela pesada porta de entrada do calabouço.

– Dale! Stan! Olá! Ruth! Tanu! Me ajudem! Tem alguém aí? Olá!

Seth desceu a escada às pressas.

– Vanessa?

– Seth? Vá chamar seus avós. Rápido!

– O que você está fazendo fora da Caixa Quieta?

– Não dá pra explicar agora. Tem um espião junto de vocês. Corra, traga-os aqui agora!

Seth virou-se e subiu a escada correndo, a cabeça girando. O que poderia explicar o fato de Vanessa estar fora da Caixa Quieta? Será que ela não estava mais sendo mantida lá dentro? Será que seus avós haviam mentido? Será que ela era a pessoa que estava controlando Kendra? Isso era ridículo, não era?

Ele disparou pela cozinha, alcançou o hall de entrada e subiu correndo até o segundo andar.

– Vovô! Vovó! Olá!

Mesmo assim, nenhuma resposta.

Ele correu até o quarto de seus avós e abriu a porta do banheiro deles. Em vez de um armário de banheiro, havia uma porta de aço com uma roda de cofre bem grande. Seth teclou os números que memorizara no verão passado, puxou a alavanca e a pesada porta se abriu.

– Olá! – gritou Seth escada acima na direção do lado secreto do sótão.

– Seth? – chamou vovô.

— Vanessa está fora da Caixa Quieta — anunciou Seth. — Ela quer falar com você.

Ele ouviu passos. Vovô, vovó e Tanu desceram correndo a escada.

— O que vocês estavam fazendo? — perguntou Seth.

— Estávamos numa reunião — disse vovó. — Onde ela está?

— Na porta do calabouço — disse Seth. — Ela está batendo na porta e chamando vocês. — Os três adultos passaram correndo por Seth. Vovó estava segurando uma besta. Tanu remexeu uma bolsa atrás de poções. — Onde está o resto do pessoal?

— Dale foi até os estábulos verificar os animais — disse Tanu. — Maddox foi pro calabouço ajudar Coulter a procurar a câmara escondida no Hall dos Horrores.

Tanu fez um desvio e entrou em seu quarto para pegar uma lanterna e algemas. Seth foi atrás de seus avós que desciam a escada para o hall de entrada, e depois para o porão. Tanu alcançou-os enquanto eles estavam chegando lá embaixo.

Vovô aproximou-se da porta do calabouço.

— O que você está fazendo fora da Caixa Quieta? — exclamou ele pela porta.

— Abra a porta, Stan — respondeu Vanessa. — Nós precisamos conversar.

— Como posso ter certeza que todos os prisioneiros do calabouço não estão do seu lado prontos pra investir contra nós?

— Porque eu te chamei — respondeu Vanessa. — Se isso aqui fosse uma armadilha, eu teria usado a surpresa em meu benefício.

— Você vai ter que ser mais esperta — disse vovó. — Onde está Coulter?

— Na Caixa Quieta.

Vovô e vovó trocaram olhares preocupados.

— E o Maddox? — perguntou Tanu.

— Ele é o problema — disse Vanessa. — Vejam, eu estou com uma chave, Stan. Eu só estou entrando em contato com vocês desse jeito pra reduzir o choque e evitar uma luta. Eu estou do seu lado.

Uma chave fez um ruído na fechadura e a porta se abriu. Vanessa estava parada sozinha do outro lado do umbral, segurando uma lanterna. Um corredor escuro margeado por portas de celas estendia-se atrás dela. Mesmo usando um dos casacos de vovó, ela estava muito atraente com seus cabelos pretos compridos, olhos escuros e uma pele lisa e morena.

— Maddox me soltou — disse ela. — Ele queria que eu o ajudasse a dominar o resto de vocês e a ter acesso a uma sala secreta que fica depois do Hall dos Horrores.

— O quê? — gritou vovô.

— Ele não é de fato o Maddox, Stan — disse Vanessa. — Eu o coloquei pra dormir com uma mordida. Venham comigo.

Os três adultos seguiram a narcoblix pelo sinistro corredor. Seth ficou na retaguarda, aliviado pelo fato de que ninguém o proibira de acompanhar o grupo.

— Como assim ele não é o Maddox? — perguntou vovô. — Quem é ele afinal?

— Uma fruta-espinho — disse Vanessa.

— Não existem mais frutas-espinho — protestou Tanu. — Elas estão extintas há séculos.

Vanessa olhou de relance para ele.

— O Esfinge tem acesso a frutas-espinho. Eu sabia disso mesmo antes dessa versão fajuta do Maddox me confirmar.

— Ele confessou? — perguntou vovô.

— Ele imaginou que eu estava do lado dele — disse Vanessa. — Ele estava solicitando a minha ajuda.

O corredor acabou, bifurcando-se à esquerda e à direita. Vanessa virou à direita.

— A Caixa Quieta fica do outro lado — observou vovô.

— Maddox está desse lado — disse Vanessa. — Eu extraí dele o máximo de informação que consegui antes de deixá-lo incapacitado do lado de fora do Hall dos Horrores.

— Isso significa que o verdadeiro Maddox está morto? — perguntou Tanu.

— Ele estava vivo quando fizeram a cópia — disse Vanessa. — Frutas-espinho só podem replicar seres vivos. Mas Maddox estava em péssimo estado, como ficou demonstrado na cópia. A fruta-espinho sustentou que Maddox estava vivo da última vez que o viu.

— O que exatamente é uma fruta-espinho? — perguntou Seth.

— Uma espécie de fruta mágica que pode extrair uma amostra de tecido vivo e depois crescer até se transformar numa imitação do outro organismo — explicou Vanessa. — A cópia é quase exata, duplicando até mesmo a maioria das lembranças do outro ser.

Seth coçou a testa.

— Quer dizer então que eles conseguem copiar muito bem a personalidade de alguém. Mas pode ser que isso não fique totalmente perfeito.

— Correto — disse Vanessa.

— E se isso explicar o que aconteceu com Kendra? — soltou Seth. — De repente ela foi substituída por uma fruta-espinho!

Vovô parou de andar, e os outros fizeram uma pausa junto com ele. Ele virou-se lentamente para encarar Seth, dois dedos repousando em seus lábios, a expressão indecifrável.

— Pode ser — murmurou ele. — Isso se encaixaria muito bem.

— Ela ainda pode estar viva — arquejou vovô.

Seth deu um pequeno soluço engasgado enquanto lutava para reprimir as lágrimas de esperança e de alívio que brotavam de maneira desenfreada em seus olhos.

– O que aconteceu com a Kendra? – inquiriu Vanessa.

– Nós pensávamos que ela estivesse morta – disse vovô. – Nós a pegamos tentando revelar segredos à Sociedade, e quando Warren confrontou-a, ela ingeriu veneno. Nossa hipótese principal foi que ela estava sob a influência de alguma espécie de controle mental.

– Você tem razão – disse Vanessa. – Parece mesmo uma fruta-espinho. O Esfinge não teria nenhum interesse imediato em fazer mal a Kendra. Ele sabe o quanto ela pode ser valiosa. Vamos.

Eles voltaram a andar e viraram numa esquina.

– O que a gente faz? – perguntou Seth.

– Vamos levar essa informação ao Trask – disse vovô. – Vanessa, se o Esfinge enviou a fruta-espinho para te libertar, por que você está contando isso pra nós?

– O Esfinge só quis me libertar depois que eu reconquistei um valor estratégico – disse ela friamente. – Ele não achava que a fruta-espinho pudesse ter acesso à sala escondida sem ajuda, aí de repente Vanessa Santoro passou a merecer ser libertada. Eu deveria ter garantido essa lealdade muito tempo atrás. Por anos eu funcionei como uma das principais agentes dele, arriscando o meu pescoço diversas vezes, obtendo sucesso em missão atrás de missão. Ele me descartou assim que eu tive uma chance de me tornar uma inconveniência. A fruta-espinho tinha todo um discurso memorizado, explicando como o meu encarceramento jamais deixou de ser encarado como algo temporário, uma necessidade tática. Em seu orgulho, o Esfinge acha que eu vou ficar choramingando pra voltar pra ele na primeira oportunidade. Ele vai ter uma surpresa. Não confio mais no caráter dele e, em decorrência disso, não acredito mais na missão dele. Não vou descansar enquanto não derrotá-lo.

Bem à frente, as lanternas iluminaram uma forma esparramada no chão do corredor. O grupo avançou correndo, observando Maddox caído.

– Você consegue revivê-lo? – perguntou vovó.

Vanessa agachou-se sobre Maddox, suas mãos examinando a cabeça dele. Ele estremeceu, gritando. Ela deu um passo para trás e ele se sentou no chão, piscando para os raios das lanternas. Seus olhos piscaram na direção de Vanessa, sua expressão contida.

– O que é isso? – perguntou ele, esfregando a cabeça. – Stan? O que aconteceu?

– Nós temos motivos para acreditar que você não é Maddox – disse vovô.

Maddox riu com incredulidade.

– Que eu não sou Maddox? Você só pode estar brincando. Quem sou eu, então?

– Uma fruta-espinho – disse vovó.

Maddox olhou de relance para Vanessa.

– Foi isso que ela te disse? Stan, não seja tão apressado em confiar numa traidora como ela. Coulter pensou que talvez fosse sensato consultar Vanessa a respeito do que aconteceu com Kendra. Você sabe como é, pra saber se ela conhecia alguém na Sociedade que mora em Monmouth. Nós pensamos que podíamos cuidar disso juntos, mas ela saiu da Caixa Quieta como um raio e nos dominou. Isso é tudo o que eu lembro.

– Monmouth, Illinois? – atestou Vanessa. – Foi para lá que eles levaram Kendra? Stan, só pode ter sido Torina Barker. Ela é uma lectoblix que trabalha com o Esfinge.

– Você sabe onde ela mora? – perguntou vovó com urgência.

– Eu nunca vi o covil dela – disse Vanessa –, só sei que ela existe.

– Stan, me dê o celular – disse vovó. – Ele funciona muito mal aqui embaixo. Acho melhor ligar pro Trask.

— Espere um pouco, você está acreditando *nela*? – cuspiu Maddox. – Vocês acham que eu sou alguma espécie de fruta falante?

Vovó aceitou o celular e seguiu corredor afora. Vovô olhou com raiva para Maddox.

— Acho, sim. E é melhor você começar a falar de maneira séria. Quais são as novidades do Brasil? O que realmente está acontecendo em Rio Branco?

Maddox riu silenciosamente, os olhos baixos, o rosto vermelho.

— Você está acreditando na palavra dela e não na minha – murmurou ele para si mesmo. Ele levantou a cabeça. – Stan, sei que você está arrasado por causa da Kendra, mas eu não tenho como te ajudar. Eu sou o Maddox. Se lembra daquela noite no Sri Lanka? Você ganhou de mim aquela pedra preciosa com um full house, lembra?

— Nós vamos lá tirar o Coulter da Caixa Quieta – disse vovô. – Se a história dele não bater com a sua, você vai se arrepender bastante por ter me feito perder mais tempo.

— Não se incomode com isso – rebateu a fruta-espinho, olhando com raiva para Vanessa. – Isso terá consequências – ameaçou ele, olhando para ela com firmeza.

— Eu nunca fui muito fã de fruta podre – comentou Vanessa calmamente.

— Sua missão está encerrada – definiu vovô. – O que você pode compartilhar conosco?

— Não há muito o que dizer – respondeu a fruta-espinho.

— Vasculhe suas lembranças – sugeriu vovô. – Você está ciente de algumas maravilhas que Tanu pode fazer com poções. Ou, além daquela porta atrás de você, eu poderia te apresentar a uma alma penada. Já esteve com uma alma penada, meu amigo?

— Você não está me entendendo – respondeu a fruta-espinho. – Eu sei muito pouco. Você acha que eles arriscariam me mandar até aqui com a cabeça cheia de informações confidenciais? Eu tenho uma pequena quantidade de conhecimentos específicos acerca da minha missão, nada além disso. A Sociedade está ciente da sala secreta no final do Hall dos Horrores. Eles querem que eu tome posse de mensagens codificadas de Patton Burgess sobre o local onde determinados artefatos podem estar escondidos. Eles explicaram onde Vanessa estava aprisionada e como funcionava a Caixa Quieta. Me contaram que eu poderia confiar nela para me auxiliar. Eu consegui entrar na casa-grande em Rio Branco, ao lado da banheira que me trouxe aqui. As lembranças que eu tenho de Maddox em Rio Branco são principalmente de estar escondido numa caverna, exatamente como eu descrevi, até ele ser capturado. Eles o mantêm preso. Com meu consentimento, eles pioraram meus ferimentos para que eu parecesse mais autêntico. É só o que sei.

– Isso pode ser verdade – disse Vanessa. – Eles não arriscariam ter uma fruta-espinho divulgando seus esquemas.

Tanu rolou a fruta-espinho, colocando-a de barriga para baixo, agachou-se sobre ela e algemou-a. Quando Tanu se afastou, a fruta-espinho não se mexeu.

– Eles estão com o artefato? – perguntou vovô.

– Não faço ideia – disse a fruta-espinho. – Mas eu disse pra eles onde ele estava escondido. Maddox estava de posse dessa informação.

– E agora? – perguntou vovô a Vanessa.

– Nós podíamos trancá-lo na Caixa Quieta – propôs Vanessa. – E tirar Coulter de lá.

– Eu temia que você talvez dissesse isso – disse vovô. – Depois de ter mordido a todos nós, você pode nos controlar em nosso sono. A Caixa Quieta é o único lugar em que você pode ficar sem que esse poder nos afete.

– Por acaso eu não ganhei alguma credibilidade? – perguntou Vanessa.

— Sem dúvida nenhuma — disse vovô. — Mas ainda assim você poderia estar montando uma armadilha para nós tendo em vista uma traição mais ampla no futuro. Nós nunca poderemos deixar que você tenha contato com as informações que estão além do Hall dos Horrores.

— Eu entendo — disse Vanessa. — O que me importa uma fruta-espinho? Entregá-lo poderia ser uma artimanha pra ganhar a sua confiança. Exceto pelo fato de que, se eu quisesse mesmo te trair, não seria assim que faria. Eu teria seguido o roteiro que a fruta-espinho trouxe pra mim. Era uma oportunidade de ouro. Coulter já estava fora de combate. Com as chaves do calabouço e a ajuda da fruta-espinho, não teria sido difícil usar o elemento surpresa pra capturar o resto do grupo. Em seguida eu poderia ter prosseguido em busca das informações desejadas no meu próprio ritmo.

— E ela não teria contado pra gente sobre o lectoblix em Monmouth — acrescentou Seth.

— Vocês não precisam depositar confiança total em mim — disse Vanessa, as mãos na cintura. — Mantenham seus segredos. Basta permitir que eu os auxilie. Eu sei muitas coisas. Já mordi muitas pessoas no meu tempo, incluindo várias delas dentro da Sociedade. Deixem-me usar as minhas habilidades e eu ajudo vocês a ter Kendra de volta.

— Você tem um discurso sedutor — suspirou vovô. — Tanu?

— Ruth não vai gostar — disse Tanu. — Mas Vanessa está certa quando diz que entregar a fruta-espinho só seria uma atitude sensata se ela estivesse do nosso lado. Só o fato de nós sabermos que o Esfinge possui frutas-espinho já é um conhecimento incalculável.

— Seth? — perguntou vovô.

Seth estava tão lisonjeado pelo fato de vovô estar pedindo sua opinião sobre o assunto que levou um tempo para reunir seus pensamentos.

– Eu acho que nós devemos enfiar a fruta-espinho na Caixa Quieta e mandar a Vanessa espionar pra gente.

Vanessa arqueou as sobrancelhas.

– Stan?

– Tanu tem razão em relação a Ruth – disse vovô. – Ela não vai querer que nós cedamos um centímetro sequer a você. Nós vamos ter de te manter aqui embaixo numa cela, pelo menos no início. Vamos tentar dar um jeito para que você tenha algum conforto. Vanessa, vou ser bem claro. Se você controlar qualquer um de nós durante o sono, considerarei isso prova irrefutável de seu compromisso com nossos inimigos, comportamento que será punível com a morte.

– Entendido – disse ela de maneira equilibrada.

Vovô assentiu com a cabeça.

– Sua ajuda pode nos ser útil. Assim que possível, quero que você procure membros adormecidos da Sociedade que possam nos ajudar a localizar Kendra. – Vovô curvou-se em direção ao chão e ajudou a fruta-espinho a se levantar. – Vamos soltar Coulter.

CAPÍTULO OITO

Mochila

O quarto estava escuro, mas, como sempre, Kendra conseguia enxergar. Incapaz de dormir, ela mirava o teto, observando uma pequenina aranha progredir em meio ao espaço branco desprovido de quaisquer traços marcantes. Ela imaginava como seria a aparência do quarto para o pequeno aracnídeo, seguindo centímetro a centímetro de cabeça para baixo. Ciente de que aranhas possuíam muitos olhos, ela sentiu uma nova empatia pela maneira como elas viam o mundo.

Ela ainda ficava tonta ao se lembrar de seu encontro com o Oculus. Metade de um dia depois, ela descobriu que não conseguia recriar a experiência em sua mente. A visão havia sido muito desorientadora, muito distinta do modo pelo qual ela sempre vira e do modo pelo qual ela agora via. Ela podia recordar apenas de maneira nebulosa a sensação de observar o mundo a partir de bilhões de perspectivas.

E se o Esfinge ou alguma outra pessoa na Sociedade dominasse o uso do Oculus? Isso significaria o fim de todos os segredos. A Sociedade seria capaz de ver todas as pessoas, todas as coisas, em todos os lugares.

A ideia fez com que ela tivesse um calafrio.

Amanhã ela iria embora com o Esfinge e sua *entourage* arrepiante. Para onde eles a levariam? Será que a viagem ofereceria alguma oportunidade de fuga? Será que ela teria alguma possibilidade de escapar com o Oculus? Que golpe isso seria!

A porta de seu quarto abriu-se ligeiramente. Ela não ouvira o trinco, mas enxergou o movimento com o canto do olho. Seu corpo ficou rígido. A mão de alguém penetrou no cômodo e colocou alguma coisa no chão.

– Oi? – chamou Kendra suavemente. – Quem é que está aí?

A porta se fechou.

Kendra saiu da cama e foi em direção à porta. Abriu-a, espiando o corredor parcamente iluminado, mas não viu ninguém. Será que sua porta ficara destrancada a noite inteira? Será que algum visitante furtivo a destrancara silenciosamente?

No chão, perto da porta, encontrava-se uma mochila de couro marrom. Um pedaço de papel estava encostado nela. Kendra pegou o papel e leu as seguintes palavras:

Você precisa fugir essa noite. A mochila contém um compartimento de armazenamento com dimensões fora do comum. Você pode se encaixar dentro dela com facilidade. Assim que estiver lá dentro, a mochila pode ser achatada, sacudida ou jogada no chão que você não vai sentir coisa alguma. Você vai achar uma fruta-espinho no bolso da frente. Espete a si mesma, espere a duplicata assumir a sua forma e em seguida dê as instruções. Deixe a impostora para trás e afaste-se o máximo que puder daqui. Corra!

O bilhete não continha assinatura. Kendra estava contente por conseguir lê-lo sem precisar acender a luz. Não havia necessidade de chamar a atenção para seu quarto agora que a fuga tornara-se subitamente uma opção. Seu coração batia aceleradamente. Ela abriu a porta, vagou em direção à escada e ficou escutando. A casa estava quieta. Se ela não perturbasse ninguém, deveria ter pelo menos algumas horas para si mesma.

Ela retornou ao quarto e examinou a mochila. Por acaso isso poderia ser alguma espécie de ardil? Será que o Esfinge estava fazendo joguinhos mentais com ela? Ou será que o bilhete era legítimo? Talvez alguém estivesse realmente lhe dando uma ajuda. Que necessidade o Esfinge ou Torina teriam de se utilizar de tais joguinhos mentais? Ela era prisioneira deles. Sutileza não era mais necessário. Se o bilhete fosse genuíno, ela teria de agir rapidamente.

Kendra abriu a pequena aba que cobria o bolso frontal da mochila de couro. Enfiou a mão dentro e sentiu uma picada que fez com que ela se lembrasse de quando havia enfiado a mão dentro da caixa misteriosa no centro de recreação. Em vez de tirar a mão, ela fechou os dedos ao redor da fruta e retirou-a da bolsa.

A fruta-espinho tinha uma coloração purpúrea e sem graça, com um formato irregular e uma textura áspera e fibrosa. Ela não era nenhuma especialista, mas a fruta parecia ser autêntica. A picada fora bem feita. Ela colocou a fruta ao lado da parede e voltou para a mochila.

Será que realmente caberia lá dentro? Kendra desafivelou a grande aba que cobria a parte de cima, abriu-a e olhou o interior. Em vez de ver o interior de uma mochila, ela estava espiando através de uma abertura que dava acesso a uma sala com um piso de cerâmica encardido e paredes de argila com rachaduras. Engradados gastos e barris estavam empilhados ao longo de duas das paredes. Degraus de ferro desciam pela parede perto da abertura, dando um fácil acesso ao improvável espaço.

Kendra espiou o recinto, estupefata. Será que não havia limites para as maravilhas possibilitadas pela magia? Ela tentou adivinhar quem poderia ter lhe dado um presente tão incrível. Ninguém lhe veio à mente. O que o Esfinge poderia ganhar dando a ela uma falsa esperança? E se ela tivesse realmente um aliado secreto?

Kendra olhou de relance para a fruta. Quanto tempo levaria a transformação? Ela certamente não queria uma segunda Kendra zanzando por aí sem instruções. O processo parecia estar avançando lentamente até o presente momento. Com certeza ela tinha tempo suficiente para descer e investigar a sala.

Kendra enfiou a cabeça na mochila. Que conteúdo havia nos barris? Será que ela poderia encontrar outros materiais úteis lá dentro? Kendra ampliou a abertura da mochila, deslizou através dela e desceu a escada.

Uma lanterna apagada a esperava no chão do fundo da mochila. Kendra ignorou-a – sua visão encantada já seria suficiente. A sala tinha mais ou menos três metros de altura, quatro metros e meio de largura e seis metros de comprimento. Ela reparou pequenos respiradouros em três das paredes perto do teto. Aproximou-se das mercadorias empilhadas de encontro a uma das paredes. Tudo parecia estar gasto pelo tempo e cheio de teias de aranha. Itens os mais diversos estavam espalhados pelos contêineres empilhados: um tapete dobrado, uma raquete de tênis ultrapassada, a cabeça empalhada de um antílope, um vidrinho transparente com bolinhas de gude, algumas varas de pescar, luvas de trabalho rasgadas, diversos rolos de papel de embrulho imundos, uma cadeira de vime estragada, algumas fotos emolduradas, rolos de corda apodrecidos, velas não usadas e um quadro-negro danificado.

Nada parecia útil. Kendra tentou abrir um engradado, mas a parte de cima estava pregada. Ela achou uma haste enferrujada de mexer brasas e utilizou-a para abrir a caixa. Dentro, encontrou peças de tecido cinza.

Mochila

Ela tentou um dos barris, mas interrompeu a tentativa de forçar sua abertura uma vez que sentiu o cheiro do que estava dentro. Seja lá que tipo de comida havia lá, estava estragada há muito tempo.

Kendra jogou a haste de ferro para o lado e deu um passo para trás. A sensação que ela estava tendo era a de remexer uma garagem há muito tempo abandonada. Ela imaginou que, caso algum item aproveitável tivesse sido incluído na mochila, o bilhete o teria mencionado.

De volta à escada, Kendra escalou-a, abriu caminho em meio à abertura da mochila e retornou ao quarto. Verificou a fruta-espinho e descobriu que ela estava agora do tamanho de uma bola de futebol e assumira uma forma um pouco mais alongada.

Kendra trocou de roupa, tentando selecionar um traje inconspícuo que pudesse suportar o frio. Escolheu a roupa que usara para conversar com o Esfinge e mais a jaqueta que estava usando quando foi abduzida. Juntou o restante das roupas e enfiou tudo lá dentro.

Sentada de pernas cruzadas perto da mochila, Kendra releu o bilhete. Obviamente ela entraria na mochila e mandaria a fruta-espinho duplicata deslizá-la pelas barras invisíveis de sua janela. Uma vez em terreno nevado, ela sairia de lá e fugiria. Para onde iria? Ela imaginava poder enfiar a mochila debaixo de algum arbusto e se esconder ali até que amanhecesse. Será que ela conseguiria encontrar um telefone para ligar para casa? Talvez fosse difícil, no meio da noite, numa cidadezinha como aquela.

Será que a duplicata conseguiria enganar o sussurro vigilante? Torina falara como se a criatura usasse aromas para identificar alvos, de modo que, se a duplicata tivesse o mesmo cheiro de Kendra, o vigilante ficaria satisfeito. O cheiro de Kendra jamais sairia da casa. Evidentemente, talvez ainda houvesse algum problema se o vigilante pudesse, de alguma maneira, sentir seu odor do lado de fora da casa. Aparentemente, quem quer que tivesse deixado aquela mochila tinha a sensação de que o ardil funcionaria. Nas desesperadas circunstâncias em que ela se encontrava, o risco valia a pena.

Kendra arrastou-se pelo chão para poder encostar-se na cama. A fruta-espinho expandia-se tão gradualmente que ela não conseguia discernir a mudança a menos que desviasse o olhar por alguns minutos e em seguida voltasse a olhar para ela.

Será que ela deveria convidar Haden e Cody para fugir com ela? Se eles a entregassem, ela perderia a única oportunidade que tinha para escapar. Os homens prematuramente envelhecidos sentiam-se amargurados pelo que Torina lhes havia feito, mas pareciam estar resignados com seus destinos. Talvez eles não tivessem nenhum interesse em escapar. Afinal de contas, Torina estava lhes fornecendo um lar gratuito no qual podiam viver enquanto estavam aposentados, uma opção que eles talvez não tivessem em outros lugares.

Mas será que era justo negar-lhes a opção de decidir por eles mesmos? Talvez os homens estivessem ansiando silenciosamente por uma oportunidade de voltar ao convívio social normal. Eles certamente podiam se encaixar dentro da espaçosa mochila, embora Haden talvez tivesse alguma dificuldade para descer a escada. Ambos a haviam tratado muito bem. Seria errado simplesmente abandoná-los dessa forma.

Ela não precisava compartilhar as especificidades de como planejava escapar. Podia esperar para lhes dizer como a fuga seria realizada só após eles concordarem em se juntar a ela. Se eles escolhessem não aceitar a oferta, ela não precisava mencionar a duplicata ou a mochila. Eles nem saberiam que ela havia escapado – imaginariam que ela mudara de ideia.

A fruta-espinho continuava crescendo lentamente. Kendra imaginou em que ponto ela começaria a parecer humana. Até o momento ela parecia um grande inhame púrpura. Kendra recostou-se na cama e descansou os olhos, assegurando-se de que não cochilaria. Como ela poderia dormir com a perspectiva de uma fuga desesperada assomando a cada instante? Mas com certeza era boa a sensação de fechar os olhos! Não muito tempo depois, a casa silenciosa, o quarto na penumbra, o dia cheio e a hora tardia conspiraram contra ela, e Kendra caiu no sono.

Ela foi despertada por um som de algo rachando, se partindo, como se um galho estivesse sendo quebrado. Ainda uma forma irregular, a fruta-espinho estava agora maior do que Kendra. Dedos haviam surgido em meio à casca purpúrea da fruta e estavam se livrando do revestimento. Kendra rastejou em direção à fruta hipertrofiada e ajudou a ampliar o buraco fazendo o mínimo de barulho possível.

Logo Kendra sentou-se e observou uma cópia idêntica de si mesma contorcer o corpo para sair da casca fibrosa. A duplicata estava inclusive usando a mesma roupa que Kendra usava quando foi picada!

– Eu sou Kendra – informou Kendra à recém-chegada.

– Não consigo te enxergar – disse a duplicata.

– Você não consegue enxergar no escuro?

A duplicata fez uma pausa antes de responder.

– Não. Eu deveria conseguir. Eu consigo me lembrar de enxergar no escuro. Agora não consigo.

– Imagino que os meus poderes não sejam transferíveis – disse Kendra, refletindo.

– Aparentemente, não – concordou a duplicata. – O que eu devo fazer?

– Eu fui aprisionada por uma mulher muito má – disse Kendra. – Preciso que você aja como se fosse eu.

A duplicata pensou sobre isso por um momento e disse:

– Sem problema.

– Você sabe que você é uma fruta – disse Kendra.

– Estou perfeitamente ciente do que sou.

— Onde você cresceu? – perguntou Kendra.

— Bem longe daqui. Eu não conseguia pensar com muita clareza nessa época. Adoro esse corpo! – Ela flexionou os dedos e então respirou bem fundo. – Quantas sensações!

— Você se lembra de quando era fruta? – perguntou Kendra.

A duplicata franziu a testa.

— Vagamente. Nada era tão agudo ou imediato como é agora. Eu tinha uma noção de luz e de calor, uma sensação de crescer, de ser alimentada pela mãe árvore. E mais tarde uma sensação de ser separada da árvore. Uma conexão tênue permaneceu até eu sair da casca. Através dessa conexão a mãe árvore me alimentava de muito longe pra que eu pudesse crescer e me transformar na sua réplica.

— Você está usando até a mesma roupa que eu. Como isso é possível?

— Quem pode saber? Magia, acho. Do mesmo jeito que comecei a pensar como você desde o primeiro instante em que passei a ser uma amostra sua.

— Esquisito – disse Kendra.

— Então tudo o que você quer de mim é que eu te imite?

— Acho que tenho mais algumas instruções.

— Eu existo para seguir essas instruções – prometeu a duplicata.

— Primeiro, não divulgue nenhuma informação importante ao Esfinge, a Torina ou a qualquer outra pessoa. Retenha a todo custo os segredos que você sabe. Segundo, descubra o que puder sobre os planos deles e depois tente escapar e me informar sobre eles. – Ela recitou o número do celular de vovô. – O Esfinge vai levar você embora daqui de manhã.

— Eu lembro.

— Fique de olhos e ouvidos bem abertos. Aproveite qualquer oportunidade que tiver para atrapalhar a Sociedade da Estrela Vespertina.

— Vou fazer isso. Pode contar comigo. Você vai convidar Haden e Cody?

— O que você acha?

A duplicata deu de ombros.

— Parece que você acha que deveria.

— Beleza — disse Kendra. — Quando eu voltar, depois que estiver dentro da mochila, vou precisar que você a passe pelas barras da janela e a jogue no chão.

— Saquei.

— Você só vai seguir as minhas instruções, não é? — verificou Kendra. — Os outros iam adorar te descobrir e mudar o seu compromisso.

— Eu só vou obedecer a você. Vou fazer bem o meu trabalho. Se *você* não fizer nenhuma besteira, o Esfinge nunca vai saber que sou uma impostora.

— Se eles tentarem fazer você usar os meus poderes — disse Kendra —, você vai ter de inventar desculpas.

— Deixa comigo.

— Que horas são, afinal?

— Não consigo enxergar, lembra? Não tem um relógio na escrivaninha?

— Ah, é — percebeu Kendra. — São quase três horas e meia da manhã. É melhor eu correr. — Ela foi em direção à porta. — Eu já volto.

Na pontinha dos pés, no corredor, Kendra esgueirou-se até o quarto de Haden. Ela tentou abrir a porta e descobriu-a destrancada. Abriu-a levemente, entrou no quarto e foi até a cama ajustável onde Haden roncava suavemente. Ela sacudiu seu ombro ossudo.

— Haden, acorda — sibilou ela.

Haden enrolou-se nas cobertas e rolou para longe dela. Ela deu outra cutucada. Resmungando e fungando, Haden sentou-se na cama.

— O que é? — perguntou ele.

— Sou eu, Kendra.

— Kendra? Que horas são? — Ele estava olhando na direção dela, mas seus olhos não estavam exatamente fixos nos dela, uma lembrança de que, embora ela pudesse enxergar, ele não podia.

— É tarde. Haden, acho que eu tenho uma maneira de escapar daqui. Quero saber se você não está a fim de vir comigo.

Ele avaliou a proposta por um momento.

— Você está falando sério?

— Estou. Eu descobri um jeito seguro de fugir daqui. Uma coisa garantida e confiável.

— Quando?

— Agora ou nunca.

Ele limpou a garganta.

— Acho melhor ficar. Eu só ia te atrapalhar.

— Você não ia me atrapalhar mesmo. Não fique aqui por minha causa.

Ele coçou o nariz.

— Eu nunca imaginei que teria uma oportunidade como essa. — Ele deu um tapinha no peito, franzindo o cenho. — Avaliando bem a coisa, é melhor ficar. Eu nem sei pra onde eu iria, o que mais eu poderia fazer. Acho que não vou conseguir mais reclamar da minha condição de cativo.

— Tem certeza? — verificou Kendra.

— Tenho certeza, sim. Espero que dê tudo certo pra você. Precisa da minha ajuda para alguma coisa?

— Só queria que você não comentasse nada com ninguém — disse Kendra.

— Meus lábios estão lacrados. Boa sorte.

— Obrigada, Haden.

— Você convidou Cody?

– Ainda não.

Ele pareceu ficar preocupado.

– Tudo bem, tudo bem. Mesmo que ele vá, acho que é melhor eu ficar. Essa é a minha decisão definitiva.

– Quem sabe – disse Kendra, afastando-se na direção da porta –, de repente não vai funcionar. Mas acho que o meu plano é bem sólido.

– Pelo que andei ouvindo, de um jeito ou de outro você vai embora amanhã.

– E é por isso que eu preciso me mandar essa noite.

– Boa sorte.

– Pra você também.

Kendra saiu e fechou a porta. Em seguida desceu o corredor até o quarto de Cody. Ela abriu a porta cuidadosamente.

– Quem está aí? – falou Cody, alarmado.

– Sou eu, Kendra.

– Kendra? – repetiu Cody, sua voz só um pouquinho mais tranquila.

Kendra pediu delicadamente para ele baixar o tom de voz.

– Fale mais baixo. Eu não quero ser pega aqui. Eu precisava te perguntar uma coisa que não podia esperar até o amanhecer.

– Com certeza, entre – sussurrou ele. – Desculpe. Você me assustou.

– Eu tenho uma maneira segura de sair daqui. Vou embora essa noite. Você pode vir comigo se quiser. Deve ser fácil.

Cody sentou-se e acendeu uma luz de leitura. Protegeu os olhos até que eles se ajustassem.

– Eu sei que você está preocupada em sair daqui amanhã com o Esfinge. Mas não existe saída desse lugar. Tentar escapar só vai fazer as coisas piorarem.

— Não é um simples desejo da minha parte — insistiu Kendra. — Eu tive uma ajudinha de fora, e agora tenho uma forma segura de sair daqui. Estou me referindo a sair daqui imediatamente. Você não vai me atrapalhar e a coisa não vai ser muito complicada. Você está a fim de vir comigo ou não?

— Você perguntou ao Haden?

— Ele não quis.

Cody pegou um copo d'água quase vazio na mesinha de cabeceira. Tomou um gole e colocou-o de volta.

— Acho que se essa fuga for tão segura quanto você diz, eu não me importaria de sair desse lugar. Se conseguir encontrar um lugar confortável pro Haden fora daqui, eu poderia voltar para buscá-lo.

— Quer dizer que você vai comigo? — disse Kendra.

— Se eu concordar com o seu plano de fuga, sim, vou junto com você.

— Vista uma roupa e vá pro meu quarto. Não demore e veja se não faz barulho.

Cody deslizou as pernas para fora das cobertas. Elas eram brancas e magras.

— Eu vou ficar logo atrás de você — assegurou-lhe ele.

Kendra correu pelo corredor. O desaparecimento de Cody levantaria suspeitas. Não havia uma fruta-espinho para substituí-lo. Eles certamente interrogariam Haden, já que ele e Cody eram bastante próximos. Será que isso poderia levá-los a suspeitar da autenticidade da duplicata de Kendra? Possivelmente, mas se Cody queria ir, deixá-lo para trás não era uma opção.

De volta ao quarto, Kendra encontrou sua duplicata sentada na cama. A casca da fruta hipertrofiada sumira.

— O que você fez com a casca? — perguntou Kendra.

— Eu a limpei toda e depois joguei dentro da mochila — respondeu a duplicata. — Os velhos vão vir?

Mochila

– Só o Cody – disse Kendra. – O sumiço dele vai levantar suspeitas. Você vai ter de estar preparada para agir como quem não sabe nada.

– Eu vou deixar você orgulhosa – disse a duplicata. – Eles nem vão desconfiar.

Kendra sentiu que podia confiar na duplicata. Era como confiar em si mesma.

– Obrigada, tenho certeza que você vai fazer tudo muito bem.

Kendra sentou-se na cama perto da sua duplicata. Ela teve de esperar mais do que gostaria até Cody aparecer, e já estava se preparando para voltar ao seu quarto quando ele entrou em silêncio. Uma luz difusa em seu quarto o iluminava levemente. Ele estava usando um sobretudo verde-escuro e um chapéu melão no mesmo tom com uma faixa amarronzada e uma aba voltada para cima.

– Você está com um ótimo visual – observou Kendra.

– Torina arranjou esse traje pra mim – disse Cody. – Você tem razão em relação a Haden. Eu dei uma passada no quarto dele e fiz uma tentativa, mas ele está decidido a ficar. Como é que nós vamos escapar daqui?

– A gente vai entrar na mochila – disse Kendra.

– A mochila? – disse Cody, incrédulo. – Sinto muito, Kendra, mas não estou enxergando nada aqui.

Kendra acendeu a luz.

– Duas Kendras? – arquejou Cody.

– É uma longa história – disse Kendra. Ela levantou a aba da mochila. – Essa mochila possui um compartimento mágico. Desce a escada. Eu cuido do resto.

– Agora sim, posso dizer que já vi tudo – murmurou o homem idoso, espiando o interior da mochila.

Algum contorcionismo e uma ajudinha de Kendra para manter o equilíbrio foram necessários, mas, por fim, Cody conseguiu colocar seus pés nos degraus e começou a descer. A ampla abertura da mochila esticava-se à medida que seus ombros espremiam-se para atravessar a passagem. Se Cody fosse um homem corpulento, talvez não se encaixasse com muita facilidade.

— Agora é só você jogar a mochila pela janela — lembrou Kendra à duplicata. — Eu vou dar um sinal aqui de dentro quando estiver pronta.

— Vou esperar o sinal — confirmou a duplicata.

— Tchau — disse Kendra. — Obrigada.

— Eu existo pra executar as suas vontades. Obrigada pela intrigante missão.

Kendra desceu pela abertura da mochila em direção ao quarto escuro adiante. Quando alcançou o fundo, ela olhou para a duplicata que a estava olhando de volta. Kendra levantou o polegar.

— Estamos prontos.

A abertura da mochila se fechou. Kendra esperou. Não havia nenhuma sensação de movimento.

— O que está acontecendo? — perguntou Cody. — Eu não consigo enxergar a minha mão na frente do meu rosto aqui embaixo.

— Ela vai jogar a mochila pela janela.

— Pela janela? Nós estamos no terceiro andar!

— A gente não vai sentir nada. — Ela tinha esperança de que isso fosse verdade.

De cima, Kendra ouviu a janela se abrir. Um momento depois, ela ouviu a mochila atingir o chão. O recinto não se mexeu e nem tremeu.

Kendra pegou a cadeira de vime estragada entre as mercadorias empilhadas de encontro à parede.

— Você pode se sentar aqui — ofereceu ela.

A cadeira de vime rangeu quando Cody sentou-se nela. Apesar das inúmeras fibras quebradas, desaparecidas e protuberantes, a frágil cadeira dava a impressão que o sustentaria muito bem. Kendra correu até os degraus na parede e subiu até a abertura da mochila. Lá chegando, levantou a aba.

– Onde é que você vai? – inquiriu Cody.

– Eu vou levar a mochila pra um lugar seguro – disse Kendra. – Fique sentado aí.

– Você é quem manda.

Kendra subiu pela abertura até alcançar a lateral do jardim da casa grande. Acima dela, a janela do quarto pela qual ela caíra estava escura. A casa permanecia quieta. Não havia nenhum sinal de perseguição do sussurro vigilante. Kendra fechou a mochila, pegou-a e saiu correndo pela neve quebradiça. Felizmente, a neve parecia estar bem triturada, de modo que deixar pegadas provavelmente não seria um problema. Só para ter certeza, ela arrastou os pés para que quaisquer pegadas deixadas por ela parecessem deformadas.

Ela alcançou uma calçada e começou a descer a rua. Escorregou numa faixa de gelo e caiu feio, batendo o cotovelo no chão. Permaneceu no chão por um momento, respirando ar gelado, sentindo o frio do concreto atravessar as suas roupas antes de se levantar com cuidado e seguir em frente. Ela vira o bastante da vizinhança para saber que consistia de casas antigas e grandes situadas em lotes de grandes proporções. Sua primeira meta era colocar alguma distância entre ela e seus inimigos. Kendra dobrou algumas esquinas, encaminhando-se para o que ela pensava ser o centro da cidade. Como não havia passado muito das quatro da manhã, as ruas gélidas estavam silenciosas. Nenhuma luz escapava do céu nublado.

À medida que progredia, as casas iam ficando cada vez menores e mais juntas umas das outras. A maioria delas necessitava de alguma manutenção. Algumas estavam realmente em ruínas, com jardins cheios de ervas daninhas, varandas entulhadas de coisas e telhados estufados. De um cercadinho ao lado de uma das casas, um cachorro grande latia, o que obrigou Kendra a caminhar com mais rapidez.

A casa da qual ela escapara estava bem distante. Ela continuava olhando por cima do ombro, incapaz de acreditar que conseguira escapar sem deixar vestígios. O quanto ela teria de andar antes de poder guardar a mochila e se esconder dentro dela até o amanhecer?

Logo à frente, um carro dobrou a esquina e seguiu na sua direção. Os faróis piscaram para ela, e Kendra percebeu que pareceria ainda mais suspeita se tentasse se esconder. Se permanecesse calma, o carro provavelmente seguiria seu caminho e a deixaria em paz. Exceto pelo fato de que o carro estava diminuindo a velocidade. Será que se tratava de um bom samaritano disposto a ter certeza de que aquela adolescente que estava andando sozinha de noite estava bem? Ou será que poderia ser algum psicopata que realmente achava interessante a ideia de meninas andando sozinhas no escuro? Ou ainda: será que alguém da casa já havia notado que Cody estava desaparecido?

Enquanto o carro encostava perto dela, Kendra fugiu dele, correndo na direção do portão no jardim da casa mais próxima.

– Kendra – chamou uma voz atrás dela num grito abafado.

Kendra olhou por cima do ombro e avistou um homem negro saindo do sedã prateado. Ela deu um encontrão no portão, chacoalhando toda a estrutura de madeira, mas não conseguia entender como fazer para abri-lo. Ela agarrou o topo, as pontas pressionando as palmas de suas mãos, e impulsionou o corpo.

Mãos fortes agarram-lhe as laterais do corpo, puxando-a da grade. Assim que seus pés atingiram o chão, uma mão cobriu sua boca. O outro braço prendeu seus braços embaixo, mantendo-a perto.

– Eu sou um amigo de seu avô – sussurrou o homem. – Eu sou um Cavaleiro da Madrugada.

Uma luz foi acesa dentro da casa. Kendra fizera muito barulho na grade.

– Vamos embora – disse ele, guiando-a na direção do sedã. – Agora você está em segurança.

– Como eu posso saber que você é uma pessoa confiável? – perguntou Kendra, andando com ele não de todo convencida.

– Você não tem como – disse ele. – O meu nome é Trask. Eu estou dirigindo por aí desde que anoiteceu. Assim como Warren, Elise e Dougan. Você os conhece, não é verdade?

Ele abriu a porta traseira e Kendra entrou no sedã. O que mais ela poderia fazer? O estranho era rápido e forte. Se ela tentasse correr novamente, ele a pegaria ainda com mais facilidade dessa vez. Ela queria desesperadamente acreditar nele. Trask sentou-se na frente do volante. O carro ainda estava com o motor ligado. A julgar pelos assentos de couro e pelo painel sofisticado, o sedã parecia caro.

– Como foi que você me achou? – perguntou Kendra.

Trask colocou o veículo em movimento, acelerando suavemente. Kendra avistou o rosto de um homem com os olhos estreitados na janela iluminada da casa, seus cabelos escassos fazendo pontas desordenadas.

– Stan Sorenson recebeu uma dica de que talvez você estivesse vagando pelas ruas de Monmouth hoje à noite. E aí está você.

– Alguém me ajudou a escapar.

Ele assentiu com a cabeça.

– Isso se encaixa na dica que ele recebeu.

– Você estava me procurando? – perguntou Kendra.

– Eu sou detetive. Fui chamado pra investigar o seu assassinato. Nós só passamos a desconfiar que você estivesse viva hoje de manhã.

– Pra onde você vai me levar agora?

Ele pegou um celular fininho.

– Nós vamos nos encontrar com Warren e com os outros e depois você vai direto para Fablehaven.

CAPÍTULO NOVE

Hall dos Horrores

— Argh — trovejou Hugo, afastando-se da saída de bola. Seth e Doren começaram seus movimentos, lutando para se manter de pé na neve profunda. Newel defendeu Doren muito bem, ficando ao seu lado quando ele cortou pela esquerda. Verl ofuscou Seth, jogando muito próximo a ele. Quando Seth fingiu um corte, Verl aceitou, de modo que Seth seguiu em frente.

Hugo era o zagueiro mais perfeito de todos os tempos. O golem aderiu religiosamente a um limite de tempo de seis segundos para lançar a bola, repelindo a necessidade de uma corrida. Não havia impedimentos em relação a até onde ele conseguia lançar a bola, seus passes eram sempre certeiros, e ele não demonstrava nenhum favoritismo.

Seth olhava para cima e para baixo. Flocos de neve voavam pelo ar, obscurecendo-lhe a visão. Suas pernas continuavam a todo vapor. Verl seguia dois passos atrás dele. Seth não conseguia mais ver Hugo ou os outros sátiros. Que distância ele teria percorrido? Cinquenta metros? Sessenta?

Uma forma escura apareceu em meio aos flocos de neve rodopiantes, sibilando no ar. Seth estendeu os braços. Embora a bola o atingisse com ele correndo, era como tentar pegar um meteoro. Só Hugo conseguia lançar uma bomba como aquela sem que a bola produzisse um arco!

Seth perdeu o equilíbrio e caiu numa torrente de neve, mas conseguiu agarrar com firmeza a bola, prendendo-a de encontro a seu peito. Ele ficou deitado alguns instantes no sulco que ele próprio produzira na neve, sentindo um pinicar gelado em seu pescoço, hesitando levantar-se porque sabia que a neve entrara por seu colarinho e escorregaria por suas costas numa sensação enregelante.

– O que aconteceu? – perguntou Newel.

– Ele pegou a bola – respondeu Verl. – Ponto pra eles.

– De novo? – reclamou Newel. – Eu vou ficar com o Seth no meu time da próxima vez.

– Faça isso, por favor – disse Doren, afogueado. – Quero Verl me cobrindo.

– Essa partida é uma armação total – protestou Newel.

Verl tirou um pouco da neve que se acumulara nas costas e no pescoço de Seth e ajudou-o a se levantar. O sátiro de boa índole possuía lanosas pernas brancas com pontinhos marrons e chifres com uma leve pelagem, e um rosto mais infantil do que o de Newel e Doren. Ele estava usando uma grossa camisa de gola rulê, ao passo que os outros sátiros jogavam sem camisa.

– Obrigado – disse Seth.

– Não dá pra acreditar que você conseguiu pegar aquela bola – disse Verl. Ele perdera vários passes similares.

– Nem eu – admitiu Seth. – O Hugo lança com muita força.

– Eu acho que os perdedores saem – suspirou Verl, dando uma corridinha para se preparar para a próxima saída de bola.

– Seth! – gritou vovó da varanda. – Tem um carro chegando.

– Kendra! – exclamou ele, soltando a bola. – Preciso ir nessa, galera.

Verl voltou correndo, alisando a camisa de gola rulê quase toda encharcada.

– Como eu estou? – perguntou ele ansiosamente.

– Parece um príncipe – disse Seth. – Mas vê se não esquece. Não há triunfo sem coragem. – Ele informara Verl da chegada de Kendra, e estimulara suas esperanças de ganhar a afeição da menina. Desde que soubera que sua irmã havia sido resgatada, Seth estava se sentindo muito mais ele próprio.

– Eu não sei – choramingou Verl, olhando para as árvores. – Newel e Doren me avisaram que Kendra é jovem demais. Eles disseram que Stan me esfolaria vivo se soubesse da minha admiração ardente.

– Basta agir como um cavalheiro – disse Seth. – Esse é o momento que você tanto esperava.

– Eu ia preferir muito mais fazer isso do meu jeito – desconversou Verl, afastando-se. – Quem sabe num balão a gás. Com um almoço de piquenique. E uma cartola.

– Faça o que achar melhor – disse Seth, correndo na direção da varanda. Ele convencera vovô a dar aos sátiros permissão de entrar no jardim para jogar futebol na neve com ele. Ele precisava de algo para ocupar sua mente enquanto esperava sua irmã chegar. A tempestade de neve atrasara a chegada dela em mais de uma hora.

– Parece até que você estava fazendo anjos de neve – disse vovó.

Quando alcançou a varanda coberta, Seth bateu os braços e as botinas, livrando-se de grossos pedaços de neve.

– Verl estava me vigiando, aí eu tive muitas chances de ficar com a bola – disse Seth. – Verl não é muito de derrubar, mas Newel pega firme. Ele me fez perder a bola duas vezes.

— Você devia evitar essas brincadeiras grosseiras com os sátiros — admoestou vovó.

— A neve alivia a queda, e a jaqueta acolchoa tudo — assegurou-lhe Seth. — Doren e eu estávamos vencendo de 49 a 35.

Vovó ajudou-o a tirar o resto da neve. Assim que entrou na casa, Seth retirou as botinas e a jaqueta. Ele ouviu a porta da frente se abrir e saiu correndo em direção ao hall de entrada.

Kendra e Warren estavam passando pela porta. Uma faixa avermelhada podia ser vista na bochecha de Kendra — prova de que ela havia cochilado no carro. Com os olhos lacrimejantes, Seth correu para ela e lhe deu um enorme abraço.

— Oiê! — disse Kendra, retribuindo o abraço, atônita em função da entusiasmada demonstração de afeição.

— Que bom que está tudo bem com você — disse Seth, piscando seguidamente para se livrar das constrangedoras lágrimas. — Nós te enterramos.

— Eu soube. É meio esquisito ficar sabendo que eu tenho um túmulo.

— Se fosse comigo eu guardaria a lápide no meu quarto — disse Seth. — Talvez eu a usasse como cabeceira da cama. Imagina só: "Aqui jaz Seth Sorenson".

— Ouvi falar que vocês estão com uma cópia da fruta-espinho do Maddox — disse Kendra, mudando de assunto.

— Pode crer, ele parou de falar assim que a gente descobriu qual era a dele. Vanessa disse que se a gente o deixar sair da Caixa Quieta ele vai morrer em pouco tempo. A espécie dele não dura muito.

— Que coisa mais estranha, hein? Vanessa fora da Caixa Quieta!

— Ela ajudou a gente a te encontrar — disse Seth. — Ela usou os poderes dela pra conseguir informações sobre alguém que poderia te ajudar a escapar ontem à noite. Foi por isso que todo mundo estava patrulhando as ruas a noite toda.

– Espera um pouquinho – disse Kendra. – Vanessa deu a eles a dica de que eu fugiria? Mas quem contou pra ela?

– Ela não fala muito. Revela apenas que a pessoa que forneceu a informação está do nosso lado agindo de maneira discreta e que precisa se manter anônima. Tudo o que a gente sabe com certeza é que Vanessa entrou na mente de alguém que estava dormindo em algum lugar e pegou a informação. Deve ter sido alguém que sabia que você receberia aquela mochila.

– Trask me achou. Eu não o conhecia, aí fiquei assustada. Warren disse que eles não tinham cem por cento de certeza do local onde eu estava presa.

– Vanessa afirmou que não sabia precisar a localização – explicou Seth. – Ela sabia que Torina estava em Monmouth, e ela recebera a informação de que um traidor iria ajudá-la a escapar. Vanessa não queria dizer quem tinha lhe dado a informação. Posso dar uma olhada na sua mochila?

– O que você sabe sobre a mochila?

– Muito pouco. A gente não conseguia falar sobre outra coisa a não ser a sua fuga hoje de manhã!

Kendra tirou a mochila dos ombros.

– Você coube aí dentro com um cara velho? – perguntou Seth.

– O Cody tem na verdade trinta e dois anos. Mas ele parece ter uns setenta. Torina drenou a juventude dele. Ela é uma lectoblix. Eu acho que ele quer se vingar de alguma forma. Ele ficou lá com o Trask. – Ela abriu a aba principal da mochila e Seth deu uma espiada lá dentro.

– Não é possível! Por que você sempre fica com as coisas mais maneiras? Isso aqui seria o kit de emergência definitivo!

— Fico surpreso com o fato de que alguém tenha aparecido com um objeto tão valioso como esse – disse Coulter, posicionando-se atrás deles. – A arte de criar espaços de armazenamento extradimensionais está perdida há tempos. A mochila é um item raro e valiosíssimo. Alguém se esforçou muito para te libertar.

— Oi, Coulter – disse Kendra.

Ele a abraçou.

— Nós vamos ter de examinar todo o conteúdo, só pra garantir que o seu benfeitor desconhecido não tenha tido a intenção secreta de contrabandear convidados indesejados para dentro de Fablehaven. Você não sabe quem foi que lhe deu isso, sabe?

— Não faço a menor ideia.

Vovó, vovô, Dale e Tanu haviam se mantido a distância enquanto Kendra falava com Seth, mas agora estavam em cima dela como se fossem um enxame, dando-lhe as boas-vindas e expressando o alívio que estavam sentindo por ela estar de volta sã e salva. Seth afastou-se, esperando que a inundação de saudações finalmente cedesse.

Vovó conduziu Kendra à cozinha, oferecendo a ela os mais variados alimentos. Tudo o que Kendra queria era um chocolate quente, de modo que Dale colocou uma panela com leite no fogão.

— O que a gente vai fazer com a Vanessa? – perguntou Kendra, agora sentada à mesa.

— Nem me fale – irritou-se vovó. – Eu tenho certeza de que ela tinha razões pessoais para nos ajudar. Aquela mulher não é confiável. Ela mentiu para nós com tamanha sinceridade e nos traiu tão profundamente que eu não consigo acreditar que Stan esteja permitindo que ela tenha o mínimo sequer de liberdade. Ela devia voltar diretamente pra Caixa Quieta.

— Ela nos protegeu do impostor de uma maneira extremamente desvantajosa para ela própria – lembrou vovô a sua esposa. – E ela nos ajudou a trazer Kendra de volta. Se formos cuidadosos, nós podemos dar um jeito de usá-la.

– Ela já está ocultando informações de nós – disse vovó. – Quem pode saber com quem ela andou falando enquanto estava naquele transe dela, ou o que ela pode ter revelado? Vá em frente, Stan, continue usando-a. Os homens adoram brincar com fogo. Só não comece a chorar quando se queimar. No fim nós vamos ver quem foi que usou quem.

– Vanessa tem boas razões pra odiar o Esfinge – observou Warren.

– Muito conveniente para ela – respondeu vovó.

– Eu tenho algumas informações importantes – anunciou Kendra, olhando paras as mãos. – Coisas que eu não queria falar na frente de Trask ou de Dougan, ou de Elise. Coisas que eu não queria discutir ao telefone.

– Você se recusou a contar até pra mim? – disse Warren. – Foi uma viagem longa e entediante!

– Eu achei que era melhor esperar até que nós estivéssemos todos juntos em Fablehaven – desculpou-se Kendra. – Eu me encontrei com o Esfinge. Ele está com o artefato do Brasil. Se chama Oculus.

Vovô estremeceu.

– Eu temia que a presença do Maddox fruta-espinho significasse que a Sociedade já tivesse capturado o artefato.

– Eles conseguem usá-lo? – perguntou Coulter, hesitante.

– Eu acho que não – disse Kendra. – Eles me fizeram tentar.

Vovô deu um soco na bancada, seu rosto adquirindo um tom vermelho.

– O Oculus é o mais perigoso de todos os artefatos – disse ele, enfurecido. – Como assim eles te fizeram tentar?

– Eles me obrigaram a colocar a mão em cima dele – disse Kendra. – A princípio eu conseguia ver em todas as direções, como se eu tivesse olhos extras. Depois foi como se eu tivesse olhos voltados para a sala inteira, me mostrando dezenas de perspectivas ao mesmo tempo. Depois eu tinha olhos por toda a casa, depois por toda a cidade e depois por todo o mundo.

— O que você viu? — perguntou Seth ansiosamente.

— Tudo e nada — disse Kendra, a voz assombrada. — Era coisa demais. Eu não conseguia focalizar nada na realidade. Esqueci onde eu estava, quem eu era.

— Como a visão terminou? — perguntou vovó.

— Eu não conseguia pensar com clareza suficiente a ponto de tirar a mão do cristal — explicou Kendra. — Vi o interior do local onde a Fada Rainha vive. Eu consegui concentrar o olhar nela. Ela me mandou tirar a mão do Oculus. Com a ajuda dela, escapei.

— Você poderia ter enlouquecido — disse vovô, fervilhando.

— Eu acho que ninguém ali conseguiu dominar o artefato ainda — disse Kendra. — Se eles conseguirem, a gente não vai mais ter segredos. O Esfinge parece bem determinado a isso.

— Isso significa que nós vamos precisar entrar na câmara que fica depois do Hall dos Horrores? — perguntou Tanu.

— Com toda a certeza — disse vovô. — A Sociedade está obtendo uma vantagem poderosa. Nós precisamos trabalhar pressupondo que eles logo estarão munidos do poder para ver todos os lugares. Precisamos descobrir tudo o que pudermos para tornar a luta um pouco mais justa.

— A gente não pode usar o Cronômetro de alguma maneira? — perguntou Seth. — Será que viajar no tempo não viria a calhar?

— Eu tenho estudado o dispositivo — relatou Coulter. Fiz alguns progressos, mas o Cronômetro é não apenas complexo como também perigoso.

— Existe pouco conhecimento disponível sobre o assunto — acrescentou vovó. — Nós não temos um manual de instrução.

— Eles têm um artefato que cura qualquer ferimento, e outro que poderia fazer com que eles enxergassem todos os pontos do planeta – disse Seth. – Eles vão usar o Oculus para achar os outros. A gente conhece o Cronômetro. O que os outros dois artefatos fazem?

— Um deles dá poder sobre o espaço – disse Coulter. – O outro oferece a imortalidade.

— Se eles reunirem os cinco, vão poder abrir a prisão do demônio – disse Kendra.

— Zzyzx – disse Seth, baixinho.

— O que significaria o fim do mundo como nós o conhecemos – disse vovô. – A Sociedade da Estrela Vespertina cumpriria assim sua autoproclamada missão e traria as trevas.

Vovó despejou um pouco de leite morno numa caneca, adicionou chocolate em pó e mexeu. Ela colocou a caneca na frente de Kendra.

— Obrigada – disse Kendra. – Warren falou que vocês trouxeram o Diário de Segredos.

— Está no sótão – disse Seth. – No nosso lado.

— Ele contém a senha pra abrir a sala secreta – disse Kendra. – Vou precisar de uma vela de cera umite.

— Fiz um estoque delas – disse vovô. – Nós temos várias.

Kendra tomou um gole da caneca.

— De repente é melhor a gente fazer isso agora.

— Acho que você devia descansar antes – insistiu vovó.

Kendra balançou a cabeça.

— Eu dormi no carro. Duvido muito que os caras do mal estejam descansando.

🐉 🐉 🐉

O agourento corredor do calabouço estendia-se à esquerda e à direita, com portas de celas de ambos os lados. Mas nenhuma delas

Hall dos Horrores

era comparável à porta que estava diante de Seth, feita em madeira vermelho-sangue e revestida de ferro preto. Coulter estava parado em um dos lados, vovô e Kendra no outro. Depois de muito implorar, Seth obteve permissão para acompanhar o grupo.

Coulter estava segurando uma tocha. Vovô levava consigo uma chave e um espelho. Kendra segurava firmemente o Diário de Segredos. Seth estava com uma lanterna.

– Fiquem afastados das portas no hall – lembrou vovô a todos. – Cada porta possui um olho-mágico. Resistam a todo e qualquer desejo de dar uma espiada. Vocês não vão gostar nem um pouco de olhar nos olhos de um fantasma. Não toquem em nenhuma das portas. Se violarem quaisquer dessas regras, serão retirados imediatamente do Hall dos Horrores e jamais poderão retornar. – Ele estava olhando para Seth. Assim como Coulter e Kendra.

– O que é? – disse Seth.

– Você está sempre pedindo chances para provar seu comprometimento – disse vovô. – Não a desperdice.

– Vocês nem vão reparar que eu estou aqui – prometeu Seth.

– Muitas dessas criaturas podem irradiar medo e outras emoções perturbadoras – alertou Coulter. – As celas especiais que os mantêm detidos ajudam a diminuir os efeitos. Falem alto se as sensações se tornarem insuportáveis. Kendra, fique atenta para sensações de depressão, desespero ou terror. Seth, estou interessado em ver o quanto a sua imunidade ao medo mágico se sustenta aqui dentro.

Vovô inseriu uma chave na porta. Ele encostou a palma da mão na madeira vermelha e murmurou algumas palavras incompreensíveis enquanto girava a chave. A porta se abriu.

Coulter entrou primeiro no escuro corredor, usando sua tocha para acender as outras que estavam penduradas nas paredes. A luz trêmula lançava um brilho sinistro por sobre as paredes e o piso de pedra.

À medida que Seth seguia vovô em direção ao interior do recinto, ele reparou que o ar estava visivelmente mais frio ali do que em qualquer outra parte do calabouço. Seu hálito produzia nuvenzinhas brancas em frente a seu rosto.

O hall não era muito longo – a tocha já iluminava a parede dos fundos. Havia oito portas em cada lado do corredor, igualmente espaçadas, cada qual produzida a partir de ferro sólido e com realces de símbolos arcaicos e pictogramas. Cada porta possuía uma fechadura e um olho-mágico fechado.

– Você está certo – disse Kendra, a voz baixa. – Esse lugar dá uma sensação estranha.

– Dá pra *sentir* a escuridão – sussurrou Coulter. – Tudo bem com você, Seth?

– Só estou com um pouquinho de frio. – Fora o terror inerente às pesadas portas banhadas com a luz da tocha e as desconcertantes hipóteses em relação ao que poderia estar aprisionado atrás delas, ele não estava tendo nenhuma sensação sinistra.

Vovô seguiu na frente em direção ao hall. Coulter estava na retaguarda. Enquanto passava pelo segundo segmento de portas, Seth começou a ouvir um sussurro tênue e fino. Virou-se para olhar para Coulter.

– Ouviu isso?

– O silêncio às vezes prega peças em seus ouvidos – respondeu Coulter.

– Não. Você não está ouvindo vozes sussurrando umas palavras que não dá pra entender?

Coulter fez uma pausa.

– A única coisa que estou ouvindo é o crepitar da tocha. Tudo está quieto como um túmulo. Você está me acompanhando? Nós estamos ficando pra trás.

Eles aumentaram o ritmo das passadas e alcançaram Kendra. Seth concentrou-se nos sussurros ininteligíveis. Enquanto reforçava a atenção, começou a pegar as palavras.

– Sozinho... sede... dor... fome... agonia... misericórdia... sede.

As palavras estavam emboladas, muitas vozes sobrepostas. Quando sua concentração diminuiu, os sons voltaram a ser um blá-blá-blá sem sentido.

Seth olhou de novo para Coulter, que fizera um gesto para que ele continuasse caminhando. Por que será que o homem mais velho não ouvia as vozes? O fantasmagórico blá-blá-blá não encontrava-se apenas em sua cabeça. Ele conseguia ouvir os sussurros misturados com a mesma clareza que ouvia seus passos.

Logo eles alcançaram o conjunto final de portas ao fim do hall. A parede à frente deles era uma extensão vazia de blocos de pedras interrompida por três suportes com tochas. Seth não viu nenhuma evidência da existência de uma porta.

Kendra abriu o Diário de Segredos, e vovô acendeu uma vela umite. Coulter acompanhava tudo por cima do ombro dela.

– Aqui diz pra acender as tochas à esquerda e à direita. Depois colocar uma mão no centro do castiçal e a outra no bloco onde tem um veio de prata.

Coulter aproximou sua tocha da parede. Ele e vovô começaram a examinar os blocos.

– Você está ouvindo os sussurros? – perguntou Seth a Kendra.

Ela deu-lhe um tapa no braço.

– Pare com isso. Pode ser que você não sinta medo, mas eu estou morrendo de medo agora.

– Eu não estou brincando – disse Seth.

– Corta essa.

Seth afastou-se dela. Os sussurros soavam mais nítidos do que nunca. Ele começou a pegar algumas frases soltas.

– Eu te ouço – sussurrou Seth com a voz mais baixa que conseguia, quase um balbuciar.

Os sussurros sobrepostos pararam. Um calafrio percorreu-lhe a espinha, fazendo com que os pelinhos de sua nuca ficassem eriçados. O pinicar não era uma reação ao medo mágico. Ele vinha por causa de uma certeza de que as vozes haviam cessado em resposta às suas palavras. Durante o silêncio ameaçador, Seth teve certeza de que todos os seres confinados no Hall dos Horrores estavam cientes de sua presença.

– Ajude-me, Grande Homem, por favor, por favor, ajude-me – sibilou uma única voz, quebrando o silêncio. O sussurro sedoso estava vindo da cela à sua esquerda.

Seth cerrou os dentes. Vovô e Coulter estavam debatendo a respeito de qual dos três blocos possuía as listras de prata mais óbvias. Kendra estava com a cabeça curvada e os olhos fechados. Ninguém mais parecia ter reparado a voz escorregadia.

– Quem é você? – sussurrou Seth.

– Liberte-me e serei seu servo por toda a eternidade – prometeu a voz.

Seth mirou a porta. Ele queria ver quem estava se dirigindo a ele. Mas vovô o esfolaria vivo se ele desse uma olhadinha.

– Sim, sim, olhe pra mim, tenha misericórdia de mim, perdoe-me, Grande Sábio, e eu te servirei muito bem.

Vovô estava com uma das mãos em cima de um bloco e a outra num castiçal. Kendra estava parada ao lado dele, informando-lhe o que dizer.

A voz assombrosa tornou-se mais intensa.

– Olhe pra mim, Poderoso Ser, tenha pena de mim, fale comigo, responda-me.

– Seth! – disse Coulter, aproximando-se com a tocha e estalando os dedos. – Que interesse é esse nessa porta?

Seth desviou brutalmente o olhar da porta de ferro.

– Eu estou escutando uma voz.

Vovô deu as costas à parede.

– Uma voz? O demônio dentro daquela cela não fala.

– Ele falou comigo – disse Seth. – Ele quer que eu o solte. Ele está falando que vai me servir.

– Ele disse que estava ouvindo sussurros enquanto nós estávamos entrando – disse Coulter. – Eu não o levei a sério.

– Você estava realmente ouvindo vozes? – disse Kendra.

A voz da cela continuou implorando a ele.

– Ajude-me, Grande Homem, liberte-me.

– Aí, pessoal, vocês realmente não estão ouvindo nada? – testou Seth.

– Não tenho certeza do que isso pode significar – disse vovô, estudando Seth intensamente –, o que eu sei é que é melhor você sair daqui imediatamente.

Seth assentiu com a cabeça.

– Eu acho que você tem razão.

Vovô piscou. Lançou um olhar preocupado na direção de Coulter e disse:

– Leve-o lá pra cima.

– Certo. – Coulter pegou o cotovelo de Seth e guiou-o de volta à porta vermelho-sangue.

– Eu vou esperar – prometeu a voz da cela. – Por favor.

Seth pressionou as mãos nos ouvidos enquanto saía. Ele começou a ouvir tênues vozes suplicantes vindas das outras celas, de modo que começou a murmurar para si mesmo até chegar à parte normal do calabouço.

Enquanto eles caminhavam na direção da escada que dava na cozinha, Seth tirou as mãos dos ouvidos.

– O que era aquilo lá? O que está acontecendo comigo?

Coulter balançou a cabeça.

– Eu estou aqui me lembrando de como você era a única pessoa que conseguia nos ver quando nós éramos sombras, na época em que aquela praga estava assolando Fablehaven.

– Graulas disse que era porque eu tinha retirado o prego pra derrotar o espectro. Pensei que, depois que o prego tivesse sido destruído e a praga contida, não sobraria mais nenhuma criatura das sombras por aí.

Coulter parou de andar. A tocha lançava estranhos realces de luz no rosto dele.

– Seja lá qual for a explicação para a sua condição, se estivesse no seu lugar, eu ficaria bem longe de qualquer criatura sombria.

– Faz sentido – disse Seth, tentando manter a voz equilibrada.

※ ※ ※

Em pé ao lado de vovô, Kendra mirava a porta através da qual Coulter e Seth haviam partido. Ela estava se sentindo profundamente preocupada com seu irmão, mas era difícil dizer o quanto dessa preocupação não era uma reação às emoções sombrias suscitadas pela atmosfera do hall.

– Você já ouviu falar de alguma coisa assim? – perguntou Kendra por fim.

Vovô olhou para ela, sua expressão sugerindo que ele havia momentaneamente esquecido que ela estava com ele.

– Não. Não sei exatamente do que isso se trata. O que eu sei é que não gostei nem um pouco. Você não ouviu nada, ouviu?

— Nem uma palavra — disse Kendra. — Mas estou *sentindo* muitas coisas. Eu estou sentindo medo, tristeza e solidão. Eu preciso ficar o tempo todo me lembrando que essas emoções são falsas.

— Nós devemos conseguir a informação de que necessitamos e sair daqui. — Vovô colocou uma das mãos no castiçal e a outra no bloco de pedra que ele decidira que continha o veio de prata mais nítido. — O que eu digo agora?

Kendra leu no diário.

— Ninguém merece esses segredos.

Vovô repetiu as palavras solenemente.

Toda a porção central da parede dissolveu-se numa nuvem de poeira.

— Olhe isso — murmurou vovô.

— Aqueles que vieram antes de mim eram mais sábios do que eu — leu Kendra, tossindo suavemente.

Novamente, vovô repetiu as palavras.

— Essa segunda parte desarma as armadilhas — explicou Kendra, fechando o diário.

Vovô tirou uma tocha da parede e seguiu na frente através da neblina de poeira. Kendra colocou uma das mãos sobre o nariz e a boca enquanto avançava, estreitando os olhos para impedir que as partículas de areia atingissem seus olhos.

Depois de mais ou menos seis metros, a nuvem de poeira acabou abruptamente. Um corredor encontrava-se à frente deles. À esquerda e à direita encontravam-se um último conjunto de portas de ferro. Kendra tentou não imaginar o que poderia estar à espreita no interior daquelas celas secretas.

Vovô seguiu na frente pelo corredor, por fim descendo um lance de escada de duas dúzias de degraus. No fim da escadaria, eles passaram através de uma arcada e adentraram um recinto espaçoso. O chão, as paredes e o teto lisos eram compostos de mármore branco com estrias cinza. Uma fonte de pedra dominava a parte central da câmara. Nenhuma água fluía, mas a bacia estava cheia. Diversos objetos encontravam-se alinhados nas paredes: armaduras completas, sarcófagos na posição vertical, esculturas de jade, máscaras grotescas, prateleiras sobrecarregadas de livros, marionetes multicoloridas, estátuas de diversas culturas, mapas arcaicos, leques pintados, pergaminhos emoldurados, antigos animais de carrossel, urnas bem trabalhadas, buquês de flores de vidro, a caveira de um triceratope e um pesado gongo dourado.

– Muitos desses itens devem ser peças de museu cujo preço é literalmente incalculável – observou vovô, avaliando a sala, a tocha levantada.

– Será que Patton trouxe tudo isso pra cá? – imaginou Kendra.

– Ele e outros antes dele – disse vovô. – Eu tenho muita curiosidade em relação aos livros. – Ele dirigiu-se à prateleira mais próxima. – Muitos volumes em alemão e latim. Nenhum em inglês. Algumas línguas eu nem reconheço. Algumas talvez sejam dialetos de fadas.

– Eu não reconheço nenhuma dessas palavras – disse Kendra.

Vovô se virou, os olhos examinando a sala.

– A mensagem de Patton está no teto?

– Tenho que usar o espelho pra ler o que está escrito nela.

Passos ressoaram do lado de fora da sala, batendo na escada abaixo. Coulter surgiu segurando uma tocha e a lanterna de Seth.

– Olhem só para isso – murmurou ele, direcionando o foco da lanterna pela sala.

– Nós estamos procurando uma mensagem no teto – informou-lhe Kendra. – Provavelmente uma linguagem de fada escrita de trás pra frente.

– Fiquem atentos aos padrões elaborados – instruiu vovô.

Os três se separaram e começaram a percorrer a sala, olhos no teto. Kendra segurava a lanterna, os outros levavam tochas. Com os olhos voltados para o alto, ela tropeçou na borda da fonte, quase caindo na água vítrea da bacia. Depois de quase dar um mergulho na fonte, ela passou a circular com mais cuidado pelo local.

Detalhes incomuns decoravam diversas porções do teto. Cada vez que um deles descobria um aglomerado de desenhos suspeitos, Kendra posicionava-se abaixo das marquinhas e as via no espelho a partir de vários ângulos. Depois de diversas tentativas frustrantes, Coulter avistou um padrão de símbolos particularmente elaborado acima do gongo. Quando visualizou os símbolos no espelho, Kendra percebeu uma longa mensagem aparentemente inscrita em inglês corrente.

– Descobri uma coisa aqui – disse Kendra.
– O que está escrito? – perguntou vovô.
Kendra leu primeiro em silêncio.

O Oculus está localizado na reserva de Rio Branco, no Brasil. Os administradores possuem a chave do cofre, que está localizada perto de um ponto chamado Três Cabeças, onde encontram-se três enormes rochedos que dão para o rio principal. Você terá de escalar o rochedo para ter acesso à entrada.

Ela recitou as palavras aos outros.
– Nós estamos um pouco atrasados pra isso – reclamou Coulter.
– Tem mais coisa – disse Kendra.
– Continue lendo – instou vovô.

O Translocalizador pode ser encontrado em Obsidian Waste, na Austrália. Os administradores sabem a localização do cofre. Como o cofre é virtualmente inexpugnável sem a chave, eu tomei medidas extras no sen-

tido de tornar esse artefato mais difícil de ser recuperado. Escondi a chave do cofre em Wyrmroost, um dos três santuários de dragão fechados à interferência humana. Lá eu possuo um túmulo falso. Abaixo da lápide você encontrará uma pista da localização. Wyrmroost é inacessível sem uma chave para o portão principal, e é protegida pelo mais potente encanto dispersivo que eu jamais encontrei em minha vida.

A chave do portão em Wyrmroost é o primeiro chifre de um unicórnio. Eu estou ciente da existência de apenas um chifre como esse, e o apresentei aos centauros de Fablehaven. Eles o guardam como seu mais prezado talismã.

— Isso é tudo? — perguntou vovô depois que Kendra terminou de transmitir as palavras.

— É, sim — disse Kendra.

— Parece que a melhor maneira de manter o Translocalizador escondido talvez seja deixá-lo em paz — resmungou Coulter.

— Provavelmente você tem razão — reconheceu vovô. — Patton criou alguns obstáculos realmente sérios.

— O que é esse Translocalizador? — perguntou Kendra.

— O artefato com poder sobre o espaço — respondeu Coulter. — Muito provavelmente alguma espécie de dispositivo de teletransporte.

— Leia a inscrição novamente — disse vovô.

Kendra obedeceu.

Vovô e Coulter permaneceram numa silenciosa contemplação depois que ela terminou.

— O que ele quer dizer com Wyrmroost ser fechado aos humanos? — perguntou Kendra.

— Quatro dos santuários de dragão são abertos a visitantes humanos — disse vovô. — Poucas pessoas sabem a respeito deles, e menos pessoas ainda teriam uma oportunidade real de entrar em um, mas esses poucos são geralmente bem-vindos. Os outros três santuários são muito menos hospitaleiros.

– Mas os três piores não podem ser totalmente fechados aos humanos – disse Kendra. – Patton esteve neles.

– Em teoria, seres humanos podem visitá-los se conseguirem passar pelo portão e adquirir permissão do administrador – disse Coulter. – Eu não consigo imaginar que perigos indescritíveis estariam à espera de quem se aventurasse a entrar. Santuários de dragão fazem Fablehaven parecer um zoológico de bichinhos de estimação.

– Então estou com o Coulter – disse Kendra. – Mesmo que a gente pegasse o artefato, como é que a gente poderia imaginar que daria pra esconder o objeto num lugar melhor do que esse?

– Não poderíamos – disse vovô. – Nós agora temos nossa informação. Vamos ver como está o seu irmão.

CAPÍTULO DEZ

Hotel

Flocos de neve soprados pelo vento acumulavam-se silenciosamente na janela do sótão. Concentrações mais densas de neve cobriam as partes inferiores do vidro. Seth andava de um lado para outro no quarto, quicando uma bola de borracha, incapaz de parar de pensar nos fantasmagóricos prisioneiros que haviam falado apenas com ele. Era duro decidir se deveria sentir medo ou ficar intrigado.

Seth ouviu passos subindo a escada. A porta do quarto se abriu e vovô entrou.

– Descobriram alguma coisa sobre os artefatos? – perguntou Seth.

– Descobrimos. Uma mensagem dizia respeito ao Oculus. A outra mencionava um artefato que permanece escondido. Como você está se sentindo?

Seth quicou a bola.

– Ótimo. Esquisito. Sei lá.

– Vamos sentar um pouquinho. – Vovô sentou-se em uma das camas. Seth jogou-se em cima da outra. – O que aconteceu no calabouço deixou-o visivelmente perturbado.

Seth quicou a bola, jogando-a para a frente de uma maneira que fez com que ela voltasse para suas mãos.

– É uma maneira de encarar a coisa.

– Ouvir vozes espectrais me parece uma experiência que normalmente deixaria você entusiasmado. – Vovô encarava-o de modo inquiridor.

– Verdade. Enfim, é bem legal eu ter conseguido ouvir aquelas vozes. Elas se ofereceram pra me servir, e uma parte de mim adoraria ter um zumbi como servo. Quem não adoraria? Mas parecia uma coisa errada. Assustadora demais. Vovô, e se o fato de eu ter destruído o espectro me transformou num ser do mal? Eu não tenho medo das criaturas mortíferas. Consigo enxergar pessoas invisíveis que viraram sombras. Eu ouço sussurros dos seus prisioneiros mais monstruosos.

– Reconhecer elementos das trevas que são imperceptíveis aos outros não o torna uma pessoa má – disse vovô firmemente. – Ter coragem tampouco. Todos nós possuímos dons e habilidades diferentes. Como nós usamos esses dons determina quem nós somos.

– Eu não senti nenhum medo – disse Seth. – Pelo menos não aquele tipo de medo paralisante. As vozes eram arrepiantes, mas eu consegui me acostumar com elas. Isso é o que mais me assusta. A voz não parava de me elogiar, me chamando de sábio, de poderoso. Não quero fantasmas me admirando por aí! Tenho certeza que aquela coisa estava armando algum truque desagradável pra cima de mim. Eu não sei se consigo confiar em mim mesmo, vovô. Eu queria dar uma espiada na cela. Se vocês não estivessem lá, eu provavelmente teria dado uma olhadinha!

– Você sempre foi mais curioso do que a maioria – disse vovô. – A curiosidade não o torna uma pessoa má. Nem palavras elogiosas pronunciadas por criaturas sinistras. A alma penada tinha esperança de usar você para se libertar. Nada mais. O demônio teria dito qualquer coisa para te convencer.

– A pior parte é que eu realmente sou curioso. Por mais doentio que isso pareça, eu adoraria dar uma outra chegada lá pra ouvir mais coisas da alma penada. Não porque eu tenha a intenção de soltá-la. É só porque é interessante. Está vendo por que eu não posso confiar em mim mesmo? Eu desceria lá porque estou interessado e depois aquela coisa provavelmente acharia uma maneira de me enganar ou de me hipnotizar e logo, logo Fablehaven seria atacada por almas penadas do mal.

– No entanto, aí está você, antecipando os possíveis perigos – disse vovô. – Você está fazendo o que qualquer pessoa sã e responsável deveria fazer. Só não sucumba à sua curiosidade.

– Por que exatamente eu consigo ouvir aquelas vozes?

– Honestamente eu não sei. O que sei é que existe uma diferença entre ouvir e escutar. Nem sempre você consegue deixar de ouvir alguma coisa. Mas você consegue controlar o que mantém o seu interesse, o que você escolhe como foco de sua atenção.

Seth jogou a bola e pegou-a novamente.

– Eu acho que isso faz sentido. A coisa toda ainda está me deixando com o cabelo em pé.

– Agora que você está ciente de sua habilidade, nós vamos mantê-lo afastado de circunstâncias similares. Na realidade, isso é parte do motivo pelo qual vim aqui falar contigo. Você sabe que dia é amanhã?

– Eu estava imaginando quando você falaria nisso. Amanhã é o solstício de inverno.

Vovô levantou a mão. Seth jogou a bola de borracha para ele, e vovô começou a quicá-la.

– Não quis falar sobre isso antes e deixar todo mundo alvoroçado. As coisas já estão agitadas o bastante mesmo sem ninguém lembrar que hoje é uma noite de festival.

– A gente não tem de fazer alguns preparativos? Esculpir as abóboras e coisas assim?

– As lanternas de abóboras são uma precaução extra, e não muito convenientes com o tempo que está fazendo. Eu estava pensando mais na possibilidade de sua avó levar você e Kendra para passar a noite em um hotel.

Seth fez um gesto indicando a bola e vovô jogou-a para ele.

– Não é perigoso sair da reserva? A Sociedade podia vir atrás da gente.

– Nós avaliamos os prós e os contras. Não me agrada muito a ideia de colocar vocês além das proteções oferecidas por Fablehaven, mas as noites de festivais parecem estar ficando cada vez mais violentas a cada ano que passa. Se a Sociedade tem intenção de nos atingir onde nós residimos, isso provavelmente ocorrerá essa noite, quando as criaturas sinistras estão livres pra ultrapassar limites e entrar no jardim. As vozes que você ouviu no Hall dos Horrores tornaram a decisão mais fácil. Muitas aparições e sombras vagam pela reserva em noites de festivais. Eu não quero que vocês fiquem aqui se as vozes delas podem chegar a seus ouvidos. Nós vamos mandá-los acompanhados de Warren e Tanu para garantir que vocês estejam em segurança. Vocês vão pagar em dinheiro. Vai ser apenas por uma noite.

Seth assentiu com a cabeça. Ele quicou a bola na parede, deixou-a escapar e observou-a rolar pelo chão.

– Por mim tudo bem. Não estou a fim de passar uma noite inteira com monstros sussurrando coisas malucas nos meus ouvidos. Por falar em Tanu e em Warren, onde é que a galera está?

— Enquanto nós estávamos em busca das mensagens de Patton, eles estavam interrogando Vanessa com sua avó.

— Sobre o quê?

— Estamos tentando decidir o que fazer com ela. Vanessa compartilhou conosco algumas informações sobre possíveis traidores infiltrados entre os Cavaleiros. Ninguém que você conheça. Ela ainda afirma possuir um segredo estrondoso que só nos revelará caso a soltemos.

— A gente não pode soltar ela de jeito nenhum — disse Seth. — A vovó tem razão quando diz que ela pode estar armando alguma pra gente.

— Verdade. Ao mesmo tempo, se tiver de fato abandonado o Esfinge, Vanessa pode ser uma aliada valiosa. Ela já nos forneceu voluntariamente uma grande quantidade de informação. Eu mal consigo culpá-la por reter alguma vantagem para si enquanto nós a mantemos presa.

— A gente vai atacar em algum momento? — perguntou Seth. — Nós devíamos caçar o Esfinge e pegar de volta os artefatos.

— Estamos tentando. Trask tem mantido sob constante vigilância a casa onde Kendra ficou detida. Cody, o amigo de Kendra, forneceu todos os detalhes que ele precisava. Nós acreditamos que o Esfinge permanece no interior da casa. Uma força-tarefa vai efetivar um ataque essa noite. Eu gostaria de poder me sentir mais otimista. O Esfinge é escorregadio.

Seth levantou-se da cama.

— Quando é que a gente vai pro hotel?

— Vanessa não para de pedir pra conversar com Kendra, e a sua irmã demonstrou interesse. Sua avó vai supervisionar a conversa. Depois que elas conversarem, nós vamos preparar vocês para a partida.

Kendra sabia que sua velha amiga estava esperando atrás da porta da cela. Ela queria falar com Vanessa desde que a mulher havia sido trancafiada na Caixa Quieta meses atrás. A maior parte dos outros já falara com Vanessa e havia retransmitido informações dessas conversas. Mas Kendra não estava por perto quando as conversas ocorreram. Sua última comunicação direta com Vanessa havia sido através de um bilhete rabiscado no chão de uma cela.

– Você não é obrigada a fazer isso – disse vovó.

– Eu quero falar com ela – sustentou Kendra. – Só estou um pouquinho nervosa.

– Tem certeza?

Ela não tinha. Mas deu um jeito de balançar a cabeça em concordância.

Com a besta a postos, vovó inseriu uma chave e abriu a porta da cela. Vanessa estava reclinada em seu catre vestindo um traje estiloso. Uma lanterna a pilha estava em cima de uma mesa apinhada de romances. Um espelho estava pendurado acima de um vestíbulo sobre o qual encontravam-se diversos suprimentos cosméticos. Era óbvio o esforço que havia sido feito no sentido de fornecer algum conforto à prisioneira.

– Olá, Kendra – disse Vanessa, levantando-se.

– Oi – respondeu Kendra.

– Sinto muito.

– Devia sentir mesmo.

Vanessa estava com uma expressão grave.

– Eu lhe devo muitas satisfações.

– Você quase matou todos nós.

– Kendra, você merece uma desculpa colossal. Você me curou. As queimaduras em meu corpo eram irreparáveis, eu estava a poucos minutos da morte. Depois da traição que eu cometi, ninguém poderia ter te culpado por me deixar perecer. Eu incluída. Por anos e anos trabalhei fielmente pro Esfinge. E o que recebi em troca? O vilão me deu uma facada pelas costas assim que me tornei inconveniente. Ao contrário disso, eu a enganei, a traí e coloquei seus entes queridos em perigo. No entanto, você demonstrou misericórdia. Eu quero que você saiba que a minha lealdade não é totalmente cega e nem a minha razão está totalmente arruinada. Eu jamais a trairei novamente.

Kendra mexeu-se com desconforto.

– Obrigada, Vanessa. Tenho certeza que você consegue ver por que talvez seja um pouco difícil acreditar no seu pedido de desculpas. Mas eu o agradeço, e espero que seja verdadeiro.

– Eu seria uma tola se te culpasse por duvidar de mim. Vou provar pacientemente a minha sinceridade.

Vovó bufou amargamente.

– Ou vai pacientemente ganhar tempo até que a oportunidade de outra traição que nos deixe verdadeiramente incapacitados dê o ar da graça.

– E é por isso que não posso demonstrar insatisfação pela decisão de vocês me deixarem nessa cela por enquanto – concedeu Vanessa. – Eu poderia ser mais efetiva se estivesse em liberdade, mas entendo que isso seria pedir demais da confiança de vocês. O que é compreensível.

– Você queria me ver para pedir desculpas? – perguntou Kendra. A conversa estava mais dura do que ela imaginara. Simultaneamente, ela gostava e odiava Vanessa com muita intensidade. Ela queria sair de lá.

– O que eu queria acima de tudo – disse Vanessa – era compartilhar algumas informações com você.

– Eles disseram que você tinha alguns segredos que não queria revelar.

– Meu maior segredo ainda não deve ser divulgado – disse Vanessa. – Pessoas boas do lado de vocês desse conflito ficariam em perigo se essa verdade viesse a público. Por enquanto, o fato de eu retê-la é em benefício da sua causa. Chegará o dia em que isso mudará. Convenientemente, esse último segredo também me fornece certa vantagem para talvez deixar o meu cárcere em determinado ponto. Eu agora estou do lado de vocês, mas não tenho nenhum desejo de passar o resto dos meus dias numa jaula.

– Eles disseram que você me ajudou a escapar – disse Kendra.

– Eu controlei uma pessoa que estava dormindo e descobri que o Esfinge a estava mantendo em cativeiro. Também descobri o plano para te libertar. Os Cavaleiros têm espiões também. Descobri onde você estava sendo mantida e alertei Stan. Não facilitei pessoalmente a sua fuga. Quem estava acompanhando o Esfinge?

Kendra contou para Vanessa a respeito de Torina e do senhor Lich, e em seguida descreveu as outras pessoas que ela havia visto com o Esfinge, da melhor maneira possível.

Vanessa assentiu com a cabeça.

– Eu não fico surpresa em saber que eles tentaram usar métodos psíquicos pra testar o Oculus. Deixa eu adivinhar. Eles também tentaram ler a sua mente.

– Tentaram, sim

– E eles fracassaram?

– Parece que ficaram bem confusos.

– Eu te mordi, Kendra, mas jamais consegui ter você sob meu controle. A sua mente é protegida. Nenhum daqueles inimigos tem alguma importância de fato, com exceção do Esfinge e do senhor Lich. Apesar de seus delírios, Torina não passa de uma participante menor. Estou curiosa a respeito da pessoa mascarada. Será que ela não poderia ser o prisioneiro da Caixa Quieta?

– Poderia ter sido qualquer um – disse vovó.

– Eu tenho um alerta para vocês duas – falou Vanessa. – O Esfinge é um homem paciente ao extremo. Ele não teria abandonado todas as pretensões dele dessa maneira se não estivesse enxergando uma trilha nítida em direção a seu destino. Contem com o fato de que ele possui um plano pra arrebanhar todos os artefatos. Tenham cuidado. Ele é muito bom em antecipar contingências. Enquanto vocês estiverem se mexendo para detê-lo, é possível que se encontrem na posição de joguete nas mãos dele.

– Nós estamos cientes dos perigos – assegurou-lhe vovó.

– Deixa eu contar uma historinha pra vocês. Há séculos, o líder da Sociedade da Estrela Vespertina é um cérebro brilhante chamado Rhodes. Ao longo dos anos, eram abundantes os rumores acerca de qual seria sua identidade real. Um sagaz lorde blix. Um feiticeiro. Um demônio. De tempos em tempos, a Sociedade pensava que ele havia morrido ou perdido interesse, mas ele sempre voltava à tona. Ele era paciente. E imensamente sigiloso. Nenhum de nós jamais esteve na presença dele.

"Ao longo da última década, Rhodes tornou-se mais ativo do que nunca. Assim como nosso arqui-inimigo, o Esfinge. Com meu talento, estou sempre revelando informações. Não muito tempo antes de eu ser designada para recuperar o artefato de Fablehaven, pedacinhos de informação começaram a surgir aqui e ali e, de uma hora pra outra, eu estava entre um pequeno grupo de membros da Sociedade que desconfiavam que talvez o Esfinge e Rhodes fossem a mesma pessoa.

"Com a confirmação agora de que o Esfinge e Rhodes são efetivamente a mesma pessoa, e que ele estava trabalhando em benefício da Sociedade, os membros da Sociedade vão ficar entusiasmados como jamais estiveram antes. Muitos membros foram ficando inativos ao longo dos anos, mas essa notícia vai inflar as fileiras dos ativos. De maneira clara, após séculos de espera, o fim está próximo."

– Eu nunca ouvi falar de Rhodes – disse vovó.

– Como eu disse, ele sempre manteve um sigilo muito grande sobre si – respondeu Vanessa. – Inclusive, muito mais do que o próprio Esfinge. Nós só podíamos pronunciar o nome dele sob certas condições.

– Torina o chamou de Esfinge – mencionou Kendra.

– Eu não fico surpresa – disse Vanessa. – Nós costumávamos chamar Rhodes de Estrela-guia. Mas agora ele vai usar sua identidade surpresa como Esfinge pra ganhar respeito. Ruth, Kendra, ele passou séculos pesquisando como os artefatos funcionam para que estivesse preparado quando os descobrisse. Contem com o fato de que ele se moverá com rapidez para recuperar os outros artefatos, e logo depois que isso acontecer ele vai abrir a prisão do demônio.

– Obrigada pelo aviso – disse vovó. – Isso é tudo?

– Só quero ter certeza de que vocês estão entendendo que eu tenho a intenção de usar as minhas habilidades para espionar a Sociedade – disse Vanessa. – Eu vou compartilhar informações à medida que elas me forem sendo reveladas. Não vou controlar nenhum de vocês enquanto estiverem dormindo. Se eu o fizer, vocês estão convidados a me matar em seguida.

– E se você compartilhar segredos com nossos inimigos enquanto estiver fora daqui habitando corpos adormecidos? – desafiou vovó.

– Primeiro, não compartilhem segredos comigo. Segundo, vocês precisam desesperadamente de informações. A ameaça representada pelo Esfinge é não só real como também imediata. Terceiro, até certo ponto, é verdade que vocês têm sim que confiar um pouco em mim. Eu não vou decepcioná-los.

– Você já vendeu o Stan – suspirou vovó. – Você conhece muito bem as minhas desconfianças em relação às suas pretensões de que está mudada. Eu adoraria muito que você pudesse provar que estou equivocada. – Vovó abriu a porta da cela.

– Espere – disse Kendra. – Você sabe quem foi que colocou a mochila no meu quarto?

Vanessa olhou para ela pensativamente.

– Eu tenho algumas suspeitas. Mas elas fazem parte do segredo que devo manter. Por enquanto, basta saber que nós temos aliados secretos.

– Vamos embora, Kendra – resmungou vovó. – Nós vamos encontrar poucas respostas aqui. Não desperdice a sua saliva com mais perguntas.

– Por enquanto, adeus – disse Vanessa.

– A gente se vê – respondeu Kendra.

※ ※ ※

A neve não estava mais caindo do céu escuro, e as estradas já haviam sido quase todas desimpedidas, mas vovó entrou cuidadosamente no estacionamento do Courtesy Inn. Mesmo seguindo em velocidade moderada, o utilitário deslizara diversas vezes nas ruas cobertas de gelo.

O Courtesy Inn era um grande hotel de madeira que possuía um estacionamento com vagas disponíveis e praticamente livres de neve. Vovó pilotou o utilitário até uma baia. Tanu entrou para fazer o check-in e avaliar o local enquanto os outros esperaram no carro. Seth gostaria muito que vovó diminuísse a temperatura do aquecedor, mas as ventoinhas continuavam soprando ar morno.

– Eu vou morrer de ataque cardíaco na neve – resmungou ele. Era a terceira reclamação dele em relação à temperatura. Vovó ignorou-o. Passou rapidamente pela cabeça dele a ideia de tirar a camisa como forma de protesto.

— Está um pouquinho quente aqui – observou Warren.

— Esse veículo não é democrático – respondeu vovó.

Alguns minutos depois, Tanu retornou com dois cartões que funcionavam como chaves. Eles recolheram a bagagem e entraram no hotel. Chamas dançavam na fogueira situada no saguão, e o ar carregava o odor de produtos de limpeza à base de limão. Eles subiram de elevador até o segundo andar e percorreram um corredor acarpetado até um par de portas vizinhas.

Warren entrou primeiro, verificando o quarto em pormenores enquanto os outros permaneceram no corredor. Depois do que pareceu uma longa espera, Warren saiu e abriu o segundo quarto. Vovó, Tanu, Kendra e Seth entraram no primeiro.

— Eu fico com a cama de rodinhas – ofereceu Tanu.

— Eu sou menor – disse Kendra.

— Eu sou da segurança – opôs-se Tanu. – Não discuta.

O plano era vovó, Kendra e Tanu dormirem ali enquanto Seth e Warren ficariam no quarto adjacente. Seth abriu um pacotinho de sabonete que estava ao lado da pia. Alguém bateu vigorosamente na porta que conectava internamente os dois quartos.

Seth apressou-se em dizer:

— Qual é a senha?

— Senha é frescura – respondeu a voz abafada de Warren.

— Pra mim está ótimo – disse Seth, destravando a porta e abrindo-a.

— Os quartos parecem limpos – pronunciou Warren. – Vamos esperar que a noite seja longa e entediante.

Seth pegou sua mala e levou-a para seu quarto. Era a imagem refletida do outro quarto, sem a cama de rodinhas. Enquanto colocava a mala em cima da cama, ele avistou um movimento no canto dos fundos do quarto ao lado da janela.

Ele se virou, olhando fixamente para o canto vazio. Será que a janela estava aberta? Será que a cortina fora aberta por causa do vento? Todos os demais estavam no outro quarto.

Olhando com firmeza, ele avistou abruptamente outro movimento, uma mão aparecendo brevemente junto com parte de uma perna. As partes do corpo surgiam do nada e desapareciam com a mesma rapidez. Seth gritou e afastou-se apressado do canto.

Warren entrou correndo no quarto. Parou de súbito, dando uma olhada ao redor.

– Isso foi treinamento?

Seth estreitou os olhos, mirando com firmeza.

– Eu acho que tem alguma coisa ali naquele canto.

– Naquele canto? – perguntou Warren.

Um corpo inteiro surgiu pulsando temporariamente – um duende alto e magro com a cabeça cheia de nódulos, um nariz enrugado e presas protuberantes. Sua pele era toda de pontinhos rosas e laranjas que brilhavam, como se fossem cicatrizes de queimadura.

– Olha só! – berrou Seth, dando outro salto para trás.

– Eu não vi nada – disse Warren, pegando um par de facas, uma mais longa do que a outra.

Tanu estava parado no umbral, uma zarabatana na mão.

– Eu também não estou vendo nada.

– Ou tem um duende em pé ali naquele canto ou estou ficando maluco – insistiu Seth, a voz trêmula. O duende não estava visível naquele instante.

Com ambas as facas preparadas, Warren avançou na direção do canto. O duende voltou a surgir, narinas irregulares alargando-se, olhando com raiva para Seth.

– Estou vendo ele de novo – anunciou Seth, apontando.

Warren lançou a faca menor no canto do quarto. O duende mexeu o corpo para o lado com rapidez, quase sem tocar na lâmina. A faca alojou-se na parede. O duende arrancou a faca da parede e atacou Warren.

– A faca sumiu! – disse Warren.

– Aí vem ele! – avisou Seth. O duende não estava mais aparecendo e desaparecendo. Seth agora o via com nitidez.

Tanu posicionou-se ao lado de Seth.

– Onde está ele?

Warren recuou, golpeando cegamente com sua faca mais longa. O duende evitou os movimentos desesperados da lâmina e atacou Warren na altura do tórax. Warren avançou, mas o duende desviou-se do golpe da faca e usou o impulso de Warren para jogá-lo no chão.

– Ali – disse Seth, apontando.

Tanu soprou poderosamente.

O duende fez uma pausa, olhando o pequeno dardo plumoso encravado em seu pulso. Ele cambaleou, oscilou, equilibrou-se e em seguida caiu no chão, aterrissando com força.

– Isso aí é a zarabatana da Vanessa? – perguntou Seth.

– Exatamente – disse Tanu. – Eu suavizei a poção do sono nos dardos e a transformei numa dosagem quase letal.

Seth fez um gesto na direção do duende caído.

– Vocês conseguem ver ele agora?

– Nadinha.

Warren levantou-se não sem esforço, examinando a faixa ensanguentada em seu peito.

– Profundo? – perguntou Tanu.

– Eu estou com uma armadura de couro debaixo da camisa – disse Warren. – O monstrinho ainda assim me fez um bom arranhão.

Minhas facas estão sempre afiadas. – Warren agachou-se, pegando a faca lançada no local onde ela caíra.

Um rosnado demoníaco irrompeu no corredor. Tanu jogou uma poção para Seth. Ele puxou mais duas poções e entrou no quarto adjacente.

– Fiquem gasosas! – instruiu ele a vovó e a Kendra.

Seth usara a poção gasosa no verão. Ela o transformaria numa versão gasosa de si mesmo. Na condição de gás, nada que ele via seria capaz de feri-lo, mas ele também perderia a habilidade de dar auxílio a Warren e a Tanu.

Em vez de beber a poção, ele ajoelhou-se ao lado do duende. O que o estava tornando invisível aos outros? Seth imaginava que só podia ser alguma espécie de item mágico, como a luva de Coulter. O duende estava usando roupas simples: uma camisa de seda preta, shorts pretos folgados e sandálias. Enfiado em seu cinto havia um par de agulhas longas e afiadas e uma corda de estrangulamento. Um chamativo bracelete de prata adornava um antebraço sinuoso.

Seth arrancou o bracelete o colocou-o em seu braço. O duende permaneceu visível, assim como seu próprio corpo. No passado, quando Seth usara a luva mágica de Coulter e ficara imóvel, seu corpo tornara-se transparente, inclusive para ele próprio. Mas como seus olhos, por algum motivo, viam o que havia por trás do truque do duende, ele não tinha como medir se ele ficara invisível por conta de alguma vestimenta ou simplesmente roubara alguma joia espalhafatosa.

Warren e Tanu haviam avançado em direção ao corredor, e Seth ouviu mais rosnados. Ele saiu correndo do quarto e ficou boquiaberto diante da cena no corredor onde Tanu e Warren estavam enfrentando um lobo cinzento quase do tamanho de um cavalo. O lupino gigante já estava com três dardos de pena visíveis em sua pelagem, junto com a faca arremessada por Warren. O feroz lobo tentava morder seguidamente Warren, que mal conseguia manter o animal afastado, recuando gradualmente e atacando seu focinho com sua faca mais comprida. Tanu atirou mais um dardo de sua zarabatana e em seguida soltou a arma para remexer sua bolsa de poções.

Vovó emergiu de seu quarto, a besta em uma das mãos, a poção que Tanu lhe dera na outra. Seth deu um risinho. Aparentemente, ele não era a única pessoa sem disposição para ficar em estado gasoso e perder a ação. Vovó olhou diretamente através de Seth para o combate com o lobo e em seguida levantou a arma, mirando cuidadosamente. Seth postou-se furtivamente ao lado dela. Atrás de vovó, a janela no fim do corredor explodiu numa chuva de fragmentos pontudos quando uma criatura alada e musculosa arrebentou o vidro para dar o ar de sua graça.

Vovó rodopiou quando a gárgula chifruda, o corpo arranhado e sangrando, levantou-se com dificuldade e começou a correr pelo corredor, um tridente em uma das mãos, as asas dobradas. Ela manteve a besta em posição de ataque e liberou uma flecha. Quando o projétil desapareceu na cabeça da criatura, a gárgula tombou para trás e desabou no chão como se tivesse batido com o rosto numa viga invisível.

Seth virou-se para ver o lobo se afastando de Warren, as pernas trôpegas, o focinho rasgado e úmido. Tanu segurava uma poção perto de seus lábios. Warren brandia uma faca longa. As pernas do lobo envergaram e a criatura desabou pesadamente no chão, uma pilha imóvel de pelo e sangue.

O bracelete no braço de Seth estava ficando cada vez mais quente. Ele o retirou quando a sensação estava ficando insuportável. Seth jogou o bracelete para o lado e o viu desaparecer num raio antes de atingir o chão.

– Seth?! – exclamou vovó. – De onde você veio?

– O duende tinha uma espécie de bracelete de invisibilidade. Ele começou a ficar quente e se desintegrou.

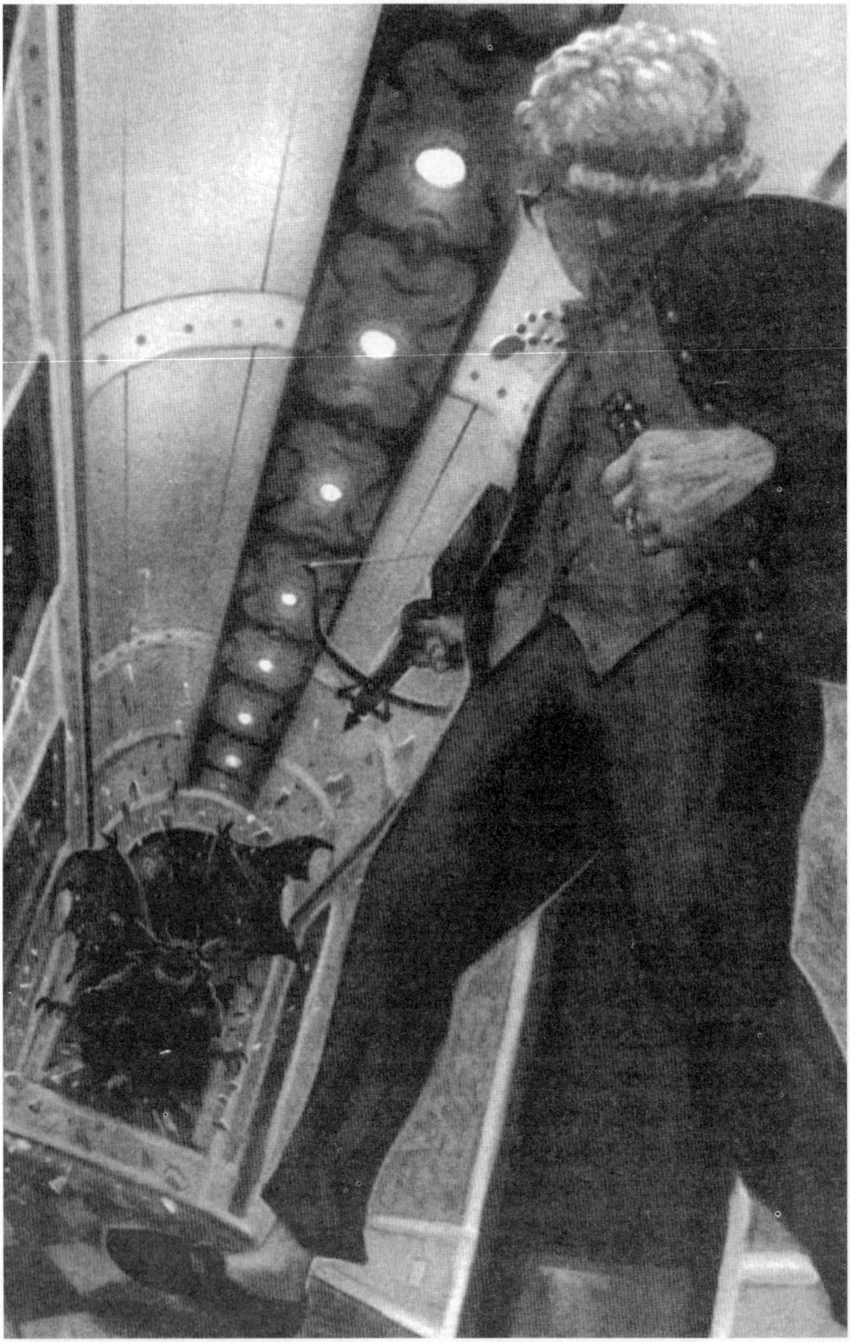

– A energia dele pode ter acabado – disse vovó. – Ou então ele pode ter sido protegido por um encanto autodestrutivo para a eventualidade de alguém o roubar.

Warren e Tanu fizeram uma conferência breve. Warren trotou pelo corredor na direção do saguão, enquanto Tanu foi encontrar-se com vovó e Seth.

– Obrigado por derrubar a gárgula, Ruth – disse Tanu. – Ela deve ter nos rastreado do céu quando saímos de Fablehaven. Nós não estamos seguros aqui. Seria melhor pegarmos as nossas coisas. Warren vai confirmar se está tudo tranquilo lá fora.

Uma versão diáfana e etérea de Kendra escapou de seu quarto. Ela olhou para a gárgula e para o lobo caídos.

– Não precisa se preocupar, Kendra – disse Seth, dando um tapinha em seu corpo insubstancial. – Eu levo a sua mala.

CAPÍTULO ONZE

Destruidora de portões

Kendra acordou enfiada entre lençóis finos. Ela estava com uma cãibra no pescoço por ter dormido em cima de muitos travesseiros. Com as persianas fechadas, o quarto de hotel estava praticamente todo escuro, mas ela podia ouvir a água do chuveiro. Sentou-se na cama para verificar a hora. O painel mostrava oito horas e vinte e três minutos da manhã.

Ela se espreguiçou e resmungou. Eles haviam viajado por mais de uma hora na noite anterior até escolherem um novo hotel. Tanu e Warren haviam arrastado o imenso lobo e a gárgula para fora e os deixado na lixeira.

O duende magricela estava naquele momento amarrado e amordaçado no outro quarto com Seth e Warren. Tanu os deixara com uma porção extra de poção do sono que deveria ser administrada ao grotesco prisioneiro. Seus quartos não eram adjacentes dessa vez, embora compartilhassem o mesmo corredor.

Kendra ouviu a água do chuveiro parar de cair. Lutou para se libertar dos apertados lençóis e deslizou para fora da cama.

— Acordou? — inquiriu vovó da cama vizinha.

— Acordei. Você também?

— Eu estou de pé já há algum tempo, descansando no escuro. Há alguma coisa em relação a quartos de hotel que sempre me deixa com preguiça.

Kendra abriu as persianas, inundando o quarto com a tênue luminosidade filtrada pelas nuvens.

— Alguma notícia do vovô?

— Ele ligou mais cedo. O ataque ao Esfinge fracassou. A casa estava vazia, exceto por uma série de armadilhas e alguns homens idosos.

— Eles encontraram o Haden?

— Encontraram, sim — disse vovó. — Não se atormente com seus amigos. Os Cavaleiros têm um fundo substancioso destinado a amparar as vítimas em circunstâncias como essa.

— Quer dizer então que o Esfinge e a Torina e todos os outros escaparam?

— Sumiram sem deixar vestígios.

— Eles levaram a fruta-espinho? — perguntou Kendra.

— Nenhuma Kendra falsa foi encontrada, o que indica que provavelmente ela foi levada, sim.

— Como foi a Véspera do Solstício de Inverno?

— De acordo com seu avô, tempestuosa, porém segura. A se considerar o que aconteceu, teria sido mais sábio da nossa parte ficar em Fablehaven e suportar a agitação. Evidentemente, a maioria das decisões é simples quando avaliadas depois.

Tanu saiu do banheiro usando uma camiseta e shorts, os cabelos molhados.

— Nós escapamos ilesos ontem — disse ele com um sorriso amplo.

— Bom trabalho — disse vovó. — Stan acha que já podemos voltar para casa.

— Warren e eu monitoramos o hotel e as cercanias a noite inteira — disse Tanu. — Tudo estava quieto. A habilidade de Seth pra enxergar o duende assassino realmente frustrou o complô que eles montaram. O lobo e a gárgula só estavam lá como apoio.

— Você acha que nós estamos sendo controlados pelo radar? — perguntou vovó.

— Parece que a Sociedade nos perdeu de vista. Ainda assim, nós todos estaremos mais seguros atrás dos portões de Fablehaven.

Vovó saiu da cama.

— E o duende?

— Nós o colocamos no porta-malas do carro, totalmente amarrado e bem drogado. Vamos pressioná-lo em busca de informações assim que ele estiver preso no calabouço.

— Vamos começar a recolher as coisas.

Kendra foi ao banheiro e lavou o rosto. Quando estava pronta, as bolsas já haviam sido arrumadas. Ela dirigiu-se ao elevador na companhia de Seth, puxando a sua mala. Seth parecia pensativo.

Ela curvou-se na direção do irmão, encostando o ombro no dele.

— Quer dizer então que agora você anda vendo assassinos invisíveis?

— Estou aliviado pela coisa estar lá mesmo. Estava começando a imaginar se eu não era a única pessoa ouvindo vozes de zumbis porque estava ficando maluco.

— Eu não abandonaria a hipótese da maluquice sem maiores investigações.

— Pelo menos não fui sequestrado por uma cópia de mim mesmo.

— Isso parece um pouco esquizofrênico. — Eles alcançaram o elevador. Kendra apertou o botão para descer.

— Por que é você que aperta o botão? — reclamou Seth.

— Você tem quanto, três anos de idade?

— Eu sou o apertador oficial de botões de elevador. Gosto de ver os botões ficando iluminados.

— Você é um idiota.

As portas do elevador se abriram. Ele estava vazio. Warren correu para pegá-lo.

— Está vazio mesmo? — perguntou Kendra, movendo-se de um lado ao outro para examinar o espaço vago a partir de vários ângulos.

— Muito engraçadinha — respondeu Seth. — Eu acho que está, sim.

Warren juntou-se a eles no elevador. Seth apertou o botão L. Em seguida apertou 5, 4, 3 e 2.

— Vou chegar antes de vocês lá embaixo — disse ele, e saiu correndo do elevador antes que as portas se fechassem, deixando sua mala para trás.

— Acho que ele vai nos vencer — disse Warren, encostando-se na parede.

— Se ele não for sequestrado na escada.

— Tanu já está lá embaixo. Ruth vai descer em um minuto.

As portas se abriam e forneciam a mesma vista em cada um dos andares. No segundo andar, alguém entrou. Quando as portas se abriram no saguão, Seth estava lá parado à espera, tentando parecer entediado.

— Eu consegui apertar a maioria dos botões — gabou-se ele enquanto pegava sua mala.

— E além disso ganhou cinquenta pontos pela idiotice — disse Kendra. — Um novo recorde.

— O que você chama de pontos pela idiotice, eu chamo de maravilhosos dólares.

Tanu trouxera o utilitário para a frente do hotel. Esparsos flocos de neve caíam de nuvens levemente cinzentas. Warren acomodou a bagagem no veículo, e Kendra entrou. Vovó seguiu-a logo depois, e insistiu em dirigir já que Tanu não havia dormido.

A viagem de volta a Fablehaven foi entediante. As estradas estavam limpas, mas vovó dirigia com cautela. Para piorar ainda mais as coisas, eles foram obrigados a ouvir Seth reclamar do aquecedor durante a segunda parte do trajeto. Por fim, vovó desligou-o.

Finalmente, eles saíram da estrada e entraram na estradinha em frente à propriedade. Kendra estava com a cabeça baixa quando vovó exclamou:

– O que é aquilo?

Kendra levantou a cabeça e viu um carro arrebentado junto ao portão da frente de Fablehaven, a capota bastante amassada, fumaça escapando do cano de descarga e poluindo o ar de inverno. Ela não reconheceu o veículo.

– Pare o carro – vociferou Warren. – Ligue pro Stan.

Vovó pisou com força no freio e o utilitário parou abruptamente. Eles podiam escutar a buzina do carro batido soando interminavelmente.

– Isso só pode ser uma armadilha – murmurou Tanu, abrindo a bolsa de poções.

O celular tocou antes de vovó começar a teclar. Ela atendeu.

– Nós estamos aqui, estamos vendo... quanto tempo atrás?... Tudo bem, vamos esperar.

Vovó desligou e engatou a marcha-ré do utilitário.

– O carro acabou de bater no portão. Stan quer que nós voltemos para a estrada até que ele entenda o que está acontecendo.

A porta do carona do carro avariado se abriu e uma menina tombou para fora dele. Ela rastejou desajeitadamente até o portão, usando as barras de ferro para se levantar. A menina tinha a exata aparência de Kendra.

– Deus do céu! – exclamou Kendra. – Pare aí, vovó. É a minha fruta-espinho!

Vovó pisou no freio, fazendo com que as cabeças deles fossem jogadas para trás.

– Sua fruta-espinho?

– A que eu fiz quando fugi. Eu disse pra ela tentar conseguir informações, fugir e depois vir para Fablehaven. Dei o endereço a ela.

– Mesmo assim há uma grande chance disso ser uma armadilha – alertou Tanu.

– Vou verificar – ofereceu Warren, abrindo a porta e saltando do utilitário. Faca na mão, ele disparou na direção do carro arrebentado. Kendra vasculhava a floresta sem folhas e cheia de neve do outro lado da estradinha desobstruída, mas não notou nenhuma evidência da presença de outras pessoas ou criaturas.

– O carro teve perda total, mas o portão não está entortado – observou Seth. – Como foi que isso aconteceu?

– O portão é muito mais forte do que parece – disse vovó. – Não se esqueça de onde estamos. As aparências enganam em Fablehaven.

Warren alcançou o carro avariado. Faca preparada, ele espiou furtivamente pelas janelas. A menina no portão virou-se para encará-lo, seu rosto uma máscara de terror. Sangue escorria de um ferimento na testa. Ela levantou as mãos como que para se proteger e desabou no chão.

Warren baixou o braço com a faca e levantou a palma da mão vazia. Enquanto falava com a menina, a expressão dela suavizou-se. Logo ela estava esticando o pescoço para ver o utilitário, esperança estampada em seus olhos.

Kendra saiu do veículo. Vovó e Tanu seguiram-na, chamando-a de volta, mas ela não lhes deu ouvidos. Quando pôs os olhos em sua duplicata, o rosto da menina cercada iluminou-se instantaneamente. Kendra correu até ela, esmagando o cascalho frio.

— Você veio — disse Kendra assim que se aproximou. Ela tinha de falar alto para ser ouvida por conta da incessante buzina do carro avariado.

— Você me disse pra fazer isso — respondeu a duplicata, desabando novamente de encontro ao portão. — Minha perna esquerda está quebrada. A mesma coisa com o punho esquerdo.

— Por que você bateu no portão? — perguntou Kendra. Vovó, Tanu e Seth alcançaram-na e passaram a ouvir a conversa.

— Eu estava com medo. Tenho uma informação urgente. Não sabia se eles estavam muito próximos ou não. O portão parecia frágil.

— Você se machucou feio — disse Kendra.

— A maior parte dos machucados são de antes do acidente. O corte na minha cabeça abriu de novo quando eu bati com o carro.

Kendra avaliou detidamente sua duplicata.

— Você veio pra cá sozinha, por sua livre e espontânea vontade, certo? Isso aqui não é uma armadilha?

— Eu não tenho como ter certeza se eles estavam atrás de mim ou não. Acho que não. Fiz uma viagem muito longa.

Vovô, Dale e Coulter estavam se aproximando da extremidade do portão. Dale e Coulter estavam em bugres 4x4. Hugo carregava vovô.

— Deixe eu contar as minhas novidades — disse a duplicata. — Vou me sentir melhor depois que elas não estiverem apenas na minha cabeça. O Esfinge usou o Oculus. Ele teve problemas, mas sobreviveu.

— O que ele sabe? — perguntou vovô.

A duplicata piscou para vovô e disse:

— É tão estranho ver você do lado de fora das minhas lembranças. Hum, ele estava tentando achar a localização da chave de um artefato chamado Translocalizador. Ele antes tinha conseguido informações de um membro da família que administra a reserva de Obsidian Waste, na Austrália. Aparentemente, Patton levou a chave da reserva e a escondeu em algum lugar.

– O Esfinge descobriu a localização? – perguntou Kendra.

Dale destrancou o portão. A duplicata estava apoiando seu peso nele. Estremecendo, ela curvou-se para a frente a fim de que Dale pudesse abrí-lo.

– Descobriu. A chave está no santuário de dragão chamado Wyrmroost, no norte de Montana. Ele está planejando enviar alguém chamado Navarog pra pegar o artefato.

Vovó levou a mão à boca.

– O príncipe demônio. O dragão escuro.

– A pessoa que vocês soltaram da Caixa Quieta – disse a duplicata. – De um jeito ou de outro, usar o Oculus deixou o Esfinge exausto. Se ele não estivesse enfraquecido e com pressa, duvido muito que eu conseguisse fugir de lá.

– Como você escapou? – perguntou vovó.

– Eu pulei de um carro em movimento – respondeu a duplicata. – Mas deixe eu contar a história na ordem certa. O Esfinge usou o Oculus na casa da Torina na manhã seguinte à fuga de Kendra. Eles não faziam a menor ideia de que a gente tinha trocado de lugar uma com a outra. Ninguém nem reparou que Cody tinha sumido. O Esfinge ficou empolgado porque pensou que tivesse dado um grande passo no sentido de como usar o Oculus sem enlouquecer. Ele adiou a partida do grupo pra poder fazer a tentativa. Eles me deixaram ficar na sala enquanto ele usava o Oculus.

"Ele teve sucesso na tentativa, embora no fim a coisa estivesse parecendo um pouco perigosa. Assim que tirou o Oculus, ele estava grogue, mas muito entusiasmado, e começou a bolar planos pra pegar a chave em Wyrmroost. Eles me tiraram da sala antes que eu pudesse ouvir muita coisa. Só sei os detalhes que contei pra vocês.

"Mais ou menos uma hora depois do Esfinge sair de seu transe, alguém notou que a casa estava sendo vigiada. O Esfinge ficou furioso. Eles me levaram por um túnel subterrâneo até uma outra casa pelo menos um quarteirão distante da casa de Torina. Tinha uns carros esperando lá, e a gente saiu da cidade rapidamente.

"Logo depois da primeira parada para abastecer, eu fingi que estava enjoada por causa da viagem e implorei para eles baixarem a janela. Minhas mãos estavam amarradas. A janela desceu enquanto o carro estava acelerando numa rampa, e eu imediatamente pulei pela abertura. Estávamos indo bem rápido. Eu quebrei a perna e o braço e arrumei uma escoriação bem feia ao cair na estrada. Um monte de motoristas atrás da gente parou seus carros, e aí o Esfinge resolveu seguir viagem."

– O que você falou pra essas pessoas? – perguntou Seth.

A duplicata deu uma risadinha.

– E aí, Seth! Eu falei pra um caminhoneiro bem grandão e simpático que o meu tio tinha tentado me sequestrar. Não foi difícil de acreditar. Eu estava com as mãos amarradas.

– Pra onde eles te levaram? – perguntou Kendra.

– De volta ao posto de gasolina. Fingi que estava ligando pra minha família. Eu não conseguia lembrar o número do celular do vovô. As pessoas estavam falando em me levar pra um hospital. Vi uma senhora idosa parar no posto de gasolina sozinha. Ela entrou e foi direto pro banheiro. Eu fingi que estava precisando ir ao banheiro também e saí mancando atrás dela. Encurralei a senhora num cubículo do banheiro e disse pra ela que o caminhoneiro era mal-intencionado e que tinha me pegado pedindo carona. Falei também que eu precisava fugir dele. Pedi para ela fingir que era uma tia-avó minha e me levaria pra um hospital. Ela concordou.

– Quer dizer então que você fingiu que a senhora era tipo uma parente sua! – disse Seth.

— Eles acharam que isso era suficiente pra liberar a gente — disse a duplicata. — A senhora não sabia a gravidade dos meus ferimentos, embora ela pudesse ver que eu estava toda arranhada e sangrando. Eu disse pra ela que o hospital tinha sido só uma desculpa pra fugir do caminhoneiro e depois perguntei se ela não podia me levar para a casa dela pra eu dar um telefonema. Ela morava nas redondezas e não estava com celular.

"Depois que a gente foi pra casa dela, eu fingi de novo que estava ligando pro vovô. Contei pra ela que ele estava vindo me pegar, mas que morava a mais de duas horas de distância de onde a gente estava. Ela me convidou pra comer com ela. Ela era muito legal mesmo. Notei que ela tinha um computador, então perguntei se eu não podia dar uma olhada nos meus e-mails. Por sorte, a rua e o número da estrada de Fablehaven ficaram na minha memória. Quando entrei na internet eu imprimi os percursos até o endereço. Enquanto ela estava fazendo o jantar, escrevi um bilhete. Expliquei pra ela que eu estava no meio de uma questão de vida ou morte, e prometi que devolveria o carro junto com uma boa quantia de dinheiro como forma de recompensa. Tirei um cartão de crédito na carteira dela, peguei a chave, saí da casa e roubei o carro dela."

— Deixe eu adivinhar — disse Seth. — O carro é aquele ali.

A duplicata assentiu com a cabeça.

— O endereço dela está junto com os detalhes do percurso que eu fiz pra chegar aqui, em cima do assento do carona. De repente vocês podem cumprir a promessa que fiz pra ela. De um jeito ou de outro, eu tinha que chegar aqui.

— Você passou por muitas agruras — disse vovô. — Já teve sorte por não ter sido pega pela polícia, quanto mais pela Sociedade. Você usou o cartão de crédito pra colocar gasolina?

A duplicata assentiu com a cabeça.

— Mas não funcionou da última vez que eu tentei. O tanque está quase vazio.

— Nós vamos cuidar pra que aquela senhora receba um carro novo e uma generosa recompensa — prometeu vovô. — Por enquanto, acho melhor colocarmos você dentro de casa. Tanu vai cuidar dos seus machucados.

Tanu pegou a duplicata no colo. Ela fez uma careta de dor, mas em seguida encaixou-se em seus braços. Ele a carregou cuidadosamente.

— Bom trabalho — disse Kendra à sua duplicata.

— Eu estou aliviada por ter te encontrado. Chegar aqui estava parecendo uma coisa impossível.

A buzina interminável parou abruptamente. Dale e Warren haviam arrancado a capota e estavam debruçados sobre o motor avariado.

— Ela é igualzinha a você — murmurou vovó para Kendra enquanto Tanu levava a duplicata. — É inacreditável.

— E ela não vai durar mais do que um ou dois dias — disse Kendra. — A segunda Kendra morta nessa semana.

🐉 🐉 🐉

Seth estava sentado no sofá na sala de estar, batucando os joelhos como se estivesse tocando bongôs. Vovô convocara um conselho de emergência. Estavam esperando que Tanu terminasse de examinar a fruta-espinho. Todos estavam quietos e pensativos.

Seth franziu o cenho enquanto olhava ao redor da sala. Com o Esfinge chegando cada vez mais perto de sua meta, será que eram essas as pessoas que o deteriam? Mais da metade delas parecia velha demais ou jovem demais. Certamente eles haviam frustrado alguns ataques do Esfinge, mas, no geral, ele continuava obtendo o que queria. E ninguém lançara nenhum tipo de contra-ataque de sucesso contra ele. Seth tinha certeza de que chegara a hora de empreender uma ofensiva.

Tanu desceu a escada e entrou na sala.

– Como está ela? – perguntou vovó.

– O pulso está com uma distensão bem feia. A perna está quebrada, mas podia ter sido pior. É uma fratura pequena. Ela também está com diversas escoriações por ter caído na estrada e uma concussão razoavelmente grave. Quem pode saber como ela conseguiu dirigir essa distância toda? Ela com certeza tem muita coragem. Eu lhe dei algumas substâncias que vão anestesiar a dor e acelerar a recuperação.

– Não que ela tenha condições de viver para aproveitar a recuperação – murmurou Kendra.

– Ela está ciente da brevidade de sua existência – disse Tanu. – Não parava de pedir pra falar com você, Kendra. Ela espera poder haver alguma outra maneira dela conseguir te servir antes de morrer.

– A gente podia colocá-la na Caixa Quieta – disse Seth. – Eu preferiria muito mais preservá-la no limbo do que o Maddox do mal. Nunca se sabe quando uma duplicata de Kendra pode vir a ser útil daqui pra frente.

– Isso não seria torturante para ela? – perguntou Kendra.

– Parece que ela se sente contente enquanto tem um propósito – disse Tanu.

– Não faria mal algum nós lhe fazermos essa oferta – sugeriu vovó. – Veja o que ela acha.

– Nós vamos explorar essas possibilidades com a duplicata depois da reunião – disse vovô.

– Eu tenho uma pergunta desagradável – disse Warren. – É possível que a fruta-espinho de Kendra tenha sido corrompida? Ou que ela seja uma fruta-espinho diferente da que Kendra deixou na casa de Monmouth?

— Stan e eu pensamos muito a respeito disso – disse vovó. – O Esfinge certamente está a par da chave em Wyrmroost. Ele não obteve a informação de Kendra e nem da fruta-espinho, já que Kendra só teve acesso à informação depois de fugir. Nós não vemos nenhuma vantagem estratégica que ele possa vir a ter permitindo que nós saibamos que ele fez a descoberta. Na realidade, o Esfinge gostaria de manter essa descoberta em segredo para poder ir atrás da chave em Wyrmroost, livre de empecilhos. Vamos ficar de olho na Kendra replicada, mas Stan e eu nos sentimos tranquilos em confiar no relato que ela nos fez.

— Espera um pouquinho – disse Seth, os olhos arregalados. – E se a Kendra que a gente resgatou não passar de uma outra réplica? E se essa aqui não for a Kendra de verdade? Ela poderia ter levado aqueles caras do mal pro nosso hotel! Pode ser que a gente ainda não tenha visto a Kendra verdadeira! Pode ser que ela ainda seja prisioneira deles.

Todos se voltaram para Kendra.

— Sou eu de verdade – assegurou-lhes Kendra. – Será que não existe algum tipo de teste? Alguma maneira segura de diferenciar uma da outra?

— Ela conseguiu ler a mensagem que Patton deixou na câmara escondida – disse vovó. – Essa habilidade não poderia ter sido replicada por uma fruta-espinho. Apenas uma potente magia de fadas poderia fornecer a capacidade de ler aquelas palavras.

Vovô assentiu com a cabeça.

— De acordo. Mas eu aprecio a sua vigilância, Seth. Nós devemos permanecer cautelosos. Questionar tudo. Levar tudo em consideração. Quero voltar a nossa atenção à questão do Esfinge e do Translocalizador. – Vovô resumiu o que ele, Kendra e Coulter haviam descoberto em relação à localização do Translocalizador e ao local onde Patton havia escondido as chaves necessárias.

— Quais são as chances do Esfinge adquirir o primeiro chifre de um unicórnio? — imaginou vovó.

— Quais eram as chances dele encontrar frutas-espinho? — respondeu Coulter.

— Chifres de unicórnio são tão raros assim? — perguntou Seth.

— Unicórnios estão entre as criaturas mágicas mais difíceis de serem encontradas — disse vovô. — Nós acreditamos que ainda existam espécimes deles, mas não há certeza sobre isso. São criaturas esquivas e dotadas de extraordinária pureza, e seus chifres apresentam potentes propriedades mágicas. Muito tempo atrás, eram tão caçados por feiticeiros gananciosos que chegaram a ficar à beira da extinção. Durante o tempo de vida de um unicórnio, cada um deles desenvolve três chifres. Eles perdem os dois primeiros quando atingem a idade madura, mais ou menos como os seres humanos perdem seus dentes de leite. O chifre aqui de Fablehaven é o único primeiro chifre que eu imagino existir em todo o mundo.

— Mas isso não significa que o Esfinge vai deixar de achar outro, em qualquer outro lugar — enfatizou Coulter.

— Seria tolice de nossa parte contar com o fracasso dele nessa empreitada — concordou Warren —, principalmente se está em vias de dominar o Oculus. De alguma maneira, em alguma parte, ele vai acabar encontrando um.

— Até onde nós sabemos, ele já pode estar de posse de um — disse vovó, de modo sombrio.

— Se essa é uma preocupação nossa — disse vovô —, não vejo outra opção a não ser tentar chegar antes do Esfinge à chave de Wyrmroost. Todos nós testemunhamos a amplitude de recursos do Esfinge. Sabendo a localização da chave que dá acesso ao cofre australiano, ele vai encontrar um modo de fazer com que Navarog entre no santuário de dragão. E assim que puser as mãos na chave do cofre, ele estará muito perto de adquirir o Translocalizador.

— Mas nós podemos ser mais eficazes na proteção da chave do cofre do que os dragões de Wyrmroost? — perguntou Tanu.

— Pelo menos podemos manter a chave do cofre em movimento — respondeu vovô. — Podemos usá-la ou transferi-la. Como o Esfinge sabe a atual localização, é apenas uma questão de tempo até ele tomar posse dela.

— Nesse caso, a nossa primeira tarefa é pegar o chifre com os centauros — disse vovó.

Dale assobiou.

— Vamos precisar de sorte nesse quesito. Aquele chifre é o objeto mais valioso que possuem. Eles veneram Patton por ter dado o chifre a eles. O objeto fornece a energia que transformou Grunhold num abrigo seguro durante a praga das sombras.

— Será que nós conseguiríamos convencê-los de que só queremos pegar o chife emprestado? — propôs vovô. — Nós poderíamos devolvê-lo depois da missão.

— A menos que sejamos todos devorados por dragões — mencionou Coulter.

— Vai ser difícil convencê-los — disse vovó.

— Não há nenhuma dúvida quanto a isso — asseverou Dale.

— Por que a gente não rouba esse chifre? — sugeriu Seth.

Os outros deram uma risada sombria.

— Por mais desagradável que possa parecer — disse Warren —, eu imagino que a solução não esteja muito longe disso. Alguém sabe alguma coisa sobre o local onde eles guardam o chifre?

— Os centauros têm uma sociedade orgulhosa e bem fechada — disse vovô. — Mas como administrador, eu tenho o direito tecnicamente de visitá-los uma vez ao ano sem temer as consequências. Por outro lado, eles têm o direito de chacinar qualquer um que se aventure em seu território. Só exerci esse direito duas vezes. A companhia deles não é das mais agradáveis.

– Nós vamos ter de nos aproximar o máximo que pudermos do chifre – disse vovó. – Analisar a configuração do terreno para planejarmos um ataque, se necessário. Depois poderemos pensar na hipótese de pegar emprestado o chifre.

– Se eles se recusarem a nos emprestá-lo, a visita vai se transformar numa missão de reconhecimento – finalizou Warren.

– Vou mandar informá-los de nossa visita imediatamente – disse vovô. – Nós iremos amanhã.

– Eu vou também – declarou Seth.

– Os centauros não têm nenhuma simpatia por você – lembrou-lhe vovô. – A sua impertinência levou à humilhação de Casco Largo nas mãos de Patton. Nós preferimos que você fique o mais distante possível dos domínios deles.

– Eles vão nos culpar a todos pela morte de Casco Largo – disse vovó.

– E é por isso que nós devemos levar Kendra – disse vovô. – Casco Largo ajudou-a a derrotar a praga. O propósito da visita dela será homenagear os centauros pelo sacrifício de Casco Largo. Se ela puder fazê-lo com sinceridade, pode ser que isso ajude a nossa causa. Não podemos esperar que o assunto não nos atinja.

– Adoraria pedir desculpas a eles – disse Kendra. – Eu me sinto péssima por ele ter morrido, e ele realmente ajudou a salvar todos nós.

– Você terá de ser cuidadosa – disse vovó. – Eles não vão querer a sua compaixão. O orgulho deles irá rejeitar qualquer oferta dessa natureza. Mas se você demonstrar uma gratidão sincera pelo sacrifício dele, reconhecendo seu papel em salvar Fablehaven, há uma chance de termos algum avanço.

— Será que vai ser seguro para Kendra? – perguntou Coulter. – Será que os centauros não vão culpá-la mais do que qualquer outra pessoa pela morte dele? Ela o estava cavalgando naquela oportunidade.

— Pode ser que sim – disse vovô. – Mas sob a proteção do meu direito de visita anual, eles não poderão lhe fazer nenhum mal. E ainda por cima, eles vão hesitar em culpar abertamente uma jovem pelo seu trágico destino. Ser chacinado por um demônio poderoso possui uma carga muito mais heroica.

— Quem mais deveria acompanhá-lo? – perguntou Tanu.

— Quase todos vocês – respondeu vovô. – Eu vou querer o máximo de olhos que puder avaliando a situação.

— Exceto os meus – murmurou Seth.

— Nós não devemos deixar Seth e a casa desguarnecidos – disse Coulter.

— Desguarnecidos? – reclamou Seth. – Vocês estão tentando destruir a minha autoestima?

— Dale teve mais contato com os centauros do que a maioria de nós – disse vovô. – Ruth é uma negociadora talentosa. Warren, Tanu e Coulter são todos aventureiros tarimbados com experiência em resgatar objetos escondidos. E mais, Coulter possui um conhecimento específico no tocante a itens mágicos.

— Posso cuidar do forte – assegurou Seth a todos de modo firme.

— Eu fico – ofereceram em uníssono Warren, Tanu e Coulter.

— Warren vai ficar na casa com Seth – estabeleceu vovô. – Seth, a decisão de deixar você com uma proteção extra não tem nada a ver com o valor que nós achamos que você possui, e tudo a ver com a sua idade.

— De repente eu podia ir com vocês disfarçado – propôs Seth.

— Nós não podemos encarar essa missão com essa leveza toda – disse vovó. – Precisamos manter essa visita com o mais alto grau de civilidade possível. Se fracassarmos em pegar o chifre, o Esfinge vai tomar posse da chave sem nenhum obstáculo. A sua história com os centauros está manchada, Seth. Eles podem até ser capazes de superar a morte heróica de Casco Largo. Mas os centauros nunca esquecem um insulto.

– Eu odeio saber que as minhas ações do passado continuam bagunçando as minhas opções futuras – murmurou Seth.

– Então você começou a percorrer a estrada da sabedoria – respondeu vovô.

CAPÍTULO DOZE

Grunhold

Seth pisava forte sobre o jardim usando botas isolantes. Nenhum resquício de neve permanecia no luxuriante gramado ou nos vibrantes leitos de flores. As fadas haviam derretido tudo. Além do jardim, o vento cada vez mais forte derrubara grande parte da neve acumulada nos galhos nus das árvores, deixando o chão embaixo coberto de brancura. Uma extensão cinzenta de nuvens disformes deixava o céu nublado por todo o horizonte.

Na noite anterior eles haviam transferido a Kendra fruta-espinho para a Caixa Quieta, retirando de lá o falso Maddox, que logo expiraria na cela do calabouço. A Kendra fruta-espinho estava empolgada diante da perspectiva de usar a Caixa Quieta para prolongar sua vida. Seth achou muito estranho o fato de haver conhecido três versões diferentes de sua irmã.

No limite do jardim, Seth encaminhou-se para as árvores, os pés socando a calota de gelo em cima da neve e em seguida enfiando-os em pelo menos vinte e cinco centímetros de terra fofa. Nos locais onde a neve caíra, a altura chegava ao alto de suas botas.

– Ei, Seth! – chamou Doren do local onde estava reclinado em uma rede.

Newel deslizou da rede, cascos de cabra enterrando-se em neve profunda.

– Recebeu nossa mensagem?

– Eu a vi da minha janela. – Alguém havia escrito as palavras "redes hoje" na neve além do perímetro do jardim do lado de fora da janela do sótão.

– A gente reparou que você não estava no grupo que saiu agora há pouco – disse Doren. – Pra onde eles estavam indo?

– Falar com os centauros.

– Que sorte a sua! – disse Newel. – Eles não vão conseguir nada daquela gente além de cabeças empinadas e olhares raivosos.

– Eu queria ter ido. Sei que os centauros são uns idiotas às vezes, mas eles são muito irados.

– Não acredite nem por um segundo nessa segunda definição – disse Doren. – O par de pernas extra os transforma em tiranos pomposos.

– Você vai se dar muito melhor na nossa companhia – prometeu Newel. – Dois cascos são gloriosos. Quatro são mortíferos.

– Estou contente de ver vocês, galera – disse Seth, sorrindo pela primeira vez naquele dia.

– A sua rede está esperando – ofereceu Newel. – Pode se acomodar. Nós temos pensado naquela nossa discussão anterior, e temos uma nova proposta para te fazer.

– Eu acho que você vai gostar – disse Doren.

Seth sentou-se na rede, chutou as botas uma contra a outra para retirar a neve e levantou as pernas.

— Estou escutando.

— A gente tem rebocado mais algumas coisas do poço de alcatrão — começou Newel.

— Nós sabemos que você se sente desconfortável em relação a tirar itens de valor de Fablehaven — disse Doren.

— Mas e se nós descobríssemos alguma coisa que você pudesse usar aqui? — propôs Newel. Ele remexeu um grande saco de aniagem e retirou um peitoral de metal, cinza esfumaçado, com um brilho intenso.

— Uau! — disse Seth, sentando-se na rede.

— Eu sei — disse Doren. — Maneiro, não é?

— Seth, esse peitoral forjado a partir de um encanto é feito de adamas — explicou Newel, virando-o em suas mãos. — O amálgama mágico mais leve e mais forte já inventado. Em épocas passadas, guerras eram empreendidas para se obter armaduras desse quilate. Um lorde rico teria de bom grado esvaziado seus tesouros em troca de uma peça como essa.

Doren fez um gesto na direção da armadura.

— Nos dia de hoje, um artigo como esse é muito mais raro. O peitoral é absolutamente incalculável.

— O que vocês querem por ele? — perguntou Seth, tentando soar indiferente.

Newel e Doren trocaram olhares. Doren mexeu a cabeça e Newel falou:

— Nós estávamos pensando em 96 pilhas tamanho C.

Seth teve de se controlar para não dar uma gargalhada. Será que eles realmente abririam mão de uma preciosa armadura como aquela em troca de pilhas?

— Deixa eu dar uma olhada.

Newel estendeu o peitoral a Seth. A sensação era de uma leveza semelhante a plástico, mas quando ele tentou envergá-lo, o metal não cedeu.

– O que você acha? – perguntou Doren.

– Parece meio frágil – disse Seth. Com a expressão mais propícia a negócios que conseguiu exibir, ele examinou a armadura com desconfiança.

– Frágil?! – exclamou Newel. – O Hugo não conseguiria arranhar isso aí nem com um martelo. O pouco peso é parte do valor. Sem restringir a sua liberdade de movimento, esse peitoral vai suportar qualquer lâmina, parar qualquer flecha.

– Pra que eu vou querer uma armadura? – disse Seth, dificultando deliberadamente a negociação deles. – Eu não sou cavaleiro. Isso aí pode ter sido o prêmio mais desejado do mundo no passado, mas, galera, qualquer objeto só tem valor se algum comprador estiver disposto a pagar por ele.

Newel e Doren curvaram-se simultaneamente e afirmaram em voz baixa:

– Setenta e duas pilhas é a nossa última oferta – declarou Newel.

Seth deu de ombros.

– Olha só, eu já conheço vocês há um bom tempo. E gosto de vocês. Mas não sei. Aposto que Nero daria uma boa quantidade de ouro pra vocês em troca disso.

– Você não está sabendo da novidade? – disse Newel, cerrando os dentes. – Ouro não compra mais pilhas.

– A gente precisa mesmo é de pilha – implorou Doren. – Estamos perdendo um monte de programas.

Seth esforçou-se um bocado para não rir. Os sátiros estavam desesperados. Eles eram normalmente negociantes muito mais sagazes.

– Eu vou precisar de mais um dia para pensar.

– Ele está brincando com a gente – acusou Doren, os olhos estreitos. – Ele está se divertindo com isso. Quem deseja ser cavaleiro mais do que Seth Sorenson?

– Você matou a charada – concordou Newel, estendendo a mão para Seth. – Devolva.

Seth teve um ataque de riso.

– Galera, vocês precisam melhorar esse humor.

– Nós estávamos tentando ter uma conversa séria – disse Newel rigidamente, pedindo de volta a armadura com os dedos. – Você está certo, Seth. Valor é algo subjetivo. Como ninguém a quer, nós vamos simplesmente jogar a armadura de volta no poço de alcatrão.

Seth limpou a garganta e assumiu uma expressão séria.

– Depois de uma reflexão mais apurada, decidi aceitar a oferta de vocês.

– Ah, que pena – lamentou Doren. – A venda está encerrada.

Newel arrancou o peitoral das mãos de Seth.

– O preço subiu pra 120 pilhas. Com certeza muito mais do que um comprador desinteressado como você estaria disposto a pagar.

– Tudo bem, olha só – disse Seth, tentando não parecer nervoso. – O peitoral é maneiro mesmo. E ele podia vir a calhar. Eu não devia ter implicado com vocês. Sei que a falta de pilha deixa vocês estressados. Eu só estava entediado, aí tentei dar uma de negociador durão.

– Você é o nosso único fornecedor de pilhas – disse Newel. – A gente tem queimado os nossos neurônios para tentar resolver isso. Você não pode implicar com a gente dessa maneira. Não em relação às pilhas.

– Quanto mais tevê a gente assiste, mais a gente precisa assistir – explicou Doren.

Seth ergueu as sobrancelhas.

– Aí, galera, de repente vocês estão passando tempo demais na frente da telinha. Isso está deixando vocês mal-humorados. Vovô talvez esteja certo. De repente vocês deveriam dar um tempinho na tevê e aprender a apreciar um pouco mais a natureza.

— Nós passamos os últimos quatro mil anos apreciando a natureza — resmungou Newel. — Sabemos do que se trata. As plantas são bonitinhas e têm um cheirinho gostoso. Para nós, a linha de frente exótica e moderna é a última temporada dos escaladores de montanha.

— A vida é de vocês — disse Seth. — Olha, é claro que eu quero a armadura. Mas a Sociedade está atrás da gente como nunca esteve antes, então pode ser que demore algumas semanas até eu ter a chance de poder ir a uma loja. Se vocês me derem o valioso peitoral, eu arrumo pra vocês 120 pilhas tamanho C o quanto antes.

— Feito — disse Newel, jogando o peitoral de volta a Seth.

— Nós colocamos umas correias pra você poder vestir em casa — disse Doren.

— Posso aparecer agora? — inquiriu uma voz atrás de Seth.

— Claro — respondeu Newel.

— Verl? — disse Seth, girando o corpo na rede.

O sátiro com pintinhas de vaca surgiu, segurando um grande objeto retangular embrulhado com papel pardo.

— Eu preciso da sua ajuda.

— Onde é que você estava? — perguntou Seth.

— Agachado ali atrás. Newel disse que eu tinha que ficar escondido até que eles concluíssem a negociação com você. A propósito, o que são pilhas?

— Pequenos cilindros de energia — disse Doren. — Não force demais o seu cérebro.

— Está certo — disse Verl tirando o papel pardo para revelar o objeto em suas mãos. Tratava-se de uma tela com uma grande imagem de Kendra desenhada a carvão.

— Uau! — disse Seth. — Isso está bem realista. Foi você quem desenhou?

— Junto com muitas outras pessoas — admitiu Verl com timidez. — No início eu produzi retratos de nós juntos: num carrossel, remando num canal, dançando valsa num baile. Doren me alertou para o fato de que eu estava tentando de modo muito insistente. Por fim me contentei com essa visão arrebatadora da minha musa. Não pode haver uma forma melhor de declarar a minha afeição do que simplesmente reverenciar a beleza dela. Você faria a delicadeza de lhe entregar o quadro?

— Sem problema — disse Seth, dando uma risadinha.

— Eu fico vermelho só de pensar nela olhando o meu trabalho — confessou Verl, estendendo a tela.

— E nós também — assegurou-lhe Newel.

— Ela vai adorar — disse Seth, tentando pegar a tela. Verl não a soltava.

— Tem certeza, Verl? — provocou Doren. — É um troço piegas demais. Stan não vai gostar disso.

Verl soltou o quadro.

— Tenho certeza, sim. Leve-o pra Kendra com as minhas mais altas estimas.

Seth sentiu e ouviu um rumor se transformando em palavras. *Venha para mim, Seth.*

Seth mirou Newel e Doren.

— Aí galera, vocês ouviram isso?

— O quê? — perguntou Doren. — Verl garantindo a própria humilhação? Em alto e bom som?

— Uma voz me chamando — disse Seth.

Visite-me hoje à noite. Há pouco tempo. A voz era como um trovão distante.

— Nada? — perguntou Seth.

Os sátiros balançaram a cabeça.

O tênue trovejar sumiu.

Newel deu um tapinha no braço de Seth.

– Está tudo bem contigo, companheiro?

Seth forçou um sorriso.

– Estou legal. É que eu tenho ouvido umas coisas ultimamente. De repente é melhor eu voltar pro jardim. – Ele deslizou para fora da rede.

– Fique com o peitoral – disse Newel. – Só não se esquece que você nos deve...

– ... cento e vinte pilhas tamanho C – completou Seth.

※ ※ ※

Quatro centauros estóicos esperavam no limite de seu domínio, torsos musculosos à mostra, exceto por peles de lobo sobre os poderosos ombros. Kendra reconheceu dois deles. O prateado com o enorme arco era Asa de Nuvem. O outro era Cara de Tempestade, que Kendra vira principalmente na condição de centauro das trevas. A pelagem de seu corpo de cavalo era branca e cinza. Ele tinha uma testa alta e comprida, e cabelos escorridos. Um dos centauros desconhecidos tinha uma pele dourada e não era tão excessivamente musculoso quanto os outros. O último centauro tinha uma pelagem castanha e cabelos ruivos encaracolados.

Hugo parou o carrinho de mão em frente aos centauros. Vovô já havia explicado que Hugo não poderia entrar no domínio deles.

– Saudações, Stan Sorenson – proclamou Asa de Nuvem num nítido tom barítono cheio de musicalidade.

– Bom dia, Asa de Nuvem – disse vovô. – Cara de Tempestade. Galope Veloz. Espinho de Sangue. Imagino que tenham recebido a minha mensagem.

— Ontem o golem nos deu notícia de seu advento — respondeu Asa de Nuvem. — Você trouxe muitos companheiros consigo.

— Nós precisamos nos reunir com Juba Cinza — disse vovô.

Asa de Nuvem baixou a cabeça.

— Trata-se de um direito seu uma vez por ano.

— Você trouxe consigo a menina — acusou Cara de Tempestade, a voz profunda e dura.

— Ela nos acompanha com o intuito de oferecer um agradecimento ao nobre sacrifício de Casco Largo — disse vovô.

— A gratidão dela não é solicitada — rebateu Cara de Tempestade.

— Todavia, aqui estamos — respondeu vovô, descendo da carroça.

— Permaneça no veículo — instruiu Asa de Nuvem. — Nós os rebocaremos.

O centauro dourado e o centauro ruivo avançaram e seguraram as manivelas que Hugo utilizara para puxar a carroça. Vovô explicara que se eles não solicitassem ajuda, talvez os centauros oferecessem seus serviços para encurtar a duração da visita.

Eles estavam naquele momento na extremidade dos pântanos de Fablehaven. A estrada pela qual haviam viajado rodeava as áreas de charco durante a maior parte da jornada. Atrás deles, vapor pairava acima da água repugnante e degelada, onde lodo, limo e plantas altas repletas de ervas-daninhas cresciam em desafio ao inverno.

Sem mais palavras, os centauros seguiram a meio-galope, rebocando o carrinho de mão em grande velocidade. Kendra revisou as instruções que vovô lhe dera. A menos que estivessem engajados em alguma conversa, os centauros consideravam contato visual um desafio. Ela deveria se manter em silêncio a menos que vovô identificasse oportunidades específicas para que ela falasse. Todos eles estavam orientados a aceitar insultos graciosamente e sem rebatê-los. Tendo em vista a aptidão que seu irmão tinha para enfurecer os centauros, ela estava aliviada pelo fato de que ele permanecera em casa.

Os centauros os carregaram através de um extenso vinhedo e de um pomar com um aroma doce povoado por diversas árvores frutíferas. Fadas voavam em meio à vegetação, contendo a neve e mantendo as plantas recheadas de frutas apesar da estação. Somente na casa grande e perto do santuário da Fada Rainha, Kendra vira tamanha quantidade de fadas. Ela também avistou centauros femininos no meio das árvores, sustentando sem nenhum esforço enormes cestas apinhadas de frutas. Enroladas em peles, as mulheres possuíam uma beleza dura e fria.

Depois do pomar, eles passaram por um arvoredo coberto de neve cheio de sempre-verdes de grandes proporções. Ocasionalmente, Kendra vislumbrava pavilhões em meio às árvores. Quando o carrinho de mão emergiu do arvoredo, um enorme bloco de pedra assomou diante deles. Com uma altura três vezes maior do que sua largura, o megálito atingia nove metros de altura. Em um dos lados, Kendra viu outras pedras monolíticas em pé, curvando-se para fora de seu campo de visão e formando um anel ao redor de uma ampla colina.

– Nós prosseguiremos a pé – anunciou Asa de Nuvem. – Bem-vindos a Grunhold. – Os centauros que haviam rebocado o grupo soltaram as manivelas da carroça.

Kendra desceu com os outros e seguiu os quatro centauros que contornaram o megálito e subiram a encosta ligeiramente íngreme. A trilha era sinuosa, passando ao redor de sebes e aterros, por baixo de caramanchões em forma de arco, subindo rampas e passando sobre pontes pequenas e decorativas. Como no vinhedo e no pomar, fadas coloridas preenchiam o ar, mantendo a vegetação florida. Entre os jardins com terraços, Kendra observou pedras dos mais variados formatos e tamanhos, primas menores dos megálitos que circundavam a base da colina. Aqui e ali, centauros machos e fêmeas vagavam ou conversavam, demonstrando pouco interesse pelos visitantes. Vez por outra, Kendra reparava aberturas razoavelmente largas na encosta da colina. Ela imaginou até onde iriam os sombrios túneis.

Assim que se aproximaram do topo da colina, Kendra olhou para o primitivo dólmen no cume. Cinco gigantescas pedras em posição vertical serviam de colunas para amparar uma imensa placa de rocha, juntas formando um abrigo tosco. Parecia que um exército de gigantes teria sido necessário para colocar a enorme placa em cima das outras pedras. Abaixo da maciça calota rochosa encontrava-se um centauro meditabundo da cor de uma nuvem tempestuosa. Seus longos cabelos grisalhos combinavam com sua barba fechada e com a pelagem de seu corpo equino. Suas sobrancelhas eram da mesma coloração cinzenta de sua cauda. Embora seu rosto parecesse mais velho do que os dos outros centauros, não tinha nenhuma ruga. Seu torso podia carregar mais gordura do que o dos outros, mas nenhum deles possuía uma musculatura mais desenvolvida.

– Saudações, Stan Sorenson – entonou Juba Cinza à medida que eles se aproximavam. – O que o traz a Grunhold?

– Saudações, Juba Cinza – respondeu vovô formalmente. – Nós estamos aqui para homenagear a nobreza de Casco Largo e para pedir um favor.

– Aproximem-se – convidou Juba Cinza, recuando.

Havia um amplo espaço dentro do dólmen para os cinco centauros e os seis visitantes humanos. O abrigo não possuía mobília, de modo que eles ficaram frente a frente, os centauros de um lado, os humanos do outro. Kendra olhou nervosamente para a enorme placa rochosa acima deles. Se ela caísse, ficariam todos com aspecto de tortilha.

– Eu não conheço todos esses que lhe fazem companhia – disse Juba Cinza.

– Você se lembra de minha esposa, Ruth, e de meu assistente, Dale – disse vovô. – Esse aqui é Tanugatoa, um renomado mestre das poções. Coulter, um amigo de longa data e especialista em relíquias mágicas. E a minha neta, Kendra.

– A mesma Kendra que cavalgava Casco Largo quando ele pereceu? – perguntou Juba Cinza, olhando para Asa de Nuvem.

– A mesma – respondeu vovô. – Casco Largo levou-a e também a pedra encantada até o domínio de Kurisock. Sem a bravura dele, Fablehaven teria caído nas trevas.

– Nós sentimos a falta dele – disse Juba Cinza. – Casco Largo era como um filho para mim. Diga-me, Kendra, como ele morreu?

Kendra olhou de relance para vovô, que mexeu ligeiramente a cabeça em concordância. Seu olhar mudou-se para Juba Cinza, seu pescoço voltando para trás. Ele mirou-a gravemente. A boca de Kendra ficou seca. Na tentativa de aplacar o nervosismo, ela lembrou a si mesma que os centauros não podiam lhe fazer mal algum. Aquela era uma visita oficial e segura. Tudo o que ela tinha a fazer era relatar a verdade de uma maneira graciosa.

– Nós estávamos cavalgando em direção à árvore preta que estava com o prego. A única maneira de parar a praga era destruir o prego. A pedra que a Fada Rainha tinha me dado podia se contrapôr à praga. Eu tinha usado a pedra para curar pessoas e criaturas que tinham sido infectadas pela praga. Ela me dissera que unir a pedra ao prego destruiria os dois objetos.

"Ao redor de nós, criaturas das trevas atacavam. Ephira, a hamadríade que pertencia à árvore que tinha o prego, dera início à praga junto com Kurisock. Ela atacou Casco Largo para proteger a árvore. Seu toque podia escurecer qualquer criatura. Pergunte só para Cara de Tempestade. Mas como Casco Largo estava em contato comigo, e eu estava com a pedra, assim que Ephira tocou nele, ele ficou preso entre as duas forças. A pedra impediu que ele ficasse escuro, mas o esforço acabou matando ele.

"Casco Largo conseguiu nos levar perto o suficiente da árvore e a gente acabou conseguindo. Unir a pedra ao prego custou a vida da minha amiga Lena. Sem a ajuda de Casco Largo, estaríamos perdidos. Sinto muito ele ter morrido. Eu não fazia a menor ideia que ficar preso entre o poder da pedra e do prego o mataria. Fiquei muito triste por ele. Ele foi um herói de verdade."

Kendra reparou que um emaranhado de fadas havia se juntado perto do dólmen à medida que ela falava. Tentou ignorá-las para conseguir se concentrar na resposta a Juba Cinza.

– Eu já ouvi esse relato de outros que estavam presentes. Agradeço a sua disponibilidade para narrar os eventos mais uma vez, e junto-me a você na tristeza. – Seus olhos voltaram-se para vovô. – Valeu a pena a perda de um de nossos mais valorosos membros para que a reserva fosse salva? Acho que não. Mas, em vista dos nossos propósitos atuais, eu concordarei que Casco Largo morreu como herói e deixarei por isso mesmo. Você mencionou um favor?

– Nós estávamos com a esperança de ver o primeiro chifre que vocês mantêm em sua posse – disse vovô.

Juba Cinza trocou olhares perplexos com Asa de Nuvem e Cara de Tempestade. Seu rabo escuro se mexeu.

– Ninguém tem permissão para pôr os olhos na Alma de Grunhold.

– Meu ancestral presenteou você com o primeiro chifre como retribuição a um favor – lembrou-lhe vovó.

Juba Cinza bateu o casco.

– Eu estou ciente da origem de nosso talismã. Ele foi dado de bom grado. Se for para discutirmos favores passados que subitamente passam a requerer compensações, talvez eu seja obrigado a submeter a morte de Casco Largo como uma copiosa demonstração de gratidão.

– Eu não tenho a intenção de sugerir que nós queiramos reivindicar o chifre – disse vovó. – Minha esperança era apenas no sentido de apontar que ele não existe somente paro o uso exclusivo dos centauros. Os seres humanos sempre cuidaram com sucesso da Alma de Grunhold no passado.

– Qual seria a finalidade de sua observação? – perguntou Juba Cinza.

– Tempos sombrios recaíram sobre o mundo – disse vovó com severidade. – Forças sinistras estão reunindo talismãs para abrir a grande prisão de Zzyzx e soltar os antigos demônios.

– Notícias aflitivas, certamente – reconheceu Juba Cinza. – No entanto, o que isso nos diz respeito?

– Nós solicitamos o chifre para ter acesso à chave que nos possibilitará salvaguardar um dos talismãs – disse vovó. – Se pudermos proteger os artefatos talismânicos, poderemos impedir que a prisão seja aberta.

Juba Cinza trocou palavras silenciosas com Asa de Nuvem à sua direita e depois com Cara de Tempestade, à sua esquerda.

– Vocês retirariam a Alma de Grunhold de Fablehaven?

– Nós a devolveríamos em questão de dias – disse vovó. – Nós não pedimos nenhuma ajuda, exceto pegar emprestado o chifre por um breve período de tempo.

Juba Cinza balançou lentamente a cabeça.

– Caso a horda de demônios escape de Zzyzx, a Alma de Grunhold seria a nossa única defesa. Nós não podemos aceitar tamanho risco. Seu pedido é excessivo.

– Se os demônios escaparem de Zzyzx, Grunhold se tornará uma pequena ilha num oceano maligno – prosseguiu vovó. – Sob assalto da horda de demônios, o chifre fracassará e Grunhold cairá. Entretanto, se nós impedirmos a fuga dos demônios da prisão de Zzyzx, Grunhold pode muito bem durar para sempre.

— Não podemos colocar o nosso prezado talismã em perigo — respondeu Juba Cinza. — Quando vocês retiraram o poder do santuário da Fada Rainha, vocês o destruíram, deixando-o profanado para sempre. Minha decisão se mantém. Encontrem outro método para obter êxito em sua meta. Nós não emprestaremos a Alma de Grunhold a você ou a qualquer outra pessoa.

— Podemos, pelo menos, olhar o chifre? — perguntou vovô. — Outra maneira de proteger os talismãs que contêm a chave de Zzyzx seria garantir que nossos inimigos não sejam capazes de roubar o chifre de vocês. Tal certeza é de vital importância.

Juba Cinza sorriu com dureza.

— Talvez vocês possam também apreciar a chance de poder procurar algum meio de surrupiar vocês mesmos o chifre.

— O chifre não deve ser roubado — sustentou vovô. — Nós não temos nenhum desejo de roubar vocês.

— Como vocês devem saber, a Alma de Grunhold *não tem como* ser roubada — disse Juba Cinza. — O primeiro chifre de um unicórnio só pode ser encontrado ou dado. O objeto irradia tamanha pureza que até mesmo o mais desprezível salafrário ficaria tomado de tamanha culpa e remorso diante da ideia de roubá-lo que seria incapaz de dar curso ao roubo. — O imponente centauro lançou um olhar agudo na direção de vovô. — Mesmo que o ladrão tivesse se convencido de que ele só tinha a intenção de pegá-lo emprestado.

— E se nossos poderosos inimigos achassem uma maneira de passar a perna em tal remorso? — inquiriu vovô. — Com seu consentimento, eu poderia colocar alguns guardas de prontidão.

— Nós temos nossos próprios guardas, os melhores que habitam essa reserva — sustentou Juba Cinza. — E ainda por cima, a Alma de Grunhold encontra-se bem no fundo da colina, no coração de um labirinto Tauran.

— Um labirinto de paredes invisíveis?! – exclamou Coulter.

Juba Cinza assentiu com a cabeça.

— O mesmo que a minha espécie usava em tempos ancestrais. Encantos fatais enlaçam as barreiras invisíveis. O intruso que toca qualquer parede é instantaneamente derrubado.

— Tal contato também emite um alarme – acrescentou Cara de Tempestade.

— Nossos inimigos provaram-se dotados de inacreditáveis recursos – disse vovô, com ar de preocupação.

— Você ainda duvida? – debochou Juba Cinza. – No coração do inexpugnável labirinto encontra-se Udnar, o troll de montanha na condição de redundância última.

— Um troll de montanha? – exclamou Dale. – Como você ganhou a lealdade dele?

— Nós chegamos a um acordo – respondeu Juba Cinza sem meias palavras. – Ele envolve abundantes quantidades de comida e bebida.

— E a entrada do labirinto? – perguntou vovô.

Juba Cinza ficou em silêncio, avaliando os seres humanos um a um.

— A entrada do grande buraco abaixo da colina está lacrada. Eu me darei o direito de não relatar as especificidades para impedir que algum de vocês venha a sofrer algum mal em função de um comportamento imprudente.

— Nós não ousaríamos fazer uma tentativa de resgatar o chifre – assegurou-lhe vovô. – Como você mesmo disse, isso seria impossível. Você nos dá motivos para ter esperança de que nossos inimigos seriam igualmente desencorajados. Talvez nós possamos localizar um primeiro chifre através de outros canais.

— Sábias palavras – disse Juba Cinza. – Não se esqueçam: qualquer tentativa de roubar a Alma de Grunhold significaria uma declaração de guerra aos centauros. Temos nosso domínio que nos é de direito, mas, pelo tratado, nós permanecemos livres para vagar na maior parte da superfície de Fablehaven, com exceção de uns poucos domínios privados. Guerra com os centauros significaria o fim de sua reserva.

— E é por isso que nós viajamos até aqui pra solicitar o favor, de acordo com o protocolo — aliviou vovó.

— Nós ficamos desapontados por vocês se recusarem a nos emprestar o chifre — admitiu vovô. — Muitos atos malignos em casa e no exterior podem fluir a partir dessa decisão. Todavia, reconhecemos que essa decisão é de vocês.

— Então a nossa conferência está encerrada — anunciou Juba Cinza. — Retornem em paz ao seu domínio.

— Temos provas inelutáveis de que nossos inimigos estão interessados no chifre — disse vovó. — Fiquem vigilantes.

Juba Cinza deu as costas a eles.

— Nós não necessitamos de tais conselhos da parte de humanos — esclareceu Asa de Nuvem. — Permita-nos acompanhá-los até os limites de nosso domínio.

— Muito bem — disse vovô, a voz formal. — Adeus, Juba Cinza.

Kendra seguiu os outros para fora do gigantesco abrigo de pedra. Ela reparou que um emaranhado de fadas continuava a pairar nas proximidades, olhando-a com curiosidade. Quando Kendra mostrou a elas uma atenção prolongada, várias fadas bateram suas asas e se afastaram, provavelmente numa tentativa de parecer desinteressadas. Uma das fadas que permaneceram tinha um ar familiar. Menor do que a maioria, ela tinha asas flamejantes no formato de pétalas de flores.

— Eu te conheço — disse Kendra.

As outras fadas que haviam permanecido viraram-se para olhar com ciúmes para a pequena fada ruiva.

– Sim – pipilou a fada, voando como uma flecha para se aproximar de Kendra. As outras rolaram os olhos e se dispersaram.

– Você era uma das três que nos ajudaram quando a gente derrotou a praga das sombras.

– Isso mesmo. Eu não pude deixar de ouvir a conversa de vocês com Juba Cinza.

– Não deu muito certo. – Kendra reparou Cara de Tempestade observando-a sub-repticiamente. Ela duvidava muito que ele pudesse entender a fada, mas Kendra estava falando em inglês corrente. Ela baixou a voz e decidiu escolher suas palavras com cuidado.

– Os centauros nunca vão liberar o chifre – informou a fada a Kendra.

– Você pode nos ajudar a conseguir pegá-lo? – sussurrou Kendra, afastando-se dos outros, olhos nos centauros.

A pequenina fada deu um risinho leve e retinido.

– Pouco provável. Mas eu sei onde vocês podem encontrar a entrada do labirinto.

– Diga pra mim, por favor.

– Com prazer. A propósito, se eu me recusasse, você poderia me mandar revelar o que eu sei. Só uma pequena dica para o futuro. Muitas fadas são imprestáveis. A entrada fica embaixo da parte mais ao sul da pedra sentinela.

– A gigantesca? – perguntou Kendra, mexendo a cabeça na direção dos tremendos megálitos na base da colina.

– É – respondeu a fada.

– Eles parecem grandes demais para serem movidos – sussurrou Kendra.

– Muito, muito grandes – concordou a fada –, e mantidos fixos no lugar por encantos. Mas, duas horas antes do amanhecer, as pedras andam. Elas trocam de lugar. Levam uma hora fazendo isso. Durante essa hora da noite, enquanto as pedras estão andando, a entrada do labirinto fica escancarada. É o único momento em que os centauros conseguem entrar.

– Aquelas pedras descomunais se movem por elas próprias?
– Todas as vinte. É uma visão e tanto.
– Muitos centauros entram no labirinto?
– Não com muita frequência.
– Tem mais alguma coisa que você podia me dizer?
– Eu aprendi a entender frases na língua Tauran. Fico escutando as conversas deles para praticar. Só uns poucos centauros sabem se orientar no labirinto. Eles só entram pra levar comida para o troll. Eles adoram o chifre e até matariam pra protegê-lo. Não vá atrás dele, Kendra.

– Obrigada – disse Kendra seriamente. – É melhor a gente não ficar conversando muito tempo. Os centauros já estão desconfiados.

– Foi um prazer. – A diminuta fada zuniu para longe.

Kendra caminhou com os outros de volta ao carrinho de mão. Ficou sentada em silêncio enquanto passavam pelo arvoredo de sempre-verdes, pelo pomar e pelo vinhedo. Quando alcançaram o limite do hediondo pântano fumegante, os centauros entregaram a carroça de volta a Hugo, que estava esperando exatamente no local onde eles o haviam deixado.

Assim que se encontraram bem no meio do caminho, Kendra aproximou-se de vovô.

– Já podemos conversar em segurança sobre o que aconteceu? – perguntou ela.

Vovô olhou ao redor.

– Acho que sim, se mantivermos a voz baixa.
– Eu sei onde começa o labirinto.
– O quê? – Vovô pareceu ter ficado sobressaltado. – Como?

— Uma fada me contou. A entrada fica escondida embaixo da pedra sentinela mais ao sul. É o que a fada chamou de pedras gigantescas na base da colina. Duas horas antes do amanhecer as pedras se movem, deixando a entrada acessível por mais ou menos uma hora.

— Muito bom, Kendra – disse vovô. – Infelizmente, eu não tenho certeza se isso muda muita coisa nas nossas atuais circunstâncias. Poucas criaturas possuem mais poder em estado bruto do que trolls de montanha. Nenhum de nós consegue se orientar num labirinto Tauran. E mesmo sem esses obstáculos, o chifre não pode ser roubado, pra começo de conversa. Se eles não nos derem o chifre, não podemos pegá-lo. Eu estou errado?

Todos estavam agora juntinhos uns dos outros em torno da conversa.

— Eu não faço a menor ideia de como nós vamos conseguir pegar o chifre emprestado sem permissão deles – disse Tanu.

— Nem eu – concordou Dale.

— Nossa melhor hipótese é começar a procurar em outras paragens – sugeriu Coulter. – Em algum lugar desse vasto mundo deve haver um outro primeiro chifre.

— Nós estaremos competindo com o Esfinge – disse vovó. – E ele tem o Oculus.

Vovô franziu o cenho.

— Pode ser que sim. Mas um pontinho de esperança é melhor do que nada.

CAPÍTULO TREZE

Encantador de sombras

O alarme do relógio de pulso de Seth tirou-o do sono. Ele mexeu nos botõezinhos até que o bipe parou de soar. Apoiado sobre o ombro, ele observou o volume imóvel na cama de Kendra. O alarme não pareceu tê-la perturbado.

Mesmo assim, ele esperou. Kendra às vezes era esperta. Ela parecia ter um sexto sentido no que concernia a impedir travessuras. Minutos se passaram, mas Seth ficou na cama, o que deu a sua mente um pouco mais de tempo para despertar por completo.

Mais cedo naquele dia, depois que os outros haviam voltado da missão junto aos centauros, eles haviam relatado a Seth e a Warren tudo o que haviam descoberto. A decisão fora tomada no sentido de iniciar a busca por um primeiro chifre de unicórnio fora de Fablehaven.

De maneira sigilosa, Seth começara a bolar seu próprio plano.

Ele passara a tarde pensando na voz que ouvira enquanto conversava com os sátiros. A princípio ele imaginara que o falante fosse algum fantasma impetuoso que estava vagando pela floresta. Mais tarde, uma possibilidade mais convincente lhe veio à mente. Ele agora se sentia mais confiante de que a voz pertencia ao demônio Graulas.

Depois dessa percepção, o plano começou a se encaixar em sua cabeça. Graulas deve ter ficado impressionado com o fato de Seth haver ajudado a debelar a praga das sombras, do mesmo modo que o demônio havia ficado perplexo diante da maneira pela qual ele derrotara o espectro. Seth tinha certeza de que o demônio o estava convocando.

O fato de Graulas o estar chamando só podia ter um significado: o demônio tinha informações úteis para ele. As possibilidades eram animadoras. Talvez Graulas pudesse explicar por que Seth estava ouvindo vozes fantasmagóricas. Afinal de contas, mistérios sombrios eram a especialidade dele. E, ainda por cima, Seth tinha a esperança de que Graulas pudesse fornecer indicações sobre como eles poderiam arrebatar o chifre dos centauros. Uma visita ao demônio talvez fosse tudo o que Seth necessitava para salvar o dia.

Seus avós estavam sempre estimulando-o a aprender com seus erros. E Seth aprendera o suficiente sobre eles para saber que jamais permitiriam que ele visitasse o demônio. Seus avós eram superprotetores. Caso Seth levantasse a questão, eles ficariam vigilantes e fariam tudo que pudessem para detê-lo. Então, decidiu que manteria seu plano em sigilo, deixando um bilhete debaixo da cama para a eventualidade de tudo sair errado e ele jamais retornar.

Será que isso poderia ser uma armadilha? Poderia, sim. Mas se tivesse a intenção de matá-lo, o demônio poderia tê-lo feito da última vez que Seth lhe fizera uma visita. Será que visitar Graulas colocaria mais alguém além dele próprio em perigo? Não, ele não via como. E se ele estivesse equivocado e Graulas não o estivesse convocando? E se a misteriosa voz tivesse uma origem completamente diferente? Se ele aparecesse por lá sem ser convidado, não haveria uma possibilidade de o demônio matá-lo por se intrometer em seus domínios? Talvez.

Mas o Esfinge estava a meio caminho de obter seu terceiro artefato, e os amigos de Seth e sua família estavam tentando desesperadamente achar uma solução. Alguém tinha de fazer uma investida mais agressiva. Seth cerrou os dentes. Quando não havia mais esperança não era o momento da tarefa dele de consertar as coisas? É claro que era.

Seth rolou para fora da cama, vestiu o peitoral de adamas e colocou uma camisa camuflada por cima dele. Vestiu uma calça jeans, amarrou os cadarços da bota e pegou seu casaco, suas luvas e um chapéu. Em seguida pegou seu kit de emergência embaixo da cama. O kit continha diversos tipos de objetos que poderiam vir a ser úteis a alguém sozinho na floresta em meio a uma aventura. Além de equipamento padrão como lanterna, bússola, canivete, lente de aumento, apito, espelho e várias coisas para mastigar no caminho, Seth guardara a poção gasosa do hotel. Em meio à agitação, Tanu se esquecera de pedi-la de volta.

Seth enfiou os travesseiros debaixo das cobertas e em seguida saiu sorrateiramente do quarto e desceu a escada, atento atrás de si aos possíveis sons produzidos por Kendra se mexendo na cama e à sua frente em busca de evidências de mais alguém que porventura estivesse acordado. A casa permanecia quieta, e ele dirigiu-se silenciosamente até a garagem, onde encontrou uma *mountain bike* com a qual saiu pedalando. Ele gostaria muito de ter coragem para pegar emprestado um bugre 4x4, mas preocupava-lhe a possibilidade do barulho acordar alguém, o que terminaria com a sua excursão antes mesmo de ela se iniciar. Em algum ponto da escuridão, Hugo e Mendigo estavam vigiando o jardim. Seth tinha esperança de poder passar por eles sem fazer barulho. Por sorte, eles não tinham nenhuma ordem direta para mantê-lo afastado da floresta.

A noite estava bem gelada. Nuvens invisíveis bloqueavam toda e qualquer luminosidade. Umas poucas fadas brilhando suavemente flutuavam em meio às flores no jardim, fornecendo a única iluminação. Logo depois de montar na bicicleta, Seth descobriu que botas pesadas não eram projetadas para pedalar. Assim que ganhou um pouco mais de impulso, o esforço tornou-se mais fácil, de certa forma.

Ele conhecia o caminho até a caverna onde Graulas morava. Pelo que Seth havia visto, Hugo vinha mantendo as principais trilhas ao longo de Fablehaven relativamente sem neve. Do contrário, talvez ele tivesse de abandonar a bicicleta e seguir a pé.

Seth pedalou pelo gramado na direção da trilha que precisava pegar. Estreitando os olhos na escuridão, passou por um leito de flores e foi obrigado a frear e voltar para evitar uma fileira de roseiras. Ele decidiu caminhar segurando a bicicleta até estar a uma distância suficiente da casa para usar a luz.

Enquanto passava do jardim para a trilha, uma enorme mão agarrou seu ombro e ergueu-o no ar. A bicicleta caiu no chão fazendo barulho. Seth gritou aterrorizado até perceber que havia sido pego por Hugo.

– Tarde – trovejou o golem.

– Me coloque no chão – exigiu Seth, as pernas balançando no ar. – Você quase me matou de susto!

Hugo colocou Seth de pé.

– Vai casa – disse Hugo, apontando para a casa.

– Você tem ordem pra me mandar de volta? – perguntou Seth, enfiando a mão no kit de emergência.

– Vigia – disse Hugo.

– Certo. Eles te mandaram vigiar o jardim, não ser a minha babá.

– Floresta má. Seth sozinho.

– Quer vir comigo? – tentou Seth, dedos irrequietos encontrando a garrafinha com a poção.

— Vigia — repetiu Hugo com mais firmeza.

— Saquei. Você tem ordens a cumprir. Mas eu tenho as minhas. Preciso realizar uma missão crucial.

— Stan chateado.

— Você quer dizer que o vovô não vai gostar de saber que eu saí? É claro que não. Ele acha que eu ainda uso fralda. E é por isso que estou saindo no meio da noite. Você precisa confiar em mim, Hugo. Eu sei que andei fazendo um monte de idiotices no passado, mas eu também salvei o dia. Preciso entrar nessa floresta um pouquinho. Não é por nenhum motivo idiota, tipo arranjar ouro. Basicamente, eu estou tentando salvar o mundo.

O golem ficou em silêncio por alguns instantes.

— Não seguro.

— Eu sei que não é totalmente seguro — admitiu Seth. — Mas estou preparado. Está vendo? Tenho até essa poção aqui do Tanu. Vou num lugar que já fui antes. Eu vou ficar na trilha e vou tomar cuidado. Se eu tentar arrumar uma permissão, vou acabar me dando mal. Eles não vão me deixar ir. Mas só eu posso fazer isso. Sair sorrateiramente é a minha única chance. Você precisa confiar em mim.

Hugo virou-se e olhou para a casa. Seth mal conseguia enxergar o gigante terroso na escuridão.

— Hugo vai.

— Você vai comigo? Você não precisa fazer isso. Não é uma boa deixar o jardim desprotegido.

Hugo apontou para a outra extremidade do jardim.

— Mendigo.

— Mendigo também está de vigia? — perguntou ele.

— Seth vai. Hugo vai.

Uma sensação de alívio inundou Seth. Aquela era uma sorte inesperada. Ele imaginou se Hugo manteria o consentimento uma vez que soubesse para onde eles estavam indo. Só havia uma maneira de descobrir.

— Hugo, me leve pra caverna onde mora o Graulas.

Hugo levantou Seth.

— Seth certeza?

— A gente precisa dar um pulo lá. Ele pode me dar algumas informações importantes que poderiam ajudar a salvar todo mundo. Lembra a última vez? Vovô não queria que eu fosse lá, mas acabou que a gente conseguiu informações que ajudaram a deter a praga.

Hugo adentrou a floresta, movendo-se rapidamente. Quando viajava sem o carrinho de mão, o golem preferia seguir pelo meio do mato ao invés de se manter nas estradas ou nas trilhas. Gelo e neve estalavam sob os maciços pés do golem. Galhos chicoteavam na escuridão, mas Hugo mudava a posição de encaixe de Seth para impedir que as plantas o arranhassem. Aquilo era muito melhor do que pedalar desajeitadamente ao longo de trilhas cobertas de gelo na escuridão frígida!

Seth realmente não levara em consideração a possibilidade de Hugo ajudá-lo. Ele ouvira vovô dar ao golem ordens para proteger o jardim, e ele jamais ouvira falar que o golem houvesse alguma vez desobedecido ordens. Hugo estava tendo mais liberdade de pensamento do que Seth imaginara.

Depois de percorrer a noite fria por tempo suficiente para que Seth começasse a se preocupar em ficar enregelado, o golem parou e sentou-se. A noite estava escura demais para que Seth pudesse discernir quaisquer marcos, mas imaginou que a parada súbita significava que eles haviam alcançado seu destino. O golem não teria como pisar na terra destinada a Graulas. Se ficasse encrencado, Seth não teria ninguém com quem contar.

Seth retirou a lanterna de seu kit de emergência. O feixe de luz cintilou numa encosta nevada que levava a uma colina íngreme com uma caverna na lateral. Seth esfregou as orelhas parcialmente dormentes para revivê-las e então ajustou o chapéu e o casaco para cobrir melhor o rosto.

— Obrigado pela carona — disse Seth. — Eu volto logo.

— Ficar seguro.

Enquanto caminhava pela neve em direção à caverna, Seth começou a questionar a sensatez de sua excursão. Ele estava andando sozinho à noite com destino ao interior da caverna de um demônio maligno e poderoso. Na esperança de se animar, ele direcionou o foco da lanterna de volta a Hugo. Sob o único raio branco, em pé na neve, o golem parecia diferente, como se fosse alguma estátua estranha e primitiva. Pouco reconfortante.

Seth cerrou os dentes e aumentou a velocidade de suas passadas. Se tinha mesmo a intenção de completar aquela tarefa, era melhor se apressar. Passou pelo poste podre com as correntes enfurrajadas penduradas, fez uma pausa do lado de fora da espaçosa abertura da caverna, por pouco não deu meia-volta, e finalmente entrou.

Seth correu ao longo do túnel escavado, passando rapidamente por duas curvas antes de alcançar uma sala abafada com raízes contorcidas descendo do teto em forma de domo em direção ao chão. A primeira coisa que chamou sua atenção foi o calor pouco comum. A segunda foi o cheiro, doce e nauseante, como o de fruta estragada.

Depois de direcionar a luz de sua lanterna para a mobília apodrecida, engradados arrebentados, ossos esbranquiçados e livros bolorentos, Seth deixou o raio de luz permanecer sobre uma gigantesca forma caída de encontro à parede. Ele conseguia ver e ouvir o vulto respirando de forma lenta e entrecortada. A volumosa figura se mexeu, teias de aranha formando vagalhões, e sentou-se. A lanterna iluminou um rosto empoeirado cheio de lóbulos enrugados de carne inflamada.

Um par de chifres curvos encontrava-se de cada um dos lados da sua cabeça, e um fio leitoso nublava os olhos pretos e frios.

— Você... veio — chiou o demônio com uma voz inacreditavelmente profunda.

— Você me chamou mesmo — disse Seth. — Foi o que eu tinha pensado.

— E você... me ouviu. — Um acesso de tosse acometeu o demônio moribundo, lançando fumacinhas de poeira no ar. Quando o espasmo terminou, Graulas cuspiu um bolo de catarro brilhante e esverdeado no canto do recinto. — Aproxime-se.

Seth aproximou-se do imenso demônio. Mesmo com Graulas sentado no chão, Seth não atingia nem a altura do ombro caído do demônio. O cheiro fétido intensificou-se à medida que ele se aproximava, tornando-se uma mistura pútrida de degenerescência e infecção. Seth lutou contra a ânsia de vomitar.

Graulas fechou os olhos e curvou a cabeça para trás, seu volumoso peito trabalhando como gigantescos foles. Seth ouvia um chiado molhado a cada torturante inalação de ar.

— Você está bem? — perguntou Seth.

O demônio movimentava sua grotesca cabeça para a frente e para trás, as papadas batendo à medida que ele esticava o pescoço. Ele falou lentamente:

— Eu estou mais acordado do que da última vez em que conversamos. Mas ainda estou morrendo. Como eu mencionei em nosso último encontro, a morte chega lentamente aos seres da minha espécie. Meses são como minutos. De certa forma, eu invejo Kurisock.

— Ele morreu mesmo?

— Ele ultrapassou essa esfera da existência. Seu novo domicílio é menos agradável. Sem dúvida ele estará lá para me saudar. — Uma pequena aranha descia da ponta de um dos chifres de carneiro, suspensa por um fio prateado.

— Por que você queria me ver? – perguntou Seth.

O demônio limpou a garganta.

— Foi tolice da sua parte vir aqui. Se você entendesse quem eu sou, ficaria longe de mim. Ou então você não foi tão tolo, já que novamente eu tenho intenção de ajudá-lo. Diga-me como as suas habilidades estão se desenvolvendo.

— Bom, eu consegui te ouvir quando estava na floresta com os sátiros. No calabouço eu consegui ouvir o que as assombrações estavam sussurrando. E outro dia eu vi um duende, mesmo ele estando invisível pra todo mundo.

O demônio levantou um dedo grosso e contorcido e com ele deu um tapinha num buraco deformado na lateral de sua cabeça.

— Independente de eu gostar ou não disso, minhas percepções atingem pontos bem além dessa choça. Eu consigo observar a maior parte da reserva daqui, tudo menos alguns poucos locais protegidos. Um lugar onde eu nunca conseguia olhar era o interior do domínio de Kurisock. Até ele morrer. Então a cortina se abriu e consegui ver. O prego no espectro deixou uma marca em você quando você o retirou. Quando o prego foi destruído, você estava nas proximidades, e um pouco do poder dele fluiu para você, marcando-o ainda mais profundamente.

— Me marcando?

— O prego te deixou munido de muito poder. Preparado para conquistas ainda maiores. Eu entendo a sua necessidade. Seus familiares falaram a respeito do objeto que desejam obter com os centauros enquanto viajavam em estradas desprotegidas. Seu avô deveria saber disso. Eu pude ouvir cada palavra que foi dita.

– Eles precisam do chifre do unicórnio que está com os centauros – disse Seth. – Eu estava na esperança de que talvez você soubesse como a gente poderia conseguir pegá-lo.

Graulas começou a tossir, uma violenta progressão de arquejos e engasgos que fizeram com que ele tombasse para o lado, amparado pelo cotovelo. Seth recuou, imaginando se não estava a ponto de testemunhar o demônio ancestral ser estrangulado pelo próprio catarro. Por fim, arfando, com um fluido cremoso escorrendo pelo canto da boca, Graulas esforçou-se para voltar a se sentar.

– O primeiro chifre de um unicórnio é um objeto poderoso – disse Graulas, a voz áspera. – Ele purifica o que quer que toque. Cura qualquer enfermidade. Neutraliza qualquer veneno. Elimina qualquer doença.

– Você quer que eu o use pra te curar?

O demônio tossiu novamente. Poderia ter sido um risinho.

– A doença já está entranhada em meu ser. O toque de um primeiro chifre provavelmente me mataria. Estou corrompido ao extremo. Não tenho necessidade do chifre. Mas eu sei como você pode adquirir a Alma de Grunhold. Se você quer o chifre, deve empregar suas habilidades como encantador de sombras.

– O quê?

– Um encantador de sombras desfruta de uma irmandade com as criaturas da noite. Suas emoções não podem ser manipuladas. Nada escapa a seu olhar. Ele ouve e comprende as línguas secretas da escuridão.

– Eu sou um encantador de sombras? – perguntou Seth com hesitação.

– Em tudo, menos no nome. O prego depositou em você uma forte estrutura. Eu pretendo estabilizar esses dons e fazer de você formalmente um aliado da noite. Isso fará com que as suas habilidades adquiram um foco mais amplo.

— Isso vai me transformar num ser do mal? — sussurrou Seth.

— Eu não disse um aliado do *mal*. Todo poder pode ser usado para o bem ou para o mal. Esse poder já é seu. Eu vou apenas ajudá-lo a controlá-lo melhor. Use-o da forma que achar melhor.

— Como isso vai me ajudar a pegar o chifre? — perguntou Seth.

O demônio olhou fixamente para ele, olhos nebulosos sopesando-o. Quando falou, sua voz foi deliberada.

— Quem consegue se orientar num labirinto invisível? O homem que consegue enxergá-lo. Quem consegue passar por um troll de montanha? O homem que se torna amigo dele. Quem consegue roubar o primeiro chifre de um unicórnio? O homem imune à culpa.

— Você ouviu mesmo o vovô.

— Eu me divertiria muito vendo os centauros humilhados — disse Graulas. — Você é o primeiro encantador de sombras a surgir em séculos. Talvez seja o último. Restam poucos que poderiam formalizar a honra. Você já exibe a maior parte das características embrionárias. Nada lhe tirará isso. É melhor completar o que já foi começado. A escuridão o tocou, assim como a luz abraçou sua irmã.

— Isso está parecendo um pouco sombrio demais — protegeu-se Seth, se afastando. Será que ele realmente queria favores de um demônio moribundo? Será que o fedor pútrido daquele lugar era um indício de que ele deveria sair de lá?

Rosnando e usando um pedaço de cerca carcomida como muleta, Graulas se ergueu e pôs-se pesadamente de pé, seus chifres curvos quase tocando o teto. Fazendo um gesto elaborado, como se estivesse pintando no ar, o demônio começou a cantarolar numa língua gutural. Rumo ao fim da exibição, Seth começou a entender as palavras:

"... consolador de fantasmas, camarada dos trolls, conselheiro de demônios, daqui em diante identificado e reconhecido como um encantador de sombras."

Graulas baixou os braços e sentou-se com dificuldade. Madeira partiu-se embaixo dele e poeira subiu em direção ao ar.

– Tudo bem com você? – perguntou Seth.

O demônio tossiu levemente.

– Sim.

– Por que você mudou pra inglês no final?

Os cantos da boca do demônio tremeram.

– Eu não mudei. Congratulações.

Seth cobriu os olhos por um momento.

– Não te dei permissão para fazer isso! – Ele olhava para o demônio de modo lúgubre. – Estou achando que ter vindo aqui foi um grande erro.

Graulas lambeu os lábios rachados com a língua machucada.

– Minhas chances de tornar você um ser maligno são as mesmas de você me tornar um ser benigno. Você está preocupado com o fato de que aceitar ajuda de um demônio pode, de certa forma, alterar a sua identidade. Já fui muito malévolo. Deliberadamente malévolo. Ao longo do tempo, à medida que eu enfraquecia e me deteriorava, minha sede por poder foi diminuindo. A apatia substituiu a avareza. Você não está falando com um demônio maligno. Um demônio maligno teria te matado assim que o visse. Você está falando com uma casca apodrecida. Minha vida acabou muito tempo atrás. Quando eu pensei que já havia ultrapassado bastante a capacidade de sentir, você acendeu a fagulha do meu interesse. Eu permaneço curioso o suficiente para te ajudar. Não tenho compromissos pessoais. Você permanece livre para usar seus dons como melhor lhe aprouver.

Seth franziu o cenho.

– Eu acho que não estou me sentindo mais perverso do que estava antes.

– As escolhas determinam o caráter. Você não tomou nenhuma decisão no sentido de se tornar um encantador de sombras. Essas novas habilidades caíram sobre você a partir de circunstâncias além do seu controle. Se isto lhe serve de consolo, sua condição de encantador de sombras deverá protegê-lo e aqueles que você ama do mal. Você agora enxerga e ouve mais claramente. Suas emoções não podem ser confundidas com magia. Você encontrará mais oportunidades de conversar do que de lutar.

– Você está falando inglês agora?

– Estou. – Outro acesso frenético de tosse devastou o demônio. Quando o ataque diminuiu, Graulas ficou deitado com o corpo esparramado para o lado, os olhos fechados. – Eu preciso descansar.

– Quando é que eu devo ir atrás do chifre? – perguntou Seth.

– Agora – disse o demônio, a voz áspera perdendo a força. – Hoje à noite.

– Como é que vou ver o labirinto invisível? – perguntou Seth.

Graulas suspirou.

– Da mesma maneira que você está me vendo. Suas habilidades foram estabilizadas.

– Eu tenho mais perguntas. O que você pode me dizer sobre o Esfinge? A gente sabe que ele é o líder da Sociedade da Estrela Vespertina.

– Eu estou confinado nessa reserva há séculos – rosnou Graulas, um pouco grogue. – Perdi o interesse pela política internacional séculos atrás. Minhas lembranças são da antiga China e da antiga Índia. Sei pouco sobre o Esfinge. Quando ele visitou Fablehaven, seu aspecto era de um homem. Mas é difícil detectar um avatar, até mesmo para mim.

— Você detectou Navarog.

— Eu tinha me encontrado antes com Navarog. E com o avatar dele. Isso faz diferença.

— Pode ser que eu tenha de lutar com Navarog.

O demônio resfolegou.

— Não lute com Navarog.

— Ele tem algum ponto fraco?

Graulas cerrou os olhos em uma abertura bem estreita.

— Concentre-se no chifre. Nero vai te ensinar como caminhar na sombra e como fazer amizade com trolls.

— Nero? – perguntou Seth.

Uma voz suave falou atrás dele.

— Nos encontramos novamente, Seth Sorenson.

Seth girou o corpo, direcionando o foco da lanterna sobre o troll. Ele reconheceu as características reptilianas, os imensos olhos redondos e o lustroso corpo preto com marcas amareladas.

— O que você está fazendo aqui?

— Um encantador de sombras – disse Nero com um sorrisinho, a voz eivada de oleosidade. – Quem desconfiaria disso? E pensar que eu já te salvei de uma queda e quase tive você como meu servo.

— Você não mora bem longe daqui?

Uma língua longa e cinzenta saiu da boca do troll e lambeu seu olho direito.

— Quando o mestre Graulas ordena, eu obedeço.

— Você está aqui pra me ajudar? – perguntou Seth.

— Você precisa de um mentor. Graulas quer que eu o instrua em alguns assuntos e o acompanhe até Grunhold.

— Você não pode entrar em Grunhold.

— Não. Mas você pode, na condição de mortal. Na realidade, na condição de encantador de sombras, talvez você até sobrevivesse.

Seth voltou-se para Graulas.
— Você ainda está acordado?
O demônio estalou os lábios.
— Acordado ou adormecido, eu sempre ouço.
— Quer mesmo que eu vá pra Grunhold essa noite?
— Não haverá oportunidade melhor — grunhiu o demônio, rolando o corpo. — Agora me dê um pouco de paz, menino.
Seth encarou Nero.
— Tudo bem. Como é que eu vou sobreviver?
O troll lambeu o outro olho.
— Na condição de encantador de sombras, você pode caminhar na sombra. Longe da luz difusa você se tornará quase invisível. Aparecerá de forma muito, muito fraquinha. Quando estiver na sombra, até mesmo os olhos vigilantes não vão te detectar. Principalmente se você ficar parado. Isso o ajudará a se aproximar da entrada.
— Eu vou conseguir enxergar no escuro?
— Apague a sua lanterna.
Seth obedeceu. Ele não conseguia enxergar nada.
— Aparentemente, não. — Ele voltou a acender a lanterna.
Nero deu de ombros.
— Pode ser que a sua visão não penetre a escuridão, mas outros talentos vão aflorar com o tempo. Não existem dois encantadores de sombras exatamente iguais.
— Que outros talentos?
— Eu ouvi falar de encantadores de sombras que podiam apagar chamas. Projetar medo. Baixar a temperatura em um recinto.
Seth sorriu.
— Você pode me ensinar?
— Essas habilidades emergirão naturalmente ou não emergirão. Vamos voltar à tarefa que temos em mãos. Mestre Graulas me disse

que um troll de montanha o espera no interior de Grunhold. Junto com a reputação de possuir um tamanho e uma força imensas, a espécie deles tem uma merecida notoriedade para a estupidez. O imbecil o reconhecerá como um aliado da noite. Mas ele também tem a função de guardar o chifre. Não demonstre medo. Conte com a amizade dele e você provavelmente a ganhará. Em seguida deverá convencê-lo de que é um gozador, e que roubar o chifre é uma gozação. Trolls de montanha adoram piadas. – O troll estendeu a mão membranosa.

– Isso aí é uma banana? – perguntou Seth.

O troll jogou a fruta por cima do ombro e pegou-a com destreza nas costas.

– A sua gozação vai ser substituir o chifre por uma banana. É provável que o troll ache isso engraçado.

Seth riu.

– É sério?

– Totalmente sério.

– Onde é que você achou uma banana?

– Eu tenho fornecedores. Alguns sátiros cultivam frutas tropicais.

Seth cruzou os braços.

– Invisível ou não, o labirinto pode ser um problemão, certo?

– A parte mais difícil – disse Nero. – Se os seus instintos fracassarem, o truque com labirintos é sempre virar à esquerda. Só vire à direita quando não der pra virar à esquerda. No final você vai percorrer sistematicamente todo o território do labirinto até encontrar o seu destino.

– A entrada só estará aberta por uma hora.

– Como já observei, o labirinto vai ser a parte mais difícil.

Seth sentou-se num barril imundo.

– Se eu ficar preso lá dentro, vou ter de esperar até a entrada abrir novamente na noite seguinte. A minha família vai pirar de vez. Como é que a gente chega a Grunhold?

Nero esfregou as mãos.

– O melhor caminho é pelo pântano. Eu tenho uma jangada. Posso te deixar perto do lado mais ao sul do círculo de pedras.

– Espero conseguir convencer Hugo.

– Eu te vi chegando com o golem. Se ele nos carregasse até a jangada, ganharíamos tempo. Precisamos nos apressar, está ficando tarde.

CAPÍTULO CATORZE

Coração e alma

— Lá em cima, à esquerda – orientou Nero. – Perfeito, podemos descer agora. Eu assumo a partir daqui.

Hugo colocou Seth no chão. Seth acendeu sua lanterna. O golem segurou Nero pelos tornozelos. O troll, pendurado de cabeça para baixo, mirava os buracos pedregosos dos olhos do golem.

— Não machucar Seth – alertou Hugo, as palavras saindo de sua boca como maciços pedregulhos chocando-se uns contra os outros.

— Você tem a minha palavra de honra – prometeu Nero, colocando a mão escamosa sobre o peito.

O golem recolocou Nero na posição normal e o depositou no chão. Continuou, porém, segurando um dos braços do troll. Nero tentou se soltar, mas Hugo segurava com firmeza.

— Pode me soltar – sugeriu Nero.

Inclinando o corpo para a frente, o golem segurou o pescoço de Nero entre o polegar e o indicador.

— Não machucar Seth.

— Eu estou do lado dele — o troll conseguiu dizer com uma voz estrangulada. — Eu juro.

— Solta ele, Hugo — disse Seth. O golem soltou o troll e endireitou a postura. — Se ele me fizer algum mal, você tem a minha permissão pra arrebentá-lo.

— Obrigado pelo voto de confiança — disse Nero com amargura, a voz abafada, esfregando o pescoço.

— Seth não ir — trovejou Hugo.

— Eu tenho que tentar, Hugo. A gente chegou até aqui. Preciso concluir o que comecei.

— Nós precisamos alcançar Grunhold antes que as pedras vigilantes comecem a andar — inseriu Nero. — Cada segundo é precioso.

Seth deu um abraço em Hugo. O golem deu-lhe um tapinha nas costas.

— Hugo ir.

Seth balançou a cabeça.

— Você é grande demais. A jangada vai afundar. E você não se segura muito bem na água. Espere aqui pra me levar de volta pra casa depois que eu voltar. — Seth seguiu Nero até a jangada.

O golem levantou a mão num adeus.

— Cuidado.

— Eu não vou demorar — prometeu Seth.

Nero empurrou a jangada para a água e pulou para dentro dela. O retângulo de madeira era um pouquinho maior do que um colchão *king-size*. Sem proteções nas laterais, as amarrações eram as partes mais elevadas da embarcação, pouco mais de trinta centímetros acima do nível da água. Segurando um remo comprido, o troll fez um gesto para que Seth se juntasse a ele. Seth saltou em cima do retângulo de madeira. O troll inclinou o remo e empurrou a jangada para longe da margem. Pequenas ondas espalharam-se na água escura e fumegante.

– Apague a luz – murmurou Nero. – Daqui em diante, nós precisamos evitar sermos percebidos.

Seth desligou a lanterna. Ele não conseguia enxergar coisa alguma. Mas ouvia o som suave da água batendo na jangada.

– Você enxerga no escuro? – sussurrou ele.

– Enxergo.

– Você está me vendo?

– Com certeza.

– Eu não devia estar invisível?

– Andar como sombra só funciona antes de você ser avistado. Uma vez que algum observador o vê, a penumbra não vai mais te esconder.

Seth pensou no assunto.

– E se eu me esconder de você depois?

– Aí então pode ser que você fique invisível aos meus olhos.

Seth sentou-se com as pernas cruzadas. O ar no pântano estava menos frio. Um odor pesado e estagnado invadia suas narinas.

– Por que você está me ajudando?

– Você é um aliado da noite – disse Nero. – Graulas é uma realeza demoníaca. Muito tempo atrás ele servia como a mão esquerda de Gorgrog, o demônio rei. Eu tenho uma tremenda dívida para com Graulas. Ele me deu a minha pedra vidente.

– Você vai ficar esperando por mim enquanto eu vou lá pegar o chifre?

– Você voltando esta noite ou amanhã, ficarei esperando com a jangada perto da margem onde eu te deixar. Silêncio. Alguma coisa se aproxima. – Seth escutou atentamente, mas não conseguiu ouvir nada. Nero agachou-se e sussurrou em seu ouvido.

– Fique deitado.

Seth esparramou-se na jangada de barriga para baixo. Ele podia sentir o *troll* deitando-se ao seu lado. Um instante depois, ele ouviu alguma coisa se mexendo na água a uma certa distância. Estava vindo na direção deles. Seth gostaria muito de possuir olhos como os de sua irmã para poder penetrar na escuridão sem precisar de luz. O que aquilo poderia ser? Pelo som, alguma coisa grande. Ele conteve a respiração.

O marulhar estava ficando cada vez mais próximo. O ritmo das batidas na água sugeria uma criatura gigantesca nadando. Uma perna surgiu, depois outra, depois outra, depois outra...

Nero afastou-se lentamente de Seth. O pântano estava totalmente preto. À medida que o marulhar prosseguia na direção deles, ondas começavam a fazer a jangada oscilar. Mas então a jangada começou a deslizar para a frente, distanciando-se do percurso estabelecido pela ameaça que se aproximava. Seth ouviu uma respiração barulhenta acima e atrás deles.

Incapaz de enxergar, ele fechou os olhos e concentrou-se em aquietar sua própria respiração. A criatura passou diretamente atrás deles, não parando em momento algum, e logo o marulhar ameaçador estava tomando outro rumo. O som acabara por completo antes de Nero recomeçar a remar para a frente com convicção.

– O que era aquilo? – sussurrou Seth.

– Sapo gigante – respondeu Nero. – Eles não enxergam muito mais do que você no escuro. Eles vagam pelo charco de modo estranho. Mas se eles te encontram, é o fim.

– Passou perto.

– Muito perto. Nós tivemos sorte por ele não ter sentido nosso cheiro ou nos ouvido. O brutamontes devia ter algum destino específico em mente.

– A água não é funda aqui – disse Seth.

– A água quase nunca é funda no charco. Vai até as coxas de um sapo gigante. Fique em silêncio. Logo, logo vamos nos aproximar da margem dos centauros. Se você for capturado no interior do território deles, eles o matarão com toda a certeza, como o faria qualquer outro gigante.

Seth parou de falar, a expectativa de sua missão ajudava a contrabalançar o tédio. Ele estava prestes a invadir sozinho a fortaleza secreta dos centauros armado unicamente com uma banana. Se os centauros o pegassem, não apenas ele morreria como também provocaria uma guerra. A ideia era preocupante.

Inesperadamente, a jangada encostou-se à terra, parando na margem enlameada e juncosa.

– Aqui estamos – sussurrou Nero. – Afaste-se da água. Mantenha-se na sombra. Parta rapidamente. O tempo urge.

– Obrigado pela carona – sussurrou de volta Seth. – A gente se vê daqui a pouco.

Seth saiu às pressas do barco, os juncos farfalhando à medida que ele pisava em terra. Ficou paralisado, agachado, escutando. Como nenhum centauro furioso foi ao seu encontro, avançou furtivamente, andando com o corpo abaixado e pisando com cuidado. À frente, em meio às árvores, Seth começou a discernir o brilho oscilante de uma fogueira. Ele avançou na direção da luz.

A folhagem no limite do pântano logo deu lugar a sempre-verdes. Havia pouca vegetação rasteira, de modo que Seth correu de árvore em árvore até obter a visão de uma colina grande. A monstruosa silhueta de uma pedra colossal dominava a paisagem. Recipientes de metal e tochas queimavam em cima da colina, lançando cálidas auras de radiância e iluminando a parte de trás do megálito.

Seth pegou sua bússola. Ele mal conseguia lê-la à luz oscilante das chamas distantes. Encontrou o norte e determinou prontamente qual dos megálitos se encontrava mais ao sul. Era o segundo megálito à direita.

Em hipótese alguma as tochas iluminavam toda a colina. As chamas agitadas apenas forneciam uma iluminação periódica. A princípio, a área parecia deserta. Depois, Seth começou a avistar centauros espaçados ao redor do sopé da colina, à espreita em bolsões de escuridão distantes dos recipientes de metal flamejantes. Ele contou três, e imaginou que houvesse mais no lado oposto à entrada. Em vez de estarem agrupados ao redor da pedra mais ao sul, os centauros optavam por se manter espalhados, como se estivessem simplesmente vigiando a colina. Suas posições não demonstravam nenhuma preferência por algum megálito em particular.

Sem dúvida, os centauros não queriam que a localização de suas sentinelas revelasse a posição da entrada. A distribuição poderia lhe ser vantajosa. Ela dava a ele algum espaço de manobra. A área no nível do chão entre as sempre-verdes no sopé da colina não desfrutava de cobertura. Mas estava na penumbra. Se sua habilidade funcionasse como Nero descrevera, ele deveria ser capaz de avançar de modo sorrateiro e em seguida percorrer o sopé da colina até chegar na parte mais ao sul do megálito. Se não, ele seria capturado no instante em que saísse do meio das árvores.

Seth ficou de quatro no chão e começou a rastejar, os olhos grudados no centauro mais próximo. O vigia estava, talvez, a uns trinta metros de distância, os braços musculosos cruzados. A cobertura fornecida pelas árvores logo ficou atrás de Seth. Às vezes, o centauro parecia olhar diretamente para ele; em seguida o rosto meditabundo desviava o olhar. Até aquele momento estava tudo bem.

Seth não fazia a menor ideia até que ponto o movimento poderia destruir seu aspecto sombrio e atrair atenção, de modo que avançou muito lentamente. Rastejou na direção no megálito mais próximo, o estômago apertado devido à preocupação. Uma vez que ele estivesse perto o bastante da imensa pedra, todas as suas linhas de visão da colina ficariam interrompidas. Era péssimo o fato da pedra mais ao sul estar ainda a cem metros de distância.

Quando alcançou o megálito, Seth levantou-se, suando apesar do frio. Começou a contornar a gigantesca pedra para dar outra espiada na colina. No momento exato em que uma parte da colina estava ficando visível, o chão começou a vibrar.

Seth ficou petrificado. A vibração transformou-se num tremor, o tremor transformou-se num abalo sísmico e o megálito ao lado dele começou a ascender. Seth ficou deitado no chão e rastejou na direção da colina. Arrastou o corpo até o arbusto mais próximo e em seguida ficou imóvel, preparado para ouvir um centauro emitir um alarme.

Abruptamente, o abalo sísmico parou.

Seth olhou por cima do ombro e viu que a base da pedra estava pairando mais ou menos um metro e meio em pleno ar. O megálito parecia ter se elevado uns cinco metros, os três metros mais baixos da pedra estando no subterrâneo. Um poço escuro abriu-se onde a colossal pedra encontrava-se anteriormente. Lentamente, o megálito começou a se mover para o lado.

O cronômetro estava acionado.

Seth tinha uma hora para passar pela entrada, orientar-se pelo labirinto, fazer amizade com o troll, apoderar-se do chifre, retornar pelo labirinto e sair sem ser notado.

Ficando de joelhos, Seth avaliou as redondezas para se certificar de que os centauros haviam mantido suas posições anteriores e rastreou o local em busca de alguma sentinela que ele porventura pudesse ter deixado escapar. Não viu nada que o surpreendesse. O centauro mais próximo estava uns nove metros encosta acima. Daquele ângulo, uma tocha mais acima na colina tornava sua silhueta óbvia.

Seth começou a rastejar ao longo do sopé da colina, tentando manter os arbustos e as sebes entre si mesmo e os vigias. Diversas vezes ele teve de engatinhar por espaços abertos. Seguiu lentamente, e nenhum alarme foi acionado.

O momento mais perturbador ocorreu quando Seth rastejou por um espaço vazio a menos de quatro metros da sentinela. Ele já cumprira metade do caminho da abertura sombreada quando seu joelho bateu num galho seco que estalou de imediato. Seth parou, a cabeça baixa, os músculos tesos devido ao pânico.

Com o canto do olho ele viu o centauro avançar para investigar. Sua única chance era permanecer imóvel como uma estátua e esperar que estivesse muito menos visível do que aparentava estar. O centauro parou imediatamente ao lado dele. Se Seth esticasse a mão, poderia tocar o casco dele. Seth concentrou-se em respirar suavemente. Será que o centauro poderia sentir o seu cheiro? Seus braços começaram a ficar trêmulos por se manter tempo demais na mesma posição.

O centauro finalmente recuou, voltando à sua estação na penumbra abaixo da sebe alta. Seth deslizou para a frente, tomando todo o cuidado para se mover em silêncio.

Por fim, o coração batendo a mil por hora, Seth ficou no mesmo nível do poço que pertencia ao megálito localizado mais ao sul. A enorme pedra estava agora totalmente fora do caminho. Para alcançar o poço, mais uma vez ele teria de atravessar uma extensão de terra desprotegida.

Seth cerrou a língua delicadamente entre os dentes e rastejou para a frente, resistindo à tentação de sair correndo pela área deserta. Ele estava bem distante de qualquer cobertura quando ouviu sons de cascos se aproximando. Virou a cabeça lentamente. Diversos centauros estavam se aproximando à sua esquerda, segurando tochas e empurrando enormes carrinhos de mão repletos de comida.

Atrás dele, um centauro que Seth não havia percebido antes emergiu de onde estava escondido. O centauro proferiu uma série de rosnados, gargarejos e lamúrias. A língua do centauro soava mais como ruídos ásperos do que como fala humana.

Os centauros que apareciam respondiam à saudação trombeteando eles próprios estranhas réplicas. Estavam seguindo em direção à entrada do labirinto.

Quando o centauro atrás de Seth galopou para saudar seus camaradas, seus olhos estavam fixos uns nos outros. Seth decidiu que talvez esse fosse o único momento de distração disponível, antes dos centauros o alcançarem, de modo que se levantou, disparou em direção ao fosso com o corpo parcialmente abaixado e mergulhou nele cegamente.

Por sorte, as paredes do poço não eram finas. Seth rolou até o fundo. Aliviado mais uma vez por não ouvir gritos de alarme, ele se levantou. Uma entrada arredondada dominava um dos lados do poço. Como não possuía porta, Seth entrou de imediato.

Abaixo de seus pés o chão tornou-se firme e liso. O longo túnel descia firmemente, mergulhando dentro e abaixo da colina. Sem querer roçar acidentalmente na parede, Seth ligou a lanterna, posicionando a mão na extremidade para reduzir a luminosidade intensa. Em pouco tempo, ele reparou uma radiância azulada logo acima e desligou a lanterna.

Seth saiu correndo pelo túnel até emergir numa vasta caverna. Pesados candelabros de ferro estavam pendurados no alto do teto abobadado. Grades altas de ferro escuro atingiam a metade das paredes até o teto, barrando a entrada e deixando apenas cinco aberturas. Não havia nenhuma maneira de confirmar que as paredes de ferro eram invisíveis aos outros. Elas certamente lhe pareciam sólidas.

Cascos fizeram barulho no túnel, e Seth deslizou através de uma das aberturas em direção ao labirinto, colocando uma barreira entre si e a entrada da caverna. Ele não avançou muito. Se fosse cuidadoso, a presença dos centauros talvez funcionasse em seu proveito. Seguindo-os a distância, ele poderia estabelecer sua suposição inicial vagando pelo labirinto. Seth flexionou os dedos, pronto para correr caso tivesse escolhido acidentalmente a abertura correta e os centauros estivessem vindo naquela direção.

Seth olhou de relance para o chão e reparou que as paredes de ferro não geravam sombras. A luz suave dos candelabros dispersava-se equilibradamente, sem interferência. E nesse momento ele percebeu seu problema.

Se as paredes do labirinto eram invisíveis aos centauros, as barras de metal não fariam nada para impedir que eles o vissem!

A se levar em consideração o som dos cascos que se aproximavam, os centauros haviam quase atravessado o túnel inteiro. Seth correu para fora do labirinto e disparou na direção de um dos lados da abertura do túnel, ficando próximo da parede o máximo que podia. A luz dos candelabros era suave. Será que era tênue o bastante para que sua habilidade de caminhar como sombra funcionasse? Provavelmente não. Sua mente dava saltos. Ele conseguira obter apenas um rápido vislumbre dos centauros que se aproximavam. Seus carrinhos de mão eram grandes, quase do tamanho de carroças. Eles estavam empilhados de comida. E se ele tentasse pegar uma carona assim que o primeiro chegasse? Se ele ficasse abaixado e em silêncio na frente do carrinho de mão, talvez o centauro que o estivesse empurrando não o visse.

O primeiro centauro estava quase alcançando Seth. Ele podia ouvir o ranger da roda do primeiro carrinho e a batida sem pressa dos cascos. Assim que a frente do carrinho de mão ficou visível na passagem do túnel para a caverna, Seth saltou na frente dele, entrou rapidamente e se abaixou o máximo que conseguiu. Ele aninhou a bochecha de encontro a algo macio e coberto de pelo áspero. Levou um tempo para se dar conta de que se tratava da orelha de um porco. Na realidade, o carrinho inteiro estava apinhado de porcos recentemente abatidos, muitos deles quase do tamanho de Seth!

Os porcos mortos formavam uma pilha tão alta que Seth não conseguia ver o centauro que empurrava o carrinho. Ele torceu o corpo o máximo que pôde para manter-se abaixado. Quem podia dizer se aquele carrinho de mão permaneceria na frente dos outros, ou o que poderia acontecer depois de eles terminarem de percorrer o labirinto? Ele tinha de tentar ficar com o corpo enterrado. Os porcos eram pesados e não deixavam muito espaço para ele se mexer, mas Seth conseguiu esconder parcialmente seu corpo.

O carrinho de mão entrou no labirinto, movendo-se à frente suavemente, virando à direita, depois à esquerda, depois dobrando de volta à direita num movimento lento. Seth esforçava-se bastante para prestar atenção a cada guinada. Se conseguisse evitar ser descoberto, teria de retornar através do labirinto por conta própria. Ele imaginava como os centauros se moviam com tanta certeza se não podiam ver as paredes. Ou eles haviam memorizado a rota com uma precisão surpreendente, ou estavam se orientando, de um jeito ou de outro, a partir de marcações secretas, talvez no chão ou no teto. Seth fixou o olhar nas paredes de ferro a partir do local onde estava no carrinho e logo ficou desorientado devido às muitas guinadas. Ele descobriu que, em vez disso, se apenas observasse as paredes perifericamente e estudasse o teto, poderia entender melhor o local onde eles estavam no recinto.

Seguiram uma rota que serpenteava através do labirinto por mais tempo do que Seth julgou agradável. Ele tentou contar quantas vezes eles voltavam a virar, calculando aproximadamente a posição a partir de candelabros fixos. Por fim chegaram numa área aberta na direção do meio da caverna. No centro do espaço aberto encontrava-se uma pedra mais ou menos do tamanho de uma geladeira. O troll de montanha estava sentado perto da pedra, uma criatura enorme e corcunda com vários esporões pelo corpo. Estava de costas para os centauros, mas Seth podia ver seus membros espessos e a pele dura. Sentado, o troll era pelo menos três vezes mais alto do que Seth. Uma corrente com argolas tão grossas quanto a cintura de Seth conectava a criatura a um enorme anel de metal no chão.

De repente, o carrinho de mão foi suspenso, e Seth encontrou-se participando de uma avalanche de porcos mortos. Deitado embaixo de uma pesada pilha de suínos, ele ouviu os outros carrinhos de mão despejando seu conteúdo. A parte negativa de sua posição era que os porcos o estavam esmagando. A parte positiva era que ele ainda conseguia, de uma forma ou de outra, respirar e estava totalmente escondido.

Seth ouviu os centauros se retirando. Nenhuma palavra foi trocada entre eles e o titânico troll.

À medida que o barulho dos cascos diminuía, sons de passos mais pesados ficavam cada vez mais próximos. A corrente rangeu pesadamente. Seth teve uma imagem vívida do troll enfiando porcos mortos na boca, e um menino humano junto com eles. Seth tentou não se contorcer, mas o peso dos porcos era excessivo. Ele estava imprensado.

– Olá? – chamou Seth, sem levantar a voz demais.

O troll parou de se mover.

– Olá? – tentou Seth mais uma vez.

Seth ouviu alguns passos nas proximidades, e o aperto porcino começou a diminuir de intensidade. Um momento depois, Seth estava descoberto. Essa era a chance dele. Ele precisava agir de maneira amigável. Não demonstrar dúvidas. Seth ficou de joelhos.

O troll assomou sobre ele, olhos amarelos mirando de modo feroz para baixo. Sua carne era espessa e cheia de dobras como a de um rinoceronte. Os cruéis esporões protuberantes que lhe escapavam dos ombros, antebraços, coxas e canelas iam do tamanho de uma faca ao de uma espada. O brutamontes fedia como uma casa de macacos.

– Oi – disse Seth com simpatia, acenando e sorrindo. – Eu sou Navarog. Como você tem passado?

O troll resfolegou e grunhiu ao mesmo tempo. A exalação intensificou o odor pestilento.

Seth levantou-se trêmulo.

– Eu sou um encantador de sombras. Um aliado da noite. Trolls são os meus favoritos. Você é grandão mesmo. Olha só esses esporões! Você deve ser o troll mais forte que eu já vi na vida!

O troll sorriu. Quatro de seus dentes inferiores projetavam-se para cima, atingindo quase a altura do nariz.

– Achei que a gente podia ser amigos – continuou Seth, afastando-se dos suínos mortos. – Você acha maneiro morar aqui?

O troll deu de ombros.

– Por que você na comida? – As palavras saíam como se fossem um arroto controlado.

– Eu estou inventando um truque. Vou pregar uma peça nos centauros.

O troll se sentou, pegou um porco e enfiou o animal inteiro na boca. Ossos foram sendo esmagados de forma repugnante à medida que ele mastigava.

– Eu gosto piadas.

– Eu tenho uma aqui que é engraçada mesmo. Esqueci o seu nome.

O troll engoliu ruidosamente e esfregou os lábios.

– Udnar. – Ele pegou outro porco pelas pernas traseiras, pendurou-o acima da boca aberta e em seguida o engoliu. – Porcos gostosos.

– Eu também gosto de porco.

Udnar agarrou um terceiro porco e estendeu-o a Seth.

– Pega.

– Não vai dar – desculpou-se Seth. – Eu comi muito no caminho e agora estou empanturrado. Não sou grande como você.

– Você pegou não pedir? – acusou o troll, a voz elevando-se.

– Não, quer dizer, não peguei dos seus, não. Eu trouxe um de casa. Um pequenininho. Do meu tamanho.

Udnar pareceu satisfeito. Ele curvou o corpanzil em direção a uma pilha diferente, agarrou uma abóbora do tamanho de uma bola de praia e enfiou-a toda na boca.

– Que piada?

Seth pegou a banana em seu kit de emergência.

– Sabe o que é isso?

– Banana.

Seth respirou bem fundo. Ele rezou para Nero estar certo em relação aos trolls de montanha e as gozações.

– Eu vou fazer uma surpresinha hilariante pros centauros. Vou trocar a Alma de Grunhold por essa banana.

O troll de montanha olhou fixamente para ele, os olhos arregalando-se. Ele colocou uma das mãos imensas na frente da boca. Depois a outra. A enorme criatura começou a tremer. Fechou os olhos, e lágrimas escorreram de suas bochechas. O troll deixou as mãos caírem e liberou um estrondo sonoro semelhante a uma buzina tartamuda.

Seth juntou-se a ele no riso. A visão do troll às gargalhadas era realmente engraçada, e o resto foi alimentado pela sensação de alívio.

Por fim, o riso diminuiu de intensidade, deixando o troll arfante.

– Onde botar Alma? – perguntou Udnar.

– Eu vou escondê-la, só durante um tempinho. Alguns dias. Vai ser uma tremenda gozação.

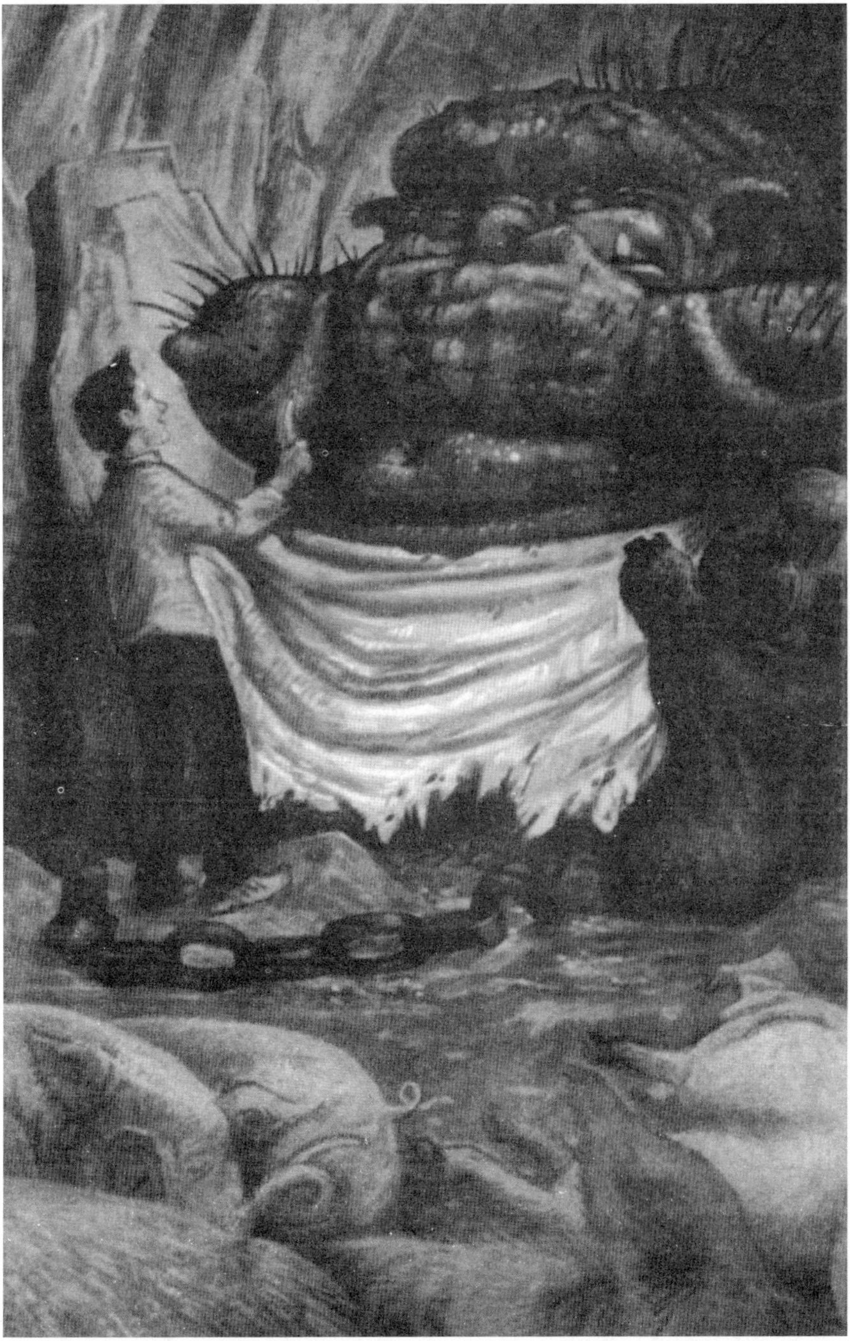

– Você traz de volta – checou o troll, a alegria esfuziante agora sumida de seu rosto.

– Vou trazê-la de volta daqui a alguns dias – prometeu Seth. – Eu só preciso ficar com ela um tempinho pra que a brincadeira funcione de verdade.

– Centauros fulos da vida – disse Udnar seriamente.

– Provavelmente. Mas você consegue visualizar a cara deles quando procurarem o chifre e encontrarem uma banana?

Udnar irrompeu em risos mais uma vez, batendo palmas. Quando o riso começou a ceder, o troll devorou mais um porco.

– Você cara engraçado. Fala bom Duggish. Udnar sente falta Duggish.

– Eu adoro Duggish. A melhor língua do mundo. E aí, onde é que você guarda a Alma? – Seth estava completamente ciente de que o tempo estava se esgotando.

O troll torceu um polegar em direção à pedra que estava no meio do recinto.

– Alma no coração.

– Aquela rocha ali é o coração?

– Coração de Grunhold.

Seth trotou até a pedra. Udnar começou a arrebentar barris abertos e a engolir o conteúdo. Na extremidade da pedra Seth achou o chifre projetando-se conspicuamente, a metade de cima encaixada num bocal.

Seth puxou o chifre do buraco. Com mais ou menos quarenta e cinco centímetros de comprimento, o chifre reto e delgado espiralava-se até a ponta afiada. Ele parecia mais pesado do que Seth imaginara e possuía o lustre suave de uma pérola ligeiramente translúcida. Ele o achou belo, mas não experimentou nenhuma sensação de culpa por pegá-lo.

– Eu vou trazê-lo de volta – prometeu Seth em voz baixa.

Ele enfiou a banana no buraco. A fruta era um pouco grande demais para se encaixar perfeitamente no bocal. Ele a torceu e pressionou até que ela se curvou para cima ao invés de para baixo.

O troll moveu-se pesadamente para se juntar a ele, e desabou no chão rindo freneticamente da visão da banana. Seth afastou-se do brutamontes quando este começou a bater as imensas pernas uma na outra em êxtase.

– Muito, muito engraçado – arfava Udnar, sentando-se.

– Preciso ir nessa – anunciou Seth, disparando na direção da única abertura na grade de ferro.

– Volta logo? – perguntou o troll.

– Com certeza – assegurou-lhe Seth. – Você não conhece nenhum truque pra atravessar o labirinto?

– Não toca paredes – avisou Udnar.

– Não vou tocar. Quando eles notarem a banana, não conte que você me ajudou. Finja que você não sabe como foi que eu fiz. Assim eles só vão ficar fulos da vida com Navarog, o enrolador. – Tchau, Udnar. Bom apetite aí com os seus porcos! A gente se vê logo, logo!

– Volta logo, Navarog.

Depois de guardar o chifre em seu kit de emergência, Seth acelerou o passo. Ele imaginava se os centauros tinham condições de sentir que a Alma havia sido retirada do Coração. Independente disso, o prazo estava se esgotando. Quanto tempo havia passado desde que as pedras gigantes puseram-se em movimento? Meia hora? Mais? Menos? Por que ele ainda não consultara seu relógio até aquele momento?

Ele tentara prestar atenção no instante em que emergiram do labirinto, e sentiu-se confiante de que a primeira curva era para a direita, na interseção seguinte ele poderia ou ir para a esquerda ou em frente. Nenhum dos dois corredores de ferro pareceu-lhe familiar.

Nero dissera que o segredo de um labirinto era sempre virar à esquerda. Mas Seth supunha que o contrário disso funcionaria igualmente bem – sempre virar à direita. Eles haviam passado a maior parte do tempo serpenteando ao redor de um dos lados do espaço, e parecia que virar à esquerda o distanciaria daquele lado. Decidiu virar sempre à direita, mas mantendo um olho no teto, e mudar de orientação se a posição dos candelabros começasse a lhe parecer equivocada.

Seth começou a correr. Como muito daquela experiência não passasse de tentativa e erro, quanto mais rápido ele percorresse a distância, mais probabilidade teria de sair a tempo. Quando atingia um beco sem saída, revertia o trajeto de imediato. A mesma coisa aconteceu quando deu de cara com um corredor que o conduziu a uma seção do labirinto pela qual ele não passara quando estava dentro do carrinho de mão. Logo estava arfando e suando. Os músculos de suas pernas começavam a doer.

O cansaço o forçou a diminuir as passadas. Ele ganhava ânimo sempre que uma interseção em particular, ou uma série de caminhos em zigue-zague, lhe pareciam familiares. Na maioria das vezes nada lhe parecia reconhecível.

Ele continuava olhando o relógio. Podia ter deixado de acompanhar a hora quando entrara na caverna, mas sabia quanto tempo fazia desde que deixara o troll em busca da entrada. Dez minutos. Quinze. Vinte. As esperanças começavam a desaparecer à medida que os minutos iam passando.

Enquanto continuava olhando o teto, Seth finalmente encontrou-se no lado do labirinto próximo à saída. Como só estivera naquela área bem no início, ele dava meia-volta sempre que os corredores o levavam para muito longe. Abandonou a regra de virar normalmente à direita e logo começou a sentir que estava passando pelos mesmos corredores várias vezes. Uma determinada interseção com cinco escolhas começou a lhe parecer familiar. Ao alcançá-la mais uma vez, teve certeza de que havia tentado quatro das cinco possibilidades, de modo que correu pelo corredor de ferro que não lhe era familiar. Depois de mais duas guinadas, encontrou-se fora do labirinto, o túnel para a superfície abrindo-se diante dele.

Seth olhou para o relógio. Mais de trinta minutos haviam se passado desde que ele começara seu processo de saída. Respirando forte, Seth disparou pela encosta íngreme do túnel até alcançar o poço. Acima, a pedra gigante estava voltando à sua posição original, bloqueando a luz que vinha das tochas na colina. O megálito já cobria mais de três-quartos do poço.

Observando que não havia centauros, Seth escalou silenciosamente a lateral do poço oposta à colina, hesitando pouco abaixo do topo. Se cronometrasse corretamente, ele poderia usar a pedra gigante para se manter oculto. Se agisse equivocadamente, era certo que seria esmagado junto com a terra.

A pedra colossal pairou diretamente acima do poço e começou a descer. Movendo-se lentamente, Seth saiu da fenda e em seguida se manteve imóvel à medida que a pedra acomodava-se atrás dele. À sua frente encontravam-se árvores sempre-verdes, suas agulhas visíveis no limite da luz das fogueiras situadas na colina. A maior parte do chão entre ele e as árvores estava sombreada pelo megálito.

Seth rastejou lentamente. Se corresse agora, poderia ser avistado, sob o risco de pôr tudo a perder. Pouco a pouco, as sempre-verdes foram se aproximando. Quando ele fez uma pausa para olhar para trás, viu que os centauros de sentinela mantinham-se parados em seus postos sombreados, franzindo o cenho para a noite. Eles não pareciam nutrir nenhuma desconfiança de que o chifre havia sido retirado de seu bocal.

Assim que alcançou o abrigo das sempre-verdes, Seth levantou-se e correu até a margem do pântano. Ele não viu nem o troll nem a jangada.

– Nero – sibilou ele na escuridão. – Nero, eu voltei. – Ele sentiu-se tentado a direcionar o foco de luz da lanterna à água, mas decidiu não correr o risco de algum centauro perceber o brilho. – Nero! – gritou Seth num sussurro ainda mais alto.

Uma voz vinda da escuridão indicou-lhe que não fizesse barulho. Ele esperou em silêncio até ouvir água batendo na jangada. Assim que ela se aproximou, Seth conseguiu ver o troll.

– Suba a bordo – sussurrou Nero.

Seth obedeceu, a jangada balançando e marulhando quando ele embarcou. Nero usou o impulso da subida para afastar-se da margem.

– Eu estou te vendo – sussurrou Seth.

– O alvorecer está começando a colorir o céu. Nós precisamos voltar correndo para o golem. Se o sapo gigante nos espionar, a coisa não vai acabar bem. Você atingiu a sua meta?

– Eu peguei o chifre – disse Seth. – Os centauros não perceberam.

Como resposta às suas palavras, eles ouviram um gemido longo e baixo emitido por uma trombeta distante. E outras trombetas acompanharam o chamado, sonoros gemidos ecoando através do pântano.

– Eles sabem – rebateu Nero, lambendo um dos olhos. Ele começou a remar para a frente com mais rapidez e fazendo mais barulho. – Agora você é um fugitivo. O golem precisa levá-lo até a segurança do seu jardim o mais rápido possível.

– Os centauros vão procurar em todos os lugares? – perguntou Seth.

– Em todos os lugares. Por sorte, não podem entrar na água. Eles terão de contornar o charco para chegar até você. Se o golem correr, você não terá problemas.

Quando eles alcançaram Hugo, o leste já estava cinza e Seth conseguia ver com bastante nitidez. Ele pulou para fora da jangada e pisou na margem enlameada.

– Obrigado, Nero.

– Vá depressa – instou o troll.

– Pra casa, Hugo! O mais rápido possível! Evite os centauros a todo custo!

O golem ergueu Seth e saiu em disparada em direção às árvores.

CAPÍTULO QUINZE

Trombetas

Kendra acordou inquieta. Ela rolou na cama e estreitou os olhos para a cinza luminosidade da manhã que se anunciava filtrada pela janela do sótão. Girando o corpo para o outro lado, ela espiou Seth encolhido em sua cama, os cobertores cobrindo-lhe a cabeça. Ela fechou os olhos. Não havia necessidade de acordar antes do sol nascer.

Então ouviu o longo chamado de uma trombeta ao longe. Será que ela acordara por isso? Outra trombeta respondeu numa altura diferente. Ela jamais ouvira trombetas soando na floresta de Fablehaven antes.

Olhou novamente para Seth. Ele com certeza estava bem encolhido. E ele normalmente não dormia com a cabeça debaixo das cobertas.

Ela foi até a cama dele, espiou debaixo do bolo de lençóis e não encontrou nada a não ser travesseiros. Verificou debaixo da cama e descobriu que o kit de emergência do irmão não estava lá.

TROMBETAS

Kendra não gostava muito de desempenhar o papel de mexeriqueira. Mas com um irmão como Seth, o que ela poderia fazer? Dessa vez ele não estava roubando biscoitos. Em Fablehaven, sua natureza aventureira às vezes levava a situações que colocavam vidas em risco.

Na porta do quarto de seus avós, Kendra bateu suavemente e em seguida entrou sem esperar um convite. A cama deles estava vazia. Talvez Seth não estivesse sumido, afinal de contas. Quem sabe todos estivessem acordados, exceto ela. Mas por que Seth fingiria que estava dormindo?

Ela desceu a escada às pressas e encontrou os avós na varanda dos fundos com Tanu e Coulter. Estavam todos em pé encostados na amurada, olhando para o jardim. Os sonoros gemidos das trombetas chegavam a eles de partes diferentes da floresta. Alguns pareciam estar nas proximidades.

— O que está acontecendo? — perguntou Kendra.

Vovó virou a cabeça.

— Os centauros estão agitados por causa de alguma coisa. Eles raramente se afastam tanto de Grunhold, e nunca soam suas trombetas tão desenfreadamente.

Calafrios percorreram a coluna de Kendra.

— Seth sumiu.

Os outros olharam para ela.

— Sumiu? — perguntou vovô.

— Eu não sei quando — relatou Kendra. — Ele fez um bolo de travesseiros debaixo das cobertas. E levou o kit de emergência.

Vovô baixou a cabeça, batendo a mão nos olhos.

— Esse menino ainda vai nos arruinar.

— Nós não estaríamos escutando trombetas se eles o tivessem encontrado — observou Coulter.

— Verdade — reconheceu vovô.

Warren aproximou-se por trás, esfregando os olhos ainda sonolentos, os cabelos despenteados.

– O que está acontecendo?

– Aparentemente, Seth irritou os centauros – disse vovô.

– Será que ele pode ter ido atrás das trombetas? – perguntou vovó.

– Com certeza ele não faria uma tolice como essa.

– Se ele tivesse ido atrás das trombetas, os centauros já estariam com ele – disse Warren. – É mais provável que ele tenha ficado chateado por não ter ido conosco até Grunhold. Provavelmente ele saiu por aí para dar uma olhada na paisagem.

Vovô estava segurando a amurada da varanda com tanta força que as veias em suas mãos estavam pronunciadas.

– É melhor nós enviarmos Hugo atrás dele. – Ele levantou o tom de voz e disse: – Hugo! Venha!

Eles esperaram. Ninguém apareceu.

Vovô encarou os outros, o olhar pesaroso.

– Ele não pode ter convencido Hugo a acompanhá-lo, pode?

– Mendigo? – chamou vovó.

Instantes depois, um fantoche de madeira do tamanho de um ser humano veio em disparada do outro lado do gramado, os ganchos dourados de suas juntas balançando. Ele parou perto da varanda.

– Hugo saiu com Seth? – perguntou vovó.

O fantoche apontou na direção da floresta.

– Não é de se estranhar que os centauros não o capturaram – disse Tanu. – Se ele estiver correndo com Hugo, vai conseguir voltar.

– E eu terei de lidar com as consequências – rosnou vovô. – Os centauros não sorriem para intrusos.

– O que a gente pode fazer? – perguntou Kendra.

Vovô chiou:

– Vamos esperar.

— Quem quer um suco? — perguntou vovó.

Todos, com exceção de vovô, aceitaram. Vovó estava voltando para dentro de casa quando Tanu falou:

— Lá vem ele.

Kendra olhou para o jardim. Hugo vinha aos saltos da floresta em alta velocidade com Seth enfiado debaixo de um de seus braços. O golem avançou diretamente para o deque e depositou Seth aos seus pés. A princípio, seu irmão parecia preocupado, mas logo ele começou a tentar conter o sorriso. O chamado das trombetas continuava ecoando floresta afora, as notas desesperadas sobrepondo-se umas às outras ocasionalmente.

— Tem alguma coisa engraçada acontecendo aqui? — perguntou vovô num tom severo.

— Não, senhor — disse Seth, ainda lutando para não dar um risinho.

Vovô estava trêmulo de raiva.

— Não se deve enganar os centauros. E não se pode confiar em você. Você será detido indefinidamente. Vai passar o resto de seu tempo aqui trancado numa cela no calabouço.

Vovó colocou a mão no braço de vovô.

— Stan.

Vovô afastou-se dela.

— Não vou aliviar a punição dessa vez. É óbvio que nós fomos clementes demais no passado. Ele não é um imbecil. Sabe que esse tipo de comportamento coloca ele e a sua família em risco. E por qual motivo? Dar uma espiadinha em alguns centauros! Diversão frívola! Hugo, como é possível que você tenha se juntado a ele nisso?

O golem apontou para Seth.

— Chifre.

— Sim, sim, nós estamos escutando as trombetas de guerra — disse vovô impacientemente. Então ele fez uma pausa, a expressão um pouco mais suave. – Vocês estão querendo me dizer que saíram depois de escutar as trombetas?

– Não – disse Seth, não mais sorrindo. Ele pegou alguma coisa em seu kit de emergência. – A gente está querendo dizer que a Alma de Grunhold está aqui com a gente. – Ele levantou o chifre perolado de unicórnio.

Todos no deque ficaram boquiabertos diante da incrível notícia.

– Diabos – murmurou Coulter.

Vovô foi o primeiro a se recuperar, seus olhos vasculhando intensamente a floresta.

– Já pra dentro.

Seth devolveu o chifre ao kit de emergência e pulou a amurada da varanda. Warren deu-lhe um tapinha amigável nas costas.

– Bom trabalho!

– Hugo, volte a patrulhar o jardim – disse vovô. – Sua excursão com Seth jamais aconteceu.

Kendra seguiu seu irmão até o interior da casa, sua mente fervilhando. Como era possível ele ter conseguido o chifre? Será que ocorrera uma desatenção generalizada da parte dos centauros? E os guardas, o labirinto e o troll? E a culpa que impedia o chifre de ser levado?

Eles se sentaram na sala de estar.

– E aí, vocês estão mesmo muito enfurecidos? – perguntou Seth, levantando o lustroso chifre, um risinho surgindo em seu rosto.

– Menos enfurecido agora – admitiu vovô, lutando ele próprio para evitar um sorriso. – Pelo menos você não estava nos colocando a todos em risco por um motivo frívolo. Embora ainda assim a iniciativa tenha sido pouco sábia. Como isso foi feito?

– Primeiro eu estive com Graulas.

– O demônio?! – exclamou vovô.

— Quando eu estava lá fora com os sátiros, o ouvi me chamando, me convocando, exatamente como daquela vez que ouvi a assombração no calabouço. Eu imaginei que Graulas podia explicar o que estava acontecendo comigo, já que todo esse negócio de escuridão é especialidade dele. Ele me disse que o prego me transformou num encantador de sombras.

— Um encantador de sombras? — repetiu Coulter, franzindo o cenho.

— Pode crer — respondeu Seth. — É por isso que eu conseguia ver o duende invisível no hotel e ouvir as vozes. Eu já tinha a maior parte dos poderes. Graulas só explicou os detalhes e oficializou tudo.

Os adultos trocaram olhares desconfortáveis.

— Termine de contar como você obteve o chifre — instou vovô.

Seth relatou toda a aventura, da ajuda que recebeu de Nero, passando pela parte em que transpôs os centauros rastejando e como enganou o troll de montanha, até a saída apressada em direção ao jardim.

— Nenhum centauro te viu — disse vovô.

— Nem por um segundo — assegurou-lhe Seth.

— E você disse ao troll que seu nome era Navarog — confirmou vovô.

— Exato.

— Sem sombra de dúvida os centauros vão desconfiar de nós — disse vovô com a voz exausta. — Mas, sem prova, eles não poderão declarar guerra. Nossa história vai ser que nós tentamos avisá-los assim que descobrimos que a Sociedade poderia estar atrás do chifre. Eles vão ficar relutantes em admitir que nós roubamos o chifre deles, e pode ser que eles aceitem uma explicação alternativa.

— Enquanto isso, é melhor nós seguirmos para Wyrmroost — disse Warren. — Assim que pusermos as mãos na chave que abre o cofre australiano, vamos poder devolver o chifre aos centauros. Vamos fingir que o pegamos da Sociedade.

– Não devemos ir com tanta pressa – respondeu vovô. – Devemos consultar a liderança dos Cavaleiros da Madrugada. Essa missão a Wyrmroost deve ter sucesso. Nós não temos nessa sala a habilidade necessária para formar um grupo competente nesse sentido.

– Assino embaixo – murmurou Tanu.

– Nós vamos precisar de domadores de dragão – concordou Tanu.

– Eu vou com certeza – anunciou Seth. – Eu peguei o chifre.

Vovô virou-se para ele.

– Você ainda não se livrou completamente, meu jovem. Não comece a fazer suposições malucas. Você assumiu um enorme risco, e sem nenhuma autorização, dirigindo-se ao domínio dos centauros.

– Você teria dado a autorização?

– Nós todos temos sorte por você ter tido êxito – continuou vovô, ignorando o comentário. – Tivesse você fracassado, estaria morto a uma hora dessas, e nós estaríamos com uma guerra em nossas mãos. Além disso, esse negócio de encantador de sombras vai requerer maiores investigações. Encantadores de sombras são matéria de antigas historinhas para fazer as crianças dormirem. Eles em geral são os vilões. Nós não fazemos a menor ideia de que espécie de acesso as criaturas das trevas terão a você.

– E se Graulas puder agora nos espionar através de seus olhos? – disse vovó.

– Eu acho que a coisa não funciona assim – disse Seth.

– Nós temos pouco conhecimento sobre encantadores de sombras – reiterou vovô. – Vamos fazer o que pudermos pra adquirir mais.

– Não pare de respirar – resmungou Coulter.

Vovô curvou o corpo para a frente, olhando Seth com amabilidade.

– Honestamente, eu não sei o que fazer com você. Encarar Graulas foi um ato de incrível coragem. Assim como tomar posse do chifre. Eu sei que você tinha boas intenções, que assumiu um risco calculado. Além do mais, você não estava errado. Você realizou a tarefa. Recuperar o chifre foi uma operação de grande importância. Mas até nós aprendermos mais sobre essa sua condição de encantador de sombras, e por você ter assumido um risco potencialmente desastroso sem a nossa permissão, temo que vou ser obrigado a estabelecer uma punição pra você.

– Punição? – explodiu Seth, levantando-se, o chifre em sua mão. – Que bom que eu não descobri a cura pro câncer. De repente você teria mandado me prender!

– Estou com seu avô nesse quesito – disse vovó. – Nós te amamos e estamos orgulhosos de você. Os riscos que você assumiu dessa vez funcionaram. Mas como nós podemos recompensar um comportamento como esse? Por te amarmos, devemos ensiná-lo a ter cautela, ou a sua ousadia o destruirá algum dia.

– Eu avaliei as minhas opções e fiz as escolhas mais inteligentes – respondeu Seth. – Não montei um estratagema para pegar emprestado o chifre. Eu só decidi tentar pegá-lo depois que Graulas mostrou como as minhas habilidades de encantador de sombras me davam uma chance bem real de sucesso. Era eu ou ninguém mais. O que Patton teria feito?

Warren riu.

– Ele teria depilado os centauros, mergulhado todos eles em mel, os coberto com penas e os pendurado como se fossem um monte de *piñatas*. – Kendra, Seth e Tanu riram. – Eu só estou falando.

– Pouquíssimos homens que vivem suas vidas como Patton Burgess morrem na cama – disse vovó gravemente, extinguindo as gargalhadas.

– Nós não temos certeza de como devemos orientá-lo, Seth – disse vovô resignadamente. – Se as analisarmos dentro de um contexto, pode ser que as suas decisões tenham sido razoáveis. Quem sabe, se nós estivéssemos mais dispostos a permitir que assumisse riscos, você não pudesse nos acompanhar. Eu certamente não fico feliz em te repreender pela coragem e pelo sucesso de sua empreitada.

– Então não faça isso! – instou Seth. – Fique alegre que a gente agora está com o chifre e pronto! Eu sei que você me ama, mas às vezes isso atrapalha um pouco. Com toda a honestidade, existia por acaso alguma chance de você me deixar visitar Graulas se eu tivesse vindo pedir?

Vovô trocou olhares com vovó.

– Não – admitiu ele.

– Galera, vocês não gostam de me deixar assumir riscos porque vocês se acham na obrigação de ter que me proteger. Mesmo que me proteger signifique fazer mal a todo mundo. Se a gente não deter o Esfinge, vocês não vão conseguir proteger ninguém. Eu não estava saindo por aí fazendo palhaçada. Às vezes os riscos são necessários.

– Você vai precisar dar um tempo a sua avó e a mim pra avaliarmos isso em particular – disse vovô.

– É só colocar na cabeça que as minhas novas habilidades poderiam vir a calhar no santuário de dragão – disse Seth.

– A excursão a Wyrmroost será provavelmente uma missão suicida – disse vovô. – O santuário inteiro é uma armadilha mortífera. Com ou sem punição, tenha em mente que nós vamos precisar enviar uma pequena equipe formada pelos nossos quadros mais experientes.

Seth pôs as mãos na cintura.

– Vocês não podem me excluir assim sem mais nem menos.

– Quem nós incluirmos ou excluirmos não é da sua conta – afirmou vovó com firmeza.

– A recompensa seria não ser obrigado a ir – bufou Coulter.

— É isso aí, beleza. Se eu for excluído dessa viagem a Wyrmroost, vou lá devolver essa porcaria desse chifre pros centauros. — ameaçou Seth. — Quero ver quem é que vai tomar ele de mim!

— Isso não vai ser uma viagem de férias — disse Coulter.

— E não diz respeito a ver dragões maneiros — rosnou vovô, já perdendo a paciência.

— Apesar de que, é preciso que se diga, eles são bem legais, sim — murmurou Warren, recebendo em troca uma cotovelada de Tanu.

Lágrimas brilharam nos olhos de Seth. Sua boca se abriu como se ele quisesse dizer mais alguma coisa; então ele se virou e saiu como um foguete da sala.

— O que nós vamos fazer com esse menino? — suspirou vovó.

— Eu não sei — disse vovô. — Se ele não tivesse decidido ir atrás do chifre, nós ainda estaríamos marcando passo. Talvez ele seja o único de nós enxergando o problema com clareza.

Vovó balançou a cabeça.

— Não se iluda. O principal interesse dele ainda é a aventura. Salvar o mundo é apenas um feliz efeito colateral. Tudo isso ainda é um jogo pra ele.

— Patton era do mesmo jeito — mencionou Warren. — Ele fazia muitas coisas boas em parte porque se deleitava com a emoção.

— Eu acho que Seth se importa, sim — falou Kendra. — Pra ele agora a coisa não é mais só diversão. Eu acho que ele está aprendendo.

— Ele passou por maus bocados na noite passada — disse Tanu. — E não dormiu quase nada. As emoções estão embaralhadas na cabeça dele.

— Eu posso ir lá conversar com ele — ofereceu Kendra.

— Não, deixe-o meditar um pouco sobre o ocorrido — disse vovó. — Ele é um bom menino. Vai se acalmar e acabar se envergonhando de sua explosão se nós lhe dermos tempo para pensar.

— Ele tem razão quando diz que nós não podemos tirar o chifre dele – observou Warren. – Na realidade, pode ser que a gente nem consiga usá-lo sem ele. Ele ainda é uma propriedade roubada. Pode ser que ele seja a única pessoa que consiga resistir à culpa.

— Nós vamos resolver essa questão quando o momento chegar – disse vovô. – Eu juro, esse menino vai acabar comigo. Por enquanto, vou telefonar para Dougan. Os Tenentes devem ter condições de nos ajudar a montar uma força de ataque.

— Eu vou pegar o... – começou vovó, mas o súbito soar de uma trombeta cortou-a. Muito mais alto do que o som das outras trombetas, aquela parecia estar bem próxima.

Warren saiu correndo da sala.

— Eles estão nos arredores do jardim – falou ele.

— Eu cuido disso – disse vovô. – Espero que Seth esteja certo em relação ao fato de eles não possuírem provas.

— Deixa eu ir também – sugeriu Kendra. – Assim a coisa vai parecer mais inocente, como se a gente tivesse sido pego de surpresa.

Vovô parecia prestes a discordar. Então sua expressão mudou.

— Por que não? Você tem razão, nós não queremos dar a entender que estamos na defensiva. Queremos dar a entender que estamos perplexos diante da presença deles. Mas deixe-me conduzir a conversa.

Dale desceu a escada cambaleando, os olhos embaçados e de pijamas.

— Que confusão é essa, afinal de contas?

— Dale – disse vovó. – Fique no deque e observe Stan conversando com os centauros. Não fazemos a menor ideia de por que eles estão aqui.

Vovô acompanhou Kendra até o jardim. Eles cruzaram o gramado até o local onde Asa de Nuvem estava esperando ao lado de um centauro alto com pelagem levemente azulada.

— Saudações, Asa de Nuvem — disse vovô enquanto se aproximavam. — Não esperava voltar a vê-los tão pouco tempo depois de nosso último encontro.

— Poupe-nos de sua cortesia fingida — rosnou o centauro azulado. — Devolva a Alma.

— Contenha-se, centauro — respondeu vovô, agora num tom de voz menos amável. — Do que você está falando? Não me lembro de ter sido apresentado a você.

— Olhar de Céu é nosso líder espiritual — explicou Asa de Nuvem.

— Quando eu acordei hoje — disse Olhar de Céu —, o poder que protege Grunhold minguara. O Coração permanecia, mas a Alma sumira. Encontramos rastros de humanos a caminho do pântano. Na extremidade do pântano nós localizamos rastros similares junto com as inconfundíveis pegadas de seu golem. As pegadas do golem eram bastante recentes, e davam diretamente em seu jardim.

Vovô olhava fixamente Olhar de Céu, a expressão atônita.

— E você acha que isso significa que um de nós pegou o chifre?
— Kendra jamais percebera que seu avô era um ator tão talentoso. A descrença dele parecia autêntica. — Um de nossos espiões nos enviou recentemente a informação de que nossos inimigos poderiam efetuar uma tentativa de se apoderar do chifre. Nós transmitimos a informação ao seu rei. Eu mandei Hugo como precaução, para agir como sentinela caso algo suspeito ocorresse.

— Você pediu emprestada a Alma ontem — lembrou-lhe Asa de Nuvem.

— Certo, nós *pedimos*. Ela poderia ser útil. Nós sabíamos que nossos inimigos também a queriam. Mas não cultivávamos nenhuma ilusão em relação a roubá-la. Se fosse essa a nossa intenção, por que chamaríamos a atenção para nós mesmos fazendo-lhes uma visita? Por que os alertaríamos para guardá-la bem?

Olhar de Céu lançou um olhar iracundo.

– Quando necessário, nós temos meios de nos comunicar secretamente com Udnar, nosso troll de montanha. Ele mencionou o nome Navarog.

– Navarog! – exclamou vovô. – O dragão? O demônio príncipe? Ele estava preso até há pouco tempo. Nós tivemos notícia de que ele agora está novamente à solta. Isso é um mau presságio.

– Um dragão demoníaco não poderia ter entrado em Grunhold – afirmou Olhar de Céu.

– Navarog pode assumir a forma humana – disse vovô, pensativo. – Ele é um poderoso lorde demônio. Ele pode muito bem ter usado magia para anular suas defesas. Depois, o fato de ele ter mudado novamente de forma e voado explicaria a ausência de suas pegadas.

– Ou ele estava trabalhando com vocês, e o golem o trouxe até aqui – disse Asa de Nuvem, sua postura e voz demonstrando menos certeza.

Vovô riu.

– Certo, Navarog, o dragão, o demônio príncipe, é agora nosso estafeta.

Olhar de Céu exibiu uma carranca e disparou:

– Udnar relatou que o intruso se movia numa rapidez inumana, e o provocou divulgando seu nome, como se não temesse retaliações. Ele deixou uma banana onde antes ficava a Alma.

– Notícias atrozes as que vocês nos trazem – lamentou vovô. – Nossos inimigos empregarão o chifre e nos causarão um significativo prejuízo.

– Você afirma não ter nenhum envolvimento no roubo – confirmou Olhar de Céu.

Vovô deu de ombros.

— É possível imaginar que um de nós teria condições de ultrapassar os muitos estágios de proteção de sua Alma? Se nós descobrirmos alguma pista, vocês serão os primeiros a saber.

— Muito bem – disse Olhar de Céu, mais calmo. – Nós ficaremos vigilantes. – Os centauros deram meia-volta e se afastaram do jardim através das árvores nuas.

🦋 🦋 🦋

Seth andava de um lado para o outro no quarto do sótão, o chifre grudado em sua mão. Ele sentira-se confiante de que o sucesso obtido na missão atropelaria quaisquer ressentimentos que sua desobediência pudesse ter causado. E foi o que ocorreu, até certo ponto. Mas no fim, ele ainda estava achando que desapontara a todos.

Por que ele queria tanto ir a Wyrmroost? Será que eles estavam certos? Será que ele queria ir principalmente para passear? Será que a principal motivação dele era ver dragões? Ou será que ele acreditava sinceramente que sua presença faria diferença?

Sim, ver dragões seria fantástico. Por que mentir para si mesmo? Os dragões eram parte dos atrativos dessa viagem. Mas eles não eram o único motivo pelo qual Seth queria ir a Wyrmroost. A Sociedade da Estrela Vespertina estivera em seu bairro e sequestrara sua irmã. O Esfinge demonstrara que não havia mais nenhum lugar seguro. Ele jamais diminuiria seu ímpeto. Ele tinha de ser detido antes que abrisse a prisão do demônio e destruísse o mundo.

Seth agora possuía poderes. Quem sabe, com emoções imunes a manipulações mágicas, talvez ele pudesse se transformar num fabuloso domador de dragão. Mas ninguém saberia, a menos que lhe dessem uma chance. Gavin era supostamente o principal domador de dragão que eles tinham, e nem adulto ele era.

Certamente, Seth poderia ser de alguma utilidade em Wyrmroost. Ele sempre arranjava uma maneira. Será que era menos perigoso ficar em casa fazendo coisa alguma enquanto o Esfinge dominava o mundo?

Ele não devia ter ficado tão nervoso com seus avós. Deixá-los irritados não ajudaria suas chances de viajar. Eles reagiam de acordo com a razão, não com ameaças. E eles mereciam o seu respeito. Mas era muito frustrante todos estarem sempre dizendo o que ele podia ou não fazer!

Seth ouviu passos na escada. A porta se abriu e Kendra entrou. Ela olhou ao redor do quarto, seus olhos vasculhando por cima dele. A testa dela ficou enrugada.

– Seth?

A cortina estava fechada, deixando o quarto numa leve penumbra. Ele estava a uma razoável distância da porta. Mas não estava escondido.

Kendra virou-se para sair.

– Eu estou aqui – disse Seth.

Sobressaltada, ela girou o corpo.

– Ah, você está aí! Onde é que você estava agora há pouco?

– Estava aqui o tempo todo.

– Uau, eu acho que essa coisa de sombra ambulante funciona mesmo. Não está tão escuro assim aqui.

Seth deu de ombros.

– Você veio aqui pra me dar mais uma bronca?

– Na verdade, eu queria ver se você estava bem mesmo. E dar uma olhada no chifre de unicórnio.

Seth levantou o objeto.

– É mais pesado do que parece. – Ele estudou o chifre embevecidamente. – Eu diria que ele vale mais ou menos uns formidáveis dez milhões de dólares.

— Ou dez milhões de pontos idiotas. Dependendo da perspectiva. Posso segurá-lo?

Seth fez uma carranca, desconfiado.

— Eles mandaram você aqui pra tirar o chifre de mim?

Kendra olhou para ele com ar reprobatório.

— Não. Acho que eles não ficaram estressados com as suas ameaças. Eu só estou interessada.

— Não sei muito bem seu eu posso deixar você pegar nele — disse Seth. — Afinal de contas, isso aqui é um bem roubado. Vai que você toca nele e começa a se sentir toda culpada? Pode ser que você enlouqueça de vez e tente devolver o chifre pros centauros.

— Foi você que o pegou emprestado, não eu. Do que eu sentiria culpa se você não se importar que eu toque nele?

Seth passou o polegar pela superfície lisa do chifre.

— Se eu puder emprestá-lo, isso significa que também vou poder deixar o chifre com eles. Eu não vou precisar ser incluído na equipe que vai pra Wyrmroost.

— Nós vamos ter de descobrir se você pode emprestar isso, mais cedo ou mais tarde. Podia muito bem ser agora. Escuta, se a sua preocupação é eu tentar tirar o chifre de você, basta me dar permissão para segurá-lo por um minuto. Depois vou ter que devolver pra você.

Seth suspirou.

— Beleza. Você pode segurar o chifre por um minuto. — Ele estendeu-o.

Kendra pegou-o.

— Você tem razão. Ele é mais pesado do que parece.

— Sem culpa?

— Nenhuma. Como ele é branco!

Seth franziu o cenho.

— Parece que eles não vão precisar mesmo de mim.

Kendra devolveu o chifre ao irmão.

– Quem pode saber o que eles vão decidir?

– Eu – disse Seth. – A mensagem de Patton explicava que Wyrmroost é protegida por um poderoso encanto dispersivo. O que significa que mesmo que ninguém goste da ideia, você provavelmente vai ter de ir. Pras outras vagas vão selecionar um pessoal das antigas, tipo Warren. Eles vão ficar muito preocupados com a possibilidade de eu me machucar, e com o fato de eu não ter experiência suficiente, apesar das minhas habilidades serem prova absoluta de que tenho uma qualificação singular.

– Não entendo por que você quer tanto ir – respondeu Kendra.

– Só de pensar que talvez eu tenha de ir já me dá vontade de vomitar.

– Mesmo que o Gavin participe?

Kendra enrubesceu.

– Pouco importa. Por que isso faria alguma diferença? A gente mal se fala por carta. – Ela mordeu o lábio inferior. – Você acha que eles podem precisar dele?

– É uma garantia. Wyrmroost é um santuário de dragão, e ele é o garoto prodígio na arte de domar dragões. Esse vai ser o seu segundo encontro romântico num parque de vida selvagem mortífero! Da próxima vez bem que vocês dois podiam marcar num campo de minigolfe!

– Você é nojento mesmo – disse Kendra. – E ainda por cima fugiu da minha pergunta. Por que você quer tanto ir?

– Por acaso eu ia adorar ver dragões? Com certeza, quem não ia? Tirando você, é claro. O motivo mais importante é simples. A gente precisa parar o Esfinge ou então estamos todos condenados, e eu sei que posso ajudar.

– Existem diversas maneiras de ajudar – argumentou Kendra.

– Boa observação. De repente eu posso ajudar a empacotar as mochilas com o almoço de vocês.

– Você não precisa fazer tudo.

– Não. Só a parte mais chata. De repente eu vou escrever uma cartinha bem dura pro Esfinge.

Kendra colocou a mão no ombro dele.

– Independentemente do que acontecer, por favor me prometa que você não vai fazer nenhuma idiotice.

– Ou nenhuma maravilha. Depende da perspectiva.

– Promete.

Seth colocou o dedo no chifre.

– Vamos ver.

CAPÍTULO DEZESSEIS

De saída

O Natal sempre foi o feriado predileto de Kendra. Durante os anos em que ela era mais nova, este sempre foi uma dia em que a magia se sobrepunha à realidade, em que a rotina regular era suspensa e, sob o manto da noite, os visitantes surgiam do céu e enfiavam-se na chaminé com presentes. Ela sempre teve a esperança de ficar acordada até tarde para pegar o Papai Noel em flagrante, mas sempre caía no sono antes de ele aparecer e era obrigada a se contentar com um prato cheio de migalhas de biscoito e um bilhete de agradecimentos.

À medida que ia crescendo, o Natal foi tornando-se mais uma festa em que o importante era ver seus amigos e sua família. O feriado passou a significar refeições elegantes com vovó e vovô Larsen, comer peru ou carneiro em finos pratos de porcelana e decoradas travessas de prata e depois coroar tudo com o máximo de torta de maçã que conseguisse aguentar. Graças aos presentes dados e recebidos, permanecia uma volúvel expectativa na véspera e uma atmosfera encantada no feriado propriamente dito.

De saída

Esse Natal era diferente.

Para começo de conversa, seus pais imaginavam que ela estava morta. Para completar, o feriado a pegara totalmente desguarnecida. Ela normalmente esperava ansiosamente a chegada do Natal com semanas de antecedência. Esse ano, ela só lembrou que estavam na véspera de Natal quando Seth mencionou qualquer coisa a respeito na hora em que eles estavam indo dormir. Como ela podia prestar atenção ao calendário com sua mente consumida por uma missão potencialmente mortífera?

Kendra decidira que seu irmão deveria se tornar um adivinho. Ele havia previsto corretamente que ela, Warren e Gavin seriam membros da força de ataque. Tanu fora incluído também. Vovô repetira as mesmas razões que Seth antecipara. Seu irmão também acertara ao dizer que seria excluído.

Por sorte, Seth encarara a notícia muito melhor do que Kendra poderia imaginar. Vovó e vovô pareciam estar aliviados e surpresos quando ele entregou o chifre sem fazer nenhuma confusão. Kendra imaginou que o fato de seu irmão haver previsto a decisão devia ter ajudado. Qualquer que tenha sido a razão para que ele aceitasse, vovó e vovô ficaram muito impressionados, a ponto de suspender formalmente sua detenção. Kendra às vezes sentia pena de seus avós quando estes tentavam lidar com Seth. Fora trancá-lo numa cela, o que poderiam eles fazer para deter um menino desembaraçado que se recusava a parar de intrometer-se em todos os assuntos?

Agora Kendra estava sentada sozinha na sala de estar, deleitando-se com o aroma das tortas assando na cozinha. Não havia árvore de Natal, mas seus avós colocaram várias prendas embrulhadas em papel de presente dentro de meias, e deram a ela e a Seth. Kendra desconfiou que seus presentes haviam sido confeccionados para a missão que os aguardava: botas pesadas, um casaco grosso, luvas novas. Pelo menos ela tinha alguma coisa para desembrulhar.

Eles iriam comer a ceia de Natal no almoço para que ela, Warren e Tanu não perdessem seu voo. De noite eles já estariam reunidos com Gavin, Dougan, Trask e Mara, em Kalispell, Montana. De lá, um helicóptero particular os levaria ao destino final.

O mais estranho seria ver Gavin e Mara. Apesar dos protestos em contrário, Kendra desenvolvera uma considerável paixonite por Gavin à medida que foram trocando cartas durante o outono. Encontrar-se com Mara seria estranho porque, da última vez em que elas haviam se falado, a americana nativa perdera a mãe e a casa. Vovô explicara que depois da destruição de Lost Mesa, Mara juntara-se aos Cavaleiros da Madrugada e estava se tornando rapidamente um dos membros mais confiáveis da organização.

Seth trotou em direção à sala, o rosto vermelho por causa do frio que estava fazendo lá fora.

– Kendra, alguém trouxe um presente especial pra você.

– Como assim?

– Vem ver.

Seth levou-a até a varanda dos fundos onde ela encontrou Verl à espera. Vestido com um suéter de gola rulê e uma cartola preta, o sátiro parecia aterrorizado. Ele estava encostado na amurada da varanda numa pose totalmente forçada, lutando para dar a impressão de que estava à vontade. Quando Kendra abriu a porta, ele passou os dedos pelos cabelos acima de uma das orelhas e deu um sorrisinho esquisito. Ela entrou na varanda, e Seth seguiu-a.

Quando Verl falou, suas palavras saíram num tropel, como se ele estivesse recitando estrofes ensaiadas.

– Que bom te ver, Kendra! Que dia lindo está fazendo hoje! Eu tenho certeza que o seu feriado foi satisfatório, não foi? O meu foi esplêndido! Eu desfrutei de um espetacular café da manhã composto de pudim de ameixa e nozes.

De saída

– É bom te ver também, Verl! – disse Kendra educadamente. – Gostei de verdade do quadro que você fez pra mim.

O sorriso do sátiro iluminou-se.

– Uma besteirinha. – Casquinou ele, balançando a mão como que desfazendo da importância do presente. – Eu sempre executo trabalhos artísticos.

– Ele é muito realista.

Verl puxou um pelo lanoso de sua perna. Seus olhos mantiveram-se fixos sobre os dela, mas depois se desviaram.

– Eu temo que o meu humilde retrato tenha ficado datado. Preciso fazer uma nova tentativa. Você está sempre florescendo. A cada dia eu te vejo mais linda do que no dia anterior.

Ao lado de Kendra, Seth tentava disfarçar o riso, tossindo.

– Você é muito gentil, Verl.

– Eu estava com a esperança de homenagear os costumes festivos desse feriado lhe dando um novo presente.

– Ah, não precisava – disse Kendra.

– Não consegui resistir. – Verl deu um passo para o lado, revelando um misterioso objeto com mais ou menos noventa centímetros de altura coberto com um tecido vermelho. – A minha esperança era te dar um presente que complementasse a sua beleza. Que presente mais glorioso do que você mesma eu poderia te dar?

Com a verve de um mágico de picadeiro, Verl puxou o tecido, revelando uma estátua de Kendra usando uma toga e segurando um cacho de uva. Seth começou a tossir novamente. Parecia que ele estava prestes a engasgar. A estátua era uma representação elaborada de maneira engenhosa.

– Uau! – disse Kendra. – É igualzinha a mim.

Verl exibiu um sorriso torto.

— Eu nunca senti uma inspiração tão esmagadora. Minhas mãos foram guiadas pela minha admiração.

— Preciso beber alguma coisa – disse Seth, com muito esforço, os olhos lacrimejando. Ele entrou rapidamente. Seu riso tornou-se audível depois que a porta foi fechada.

— Seth adora gozar com a minha cara – disse Verl, rindo. – Eu não me importo de trocar chistes com ele de tempos em tempos. Nós desfrutamos de uma afeição quase que... fraternal.

— Você realmente fez um trabalho impressionante – disse Kendra, agachando-se na frente da estátua. – Ela é demais. Você não devia ter feito isso. Enfim, eu quis comprar um presente pra você, mas você sabe que as coisas andam muito confusas por aqui.

Verl agitou ambas as mãos.

— Não, pare, por favor, não é necessário nenhum presente. Minha senhorita, um olhar suave, uma palavra delicada, essas coisas são mais do que suficientes. O próprio fato de você existir faz com que eu me sinta em débito para todo o sempre.

— Você sabe que eu só tenho quinze anos?

— Sem problema. Eu já estou resignado com a sensata realidade de que nós jamais poderemos formar um casal. Considere-me um admirador remoto, que adora a sua elegância de longe. Todas as grandes histórias de amor possuem seus elementos trágicos.

Kendra levantou-se e sorriu.

— Obrigada, Verl. A estátua é linda. É óbvio que foi um trabalho muito difícil. Feliz Natal! – Ela tirou o chapéu dele e tascou-lhe um beijo na testa.

O rosto de Verl iluminou-se como uma árvore de Natal. Seus olhos, penetrantes, e seus dedos, inquietos. Ele olhou para Kendra e fez uma mesura com toda a formalidade.

De saída

– Feliz Natal. – Dando-lhe as costas, ele cerrou os punhos. Ela o ouviu murmurar qualquer coisa como: "Newel me deve uma hora de televisão". Em seguida ele pulou por cima da amurada da varanda e saiu correndo pelo jardim.

Kendra ainda estava segurando o chapéu dele.

Seth voltou para o pátio.

– Você o fez ganhar na loteria.

– Não consigo acreditar que ele tenha esculpido uma estátua minha.

– Você precisa parar de florescer e de se transformar numa adorável donzela. – Kendra deu-lhe um soco no braço. – Eu te disse, o cara entende tudo errado. Ele esqueceu o chapéu? Ele também fez o chapéu, sabia?

– O que eu faço com isso?

– Deixe aí na varanda. Ou você vai levar o seu monumento pra dentro de casa?

– Acho que eu vou deixá-la aqui por enquanto. Por que uvas e toga?

Seth abriu a porta.

– A cabeça de Verl é um mistério que é melhor deixar sem interpretação. Vovó disse que o jantar está quase pronto. Que tal a gente botar a mesa para sua última refeição?

– Isso não é nem um pouco engraçado! E se essa for realmente a minha última refeição?

Seth rolou os olhos.

– Não vai ser. Eu tenho certeza que os caras vão comprar alguma coisa pra você comer no aeroporto.

O jantar consistia de um enorme presunto guarnecido de abacaxi, purê de batatas com alho, cenouras adocicadas com açúcar mascavo, vagens e pãezinhos quentes amanteigados. De sobremesa havia torta de abóbora, torta de maçã, torta de noz-pecã e sorvete de baunilha.

Seth comeu como um poço sem fundo, devorando sua sobremesa rapidamente e desculpando-se antes de qualquer outra pessoa. Kendra esforçou-se para encontrar algum apetite. Ela pegou pequenas porções e conseguiu terminar com um pedaço de torta de maçã morna.

Depois da refeição, vovó e vovô disseram algumas palavras de despedida para eles, mas Kendra teve muita dificuldade para prestar atenção. Sua visita a Lost Mesa com Warren fora uma experiência aterradora, e essa tinha tudo para ser ainda pior. Warren estava especificamente encarregado de cuidar dela. Os Tenentes queriam uma equipe de cinco pessoas, e para isso eles haviam acrescentado Kendra, com Warren para protegê-la. Na teoria, ela e Warren não participariam de nenhuma ação, escondendo-se na casa do administrador. Mas Kendra já aprendera da pior maneira possível o quanto o planejamento pode sair errado. Ninguém sabia muito a respeito de Wyrmroost. Supostamente, Patton era o único forasteiro que se aventurara no local em muitas décadas.

Kendra exibia um rosto corajoso. Ela compreendia a necessidade da missão e sabia que teria de parecer confiante e ansiosa em participar para que vovó e vovô consentissem em sua partida. No fim, a disposição que ela demonstrou e a importância geral do projeto foram os responsáveis pela permissão dada por seus avós.

A hora da partida chegou cedo demais para o gosto de Kendra. Ela subiu a escada em direção ao sótão com Dale para pegar a bagagem na expectativa de se despedir de Seth. Ao contrário, encontrou um bilhete em sua cama sobre um peitoral cinzento bem lustroso.

Querida Kendra,

Feliz Natal! Esse peitoral é feito de um metal superforte chamado adamas. Os sátiros o deram pra mim, e eu quero que você o vista em Wyrmroost. Ele não é tão grande, deve dar pra você usar debaixo da roupa sem proble-

DE SAÍDA

ma. Na verdade, ele fica meio que apertado em mim e provavelmente vai ficar melhor em você.

Eu espero que você me perdoe por não estar aí pra me despedir em pessoa. É difícil pra mim ser deixado de fora disso. Encontrei um lugar na floresta onde eu vou quando preciso de tempo pra pensar. Ele é seguro, não é muito distante e eu não vou deixar os centauros me pegarem ou qualquer coisa assim. Eu fiz umas boas amizades em Fablehaven. Eles vão me ajudar a ficar menos desanimado. Diga pra vovó e pro vovô não se preocuparem. De repente eu vou ficar por lá durante um tempo. Se eles quiserem me prender no calabouço quando eu voltar, tudo bem.

Se cuida. Vê lá se não vai ser comida por algum dragão. Divirta-se.

Com amor,
Seth

Kendra dobrou o bilhete. Era tão bonitinho e tão egoísta ao mesmo tempo. Como ele pôde correr para a floresta novamente depois de tudo aquilo que havia acontecido? Todos já tinham muito com o que se preocupar. Não havia nenhuma necessidade de adicionar mais um desagradável desaparecimento de seu irmão à lista. Ela pegou o peitoral, imaginando se algo tão leve forneceria toda essa proteção. A se julgar pelo peso, parecia que tinha sido confeccionado de latão. Ele dissera que o objeto era super forte. Ela deu uns tapinhas com os nós dos dedos no peitoral e teve a impressão de que se tratava de um material resistente.

Quando mostrou o bilhete a seu avô, ele o leu com o cenho franzido, e depois esfregou os olhos. Ele retransmitiu o conteúdo da mensagem aos outros, e pediu a Warren e a Tanu para se certificarem de que Seth não tentara se enfurnar no carro ou em alguma mochila. Vovô assegurou Kendra de que cuidaria do problema, e instou-a a tirá-lo da cabeça.

Kendra mostrou o peitoral a Coulter, já que itens mágicos eram a especialidade dele. Coulter segurou o objeto de modo reverente por um bom tempo, examinando-o com cuidado, então devolveu-o a ela encarregando-a de mantê-lo escondido. Ele alertou que pessoas matariam para possuir uma autêntica peça de armadura feita de adamas, assegurou-a de que o valor do peitoral era incalculável e confirmou o que Seth afirmara a respeito de sua sobrenatural durabilidade.

Antes de se sentir pronta, Kendra estava dando abraços de despedida em seus avós e correndo para entrar no utilitário com o motor ligado.

※ ※ ※

Embora blocos de neve de tamanho razoável estivessem dispostos ao longo das estradas, a noite fria em Kalispell era de uma clareza chocante. No céu sem lua, as estrelas brilhavam de modo mais agudo e em maior número do que Kendra jamais testemunhara antes. Enquanto eles estavam esperando do lado de fora do pequeno aeroporto que Tanu trouxesse o carro alugado, Warren apontou tênues pontinhos vagando gradualmente em linha reta no firmamento repleto de estrelas, explicando que se tratavam de satélites.

Quando o carro alugado parou no estacionamento do hotel, Kendra ficou inquieta, batucando um ritmo ansioso em suas coxas. Warren telefonara antes para confirmar que os outros haviam chegado. A ideia de ver Gavin deixava-a impaciente e inibida. Será que era assim que Verl se sentira mais cedo? Subitamente, seu comportamento pareceu-lhe menos risível.

Ela respirou fundo. Tudo o que tinha a fazer era agir de maneira amigável. Qualquer pressão que ela sentisse era produto de sua imaginação hiperativa. Aquilo era uma missão perigosa, não um encontro de namorados. Se sentimentos românticos viessem a aflorar

De saída

entre eles, seria em decorrência de um amadurecimento natural de sua amizade.

No saguão, fogo crepitava numa lareira. O carpete vermelho comercial exibia detalhes de flor-de-lis em tom dourado. Um homem calvo usando óculos e uma camisa de flanela estava sentado lendo um livro perto da lareira. Kendra olhou para ele com desconfiança. Naquela altura, ela estava pronta para considerar qualquer pessoa um possível espião. Ela gostaria muito que Seth estivesse com eles para que ele pudesse sair à cata de inimigos invisíveis.

Enquanto Tanu fazia o *check-in* na recepção, uma voz chamou Kendra do outro lado do saguão. Ela se virou e encontrou Gavin vindo em sua direção com um sorriso caloroso. Quando ele a alcançou, deu-lhe um rápido abraço. Parte dela desejava que o abraço tivesse durado um pouco mais.

Ele parecia ainda mais bonito do que da última vez que ela o vira, sua compleição naturalmente escura e ligeiramente mais bronzeada, suas bochechas mais definidas. Ele permanecia magro e esguio, movendo-se com a desenvoltura confiante de um dançarino. Será que ele estava um pouquinho mais alto?

– Que bom te ver – disse Kendra, tentando manter a postura leve e casual.

– Eu ouvi falar que você t-t-tinha sido se-se-se-sequestrada – gaguejou ele.

– As notícias circulam, hein? Pelo menos eu escapei. – Ela olhou de relance para o homem lendo o livro. Será que era sensato conversar tão próximo a ele?

– Aquele ali é Aaron Stone – disse Gavin. – Ele é Cavaleiro, e é o nosso piloto de helicóptero.

Sem tirar os olhos do livro, Aaron saudou-a com dois dedos.

Warren apareceu e deu um tapinha nas costas de Gavin.

– Preparado pra um pouco mais de tumulto? Lost Mesa não foi suficiente?

Gavin deu um meio-sorriso e disse:

– É m-m-melhor vocês prestarem atenção porque eu vou acabar associando vocês com experiências pe-pe-perigosas demais.

Tanu concluiu a tarefa na recepção e acenou para que eles o seguissem. No elevador, Gavin explicou que os outros estavam prontos para ter uma reunião de orientação. Kendra deixou sua bagagem no quarto antes de se juntar ao resto dos companheiros na suíte, no fim do corredor.

Quando ela entrou, Dougan levantou-se de seu assento, um homem quase do tamanho de um urso com fartos cabelos ruivos e uma testa repleta de sardas. Ele tinha uma forte semelhança com seu irmão, Maddox.

– Sinto muito por você ter sido obrigada a se envolver nisso – disse ele enquanto lhe apertava a mão.

Trask estava sentado na cama, polindo a besta absurdamente grande que estava em seu colo. Desenhada para atirar duas flechas ao mesmo tempo, a arma digna de figurar em um desenho animado parecia quase grande demais para ser carregada. Mara estava encostada na parede no canto mais extremo do recinto, os braços cruzados, a expressão inescrutável. Sua camisetinha justa parecia ter um tom super branco em contraste com sua pele cor de cobre, e enfatizava as linhas dramáticas de seu físico esguio e atlético.

– Fico contente em ver que estamos todos aqui – disse Trask em voz baixa. – Mara?

Ela riscou um fósforo e acendeu uma vela branca e grossa.

– Enquanto a vela estiver queimando, ninguém de fora será capaz de ouvir a nossa conversa – explicou Trask. – Eu não quero falar a noite inteira, mas pensei que seria importante nós tirarmos alguns

DE SAÍDA

minutos pra acertarmos os ponteiros e garantirmos que estamos todos em sincronia. – Seus olhos estavam em Kendra. – Essa missão é voluntária. E extremamente perigosa. Esse santuário de dragão é fechado a visitantes por uma razão. Nós sabemos muito pouco sobre como ele funciona ou o que podemos esperar encontrar lá dentro. Patton nunca forneceu dados muito elaborados acerca de Wyrmroost, talvez porque não quisesse ninguém atrás da chave que ele escondera. Podemos presumir que haverá um administrador. Além disso nós sabemos muito pouco. Essa pode ser uma viagem só de ida. Todos nós podemos morrer. Essa não é a meta, mas é a realidade. Eu não gostaria de estar aqui. Estou porque sinto que nossos inimigos tornaram isso necessário. Se vocês ainda querem participar dessa missão de livre e espontânea vontade, quero ouvir isso de suas próprias bocas.

Todos eles, cada um a seu tempo, respondeu afirmativamente, incluindo Kendra. Mara foi a última a se manifestar, sussurrando sua resposta.

Trask assentiu com a cabeça.

– Agora que Charlie Rose não está mais entre nós, sou considerado o principal domador de dragão dos Cavaleiros da Madrugada. Não tenho o mesmo perfil que Chuck Rose. Nem tenho o talento inato de seu filho Gavin. Junto com Dougan, sou um dos quatro Tenentes dos Cavaleiros. Eu possuo uma longa história como detetive. Possuo muitas habilidades, mas não sou um verdadeiro domador de dragão. Preciso me esforçar muito pra me manter inteiro na frente de um dragão. Dito isso, eu passei algum tempo nos quatro santuários de dragão abertos a visitação humana. Me esforcei ao máximo pra aprender como os dragões se comportam. Em meu equipamento, tenho seis flechas com ponta de adamas. A maioria dos dragões as encararia como brinquedos inofensivos. E estariam certos. Nós não sobreviveremos em Wyrmroost pela força. Sobreviveremos se jamais formos obrigados a lutar.

– Eu as-s-s-sino embaixo – disse Gavin.

Trask pôs de lado a besta.

– De acordo com o plano, Kendra vai ajudar a guiar Aaron até uma campina a pouco mais de três quilômetros do portão de Wyrmroost. Se nós tentássemos voar de helicóptero por cima do muro pra entrarmos no santuário, nenhum de nós sobreviveria; as barreiras mágicas se estendem por quilômetros e quilômetros no céu. Depois de sairmos do helicóptero, Kendra vai nos conduzir ao portão, onde usaremos o primeiro chifre pra entrar. Fazendo uma suposição baseada no portão de Isla del Dragón, imaginamos que o portão se fecha de ambos os lados, e que o encanto dispersivo pode funcionar também em ambas as direções. Provavelmente vamos precisar de Kendra e do chifre para entrar e para sair. Essa é a principal função dela nessa missão. Warren está conosco estritamente para protegê-la.

"Enquanto Kendra e Warren estiverem com o administrador, o resto de nós estará encarregado de encontrar essa chave escondida por Patton Burgess. Localizar a chave pode ser a parte mais difícil. Tudo o que nós sabemos é que podemos encontrar uma pista embaixo da falsa lápide de Patton Burgess. Pode ser que precisemos da ajuda de Kendra para traduzir a pista."

Trask deslizou da cama e começou a zanzar pela suíte.

– Ao longo dos dias que se seguirão, nós teremos de confiar uns nos outros, está implícito. Eu já disse algumas palavras sobre mim mesmo. Gostaria que cada um de nós se apresentasse e fizesse um resumo de como pretende ser útil. A verdade deve nos unir. Quando o Esfinge administrava os Cavaleiros, sua filosofia amparava-se em segredos e desconfiança. Eu nunca gostei desse sistema: esconder-se atrás de máscaras entre amigos. Nós estávamos supostamente compartimentalizando informações caso houvesse espiões entre nós, mas no fim o esquema nos mantinha separados uns dos outros. Esse tipo

De saída

de sistema tornava fácil o trabalho dos espiões entre nós e até de nos liderarem. Kendra, eu sei que você tem um grande segredo, e Gavin, você também tem um. A Sociedade está ciente do segredo de Kendra, e muito provavelmente já adivinhou qual é o de Gavin a essa altura. Se nossos inimigos podem conhecer nossos segredos, por que não nossos amigos mais confiáveis? Cada um de vocês é livre pra escolher o quanto gostaria de revelar. Tentem ser o mais francos possível. Vamos começar com Dougan. – Trask sentou-se.

Dougan limpou a garganta.

– Eu sou Tenente dos Cavaleiros da Madrugada. Não sou domador de dragão, mas tenho larga experiência como aventureiro, montanhista e em práticas de sobrevivência. Trask é o líder da nossa equipe, e estou aqui para lhe dar o meu apoio.

Tanu se levantou.

– Eu me chamo Tanugatoa, mas podem me chamar de Tanu. Sou mestre de poções e servi nos Cavaleiros por quase vinte anos. O santuário de dragão deve estar repleto de ingredientes indisponíveis em outros lugares. Espero que misturar poções seja a minha maior contribuição. Em caso de necessidade, eu também sou um curador experiente.

Eles estavam se movendo em círculo, e Kendra era a próxima. Todos os olhos se voltaram para ela quando ela começou a falar.

– Eu estou com os Cavaleiros apenas há alguns meses. Minha única habilidade real é ser fadencantada, o que o Esfinge sabe. – Ela notou Gavin e Mara olhando para ela espantados. – Consigo enxergar no escuro, dar ordens às fadas, e consigo entender qualquer língua relacionada ao Silvian, a língua das fadas. Encantos dispersivos não funcionam comigo, e é por isso que vou levá-los até o portão. Acho que estamos esperando que Patton tenha deixado algumas pistas pra nós na linguagem secreta das fadas, que eu consigo ler. Acho que é isso.

Warren bateu palmas e começou:

— Eu sou Warren Burgess. O legendário e até certo ponto infame Patton Burgess era irmão do meu tataravô. Sou um escorpiano que se amarra em peteca, mergulho e jogar dama do jeito chinês. – Ele fez uma pausa para ouvir os risos, mas recebeu apenas um ou outro sorriso. – Sou primo em segundo-grau de Kendra. Trabalhei com os Cavaleiros por mais ou menos dez anos, parte dos quais passei em estado de estupor catatônico em Fablehaven. Estou aqui pra proteger Kendra. Nós trouxemos alguns itens úteis, incluindo uma mochila que contém um depósito extra-dimensional razoavelmente espaçoso. Nós enchemos a mochila com diversos suprimentos, incluindo leite em pó, manteiga de nozes e um autômato de madeira em tamanho humano chamado Mendigo. Vocês são todos bem-vindos a usar o compartimento extra-dimensional pra estocar o que quiserem. Se eu fiz alguma coisa para ser famoso? Uma vez quebrei metade dos ossos do meu corpo chacinando uma pantera gigante de duas cabeças.

Mara deu um passo à frente, crescendo em altura e mantendo a cabeça elevada. Sua linguagem corporal era desafiadora, como se ela estivesse preparada para uma luta, e ela falou num tom de voz contralto sério e ressonante:

— Eu sou Mara Tabares. Estava prestes a herdar o controle da reserva de Lost Mesa quando ela foi derrubada e minha mãe, morta. Um dragão desempenhou um papel chave na tragédia, assim como um espião da Sociedade. Sempre tive uma relação pouco comum com animais selvagens. Sou uma rastreadora habilidosa e observadora do vento. Algumas pessoas dizem que eu posso ter potencial pra vir a me tornar uma domadora de dragão. – Ela parou de falar.

— Mais do que potencial – acrescentou Trask. – Eu trabalhei com Mara em outubro em Soaring Cliffs, e ela permaneceu tranquila durante uma prolongada entrevista com uma dupla de dragões adolescentes. Não é pouca coisa. Mas estou interrompendo. Gavin?

De saída

Gavin esfregou a nuca, seus olhos apenas ocasionalmente desviando-se do chão.

– Imagino que o pessoal aqui todo sabe que Charlie Rose era meu pai. Eu pra-pra-praticamente cresci no santuário de dragão em Frosted Peaks, si-si-situado no Himalaia. Meu pai tinha um relacionamento estreito com os dragões de lá. Depois que a minha mãe morreu dando à luz a mim, ele cuidou para que eu fosse aceito como um irmão de dragão. É mais ou menos como a Kendra ser fa-fa-fadencantada; os dragões me adotaram como se eu fosse um deles e compartilharam comigo alguns de seus poderes. Eu co-co-consigo falar a língua deles. Se um dragão me matar, ele vai ser desafiado como se tivesse chacinado um dragão. Minha condição de irmão de dragão me afeta até fisicamente. Sou um pouco m-m-mais forte e m-m-mais rápido do que pareço.

Ele passou os dedos pelos cabelos.

– Ninguém é irmão de dragão há muito tempo. Meu pai se preocupava com a possibilidade das minhas habilidades me transformarem num alvo, aí ele me manteve em segredo. Depois que ele foi morto, o melhor amigo dele, Arlin, me levou pros Cavaleiros. Como o Esfinge estava administrando os Cavaleiros quando me juntei a eles, ele teve uma noção básica do que eu podia fazer, e aí a gente tem qua-qua-quase certeza que a Sociedade adivinhou o que eu sou. Mas a gente ainda está tentando manter os detalhes da minha condição de irmão de dragão em sigilo pra eventualidade de eles não saberem de tudo.

Trask levantou-se.

– Obrigado pelas apresentações sinceras. Como vocês podem ver, nós temos reunido aqui um grupo impressionante. Todos vocês estiveram, pelo menos uma vez, na presença de um dragão, embora alguns de vocês jamais tenha estado num santuário de dragão.

"Permitam-me transmitir alguns pensamentos a respeito de dragões, e em seguida iremos todos dormir. Gavin, sinta-se à vontade pra participar. Dragões são seres mágicos das pontas das presas às extremidades de seus rabos. Os velhos estão entre as criaturas mais antigas do planeta. Altamente inteligentes, eles possuem suas próprias línguas singulares, mas frequentemente falam centenas de outras línguas. Não existe um dragão idêntico a outro. Eles têm aparências distintas, diversas armas respiratórias e distintas capacidades de lançar encantos. De forma bem semelhante aos humanos, os dragões possuem uma ampla gama de personalidades. Alguns são justos. Outros são malévolos.

"Comunicar-se com dragões é difícil. Um medo paralisante irradia deles. Na sua presença, a maioria das pessoas descobre que seus músculos estão tensos e suas línguas pararam de funcionar. Com a singular exceção de Gavin, vocês jamais devem olhar um dragão nos olhos. Se fizerem isso, ficarão num estado de transe e incapacitados.

"Como os dragões não estão acostumados a se comunicar com outras criaturas, a melhor maneira de sobreviver a um encontro dracônico é sustentar uma conversa inteligente. Eles acham isso divertido, e é o que normalmente salva a sua vida.

"Santuários de dragão são diferentes de outras reservas que vocês possam ter visitado. O administrador, que tem a função de porteiro, em geral tem direito a algumas proteções. Fora isso, não existe proteções a visitantes. Àqueles como nós, que estão se encaminhando para além dos domínios do administrador, será como se aventurar no mundo selvagem. E nós teremos que enfrentar mais coisas além de dragões. Esses santuários foram fundados para serem lares de criaturas grandes e poderosas demais pra coabitar com os seres que residem nas reservas mais tradicionais. Pouco se sabe a respeito de Wyrmroost. Quem sabe o que nós podemos vir a encontrar pele frente? Gavin, você tem algum conselho a nos dar?"

Gavin franziu o cenho.

DE SAÍDA

— Nós vamos entrar lá bem armados. Nossas armas podem vir a calhar contra algumas das criaturas que encontraremos pela frente. Mas podem esquecer suas armas se tivermos de encarar uma ameaça da parte dos dragões. A primeira meta é conversar. A segunda é fugir ou se esconder. Humanos não têm nenhuma chance com dragões. No passado existiram caçadores de dragões. Mas isso foi há muito tempo.

"O meu pai usava essa metáfora: dragões veem a gente como se fôssemos camundongos. Nós não somos tão apetitosos assim. Não representamos uma ameaça real. Se nós estivermos enchendo a paciência deles, eles vão nos matar só pra manter o local arrumado. Mas se a gente falar com eles, eles vão nos ver como a gente veria um ratinho falante. Nós passamos a ser uma novidade surpreendente, um bichinho de estimação engraçadinho. Na presença de um dragão, a meta é divertir e impressionar. Desempenhar o papel de um ratinho p-p-precioso que nenhum humano mataria."

— Sábio conselho — aprovou Trask. — Alguma pergunta? Não? Por mim está ótimo. Nós cobrimos o básico. Estou orgulhoso por trabalhar com cada um de vocês. Vamos dormir. Amanhã o dia vai ser cheio.

Mara apagou a vela.

🐜 🐜 🐜

A parede lascada do engradado pinicava o braço de Seth. A lata de manteiga de baleia em seu bolso estava pressionando sua coxa. Ele mudou de posição, mas o movimento curvou seu pescoço para a frente de um jeito desconfortável, quase forçando seu queixo a encostar no peito. O ar bolorento no interior do engradado fedia a poeira e madeira podre. Ele gostaria muito de poder fazer um furo na lateral. Suor deixava sua pele escorregadia. O carpete que o cobria fazia as vezes de um cobertor indesejado na escuridão calourenta.

A parte mais triste era que o aperto abafado do engradado era quase que certamente desnecessário. As chances de alguém descer a escada antes da manhã seguinte eram ínfimas. Ele estava grudado na escada perto da abertura da mochila, escutando quando Warren deu boa noite a Kendra. Em seguida desceu para se esconder caso alguém decidisse enfiar algum outro item na mochila antes de dormir.

Tudo permanecia calmo. Provavelmente era seguro dar um fim à claustrofóbica tortura, mas ele se recusava a arriscar perder a chance de viajar com os outros a Wyrmroost. Seth encontrara alguns engradados mais espaçosos, mas aquele ali estava encostado na parede, bem protegido por outros contêineres surrados. Dentro do engradado, com a tampa fechada e um carpete cobrindo-o, ninguém o encontraria.

Tanu não reparara nele quando vasculhara o interior da mochila, pouco antes do grupo partir. O imenso samoano verificara escrupulosamente o espaço com uma lanterna forte. Ele até levantara a tampa do engradado onde Seth estava escondido, mas não olhara debaixo do carpete.

Seth imaginava o que vovó e vovô estariam fazendo naquele momento. Assim que caísse a noite, eles ficariam enlouquecidos, pensando que ele entrara na floresta a esmo e ficara perdido ou fora capturado ou morto. Qualquer dessas conclusões estava ótima para ele, contanto que não descobrissem a verdade.

Sua decisão de se enfiar dentro da mochila não fora tomada sozinho. Na véspera de Natal, vovô o levara para o escritório com o intuito de lhe dar a notícia de que ele não faria parte da equipe enviada para recuperar a chave em Wyrmroost. Tendo já pensado na possibilidade de se enfiar na mochila como uma possível contingência, para mitigar suspeitas, Seth recebera a notícia com uma aceitação estóica.

Depois que os sete membros da equipe foram anunciados ao restante da família, Seth dirigira-se a seu quarto para pensar e achou

Warren esperando, girando uma bola de basquete na pontinha do dedo.

— É uma pena você não ir com a gente — disse Warren, olhos na bola.

— Já estou acostumado com isso — respondeu Seth. — Eu sempre perco a parte mais maneira.

— Pensa rápido. — Warren jogou a bola para ele. Seth pegou-a e jogou-a de volta rapidamente. — Você está mesmo muito a fim de se esconder? — perguntou o homem.

— Me esconder?

Warren deu uma risadinha.

— Pula a parte de se fazer de bobo. Eu consigo identificar uma falsa inocência a quilômetros de distância. Deve ser bem tentador quando você pensa na mochila. Vamos ter de levá-la por causa dos suprimentos. Espaço de sobra lá dentro. Espaço de sobra para se esconder.

— Você é um idiota mesmo — disse Seth.

— Fica frio. Não estou aqui pra te repreender de antemão. Eu meio que espero que você faça isso.

— O quê?

Warren levantou-se, quicando a bola entre as pernas.

— Acho que você tem razão. Você tem habilidades fora do comum que poderiam vir a calhar. Se você não tivesse tirado aquele prego do espectro, eu seria um albino mudo até hoje. Se você não estivesse na velha mansão quando a gente foi recuperar o Cronômetro, nós nunca teríamos achado Patton, e Fablehaven teria caído. Eu sou uma pessoa que acredita, Seth. Eu não estou aqui pra te convencer a ir. Mas se você *quiser* ir, não vou te desencorajar. Na realidade, amanhã de tarde vou deixar a mochila no assento de trás do utilitário, e vou providenciar pra que a porta esteja destrancada.

— Isso deve ser algum truque. Vovô mandou você fazer isso. É uma armadilha.

— Nada de truque, eu juro. A gente não pode se dar ao luxo da coisa não dar certo em Wyrmroost. O Esfinge está com o Oculus. Nós não podemos permitir que ele consiga o Translocalizador. Pense o que pode acontecer se o Esfinge puder ver qualquer lugar e se transportar pra qualquer lugar! O que vai impedi-lo de tomar posse de todos os artefatos? Quanto tempo vai demorar até ele abrir Zzyzx e não sobrar mais nenhum lugar onde a gente possa se esconder? Independentemente da gente gostar disso ou não, nós não temos mais como fazer a coisa com segurança total. Se você quer ir pra Wyrmroost, eu prefiro que você esteja lá do que sentado sem fazer nada em Fablehaven.

A conversa era tudo o que faltava para que Seth se convencesse por completo. Ele escrevera o bilhete para explicar a sua ausência e, como prometera Warren, depois do jantar de Natal, a porta traseira do utilitário estava destrancada, a mochila à espera.

Desde que Seth entrara na mochila, Mendigo era a sua única companhia. Ao contrário de Hugo, o fantoche superdesenvolvido não tinha vontade, nem identidade. Não falava. O grande boneco articulável existia somente para obedecer ordens. No passado, a figura de madeira estivera sob as ordens da bruxa Muriel. Agora ela era leal aos Sorenson.

Seth continuava esperando dentro do engradado, suando na abafada escuridão. Fora a enorme quantidade de provisões empacotada para os outros, Warren estocara comida extra para Seth dentro de um velho baú. Quando ele tivesse certeza que os outros estivessem adormecidos, sua recompensa seria pegar algumas barras de granola e um pouco de manteiga de amendoim. Mas antes que Seth pudesse chegar a essa conclusão, ele ouviu o som de madeira roçando em madeira, como se a tampa de um contêiner tivesse sido removida. Ele não

DE SAÍDA

ouvira ninguém descer a escada. Espiando debaixo do carpete, não viu nenhuma luminosidade. Ouviu um leve ranger de um baú sendo aberto, o ruído de uma bolsa sendo remexida e uma maçã sendo mordida.

Alguém estava metendo a mão em seu estoque de comida particular!

A ruidosa mastigação ficava mais alta logo depois de cada nova mordida. Ela foi diminuindo gradativamente até que o volume sonoro aumentou novamente com uma nova mordida. Quem poderia estar comendo a maçã? Certamente não era Mendigo. O fantoche não comia. Seth estava certo de que ouvira alguém descer a escada, e todos, exceto Kendra, precisariam de luz. Será que Coulter poderia ter deixado passar em branco um espião clandestino da época em que Kendra obtivera a mochila mágica?

Seth mudou ligeiramente de posição e tirou sua lanterna. Havia um bastão de beisebol de madeira perto de seu engradado que ele poderia usar como arma. Hesitou, preocupado com o que talvez visse. Entraria em ação na próxima mordida, disse para si mesmo.

O ladrão de comida invisível mordeu a maçã novamente, e Seth se levantou, arrancando a tampa do engradado e acendendo a lanterna. O feixe de luz iluminou um pequeno duende troncudo com uma cabeça maior do que o normal, pele esverdeada encardida, orelhas compridas e pontudas e uma boca grande e sem lábios. O duende olhou diretamente para o foco de luz, o miolo de uma maçã em uma das mãos rechonchudas, os olhos piscando como se fossem moedas de bronze.

– Quem é você? – perguntou Seth com uma voz dura, tateando em busca do bastão.

– Eu poderia fazer a mesma pergunta – respondeu o corpulento duende calmamente, a voz mal-humorada.

Os dedos de Seth encontraram o bastão.

— Você está comendo o meu suprimento.

— Você está invadindo a casa de Bubda.

— Essa mochila pertence a minha irmã. — Com a lanterna ainda direcionada ao duende, Seth começou a pular por cima dos barris e caixas para se colocar na porção não abarrotada do espaço. O duende agachado mal chegava à cintura de Seth. — Se eu contar pra ela que você está aqui embaixo, eles vão te expulsar daqui.

— Mas você também está se escondendo – disse o duende com um sorriso manhoso.

— Pode ser. Mas eu me entregaria com prazer pra me livrar de um espião.

— Espião? Você é aliado da noite. Você fala Duggish muito bem. Eu pensei que você sabia o que era Bubda.

— E é o que mesmo?

— Um troll eremita.

— Já ouvi falar de trolls eremitas – disse Seth. — Vocês são do tipo que se esconde em sótãos e debaixo de pontes. Eu nunca conheci nenhum.

— Bubda não queria conhecer você. Mas você não ia embora, e Bubda ficou com fome. — O troll enfiou o miolo da maçã na boca com sementes e tudo.

Seth alcançou o chão. Ele manteve o bastão de beisebol ao lado do corpo. Não havia nenhuma necessidade de agir de modo ameaçador se conseguisse manter o diálogo num tom amigável.

— Há quanto tempo você mora aqui?

— Muito tempo. Não há necessidade de mudar se você encontra o lugar certo. Escuro. Bem abastecido. Com privacidade. Lugares pra se esconder. Mas dois já é uma multidão.

— Seu nome é Bubda?

— Isso.

De saída

— Eu sou Seth. Só vou ficar aqui por alguns dias. Depois você pode ter ele de volta só pra você. Como é que Coulter não te achou?

Bubda ficou agachado, os braços grudados ao corpo. O troll desapareceu. Ele estava idêntico a um barril. Quando se levantou novamente, a ilusão acabou.

— Bubda se esconde bem.

— Isso foi maneiro – disse Seth. – Você consegue ficar igual a outras coisas?

— Bubda tem muitos truques. Bubda nunca mostra todos eles.

— Você juntou todos esses troços? – Seth direcionou o foco da lanterna ao redor do espaço.

— Alguns estavam aqui. Alguns Bubda trouxe. Bubda acha o que Bubda precisa.

— Você fica aqui embaixo a maior parte do tempo?

— Quase sempre. Melhor assim.

— E o banheiro?

— Cuidado com o barril que você abrir.

Seth fez uma careta.

— Um banheiro cairia bem agora. Pensei em dar uma volta por aí discretamente.

— Você que sabe. Pode ser que você não volte?

Seth sacudiu a cabeça.

— Você vai ficar preso aqui comigo por alguns dias. Você não se sente sozinho?

— Bubda gosta de se esconder. Bubda gosta de descansar.

— A gente devia ser amigo. Eu sou aliado da noite. A gente fala a mesma língua.

— Bubda gosta de ficar sozinho. Outras pessoas são um saco. Você é outras pessoas, Seth. Melhor do que algumas. De repente melhor do que a maioria. Mas ninguém é o melhor.

— A gente vai se entender? — perguntou Seth. — Você vai tentar me atacar quando eu estiver dormindo?

Bubda deu de ombros.

— Bubda ainda não te incomodou. Bubda esperou você ir embora. Bubda pode esperar mais.

Seth olhou de relance para o fantoche de madeira gigante.

— Tudo bem. Tente não comer muito da minha comida. E vê se não come a comida das outras pessoas. Se eles repararem que está faltando alguma coisa, a gente já era. Entendeu?

— Bubda sabe. Bubda só tirou comida de onde você tirou comida. Bubda tem outras comidas.

Seth imaginou a que outras comidas Bubda estava se referindo. Será que ele comia aquela gororoba estragada que ficava dentro daqueles barris velhos? A ideia desencadeou uma vontade de vomitar em Seth.

— Tudo bem. Eu acho que a gente está dividindo esse espaço.

— Mais? — perguntou Bubda, apontando para o baú.

— Com certeza, Bubda. Coma um pouco mais. Você me dá o meu espaço, e eu te dou o seu.

O troll franziu os lábios e assentiu.

— Feito.

A altura de Bubda não alcançava o peito de Seth, mas ele parecia pesado, e tinha unhas compridas e afiadas. Seth andou de lado até Mendigo e baixou o tom de voz para transformá-la num suave sussurro.

— Não tire o olho de Bubda. Se ele chegar a menos de três metros de mim quando eu estiver dormindo, prende ele no chão. A mesma coisa se ele pular em cima de mim a qualquer momento. Está escutando?

Mendigo assentiu com a cabeça.

CAPÍTULO DEZESSETE

Wyrmroost

O helicóptero voava no céu límpido, as hélices batendo no ar frio. Sentada na frente com o piloto, Kendra olhava pelas janelas grandes e curvas e desfrutava de uma esplendorosa vista da floresta nevada abaixo. Ela jamais vira alguma paisagem cuja beleza pudesse ser comparada àquele panorama rústico formado por cumes e lagos congelados.

Não muito tempo depois de eles decolarem, Kendra decidira que nunca teria interesse em ser piloto de helicóptero. Os inúmeros sinais luminosos e medidores a intimidavam. Aaron Stone controlava a direção da aeronave com uma manivela que se projetava do meio de suas pernas. Ele usava uma segunda manivela para levá-los para cima e para baixo, e pedais de pé para balançar a cauda de um lado para o outro. A coordenação e o *know-how* necessários pareciam-lhe inapelavelmente inacessíveis.

– Vá mais pra direita, Aaron – disse Kendra. Mais uma vez, o piloto estava dando uma guinada para se afastar do par de picos altíssimos que fazia com que todos os outros parecessem diminutos. Trask dissera que as montanhas eram, na verdade, os dois pontos mais altos da América do Norte, mas não eram reconhecidos como tal por causa do potente encanto dispersivo que protegia o santuário.

– Tem certeza que você está vendo duas montanhas altas?

– Eu estou olhando diretamente pra elas.

Aaron levantou o visor em seu capacete e estreitou os olhos.

– Você está olhando aqueles cumes ali? – Ele apontou além do local para onde eles se encaminhavam.

– Não, as que estou vendo são bem maiores. Elas são de longe as montanhas mais altas por aqui.

Ele baixou o visor.

– Que esquisito. Normalmente eu consigo me localizar perto de encantos dispersivos.

À medida que eles se aproximavam, Kendra começou a reparar que as encostas das imponentes montanhas estavam virtualmente livres de neve, assim como grande parte da área natural que as circundavam. Ela vasculhou as colinas e vales em busca de dragões ou outras criaturas, nas não viu nada. Começou a reparar que um tênue arco-íris tremeluzia no ar acima deles, reminiscência da aurora boreal. As imensas montanhas ficavam cada vez mais próximas.

– A gente está se aproximando – disse Kendra.

– Está vendo o coraçãozinho?

Kendra examinou cuidadosamente a floresta abaixo, soterrada na neve, em busca de uma clareira no formato de coração. O helicóptero deveria aterrissar na campina cordiforme para que eles pudessem prosseguir a jornada a pé.

– Ainda não.

Eles continuaram avançando, mas o helicóptero começou a perder altitude lentamente à medida que Aaron os levava cada vez mais para perto do chão. Abaixo, a sombra do helicóptero subia e descia com os contornos do terreno. Em muitos declives, a neve resplandecia a luz do sol. Kendra avistou uma clareira com o formato vagamente semelhante a um rim.

– Será que é aquela ali? – perguntou ela, apontando.

Aaron seguiu o dedo dela na direção do chão.

– Acho que não.

– Você está saindo da rota mais uma vez. Volte pra direita.

Menos de um minuto depois, a desejada campina apareceu, um inconfundível coraçãozinho branco em meio às árvores, menor do que Kendra imaginara.

– Lá está ele – anunciou Kendra. – Aaron, leve a gente mais pra direita. Consegue ver agora?

– Consigo. Olhos afiados. Bom trabalho, Kendra. – Ele levantou a cabeça, vasculhando o horizonte. – Eu ainda não vejo as tais montanhas.

– Elas estão logo à frente. O cume delas são bem mais altos do que a altura que estamos agora.

– Você está brincando.

– Junto com vários picos menores – relatou Kendra. – Cristas rochosas e colinas íngremes. Parece que o terreno é pedregoso dentro do santuário. Alguns lagos descongelados. Não está nevando lá, só nos cumes dos picos.

– Esquisito – disse Aaron.

– Você acha que vai conseguir encontrar o caminho de volta pra pegar a gente depois?

– Nós vamos deixar um rádio e um farol na clareira. Eu andei estudando a topografia, atrás de marcas do lado de fora do santuário. Acho que consigo voltar sozinho. Se não der, vou confiar no Trask e nos intrumentos.

Baseando-se na frequência com que o helicóptero dava guinadas para se afastar do santuário, Kendra teve dúvidas em relação à capacidade de ele retornar sem ajuda.

Aaron desceu o helicóptero suavemente no campo nevado. Assim que eles estavam no chão, a clareira deixou de parecer um coraçãozinho. Trask, Dougan, Warren, Tanu, Mara e Gavin saíram da aeronave e começaram a descarregar a bagagem. Kendra também desembarcou.

As hélices não pararam de girar em momento algum. Logo que o equipamento terminou de ser descarregado, Trask abaixou-se na cabine para trocar algumas palavras com Aaron. Depois disso, todos se afastaram e observaram as hélices girarem cada vez mais rápido e o helicóptero vermelho e branco ascendeu ruidosamente ao céu, lançando ondas de neve campo afora.

Apesar do sol brilhante, o ar estava bem frio. Warren ajudou Kendra a ajustar seu chapéu, seus óculos especiais e o colarinho para ajudar a reduzir a exposição da pele ao sol. Enrolada em seu pesado casaco, Kendra sentia-se como uma astronauta. Warren a ajudou a amarrar as botas nos sapatos de neve. Dougan colocou um arreio nela e prendeu-o a uma corda de alpinismo. Kendra os conduziria e, se tivessem sorte, a corda ajudaria os outros a continuar se movendo na direção certa.

Tanu bateu as palmas das mãos enluvadas.

— Será que não é melhor mesmo nós simplesmente entrarmos na mochila e deixar Kendra nos carregar até o portão?

— Nós já discutimos isso — respondeu Warren sem perder tempo. — Precisamos estar preparados para agir caso surja algum perigo. Não há motivo pra deixarmos Kendra nos carregar sozinha. Se tudo o mais falhar, a gente pode tentar a mochila.

Tanu deu de ombros e assentiu com a cabeça.

Trask veio pisando forte na neve.

— Estamos prontos? — Ele tinha terminado de camuflar um grande contêiner de plástico no limite da clareira. Todos atrás de Kendra estavam agora atados à corda via arreio e carabineiros.

— Com certeza — disse Dougan.

Trask prendeu-se logo atrás de Kendra. Ele falou por sobre o ombro com os outros.

— Lembrem-se, não prestem atenção para onde vocês estão indo. Apenas sigam a líder. Está vendo os picos, Kendra?

— Estou.

— Mais alguém está vendo? — indagou Trask. — As enormes e inconfundíveis montanhas? Acho que não. Nem eu. Quanto mais vocês se concentrarem no local aonde nós estamos tentando chegar, mais vocês se sentirão inclinados a vagar pelo caminho errado. Sigam a corda. Independentemente do que vocês pensem, a corda está certa. Kendra, siga em frente.

— Eu continuo seguindo na direção das montanhas? — verificou Kendra.

— Isso aí. Seguir nessa direção vai pelo menos fazer com que a gente encontre o muro; depois a gente se preocupa com o portão.

Kendra começou a andar em direção às árvores. Os outros a seguiram. Sem possuir nenhum conhecimento específico em aventuras dessa natureza, Kendra preocupava-se com a possibilidade de vir a liderar o grupo de modo sofrível. Ela se concentrou em tentar encontrar a melhor rota através das árvores, o caminho mais fácil para subir cada encosta. Sua principal meta era evitar a necessidade de dar meia-volta e refazer o percurso. Como os outros estariam lutando contra os efeitos do encanto dispersivo, ela esperava conduzi-los pelo caminho mais seguro e mais direto que pudesse encontrar.

Os calçados de neve tornavam dificultosos seus passos, mas, pelo menos, eles a mantinham e aos outros em pé sobre a neve escorregadia. Altas coníferas assomavam à frente dela, seus galhos salpicados de branco. Kendra desfrutava do aroma fresco da neve e das árvores. Aninhada como estava no interior de seu traje insulado, aquecida pelo exercício, o frio parecia irrelevante.

Ela subia as encostas e contornava moitas e troncos caídos. Batia insistentemente na corda quando os outros começavam a vagar na direção errada. Ocasionalmente, um bolo de neve caía de uma árvore e aterrissava com um som abafado. Sob os galhos de sempre-verdes, Kendra perdia a visão das montanhas durante determinados trechos, mas o pouco que avistava era suficiente para manter sua cadeia de seguidores adequadamente orientada.

Com base em um mapa desenhado à mão, dos arquivos dos Cavaleiros, Trask acreditava que a clareira onde eles haviam descido ficava a alguns quilômetros do portão. Kendra imaginava qual seria a sensação de percorrer três quilômetros naquele tipo de terreno acidentado coberto de neve quase sempre íngreme. Ela ficou logo farta da maneira como as imensas solas que estava usando faziam cada passo parecer um tormento.

Assim que alcançou a crista de uma longa encosta, Kendra descobriu que conduzira sua equipe ao topo de uma lateral de nove metros de altura. Eles teriam de percorrer paralelamente o desfiladeiro por mais ou menos cem metros até terem condições de voltar a avançar. De sua posição elevada, à frente em meio às árvores, Kendra avistou o imenso portão. Aparentemente feito de ouro, ele era composto de barras espaçadas na vertical e penduradas independentemente de qualquer muro ou cerca. Em vez de ligado a um muro tangível, o portão estava situado no meio de uma iridescente barreira de luz prismática. Extendendo-se bem alto no ar, a multicolorida barreira cintilava como a aurora boreal, mas ocupava uma posição fixa. Kendra parou na borda do despenhadeiro, observando cordas, rodas e lençóis de luz flutuando e se desdobrando e colidindo em intermináveis combinações.

Trask deu uma batidinha na corda.

– É melhor a gente voltar.

– Não, nós só precisamos contornar o pequeno penhasco pra poder continuar avançando. Eu consigo ver o portão daqui.

– Você perdeu a rota – lamentou Dougan. – Nós viemos pelo caminho errado.

Todos que estavam segurando a corda olhavam para trás, para o lado oposto ao do portão e da impressionante exibição de luz. Eles começaram a puxá-la juntos, e Kendra foi obrigada a se afastar do portão.

– Vocês não podem confiar no que estão vendo – disse Kendra.

– Nós alcançamos um penhasco intransponível – argumentou Trask.

– Parem! – gritou Kendra, lutando com eles. – Os seus instintos estão cegos. Eu não vou permitir que a gente se machuque. Estou vendo como a gente vai conseguir chegar ao portão.

– Fechem os olhos – exigiu Warren. – Fechem bem os olhos e sigam em frente com ela.

– É isso aí – concordou Kendra. – Eu vou nos manter bem afastados da borda do penhasco. Deixem que eu guie vocês.

Resmungando sem muita certeza, os outros fecharam os olhos. Kendra agora concentrava-se mais em seus passos do que antes. Os outros continuavam tentando se desgarrar e, mesmo com os olhos fechados, continuavam antecipando o percurso. Ela os conduziu ao local onde o íngreme desfiladeiro ficava menor e seguiu diretamente para o portão.

– Fiquem comigo! – ordenou Kendra quando os outros começaram a puxá-la para a direção errada.

— Você está nos levando pra uma zona de avalanche — gritou Dougan, alarmado.

— Ele está certo — concordou Mara.

Eles a puxaram com tanta força que Kendra caiu. Arrastaram-na pela neve para longe da barreira prismática. Kendra gritou com eles em desespero.

— Parem! Pessoal, parem com isso! Vocês estão indo na direção errada!

— Ignorem seus instintos — falou Gavin.

— Sigam pra onde ela está indicando — concordou Warren.

Tanu intrometeu-se com firmeza e eles pararam de se mover na direção errada.

— Mantenham os olhos fechados — berrou o samoano.

— Eu estou sentindo o perigo — insistiu Mara.

— Os seus sentidos estão bagunçados — disse Kendra com convicção. — Nós estamos pertinho do portão. Não pensem, apenas sigam.

— Fé cega — disse Gavin.

— Fé cega — concordou Trask.

Kendra levantou-se e começou a marchar na direção correta novamente, tentando mover-se com rapidez para manter o impulso do grupo fluindo na direção de seu destino. Eles estavam perto. Era o momento de disparar para alcançar a chegada.

Eles saíram da floresta e atingiram um vasto e límpido campo nevado. Agora nada impedia uma visão completa do alto portão dourado e do muro cintilante. Kendra avançou de modo decidido, ofegante, agarrando-se à corda. Seus olhos absorviam os caleidoscópicos rodopios de luz que estendiam-se até o limite da vista em todas as direções. Lentas espirais serpenteavam e giravam no ar. Olhando para trás, ela viu que mesmo com os olhos fechados, seus companheiros mantinham seus rostos virados para o outro lado.

Eles seguiam-na com os corpos hirtos, as pernas hesitantes. Mas seguiam-na.

Era estranho aproximar-se da cintilante radiância da barreira. O muro colorido era muito semelhante a um arco-íris ou a uma miragem, uma ilusão que deveria diminuir de intensidade quando um observador se aproximava. Ao contrário, a barreira ocupava uma posição fixa, piscando e brilhando, preenchendo o campo de visão de Kendra à medida que ela se aproximava do portão dourado.

– Fiquem imóveis – falou Kendra por fim, um ou dois passos distante do resplandecente portão. Ela olhou para trás e viu que os outros estavam tremendo.

– Fiquem parados onde estão – rosnou Trask.

Gavin e Warren estavam de joelhos. Mara gemia e fazia caretas. Dougan assobiava uma canção simples numa voz tensa, gotas de suor na testa. Tanu respirava fundo, as amplas narinas abertas, o peito largo expandindo-se e contraindo-se.

Kendra puxou o zíper de seu casaco e procurou o chifre de unicórnio que guardara no bolso interno. Suas luvas atrapalhavam um pouco o movimento de seus dedos, de modo que retirou uma delas, e logo segurou o chifre liso na mão nua.

– Em frente – estimulou, escorando-se em seus companheiros para superar os últimos degraus até o portão. Não vendo nenhum buraco de fechadura, Kendra encostou a ponta do chifre no centro do portão. Ao contato, o metal brilhou intensamente e o portão abriu-se silenciosamente. Mesmo depois de uma inspeção detalhada, ela viu que as dobradiças não eram, aparentemente, ancoradas em nada além da barreira de luz translúcida. Pernas bambas, ela içou os outros abertura adentro.

Na extremidade da barreira, ela não precisava mais puxar. Os outros abriram os olhos e reuniram-se ao seu redor, suas expressões abobalhadas como se tivessem acabado de acordar. O frio cortante desaparecera do ar. Pequeninas flores silvestres floresciam na grama alta. Nada de neve acumulada nas árvores ali, nem no chão, salvo algumas pequenas faixas na sombra. À frente deles encontrava-se um muro de pedra cinza com torres redondas nos cantos e uma ponte levadiça erguida no centro, toras de madeira escura revestidas de ferro. O muro largo e provido de ameias chegava a seis metros de altura, as torres de canto, outros três metros a mais. Nenhuma das construções além do muro alcançava alturas maiores. Nenhum guarda ou sentinela visível guarnecia as fortificações. A fortaleza parecia depredada e assustadora, mais como um forte abandonado do que um castelo ocupado. Atrás deles, o portão dourado fechou-se.

– Bem-vindos a Wyrmroost – murmurou Trask.

Kendra achou o desmesurado e silencioso forte inquietante.

– A gente bate na porta? – perguntou ela.

Tanu coçou a cabeça, mirando as imensas montanhas.

– Como foi que nós deixamos de ver aquilo?

Um rugido semelhante a mil leões explodiu da fileira mais próxima de árvores, fazendo com que Kendra se assustasse e se virasse. Uma criatura dourada e vermelha veio serpenteando de seu covil, o longo corpo ondulando e rodopiando como se fosse uma fita. Dois conjuntos de asas com penas douradas abriram-se como um leque, impulsionando o dragão serpeante na direção do portão.

– Fiquem calmos – instou Gavin. – Fiquem parados onde estão. Não peguem em armas. Não façam contato visual.

Kendra desviou o olhar do dragão, observando-o se aproximar por meio de sua visão periférica. As grandes asas espalharam-se, criando uma ventania à medida que o dragão começou a se aproximar do grupo. Um medo paralisante tomou conta de Kendra, o terror instintivo e sobrepujante. Será que era assim que um coelho se sentia quando via um gavião mergulhando em sua direção? O dragão tinha uma cabeça similar a um leão gigante, com pelagem rubro-dourada e uma juba carmesim. Oito conjuntos de pernas sustentavam o corpanzil escamoso, cada um dos imensos pés um hibridismo de garra de dragão e pata de leão. O dragão, em pé, tinha uma vez e meia a altura de Trask e era mais comprido do que dois ônibus escolares.

– Visitantes – ronronou o dragão numa voz possante e interessada. – Nós raramente temos visitantes. Esse é um domínio perigoso. Eu impeço os desprovidos de valor de entrarem. Algum de vocês é capaz de falar?

– Posso conversar com você, poderoso ente – disse Gavin.

– E olhar-me nos olhos. Impressionante. E seus companheiros?

– Eu posso falar – disse Trask. – Estamos atrás do administrador.

– Eu também posso falar – acrescentou Mara.

Kendra tremia. Ela duvidava muito ser capaz de mover os braços ou as pernas, mas forçou-se a deixar que algumas palavras escapassem-lhe pelos lábios.

– Assim como eu.

O dragão inclinou sua cabeça leonina.

– Um impressionante grupo de humanos. Quatro dos sete retendo algo semelhante a controle. Um dotado de um verdadeiro autocontrole. Quem consegue se mexer?

Mara e Trask foram posicionar-se cada um de um lado de Gavin, que saudou o dragão casualmente. Kendra tentou superar a paralisia em seus membros, mas fracassou. O dragão sacudiu a cabeça, empinando a juba desgrenhada.

– Três? Por que não a quarta? Eu entendo, embora seja detentora de uma estranha energia, ela não tem a verdadeira capacidade de conversar com dragões. Que motivos os trazem a Wyrmroost?

– Nós que-que-queremos uma audiência com o administrador – disse Gavin.

– Muito justo – respondeu o dragão. – Vocês encontrarão Agad no interior da Fortaleza Blackwell. Eu sou Camarat. Trabalho com Agad. Faz muitos anos que não faço vistoria em visitantes. – Camarat rastejou para a frente e farejou Warren. Em seguida cheirou a mochila. – Há mais aí dentro do que alguém poderia suspeitar. Mas nada muito alarmante. – O dragão moveu-se na frente de Trask, exalando fumacinhas brancas e azuis de suas narinas. – O que os traz a Wyrmroost?

– Nós procuramos a chave de um cofre distante – disse Trask, praguejando após as palavras terem saído de sua boca.

– Uma chave? Interessante. – O dragão moveu-se em direção a Mara, exalando sobre ela. – O que mais desejam conseguir?

– Queremos a chave e sobreviver – respondeu ela.

O dragão recuou como uma cobra, assomando sobre eles, dois conjuntos de pernas golpeando o ar.

– Muito bem, vocês podem passar. Mas fiquem avisados. Wyrmroost não é pra corações fracos.

As asas douradas abriram-se, e como um sopro de vento o dragão alçou voo. Maravilhada pela graciosidade fluida da magnífica criatura, Kendra observou-a rodopiar em direção ao céu. Com um ruído de peças se mexendo e um clangor de pesadas correntes a ponte levadiça no muro começou a descer. Uma trilha pedregosa, larga o suficiente para que uma carroça passasse, ia diretamente do portão dourado à ponte levadiça. Trask caminhou na direção do forte.

– É comum um dragão na ponte pra dar boas-vindas aos visitantes? – perguntou Kendra a Gavin, andando ao lado dele.

– Eu n-n-nunca vi nada assim. A gente teria avisado todo mundo. Eu também nunca vi um dragão como Camarat.

– Ele estava exalando soro da verdade em Trask e em Mara?

– Ou qualquer coisa assim. Ei, bom trabalho o seu trazendo a gente até aqui. Eu estava me sentindo bem perdido.

– Todos aqui têm as suas especialidades. – Ela esperava ter soado casual em vez de orgulhosa.

Eles alcançaram a ponte levadiça e passaram por cima de um fosso raso e seco cheio de arbustos espinhosos. Os dentes de ferro de uma grade levadiça pendiam acima, de modo ameaçador, enquanto eles atravessavam a espessa parede em direção a um pátio de laje. Um sólido edifício cinza encimado por armamentos encontrava-se diante deles. Nenhuma luz brilhava em meio às altas e estreitas janelas. Três figuras os esperavam na frente da única porta pesada que dava acesso à estrutura de pedra.

No centro, o mais alto minotauro que Kendra já vira em toda a sua vida estava encostado em um longo machado de guerra na ponta de um cabo de madeira semelhante a um cajado. Seu pelo desgrenhado tinha o tom castanho e a aparência sedosa do pelo de um setter irlandês, e um tapa-olho preto cobria-lhe um dos olhos. À esquerda encontrava-se uma criatura similar a um centauro, exceto pelo fato de que possuía o corpo de um alce. Diversas cicatrizes maculavam sua pele marrom, a mais tenebrosa delas descendo de uma orelha em linha curva até o meio do peito. Ele segurava um arco preto e portava uma aljava de flechas. Uma trombeta lustrada pendia de um dos ombros por uma correia de couro. À direita, uma mulher sem pelos e magra, com quatro braços e pele como a de uma cobra provava o ar com sua língua fina. Suas mãos inferiores seguravam adagas com pontas retorcidas.

O minotauro deu um passo à frente, virando a cabeça para poder olhar melhor os recém-chegados com seu olho bom.

– O que os traz à Fortaleza Blackwell? – disse ele com rispidez.

Trask mantinha as mãos nas laterais do corpo, as palmas para fora.

– Eu sou Trask. Nós viemos como amigos, na esperança de passarmos a noite aqui. Você é Agad?

O minotauro bufou, as narinas arreganhadas.

— Agad os receberá no Salão Alto. — Ele fez um gesto para a mulher com aparência de cobra. — Simrin vai acompanhá-los. Deixem suas armas e equipamentos na casa de guarda. — Com seu machado, ele apontou para uma estrutura ao lado da entrada principal. — O alcetauro vai auxiliá-los. — O centauro com corpo de alce foi até eles.

— Vamos lá — murmurou Trask, encaminhando-se para a casa de guarda.

O alcetauro silencioso mostrou o local onde eles deveriam depositar o equipamento. Warren fez uma conferência com Trask antes de deixar a mochila, então anuiu depois de receber um curto menear de cabeça. Kendra manteve o chifre de unicórnio no bolso do seu casaco.

Com os pertences guardados, Kendra e os demais seguiram Simrin através de um corredor cavernoso onde corvos encontravam-se empoleirados no telhado. Mais baixa do que Kendra, a mulher serpentiforme movia-se num ritmo fluido e escorregadio. Ela os levou por uma porta até os fundos do corredor onde subiram dois lances de escada e chegaram a uma passagem cercada que dava num edifício adjacente. Kendra espiou pela janela um pátio repleto de samambaias, arbustos e árvores com galhos retorcidos. Estátuas lascadas cobertas de líquens vigiavam a vegetação, rostos de mármore devastados pelo tempo.

Simrin os guiou mais alguns degraus acima e através de um grande conjunto de portas até o interior de uma câmara estreita com um teto abobadado. A luz do sol brilhava através de janelas ogivais iluminando uma longa mesa de pedra com doze cadeiras de cada lado. Na cabeceira da mesa, sentado na maior e mais elaborada cadeira, encontrava-se um senhor gorducho cuja longa barba grisalha alcançava seu colo. Uma capa preta com detalhes em zibelina caía-lhe dos ombros baixos, cobrindo principalmente o robe de seda vermelho que se encontrava por baixo. Anéis com pedras preciosas adornavam cada um dos dedos. Ele estava comendo pedaços molhados de carne com a ponta oca de um pão escuro e duro.

O velho fez um gesto indicando as cadeiras mais próximas.

– Por favor, juntem-se a mim – convidou ele, lambendo o polegar.

Trask e Dougan pegaram as cadeiras mais próximas do ancião. Todos se sentaram.

– Você é Agad? – perguntou Trask.

– Eu sou Agad, guardião de Wyrmroost. – O velho mergulhou os dedos na tigela de madeira cheia de água e enxugou-os com um guardanapo de linho. – Vocês procuram a chave depositada aqui por Patton Burgess.

Eles hesitaram em responder. O homem barbudo olhou-os com serenidade.

– Correto – disse Dougan finalmente.

Agad deu um gole numa taça pesada.

– Patton era amigo desse santuário até que ele e um colega contrabandearam um ovo de dragão do local. O abuso provou-se fatal.

– Ouvi falar que ele está enterrado aqui – soltou Kendra.

Agad olhou fixamente para ela durante um bom tempo.

– Isso não é do conhecimento de muitos. Mas, sim, seus ossos estão enterrados aqui em Blackwell. Foi tudo que restou. – O velho virou-se para Trask. – Isso aqui não é lugar pra se trazer meninas encantadoras como essa. Vocês não encontrarão a chave. Meu conselho é que partam daqui imediatamente.

– Nós não podemos voltar – disse Trask. – Nossa intenção era deixar a menina e seu protetor aqui na fortaleza enquanto o resto de nós vai atrás da chave.

– Infelizmente – lamentou Agad, cruzando as mãos –, sua intenção foi em vão. Para que nós possamos manter a paz entre os dragões, os visitantes podem apenas se abrigar dentro dos muros da Fortaleza Blackwell durante a primeira e a última noite de sua estadia.

Kendra e Warren trocaram olhares de preocupação.

— Certamente será possível se obter uma exceção para a criança — disse Dougan.

— Sinto informar-lhes que os termos de nosso acordo não permitem exceções — disse Agad, suspirando. — Todavia, se vocês me permitirem, eu gostaria de trocar algumas palavras a sós com a menina.

— Nós queríamos pedir algum auxílio no que tange... — começou Trask.

Agad levantou a mão.

— Eu superviosiono a fortaleza e vigio o portão. Meu envolvimento com os diversos habitantes desse santuário é pequeno, e meu interesse nos compromissos de eventuais visitantes é praticamente inexistente. A menina foi, de maneira clara, adotada pelas fadas, e eu nutro há muito tempo um interesse acadêmico por tais raridades. A melhor chance que vocês têm de adquirir algum conselho meu seria permitindo que nós tivéssemos uma conversa em particular.

Depositando a mão de maneira reconfortante no ombro de Kendra, Warren levantou-se.

— Como é que nós...

— Eu sou mestre dessa fortaleza e guardião desse refúgio. Na condição de visitantes, vocês vivem ou morrem de acordo com a minha palavra. Ela estará mais segura comigo do que na companhia de vocês. Prometo que não tenho intenção de fazer nenhum mal à jovem. — Agad não subiu o tom de voz, mas suas maneiras não deixavam espaço para argumentações.

— Vou falar com ele — disse Kendra. — Podem ir, eu não estou preocupada.

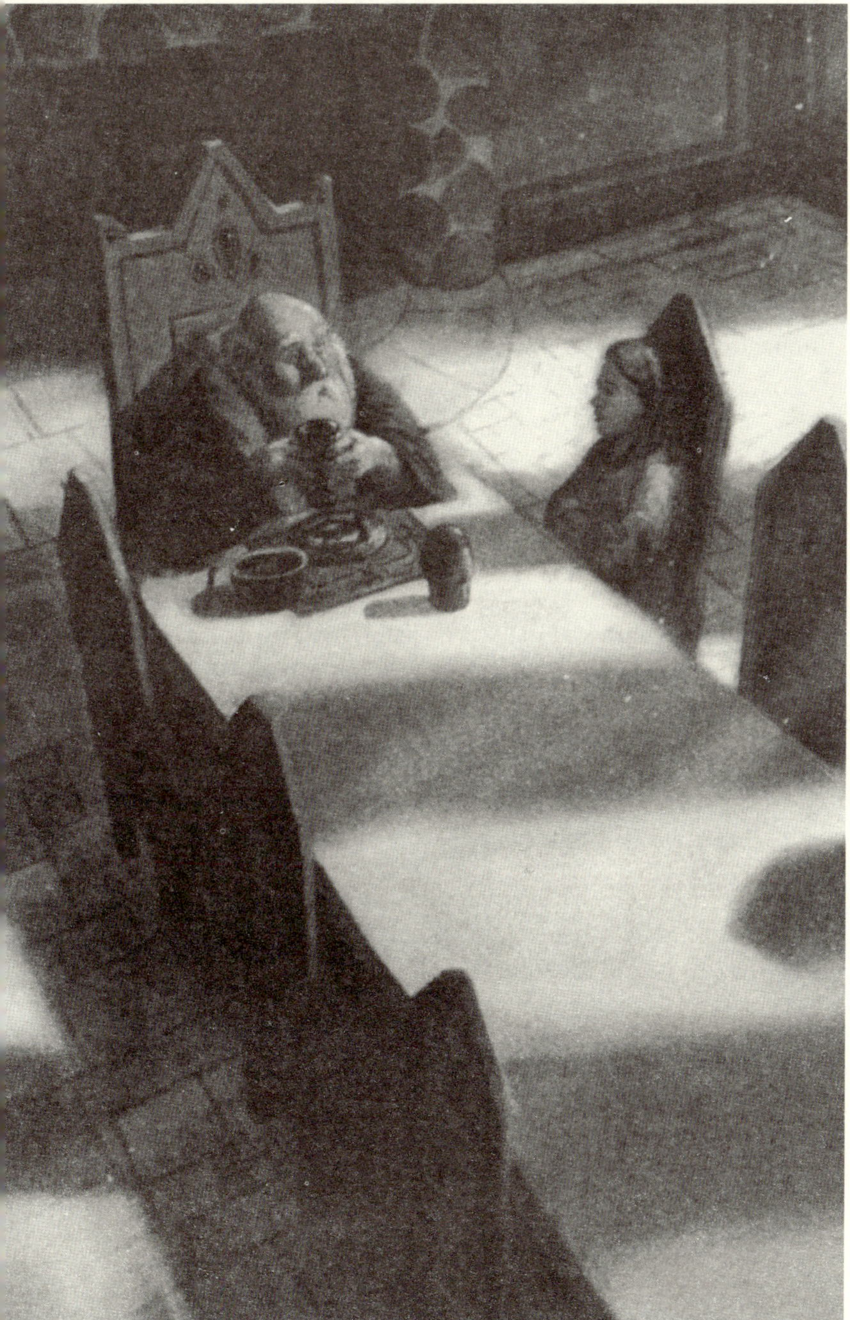

Agad sorriu como se as palavras dela tivessem oficialmente decidido o assunto.

— Simrin vai levá-los até seus aposentos. O galante protetor da menina pode esperar do lado de fora da sala.

Kendra sussurrou algumas palavras para Trask e Warren assegurando-lhes que estava tudo bem, permanecendo em sua cadeira enquanto os outros deixavam o recinto. Simrin fechou as grandes portas no fim da câmara após sair.

— Aproxime-se — ofereceu Agad. — Gostaria de comer um pouco?

— Estou sem fome — disse Kendra, dirigindo-se para a cadeira mais próxima.

— Você se importa se eu continuar com a minha refeição?

— Nem um pouco. Vai fundo.

Com os cotovelos grudados no peito, o velho voltou a transportar com os dedos finos pedaços de carne da tigela de pão para sua boca.

— Há muito tempo eu imagino quando você apareceria.

— Como assim?

— Patton me disse que talvez um dia uma menina fadencantada apareceria em busca da chave. Você está aqui de livre e espontânea vontade? Espero que esses seus companheiros não a tenham raptado.

— Eles são amigos — assegurou-lhe Kendra. — Eu estou aqui por um motivo.

— E você espera encontrar a chave?

— Nós precisamos encontrar. Nossos inimigos sabem que ela existe. Eles ainda não vieram atrás da chave, vieram?

Agad balançou a cabeça.

— Não. Vocês sete são nossos primeiros convidados em muito tempo.

— Como é que você sabia que eu era fadencantada?

— Eu jamais teria condições de ser um meio mago se fosse cego a tamanho brilho revelador como este que te acompanha, minha cara Kendra.

— Você sabe o meu nome.

— Patton falou de você de modo muito detalhado. — Agad enfiou mais um bocado de carne respingando em sua boca, o molho vermelho manchando seu bigode.

— Eu pensei que magos estivessem extintos — disse Kendra.

— Você não está distante da verdade. Muito poucos magos verdadeiros existem. Ah, você pode encontrar fingidores, mágicos e feiticeiras e coisa que o valha, mas a minha espécie tornou-se algo extremamente raro. Entenda, todos os magos verdadeiros já foram uma vez um dragão.

— Você é um dragão?

— Não mais. Muitos dragões maduros podem assumir a forma humana. A maioria está contente em se transformar em dragão e vice-versa de acordo com a ocasião. Séculos atrás, um dragão muito sábio chamado Archadius descobriu que ao assumir permanentemente a forma humana, suas habilidades mágicas aumentaram de modo significativo. Outros de nós, aqueles mais interessados em magia, logo o seguiram.

— Imagino que isso faz de você um bom administrador de um santuário de dragão.

Agad limpou a boca com um guardanapo.

— Sim e não. Eu certamente possuo um profundo conhecimento sobre dragões. O suficiente para perceber que dragões têm pouco apreço por aqueles de nós que abraçaram a humanidade permanente. Num certo sentido eles nos veem como fracos, num certo sentido eles são ciumentos e num certo sentido eles nos culpam pelo declínio geral dos dragões.

— Por que culpar os magos?

— Por bons motivos. Os magos eram os principais matadores de dragões. Como os humanos, os dragões fazem alianças e possuem inimigos. Essas batalhas tornaram-se ferozes depois que diversos dragões assumiram forma humana e, no processo, a humanidade descobriu como chacinar dragões. E ainda por cima, os magos desempenharam um papel instrumental no confinamento dos dragões em santuários.

— Ele molhou os dedos no vaso de água e em seguida secou as mãos no guardanapo.

— Outros dragões têm como saber que você já foi um deles?

— Só se testemunharem a extensão dos encantos que eu consigo operar. Ou se, em priscas eras, eles presenciaram a minha transformação. Em circunstâncias normais, a metamorfose é tão completa que até mesmo companheiros dragões ficam impossibilitados de identificar um dragão em forma humana. Um avatar humano funciona como um disfarce virtualmente perfeito.

— Você gosta de ser humano?

O mago lançou-lhe um sorriso torto.

— Você faz perguntas difíceis. Um dragão prefere ser dragão quando ele é um dragão. Nós só podemos tolerar sermos humanos enquanto estamos vestidos na forma humana. Mudar de forma indefinidamente é desorientador. A forma que nós assumimos afeta as nossas mentes. Aqui, agora, eu não consigo recordar inteiramente a experiência de ser um dragão. Eu desfruto do domínio da magia que conquistei. Gosto principalmente de como um ser humano pensa e percebe o mundo. Os arrependimentos perduram? Certamente. Ainda que, no geral, desprovido de meios para mudar a história, eu esteja contente com a minha decisão.

— Você fez a escolha muito tempo atrás?

Agad exalou agudamente.

– Há milhares de anos.

– Quer dizer então que você envelhece lentamente?

– Quase tão gradualmente quanto um dragão. – Ele bebeu da taça. – Mas nós estamos digredindo. Eu queria conversar com você acerca de Patton.

– Parece que você odeia ele.

– Eu preciso apresentar essa fachada. É verdade que ele foi impopular entre os dragões aqui, mesmo antes de surrupiar um ovo. Mas eu estou a par da verdade. O ovo que ele pegou pertencia a um dragão chamado Nafia que adquirira o hábito de comer seus filhotes. Dragões reproduzem-se raras vezes, e eu queria que a cria mais recente dela sobrevivesse. Patton levou o ovo para um local seguro. Com o intuito de apaziguar os dragões, dei a entender que estava indignado, inventei um ardil afirmando que Patton perecera e fingi enterrar seus restos mortais no jardim de nossa igreja.

– Você sabe onde ele escondeu a chave?

Agad balançou a cabeça.

– Ele não confiou esse segredo nem mesmo a mim. Mas, se você escavar, encontrará marcas peculiares na porção da lápide de Patton abaixo do chão. Eu imagino que você consiga decifrar a linguagem secreta das fadas.

– Consigo. Você pode ajudar a gente a pegar a chave?

– Lamentavelmente, não tenho condições de oferecer quase nenhuma assistência. Os dragões não nutrem nenhum amor por mim. Potentes defesas mágicas reforçadas por um antigo tratado protegem-me enquanto permaneço na Fortaleza Blackwell. Caso eu me aventure além daqueles muros, os dragões devorarão a mim e a meus assistentes. A mesma coisa acontecerá se eu romper o tratado permitindo que você se aloje aqui por mais tempo do que o permitido.

– Como é que você pode ser o administrador se nunca sai daqui?

– Meus assistentes aventuram-se além desses muros na condição de meus olhos e de meus ouvidos. Um trabalho que poucos invejariam. E eu consigo discernir muitas coisas por meios mágicos. – O mago recostou-se na cadeira. – Eu não estava mentindo aos seus companheiros quando lhes disse que eles fracassariam.

– A gente precisa tentar – disse Kendra. – Nossos inimigos são muito poderosos.

– Mesmo que vocês, por algum meio que fosse, conseguissem retirar a chave, teriam por acaso como guardá-la melhor do que os dragões?

– Agora que os nossos inimigos sabem que a chave está aqui, eles vão dar um jeito de pegá-la. Nós temos que tirá-la daqui.

– Eles estão com o Oculus. Eles a encontrarão novamente.

Kendra olhou fixamente para ele.

– Como é que você sabe que eles estão com o Oculus?

– Eu pude sentir quando eles espionaram aqui. Não pude identificar quem estava me observando, mas senti o olhar. Já fui estudado pelo Oculus antes.

– Será que um dos seus assistentes poderia nos ajudar? – tentou Kendra.

– Eu não posso arriscar a vida de nenhum assistente meu mandando-os ajudá-los. Dragões não perdoam. Além desse castelo, vocês são invasores, e não posso deixar que a sua missão perturbe nosso frágil acordo. Ademais, nenhum de meus ajudantes é muito confiável. Sei que alguns deles são espiões de determinados dragões. Eu acho que meus assistentes não fariam nenhum mal a vocês contra a minha vontade aqui na fortaleza, mas tenho dúvidas até mesmo em relação a isso. Muita dureza é necessária para que se sobreviva num ambiente como esse.

Kendra cruzou os braços sobre a mesa.

– Tudo bem. Quando eu posso dar uma olhada na lápide?

– Vou instruir Simrin pra que lhe mostre o jardim da igreja. Essa noite ainda, desça lá com um ou dois dos seus camaradas. Tente não deixar que meus assistentes vejam. Cubra seus rastros quando saírem. – O velho empurrou o descanso de braços de sua cadeira e se levantou. – Não revele a minha amizade com Patton a ninguém, nem mesmo a seus amigos. Culpe a pureza de meu interesse na sua condição de fadencantada. Fornecerei conselhos a você e a três companheiros de sua escolha amanhã. Nas atuais circunstâncias, a melhor coisa que eu posso oferecer será aconselhamentos.

– A gente vai agradecer qualquer coisa que você puder fazer.

O mago deu-lhe um tapinha no braço.

– Eu gostaria de poder dizer que passou pela minha cabeça que isso seria suficiente.

CAPÍTULO DEZOITO

Fortaleza Blackwell

Seth cobriu o copo de plástico com a mão e sentiu os dados pinicando sua palma.

– Vamos lá, seis – murmurou ele, descobrindo o copo e soltando cinco dados na tampa da caixa de Yahtzee.

– Três cincos – anunciou Bubda.

– Nenhum seis – disse Seth, estudando sua folha de pontos. – Eu já tenho os meus cincos. Ainda preciso de quatro do mesmo tipo. Cinco resolve. – Ele recolheu os dados e rolou o três e o quatro. Em seguida rolou o um e o seis.

– Nenhum quatro do mesmo tipo – disse Bubda. – Você quer ficar com o seis?

– Eu com certeza perderia o meu bônus. E já usei a minha rodada extra. É melhor eu ficar com um zero pro Yahtzee.

Bubda recolheu os dados no copo e deu um sorrisinho ao lançá-los com firmeza. O troll eremita já havia marcado um Yahtzee naquela rodada e assegurara seu bônus da seção superior. O tédio levara Seth a remexer a quinquilharia do depósito. A caixa de Yahtzee tinha um aspecto antiquado, como se pertencesse à década de 1950 ou 1960. Algumas das cartas de marcação de pontos haviam sido usadas, mas muitas delas permaneciam em branco, e havia também dois pequenos lápis de cor. Seth começara a jogar sozinho, e o troll por fim veio observar por cima do ombro dele. A curiosidade relutante de Bubda crescera rapidamente até se transformar numa maratona Yahtzee.

O troll lançou os dados na tampa da caixa.

– Quatro de um – anunciou Seth. – Você já tem quatro de um. Você precisa ter quatro de um mesmo número, e isso seria um grupo de três bem baixo. Você pode tentar um *full house*.

Bubda balançou a cabeça e pegou um único dado, deixando os quatro de um.

– Bônus de Yahtzee vale cem pontos.

Ele rolou um seis. Resmungando, agarrou o dado e rolou um de um.

– Yahtzee! – gritou Bubda, levantando as duas mãos.

Seth pôde apenas balançar a cabeça.

– Você é o cara mais sortudo da face da Terra. – Bubda já vencera nove das treze partidas.

Bubda deu cambalhotas em círculos, dando tapas nos quadris enquanto girava um dedo em cima da cabeça. Seth lamentou ter mostrado ao troll que cada Yahtzee merecia uma dancinha da vitória.

Acima e atrás de si, Seth ouviu uma das abas da mochila se abrindo. Bubda mergulhou por cima de uma pirâmide de engradados. Com a cabeça enfiada e os membros grudados junto ao corpo, ele pareceu, estranhamente, de um momento para o outro, um baú de madeira. À medida que pés desciam a escada, Seth afastou-se para um canto, na esperança de que sua habilidade como sombra ambulante o mantivesse invisível. Como era possível que ele tivesse deixado o jogo de Yahtzee se transformar num risco à sua segurança?

Quando a figura descendo os degraus apareceu, Seth respirou com mais facilidade.

– Eu estou sozinho – falou Warren com a voz abafada. Seth gostou de ver como os olhos do amigo vasculharam ao redor sem reconhecer coisa alguma.

– Estou aqui – disse Seth, dando um passo à frente.

– Nada mau – aprovou Warren. – Você apareceu no meio do nada.

– Quais são as novidades?

– Desculpa por só ter conseguido descer aqui agora. Eu não queria que os outros soubessem de você ainda. – Warren olhou de relance para o chão. – Você estava jogando Yahtzee?

– Eu não me dou muito bem com o tédio. É um pesadelo, sabia?

Warren assentiu com a cabeça.

– Nós estamos dentro da fortaleza. É meio que um pequeno castelo.

– Eu sei o que é uma fortaleza.

– Kendra e alguns dos outros estão investigando o jardim da igreja atrás de pistas. Não gostei muito de tê-la deixado sozinha, mas queria ver como você estava. – Warren explicou a Seth o encontro com Agad e como todos eles teriam de sair juntos na manhã seguinte.

– Nós estamos aqui agora – disse Seth. – Será que não seria melhor eu sair e aparecer pra todo mundo?

– Eu não sei muito bem como os outros encarariam a situação.

– Não vou te dedurar por ter me ajudado. Vou fingir que agi sozinho.

– Eu não estou preocupado com isso. Só quero que a equipe permaneça cooperando e concentrada na missão. A sua aparição poderia estabelecer uma divisão. Você ficará mais seguro aqui do que em qualquer outra parte, e se a gente sair da fortaleza, você vai continuar com a gente. Acho que talvez seja mais inteligente manter você aqui na surdina. Se a gente se meter numa confusão onde tiver como ajudar, você vai poder ser nosso reforço.

– Beleza. Eu acho que isso faz sentido.

Warren agachou-se e pegou os dados vermelhos. Sacudiu-os no copo marrom e soltou-os na tampa da caixa.

– Olha só pra isso. Pontuação total. – Ele endireitou a postura. – Eu nunca me senti numa situação mais difícil do que essa. Estou inclinado a tentar esconder a mochila em algum canto obscuro da fortaleza e depois descer aqui com você e a sua irmã.

– Por que você não faz isso?

– Agad é um mago, e ele não pode deixar a gente ficar aqui. Ele vai descobrir se a gente tentar guardar a mochila. Camarat, aquele dragão no portão da entrada, farejou a mochila assim que nós nos encontramos. Acho que não existe nenhum lugar seguro pra se esconder em todo esse santuário. Nós precisamos atingir nosso objetivo e sair logo daqui.

Warren foi até uma das caixas de suprimentos e tirou uma barrinha de granola. Jogou outra para Seth. Eles abriram as embalagens e começaram a comer.

– Seja lá o que você decidir fazer – disse Seth entre uma mordida e outra –, tente não me deixar aqui embaixo por muito tempo. Já estou quase ficando maluco de tanto jogar Yahtzee.

– Vou me lembrar disso.

※ ※ ※

A noite estava quieta e não fazia nem a metade do frio que Kendra estava esperando. Ela duvidava, inclusive, que a temperatura tivesse ficado abaixo de zero. Acima, no céu, as estrelas cintilavam em tamanha quantidade que até mesmo as mais familiares constelações ficavam perdidas na abundância.

As lápides no jardim atrás da modesta capela da fortaleza se encontravam em vários estados de depredação. Muitas estavam rachadas ou lascadas. Algumas haviam sido lixadas. Outras pendiam inclinadas. Diversos túmulos eram simplesmente identificados por pilhas de pedras. Três deles eram indicados por esferas de granito toscamente talhadas, do tamanho de bolas de praia. Kendra conseguia enxergar bem o bastante para ler a maioria das lápides sem luz, de maneira que Trask e Gavin seguiam-na cegamente, confiando nos olhos da menina.

A lápide de Patton Burgess era mais sólida e legível do que muitas outras. Ela se erguia até a sua cintura e continha as seguintes palavras:

Patton Burgess
Palavra aos Sábios
Seja prudente entre os dragões

Kendra leu as palavras em voz alta, e em seguida contornou para dar uma olhada no outro lado.

– Não tem nada aqui atrás. – Era estranho pensar que em sua cidade natal ela tinha sua própria lápide falsa. Seus pais ainda acreditavam que ela estava enterrada naquele túmulo. Mas era por um bom motivo. Se isso os mantivesse em segurança, então valia a pena.

Trask e Gavin agacharam-se e começaram a raspar a terra dura com pás. Kendra inspecionou o jardim. Mara, Dougan e Tanu estavam de vigia em algum lugar, ao passo que Warren mantinha as luzes queimando em alguns dos aposentos.

– Isso aqui é a mesma coisa que escavar ferro – reclamou Gavin.

Trask fez uma pausa, destampando um frasco que Tanu lhe emprestara e polvilhando um pouco de seu conteúdo no chão. Depois de um momento eles voltaram a cavar e pareceu que os progressos tornaram-se mais visíveis. Kendra sentia-se tensa. A fortaleza tinha uma atmosfera opressiva. Projetada para abrigar um pequeno exército, o sólido complexo parecia excessivamente grande e vazio demais. Havia muitos parapeitos, muitas janelas e alcovas obscuras, muitos lugares para se esconder. Ela não conseguia deixar de imaginar quem poderia estar observando. Enquanto seus amigos chegavam cada vez mais fundo na terra desafiadora, os sons da escavação eram triplicados por ecos sobrenaturais. Kendra examinou com cuidado os muros circundantes em busca de olhos inimigos.

Simrin veio-lhe à mente. Mais cedo naquela dia, ela avistara a mulher-cobra escalando um muro para alcançar uma passarela, as palmas das mãos grudadas na pedra em vez de agarrando-a, subindo a superfície vertical como uma lagartixa. Será que Simrin os estava espionando naquele exato momento, espiando de alguma sombria posição elevada, pronta para transmitir informações aos dragões?

Durante o dia, Kendra esbarrara em outras criaturas além do minotauro, da mulher-cobra e do alcetauro. Ela vira um enorme ogro corcunda com antebraços carnudos e um rosto desbastado atravessando um pátio com uma bigorna debaixo do braço. O brutamontes encrespado tinha um olho maior do que o outro, e uma morrinhenta cabeça calva guarnecida de finos cabelos amarelos. Ela também notara um pequeno homem que não chegava à sua cintura correndo por todos os lados com suas pernas delgadas como se fosse um gafanhoto. Quem podia dizer que outros assistentes incomuns Agad alistara?

– Essa lápide vai mais fundo do que se poderia imaginar – disse Trask, arfando.

– Alguma palavra até agora, Kendra? – perguntou Gavin.

Kendra agachou-se e viu as primeiras linhas de uma mensagem.

– Tem, sim. – Kendra pegou papel e caneta que tinha levado. Eles haviam decidido que pediriam para ela anotar a inscrição com o intuito de evitar discutir a pista a céu aberto.

Trask e Gavin grunhiam à medida que escavavam e raspavam cada vez mais fundo na terra, revelando mais do túmulo profundamente enraizado. Trask polvilhou mais da poção que Tanu fornecera, e Gavin começou a atacar o solo com uma pequena picareta. Um fulgor de luz fez com que Kendra olhasse para cima, e ela avistou a última parte de uma estrela cadente rasgando o céu.

Quando a mensagem ficou inteiramente exposta, um anel de rochas e sujeira já cercava o buraco de tamanho considerável. Suor brilhava na cabeça raspada de Trask. Embora a inscrição estivesse escrita em letras pequenas, Kendra conseguia ler a mensagem sem dificuldade. Sentada na beira do buraco, ela copiou as palavras.

O objeto que você deseja é um ovo de ferro do tamanho de um abacaxi, a metade de cima coroada de protuberâncias, escondido dentro do tesouro do secreto Templo de Dragão, junto com outros itens sagrados para os dragões. O acesso é extremamente vigiado. O sucesso é improvável. Não retire nenhum outro item. Ignore as armaduras. Inimizade com dragões não é coisa de pouca importância. Não diga a nenhum dragão que você está procurando o templo, incluindo Agad. A direção do templo pode ser obtida no santuário da Fada Rainha perto de Split Veil Falls.

– Peguei – disse Kendra, dobrando o bilhete.

Trask e Gavin começaram a preencher novamente o buraco, jogando as pedras e a terra da melhor maneira possível. Enquanto esperava, Kendra releu a mensagem diversas vezes. Ela não desconfiara que a Fada Rainha pudesse ter um santuário ali. Ela não vira uma única fada sequer. Aparentemente, Kendra iria se juntar aos outros com Agad dando ou não a permissão para que eles ficassem. Se o santuário da Fada Rainha em Wyrmroost fosse algo semelhante ao santuário de Fablehaven, Kendra era a única pessoa que talvez pudesse manter-se viva pisando nele.

Ela tentou não imaginar que obstáculos poderiam estar à espera deles, caso conseguissem localizar o Templo de Dragão. Já estava claro que quando Patton estabeleceu que tornaria o Translocalizador difícil de ser encontrado, ele realmente estava falando sério.

※ ※ ※

Seth tentou resistir, mas as vozes eram insistentes demais. Ele ficou pendurado perto do alto da escada por vários minutos, escutando as súplicas sussurrantes, tentando em vão refrear sua curiosidade. O coro de vozes indiscerníveis fez com que ele se lembrasse do Hall dos Horrores. As vozes indistintas sobrepunham-se umas às outras de forma tão intensa que a maioria das palavras era difícil de ser captada. O que ele ouvia com mais frequência era: "fome", "sede" e "misericórdia".

Warren confiara a ele a tarefa de ficar quieto. Seth não estava disposto a dar nenhuma mancada, não ali em Wyrmroost, com tantas coisas em jogo. Mas assim que os sussurros começaram, ele achou impossível ignorá-los. E se as vozes abafadas levassem a importantes segredos que apenas ele poderia revelar? Essa poderia ser a chance de ele provar que tinha um lugar naquela aventura.

Seth empurrou para cima a aba de couro da mochila, saiu na casa de guarda e agachou-se em silêncio. O pátio escuro e quieto o esperava além da porta. Do lado de fora da mochila, ele conseguia discernir que a algaravia sussurrante originava-se de um único ponto, alcançando seus ouvidos de uma fonte mais profunda no interior da fortaleza.

Mantendo-se encostado nos muros, Seth esgueirou-se para o interior do pátio soturno, os olhos fixando-se no firmamento estrelado. Considerando-se a ausência de luz, sua habilidade de sombra ambulante deveria ser capaz de torná-lo quase invisível aos passantes. Sair da mochila era um risco, mas a possibilidade de obter informações úteis acerca do santuário era bastante atraente. Talvez ele até conseguisse criar uma aliança com algum ser poderoso. Situações desesperadoras às vezes clamavam por medidas extremas.

E, para ser honesto, mesmo que nada disso ocorresse, já era uma boa desculpa para sair daquele depósito abafado. O ar fresco da montanha já estava rejuvenescendo seu espírito.

Grades corrediças fechadas e uma ponte levadiça erguida barravam qualquer excursão além do muro. Do outro lado do portão, o edifício principal assomava, parcamente visível à luz das estrelas, acessível por uma única porta pesada. Permanecendo perto dos muros, tenso e vigilante, Seth contornou o pátio até alcançar a porta de ferro. Para seu deleite, encontrou-a destrancada.

No cavernoso recinto à frente, Seth considerou a ideia de pegar sua lanterna. Estava escuro demais para se enxergar, mas ele decidiu que mesmo uma luminosidade tênue seria algo arriscado demais num recinto tão proeminente. Em vez de se orientar pela visão, ele seguiu o murmúrio confuso, as vozes aumentando de volume à medida que ele atravessava a sala, canelas, calcanhares e mãos estendidas ocasionalmente chocando-se com obstáculos invisíveis.

Finalmente, Seth alcançou uma parede e depois uma porta. Ele assumiu momentaneamente o risco de acender a lanterna com a mão sobre a lateral brilhante e descobriu uma escadaria que subia e outra que descia. Os sussurros estavam definitivamente vindo da parte inferior do edifício. Talvez a fortificação tivesse um calabouço como o de Fablehaven.

Ao escutar um som similar a areia sendo mexida, vindo do alto do recinto, Seth apagou a lanterna e recuou para a parede. O som áspero não parecia natural. Um momento depois ele ouviu passos indistintos de alguém que descia cuidadosamente a escada. Sem ser vista, a pessoa alcançou os últimos degraus da escada e em seguida parou. Seth podia ouvir uma respiração regular.

— Eles estavam no cemitério — disse uma voz baixa —, cavando o túmulo de Patton.

— Tiraram alguma coisa? — respondeu uma voz tranquila de mulher.

— Não. Pareciam interessados em algumas marcas na lápide.

— Eles voltaram a seus aposentos?

— Até onde eu sei.

— Fique de olho. Vou verificar a ala deles.

Seth permaneceu rígido na escuridão, a mão ansiosa esmagando a lanterna. Pelo timbre das vozes, desconfiava de que se tratava da mulher-cobra e do minotauro que Warren descrevera. Mas não havia como ter certeza. Ele ouviu passos suaves atravessando a cavernosa sala.

Assim que achou que estava sozinho novamente, Seth avaliou a possibilidade de retornar à mochila. Se tivesse esperado que a fortaleza estaria coalhada de espiões, ele teria permanecido em seu esconderijo. Mas o rumor sussurrante persistia, e agora que ele estava livre, leve e solto, seria uma pena não terminar o que havia iniciado. Não parecia que algum dos falantes descera a escada, de modo que Seth moveu-se cegamente para a frente em direção às proximidades da escadaria que se dirigia ao nível inferior. Examinando à frente com um pé, ele encontrou a beirada do primeiro degrau e começou a descer.

Avançando da maneira mais sigilosa possível na escuridão, Seth desceu dois longos lances de escada, passou por uma porta, percorreu um corredor, atravessou uma soleira e desceu uma escadaria sinuosa. Enquanto isso, o volume dos sussurros aumentou até deixá-lo preocupado em saber se teria condições de perceber quaisquer outros sons.

Suas mãos encontraram uma porta de ferro sólido, a superfície áspera e quebradiça devido à corrosão. Seus dedos localizaram uma fechadura e, com um barulho metálico, a porta se abriu, liberando uma onda ainda mais tempestuosa de sussurros incompreensíveis. A porta estridente deixou Seth inquieto. Outras pessoas não saturadas pelos sussurros talvez não tivessem ouvido o barulho metálico de uma distância considerável.

O coração martelando em seu peito, Seth permaneceu algum tempo na soleira, tentando reunir a coragem necessária para avançar. A escuridão à frente era sinistra e barulhenta demais, de modo que ele pegou novamente a lanterna. Naquela profundidade toda, no interior da fortaleza, a luz da lanterna não deveria extravasar por nenhuma janela. O fulgor revelou um corredor curto que levava a uma parede curva de uma câmara parcialmente visível. Avançando cautelosamente, Seth emergiu no interior de uma câmara oval com um buraco circular no chão, a abertura sombria para uma escuridão imperscrutável. O murmúrio das vozes elevou-se igualmente, sibilando e implorando e ameaçando. Uma frieza penetrante no ar fez com que Seth estremecesse até o âmago de seu ser.

Nenhuma amurada protegia o buraco. Se tivesse deixado de usar a lanterna, talvez Seth tivesse caído no buraco inadvertidamente. O pensamento fez com que uma série de calafrios percorresse seus ombros. O buraco tinha aproximadamente três metros de comprimento, a sala não mais de nove. Uma única corrente longa serpenteava pelo chão, formando diversas pilhas pesadas de espirais ao longo do caminho. Uma extremidade estava ancorada à parede, a outra terminava perto do poço circular. Cada argola oxidada continha dois buracos, um para a argola anterior e outro para a seguinte.

Seth avançou até a beirada do buraco, tirou a tampa da lanterna e direcionou o foco de luz para baixo. Ele conseguia enxergar bem longe, mas a luz não alcançava o fundo. Assim que ele destampou a lanterna, os sussurros cresceram de intensidade até atingirem níveis furiosos.

— Quietos — murmurou ele.

Os sussurros pararam.

O abrupto silêncio parecia muito mais enervante do que o rumor anterior. Uma leve brisa soprou das profundezas do buraco.

Preocupado com a possibilidade dos donos das vozes abafadas terem condições de vê-lo, Seth desligou a lanterna, mergulhando a sala numa escuridão impenetrável.

— Ajude-nos — sussurrou uma voz ressecada e queixosa. — Misericórdia.

— Quem são vocês? — sussurrou de volta Seth, tentando impedir que seus dentes rilhassem.

— Nós somos aqueles confinados às profundezas — respondeu a voz sedenta.

— Que tipo de ajuda vocês...

— A corrente!

Um coro de outras vozes horripilantes repetiu a solicitação.

— A corrente, a corrente, a corrente, a corrente.

Seth limpou a garganta.

— Vocês querem que eu baixe a corrente?

— Nós te serviremos por mil anos.

— Nós realizaremos todos os seus desejos.

— Você jamais voltará a saber o que é a derrota.

— Você jamais conhecerá o medo.

— Todos irão se ajoelhar diante de você.

Mais vozes continuavam acrescentando promessas até que Seth não pôde mais distinguir nenhuma específica.

— Quietos — exigiu Seth. As vozes obedeceram. — Eu não consigo ouvir vocês quando todo mundo fala ao mesmo tempo.

— Sábio senhor — começou uma voz áspera, falando sozinha —, nós perdemos todo o sentido de tempo e lugar. Não merecemos esse abismo. Nós precisamos da corrente. Mande-nos a corrente. Onde está a corrente?

Outras vozes espectrais juntaram-se à choradeira.

– A corrente. A corrente. A corrente...

– Shhh – disse Seth. Mais uma vez, as vozes ficaram em silêncio. – A gente vai brincar do jogo do silêncio. O primeiro que falar perde. Eu preciso de um segundo pra pensar.

Seth acendeu a lanterna. Direcionou o foco de luz para a corrente enferrujada. Totalmente esticada, ela alcançaria o fundo do buraco. Uma vez baixada, a corrente de metal seria excessivamente pesada para que ele pudesse erguê-la sozinho. Ele contornou o perímetro do buraco. Nenhuma das entidades invisíveis se pronunciou. Os pais de Seth às vezes o mandavam brincar do jogo do silêncio quando estavam todos juntos no carro. Ele nem precisara prometer uma prenda ao vencedor!

– Tudo bem, eu tenho algumas perguntas a fazer – disse Seth. – É preciso que apenas uma voz responda.

– Eu – respondeu uma voz ávida.

– Ótimo. Nós estamos num santuário de dragão. O que vocês sabem sobre Wyrmroost?

Por um momento, não houve resposta.

– Nós sabemos pouco sobre santuários. Mas podemos matar dragões. Nós podemos chacinar centenas de dragões em sua serventia. Os tesouros deles vão adornar o seu salão. Nenhum inimigo o enfrentará. Dê-nos a corrente.

– Estou com a sensação de que se eu baixar essa corrente, vocês vão subir aqui em cima e me comer.

– Isso não está muito distante da verdade – disse uma voz atrás de Seth.

O comentário sobressaltou Seth de modo tão agudo que ele quase caiu dentro do buraco. Ele deixou cair a lanterna que mergulhou na escuridão, iluminando uma seção cada vez mais distante do interminável fosso, batendo duas vezes na lateral enquanto caía. A luz desapareceu sem que Seth pudesse vislumbrar o fundo e sem que nenhum pedaço mais distante pudesse ser alcançado.

Uma tocha brilhou, diminuindo a momentânea escuridão na câmara. Um velho com uma barba longa e uma pesada capa segurava o tição. Seth afastou-se do buraco desmesurado.

– Você deve ser Agad – disse Seth. – Você quase me fez ter um ataque cardíaco.

– E você deve ser o clandestino da mochila – respondeu Agad. – Camarat sentiu a sua presença, assim como também a de um troll eremita e a de um autômato não convencional. O dragão estava certo. Você é jovem, e é um encantador de sombras.

– Eu não quero fazer mal a ninguém.

Um dos olhos de Agad tremeu.

– Interessante o fato de que o primeiro lugar que você visitou tenha sido Blackwell.

– Eu estava seguindo os sussurros. Não sou encantador das sombras há muito tempo.

– Bem, essa aqui é, de longe, a sala mais perigosa da fortaleza, e provavelmente uma das mais perigosas de todo o santuário. Eu imagino se você não foi atraído até aqui. Patton disse que você tem uma quedinha por diabruras, embora tenha deixado de mencionar a sua condição de encantador de sombras pronto e acabado!

– Patton falou em mim? – perguntou Seth.

– Ele me disse pra também te esperar, caso a menina aparecesse. Eu gostaria de pensar que você não baixaria aquela corrente.

– A corrente? De jeito nenhum! Você deve estar brincando! Eu só estava com a esperança de conseguir alguma informação com eles ou algo do tipo.

Agad dirigiu-se à pilha de espirais mais próxima e sentou-se. Fez um gesto com a tocha e Seth sentou-se também.

— As entidades no interior de Blackwell diriam qualquer coisa pra ganhar a liberdade. Depois que isso acontecesse, suas promessas simplesmente iriam evaporar. Você não deve lidar com esse tipo de ser, Seth. Eles não dão nada. Eles só sabem como tomar.

— Por que uma corrente, pra começo de conversa?

A pergunta recebeu em troca um sorriso relutante.

— Se alguém sabe como administrá-los, como guiá-los, como liberá-los temporariamente e sob condições estritas, os habitantes de Blackwell possuem suas utilidades. Mas mesmo eu os empregaria apenas como um absoluto último recurso.

— Pode ser que no futuro você queira trancar a porta.

Agad sorriu mais amplamente.

— Eu deixei o local acessível prevendo a sua visita. Verdade seja dita, você e eu somos as únicas pessoas na Fortaleza Blackwell que poderiam ter entrado nessa sala, trancada ou não. Um temor penetrante mais potente do que o terror dracônico protege Blackwell da entrada de seres desprovidos de valor.

— Será que eu poderia aprender a controlá-los?

O mago avaliou-o.

— Talvez. Mas, você deveria tentar aprender? Acho que não. Esses demônios ímpios vão se voltar contra você na primeira oportunidade. Procure aliados mais palatáveis do que esses. Com milhares de anos de experiência, eu raramente tentei usá-los, e ainda me considero perigosamente vulnerável.

Seth podia sentir o frio das argolas por cima das calças.

— Será que dava pra você não contar isso pros outros? A maioria deles ainda não sabe que eu também vim. Estou me escondendo na mochila. Sabe como é, no caso de alguma emergência.

— Pra causá-las ou para resolvê-las? Tudo indica que seus amigos ficariam zangados se soubessem que você veio a Blackwell.

— Eles já pensam que eu sou um idiota.

Agad tossiu na mão.

— Patton não compartilhava dessa opinião. Ele reconhecia muito dele próprio em você. Mas isso o preocupava, por conta das muitas vezes em que ele escapou por um triz de uma morte prematura. Eu também vejo um grande potencial em você, Seth Sorenson. A maioria das sombras ambulantes são más ao extremo. Você me surpreende sendo exatamente o contrário. Tenha cuidado aqui. Um santuário de dragão não é lugar para pessoas imprudentes. Adequadamente aplicada, a coragem pode servir bem a você. Curiosidade, ousadia, uma sede de aventura; tudo isso provavelmente conduzirá à sua ruína.

— Vou tentar me lembrar disso.

Agad sorriu com tristeza.

— Eu aprendi a não me afeiçoar demais aos visitantes. Independente de você atingir ou não o seu objetivo aqui, a mera sobrevivência já seria um triunfo digno de nota. É melhor você retornar à sua mochila.

— Tudo bem. Obrigado pelo conselho.

O mago levantou-se.

— Suponho que não seja necessário dizer que eu espero jamais voltar a encontrá-lo nas proximidades de Blackwell.

— Vou ficar longe das vozes. A propósito, com relação àquilo que eu falei sobre contar pros outros...

Agad deu uma piscadela.

— Eu não conto se você também não contar.

※ ※ ※

Nuvens ameaçadoras bloqueavam boa parte do sol da manhã enquanto Kendra andava no topo do muro da fortaleza. Acima dela, o céu estava azul e límpido, mas grandes massas de nuvens plúmbeas aglomeravam-se por todos os lados, como se o santuário estivesse situado no olho de um furacão. Brisas leves agitavam o ar a partir de direções imprevisíveis.

À frente dela, Simrin a conduzia com uma sinuosa desenvoltura, as escamas maleáveis em suas costas ondulando-se sutilmente a cada passada. Atrás de Kendra vinha Trask, Gavin e Tanu, os três que ela escolhera para essa última entrevista com Agad. Simrin explicara que Agad queria se encontrar com eles dentro de uma das torres da fortaleza.

Kendra acordara com a garganta irritada. Ela tinha a esperança de que a irritação desapareceria com o passar do dia, mas a sensação estava, na melhor das hipóteses, ficando mais desagradável. Cada engolida que ela dava era pior do que a anterior. Ela lembrou a si mesma que deveria pedir algum remédio a Tanu.

Onde dois muros formavam uma interseção numa torre arredondada, Simrin abriu uma pesada porta de carvalho com tiras de ferro, ao lado da qual se posicionou. Kendra seguiu na frente em direção ao interior de uma sala circular com mais ou menos seis metros de comprimento. Finas presilhas em forma de flecha interrompiam uma ampla seção da parede. Em um dos lados, uma escada de madeira dava acesso a um alçapão no teto. Simrin fechou a porta de carvalho sem segui-la.

Agad estava à espera na extremidade da sala segurando um bastão longo e fino. Entre eles, um mapa em relevo de Wyrmroost cobria o chão, completo com os dois picos altíssimos, uma abundância de florestas sobre colinas, diversos vales, alguns lagos, muitos córregos e um pequenino modelo da Fortaleza Blackwell.

– Bom dia – disse Agad. – Imaginei que a Sala do Mapa Menor talvez pudesse ser um espaço apropriado pra essa discussão. Pensei na possibilidade da Sala do Mapa Maior, mas a quantidade de detalhes é pra lá de esplêndida. Um guardião precisa proteger alguns segredos.

— Parece que teremos um tempo bem ruim hoje – observou Trask.

Agad mirou-o com um olhar sagaz.

— Isso é um comentário ou uma pergunta? Sem dúvida vocês repararam a desproporcional ausência de neve aqui em Wyrmroost. — Ele deu uma batidinha em um dos altos picos com seu bastão. — Thronis, o gigante celeste, vive em cima de Stormcrag. Não somente Thronis é o maior gigante vivo de que se tem notícia, como também é um talentoso feiticeiro. Ele escolhe ver Wyrmroost como seu domínio, e tempera o clima com feitiçaria. Os dragões o desprezam, mas sua fortificação é inexpugnável, e eles apreciam os ventos reduzidos. Vendavais e voos de dragão não combinam muito bem.

— Eu não fazia a menor ideia de que ainda existiam gigantes celestes no mundo – disse Tanu.

— Bem-vindo a Wyrmroost – disse Agad, sorrindo. Ele deu uma batidinha na outra montanha com o bastão. — Perto de Moonfang, o pico mais alto, vive Celebrant, ô Justo, amplamente reconhecido como rei de toda a espécie dos dragões. Asas são necessárias pra escalar essas montanhas. Dá a eles um grande espaço de manobra. O santuário inteiro é repleto de perigos, mas nenhum inimigo é mais mortífero do que as entidades que habitam o topo desses poderosos picos.

— Que outras criaturas nós podemos encontrar? – perguntou Gavin.

Agad cofiou a barba.

— Dragões, dragões que expelem fogo pela boca, dragões alados, basiliscos, grifos, gigantes, trolls de montanha, *rocs* e fênix estão entre os nossos habitantes mais poderosos. Mesmo os seres de menor porte podem resultar em encontros bastante arriscados. Depois de séculos vivendo aqui, nem mesmo eu consigo nomear tudo o que existe à espreita sob o céu, folha e pedra de Wyrmroost. Não é necessário afirmar que os visitantes não desfrutam de uma longa expectativa de vida aqui. Cuidem pra que a visita de vocês seja curta.

— Talvez você possa nos ajudar a encurtar a nossa estada — disse Trask. — Nós sabemos que estamos nos dirigindo ao santuário da Fada Rainha.

Agad olhou de relance para Kendra.

— Suponho que isso talvez ajude a explicar a presença de sua jovem amiga. Embora eu seja obrigado a dizer que o santuário encontra-se numa encosta de Stormcrag e faz parte dos limites que Thronis vigia de modo mais ciumento. Você afirma que seu destino é esse?

— Infelizmente — confirmou Trask.

Agad estremeceu.

— As cercanias imediatamente vizinhas ao santuário devem oferecer abrigo seguro contra Thronis ou quaisquer outros inimigos. Infelizmente, a maioria dos seres que pisam no local são instantaneamente obliterados. Na hipótese remota de algum de vocês ser levado com vida por Thronis, tenham cuidado com a mente dele. O gigante não é nenhum idiota. Há motivos pelos quais ele perdura há tanto tempo, residindo de maneira confortável em terra sagrada cobiçada por todos os dragões de Wyrmroost. Esses motivos estendem-se bem além de sua inimaginável força bruta. Eu assumo o crédito por ter instalado a maior fraqueza dele: um colar irremovível que o restringe e o estrangula caso fale uma mentira. Não pronunciem meu nome na frente do gigante celeste. Thronis não nutre nenhum amor por mim. Por quais outros locais vocês podem vir a precisar passar?

Os companheiros olharam-se mutuamente.

— Nós não temos certeza — confessou Kendra por fim.

Usando o bastão para apontar, como forma de enfatizar, Agad descreveu a melhor rota da Fortaleza Blackwell até o santuário da Fada Rainha. O caminho não era em linha reta, mas ele detalhou como o percurso sinuoso evitaria os terrenos mais acidentados e passaria ao largo dos covis das criaturas mais assustadoras. Prosseguiu apontando outros locais perigosos: um desfiladeiro frequentado por trolls de montanha, um vale cheio de árvores que era o lar de dezenas de dragões alados, uma passagem alta perto do ninho de um *roc* e numerosos covis de dragões. Kendra tinha esperança de que os outros tivessem uma memória melhor do que a dela.

Finalmente, Agad afastou-se do mapa, encostando o bastão na parede.

– Essa orientação deve dar a vocês uma chance ligeiramente maior naquela área. Lembrem-se, nada é certo. Problemas podem acontecer em qualquer lugar, a qualquer momento. Isso aqui é um santuário de predadores, e eles estão constantemente circulando.

– Obrigada pela orientação – disse Kendra.

Agad fechou os olhos momentaneamente, um lento piscar.

– Agradeça-me sobrevivendo. Tente não mexer em casa de marimbondo. Eu tenho problemas suficientes aqui. Não preciso de visitantes inventando novos.

– Como a gente sai de Wyrmroost depois da missão? – perguntou Kendra.

O mago esfregou o bigode.

– Vocês foram admitidos através do portão, então deverão sair pelo portão. Usem a mesma chave. Se desejarem, poderão abrigar-se aqui na última noite. Mais alguma pergunta?

– Será que daria pra você conseguir pra mim alguns ingredientes de poções? – perguntou Tanu de modo ousado. – Eu precisaria especificamente de substâncias derivadas de dragões. Seria uma maneira de você nos ajudar discretamente.

O mago empinou a cabeça e coçou atrás da orelha.

– Verdade. Seria difícil rastrear quaisquer ingredientes vindos de mim. Venha comigo depois de terminarmos essa reunião. Talvez nós possamos fazer um escambo. Você deve possuir alguns itens que são raros em Wyrmroost.

– Seria um prazer fazer algumas trocas – disse Tanu.

– Existe alguma regra quanto a ch-ch-chacinar dragões? – perguntou Gavin.

O mago lançou-lhe um olhar duro.

– Você está esperando um combate?

– Eu estou p-p-perguntando hipoteticamente.

Agad olhou para ele com raiva.

– Ao contrário do que ocorre em alguns santuários, aqui não existem penalidades previstas para quem assassina dragões. Mas, como você deve saber, nenhum dragão olha para um matador de dragões com olhos ternos, a menos que a morte tenha ocorrido dentro dos parâmetros mutuamente aceitos de um duelo formal.

Gavin assentiu com a cabeça.

O mago balançou ligeiramente a cabeça.

– Por favor, não desperdice a sua vida e nem arruíne seus amigos engajando-se num combate com algum dragão.

– Não tenho nenhuma intenção de lutar com dragões – assegurou-lhe Gavin. – Eu só gosto de conhecer as regras.

– Camarat disse que você parecia ter experiência com dragões – disse Agad.

– Eu sou jovem, mas o meu pai me ensinou muita coisa. Chuck Rose.

– Nunca ouvi falar dele. – Agad começou a andar na direção da porta.

– É preciso que vocês estejam fora da fortaleza ao meio-dia. Depois disso, podem fazer como bem lhes aprouver, mas eu recomendo sigilo e pressa.

– Eu gostaria muito de trazer Mara e os outros pra verem a sala de mapa – disse Trask. – Eu adoraria repetir algumas das suas instruções.

Passando pela porta, Agad olhou de relance para o céu.

– Você tem a minha permissão. Seja rápido. – O velho deu um tapinha no ombro de Kendra. – Boa sorte a vocês. Eu espero que vocês encontrem o que procuram, e que o preço não seja alto.

Agad afastou-se com Tanu ao seu lado.

Kendra virou-se para Trask e Gavin.

– Útil?

Trask deu de ombros ligeiramente.

– Quanto mais nós aprendemos sobre o que vamos enfrentar aqui, menos eu gosto. Mas eu prefiro muito mais estar assustado do que estar cego. Vamos chamar os outros.

Caminhando com Trask e Gavin, Kendra ponderou acerca do líder. Trask parecia ser o mais capaz de todos eles. Ele era alto, forte, habilidoso, conhecedor do mundo. Ele se movia com confiança. Tomava decisões rápidas. Se portava como um homem que já vira tudo.

Ela não gostou de saber que ele estava assustado.

CAPÍTULO DEZENOVE

Domadores de dragão

Quando Kendra começou a atravessar a ponte levadiça com seus companheiros, o céu já estava todo nublado. O teto cinza diretamente acima do santuário parecia mais leve do que a tenebrosa área que cercava Wyrmroost, mas flocos de neve começaram a cair, empurrados pelas inconstantes brisas. Quando Kendra olhou além da barreira de arco-íris, a neve que caía fora do santuário dava a impressão de ser muito mais forte.

Kendra olhou para trás na direção do muro que cercava a Fortaleza Blackwell lamentando-se. Ela e seus amigos estavam agora ao relento. Vulneráveis. No hotel, Gavin relatara como dragões viam pessoas: assim como pessoas viam camundongos. Na ocasião, ela se sentiu como um ratinho largado numa gaiola de cobras. Dentro das fronteiras de Wyrmroost, dragões ou outros predadores místicos podiam estar à espreita debaixo de qualquer árvore, dentro de qualquer caverna, além de qualquer morro. Nenhum abrigo visível lhes restava. Era apenas uma questão de tempo até que atraíssem a atenção de alguma criatura.

Eles começaram a subir uma encosta, o grupo movendo-se sem muita coesão. Tanu dera a ela uma pastilha para a garganta, mas a irritação ainda persistia. À medida que a Fortaleza Blackwell encolhia atrás deles, Kendra observava os outros. Com seus passos longos e objetivos, Trask parecia determinado e confiante. Tanu e Mara exibiam expressões sérias, compenetradas. Dougan parecia calmo, como se estivesse num passeio para desfrutar dos encantos naturais. Warren jogava um galho no ar, repetidas vezes, aparentemente tentando ver quantas vezes conseguia girá-lo no ar antes de pegá-lo. Gavin mantinha a retaguarda, esfregando ansiosamente os polegares nas palmas das mãos, os olhos em constante movimento.

Eles passaram embaixo de altos cedros e pinheiros, o caprichoso vento agitando os galhos acima. Embaixo das árvores, Kendra via acúmulo de velhas agulhas de pinheiro ressecadas, galhos emaranhados, algumas pedras protuberantes e periódicas faixas de neve velha e suja. Os diminutos flocos de neve caindo no momento não grudavam-se no chão. Na realidade, debaixo das árvores, poucos flocos conseguiam alcançar o solo da floresta.

– Liberamos o fantoche? – perguntou Warren. – De repente seria uma boa mandar Mendigo rastrear possíveis perigos. Ele não nos adianta em nada dentro daquela mochila.

– Nós vamos fazer uma parada no topo daquela crista e tirá-lo – disse Trask.

No caminho em direção ao topo da crista o terreno ficava mais íngreme. Kendra usou as duas mãos para escalar a difícil encosta. Na extremidade, o solo descia de maneira ainda mais aguda. A neve parara por um tempo, embora a brisa tivesse aumentado. Acima deles assomava cristas e colinas mais altas, espinhaços, saliências repletas de árvores, faces rochosas e, por fim, os penhascos nus e escarpados de Stormcrag. Para a esquerda e mais além, Moonfang surgia em sua majestosa magnitude apontando para o céu, o cume obscurecido por suaves nuvens cinzas.

Kendra recordou-se de quando olhara o santuário do helicóptero, bem como do mapa na Fortaleza Blackwell. Usando a posição elevada da montanha como referência, ela tentou visualizar algumas das ravinas, vales, campinas e córregos que ainda não vira.

– Olhem do outro lado do golfo – disse Dougan.

Uma forma escura e corpulenta emergiu das árvores na crista seguinte. Com a constituição de um urso, a criatura tinha a pelagem desgrenhada de um iaque e um bico grosso de gavião. A fera recuou e ficou apoiada nas pernas traseiras, uma altura duas vezes maior do que a de qualquer urso pardo, e emitiu um som que ficava no meio do caminho entre um ganido e um rosnado.

– O que é aquilo? – sussurrou Kendra.

– Não tenho certeza – murmurou Trask. – Talvez já esteja mais do que na hora de nós sacarmos as nossas armas.

Trask e Warren abriram a mochila e desceram em direção ao depósito. A monstruosidade na forma de urso continuou subindo a crista oposta e depois desapareceu na outra extremidade, balançando um rabo sem pelo com um nó bulboso na ponta.

– Olhem acima da encosta de Stormcrag – disse Mara, os olhos voltados para o céu.

Kendra seguiu o olhar dela e viu duas silhuetas distantes girando no ar, asas abertas pendendo agudamente. Faltava a elas os longos pescoços e rabos dos dragões, mas as criaturas aladas eram grandes e tinham quatro pernas.

– Grifos – disse Tanu.

Enquanto eles observavam, as criaturas rodopiaram e fizeram círculos acrobáticos no ar. Em seguida mergulharam e sumiram de vista juntas.

— Encontraram presas — comentou Dougan.

Um ou dois minutos depois, Trask e Warren saíram da mochila, seguidos de Mendigo, os ganchos dourados de suas juntas balançando. Além de carregar sua imensa besta, Trask levava um par de espadas idênticas nas costas e adagas gêmeas na cintura. Warren segurava a espada que reivindicara em Lost Mesa. Mendigo levava consigo uma lança de dois metros e meio de altura e um pesado machado de batalha. Mara pegou a lança e Dougan aceitou o machado.

— Vocês ficaram sem arma? — perguntou Kendra a Tanu e Gavin.

Tanu girou o corpo, mostrando a Kendra a zarabatana enfiada em seu cinto.

— Dardos do sono e poções pra mim.

Gavin girou seu cajado.

— Isso aqui serve por enquanto. Ficarmos afastados do perigo vai ser o nosso melhor amigo. Mas é bom estar armado caso apareçam ameaças de menor porte.

— Tipo ursos-gaviões gigantes — disse Kendra.

Ele deu uma risadinha.

— Exatamente.

— Mendigo — chamou Warren. — Dê uma rastreada no perímetro. Não se afaste muito de nós. Avise-nos de quaisquer possíveis ameaças. Não deixe nenhuma criatura nos pegar de surpresa. Nossa meta é evitar encontros. Caso ocorra algum problema, proteger Kendra será a sua prioridade número um, depois o resto de nós. Leve-a para a mochila se o perigo se tornar extremo. Nossa meta principal é fugir de conflitos, mas use a violência para nos proteger se assim for necessário. Como último recurso, se for obrigado a matar pra nos proteger, faça isso.

O humanoide de madeira mexeu a cabeça e seguiu na direção da parte mais extrema da crista, movendo-se com uma boa e graciosa desenvoltura. Kendra logo o perdeu de vista sob as árvores.

— Vamos seguir esse contorno da crista por um tempo — disse Mara —, depois descemos para o vale arborizado.

— Vamos em frente — disse Trask, pousando sua grande besta no ombro.

A caminhada levou-os por uma variedade de terrenos. Eles passaram por uma ladeira coberta de seixos, atravessaram regatos estreitos, campinas gramadas e costearam um lago oblongo. Perto de um ponto sombreado, eles se agacharam atrás de um tronco caído quando uma criatura semelhante a um dragão, asas pretas, duas pernas escamosas, rabo de escorpião e cabeça de lobo bebeu galões de água. Eles viram mais grifos girando no céu, mas nunca próximos deles. Em um determinado ponto, perto da crista de uma colina, Mara apontou uma coluna de fumaça preta ascendendo ao longe.

Quando a noite caiu, eles se abrigaram numa vala rasa encostada num paredão côncavo de barro embaixo de um afloramento rochoso. Mara fez uma fogueira e eles comeram uma boa refeição do sortimento acondicionado na mochila: bifes salgados no papel laminado com legumes, complementados por frutas secas e suco de maçã. Depois do jantar, eles partiram e misturaram bicoitos *cream-cracker*, barras de chocolate e *marshmallows* para fazer sanduíches pegajosos. Gavin e Tanu deixaram seus *marshmallows* tostarem e os comeram chamuscados, mas Kendra preferiu assar os dela pacientemente até adquirirem uma tonalidade dourada.

Warren ofereceu-se para montar uma pequena tenda em forma de domo para Kendra, mas os outros estavam contentes em transformar seus sacos de dormir bem isolantes em bivaques à prova d'água, de modo que ela fez o mesmo. Apesar de terem mandado Mendigo vigiar a área na condição de sentinela insone, eles decidiram também montar guarda um a cada vez. Dougan mencionou o fato de que poderiam se abrigar na mochila, mas Warren observou que eles poderiam ser encurralados dentro dela e que só poderiam pensar em usá-la como último recurso.

Kendra pegou o primeiro turno de vigilância. Ela sentou-se ao lado dos carvões da fogueira, mirando a penumbra das árvores circunvizinhas enquanto uma neve esporádica continuava a cair, porém ainda sem se acumular no chão. Ela tentou não remoer quais possíveis terrores estariam patrulhando a noite além de seu campo de visão. Tinha esperança de que Mendigo a alertaria antes que qualquer coisa mortífera se aproximasse demais.

Na metade de seu período de vigilância, rosnados intensos alcançaram seus ouvidos, ecoando ao longo da vala. Galhos estalaram e pedras caíram. Foram necessários vários minutos para que ela conseguisse relaxar até os grunhidos malignos pararem. Mais tarde, quando Dougan veio substituí-la, o ar ficou mais calmo, e eles escutaram juntos as lentas batidas de imensas asas bem acima no céu, semelhantes à batida ritmada de uma lona enorme.

A manhã seguinte chegou fria e coberta de geada. Nuvens ainda faziam um círculo sobre Wyrmroost, mas não formavam mais um teto sólido, nem retinham uma coloração tão ameaçadora. Depois de seu período de vigilância, Kendra dormira rapidamente e melhor do que esperava. O chocolate quente que Tanu preparara ajudou-a a reunir coragem para abandonar o casulo quentinho do saco de dormir. Kendra deixou cair um *marshmallow* na bebida e observou-o derreter-se até virar espuma enquanto bebericava. A bebida fora feita com leite em pó de Fablehaven para que as criaturas mágicas continuassem visíveis aos outros.

Ao longo da manhã e no início da tarde, Mara seguiu na frente do grupo. Ela tinha uma excepcional capacidade para reter o mapa de Wyrmroost em sua cabeça e combiná-lo com a paisagem circundante. Sempre que afloravam debates concernentes a qual direção deveriam tomar, o grupo confiava em seu julgamento para a decisão final e, invariavelmente, acabavam encontrando um marco que provava que a intuição de Mara estava correta. Eles atravessaram uma ravina através de uma ponte de pedra natural. Percorerram um desfiladeiro estreito demais para que dois deles pudessem caminhar lado a lado, uma fina faixa de céu visível acima de suas cabeças. Contornaram o limite de um vale tranquilo cortado por um ribeirão sinuoso na esperança de evitar chamar a atenção dos basiliscos que, de acordo com Agad, ali residiam.

Tendo feito um lanche ao longo da caminhada, eles pararam para um almoço tardio em cima de um topo de colina acidentado. Coníferas mirradas cobriam a encosta da colina, mas apenas penedos pontudos coroavam o cume. Encolhida em meio às pedras, Kendra comeu um sanduíche, uma banana um pouco madura demais e uma barra de granola encorpada. Ela bebeu duas caixinhas de suco de fruta através de pequenos canudos.

Enquanto eles finalizavam o almoço, Mendigo desceu a encosta rochosa, seus ganchos de metal chacoalhando, apontando para trás, indicando o caminho de onde viera. O fantoche acenou para eles correrem na outra direção.

Mara, surgindo rapidamente do meio dos penedos e protegendo os olhos com uma longa mão morena, lançou um olhar penetrante na direção de onde viera Mendigo.

– Estou vendo um peryton – relatou ela. – Não, vários; não, uma manada inteira. Vindo rápido! Corram! – Ela meio que desceu, meio que caiu do penedo, rolando sobre pedras implacáveis ao aterrissar, levantando-se com um cotovelo bem ralado e um corte profundo no joelho.

– Para as árvores – instou Trask, segurando a besta em posição de tiro.

Dougan agarrou a mão de Kendra e ambos escalaram o cume pedregoso até alcançarem terra e árvores. Kendra olhou para trás e viu um grande veado alado pairando uns quinze metros acima do topo da colina. O veado tinha um conjunto maciço de chifres pretos, pelagem dourada e asas e quadris cobertos de penas. Outros perytons voaram prontamente e se fizeram visíveis. Kendra contou mais de uma dúzia até que tropeçou e esparramou-se num leito molhado de velhas agulhas de pinheiro.

Um tremendo rugido explodiu atrás deles, uma imitação de trovão e de motores a jato de estourar os tímpanos, excedendo até mesmo os poderosos berros do demônio Bahumat que Kendra ouvira. Um peryton atingiu o solo perto de Kendra, cascos afiados furando a terra, mandíbulas avançando na direção dela, dentes de lâmina deixando de acertar o alvo por questão de centímetros. Sem parar, o peryton alçou voo, as asas abrindo-se. Com os chifres abaixados, outro pousou perto de Dougan, que avançou de lado, colocando o tronco da árvore entre ele e as cruéis garras. Novamente, em vez de ficar para lutar, o peryton retornou ao ar. Os ataques pareciam não muito intensos, feitos de passagem.

Kendra abaixou-se atrás do tronco de uma árvore, esperando que o esconderijo a protegesse de chifres, cascos e presas. Outros perytons saíam do chão à sua esquerda e à sua direita, as asas fechando-se temporariamente e depois batendo à medida que eles alçavam voo. Aparentemente, havia um determinado tempo além do qual eles não conseguiam ficar no ar – as criaturas moviam-se em saltos gigantescos.

Um peryton frenético ficou preso nos galhos de uma árvore próxima, balindo e guinchando, os chifres se debatendo e as penas caindo até ele se arrebatar numa escada de galhos emaranhados e desabar de modo patético no chão. A criatura cervina levantou-se mancando bastante e virou-se para encarar Kendra, os lábios voltados para trás revelando malignos dentes amarelados encharcados de espuma.

A manada em debandada pisoteava o chão por todos os lados, demonstrando pouco interesse nos humanos, mas o peryton contundido investiu contra Kendra, arrastando uma perna extremamente retorcida. A árvore ao lado de Kendra não tinha galhos que pudesse alcançar, de modo que ela se posicionou na parte mais extrema do tronco. Quando o peryton enlouquecido se aproximou rosnando, Mendigo mergulhou embaixo dele, torcendo e entortando ainda mais a perna contundida. Espumando e se debatendo, o veado mutante lutava para avançar. Dougan apareceu ao lado da criatura também rosnando e enterrou o machado em seu pescoço. As pernas do cervo tombaram, e homem e peryton desabaram no chão.

Acima, um segundo trovejar explosivo sobrepujou todos os outros sons. Kendra olhou para cima em meio aos galhos das árvores e viu um tremendo dragão azul pairar no céu, voando em grande velocidade. Os perytons não estavam atacando! Eles estavam fugindo!

Subitamente, Mara apareceu ao seu lado, levantando Kendra de qualquer maneira.

– O dragão está atacando os perytons – disse ela, conduzindo Kendra por um caminho perpendicular à rota que levava colina abaixo, escolhida pela manada. – Eles podem voltar nessa direção.

Kendra olhou para trás e viu Dougan seguindo atrás delas. Avistou Trask movendo-se paralelamente a elas, mais abaixo na encosta da colina. Onde estava Warren? E Tanu? E Gavin?

Kendra, Mara e Dougan desceram a encosta na diagonal. Quanto mais baixo chegavam, mais altos ficavam os pinheiros. Havia pouca vegetação rasteira com a qual lutar, apenas o desequilíbrio inerente a se mover com pressa em terreno desnivelado. O dragão rugiu novamente, o volume ensurdecedor dando a Kendra a sensação de um golpe físico. Raios brilhavam e trovões espoucavam.

– Eles estão vindo – alertou Mara, levantando a lança.

Perytons puseram-se a saltar e a flutuar colina acima, alguns por cima das copas das árvores, outros passando habilidosamente por entre as coníferas. A manada havia se espalhado, alguns seguindo diretamente para o alto da colina, outros escolhendo rotas diagonais. Parecia haver pelo menos cinquenta deles.

Um raio ofuscante atingiu o topo de uma árvore mais abaixo da colina, partindo o tronco ao meio e lançando uma estonteante chuva de fagulhas. O trovão rugiu no mesmo instante, seguido de um rugido mais alto e mais prolongado.

Kendra correu por puro instinto, sem dar atenção ao perigo de cair, tentando acompanhar a velocidade inumana de Mara. Ela conseguia ouvir Dougan correndo atrás dela, respirando com força. Mara deslizou até parar ao lado de uma árvore particularmente grossa e Kendra escorregou para se agachar ao seu lado. Por todos os cantos, cascos batiam brevemente no solo da floresta à medida que os perytons avançavam. Acima, veados alados preenchiam o ar em várias altitudes. Então o dragão bloqueou o céu, escamas brilhando em tons de azul e violeta. As imensas mandíbulas atacaram, e a metade de trás de um peryton desabou em direção ao chão, jorrando sangue.

— Vá — sussurrou Mara, e elas dispararam colina abaixo. Trask parou um tempo ao lado da árvore até elas o alcançarem.

— Eles estão voltando — previu ele, a cabeça calva brilhando de suor.

O dragão rugiu novamente do fosso atrás deles. Kendra, Trask, Mara e Dougan desceram a colina em disparada, parando na extremidade de uma campina ampla.

— Abaixem-se — disse Trask, ajoelhando-se ao lado de um tronco, a besta posicionada.

Kendra agachou-se ao lado de Mara. Perytons em pânico vinham descendo a colina de todas as direções, saltando e pairando por sobre a campina, alguns dando saltos bem altos, outros rente ao chão, roçando nos arbustos. Kendra arquejou quando o imenso dragão azul fez um círculo no céu e tornou-se visível a alguma distância, curvando o corpo na direção da clareira. Os perytons dentro e acima da campina tentavam desviar-se da ameaça que estava a caminho, mas o dragão rodopiou na extremidade do campo, abatendo perytons no ar com garras e rabo.

Ao passar pela clareira, a cabeça do dragão se virou. Por um instante, Kendra avistou um olho fulgurante, brilhante como uma safira. O dragão girou o corpo com firmeza, as asas abertas como paraquedas. Mergulhando abaixo das copas das árvores, o imenso predador desbastou os altos pinheiros, o gigantesco corpanzil derrubando árvores de maneira ruidosa ao parar.

– Ele nos viu – disseram Mara e Trask em uníssono.

– Levantem as cabeças – alertou Dougan. Muitos perytons na campina haviam invertido o percurso e agora voltavam para o local onde eles estavam.

A maioria dos perytons aterrissou entre trinta e cinquenta metros de distância da extremidade da campina, avançando e batendo as asas com força numa tentativa de evitar pelo menos as primeiras copas das árvores. Kendra viu um peryton cair feio. Em vez de saltar, ele deslizou para a frente pouco acima do chão, as asas plúmeas bem abertas. À medida que se aproximou da árvore, o peryton perdeu impulso e caiu, amassando uma faixa de arbustos.

Quando a criatura pôs-se de pé, não sem esforço, Mara saiu às pressas de seu esconderijo, soltando a lança e agarrando o peryton pela base dos chifres. Os músculos delgados de seus braços enrijeceram-se quando o peryton se debateu e se contorceu, mas logo se acalmou, e ela encostou a testa em seu focinho. Com a mulher e a criatura em pé juntas, Kendra olhou de relance para baixo e reparou que o peryton produzia uma sombra humanoide.

Bem do outro lado da campina, o dragão emergiu das árvores a pé, as asas dobradas, o pescoço empinado como o de um dinossauro de pesadelo. Esporões e cristas elaboradas projetavam-se de sua cabeça chifruda. Mesmo a distância, Kendra sentia um temor anestesiante tomando conta de seu ser. Asas ainda dobradas, o imenso dragão galopou na direção deles, escamas lustrosas cintilando em tons metálicos azul e púrpura.

Trask pegou Kendra em seus braços e correu em direção à campina. Mara agora estava sentada sobre o peryton do tamanho de um alce, e Trask colocou Kendra na frente dela. Mara enterrou os calcanhares e o peryton saiu correndo pela borda da campina paralela às árvores, levando-as para longe do dragão que se aproximava perigosamente.

O rosnado vulcânico atrás delas fez com que Kendra colocasse uma das mãos no ouvido. Ela precisava da outra para se segurar. O peryton deu um salto, e o estômago de Kendra deu um repuxo como se ela estivesse numa montanha-russa. As asas batiam, mas o animal não alçava grandes voos. Por sobre o ombro, Kendra via o dragão voando em perseguição a elas. Dougan e Trask balançaram os braços, tentando distrair a fera enfurecida, mas o dragão os ignorou.

Mendigo surgiu das árvores como um raio e pisou na campina, segurando a mochila por uma correia de couro. O fantoche arremessou a mochila para Kendra, e Mara agarrou-a no exato instante em que o peryton fazia uma nova tentativa de alçar voo, alcançando uma altura um pouco maior dessa vez.

Uma enorme sombra caiu sobre Kendra, e Mara dirigiu-se para as árvores. O peryton deu uma guinada, e de repente elas estavam em meio a uma corrida de obstáculos através dos pinheiros. Um raio brilhou e um tronco caiu fulminado. Mara estendeu a mochila a Kendra. Quando o peryton atingiu novamente o chão, Mara saltou, rolando até parar.

Sem o peso de Mara, o peryton atingiu uma altura maior. Kendra avistou outros perytons assustados correndo em meio às árvores. Acima das árvores, o dragão rosnava novamente.

Kendra e seu peryton saíram em disparada das árvores, perdendo altitude sobre um laguinho numa clareira gramada. Em vez de ajudá-la a se afastar do perigo, voar sobre o peryton parecia atrair a atenção do dragão, de modo que ela saltou de sua montaria alada, ricocheteando duas vezes na superfície da água frígida antes de conseguir parar no banco de areia onde seu peryton caiu, espirrando água para todos os lados, e depois alçou voo novamente, desaparecendo no meio das árvores.

Quando Kendra se levantou, a água chegava até a altura de suas coxas. Com a velocidade reduzida por causa da água, ela patinhou até a margem, mexendo a aba da mochila. Se entrasse nela, talvez o dragão a perdesse de vista. Mas, assim que saiu da água, o dragão deu o ar de sua graça na área gramada ao lado do laguinho, preenchendo o campo. Ele tinha dez vezes o tamanho de Chalize, o dragão de cobre que havia devastado Lost Mesa. Kendra viu-se olhando fixamente para olhos que mais pareciam safiras ígneas.

– Você brilha intensamente, pequena – disse o dragão. Cada palavra soava como três vozes femininas gritando um acorde dissonante.

O corpo pingando, tremendo, Kendra não conseguia se mover. Ela queria responder, mas suas mandíbulas pareciam estar coladas. Seus lábios se contraíam. Uma resposta estava pronta em sua mente. Ela queria dizer: "Não tão intensamente quanto você", mas sua boca se recusava a pronunciar as palavras. Kendra gemeu debilmente.

– Nenhuma palavra final? – disse o dragão. – Que decepção.

※ ※ ※

Seth estava pendurado na escada perto da parte superior da mochila. Ele olhou para Bubda.

— O dragão pegou ela. Kendra não está conseguindo falar.

— Você não tem o que fazer — aconselhou o troll. — Fique vivo pra lutar um outro dia.

Com a aba fechada, Seth não vira nada, e o local não acusou coisa alguma da movimentação durante a perseguição, mas ele escutara os sons da frenética caçada. Ele não fazia a menor ideia do que eram perytons, mas podia dizer que havia muitos deles, e que o dragão os estava caçando. Os trovejantes rosnados haviam feito com que Bubda saísse em disparada para o canto mais extremo do depósito, onde ele agora estava abaixado.

— Eu sou um encantador de sombras — disse Seth. — Pode ser que eu consiga conversar com o dragão.

— Melhor a gente disputar uma partida de Yahtzee.

— Me deseje boa sorte. — Seth empurrou a aba e saiu da mochila. Ele estava num descampado ao lado de Kendra, perto de um laguinho com pequenas ondas. O dragão era maior do que ele imaginara: a cabeça chifruda maior do que um carro, as garras mais compridas do que espadas, o corpo uma maciça colina de escamas brilhantes comparável em tamanho apenas a uma baleia.

— Mais um?! — exclamou o dragão com sua ressonante voz tripla. — Aspectos similares, irmãos, eu diria, mas opostos: um das trevas, a outra da luz. Você possui uma língua mais afiada do que a da sua irmã?

Seth não estava mais ciente de Kendra ao seu lado. Ele era desprovido de medo, seus músculos não experimentavam nenhuma paralisia, mas encontrava-se absolutamente fascinado. Aqueles olhos — joias tornadas vivas por um radiante fogo interior. Ele perdeu todo o senso de urgência sob o mesmerizante olhar.

— Dupla decepção — lamentou o dragão. — Entendo que o silêncio deva ser uma característica da família. Quem eu devo devorar em primeiro lugar? A luz ou as trevas? Talvez ambos ao mesmo tempo?

O dragão voltou a olhar para Kendra, e Seth olhou de relance para a irmã. Será que o dragão dissera que tinha intenção de comê-los? Sua cabeça estava confusa. Ele não queria morrer. Não queria que sua irmã morresse. Preparando-se para enfrentar os dentes do dragão, Seth pegou a mão dela. De repente, uma clareza gélida percorreu a mente de Seth.

– Nenhum dos dois! – soltou Kendra, esmagando os dedos dele. – Não seria melhor a gente se conhecer primeiro?

– Ela fala – exclamou o dragão, os olhos estreitando-se. – Por que a demora?

Seth olhou o dragão nos olhos e disse:

– No início a gente ficou apalermado. – O dragão ainda parecia impressionante, mas seja lá que espécie de encanto obnubilara seu pensamento não o estava incomodando mais.

– A gente nunca tinha visto um dragão tão espetacular – concordou Kendra.

O dragão baixou a cabeça perto deles. Eles podiam sentir as úmidas exalações que escapavam de suas enormes narinas.

– Vocês já falaram com dragões antes?

– Com um ou outro – disse Kendra. – Nenhum tão impressionante quanto você.

– Você interrompeu a minha caçada – rebateu o dragão. – Eu não vejo humanos há séculos. A novidade me distraiu. Vocês não pertencem a esse lugar.

– A gente não está planejando ficar muito tempo aqui – disse Seth.

O dragão emitiu um zumbido melódico que Seth entendeu tratar-se de um risinho.

– Você perturbou meus planos. Quiçá eu deva retribuir o favor.

– A gente não tem um sabor agradável – alertou Seth. – Kendra é mais ossuda do que parece, e eu não gosto muito de tomar banho.

– Que tal um jogo? – propôs o dragão. – Vou cercar o restante do grupo. Havia mais seis, eu acho. Devorarei os quatro mais lerdos, e acharei uma utilidade pros outros como servos em meu covil.

– Eu acho que não! – falou uma voz severa. Seth virou-se e viu Gavin surgindo de dentro da floresta. Ele o vira antes apenas numa fotografia.

O dragão levantou os olhos.

– Um terceiro falante, quase tão jovem quanto os outros. Nem luz nem trevas. Eu podia ensanduichá-lo entre os dois primeiros. Que sádico ser humano enviou jovens a Wyrmroost?

– Kendra, Seth, entrem na mochila – ordenou Gavin.

O dragão enganchou uma garra na correia e jogou a mochila para longe.

– Inaceitável.

Gavin abriu a boca o máximo que podia para mostrar seus molares e começou a berrar e a guinchar no que parecia um chilreio de golfinhos ampliado. O dragão respondeu em tons mais altos, uma sinfonia cacófona de torturados instrumentos de cordas. Eles guincharam um para o outro diversas vezes até que o dragão virou seu olhar flamejante de volta para Kendra e Seth.

– Vocês possuem um protetor singular – reconheceu o dragão. – Eu não fazia a menor ideia que irmãos dragões ainda existiam no mundo. Em respeito a sua singular condição e inigualável eloquência, pouparei vocês e seus amigos. Aproveitem a comutação de sua pena. Não permaneçam aqui por mais tempo.

O dragão alçou voo, vastas imensas asas abrindo-se. Seth levantou um braço para proteger os olhos da breve ventania. Uma vez no céu, o dragão sumiu de vista rapidamente, encaminhando-se na direção da campina maior.

Gavin correu até eles.

— Você está bem? — perguntou ele a Kendra.

— Estou ótima. Esse aqui é o meu irmão.

— Eu s-s-suspeitava — expeliu Gavin.

Kendra agarrou os braços de Seth e sacudiu-o.

— O que é que você está fazendo aqui?

— Calma aí! — Ele se livrou dela. — O que foi que você pensou? Que eu tinha ido pra floresta de Fablehaven fazer beicinho? Me dê um pouquinho de crédito. Eu me escondi. E o que eu fiz foi uma boa. Você não sacou o que aconteceu? Nós dois juntos somos domadores de dragão!

— Fiquei impressionado — disse Gavin. — Vocês estavam olhando nos olhos de Nafia e falando naturalmente. Nenhum dos outros teria sido capaz de algo assim. Eu observei por um tempo antes de me pronunciar.

— Como estão os outros? — perguntou Kendra.

Gavin estremeceu.

— T-T-Tanu teve uma queda feia. Eu acho que ele está desmaiado. Warren levou uma chifrada. Ficou pendurado nos chifres de um peryton logo no início da confusão. Eu ar-ar-arrastei ele por um bom trecho. Desculpe ter perdido você de vista por um tempo. Estava tentando ajudá-lo.

— Ele vai ficar bom? — perguntou Kendra

— Está ferido, mas vai se recuperar.

— O que foi que você disse pro dragão? — perguntou Seth.

— Só falei com dureza. Eles acham isso bacaninha. E é claro que reivindiquei a minha condição de irmão dragão. Contei pra Nafia que todos vocês estavam aqui sob a minha proteção. — Gavin olhou para Kendra de cima a baixo. — Você deve estar com frio.

— Eu não estava sentindo frio antes — disse ela. Seus braços estavam cruzados sobre o peito. Seth podia ver que ela estava tremendo.

Gavin deu uma corridinha e pegou a mochila.

– Entre aí dentro e troque de roupa. Já está t-t-tudo muito com-com-complicado. Vê se não pega uma pneumonia pra piorar ainda mais as coisas.

Kendra assentiu com a cabeça e entrou na mochila. Seth fechou a aba.

– Você não acha que é melhor a gente ir atrás de Warren e dos outros? – perguntou Seth.

– Você leu a minha mente.

CAPÍTULO VINTE

Grifos

Eles encontraram Warren escondido debaixo de um emaranhado de árvores caídas onde Gavin o deixara. Kendra ainda estava trocando de roupa dentro do depósito. Dougan, Gavin e Seth tiravam do caminho galhos apodrecidos. Warren levantou os olhos para Seth e deu um sorrisinho maroto, o lado direito de sua camisa ensopado de sangue.

– Parece que o gato saiu da toca – murmurou ele.

– Você sabia do Seth? – perguntou Dougan.

– Talvez eu tenha ouvido falar da presença dele.

Gavin agachou-se, examinando os ferimentos no ombro e na parte superior do peito de Warren. Este estremeceu quando Gavin tocou com o dedo no tecido encharcado perto de uma das perfurações.

– Horrível – disse Gavin.

– Chifres afiados – arquejou Warren. – Uma maneira não muito digna de partir. Perfurado por um veado. Não ponham isso na minha lápide. Culpem o dragão.

— Você vai melhorar — assegurou-lhe Dougan, seus olhos menos confiantes do que sua voz.

— Onde está Tanu? — perguntou Warren.

— O grandalhão levou um tombo — disse Dougan. — Ficou inconsciente. Mara e Trask estão tentando reavivá-lo.

— O que deteve o dragão? — perguntou Warren.

— Gavin falou com ela — disse Seth. — Ele usou linguagem de dragão. Foi esquisitão. Ele a acalmou e mandou ela embora.

— Seth e Kendra também estavam conversando com ela — aprovou Gavin.

— Desculpe eu ser o elo mais fraco — murmurou Warren. — O veado me chifrou e continuou correndo. Eu fiquei preso naqueles chifres por um bom tempo. Tempo suficiente pra realmente notar a coisa, entenderam? Pra pensar na coisa.

Trask e Mara vieram correndo do alto da colina, com Tanu à frente. O musculoso samoano fez cara feia para Seth.

— O que você está fazendo aqui?

— Você não me viu quando fez a inspeção — respondeu Seth.

— Perfeito — murmurou Tanu. Ele caiu de joelhos ao lado de Warren. — Desculpe a demora.

— Ouvi falar que você bateu com a cabeça — disse Warren.

Com um risinho constrangido estampado no rosto, Tanu passou a mão nos fartos cabelos escuros.

— Não sei o que aconteceu. Devo ter tropeçado e batido a cabeça numa pedra. — Tanu pegou uma faca.

Warren fez uma careta quando Tanu começou a cortar sua camisa.

— Estou com pena da pedra.

Tanu deu de ombros.

— Ela me pegou de jeito. Foi a primeira vez que eu desmaiei na vida. Osso duro. — Ele desbastou uma parte inteira da camisa.

Warren examinou a faca.

— Você não está tonto nem nada?

— Eu trabalho melhor tonto. — Tanu rasgou outra parte da camisa ensanguentada. Colocou a faca de lado, remexeu sua sacola, pegou uma garrafinha, destampou-a e tomou um gole.

— Que tal eu também tomar um pouquinho desse negócio? — criticou Warren.

Tanu estreitou os olhos e cerrou os dentes. Em seguida sacudiu a cabeça vigorosamente.

— Você não vai querer isso aqui. Esse negócio é pra me animar, pra aguçar os meus sentidos. Confie em mim, você vai preferir ficar chapado.

— O médico é você.

Tanu remexeu novamente sua sacola.

— Não no sentido estrito da palavra.

— Bom, é o seguinte, você é o cara dos remédios.

— Experimente isso aqui. — Tanu despejou uma pequena quantidade de poção numa bolinha de algodão e depois levou-a até as narinas de Warren.

— Uau! — disse Warren, ficando com o olhar ligeiramente vesgo. — Agora sim.

Tanu curvou-se para a frente e começou a aplicar meticulosamente um creme nas perfurações.

Kendra abriu a aba da mochila. Gavin abaixou-se e lhe estendeu a mão.

— Como está Warren? — perguntou Kendra, saindo da mochila.

— Ele vai ficar bom — disse Tanu. — Nós vamos ter de deixá-lo descansando nessa sua mochila e pegar o chifre de unicórnio.

— O chifre vai curá-lo? — perguntou Seth.

Tanu balançou a cabeça.

— O chifre não cura. Ele apenas purifica. Ficar segurando o chifre previne o aparecimento de infecções e age contra qualquer toxina.

Kendra assentiu com a cabeça.

Tanu deu de ombros.

— E você, como está?

— Com um pouquinho de dor de cabeça. Meu orgulho foi o mais atingido.

— O *seu* orgulho? – queixou-se Warren, a fala enrolada. – Eu fui derrotado por um veado!

— Um veado alado gigante e mágico, e ainda por cima com presas – disse Seth, imitando uma descrição que Gavin compartilhara anteriormente.

— Assim soa um pouco melhor – aceitou Warren. – Seth está encarregado da minha lápide.

— Não fale – disse Tanu, apascentando-o. – Relaxe. Respire. Você precisa descansar.

Gavin e Kendra haviam se afastado um pouco. Seth juntou-se a eles. Sua irmã o olhou com raiva.

— Que é? – perguntou ele.

— Você não devia estar aqui – rebateu Kendra.

— Que tal um obrigada por ter me salvado e...

— O Gavin teria me salvado. Essa é a especialidade dele. Olha só o Warren. Ele está um bagaço e a gente mal começou. Não quero te ver morto.

— S-s-sem querer interromper – disse Gavin –, mas Seth pode muito bem ter te salvado, Kendra. Não tenho certeza se daria pra eu chegar a tempo. Nafia estava em modo caçada. Ela atacaria com rapidez.

Kendra rolou os olhos.

— Seth não tem nada que estar aqui. Ele pegou uma carona sem ter sido convidado. Wyrmroost é uma armadilha mortífera. Independente de eu morrer ou não, não quero que ele morra.

— Eu também não estou a fim de morrer — disse Seth, concordando com a irmã. — Prefiro muito mais continuar vivo. Em parte porque sei que você escreveria assim na minha lápide: "Eu te disse, eu te disse." Mesmo que você não acredite, eu também não quero que *você* morra. Sei muito bem o que eu senti quando você foi enterrada, e prefiro não passar por tudo aquilo de novo.

Kendra cruzou os braços e balançou a cabeça.

— Eu adorei você ter me salvado. Adorei mesmo. Que pena que vovó e vovô vão te matar por isso.

— Primeiro a gente vai precisar sair com vida de Wyrmroost — respondeu Seth. — Por favor, uma crise de cada vez.

— Vocês dois sabiam que se ficarem de mãos dadas podem virar domadores de dragão? — perguntou Gavin.

Seth balançou a cabeça.

— Não, mas isso meio que faz sentido. Eu estava pensando nisso. Em Fablehaven, quando Ephira estava atacando a gente, enquanto eu tocava Warren, ele compartilhava a minha imunidade ao medo.

— Quando eu encarei o dragão, a minha mente estava límpida — relembrou Kendra —, mas eu não conseguia fazer a minha boca se mexer. Estava paralisada. Assim que o Seth tocou em mim, eu fiquei livre.

— E eu não estava assustado ou paralisado — disse Seth —, mas o dragão tinha me deixado enfeitiçado. Eu não conseguia pensar. Exceto quando o dragão desviou o olhar de mim e disse que ia nos matar, algum instinto me fez agarrar Kendra. Em parte para reconfortá-la, em parte pra ser reconfortado. Eu não queria morrer sozinho. Aí, de repente, eu consegui pensar com clareza.

— Impressionante – disse Gavin. – Nunca ouvi falar de uma coisa assim.

— Nunca ouvi falar de nada que pudesse se comparar a você falando a linguagem do dragão – disse Seth, rindo. – Quando você começou, pensei que você tivesse ficado maluco.

— Eu fiquei meio intimidado por vocês estarem acompanhando tudo – disse Gavin. – Sei como é a minha aparência e o jeito que falo. Como um galo demente.

— Um galo demente que salvou as nossas vidas – disse Kendra. – Obrigada.

Gavin deu de ombros.

— Estou aqui pra isso.

— Sabe uma coisa que me tira do sério? – disse Kendra. – Eu conseguia falar com Chalize. Ficava paralisada, mas conseguia falar. E eu também falei com Camarat. Mas com Nafia olhando com aquela cara feroz pra cima de mim, a minha mandíbula simplesmente se recusava a funcionar.

— Chalize era jovem, eu a estava distraindo – explicou Gavin. – Camarat não estava pressionando muito a gente. Dragões conseguem exercer deliberadamente a vontade deles pra nos dominar. Os mais velhos são melhores nisso. Com Nafia, você teve uma dose total de terror dracônico. Mas quando vocês estavam de mãos dadas, parecia que a situação não estava incomodando nenhum dos dois.

— Me senti melhor depois da gente ficar de mãos dadas – disse Seth. – Mas eu ainda estava preocupado com a possibilidade de ela comer a gente.

— Ela podia muito bem ter comido – confessou Gavin. – Não há garantias com dragões. Bajulação funciona bem com os jovens. Os mais velhos preferem coragem e personalidade. Na maioria das vezes.

Trask veio até eles.

— Vocês três estão bem?

— Estamos — disse Kendra. — A única coisa difícil é fazer o meu irmão se sentir tão culpado quanto deveria quando salvou a minha vida.

Trask assentiu com a cabeça.

— Seth vai ter de lidar com as consequências de ter vindo. Não posso afirmar que ele tenha feito uma escolha sensata, mas não há como desfazê-la. Portanto, nós tentaremos aproveitar ao máximo a presença dele aqui. Tanu já estabilizou Warren. É melhor o acomodarmos na bolsa e partirmos.

Kendra jogou a mochila para Trask.

— Tem um troll eremita aí dentro — disse Seth. — Acho que ele vive aí há um tempão. Parece bem legal. O nome dele é Bubda. A gente jogou muitas partidas de Yahtzee. Ele não faria nenhuma ameaça a Warren, faria?

— Obrigado pela informação — disse Trask. — Trolls eremitas normalmente não representam grandes problemas. Eles são carniceiros. O que querem principalmente é serem deixados em paz. Vou bater um papinho com esse aí, dar uma avaliada nele. Você disse que o nome dele é Bubda?

— Será que ele pode estar espionando pro Esfinge? — perguntou Kendra. — Eu peguei a mochila quando saí da casa de Torina.

— Pouco provável — disse Trask. — Trolls eremitas são a ralé da espécie. Eles não produzem magia perigosa. Não fazem aliados. Eles possuem um talento pra se adaptar a espaços apertados e se esconder, pouca coisa além disso.

Colocar Warren dentro da mochila provou-se uma tarefa espinhosa, já que ele entrara num estado de inconsciência devido aos medicamentos. Trask grudou-se à escada enquanto Tanu descia Warren. Dougan e Mara esperavam lá embaixo.

Seth queria descer para escutar a conversa com Bubda. Ele tinha esperança de que eles não o machucariam. O troll podia até ser mal-humorado e antissocial, mas Seth tinha certeza de que não representava ameaça alguma. Bubda só queria solidão. Quando emergiu, Trask disse a Seth que não precisava se preocupar. Bubda era exatamente como ele imaginara e, em troca de um pouco de comida, prometera não se aproximar de Warren.

A caminhada naquele dia levou-os a terrenos ainda mais rochosos. Eles navegaram através e ao redor de penedos tombados e outros detritos. Subiram uma encosta íngreme coberta de árvores mirradas, em parte usando os pés, em parte usando as mãos para se apoiar na vegetação entortada pelo vento para conseguir escalar. Por um tempo, eles caminharam ao longo de uma crista com um penhasco escarpado dos dois lados.

Seth adorava estar ao ar livre – o cheiro dos pinheiros, o frio ar rarefeito, os córregos com gelo nas margens e cheios de pedrinhas lisas e lustrosas. Ele sentia um enorme prazer em avistar os grifos voando em círculos e a monstruosa criatura em forma de urso devorando uma presa recém-abatida, pedaços desfiados de carne pendendo do bico curvado. Os outros pareciam estar, em geral, aceitando a presença dele, embora Tanu lhe lançasse alguns olhares de decepção.

Com o cair da noite, a trilha quase inexistente que eles estavam seguindo terminou numa rachadura alta, num penhasco de pedra.

– Sidestep Cleft – reconheceu Mara.

– Corta quase um quilômetro do caminho pela rocha – disse Trask. – Agad disse que algumas regiões mal conseguem dar passagem a homens grandes. Sidestep Cleft fica a apenas alguns quilômetros do nosso primeiro destino. Devemos alcançar o santuário amanhã.

– Vamos acampar nesse lado? – perguntou Dougan.

Trask deu uma olhada no céu.

— A começar pela extremidade do desfiladeiro, nós estamos em território de Thronis, o gigante celeste. Nenhum lugar é seguro em Wyrmroost, mas acho que esse lado talvez seja um pouquinho mais hospitaleiro do que o outro.

Recuando um pouco na trilha, eles montaram acampamento no meio de um bosque de sempre-verdes baixas repletas de agulhas. A longa e irregular clareira tinha apenas espaço suficiente para eles acenderem uma fogueira e depositar seus sacos de dormir um ao lado do outro. Jantaram chili enlatado, pão de milho e batatas assadas, finalizando a refeição com barras de chocolate.

Quando se deitaram para dormir, Seth usou o saco de dormir e o bivaque de Warren. Mara foi responsável pelo primeiro turno de vigilância. Enfiado no saco de dormir, Seth olhava para as estrelas, maravilhando-se com a incomensurável distância na qual elas se encontravam. Era muito fácil diminuir a distância pensando nelas como pequenos pontinhos de luz num teto preto. Mas se olhar para baixo num penhasco podia fazer com que seus joelhos ficassem ligeiramente trôpegos, por que não mirar bilhões de quilômetros de espaço vazio? Quando pensou nisso, a vastidão — de fazer o queixo cair — do golfo que o separava daquelas estrelas quase o deixou tonto. Como era estranho pensar que o universo todo estava disposto acima dele como se fosse seu próprio aquário particular.

Ele avaliou a possibilidade de sair do saco de dormir e ajudar Mara a passar o tempo. Morar dentro da mochila o tirara de sua rotina de sono. Dizendo para si mesmo que lamentaria ficar acordado agora quando seu turno de vigilância chegasse, ele fechou os olhos e forçou-se a relaxar.

Kendra era a responsável pelo terceiro turno de vigilância da noite. Dougan acordou-a com delicadeza e lembrou-lhe de que ela deveria acordar seu irmão em seguida. Ela assentiu com a cabeça, deslizou de seu saco de dormir, enrolou-se num cobertor e posicionou-se mais perto da pequena fogueira.

Sentada sozinha, ela imaginou por que eles se preocupavam em montar guarda. Independentemente de quem estivesse acordado, Mendigo soaria o alarme em primeira mão. E uma vez que o fizesse, isso serviria para pouca coisa. Estavam todos acordados quando o fantoche alertara-os acerca dos perytons, e ainda assim foi aquela confusão toda.

Wyrmroost não era Fablehaven. As criaturas ali eram imensas. Se um dragão como Nafia os quisesse mortos, morreriam. Eles haviam escapado do dragão apenas porque Gavin conversara com ela e a convencera a não matá-los. Ele não tinha como forçá-la a fazer nada. Confiaram na sua generosidade, e ela optara por deixá-los ir. O que importaria se eles ficassem de vigia à espera de criaturas contra as quais não tinham a menor chance?

Ela olhou o céu em busca de satélites se movendo em meio às estrelas. A lua estava alta e ficando cada vez mais cheia, sua luz fazendo com que as estrelas parecessem menos brilhantes do que haviam estado ultimamente. Mas, depois de alguns minutos, o lento e estável movimento de um pontinho de luz chamou-lhe a atenção.

Seu olhar voltou a terra quando ela escutou o tilintar de Mendigo aproximando-se. Ele não estava vindo rápido, mas estava vindo. Ela nem o ouvira nem o vira da última vez que estava de vigia.

O fantoche surgiu através das sempre-verdes ao lado de uma mulher alta e bonita. A linda estranha tinha traços aristocráticos – ossinhos do rosto esculpidos, pele perfeita, olhos imperiosos. Um vestido longo e diáfano pendia de sua estrutura graciosa, e sandálias douradas cobriam seus pés. A parte mais arrebatadora eram os cabelos, uma lustrosa cascata de azul prateado. Fora seu ar de confiança casual, nada na mulher sugeria que ela tivesse algum motivo para estar vagando por um perigoso santuário montanhoso no meio da noite. Sua idade era difícil de ser aferida. Apesar do prateado dos cabelos, à primeira vista Kendra teria estimado vinte e poucos anos, mas a estranha possuía uma elegância imponente bem além do que seria possível nessa idade. Mendigo caminhava ao lado dela, segurando-lhe a mão.

— Temos uma visitante — anunciou Kendra em voz alta, levantando-se. Ela pensou que talvez a mulher pudesse ser uma dríade, mas não tinha nenhuma intenção de confrontar a estranha sozinha.

— Eu não quero lhe fazer mal — falou a mulher, sua voz cantada e delicada.

Kendra ouviu seus companheiros se mexendo em seus sacos de dormir.

— Quem é você? — perguntou Kendra.

— Deixe-me cuidar disso — murmurou Gavin, rastejando para fora de seu saco de dormir e pegando um casaco.

Trask estava com uma das mãos na besta.

A mulher parou a alguns passos de Kendra. Em suas sandálias baixas, ela media mais de um metro e oitenta.

— Você nem desconfia? Nós já nos encontramos.

— Nafia? — sussurrou Kendra.

A mulher enrubesceu.

— Eu uso o nome de Nyssa quando estou na forma humana. Estou aqui pra ajudar.

Gavin postou-se ao lado de Kendra.

— E como você poderia nos ajudar? — perguntou ele.

O olhar de Nyssa tornou-se mais cortante quando ela o encarou.

— Conheço o contorno da terra.

— Eu acredito n-n-nisso — disse Gavin.

– Que gagueira mais adorável – disse Nyssa, quase flertando.

Gavin juntou os lábios.

– Por que você teria interesse em nos ajudar?

Nyssa sorriu, os lábios perfeitos bem abertos.

– Sinto falta de humanos. Assumir a forma deles é uma novidade da qual eu quase me esquecera. Até que todos vocês apareceram. Quem sabe quando humanos voltarão? A coisa mais próxima que nós temos aqui em Wyrmroost é aquele velho renegado Agad.

– Você é um dragão solitário em busca de companhia humana? – perguntou Gavin em tom dúbio.

– Não qualquer humano – disse ela, aproximando-se mais ainda de Gavin. Ele não tinha a altura dela, de modo que Nyssa estava olhando para baixo. – Um irmão dragão. – Ela olhou de relance para Kendra. – E diversos domadores de dragão. Meu tipo de gente.

Gavin deu uma olhadela em Kendra. Ele parecia estar perturbado. Kendra imaginou que entendia. O destino final deles era o Templo de Dragão. Nenhum dragão os deixaria entrar no local.

– Pode ser que você não queira ir a todos os lugares que nós precisaremos ir – disse Gavin, debilmente.

Nyssa riu.

– E que lugar é esse onde vocês humanos pretendem ir em que dragões não seriam bem-vindos? Talvez vocês tenham a esperança de fazer amizade com Thronis, o Terrível. Uma perspectiva não muito provável. No entanto, vocês estão se encaminhando em direção ao interior de um território que ele vigia atentamente.

– Nós estamos numa missão secreta – disse Gavin. – Não podemos aceitar a sua companhia.

Nyssa estreitou os olhos.

– Isso aqui realmente é uma tropa de seres humanos bastante peculiar, onde a proteção oferecida por um dragão não é desejada.

Gavin cruzou os braços.

– Imagino que na forma de dragão você não se adapte muito bem às nossas necessidades.

Nyssa produziu uma resposta em forma de zumbido ao rir sem separar os lábios.

– Você acertou em cheio. Como dragão, eu vejo o mundo através de olhos bem menos generosos. Experimentemos?

Gavin estendeu ambas as mãos.

– N-n-não, por favor.

Nyssa franziu o nariz.

– Eu amo essa gagueira.

– Nós não tivemos nenhuma intenção de ofender – disse Gavin, um tantinho de súplica em sua voz. – Só precisamos ser cuidadosos e...

– ... e um dragão em seu grupo é um dragão em excesso – disse Nyssa, os olhos resplandecentes. – Compreendo. Não desejo forçar a minha associação com vocês. Se essa é a sua vontade, eu os deixarei em paz para que possam seguir em direção a suas mortes assim que amanhecer. Vocês logo descobrirão que nem todos os habitantes de Wyrmroost são tão acomodatícios quanto eu. Na realidade, se os boatos forem verdadeiros, nem eu gostaria de ser vista na companhia de vocês, independente da forma em que estiver.

– Boatos? – perguntou Kendra.

– Ela fala! – disse Nyssa, rindo. – Isso é permitido, irmão dragão? Eu posso ver que você prefere ter a palavra. Sim, boatos. Dizem que Navarog foi avistado nas cercanias dos portões de Wyrmroost.

– Navarog? – gritou Gavin.

– Imagino que você tenha ouvido falar dele – disse Nyssa. – Um dragão tão malévolo que fizeram dele um demônio honorário! Ele possui uma reputação assustadora. Foi um dos poucos de nós que evitou ser confinado num santuário de dragões. Visitantes normalmente são uma raridade aqui. Será que esse súbito interesse em Wyrmroost poderia ter algo a ver com meus novos amigos humanos?

– Essa é uma notícia horrível! – admitiu Gavin. – Ele não foi visto dentro do santuário?

Nyssa deu um sorriso manhoso.

– Não que eu saiba. Se o príncipe demônio está aqui por sua causa, por que vocês não deixam que eu os devore? Menos tumulto. Menos drama. Vou ser delicada.

– Obrigado pela oferta – disse Gavin. – Acho que nós vamos assumir os riscos.

– Os portões de Wyrmroost são fortes – disse Nyssa. – Sem uma chave, nem mesmo Navarog passará por eles. Talvez vocês devessem solicitar um emprego a Agad. Com Navarog na única saída, talvez vocês tenham a sensatez de optar por permanecer mais tempo aqui do que o planejado.

– N-n-nós vamos levar o seu c-c-conselho em consideração – disse Gavin.

– O gaguinho corajoso – respondeu Nyssa em tom leve. – Você acabou de receber a notícia de que sua morte é certa e, no entanto, mantém a compostura. Talvez você mereça de fato ser um irmão dragão.

– Eu gostaria muito que isso fosse verdade – disse Gavin, baixando os olhos.

Nyssa abraçou Kendra.

– Conhecer você foi um prazer – disse Nyssa. Ela estendeu a mão a Gavin, que a apertou e então beijou-a levemente. – Tão cavalheiresco! Foi quase tão divertido quanto imaginei, embora eu preferisse fazer parte de seu grupo por um pouco mais de tempo. Vida que segue. Eu não vou me intrometer. Perdão por ser a portadora de notícias tão infelizes. Se servir de algum consolo, a derrota de vocês seria quase certa mesmo sem Navarog à espreita nos portões. Desfrutem do que resta de sua visita.

Nyssa virou-se e sumiu na noite sem olhar para trás.

Kendra agarrou a mão de Gavin, apertando-a com força. Ele retribuiu o aperto.

– Será que ela poderia ajudar a nos proteger? – sussurrou Kendra.

Gavin balançou a cabeça.

– Levando-se em consideração o nosso destino final, a nossa morte certa teria sido convidá-la a se juntar a nós.

Trask apareceu ao lado deles, a besta na mão.

– Eu tinha um ângulo perfeito.

Gavin bufou:

– Você podia ter feito. Ela estava vulnerável. Evidentemente, nós teríamos morrido mais cedo depois disso. Nada poderia dissuadir os dragões que viessem vingá-la.

– Isso passou pela minha cabeça – disse Trask. Ele suspirou. – Não gostei nem um pouco de saber que Navarog está na nossa cola. Eu tenho a impressão que isso não é muito menos do que havíamos imaginado.

– Mas é bem menos do que havíamos esperado – respondeu Gavin.

Ninguém discutiu.

※ ※ ※

No dia seguinte, Kendra acordou com um pressentimento. A notícia trazida por Nyssa deixara-a desconcertada. Kendra teve muita dificuldade para se lembrar dos detalhes de seu sonho, mas eles diziam respeito a uma bela mulher virando dragão, e muita correria. Pelo menos a primeira parte do dia deveria ser relativamente segura. Enquanto eles estivessem seguindo sua jornada em direção ao interior de Sidestep Cleft, nenhum monstro imenso seria capaz de alcançá-los.

Kendra levou o café da manhã para Warren. Ele parecia estar muito bem disposto, embora sua respiração estivesse rasa e produzida com esforço, e sempre que ele mudava de posição seu rosto exibia reações às pontadas de dor. Juntos eles tomaram chocolate quente. Kendra também comeu uma barrinha energética, mas Warren dispensou-a, contentando-se com alguns gomos de uma laranja.

Depois do café da manhã, eles enfiaram seus sacos de dormir na mochila e andaram em direção à greta. A rachadura alta no paredão rochoso estendia-se por pelo menos trinta metros até o teto. Kendra jamais havia visto uma caverna tão alta e estreita.

Eles penetraram na fissura com Trask e Gavin à frente. Dougan e Tanu seguiam na retaguarda. Por uma boa distância, duas pessoas podiam caminhar confortavelmente uma ao lado da outra. Antes de avançarem muito, eles acenderam suas lanternas. Kendra acendeu a dela e viu como a abertura afunilava-se até uma extremidade bem no alto. Por fim, eles foram obrigados a seguir caminho em fila única. Em determinado ponto, Tanu e Dougan tiveram de se colocar de lado para se encaixar numa parte bem estreita. Kendra tentava não visualizar as paredes se fechando, esmagando seu pequeno grupo até transformá-lo em geleia.

A greta não era tão alta na parte mais extrema, quem sabe dez ou doze metros no máximo, mas a abertura terminava mais larga do que havia começado. Nos últimos cem metros, quatro deles poderiam ter andado ombro a ombro.

Além de Sidestep Cleft eles se deram conta de que estavam seguindo uma saliência rochosa com um despenhadeiro íngreme em um dos lados e uma elevação escarpada no outro. A largura da projeção oscilava, às vezes muitos metros de largura, às vezes apenas alguns centímetros. Kendra mordeu o lábio e se encostou na parede rochosa enquanto passava pelas seções mais estreitas, tateando com os dedos a pedra áspera e fria. Ela tentava não fixar-se no abismo seco bem abaixo. Gradualmente, a saliência descendeu e tornou-se mais larga, até que eles alcançaram uma área repleta de penedos do tamanho de caminhões espalhados ao acaso.

Trask parou abruptamente e levantou a mão. Kendra mirou à frente e viu um grifo em cima de um penedo largo e achatado. Mais alto do que um cavalo, a criatura tinha a cabeça, as asas e as garras de uma águia atadas ao corpo e às pernas traseiras de um leão. O bico longo e em formato de gancho parecia feito para rasgar, e as penas marrom-douradas cintilavam à luz do sol.

Montado no grifo, sobre uma sela carmesim de couro cinzelado, encontrava-se um anão. Ele tinha a pele cor de bronze, olhos pretos e uma barbicha, e vestia um elmo de ferro dentado. Uma espada curta estava pendurada em seu cinto, e ele segurava um escudo gasto com o brasão representando um punho amarelo. O pequenino homem levou aos lábios um megafone feito de pele preta.

– Hoje é o dia em que vocês foram capturados por um anão.

Trask mirou o homem pequeno com a besta.

– Baixe sua arma, senhor – exigiu o anão, sem um pingo de preocupação.

– Improvável – rosnou Trask. – Eu não sou muito ruim com isso aqui, não. Saia lentamente do grifo e venha na minha direção.

O megafone ocultava parcialmente o risinho do anão.

– Nos domínios de Thronis, o Magnífico, invasores não dão ordens. Se você baixar seus braços e se aproximar com tranquilidade não sofrerá nenhum mal. Inicialmente.

Trask balançou a cabeça. A besta permanecia firme em sua mão.

— Abra essa boca novamente e você vai comer uma flecha. E tenho outra para a sua montaria. Voe daqui, pequenino. Não queremos fazer nenhum mal a você ou ao gigante. Estamos apenas de passagem.

O anão baixou o megafone e deu um chute leve no grifo. A criatura precipitou-se atrás do penedo.

Kendra ouviu uma lufada de vento um instante antes de um grifo sem cavaleiro surgir por trás, enormes garras apossando-se dos ombros de Trask. Poderosas asas desceram e a criatura torceu o corpo de Trask, levantando-o do chão. Um segundo grifo agarrou Dougan de maneira similar, e um terceiro segurou Tanu.

Gavin colocou Kendra deitada no chão. Mara rodopiou e enfiou sua lança na barriga do grifo que estava em seu encalço. A criatura berrou e se afastou, a longa lança enfiada profundamente em seu corpo. Diversos outros grifos apareceram, as garras atacando.

— Pra dentro da mochila — insistiu Gavin no ouvido de Kendra. Ele puxou a mochila do ombro dela e levantou a aba principal.

— Você também, Seth — falou ele. — Entra aí.

Os grifos que não haviam obtido êxito no primeiro ataque estavam contornando o espaço em busca de uma nova arremetida. Kendra contou sete, não incluindo o que estava atrás do penedo e os que já haviam agarrado algumas pessoas.

Gavin agarrou o ombro dela e enfiou-a na mochila de cabeça. Era uma maneira esquisita de descer uma escada, mas ela agarrou os degraus e conseguiu girar o corpo e descer corretamente. Kendra correu para poder dar espaço a seu irmão. Escutou diversos grifos berrando: berros mais profundos e mais altos do que seria de se esperar de um pássaro.

— Bela descida de nariz — disse Warren, apoiando-se em um cotovelo. Uma lanterna elétrica brilhava ao lado dele. — O que está acontecendo lá fora?

— Ataque de grifos — disse Kendra, arfando, olhando a abertura da mochila. — Muitos deles.

— Grifos normalmente não atacam humanos.

— Eles já pegaram Trask, Tanu e Dougan.

— Ah, não.

Kendra observou em suspense a abertura da mochila se fechar. Alguém fechara a aba.

※ ※ ※

Seth lutou para chegar até Gavin e começou a entrar na mochila. Ele estava com uma das pernas dentro quando um grifo abalroou-o com grande força, fazendo com que girasse e rolasse ao longo da saliência. Cotovelos e ombro doendo, Seth precisou de um momento para perceber que o alvo não era ele. O grifo agarrara Gavin e estava alçando voo com ele.

Três grifos em formação mergulharam em Mara. Ela girou o corpo para se afastar do líder e se contorceu para evitar as garras estendidas do segundo, mas o terceiro apoderou-se dela. Suas pernas se debatiam à medida que a criatura a levava para longe.

Seth ouviu um tilintar. Mendigo estivera espionando à frente, mas Seth viu o fantoche disparando de volta ao local onde eles estavam.

— Mendigo! — berrou ele.

Dois grifos vieram rodopiando na direção de Seth, mas ele rolou o corpo e ficou deitado rente ao chão perto de um penedo. Embora sentisse o vento da passagem deles, as garras estavam vazias. Em vez de vir com rapidez, o grifo seguinte aterrissou ao lado de Seth, ralhando com um guincho áspero. O boneco articulado estava a apenas alguns passos de distância.

— Foge com a mochila! — gritou Seth, acenando para que o fantoche fosse embora. — Cuide da segurança de Kendra!

Garras apoderaram-se dos ombros de Seth, fortes asas batendo para baixo, e ele alçou voo. Empinando o pescoço para olhar para baixo e para trás, Seth viu Mendigo bater em um grifo para recuperar a mochila, agarrando a bolsa e saltando para longe. O homem de madeira desviou-se de outro grifo a caminho da beirada do penhasco e em seguida saltou, sumindo de vista ao despencar no abismo.

Será que Mendigo poderia sobreviver à queda de uma altura tão grande? E Kendra? Seth sabia por experiência própria que o espaço de depósito não sentia os movimentos da mochila. Independente do quanto a bolsa fosse jogada ou sacudida, o espaço interior permanecia estável. Ele teve a esperança de que isso também fosse verdade para a mochila caindo de um penhasco!

Seth virou os olhos para a frente e viu que eles estavam subindo com rapidez, encaminhando-se na direção de Stormcrag. Mara, Gavin, Tanu, Dougan e Trask estavam pendurados em grifos à frente dele. Nenhum dos outros grifos, fora o que levava o anão, possuía cavaleiros. Mesmo por cima de sua jaqueta de inverno, Seth sentia as garras afiadas, embora elas não houvessem ferido a sua pele. Seth olhou de relance para baixo e viu o distante piso rochoso além de suas botas, com centenas de metros de ar rarefeito entre uma coisa e outra. Se o grifo o soltasse, ele sairia voando pelo ar sem um paraquedas. Felizmente, as garras gigantes pareciam ter uma pegada segura.

A sensação de voar com o grifo era, sem dúvida, divertida. A criatura curvava-se à esquerda e à direita à medida que ascendia, às vezes subindo em linha reta e fazendo o estômago de Seth doer. Às vezes as asas batiam com força; em outras vezes elas pairavam, o vento assobiando em seus ouvidos. Cada vez mais alto eles subiam, até que a sensação era de estar olhando para um mapa de Wyrmroost, abaixo, com árvores em miniatura, cristas, penhascos, lagos e ravinas.

Stormcrag surgiu coberto de neve à medida que eles ganhavam altitude. Ele tentou olhar para cima, mas estavam próximos demais da montanha para que ele pudesse ver o topo. O ar estava ficando cada vez mais gélido. A manhã havia sido relativamente morna, de modo que ele não colocara luvas. Ele conseguiu fechar o zíper do casaco, mas, mesmo assim, o vento criado pela velocidade em que estavam continuava a levar o calor para longe. Ele massageou as orelhas e alternou entre enfiar as mãos nos bolsos e esfregá-las uma na outra.

Por fim, Seth pôs os olhos no cume da montanha. Logo abaixo do pico, descansando numa expansão protuberante da rocha, Seth avistou uma enorme mansão, em parte sustentada por um conjunto de estacas e escoras. O edifício esparramado possuía telhados íngremes com telhas de cerâmica, imensas chaminés e amplos pátios de pedra. Quanto mais próximo eles ficavam do improvável edifício, mais impressionante o tamanho da mansão se tornava. Os parapeitos ao redor dos terraços eram mais altos do que a casa dele: a porta da frente muito mais alta.

À medida que seu grifo seguia os outros em direção ao espaçoso pátio diante da colossal porta, Seth percebia que a vastidão da habitação não deveria ser surpresa nenhuma. Afinal de contas, aquele era o lar do maior gigante do mundo.

※ ※ ※

Kendra escutou o tumulto de perto do topo da escada. Os gritos ferozes dos grifos misturavam-se com os berros de seus amigos. Ela ouviu Seth ordenar que Mendigo pegasse a mochila, ouviu o sibilo ventoso quando eles despencaram do penhasco e ouviu o agudo som de madeira chocando-se com pedra quando aterrissaram.

Agarrando-se desesperadamente à escada, Kendra preparara-se para o impacto, mas no interior do espaço de depósito ela não sentiu coisa alguma. O espaço em nenhum momento se mexeu, oscilou ou mesmo tremeu. Ela ouviu o tilintar e os cliques de Mendigo quando este percorria o piso rochoso do bosque, e então ouviu o ruído de couro raspando em pedra.

Grifos voltaram a berrar. Desesperada para saber o que estava acontecendo, Kendra dirigiu-se ao degrau mais alto da escada e foi colocando a parte de cima de sua cabeça para fora da mochila até conseguir enxergar alguma coisa. Ela descobriu que estava espiando de dentro de uma pequena cavidade de rocha. Sem um braço e com uma rachadura profunda visível em seu torso, Mendigo se abaixava, girava e dava passos para o lado até que as garras de um grifo o prenderam em definitivo e o levaram para longe. Um segundo grifo recolheu seu braço. Em seguida, um terceiro grifo enfiou as garras na cavidade, mas não conseguiu alcançar a mochila. A criatura berrou e Kendra abaixou a cabeça, voltando para dentro do espaço.

– O que está acontecendo? – perguntou Warren.

– Mendigo saltou do penhasco com a gente. Nós aterrissamos numa ravina. Ele nos enfiou em uma greta no meio das rochas. Parece que os grifos não conseguem alcançar a mochila.

– Fique sentadinha aí – aconselhou ele. – Não bote a cabeça lá fora de novo.

– Eu não tenho muita certeza se a gente vai conseguir sair daqui por conta própria. A caverna é bem pequenininha. Não sei se eu consigo rastejar pra sair da mochila.

– Espere até eles irem embora e depois tente de novo.

– E se o anão vier aqui pra baixo? – perguntou Kendra. – De repente ele é pequeno o suficiente pra caber na greta e alcançar a gente.

– A fissura é pequena? – perguntou Warren.

– Fechadinha e estreita – disse Kendra. – Eu nem tenho certeza se Mendigo caberia nela. Ele deve ter jogado a gente aqui dentro. De repente até o anão é grande demais pra caber na greta.

– Dentro desses limites estreitos, você poderia dar ao anão uma amostra daquela lança ali.

Kendra olhou de relance para a arma fina e de ponta afiada.

– Certo. Tudo bem. Eu não estou ouvindo nada. Será que não é melhor eu dar mais uma verificada?

– Tome cuidado. Espere alguns minutos. Só vá se você tiver certeza que eles já foram embora. Se eles tiverem ido, vai ter que ser esperta o bastante pra nos levar pra um esconderijo diferente.

Kendra pegou a lança. De volta ao topo da escada presa à parede, ela empurrou a aba para cima e deu uma olhada através da abertura da cavidade e viu um bosque seco e vazio. Não viu nenhum sinal de inimigos. Evidentemente, poderia haver algum grifo posicionado ao lado da greta, as garras preparadas para arrancar a cabeça dela no instante em que a visse. Ela esperou, observando e ouvindo. Por fim, decidiu verificar se poderia sair da mochila.

Kendra tentou por vários minutos. Não conseguia mover a mochila empurrando as paredes e o piso da cavidade com a mão. E mal conseguia colocar a cabeça e os ombros para fora da bolsa. Por fim, desceu a escada, derrotada. A greta era apertada demais. Mesmo que conseguisse, de algum modo, seu corpo preencheria todo o espaço diminuto, entalado no interior de um útero rochoso, incapaz de se mover.

Ela e Warren poderiam até estar em segurança naquele momento. Mas estavam presos numa armadilha.

CAPÍTULO VINTE E UM

Problema gigante

Uma lufada de ar gelado soprava na grande extensão do pátio enquanto Seth encolhia-se com Trask, Tanu, Mara, Dougan e Gavin. Os grifos haviam-nos depositado no solo, mas permaneciam bem pertinho, bicos e garras preparados. O grifo conduzido pelo anão aterrissou no primeiro degrau que levava à colossal porta da mansão.

O pequeno homem ergueu seu megafone rude.

– Vocês agora estão totalmente à mercê de Thronis e seus lacaios! Mesmo que não levemos em consideração o invencível gigante e seus grifos, não há como descer a montanha a pé. Depositem suas armas no chão. Cooperação humilde é a única opção sensata.

Trask colocou sua encorpada besta no chão, tirou as espadas das bainhas, retirou as adagas da cintura e puxou uma faca da bota. Mexeu a cabeça para que os outros fizessem o mesmo. Dougan deixou seu machado de batalha cair de seus dedos e se chocar ruidosamente com o piso do pátio. Tanu soltou sua zarabatana. Mara deixou cair a faca. Gavin e Seth não portavam armas.

– Sábia decisão – proclamou o anão. – Não há vergonha em submeter-se ao orgulho dos grifos. Ou do astuto anão que vos lidera.

– É melhor você não falar pra gente que é Thronis – rosnou Dougan.

O anão deu uma risada.

– Eu sou o anão do gigante. Sua Magnificência aparecerá quando lhe for conveniente.

A grande porta atrás do anão foi aberta.

– Agora é conveniente – trovejou uma poderosa voz, não muito profunda, mas bastante possante.

Adentrou o recinto um homem absurdamente grande, diversas vezes maior do que os sapos gigantes de Fablehaven. Seth mal chegava às canelas dele. Suas proporções não eram deformadas como as de um ogro – ele parecia um homem comum em tudo, menos no tamanho. Sua cabeça era calva com algumas poucas manchinhas na pele e uma franja de cabelos grisalhos cortados rente. Seu rosto astuto continha rugas em alguns pontos, mas não em excesso, uma boca grande, um nariz longo e sobrancelhas pretas e grisalhas. Seth imaginaria que ele teria por volta de sessenta anos. Usava uma toga branca e estava ligeiramente acima do peso, com um pouco de pelanca abaixo do queixo e alguma maciez na cintura. Um fino colar de prata rodeava seu pescoço.

Dois outros grifos aterrissaram no pátio. Um deles soltou Mendigo, que deslizou e rolou na superfície dura. O torso cortado do boneco articulável se abriu, visivelmente separado em duas metades. O segundo grifo deixou cair um braço de madeira.

– Faz muito tempo desde a última vez que pus os olhos em humanos – comentou o gigante numa voz mais pensativa do que num grunhido. – Foi tolice de vocês circularem pela sombra da minha montanha. Não encaro com leveza a presença de intrusos, não importa o quanto sejam diminutos ou ingênuos. Entrem para que eu possa avaliá-los.

Thronis retirou-se do umbral.

– Vocês ouviram Sua Magnificência – ladrou o anão. – Eu cuido de suas armas. Levem suas pobres carcaças lá pra dentro.

Mendigo arrastara a metade superior de seu corpo até seu braço e estava engatando o membro com seus ganchos dourados. Seth agachou-se ao lado do fantoche.

– Espere a gente aqui – sussurrou ele. – Se a gente morrer, tente encontrar a Kendra e dê uma ajuda pra ela.

– De pé, menino – rosnou o anão.

Trask seguiu na frente. Três degraus levavam à porta da frente, cada qual numa altura além das possibilidades de Seth. Para um dos lados, escadas davam acesso mais fácil a pessoas menores. Eles escalaram os três degraus, atravessaram o espaço em direção à porta e subiram na soleira.

Pararam no umbral para se maravilhar com a enormidade da sala pouco mobiliada que viram diante de si. Uma tremenda fogueira queimava numa lareira de pedra, as chamas dando saltos e pulos. A madeira estalava e lançava fagulhas. Um gargantuesco conjunto de armadura do tamanho de Thronis encontrava-se num dos cantos. Na parede ao lado da armadura estava pendurado um escudo, uma lança, uma clava com esporões de metal e uma espada embainhada, tudo na escala propícia ao gigante. O próprio Thronis sentou-se numa monstruosa cadeira ao lado de uma mesa maior do que uma quadra de tênis. Curvando o corpo para a frente, as mãos entrelaçadas, ele os olhou pensativamente.

– Aproximem-se – instou ele, gesticulando. – Um grupo bem diverso de heróis, como podia-se muito bem esperar, embora alguns de vocês tenham uma aparência mais jovem do que o que eu previra.

Mais próximo, mais próximo, agora! Assim é melhor. Quem seria o líder de vocês?

— Sou eu — proclamou Trask em voz alta.

— Você não precisa gritar — disse o gigante. — Sei que dou a impressão de estar bem distante, mas tenho uma excelente audição. Eu sou Thronis. Digam-me seus nomes.

Trask recitou o nome de todos.

— Saudações. Diga-me, Trask, o que os traz a Wyrmroost?

— Nosso assunto é particular.

O gigante levantou uma sobrancelha.

— *Era* particular. Agora eu os capturei, e é melhor vocês responderem as minhas indagações.

— Nós não temos intenção de fazer nenhum mal a Wyrmroost, muito menos a você — disse Trask. — Estamos aqui para recuperar um artefato sem magia, que poderia ajudar a garantir o prolongamento da prisão de muitos seres malévolos.

Thronis deu um tapinha no queixo.

— Seres malévolos? Gigantes, talvez?

— Gigantes, não — disse Trask. — Demônios.

— Poucos de nós se dão com demônios — reconheceu o gigante. — Uma resposta prudente, porém insuficiente. Você se importaria em elaborá-la?

— Não posso dizer mais nada.

O gigante balançou a cabeça desapontado.

— Muito bem. Seis de vocês darão uma torta insignificante, mas suponho que uma guloseima diminuta seja melhor do que ficar sem doce nenhum.

— Nós não estamos a fim de virar recheio de torta — protestou Seth.

Thronis franziu os lábios.

– O que, então? Um suflê? Hummmm. Pode ser que você esteja dando uma boa ideia.

– Como comida a gente vai sumir num minuto – disse Seth. – Como entretenimento, a diversão pode não ter fim.

– Raciocínio sensato – admitiu o gigante. – Seth, quantos anos você tem?

– Treze.

– O mais jovem do grupo, imagino.

– Acertou.

O gigante franziu a testa.

– Você possui um aspecto peculiar. Não fosse você tão jovem, talvez eu suspeitasse que estou diante de um encantador de sombras.

– Pode confiar nos seus instintos. Eu sou um encantador de sombras.

– O que talvez explique o motivo pelo qual você fala Jiganti.

– O que ele está dizendo? – perguntou Trask.

– Eu estava apenas observando que Seth pode falar a língua dos gigantes. Vou tentar manter a conversa em inglês, Seth, por causa de seus amigos, mas depois nós trocaremos algumas palavras em minha língua nativa. Sinto falta de falar Jiganti. Onde estávamos? Tortas? Suflê? Não, entretenimento. Falar Jiganti com você seria um entretenimento e tanto, e eu ficaria interessado em ouvir como uma criança tornou-se um encantador de sombras. Talvez pudesse me contentar com uma torta de cinco pessoas com uma guarnição de conversa estimulante.

– Não – disse Seth. – Tanu é mestre de poções. Mara consegue domar animais selvagens. Um montão de nós doma dragões. Gavin é um verdadeiro profissional na matéria. A gente pode ser, no mínimo, tão útil quanto aquele anão.

– Mais útil do que Zogo? Talvez, mas não teria a mesma verve. O anão do gigante. Eu me deleito com esse som desde o primeiro dia.

Responda-me, Seth, quem você consideraria a pessoa mais atraente dentre seus companheiros?

Seth olhou de relance para Mara. Havendo apenas uma única mulher entre eles, a disputa era fácil.

– Mara.

– Eu seria obrigado a concordar – disse Thronis de modo amigável. – É uma pena que ela não seja umas dez vezes mais alta. Ou então talvez seja uma boa coisa o fato de ela não ser, tendo em vista como ela deve estar se sentindo em relação a mim nesse momento. – O gigante se levantou, deu um passo à frente, agachou-se e levantou Mara. Ele voltou a se sentar com ela em sua coxa. Ela o encarou de maneira desafiadora.

– Você parece Hopi.

Ela não disse nada.

Thronis a olhou em silêncio.

– Não é muito de conversa, eu presumo. Não sou fera selvagem o suficiente pra ser domado por você? Pouco importa. Eu não estava contando com palavras vindas de você. – Ele colocou a cabeça dela entre o polegar e o indicador. – Seth, você tem energia, uma característica que eu admiro. Quem sabe se o seu vigor não pode ajudar a resgatar alguns de seus amigos. Quero que você explique em detalhes por que estão aqui em Wyrmroost. Se você fracassar nessa missão, sua adorável companheira perecerá tragicamente. Depois outro. E mais outro. Todos eles, numa rápida sucessão. Mas não você. Você eu manterei por um tempo. Talvez possa me ajudar a preparar a massa.

A mente de Seth estava acelerada. Será que valeria a pena manter a missão deles em segredo se isso significasse a morte de todos? A Sociedade já sabia a respeito da chave. Navarog estava nos portões de Wyrmroost. Uma rápida decisão era necessária. Se informações pudessem poupá-los, por que não fornecê-las?

— Tudo bem — disse Seth. — Eu vou te contar. Mas solte a garota. — Ele evitava contato visual com os outros, sem querer ver a desaprovação em seus olhos.

— Uma decisão gentil, jovem — disse Thronis, curvando-se para colocar Mara de pé. — Desculpe, meu caro, não se trata de nada pessoal. Sou amaldiçoado com uma natureza inquisitiva. Venha até aqui, Seth. Eu o quero em cima da mesa.

Seth deu uma corridinha até a cadeira. Thronis o pegou na palma de sua enorme mão e o colocou delicadamente sobre a mesa. Quando ele olhou para baixo, os outros deram a impressão de estar a uma distância enorme, como se ele estivesse de pé em cima de um penhasco.

— Conte-me qual é o assunto de vocês em Wyrmroost — instou Thronis.

— A gente está atrás de uma chave.

— Uma chave para que, exatamente?

— A chave do cofre que fica numa reserva encantada bem longe daqui.

— O que existe dentro desse cofre?

— Um artefato.

— Que artefato?

Seth hesitou.

— A gente não tem muita certeza. Nós achamos que talvez seja uma coisinha chamada Translocalizador. O artefato é uma das chaves de Zzyzx.

— Oh-ho — exalou o gigante. — E como desenterrar as chaves de Zzyzx nos protegerá dos demônios?

— Outras pessoas estão atrás das chaves de Zzyzx — explicou Seth. — Pessoas más que querem abrir a prisão. A gente está pegando as chaves pra que elas continuem escondidas.

Thronis desafiou Seth com um olhar desconfiado.

— E como eu posso ter certeza de que não são de fato vocês os mal-intencionados? Afinal de contas, você é um encantador das sombras.

— Boa observação. Acho que deve ser difícil provar. Mas eu não estou mentindo. É por isso que a gente está aqui.

Thronis estalou as juntas.

— Então vocês estão em busca de uma chave para ter acesso a uma chave diferente. Vocês esperavam encontrar essa chave na minha montanha?

— Eu acho que não.

— Então por que cometer o erro imprudente de se aproximar daqui?

— A gente estava tentando achar o caminho que leva ao local onde a chave está escondida.

— Onde poderia ser isso?

— A gente... hum... A gente não tem muita certeza.

O gigante olhou para ele.

— Você está ficando evasivo. Não teste a minha paciência. Você precisa que eu demonstre que estou falando sério quando digo que vou esmagar os seus amigos? Diga-me o que sabe sobre o local onde essa chave que vocês procuram está escondida.

Seth suspirou. Ele olhou para baixo, na direção de seus amigos. Suas expressões estavam indecifráveis. Pelo menos o gigante não era um dragão.

— A chave está dentro do Templo de Dragão. A gente não sabe onde exatamente ele fica. Com toda a sinceridade.

Os olhos do gigante brilharam.

— Vocês têm a intenção de desafiar os guardiões do Templo de Dragão? – Thronis virou-se para se dirigir aos outros. – Essas palavras são ditas a título de brincadeira, senhor Líder?

– O menino está falando a verdade – disse Trask.

Thronis voltou-se para Seth.

– Então vocês são mais corajosos do que eu. Ou mais imprudentes. Ou simplesmente desinformados. Têm alguma ideia da tarefa que se encontra diante de vocês?

– A gente está meio que boiando nisso aí – disse Seth.

Agora o gigante riu estrepitosamente. Seth observou em silêncio. À medida que a torrente de riso foi diminuindo, Thronis enxugou uma lágrima no olho.

– Qualquer dragão em Wyrmroost os chacinaria imediatamente por planejar entrar no Templo de Dragão, muito menos por colocar efetivamente os pés lá. Sem mencionar os três implacáveis guardiões.

– Quem são os guardiões?

O gigante deu de ombros.

– Eu entendo que o primeiro é uma hidra. Hespera é seu nome. Não faço a menor ideia em relação aos outros dois; não que os serviços deles venham a ser necessários. Quais são as chances de se passar por uma hidra?

– A gente vai pensar em alguma coisa – disse Seth resolutamente.

O gigante riu novamente.

– Estou me divertindo. Verdadeiramente. Eu até poderia usar a palavra *deliciado* pra expressar o que estou sentindo. Isso é bem melhor do que qualquer torta. Pode ser que inclusive supere um suflê. Acho esplêndido o absurdo da situação!

– Eu sempre sou subestimado – disse Seth.

Thronis recompôs-se.

– Não tive a intenção de insultar. Aparentemente, a sua necessidade é grande, senão você não empreenderia uma tarefa assaz desesperada. Tem treze anos, e é um encantador de sombras, o que significa que há mais em você do que podemos enxergar. Sem dúvida seus camaradas possuem eles próprios talentos escondidos. Mas vocês foram capturados por grifos! Se dragões fossem gaviões, grifos seriam corvos. E a hidra seria um gavião com vinte cabeças!

— A gente precisa tentar — disse Seth simplesmente.

— Você tentará se eu não incluí-lo na receita — afirmou o gigante. — Seria uma pena desperdiçar ingredientes tão incomuns. Mas talvez nós possamos chegar a um acordo. — Ele dedilhou o colar de prata. — Está vendo esse colar em meu pescoço?

— Estou.

— Você por acaso não conversou com Agad, o mago?

— Conversei, sim.

— Conversou?! — exclamou Dougan.

— É uma longa história — rebateu Seth.

O gigante prosseguiu, ignorando a interrupção.

— Você está ciente de que se eu contar uma mentira esse colar irá se contrair e esmagará a minha traqueia?

— Agad não me contou isso pessoalmente, mas eu ouvi um boato a respeito.

— É bom saber que notícias acerca da minha maldição alcançam os ouvidos de todo novo visitante — disse Thronis com indiferença. — Agad é muito presunçoso a respeito desse êxito. E devia ser mesmo. Eu também sou uma espécie de tecedor de encantos, e não costumo ser iludido com facilidade. Desperdicei anos tentando conseguir retirar o colar, romper o encanto, até que finalmente decidi que talvez fosse mais simples sempre dizer a verdade. O que estou dizendo é que se nós fizermos um acordo, serei obrigado a cumpri-lo nos mínimos detalhes. Do contrário, eu morrerei.

Seth colocou as mãos nos quadris.

— Como é que a gente sabe que o encanto é real? Ou que você não descobriu uma maneira de contorná-lo?

PROBLEMA GIGANTE

– Suponho que isso seja algo difícil de provar. E, pra ser sincero, você não está numa posição que lhe permita duvidar de mim.

– Que tipo de acordo?

Thronis concedeu um risinho manhoso a Seth.

– Conceda-me um momento enquanto descrevo a cena. Um gigante do meu tamanho é um oponente temível, mesmo sem conhecer magia. É de se admitir que, olhando de relance, eu pareça intimidador. Mas um olhar de relance não revelaria os milênios que vivi, os encantos que dominei, minha agilidade enganadora, minha habilidade com armas, ou a verdadeira força que existe em mim, o poder nu e cru que vai bem além da previsível capacidade de minha portentosa estrutura.

"A maioria está ciente de que a pele de um gigante é incrivelmente elástica. Pausa para avaliar a minha cota de malha adicional. – Ele indicou o equipamento de batalha no canto. – Reflita sobre a quantidade de aço necessária a uma armadura dotada de tamanha magnificência, e sobre a segurança adicional que ela fornece. Você já ouviu falar de algum gigante com uma couraça? Equipe-me com uma armadura completa, conceda-me minhas armas e eu terei condições de me sobressair contra qualquer dragão desse santuário numa batalha campal, com exceção de, quem sabe, Celebrant.

"No entanto, apesar dessas vantagens, jamais desafiei o Templo de Dragão. – Thronis olhava fixamente para Seth. – Não pelo fato da localização do templo ser um mistério. Eu tenho duas esferas na câmara vizinha, uma branca, a outra escura. A escura ajuda-me a ajustar o clima. A branca é para olhar. De minha mansão em Stormcrag, consigo visualizar a maior parte de Wyrmroost, e grande parte do mundo além desses muros. Embora não consiga penetrar no Templo de Dragão, sei precisamente onde ele se encontra.

"Dragões são famosos por guardar tesouros. Eu mesmo protejo uma invejável reserva. Quantos Templos de Dragão você imagina que existam em todo o mundo?"

– Um? – tentou Seth.

– Existem três, um em cada um dos santuários proibidos. Cada templo abriga os tesouros preeminentes de todas as reservas, os itens mais poderosos reunidos pelos dragões do mundo. E cada templo contém um determinado talismã que os dragões querem manter especificamente fora de mãos mortais. Foi em parte em troca desses três talismãs que os dragões concordaram a princípio em vir se instalar nos santuários. Você sabe qual talismã reside no Templo de Dragão aqui em Wyrmroost?

– Luvas? – adivinhou Seth. Warren o informara a respeito da mensagem que Kendra copiara do túmulo de Patton.

– Precisamente. As famosas Luvas do Sábio. De acordo com a lenda, quando o homem que as veste dá uma ordem, os dragões devem obedecer. Você imagina que tais luvas poderiam vir a calhar pra mim?

– Muito provável, já que você vive num santuário de dragão.

Thronis balançou a cabeça.

– Não. Elas não se encaixariam nem no meu mindinho. As Luvas do Sábio são feitas para magos mortais. Dominá-las seria um empreendimento complexo mesmo pra Agad, que dirá para você ou seus camaradas. Se as roubasse, nenhum dragão no planeta sossegaria até que você fosse eviscerado.

– A gente não está atrás de luvas – insistiu Seth. – Estamos atrás de uma chave.

– Entendo. Responda-me o seguinte: o Templo de Dragão é antigo. Como a sua chave foi parar lá dentro?

– Um homem a colocou lá.

— Passou de maneira sorrateira por três guardas, foi assim? Que feito extraordinário.

— Esse cara fez um monte de coisas impossíveis.

O gigante encostou um cotovelo na mesa.

— Quem foi esse pujante embusteiro?

— Patton Burgess.

Thronis assentiu com a cabeça.

— Tive a preocupação de aprender os nomes de apenas alguns mortais. Mas o dele eu conheço. Talvez ele tenha mesmo escondido a chave dentro do Templo de Dragão. Talvez ele tenha lhe fornecido conhecimentos que o ajudarão a obter acesso ao local. As chances são remotas, mas a perspectiva é intrigante. E é por isso que mencionei um acordo.

"Eu não ignorei o Templo de Dragão por falta de interesse. Não há nada em seu interior que me seduza a arriscar tudo, ainda que haja alguns itens que gostaria de possuir. Preciosas estatuetas. Um conjunto que é mantido reunido. Um dragão trabalhado em pedra vermelha. Um gigante da neve esculpido em mármore branco. E uma quimera de jade. Existem duas outras peças do conjunto: uma torre de ônix e um leviatã de ágata. Traga-as também. Sim, traga todas as cinco estatuetas, e talvez você vislumbre o meu lado generoso."

Seth tentava não deixar seu desânimo transparecer.

— Será que os dragões não vão ficar furiosos se a gente roubar essas coisas?

Thronis balançou a mão de modo impaciente.

— Eles ficarão furiosos simplesmente por vocês entrarem no templo. Levar apenas algumas dessas estatuetas não vai incitar neles uma raiva muito maior. As luvas são outra questão. Deixe as luvas onde elas estão.

Trask levantou a voz:

— Se nós prometermos trazer essas estatuetas pra você, teremos permissão para partir?

O gigante levantou um dedo.

— Farei mais do que dar permissão para que vocês partam. Em preparação ao empreendimento, eu os alimentarei, os equiparei, e mandarei meus grifos os levarem até a entrada do Templo de Dragão. Mas um problema permanece. Não sou capaz de mentir. Vocês tampouco deverão ser capazes de me enganar. Enquanto estudava em vão como me livrar de meu colar, aprendi como urdir um estrangulador similar. Farei um para cada um de vocês usarem. Caso tragam as estatuetas, eu retirarei os colares e providenciarei para que vocês tenham salvo-conduto até os portões de Wyrmroost. Caso me enganem, serão estrangulados.

— O que você vai dar pra gente? — perguntou Seth. — Tipo, pra equipar a gente?

— Se é para perder a minha torta, quero alguma esperança de retorno do meu investimento. Eu posso lhes dar uma dose ou duas de um precioso veneno de dragão. Talvez uma espada revestida de adamas, ou uma lança com a ponta do mesmo material. Itens raros que eu preferiria não perder, pra ser sincero, mas que bem pode haver num acúmulo de objetos que nunca são usados?

— Isso soa melhor do que ser assado numa torta — confessou Seth.

Thronis olhou para Trask.

— O que diz você, senhor Líder? Essa é a única barganha que pretendo oferecer. Lembre-se, eu não minto. Vocês não terão uma segunda chance. Esses termos parecem-me absurdamente generosos. Aqueles de vocês que não os aceitarem atingiram o fim de suas vidas.

Trask fez uma breve conferência com os outros num silencioso reunir de corpos.

– Você nos oferece uma alternativa melhor do que a morte certa – reconheceu Trask. – Nós aceitamos.

Thronis bateu com a mão na mesa. Seth perdeu o equilíbrio e caiu de joelhos, os ouvidos vibrando.

– Vamos nos dirigir ao meu tesouro e equipá-los – disse o gigante em tom de entusiasmo. – Eu colocarei estranguladores em vocês para garantir que a história que o menino me contou é verdadeira. Nada os salvará se ele estava mentindo em relação aos seus propósitos. Contanto que a narrativa prove-se verdadeira, hoje à noite eu festejarei com meus pequeninos campeões e, de manhã, vocês partirão com ímpeto para vencer qualquer glória que a sorte permitir!

CAPÍTULO VINTE E DOIS

Raxtus

Bubda estava sentado no barril esfarpado, os tornozelos e os braços cruzados, exibindo uma expressão de irritação.

– Bubda pensa sobre isso – disse ele. – Pergunte de novo semana que vem.

– A gente precisa que você tente agora – insistiu Kendra. Se aqueles grifos voltarem, eles vão nos expulsar daqui. Você vai perder a sua casa.

– Expulsar vocês. Não encontram Bubda.

– Nós te encontramos – observou Warren.

Bubda fez um gesto de quem faz pouco do comentário.

– Você mente. Sabia que Bubda estava aqui. Cutucou Bubda com o ferrinho.

– Se eles nos pegarem, vamos contar sobre você – ameaçou Kendra.

O troll eremita fez cara feia.

– Onde está Seth? Bubda sente falta de Seth! Seth fala Duggish. Seth joga Yahtzee.

Kendra esforçava-se ao máximo para manter o tom sincero e doce ao invés de frustrado e zangado.

– Se você quer voltar a ver o Seth, vai ter de tentar tirar a mochila dessa caverninha.

Bubda saltou do barril.

– Não! Bubda odeia céu! Bubda não sai! Bubda se esconde. – Ele se agachou, juntou os braços no corpo, enfiou a cabeça e ficou, subitamente, igual a um tonel de madeira envelhecido.

– Que tal uma partidinha de Yahtzee pra decidir? – propôs Warren.

Bubda levantou a cabeça.

– Yahtzee?

– Nós três – continuou Warren. – Se Kendra ou eu vencermos, você tenta tirar a mochila.

– Se Bubda vencer?

– Você joga de novo com a gente – disse Kendra com o ar esfuziante.

Bubda coçou a cabeça.

– Bubda nada bobo. Bubda vencer, vocês param de encher.

– Muito justo – concedeu Warren.

O rosto de Bubda iluminou-se.

– Vocês não vencem. Bubda campeão de Yahtzee. – Ele gingou até a caixa de Yahtzee.

Kendra aprendera a jogar Yahtzee com sua avó e seu avô Larsen. Ela lembrava-se de noites ao redor da mesa da cozinha com seus pais, avós e Seth, comendo *pretzels* com cobertura de chocolate, tomando refrigerante e jogando uma partida atrás da outra. Vovó Larsen sempre parecia vencer mais do que qualquer outra pessoa, mas Kendra sabia que, fora aderir a algumas estratégias básicas, o resultado do jogo era baseado na sorte.

Contanto que ela ou Warren vencesse, Bubda teria de tentar tirar a mochila da greta. Era desanimador colocar a segurança deles sob os cuidados de um copinho de plástico com dados, mas pelo menos eles tinham uma vantagem de dois contra um.

No fim, ninguém conseguiu um Yahtzee, e ir à cata de cinco do mesmo tipo arruinou Bubda. Ele perdeu seu bônus da seção superior, perdeu seu *straight* maior e registrou um quatro do mesmo tipo de baixo valor. Tanto Kendra quanto Warren acabaram com placares mais altos por adotarem um estilo de jogo mais conservador.

– Dados quebrados – reclamou Bubda depois de não conseguir rolar um quinto três em sua última rodada. – Jogamos de novo.

– A gente tinha um acordo – lembrou-lhe Warren. – Nós podemos jogar de novo, mas primeiro você precisa nos fazer um favor.

Grunhindo de modo ininteligível, Bubda bamboleou até os degraus na parede e começou a subir a escada. Passou pelo topo da mochila aparentemente sem nenhuma dificuldade. Segundos mais tarde ele desceu, ainda resmungando consigo mesmo.

– Colocou a mochila para fora da caverna? – perguntou Kendra.

O troll balançou rapidamente a cabeça.

– Foi rápido! – soltou Kendra.

Bubda, dando um risinho, levantou um braço, empinou a cabeça e começou a dançar onde estava. Por um momento, enquanto girava e balançava o corpo, deu a impressão de ser tão esguio e flexível quanto uma serpente, seu corpo quase elástico. Então ele deixou o braço cair e a ilusão acabou.

– Nova partida de Yahtzee.

– Eu jogo com você – ofereceu Warren. – Viu alguma coisa lá fora, Bubda?

– Rochas – respondeu o troll.

– Alguma criatura? Alguma coisa viva?

Bubda balançou a cabeça.

Warren virou-se para Kendra.

– Seria melhor você dar uma subidinha para ver se consegue achar um ponto melhor para mochila.

Kendra disparou em direção à escada.

– Fique atenta – aconselhou Warren. – Mova-se com rapidez. Não fique lá em cima muito tempo.

– Vou tomar cuidado – prometeu Kendra.

Ela passou pela aba e encontrou-se no piso de uma ravina profunda fora da cavidade rochosa. Acima dela estendia-se um penhasco alto e escarpado, com uma face íngreme na extremidade. O solo da ravina, de um modo geral, descia sinuosamente de Stormcrag formando uma ribanceira, perdendo-se de vista em ambas as direções.

Um breve rastrear da área não revelou a presença de nenhum inimigo, nem ela viu nenhum lugar particularmente bom onde pudesse acondicionar a mochila. Parecia que eles estavam num local sem perigo imediato. Agachando-se, ela reparou um longo fragmento de madeira marrom, claramente uma lasca que se soltara de Mendigo. Ela o pegou.

Segurando com firmeza a longa lasca de madeira sob o céu azul na solitária ravina, o peso do que acontecera com os grifos desceu como um rochedo em cima dela. Lágrimas pinicaram seus olhos, mas ela resistiu. Por que guardaria a mochila? Quem os resgataria? Seu irmão e seus amigos haviam sido levados por leões voadores. Era muito provável que estivessem mortos.

Kendra sentou-se no piso duro. Pelo menos os grifos haviam levado Trask, Tanu e Dougan com vida. Ela vira com seus próprios olhos. As ferozes criaturas não haviam começado a chaciná-los instantaneamente. O conflito não parecera um frenético frenesi de seres alados devorando corpos humanos. O anão solicitara rendição. Havia motivos para ter esperanças de que Seth e os outros estivessem vivos em algum lugar. Também havia motivos para suspeitar que eles estivessem servindo de alimento para bebês grifos em ninhos gigantescos.

Warren dissera para ela se apressar. Por quê? Para que pudesse encontrar um novo local para guardar a mochila antes que os grifos voltassem. Certo, mas por quê? Para que eles pudessem se esconder até que o estoque de comida finalmente acabasse? Quem iria resgatá-los? Se eles ainda estavam vivos, os outros provavelmente estariam muito mais necessitados de resgate.

Warren estava ferido. Ele provavelmente queria se esconder até estar curado o bastante para poder ajudar. Mas Kendra não acreditava que eles tivessem muito tempo. Não havia como rastrear o local para onde os grifos haviam voado. Asas não deixavam pegadas. Isso a deixava com duas opções. Tentar voltar para o portão ou chegar ao santuário das fadas.

Navarog devia estar à espera no portão. E mais, voltar significaria abandonar Seth, seus amigos e sua missão. Ela precisava seguir em frente. De acordo com Mara, eles estavam próximos ao santuário das fadas quando os grifos atacaram. Se pudesse achar uma maneira de voltar ao topo do penhasco, talvez conseguisse ter uma chance. Talvez, se ela conseguisse subir a ravina, as paredes ficassem mais baixas e fáceis de ser escaladas.

Ela devia informar Warren. Não era justo deixá-lo lá embaixo imaginando se estava viva ou não. Podia ser que ele tivesse um ataque de estupidez e decidisse tentar subir a escada mesmo com as contusões.

Kendra voltou para dentro do depósito. Warren estava soprando no interior do copinho de plástico e sacudindo os dados.

– Warren? – perguntou ela.

Ele parou de chacoalhar os dados.

– Encontrou um lugar?

— Acho que é melhor a gente tentar chegar ao santuário das fadas. Ele franziu o cenho.

— Pode ser que eu seja mais útil daqui a alguns dias.

— Eles não vão voltar. Seth, Gavin e todos os outros.

Warren ficou em silêncio por um momento.

— Nunca se sabe. Pode ser que eles voltem. Mas a gente não deveria contar com isso.

— Vou ver se consigo nos levar de volta ao local onde a gente estava antes de cair.

— Vê se não vai escalar nenhum penhasco — alertou Warren. — Não vale a pena sofrer uma queda nas condições em que a gente se encontra.

— Eu vou ser cuidadosa.

— Ao primeiro sinal de perigo, esconda a mochila e entre nela. Se for preciso, nós podemos defender a abertura da bolsa.

— Tudo bem.

— Menos conversa, mais Yahtzee — reclamou Bubda.

Warren começou a sacudir novamente os dados.

— Tome cuidado.

— Pode deixar. — Kendra saiu novamente da mochila.

O piso rochoso da ravina fazia sua passada ficar traiçoeira, de modo que Kendra levou um certo tempo para subir a encosta em direção a Stormcrag. À medida que o sol ficava mais alto, nenhuma das paredes da ravina oferecia muita sombra. A tênue calidez dava uma sensação boa, mas ela também se sentia exposta. Quaisquer olhos inamistosos olhando para baixo na ravina a veriam com certeza. No entanto, ela fazia bons progressos. E não viu nenhuma criatura, exceto um trio de enormes libélulas.

Kendra estava quase pronta para fazer sua parada para o almoço quando, contornando um canto, avistou o local onde a ravina terminava abruptamente. Agora ela não apenas tinha paredes intransponíveis à sua direita e à sua esquerda como também mais uma, tão insuperável quanto as outras, diretamente em seu caminho. Não havia como sair da ravina pela direção que ela seguira durante toda a manhã.

A princípio, Kendra sentiu vontade de gritar, mas deu-se conta de que o barulho poderia atrair predadores. Ela queria dar um soco na árvore mais próxima da ravina, mas decidiu que não valeria a pena machucar as juntas de sua mão. Em vez disso, caiu de joelhos, baixou a cabeça e chorou.

Assim que permitiu que começassem a fluir, as lágrimas vieram quentes e rápidas. Seu corpo tremeu com os soluços. Ficou contente por seu irmão não poder ver seu pesar. Ele teria rido de suas lágrimas. Mas ela não queria pensar em seu irmão. Isso apenas piorava as coisas. Mais lágrimas fluíram.

– Não chore – disse uma voz delicada atrás dela.

Kendra levantou-se e girou o corpo, esfregando o rosto molhado de lágrimas, e viu-se olhando bem nos olhos de um dragão. As pernas dormentes, ela recuou. Era o menor dragão que já vira, com um corpo do tamanho de um cavalo grande, embora o pescoço e o rabo longos aumentassem bastante o seu comprimento. Sua armadura cintilante de escamas prateadas e brancas refletia um arco-íris resplandecente, a cabeça brilhante como cromo lustrado. No todo, o dragão possuía uma estrutura esguia e delgada, como se desenhada para a velocidade. Estranhamente, Kendra percebeu que não sentia nada da paralisia que experimentara quando confrontada por outros dragões.

– Não se preocupe – disse o dragão. – Não vou te comer. – Ele tinha uma voz masculina, mais ou menos similar a de um adolescente confiante, mas as palavras saíam mais encorpadas e mais fortes do que as que qualquer ser humano conseguiria emitir.

– Não estou assustada – disse Kendra.

— Eu nunca inspirei muito terror – respondeu o dragão, quase de maneira entristecida. – Fico contente de você não estar assustada.

— O que quero dizer é que não estou me sentindo paralisada como normalmente me sinto com alguns dragões – explicou Kendra, sem querer diminuí-lo. – Estou totalmente sobressaltada. Tenho certeza de que você poderia me cortar em pedacinhos se quisesse.

— Eu não pretendo lhe fazer nenhum mal. Você brilha como uma fada. Mais do que uma fada, para ser exato. E mais do que uma amiga de uma fada. Na verdade, eu estava em busca de uma chance de te conhecer.

— O quê?

— Você estava cercada por outras pessoas. – O dragão balançou a cabeça para o outro lado. Será que ele era tímido? – Eu a avistei assim que você entrou em Wyrmroost. Te segui desde a Fortaleza Blackwell.

Kendra coçou a testa.

— Você é um pouquinho brilhante demais pra passar despercebido. Como foi que a gente não te viu?

De repente, o dragão sumiu, como se tivesse sido apagado da face da Terra. Em seguida retornou.

— Eu posso ficar quase invisível.

— Uau. Isso explica tudo.

— Por sorte, tenho alguns talentos além de ser baixinho.

— Você vai crescer.

— Vou? Isso não tem acontecido nos últimos séculos.

— Séculos? – disse Kendra. – Você não é jovem?

— Eu sou totalmente adulto – disse o dragão com uma pontinha de amargura. – Dragões nunca param de crescer completamente, mas o processo diminui de intensidade à medida que você envelhece, e eu já passei bem da idade em que a velocidade começa a diminuir. Mas chega de falar de mim. Você estava chorando.

— O meu dia está péssimo – disse Kendra.

— Eu vi. Os grifos levaram seus amigos.

— Um deles era o meu irmão.

— Seth, não é? Tenho ouvido um pouco a conversa de vocês. A propósito, eu me chamo Raxtus.

— Prazer em conhecê-lo. — Kendra olhou de relance para as paredes da ravina. — Estou tentando sair daqui, mas parece que estou encaixotada.

— E está mesmo — concordou Raxtus. — Somente criaturas aladas têm acesso a esse desfiladeiro em forma de caixa. Se você se encaminhar na outra direção, vai alcançar um imenso abismo, o topo de um penhasco. Não há como descer. Um córrego passava por aqui. Às vezes ele volta e produz bonitas quedas d'água, mas, hoje em dia, a água segue um fluxo quase sempre diferente.

— Quer dizer então que estou presa numa armadilha.

— Você estaria presa, sim, mas eu tenho asas. Poderia levá-la, sem problema.

— É mesmo? — perguntou Kendra.

— Pra onde você está indo? Você e seu pessoal sempre falam baixinho quando estão discutindo seus planos. Não é uma má ideia, a propósito. Mas é ruim pra quem quer escutar sem ser percebido.

O dragão parecia simpático, e era claro que era a única esperança que ela tinha. Será que ele se recusaria a levá-la ao santuário das fadas? Só havia uma maneira de descobrir.

— A Fada Rainha tem um santuário aqui — disse Kendra.

— Eu sabia! — exclamou o dragão. — Você é fadencantada, não é? Dava pra perceber. Bom, achei que dava. Eu não tinha cem por cento de certeza, mas teria apostado nisso. Pena que não fiz isso.

Kendra não era normalmente aberta em relação a sua condição de fadencantada, mas parecia não haver sentido em tentar esconder isso de Raxtus.

— É verdade, eu sou fadencantada. Você sabe onde fica o santuário?

O dragão riu suavemente.

— Você nem tem como imaginar o quanto eu sou familiarizado com o santuário da Fada Rainha. Provavelmente, sou o único dragão no mundo que consegue chegar lá. Não me refiro às proximidades do santuário, às vizinhanças. Eu me refiro ao santuário em si.

— Nenhum outro dragão consegue?

— Não. Quase ninguém consegue. A Rainha os obrigaria a descer. Entretanto, estou apostando que você consegue.

— Consigo. Enfim, eu já consegui no passado, mas apenas no santuário de Fablehaven. Uma outra reserva.

— Eu conheço Fablehaven — disse Raxtus.

— Mas não tenho certeza se consigo visitar o santuário daqui. Se a Fada Rainha não me quiser lá, pode ser que ela me transforme em semente de dente-de-leão.

— Certo. Você precisa ser cuidadosa. Não se entra no santuário assim sem um propósito.

Kendra riu.

— Você não fala como dragão.

— Eu sou diferente. Não sou um dragão de Wyrmroost.

— Não é?

— Eu estou em Wyrmroost, mas não sou de Wyrmroost. Nunca fui admitido formalmente. Não tenho nenhuma obrigação de ficar aqui. Eu entro e saio. Mas venho muito a Wyrmroost, em parte porque meu pai vive aqui. Mas viajo por todos os cantos, principalmente incógnito. Você sabe, invisível. Eu realmente gosto de filmes de *drive-in*.

— Vi um dragão do lado de fora de Wyrmroost — disse Kendra. — Ouvi falar de muitos outros. Mas nunca ouvi falar de nenhum como você.

— Não existem outros dragões como eu — admitiu Raxtus. — Veja, quando eu ainda estava no ovo, um basilisco entrou no ninho. Meu pai não estava por perto, e a minha mãe acabara de morrer, de modo que não havia ninguém para nos proteger. Três ovos foram comidos. Se eles tivessem eclodido, irmãos meus teriam nascido. Mas antes que o basilisco pegasse o último ovo, algumas fadas intercederam e me resgataram. A propósito, não me lembro de nada disso; essa história me foi contada posteriormente. Mesmo para um dragão no ovo, eu era jovem quando isso aconteceu. As fadas que me salvaram me levaram para um dos santuários da Fada Rainha para minha proteção. Eu fui incubado e eclodi por meio de magia das fadas, e surgi dessa forma... singular.

— Você é lindo — elogiou Kendra. — E simpático.

O dragão riu de modo fanhoso, perturbado.

— Sempre ouço isso. Eu sou o dragão bonitinho. O dragão engraçadinho. O problema é que espera-se que os dragões sejam temíveis e apavorantes. Não espirituosos. Ser o dragão engraçado é como ser o mamute careca. Ser o dragão bonitinho é como ser a fada feia. Entende?

— Implicam muito com você?

— Eu gostaria muito que fosse só implicância! Gozação seria a palavra mais acurada. Desprezo. Censura. Distanciamento. Quem o meu pai é só torna as coisas dez vezes piores, embora isso também explique por que eu ainda estou vivo.

— Quem é o seu pai?

O dragão não respondeu. Ele olhou para o céu.

— Eu te conheço há cinco minutos e já estou confessando meus problemas. Expondo toda a história da minha vida. Por que será que sempre faço isso? É como se quisesse explicar a coisa logo no início pra não me sentir magoado mais tarde. Mas eu sempre acabo parecendo desamparado e ridículo. Você está aí com problemas reais e eu fico levando a conversa pra minha vida.

– Não, tudo bem. Eu estou interessada, quero saber.

Raxtus deu uma patada no chão.

– Acho que vou ter de continuar agora que comecei. Meu pai é Celebrant, o Justo. Basicamente, ele é o rei dos dragões. O maior, o mais forte, o melhor. E eu sou a sua maior decepção. Raxtus, o dragão das fadas.

Kendra sentiu vontade de abraçá-lo, mas percebeu que a atitude talvez provasse o que ele estava falando.

– Tenho certeza de que o seu pai tem orgulho de você – disse Kendra. – Aposto que grande parte disso tudo está só na sua cabeça.

– Eu gostaria muito que você estivesse certa – respondeu Raxtus. Não é nenhum delírio. Celebrant basicamente me repudiou. Tenho dois irmãos. Meio-irmãos. Eles vieram de ninhadas diferentes, é óbvio. Cada um deles governa um dos outros santuários proibidos. Eu pareço com papai muito mais do que qualquer um deles – eu me refiro ao formato e a cor. Sou a versão em miniatura de Celebrant. Ele tem essas escamas platinadas e cintilantes, bem parecidas com as minhas, porém mais duras do que adamas. Nele, elas parecem formidáveis. É bem maior do que eu, músculos por todo o corpo. Ele tem cinco armas de sopro e conhece toneladas de encantos ofensivos, mas não é nenhum bandido. Sua mente é afiada como uma lâmina. Ele tem tudo. Dignidade. Majestade.

– Ele não pode te odiar só porque você é pequeno! – asseverou Kendra.

– Ser pequeno é apenas uma parte. Adivinha o que a minha arma de sopro faz? Ela ajuda as coisas a crescerem! Você entende, faz as flores brotarem. E a única magia que eu consigo fazer são troços defensivos tipo me esconder, ou então curar. Mais uma vez, como uma fada. Não ajuda nada o fato de eu parecer muito com o meu pai. Sei que isso o envergonha. Mas ele não me repudiou por completo. Em algum lugar bem no fundo, ele se sente culpado por meus irmãos haverem morrido, por ele não estar lá para deter o basilisco, e por só ter percebido que eu sobrevivera anos mais tarde. Por isso, permaneço sob a proteção dele, o que significa que, por mais que outros dragões me detestem, nenhum deles deseja lutar comigo. Nenhum dragão na Terra está disposto a enfrentar a ira de Celebrant.

– Está vendo! Ele adora você.

– Não. Culpa não é amor. Papai deixou bem claro que não me quer perto dele. E está certo. A minha presença o deprecia: o humilhante contraste entre o dragão mais magnífico do mundo e seu absurdo filho bufão.

Kendra não conseguia imaginar o que poderia dizer. Novamente, ela resistiu ao impulso de abraçá-lo.

– De um jeito ou de outro, agora você conhece a minha triste história. A confissão completa. Eu não quero ser frágil e inútil; não sinto orgulho disso. Adoro filmes de ação. Meu maior sonho é ser um herói. Ser firme e corajoso, provar a mim mesmo, de algum modo, que sou um verdadeiro dragão. Mas quando surge a oportunidade, eu me intimido. Como quando os grifos levaram seus amigos. Eu poderia ter atacado para resgatá-los. Qual é, eram grifos! Mas havia muitos deles, e eu sabia quem devia tê-los enviado. Decidi ficar agachado por um minuto e, antes que eu pudesse perceber, a oportunidade foi embora.

– Quem enviou os grifos? – inquiriu Kendra, ansiosamente.

– Thronis, o gigante do céu de Stormcrag. Ele cria grifos como as pessoas criam cachorros. O anão era Zogo. O anão do gigante.

– Você sabe onde Thronis vive?

– Claro.

– Essa é a sua chance de virar herói! – disse Kendra. – Nós podemos resgatar o meu irmão e os outros!

– Você tem razão, isso seria um ato de valentia. De muita valentia. Eu faria com que nós dois morrêssemos. Se eu tivesse sorte, podia ser que revigorasse algumas das plantas dele no caminho. Eu mal sou metade de um dragão, Kendra. O resto de mim é brilho e pó de fadas. Até os mais corajosos dragões ficam afastados de Thronis. Ele não só é gigante como também é feiticeiro. Poderosos encantos protegem sua fortificação no alto de Stormcrag. É verdade que anseio por me tornar um herói, mas sou covarde de coração. Quer um exemplo? Eu segui você a manhã toda tentando tomar coragem pra dizer oi. Só me senti capaz quando você começou a chorar.

– Mas você pode ficar invisível – sugeriu Kendra. – Você pode subir lá sorrateiramente na calada da noite.

– Encantos – disse Raxtus. – Thronis saberia. Ele acabaria comigo antes que eu pudesse ajudar quem quer que fosse. Veja bem, como amigo, eu sou o dragão ideal. Como herói, já não digo a mesma coisa.

– Você consegue se transformar em humano? – perguntou Kendra.

– Tipo um avatar? Uma versão humana de mim mesmo? Não dá. Enfim, eu até já tentei. Mas não funciona muito bem. Não consigo parecer uma pessoa.

– Como é que fica a sua aparência?

O dragão desviou o olhar.

– De repente é melhor a gente mudar de assunto.

– O quê?

Raxtus voltou a olhar para ela.

– Eu fico parecido com um menino-fada com asas de borboleta.

Kendra esforçou-se em vão para conter um riso de surpresa.

– Tipo com trinta centímetros de altura – continuou Raxtus. – Pode rir à vontade. Eu sei como isso soa, pode acreditar em mim.

Só não espalhe essa história por aí, por favor. Ela não é de domínio público.

— É que fui pega de surpresa, só isso – desculpou-se Kendra.

— Também fui pego de surpresa. Por anos e anos o meu consolo foi imaginar que um dia eu poderia fugir ficando na forma humana, uma vez que aprendesse o truque e, quem sabe, me tornasse parte de uma comunidade. Nenhuma sorte nisso. Sou uma aberração em qualquer forma. Sou poluído pela magia das fadas até o meu âmago.

— Você não é uma aberração – disse Kendra com firmeza. – Você é o dragão com o visual mais legal que eu já vi na vida. É tipo um carro esportivo. Os únicos dragões que eu vi ou ouvi falar são duros e malvados. É fácil ser malvado quando se tem dentes e garras afiados. Bem mais difícil vai ser alguém gostar de algo assim. Na verdade essa é a primeira vez que eu visualizo um dragão que dá pra gente gostar.

— Você é muito gentil. Você sabe que nós dragões não costumamos expor nossos sentimentos em *talk-shows*. Nós não temos psicanalistas. Mas conversar com você me ajudou muito. Obrigado por me ouvir. Mas e aí? Você mencionou que esteve em Fablehaven.

— É isso aí. Estive lá muitas vezes.

— E você fala a língua das fadas.

— Falo.

— Eu me pergunto se de repente você não conheceu a minha mãe postiça. O nome dela é Shiara.

Kendra resplandeceu.

— Asas prateadas? Cabelos azuis?

— Isso aí!

— Ela é a fada mais legal de Fablehaven! – extravasou Kendra.

— Também não precisa exagerar tanto – disse Raxtus.

— Não. Estou falando sério. Ela me ajudou. Quase todas as fadas são volúveis, mas Shiara é bem confiável e inteligente.

— Ela me salvou do basilisco e me alimentou. Não foi em Fablehaven. Isso aconteceu muito antes de Fablehaven ter sido fundada. Eu não a visito com a frequência que deveria. Isso me faz lembrar demais o lado afrescalhado da minha natureza. Como se alguém se importasse com isso! Mas às vezes dou uma chegadinha em Fablehaven à noite e faço uma visita a ela.

— Como é que você consegue entrar em Fablehaven sem ser percebido?

— Da mesma maneira que entro sem ser percebido em Wyrmroost. Eu posso ser menos do que metade de um dragão, mas tenho alguns truques. Um deles é viajar de um santuário de fadas a outro. Qualquer lugar que possua um santuário da Fada Rainha está aberto pra mim.

Kendra estava se sentindo quase empolgada demais para conseguir fazer a pergunta seguinte.

— Será que você poderia me levar pra casa? — Se ao menos pudesse voltar para Fablehaven, ela teria como retornar com reforços.

— Desculpe, Kendra. Acho que eu não conseguiria transportar um passageiro. Quem sabe um dia, com estudo e prática. Mesmo que eu conseguisse, da última vez que tentei visitar Fablehaven, o caminho parecia que estava obstruído.

Kendra franziu o cenho. O santuário de Fablehaven havia sido destruído, de modo que fazia sentido o fato de Raxtus não ter sido capaz de usá-lo. Ela deveria ter pensado nisso antes de fazer a pergunta. Mesmo assim, talvez houvesse outras maneiras do dragão ser útil.

— Será que você poderia me levar ao santuário da Fada Rainha aqui mesmo em Wyrmroost?

— Com certeza. Nem é muito longe daqui. Principalmente se a gente for voando.

Kendra olhou de relance para a mochila.

— Você disse que possui poderes curativos. Tem um amigo meu ferido.

— Warren? Um peryton deu uma chifrada nele, não foi? Não sei o que acontece com aqueles chifres. Eles devem ser ligeiramente venenosos. Deixam umas feridas horríveis. Bom, posso tentar. Enfim, sou melhor com plantas. Mas por que não? Eu posso tentar. Ele consegue vir até aqui? Não sou um dragão dos maiores, mas duvido muito que eu consiga passar na abertura de uma mochila.

— Eu já volto – disse Kendra. – Jura que não vai embora?

— Eu sou covarde, mas não sou deselegante. Ah, o que você quis saber foi se eu fugiria caso aparecesse algum problema? Se precisar fugir, levo a mochila comigo. Não que eu esteja sentindo algum perigo. Estou prestando atenção. Acho que estamos bem. Eu fico, pode deixar.

Kendra desceu a escada.

Warren estava adormecido. Ela não conseguiu avistar Bubda. Ajoelhando-se ao lado de Warren, ela cutucou sua bochecha.

— Ei, está acordado?

Ele estalou os lábios e suas pálpebras se abriram.

— Hã? Tudo bem com a gente? – A voz dele estava grossa.

— Você tomou algum remédio?

— Desculpe. Eu estou um pouco zonzo. É a dor.

— Tudo bem. É por isso que você está tomando remédio. Fiz amizade com um dragão.

Warren piscou. Esfregou os olhos.

— Desculpe. A sensação que eu tenho é que a minha cabeça está cheia de algodão. Acho que não te ouvi bem.

— Não, é verdade. Um dragão legal. Ele foi criado por fadas, e talvez possa te curar.

— Esse é o sonho mais louco que eu já tive até hoje.

— Você acha que consegue subir a escada?

– Você está falando sério?

– Ele é grande demais pra caber aqui embaixo. Mas não é gigantesco. Pelo menos pra um dragão.

Warren apoiou-se sobre um cotovelo.

– Você realmente acha que ele pode me curar?

– Vale a pena fazer uma tentativa.

– A menos que ele nos coma. – Warren estremeceu ao se sentar. – Você vai precisar funcionar como a minha muleta.

– Você consegue subir a escada? Será que não seria melhor a gente esperar o efeito do remédio passar?

– O melhor momento é agora. O remédio me deixa entorpecido. Vamos lá.

Kendra pegou a mão dele e o ajudou a se levantar. Ele encostou-se nela enquanto cambaleava até a escada. Grudando-se a um degrau, hesitou por um momento, reunindo suas forças, então começou a subir. Kendra seguiu-o.

Quando Kendra emergiu da mochila, Warren estava deitado de costas no chão, suando e arfando. Protegendo os olhos com uma das mãos, ele mirava Raxtus.

– Esse deve ser o dragão mais brilhante que já vi na vida.

– Ele não parece estar muito bem – comentou Raxtus.

– Valeu, doutor – resmungou Warren.

– Você pode tentar curá-lo? – perguntou Kendra.

– Posso tentar. – Esticando o pescoço para a frente, Raxtus mirou Warren. Guinchando suavemente, o dragão exalou sobre a extensão do corpo dele, fagulhas cintilantes brilhando em tons de prata e ouro. Warren se contorceu e tremeu, como se acometido de um súbito calafrio. Os cabelos em sua cabeça começaram a espichar, e a barbicha em seu queixo brotou e ficou mais crescida. Um momento mais tarde, Warren estava com cabelos compridos e uma barba fechada.

Fazendo uma careta, Warren deu um tapinha em seu peito contundido. Em seguida, passou os dedos nos cabelos.

– Você deve estar brincando. Quem é esse fanfarrão?

– Desculpe-me – disse Raxtus. – Não funcionou.

– Ah, funcionou, sim – reclamou Warren, sentando-se no chão. Sua barba alcançava a metade de seu peito. Sua farta cabeleira passava-lhe dos ombros. – Só que não curou nada. Na melhor das hipóteses, acho que algumas casquinhas arrebentaram.

– Obrigada por tentar – disse Kendra.

Raxtus ficou de cabeça baixa.

– Ei, não desanime – disse Warren. – Eu agradeço o esforço. Estou me sentindo realmente um pouquinho mais lúcido. E a minha respiração está com um sabor levemente mentolado. – Ele deu uma corridinha em direção à mochila.

– Eu raramente trabalho com humanos – desculpou-se Raxtus.

– Ele vai levar a gente pro santuário das fadas – disse Kendra.

Warren virou-se e colocou um pé na escada.

– Isso, sim, seria um *imenso* favor. Desculpe o meu comportamento hostil. A agonia excruciante me deixa um pouquinho irritado. Kendra, você sabe onde me encontrar. – Grunhindo e estremecendo de dor, ele decapareceu no interior da bolsa.

– Humilhante – murmurou Raxtus.

– Você avisou que talvez não funcionasse – disse Kendra.

– Você reparou como ele não estava com medo de mim? Sem um pingo de medo?

– Eu disse pra ele que você era legal. Além do mais, ele está tomando analgésicos.

– Eu sou tão assustador quanto um filhote de cachorro. Usando fraldas. Com uma chupeta na boca. Bom, se tem uma coisa que sei fazer direito é voar.

– Como é que a gente vai fazer isso? Eu subo nas suas costas?

– Não. Tenho muitos esporões e o corpo duro. Você vai precisar de uma sela. Não que qualquer dragão valendo um tostão use sela. Eles morreriam de vergonha. Mas vergonha é a minha casa. A vizinhança é toda minha. Eu usaria uma sela se tivéssemos uma. Mas não temos. Então vou ter de carregá-la. Você se sentiria mais segura dentro da mochila?

– Eu ficaria mais segura?

– Não vou deixar você cair, se é isso o que está insinuando. Nisso você pode confiar em mim.

– Tudo bem – disse Kendra, colocando a mochila no ombro. – Vamos voar.

CAPÍTULO VINTE E TRÊS

Santuário

Raxtus era de fato bastante adaptado aos voos. Ele segurou Kendra de maneira confortável ao redor do torso dela utilizando apenas uma única garra dianteira e subiu aos céus com uma estonteante maneabilidade. Devido à maneira com a qual ele a segurava, Kendra tinha liberdade para abrir as pernas e os braços e fingir que estava voando por conta própria. A velocidade, o vento frio em seu rosto, o prazer proporcionado pelas rápidas guinadas e os repentinos mergulhos, tudo isso se combinava para encher Kendra de uma alegria surpreendente. Logo ela estava rindo.

– Nós podíamos descer – disse Raxtus –, mas parece que você está se divertindo bastante.

– Estou mesmo!

– Voar é uma das minhas grandes escapadas. Como é que está o seu estômago? Quer experimentar uma coisa legal?

Kendra jamais fora uma pessoa temerária. Mas ela estava se sentindo tão segura em cima de Raxtus, e ele voava com uma competência tão graciosa que ela acabou dizendo:

— Vamos lá.

Primeiro Raxtus rodopiou formando um imenso arco celeste. O céu tornou-se chão e o chão tornou-se céu, e em seguida tudo voltou à posição normal. Depois de verificar que Kendra ainda estava se divertindo, ele subiu bem alto e em seguida mergulhou em parafuso, espiralando-se através do espaço numa velocidade tremenda. Às espirais ele acrescentou mais piruetas e guinadas relampejantes, formando *pretzels* no céu. Kendra perdeu toda a noção de alto e baixo à medida que tudo ficou borrado, transformado numa enlouquecida torrente de velocidade.

Quando Raxtus aterrissou e colocou Kendra de pé, ela estendeu as mãos para equilibrar-se, deu um passo trôpego e caiu de lado. O dragão segurou-a e depositou-a no chão. O chão parecia balançar e girar.

— Tem certeza que está bem? — perguntou Raxtus.

— Estou ótima — disse ela. — Eu adorei. Mas você tirou toda a graça das montanhas-russas pra mim. Elas nunca mais vão conseguir me impressionar! Você não está tonto?

— Voar só apazigua a minha mente. Nunca me deixa tonto ou enjoado.

Ela estava se sentindo, sim, um pouco enjoada. Mas não muito. Agora que estava em terra firme, o enjôo do movimento estava sumindo. Kendra olhou ao redor. Ela estava agachada em cima de uma grande rocha, uma das dobras montanhosas que levava até Stormcrag. O sibilar constante de água corrente alcançou seus ouvidos. Rastejando até a beirada mais próxima, espiou a parte de cima de uma queda d'água elevada dividida em duas metades por um afloramento coberto de limo. Ela gostou da perspectiva peculiar, acima e, de certo modo, em frente à cachoeira, similar à última vista que alguém poderia ter à medida que pulava num abismo. A água caía branca e enevoada, formando uma piscina lá embaixo.

— Cuidado — disse Raxtus. — Eu sou rápido, mas não tão rápido assim.

— Não vou cair. Eu não estou mais tonta. — Kendra afastou-se da beirada. — Onde fica o santuário?

— Logo ali em cima na encosta. Imaginei que você quisesse um minuto pra ter certeza que ainda estava se sentindo bem pisando aqui. Vou caminhar com você.

Kendra escalou o terreno pedregoso, usando as mãos para se equilibrar. À medida que eles avançavam contornando uma formação de rochas cinza-escuras inclinadas para cima, uma ampla saliência apareceu à frente. Um fio de água fluía da saliência em direção ao outro lado das rochas para se juntar ao córrego antes de mergulhar em Split Veil Falls.

Uma dúzia de corujas douradas com rostos humanos estava empoleirada naquele local, todas olhando fixamente para Kendra sem piscar.

— Astrides — disse Kendra.

— Todas as doze — afirmou Raxtus.

— São doze ao todo? — perguntou Kendra.

— São doze as que ficam por aqui — disse Raxtus. — Existem noventa e seis no mundo. Você consegue ouvi-las?

Ela esticou o corpo, mas ouviu apenas o sussurro da queda d'água.

— Não.

— Ouça com a mente — sugeriu Raxtus.

Kendra lembrou-se de como a Fada Rainha falara com ela com pensamentos e sensações em vez de palavras audíveis. Tentou abrir a mente para as astrides.

— Elas estão rindo — relatou Raxtus.

Os rostos das corujas douradas permaneciam desprovidos de expressões.

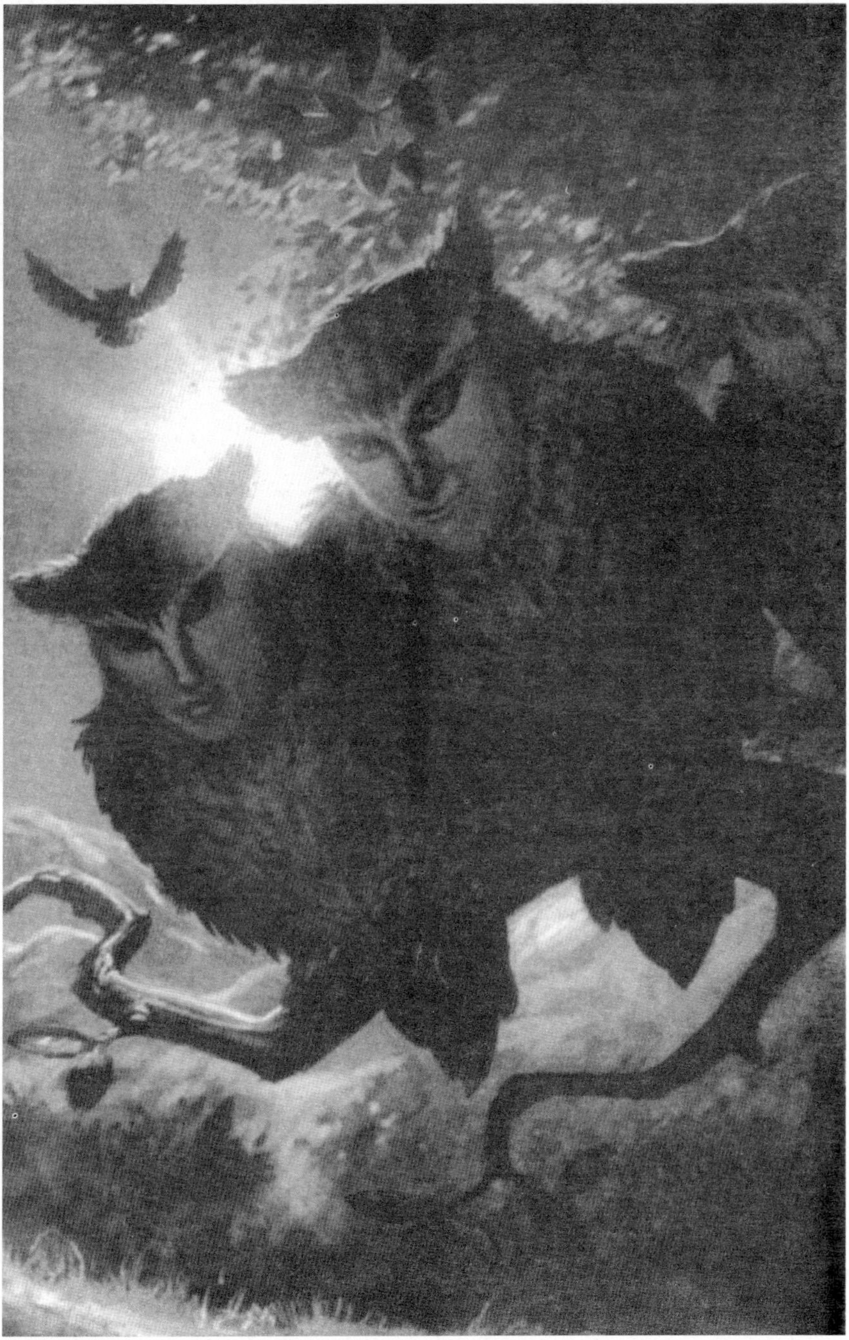

— Eu jamais teria adivinhado – disse Kendra.

— Elas querem saber se você tem intenção de destruir esse santuário também – transmitiu Raxtus num tom mais sério. – Do que se trata?

— Fale pra elas que eu estava seguindo ordens da Fada Rainha quando isso aconteceu. Ela me mandou fazer isso pra salvar Fablehaven de uma praga maligna.

— Elas não se entusiasmaram muito com a sua resposta – disse Raxtus com uma risada soturna. – Elas não têm como verificar com a Rainha. Mas acho que estão acreditando em você.

— O que elas são exatamente, Raxtus?

— Você não conhece as astrides?

— Elas são um exemplo de inúmeras coisas sobre as quais eu não sei coisa alguma – disse Kendra.

— Eu só pensei que, já que você era... pouco importa.

— Já que eu era fadencantada?

— Bom, é isso aí. Não havia uma orientação?

— Eu gostaria que sim.

O dragão balançou a cabeça na direção das astrides.

— A história delas é muito antiga. Muito tempo atrás, as astrides eram as agentes mais confiáveis da Fada Rainha. Como recompensa pelos notáveis serviços prestados, elas foram selecionadas para serem a guarda de honra do Rei das Fadas.

— Existe um *Rei* das Fadas?

— *Existia* um Rei das Fadas, embora a Rainha fosse facilmente a mais poderosa dos dois. Suas astrides fracassaram em proteger o Rei das Fadas de Gorgrog, o rei dos demônios. Quando o Rei das Fadas caiu, também caiu a contraparte masculina das fadas da Rainha. E assim nasceram os diabretes.

"É difícil dizer o quanto as astrides foram responsáveis pela tragédia, mas a Rainha culpou-as, e decidiu que elas não deveriam mais servi-la. Seis delas se revoltaram e migraram paras as trevas. As outras noventa permanecem fiéis, apegando-se ao desejo de receber, algum dia, o seu perdão."

Kendra olhou as astrides com novos olhos.

— Você consegue ouvir os pensamentos delas?

— Consigo. Mas elas não estão mais em comunhão com a Fada Rainha ou com o reino encantado. Falta-lhes agora muito do antigo esplendor. No entanto, apesar de suas limitações, elas se esforçam pra cuidar dos interesses da Rainha.

— Será que eles vão me impedir de chegar ao santuário?

— Não sei dizer.

— Pergunta pra elas.

— Elas dizem que o santuário protege a si próprio daqueles que lhe são estranhos.

— Bom, é bom ouvir isso. — Ela começou a caminhar, mas então virou-se para olhar novamente para Raxtus.

— Você vem comigo?

— É melhor eu esperar aqui. Vai você.

Kendra voltou e colocou a mochila perto das pernas dianteiras dele.

— Fique de olho nisso aqui. Não quero que Warren pague o pato por eu ter invadido o santuário.

— Pode deixar.

Quando alcançou a saliência, Kendra pôde olhar as astrides mais próximas do que nunca. Eram pássaros grandes, chegando quase à altura de sua cintura. As penas douradas possuíam marcas levemente amarronzadas. Os rostos humanos tinham uma pele cremosa e sem falhas e não exibiam nenhuma característica anormal. As diversas astrides diferiam apenas ligeiramente umas das outras. Seus olhos permaneciam fixos nela — na maioria das vezes olhos castanho-escuros, mas duas delas possuíam íris profundamente azuis. A maior tinha olhos cinza-claros, da cor de moedas antigas. Kendra não tinha como determinar o sexo pelos seus rostos. Forçada a adivinhar, teria ficado com a opção feminina, mas sem muita certeza.

A Fada Rainha uma vez alertara Kendra para que, antes de se aproximar do santuário, vasculhasse seus sentimentos com o intuito de verificar se sua presença seria bem-vinda. Fora o arrepio na espinha por ter sido obrigada a encarar as astrides, ela estava se sentindo calma e confiante. E tinha uma necessidade real, não apenas de encontrar o caminho para o Templo de Dragão que Patton deixara, mas também de conseguir alguns conselhos adicionais, se a sorte estivesse do seu lado. Sem nenhum sexto sentido alertando-a para se afastar de lá, ela colocou-se na saliência e olhou na direção da extremidade onde a água borbulhava nas rochas. A água pingava formando uma piscina rasa, pouco mais do que uma poça, antes de escorrer pela saliência. Perto da fonte encontrava-se uma pequenina estatueta branca de uma fada ao lado de um vaso dourado.

Onde Patton poderia ter deixado a rota? À primeira vista, ela não observou nenhum sinal de mensagem. Como ele poderia ter transmitido a informação? Tinha quase certeza de que estava escrita na língua secreta das fadas. Podia ser que ele tivesse tomado nota da rota num pedaço de papel e o guardado num contêiner. Ou escrito numa rocha com o auxílio de um cinzel.

Kendra olhou de relance para a estátua em miniatura. A ideia de fazer um pedido à Fada Rainha deixou-a subitamente envergonhada. As astrides haviam observado bem: da última vez que ela solicitara ajuda à Fada Rainha, o pedido ocasionara a destruição do santuário de Fablehaven. Ela estava preocupada com a possibilidade da Rainha estar ressentida.

Mas aquele não era o momento de se sentir acanhada. Na melhor das hipóteses, Seth e os outros haviam sido capturados. Na pior, eles estavam mortos. Navarog estava à espreita nos portões de Wyrmroost. Ou talvez já estivesse dentro a uma hora dessas. Ela não podia deixar que ele pegasse a chave. O Esfinge já estava de posse de muitos artefatos. Kendra precisava de ajuda. Certamente a Fada Rainha daria valor à gravidade da situação.

Kendra ajoelhou-se ao lado da pequenina estátua.

– Eu preciso de ajuda – sussurrou ela.

O ar ficou agitado. Uma brisa fresca remexeu-lhe os cabelos, trazendo um cheiro de inverno, como se tivesse passado por encostas nevadas para alcançá-la. O refrescante aroma ficou mais intenso, e em seguida tornou-se mais denso e mais variado. Kendra sentiu cheiro de seiva de pinheiro, flores silvestres, madeira deteriorada, favos de mel. Ela inalou o aroma terroso de uma caverna e o salgado ressaibo do mar.

Kendra Sorenson. As palavras entraram em sua mente quase como se tivessem sido pronunciadas em voz alta. Uma singular sensação de conforto acompanhou o pensamento.

– Estou te ouvindo – sussurrou Kendra. – Obrigada por me salvar quando eu estava usando o Oculus.

Um empreendimento arriscado. Não somente a sua mente pode se afogar em meio à inundação de estímulos como também, ao utilizar o Oculus, você deixa a si mesma vulnerável, podendo ser observada por outros, maneira pela qual eu te vi.

– Nunca tive nenhuma intenção de usá-lo – disse Kendra com seriedade. – O Esfinge me obrigou.

Um homem perigoso.

– Você conseguiu ver o Esfinge quando ele estava usando o Oculus?

Sim. A mente dele ficou temporariamente aberta ao meu escrutínio.

– O que você descobriu? Encontrou alguma fraqueza?

Eu fiquei surpresa ao descobrir que ele é um homem, não uma criatura disfarçada.

– Como ele pode ser tão velho?

Uso ilícito de magia, que outra forma seria? Eu não pude identificar os meios exatos. Mas vi que ele acredita verdadeiramente que sua causa é justa.

– Libertar demônios? Ele pirou de vez?

Ele foi mal orientado. Sabe que nenhuma prisão pode durar para sempre. Ele teme que um dia, outros menos capazes do que ele próprio libertarão os demônios e fracassarão em restringir seus poderes. Ele confia em si mesmo para fazer isso de modo correto, de modo a refrear a ferocidade deles. Mas seus motivos são impuros. Em conexão com suas antigas motivações, ele busca o poder. Imagina que pode fazer com que os demônios se curvem a seus desejos, mas está equivocado. O mundo pagará se ele abrir uma brecha em Zzyzx.

– O que mais você viu nele? – perguntou Kendra, fascinada.

Pouca coisa mais. Com mais tempo eu poderia ter descoberto muito. Alguém o ajudou a despertar de seu transe, assim como eu a ajudei. Não alguém próximo a ele. Alguém que o alcançou de muito longe. Eu não consegui sentir quem o despertou. Assim que o Esfinge liberou o Oculus, meu elo de ligação com ele foi fendido.

Kendra imaginou quem poderia ter ajudado o Esfinge a despertar. Nenhum candidato veio-lhe à mente. Seus pensamentos voltaram-se para sua situação presente.

– Eu preciso de ajuda. Navarog está tentando pegar a chave de um cofre na Austrália que contém uma parte da chave de Zzyzx. A chave do cofre está dentro do Templo de Dragão aqui em Wyrmroost. A gente está tentando chegar lá antes que nossos inimigos tenham uma chance, mas um monte de grifos agarraram Seth, Trask, Tanu, Mara, Dougan e Gavin. Warren está comigo, mas muito machucado. Um dragão chamado Raxtus está nos ajudando.

Eu compreendo a sua necessidade. Testemunhar as ambições do Esfinge ajudou a ilustrar a gravidade de seu apuro. Infelizmente, sou quase cega em Wyrmroost. Pouquíssimas fadas habitam aqui, a maioria delas reclusas e taciturnas. Eu só percebi que você se encontrava no santuário quando se aproximou da estatueta.

– E as astrides? De repente elas podiam dar uma ajuda.

Raiva tomou conta de Kendra. Sentiu-se irritada e magoada, os resíduos amargos de um imperdoável insulto. Precisou de alguns instantes para perceber que a furiosa emoção não era dela própria. Ela emanava da Rainha.

Eu não tenho nenhum interesse na maneira como elas agem. É melhor você as ignorar.

Kendra lutou para separar-se das iradas emoções transmitidas pela Rainha. Ela queria socar alguém.

– Há quanto tempo elas vacilaram com você?

Zilhões de anos atrás. A falha delas proporcionou estragos irreparáveis. O tempo não suavizou a minha agonia. As consequências da negligência demonstrada por elas foram permanentes, assim como será seu exílio.

– Mas depois de todo esse tempo elas continuam te servindo. Que tal perdoar?

A fúria quente refluiu, substituída por uma emoção mais fria, mais cerebral.

Seu desejo de estender a misericórdia é um produto terno de sua inocência. Você não consegue conceber tudo o que foi perdido. A tragédia era muito dolorosamente evitável.

– Elas te traíram de propósito? Foi deliberado?

Não. Foi descuido. Foi fraqueza. Foi devastador. Mas não foi premeditado.

– Elas não eram as suas melhores servas?

A elite de minhas campeãs. Minhas agentes mais capazes. O orgulho as cegou para suas vulnerabilidades. Uma pequena quantidade de cautela teria impedido o desastre.

– Eu aposto que elas aprenderam a lição.

Nem todas permaneceram leais.

– Mas, então, não perdoa a essas seis.

Uma emoção fria e desconfiada tomou conta de Kendra.

Você fala por interesse próprio. Você está desesperada por qualquer ajuda, mesmo a delas.

– Estou desesperada por ajuda porque estou tentando salvar o mundo. Não porque eu seja egoísta.

A emoção ficou mais forte e se transformou numa cansada indiferença.

Minhas astrides não seriam as servas que foram no passado. Eu as destituí de seus poderes. Elas mal passam de sombras do que eram antigamente.

– Você podia devolver.

Não, eu não posso. A energia delas agora reside alhures.

Kendra tentou juntar os pensamentos. Ela não dispunha mais de palavras. Parecia estúpido deixar um ressentimento perdurar por zilhões de anos. Ela brigava com Seth o tempo todo, mas eles eram inteligentes o bastante para refazer as pazes em seguida, e eram apenas crianças.

Quando em meus santuários, você não precisa falar para que eu te ouça. Você expressou-se eloquentemente em favor das astrides e, apesar das minhas fortes emoções em contrário, identifico um conselho saudável em suas observações. Um conselho desagradável, enervante, porém saudável. Meu povo não é capaz de se comunicar com as astrides desde que o Rei foi deposto. Eu removerei essa barreira.

– Raxtus consegue ouvi-las.

Correto. Raxtus não é formalmente um membro do meu reino, embora tenha sido meu guarda durante um período e eu o considere um amigo. Talvez ele possa ajudá-la aqui em Wyrmroost. O dragão possui mais força do que imagina.

– As astrides podem me ajudar também?

Encantos e tratados impedem todos, exceto dragões e mortais, de entrar no Templo de Dragão. Ainda por cima, na atual condição em que se encontram as minhas astrides, a ajuda que elas podem lhe dar será limitada. Você deve discutir qualquer assistência delas por conta própria. Eu permaneço despreparada para contatá-las diretamente. A barreira entre mim e as astrides perdurará.

– Tem alguma outra ajuda que possa me dar?

Você procura a localização do Templo de Dragão. Patton inscreveu instruções sobre um tablete de pedra e jogou-o em minha piscina. Mas eu posso mostrar-lhe mais. O templo não é distante. Desça daqui em direção ao leste e em seguida prossiga na direção do mais alto pináculo a noroeste.

Por um momento, tudo ficou preto, embora os olhos de Kendra permanecessem abertos. Em seguida uma visão se desdobrou. Ela desceu uma encosta, afastando-se do santuário, e então virou na direção de uma protuberância rochosa vertical. A visão dissipou-se em névoa, e sua visão regular retornou.

– Estou vendo o caminho.

Beba da fonte.

Kendra intuiu que a Fada Rainha quis dizer que ela deveria usar o vaso dourado. Ela recolheu água da fonte borbulhante até que o vaso estivesse metade cheio. Encostou o frio metal em seus lábios e bebeu. A água fresca tinha sabor de minerais e possuía um leve vestígio metálico. Mas depois o fluido começou a ter sabor de suco cítrico, de mel, de água salgada, de suco de uva, leite, ovos crus, suco de maçã, canjica e suco de cenoura – todos esses sabores de uma só vez, mas, de certo modo, separados e distintos.

Agora as minhas astrides ouvirão a sua mente, e em troca você ouvirá os pensamentos delas. Mas elas não ouvirão os meus. Vá em paz, Kendra.

Sensações acolhedoras deram mais ânimo a Kendra do que um abraço físico.

– Obrigada.

Kendra levantou-se e se virou. As astrides estavam empoleiradas na beirada da protuberância, olhando-a solenemente. Raxtus estava esperando mais abaixo da encosta. Kendra pisou entre as astrides e pulou. Em seguida girou o corpo para encará-las.

– Como é que eu falo com vocês?

Assim já basta. Múltiplas vozes responderam conjuntamente em sua mente, da mesma maneira que ela ouvia a Fada Rainha. *Obrigada por advogar por nossa causa. Nós esperamos muito tempo por algum reconhecimento da parte de nossa Rainha.*

– Fico feliz por ter feito isso – disse Kendra. – Vocês ficaram sabendo do meu problema?

Nós conseguimos ouvi-la, mas não ouvimos a Rainha.

– Vocês sempre falam em uníssono?

Nós somos um grupo de doze. Compartilhamos nossas mentes há tanto tempo que é necessário algum esforço para pensarmos individualmente.

Suas vozes telepáticas eram diferentes da voz da Rainha. Nenhuma emoção acompanhava as palavras, e o tom saía mais sombrio e masculino mesmo sem Kendra ouvir coisa alguma fisicamente. Agora que as vozes interiores das astrides estavam perceptíveis a Kendra, ela decidiu de uma vez por todas que os rostos lisos só podiam ser masculinos.

– Mas vocês também conseguem pensar por conta própria.

Nós podemos fazer o que sentimos vontade.

— Eu preciso da sua ajuda.

Nós temos uma dívida com você, mas não podemos entrar no Templo de Dragão. Raxtus poderia entrar, em teoria.

— Mas ele é um dragão. A gente não deveria dizer pra ele que queremos entrar lá.

Ele ouve nossos pensamentos. Ele já sabe.

Kendra virou-se e olhou para baixo na encosta na direção do dragão cintilante.

Ele diz que você não deve ter medo.

— Por que eu não consigo ouvir a mente dele?

Quem pode dizer? Ele também não consegue ouvir a sua.

Kendra mordeu o lábio inferior.

— Vocês não podem fazer nada pra me ajudar?

Você terá o apoio que pudermos lhe fornecer.

— Obrigada. — Os doze rostos soturnos eram desconcertantes. Será que ela queria mesmo ter como aliadas corujas mutantes arrepiantes como aquelas?

Nós não somos mais tudo o que éramos no passado.

— Sinto muito — extravasou Kendra. — Eu não tive intenção de parecer ingrata.

Nós entendemos.

Kendra virou-se e voltou correndo para o local onde estava Raxtus, lamentando que as corujas pudessem ouvir sua mente, e sentindo-se constrangida pelo fato de que podiam perceber as lamentações. Ela ouviu asas batendo, e virou o rosto para ver diversas astrides voando para as mais diferentes direções.

— Você tem intenção de entrar no Templo de Dragão — disse Raxtus. — Eu já devia saber que estava tramando alguma coisa terrível. É assim que a minha sorte vai por água abaixo. Kendra, se eu fracassar em te impedir de fazer isso ou mesmo se deixar de relatar as suas intenções, eu me torno um cúmplice e posso ser executado por traição.

– Só estou tentando recuperar uma coisa que um amigo meu escondeu aqui – explicou Kendra. – Não tenho nenhum outro motivo.

– As astrides me disseram isso telepaticamente. Elas agora conseguem ouvir a sua mente. Eu confio nelas, e confio em você. Você deve ser uma pessoa incrível para ser fadencantada. Você é muito apresentável. Tenho certeza que você e seus amigos realmente precisam dessa chave. Entretanto, nenhum outro dragão vai se importar com os seus motivos. O Templo de Dragão não fica fora dos limites por uma casualidade; o acesso a ele é estritamente proibido. Não se aborreça. Não vou te dedurar. Mas adoraria convencê-la a mudar de ideia.

– Eu preciso tentar – insistiu Kendra.

– Sozinha? Você faz alguma ideia dos obstáculos que teria de superar pra alcançar o cofre do tesouro? Três guardiões invencíveis bloqueiam o caminho.

– Você conhece algum truque pra passar por eles?

Raxtus riu nervosamente.

– Ninguém sabe coisa alguma sobre os guardiões. Exceto que existe um boato espalhado por aí dizendo que o primeiro deles é uma hidra. O que é quase pior do que não saber. Como você poderia nutrir alguma esperança de passar por uma hidra?

– O que é uma hidra?

Raxtus baixou a cabeça e fechou os olhos.

– Você nem sabe o que é uma hidra? Kendra, não faz o menor sentido você enfrentar sozinha esse tipo de criatura. Mesmo com toda a sua equipe, entrar no Templo de Dragão vai ser uma viagem só de ida. Deixe essa chave no tesouro e pronto. Deixe os seus inimigos morrerem tentando resgatá-la.

— O Esfinge está com Navarog do lado dele, e sabe que a chave está aqui. Se eu não fizer nada, o Esfinge com certeza vai pôr as mãos nessa chave.

— Navarog é uma péssima notícia — concedeu Raxtus.

— As corujas te contaram o nosso dilema?

— O básico, sim.

— E se você me ajudar? Isso não é apenas pra mim e meus amigos. Nós estamos tentando salvar o mundo de um homem que quer soltar uma horda de demônios.

O dragão deu-lhe as costas.

— Honestamente, você é simpática, e seus motivos parecem legítimos, mas você não está me entendendo. Tentei explicar o quanto sou covarde. Eu não estava sendo modesto. E não tenho medo apenas de nós morrermos. Seria tremendamente ilegal pra mim aventurar-me no Templo de Dragão. Seria uma traição a todos da minha espécie. — Ele balançou a cabeça de volta para olhá-la bem nos olhos. — Posso ser ridículo, mas nunca perdi a honra. Meu envolvimento nisso acabaria de modo catastrófico. Além de perder a honra, eu seria inútil pra você. Seria um desastre.

— A Fada Rainha disse que você tinha mais força do que imaginava.

Ele empinou o pescoço.

— É mesmo? Ela disse isso?

— Palavras dela.

— Bom, isso é estimulante. Embora ela seja basicamente a minha madrasta-madrinha. Um endosso de um parente é legal, mas difícil de colocar num currículo. Escute, vou fingir que nunca ouvi nada sobre o lugar para onde você está se dirigindo. Sou muito bom em iludir a mim mesmo. Mas não me peça para me juntar a você. Eu simplesmente não posso entrar no Templo de Dragão. A vida já é curta o bastante sem que nós precisemos perseguir o destino cruel. Kendra, você parece estar determinada. Se insiste em dar prosseguimento a isso, eu não vou te deter, mas o meu envolvimento terá de acabar. Eu já envergonho o meu pai pelo que sou. Não posso arriscar envergonhá-lo ainda mais fazendo algo assim.

– Você vai pelo menos me levar até a entrada?

– Vou levá-la até um ponto *perto* da entrada. Nenhum dos outros dragões presta atenção em mim, e eu consigo ser bem sorrateiro. Portanto, não estou muito preocupado com a possibilidade de ser identificado perto do templo. Mas a partir daí terei de alçar voo.

– Eu entendo – disse Kendra. Ela tentou manter a voz equilibrada. Ela pedira a Raxtus que se arriscasse a morrer e se humilhar, e ele se recusara. Será que ela podia realmente culpá-lo? Pelo menos ele forneceria uma carona até seu destino. Ele já fora mais prestativo do que ela tinha direito de esperar. Mesmo assim, estava se sentindo desapontada. – Você não deu nenhuma explicação sobre as hidras.

– Tem razão. Desculpe-me. Estou sempre saindo pela tangente. Visualize um dragão realmente grande e malévolo com muitas cabeças. Se você corta uma delas, duas outras crescem. Hidras não são dragões, tecnicamente falando. Elas não fazem magia ou possuem armas de sopro. São famosas por serem difíceis de serem mortas. Eu não posso garantir que o primeiro guardião seja uma hidra, mas os boatos giram em torno disso. Não tenho nenhuma pista sobre os outros guardiões.

Como ela poderia passar por uma hidra? Muito menos pelos outros guardiões. Ela estava sozinha. Raxtus tinha razão. Entrar no Templo de Dragão seria suicídio. Dentro da mochila, Warren estava com o chifre de unicórnio. Será que ela deveria pedir a Raxtus que a levasse para o portão principal de Wyrmroost? Talvez Navarog estivesse lá, mas quem sabe ela pudesse se esconder na mochila e fazer com que Raxtus ficasse invisível? Talvez eles fossem capazes de sair de fininho.

Isso significaria deserção de sua equipe e abandono da missão. Seth jamais fugiria. Será que algum dos outros a abandonaria? Não, ela podia pelo menos investigar o Templo de Dragão e o primeiro guardião antes de renunciar à missão por completo. Ela devia isso a todos.

– Eu estou pronta – disse Kendra. – Vamos?

– Devemos ir? Sem chance. Mas estou disposto a te levar.

Raxtus agarrou-a com uma de suas garras dianteiras e alçou voo. Dessa vez ele não fez nenhum truque engraçadinho. Ficou invisível e voou rente ao chão, ficando próximo a pontos de camuflagem sempre que possível. Kendra viu a protuberância rochosa se aproximando exatamente como na visão que a Fada Rainha lhe havia mostrado. Quando aterrissaram num bosque de pinheiros altos, Raxtus depositou Kendra no chão. O dragão permaneceu invisível.

– Está ficando tarde – murmurou o dragão. – Por que não deixa isso pra amanhã?

– Se é pra eu fazer isso mesmo, não faz a menor diferença se vai ser hoje ou amanhã.

– Você é quem manda. Mas você já está morta. Sem ofensa, mas você está morta. Enfim, eu quase sinto vontade de chorar. De qualquer modo, desça aquela encosta, contorne o penhasco mais próximo e você vai ver a entrada. Não há como não ver.

– É difícil entrar lá?

– Não tem porta. Basta entrar. Eu não faço a menor ideia do quão distante o primeiro guardião vai estar da entrada. Cuidado, sair pode não ser tão simples quanto entrar. Esse tipo de lugar costuma ser projetado dessa maneira.

Kendra assentiu com a cabeça. Ela recebera conselhos similares quando se aventurara no interior do cofre que continha as Areias da

Santidade em Fablehaven. A lembrança meio que arruinou sua ideia de espiar para ver se avistava o primeiro guardião. Ela teria de consultar Warren.

— Obrigada, Raxtus. Sou muito grata pela sua ajuda. É melhor eu falar com Warren sobre o nosso próximo passo.

— Espero que ele te convença a abandonar essa ideia. Diga pra ele que eu sinto muito em relação à barba. Tenha cuidado. Foi um prazer te conhecer.

O ar ficou agitado quando ele começou a bater as asas invisíveis. Em seguida ela estava sozinha.

Kendra sentou-se. Será que ela realmente queria descer e conversar com Warren? Ele lhe diria que ela precisava esperar até que ele estivesse melhor de saúde para entrarem no Templo. Será que ele estaria errado? Eles podiam se enfurnar na mochila por alguns dias – até mesmo semanas, se necessário. Tinham comida em abundância. O principal problema seria o risco de Navarog os alcançar.

Ela esticou as costas e olhou os galhos repletos de agulhas verdes. As árvores forneciam uma boa camuflagem. O ar estava frio, porém não gélido. Sua mente estava longe. Ela esperava vagamente que uma ideia brilhante lhe ocorresse. A inspiração se recusava a aparecer.

Por fim, se sentou. Ela tinha de encontrar um lugar onde pudesse acomodar a mochila enquanto conversava com Warren. Será que colocá-la ao lado de uma árvore estava de bom tamanho? E se aparecesse alguma criatura? Talvez ela pudesse cavar um buraco raso. Ou pelo menos cobrir a mochila com alguns ramos. Quem sabe ela pudesse guardá-la em cima do galho de uma árvore. Se fizesse isso, será que conseguiria entrar nela depois?

Kendra vagou pelo bosque em busca de um local ideal. Nada lhe pareceu apropriado. A maioria das árvores não dispunha de galhos baixos. O solo não tinha irregularidades que pudessem ser utilizadas, e era duro demais para ser escavado.

Um bater de asas fez com que ela se virasse e se agachasse ao lado de uma árvore. Ela mexeu na aba da mochila, na esperança de se esconder antes que fosse avistada, mas relaxou quando uma astride pairou à sua frente. A coruja dourada ficou empoleirada em cima de um galho acima dela.

Seus amigos estão com Thronis.

– Meu irmão?

Eles estão vivos e bem. Aparentemente, o gigante tem planos de ajudá-los.

Ela sentiu a esperança renascer dentro dela.

– Como você descobriu isso?

Duas de nós voamos até a mansão e espionamos.

– Eu pensei que Thronis fosse protegido por encantos.

Astrides têm sido ignoradas há séculos. O gigante celeste tem encantos dispersivos contra dragões e outras ameaças conhecidas. Nós estamos abaixo do conhecimento dele.

– Então o melhor a fazer é ficar aqui sentada?

Nós continuaremos a inspecionar para você. Caso resolva entrar na sala escondida, eu posso transportar a bolsa para algum local seguro.

Kendra começou a chorar de alívio. As astrides podiam ajudá-la a esconder a mochila, seu irmão e seus amigos estavam vivos, e talvez ela não precisasse encarar o Templo de Dragão sozinha. No fundo, no fundo, ela estivera silenciosamente resignando-se para o fato de que teria de pegar a chave por conta própria. Seus problemas permaneciam longe de estar solucionados, mas pelo menos ela não estava mais se sentindo totalmente desesperançada.

Capítulo Vinte e Quatro

Templo

Seth jamais vira tantas libélulas. Com tamanhos variando entre o comprimento de seu dedo mindinho e a metade do comprimento de seu antebraço, os aerodinâmicos insetos pairavam e voavam acima das poças juncosas próximas à entrada do Templo de Dragão. Uma delas aterrissou em seu braço. Ele olhou para baixo em direção aos olhos compostos, as asas transparentes e o corpo fino de coloração multitonal. Depois de um momento, a libélula alçou voo, juntando-se ao enxame.

Se não tivesse bebido o leite em pó de Fablehaven naquela manhã, talvez Seth tivesse desconfiado que os insetos fossem criaturas mágicas disfarçadas. Mas aqueles eram seres reais, tremeluzindo em todas as cores do arco-íris. Até aquele momento, ele jamais fizera qualquer conexão entre dragões e libélulas.

A ampla abertura do Templo de Dragão assomava diante dele. O templo era basicamente uma ravina natural coberta por um telhado arqueado de pedra. Dragões de granito idênticos quase do mesmo tamanho de Thronis flanqueavam a boca da aterradora garganta, mandíbulas ferozes escancaradas.

Seth avistou um grifo raspando algumas copas de árvores ao longe. Depois de depositá-los veladamente embaixo de um agrupamento de pinheiros, os grifos haviam decolado para continuar a busca por Kendra. Mais cedo naquela manhã, Mara descobrira pegadas na ribanceira onde Kendra caíra no dia anterior. Essas pegadas percorriam um longo caminho desfiladeiro acima até se emaranharem com as pegadas de um dragão bastante jovem. Felizmente, não havia sangue ou outras provas de uma luta. Mara identificara mais pegadas de Kendra perto do santuário da Fada Rainha, mais uma vez convergindo com as marcas do dragão. De lá, a trilha desaparecia.

Por mais improvável que pudesse parecer, a hipótese mais concreta de Mara era a de que o dragão estava transportando Kendra. Trask concordava. Como Kendra já visitara o santuário da Fada Rainha, ela presumivelmente sabia onde achar o Templo de Dragão. Mas, na entrada deste, eles não haviam descoberto nenhuma outra pegada de Kendra ou de um dragão jovem. Será que ela podia ter se aventurado a entrar sozinha no templo? Talvez o dragão houvesse descoberto para onde Kendra estava se encaminhando e se voltara contra ela. Trask, Mara e os outros haviam se dividido para efetuar buscas nas redondezas, deixando Seth perto da entrada com seus equipamentos.

– Achei! – falou Gavin.

Seth espionou Gavin descendo em disparada a ladeira de seixos ao lado do penhasco à direita da entrada, produzindo pequenos deslizes de pedra enquanto avançava. Kendra seguia logo atrás, andando com mais cautela, a mochila no ombro. Seth verificou o céu, aliviado por não ver dragões. Enquanto procuravam Kendra, haviam ficado expostos. Se um dragão os avistasse tão perto do Templo de Dragão, a aventura deles acabaria antes mesmo de ter começado.

Enquanto esperava Gavin e sua irmã aproximarem-se, Seth avaliou o imenso templo. Que espécies de criaturas erguiam um telhado por sobre um *canyon* e chamavam isso de lar? Com uma entrada tão grande, e um espaço tão vasto em seu interior, quem poderia saber o que estaria à espera deles? Os dragões de pedra na frente pareciam um indício não dos mais sutis.

– Como estou contente por vocês estarem bem – disse Kendra enquanto se aproximava de Seth.

– A gente teve a maior sorte – admitiu Seth. – Thronis está a fim de uns negócios que estão na sala do tesouro.

– A gente não vai roubar nada pra ele – disse Kendra, virando-se para se certificar com Gavin.

Gavin passou o dedo na corrente de prata em seu pescoço.

– S-s-se a gente não fizer isso, essa coisa aqui vai nos estrangular.

Kendra olhou de relance para Seth.

– Cada um de vocês está com um?

Seth deu de ombros.

– Era a única maneira de evitar que a gente virasse uma torta. É sério.

– Os dragões não vão gostar disso – alertou Kendra.

– Pelo menos os dragões vão ter que pegar a gente antes, e depois nos matar – observou Seth, com sensatez. – Thronis tinha a gente nas mãos.

– Faz sentido – cedeu Kendra.

Seth estudou Kendra.

– Enquanto a gente estava seguindo as suas pegadas, eles disseram que parecia que você estava andando com um dragão.

– Fiz amizade com um dragão pequeno chamado Raxtus. Quer dizer, pequeno pra um dragão. Ele é totalmente desenvolvido. Se recusou a participar de qualquer coisa relacionada a entrar no Templo de Dragão. Mas me deixou nas proximidades e me desejou boa sorte.

Gavin franziu o cenho.

— Vamos esperar que ele não repita o que sabe perto de ouvidos menos amistosos.

— Acho que ele vai ficar de bico calado — disse Kendra. Eu não o vejo desde ontem e nenhum dragão apareceu pra impedir o acesso ao templo.

Trask correu até eles.

— Kendra, que bom te ver. Warren está bem?

— Ele esta lá dentro da mochila.

Trask passou a mão na cabeça calva.

— Sinto muito ter de dizer isso, mas talvez você queira entrar no templo conosco.

— Essa era a minha ideia — assegurou-lhe Kendra.

Trask assentiu com a cabeça.

— Não fazemos a menor ideia de que tipo de proteções guardam o templo, mas poderíamos superar com facilidade magias protetoras ou alarmes simplesmente entrando no local. Se notícias de nossa invasão se espalharem pela reserva, é muito provável que estejamos mais seguros dentro do que fora. Eu prefiro que nós permaneçamos juntos.

Mara aproximou-se. Dougan e Tanu também estavam visíveis e a caminho, trotando obstinadamente na direção deles.

Kendra olhou para alguns equipamentos empilhados perto de Seth.

— A espada está de bom tamanho? — perguntou ela, erguendo as sobrancelhas.

A espada em questão tinha uma lâmina grossa com pelo menos dois metros e meio de comprimento. Ao lado dela encontrava-se uma coleção de outros armamentos.

— Armas de Thronis — explicou Seth. — Aquela espadona tem revestimento de adamas. As lanças têm ponta de adamas. Algumas das lâminas menores também têm revestimento de adamas. Como elas são pequenas demais pra ele usar, não viu problema em correr o risco de ficar sem elas. Mas ele quer as armas de volta se a gente sobreviver.

— Agora tudo o que a gente precisa é alguém que consiga aguentar o peso dessa espada — brincou Kendra.

— Com Agad e Thronis — disse Seth —, Tanu conseguiu juntar alguns ingredientes pra fazer duas poções de gigante que ele usa. Você sabe, tipo aquela que ele usou em Fablehaven pra lutar com o gato que renascia toda hora.

— A espada é pequena demais para Thronis — disse Trask. — Mas perfeita pra mim se eu fosse um pouquinho maior.

Seth pegou um saco marrom rústico.

— A gente tem três disso aqui. Cada um contém uma dose de veneno de dragão, o único veneno que funciona em dragões.

— Funciona em hidras? — perguntou Kendra.

— Por que hidras? — perguntou Seth, desconfiado.

— O dragão que eu conheci ouviu um boato que diz que o primeiro guardião é uma hidra.

— Thronis veio com o mesmo papo — disse Seth. — Ele acha que veneno de dragão funcionaria numa hidra, e Tanu também acha a mesma coisa, mas nenhum dos dois tem certeza.

Kendra chutou levemente um dos sacos.

— Como é que a gente vai fazer algum dragão comer isso aqui?

— Uma maneira é um de nós ficar dentro do saco no momento em que o dragão for comer a gente — disse Seth.

— Ideia bem animadora — murmurou Kendra. — A gente sabe se algum dos guardiões é um dragão?

– Pode apostar que sim – disse Trask. – Dragões têm acesso a dragões, e nenhum guardião seria mais formidável do que um dragão.

– Exceto, quem sabe, uma hidra – intrometeu-se Seth.

– Seja lá o que venha a acontecer lá dentro – disse Trask –, se nós ficarmos bastante encrencados, você e Seth entram na mochila e Mendigo vai tentar fugir com ela.

– Onde está Mendigo? – perguntou Kendra.

– Dando uma varredura na área – respondeu Seth. – Ele se arrebentou todo quando saltou daquele penhasco com você, mas Thronis o consertou. Ele está novinho.

– Juntos nós temos uma ampla gama de experiências e habilidades – disse Trask. – Encontraremos uma maneira de passar pelos guardiões e sair de lá com a chave.

– Depois disso vocês vão ter de levar alguma parte do tesouro pro Thronis? – perguntou Kendra.

– Os grifos dele vão se encontrar com a gente num determinado local – disse Seth. – Se conseguirmos sobreviver ao templo, o resto vai ser tranquilo.

– Só tem um probleminha. Pode ser que Navarog esteja nos esperando no portão principal – lembrou-lhe Kendra.

– Verdade – disse Seth pensativamente. – Bom, se a gente tiver sorte vai sobrar um pouco de veneno de dragão.

Tanu aproximou-se deles, arquejando levemente. Dougan chegou um instante depois.

– A galera aí está bem aquecida – disse Seth. – Ouvi falar que uma corridinha é perfeita antes de lutar com dragões. Vamos fazer uns alongamentos?

– Preparados pra entrar? – perguntou Tanu, ignorando os comentários de Seth.

Trask assentiu com a cabeça.

Tanu remexeu sua sacola.

– Hora de eu entrar em ação. – Ele puxou um monte de pequenos cilindros de plástico com tampas de borracha. – Isso aqui é o máximo que eu consegui no sentido de criar um seguro de vida contra dragões. Por três horas após engolir uma dose, ficaremos resistentes a fogo e teremos alguma proteção contra eletricidade. Tem também algumas emoções líquidas na mistura, uma dose de coragem pra ajudar a combater o medo de dragão. Eu tenho uma segunda dose para cada um de nós caso as três horas não sejam suficientes.

– *Resistente* a fogo? – perguntou Seth. – Que tal *à prova* de fogo?

Tanu balançou a cabeça.

– Contra fogo de dragão, resistente é o melhor que eu consigo.

– Fogo é a arma de sopro dracônica mais comum – disse Gavin. – Mas os guardiões do Templo de Dragão podem não ser muito comuns.

– Proteção contra fogo é melhor do que nada – disse Trask, aceitando o cilindro, destampando-o e engolindo o conteúdo. Os outros logo o seguiram. Seth descobriu que o líquido claro tinha no princípio um sabor salgado, depois picante e depois frio e ácido.

– Mais alguma coisa? – perguntou Seth.

– Uma poção gasosa pra cada um de nós – disse Tanu. – Como último recurso engulam isso aí e soprem a si mesmos pra longe do perigo. Usem com sabedoria. Na condição de gás, vocês vão se mover lentamente, e um sopro de fogo direto de um dragão provavelmente os transformará em cinzas. – Tanu estendeu uma garrafinha a cada um.

– Você está com as granadas de fumaça? – perguntou Trask.

– Eu estava chegando nelas. – Tanu pegou pequenas esferas de vidro cheias de fluido púrpura. – Esse líquido transforma-se em fumaça quando exposto ao ar. Os vapores têm um cheiro desagradável pra nós, mas muito piores para criaturas com sentidos olfativos mais desenvolvidos.

Como os dragões, por exemplo. Os vapores devem basicamente tampar os narizes deles. Trask e eu vamos ficar encarregados dessas granadas.

– Chame o Mendigo – disse Trask a Seth.

– Mendigo! – gritou Seth. – Volta pra cá!

– Eu posso transformar dois de nós em gigantes – disse Tanu, levantando um par de frascos de cristal. – Meu voto é para Trask e Dougan, nossos dois guerreiros mais experientes. Alguma objeção?

– Pra mim está ótimo – concordou Gavin.

Trask assentiu e aceitou o frasco. Dougan pediu o outro.

– Vamos nos preparar pra partir – disse Trask. Ele pegou sua pesada besta e um grande escudo oval que cobria mais da metade de seu corpo.

– Mendigo, pegue a espada grande – ordenou Seth assim que o fantoche do tamanho de um homem juntou-se a eles.

Mendigo pegou a espada, cambaleando por um momento antes de equilibrar a desproposital arma de encontro a seu ombro de madeira. Tanu vestiu uma pesada camisa de anéis metálicos sobrepostos e engatou nela uma espada. Dougan pegou seu machado de batalha. Gavin e Mara pegaram cada um uma lança. Seth afivelou uma espada em sua cintura e pediu uma besta. Ele entregou a Kendra uma faca de boas proporções dentro de uma bainha.

– O que eu vou fazer com isso aqui? – perguntou Kendra, puxando a faca.

– Dar facadas – sugeriu Seth.

Kendra embainhou a faca e abriu a mochila.

– Estamos indo – falou ela para o interior da bolsa.

– Boa sorte – respondeu Warren lá de baixo, sua voz áspera.

– Se nós avistarmos um dragão, deixem que eu falo primeiro – aconselhou Gavin. – Pode ser que eu seja capaz de negociar ou inventar algum truque. No mínimo, devo conseguir acalmá-lo.

– Você terá a sua chance de falar – disse Trask. – Enquanto isso, eu estarei mirando.

Enquanto eles caminhavam na direção da entrada e dos dragões de pedra, Seth sacou sua espada. O peso dava-lhe uma sensação confortável na mão. Ele se imaginou cortando o focinho de um dragão.

Andando ao lado dele, Kendra aproximou-se e disse:

– É melhor a gente ficar perto um do outro caso algum dragão apareça.

– Beleza. – Ele quase se permitira esquecer como Nafia embaralhara sua mente. Imaginou que pudesse grudar-se em Kendra com uma das mãos e brandir a espada com a outra.

Eles passaram entre os dragões de granito e penetraram na sombra do telhado alto e arqueado. Diversas libélulas batiam as asas no ar. Nada decorava o chão ou as paredes além das pedras e da terra naturais da ravina. Trask seguia na frente, a besta empunhada e a postos. Em seguida iam Gavin e Tanu. Mendigo gingava ao lado de Kendra e Seth. Dougan e Mara estavam na retaguarda.

À frente, a ravina fazia uma curva. Pouco antes da curva, o chão descia quase que verticalmente por cerca de nove metros. O precipício estendia-se de uma parede da ravina à outra.

– Corda – pediu Trask.

Gavin desapareceu na mochila.

Seth deu um passo à frente e espiou da beirada. O leve despenhadeiro não chegava a ter uma inclinação de noventa graus, mas talvez chegasse a oitenta.

Gavin emergiu da mochila com um rolo de corda grossa. Dougan amarrou uma das extremidades em volta de um penedo e jogou o rolo penhasco abaixo. A corda alcançou a base do despenhadeiro com muitos metros sobrando.

Trask prendeu a besta no ombro e pegou a corda.

– Se vocês se afastarem da parede – disse ele, instruindo Seth e Kendra numa voz baixa –, vão conseguir descer caminhando. Ou, se preferirem, vocês poderão descer de nó a nó com as mãos e os pés.

Afastando-se do precipício, confiando na corda, Trask começou a andar para trás. Mantendo o corpo perpendicular ao despenhadeiro, passo a passo, mão sobre mão, ele andou de modo confiante até o chão. Gavin desceu rapidamente seguindo a mesma orientação, seguido por Tanu.

Copiando a técnica deles, Seth agarrou a corda e curvou-se sobre o precipício. Parte dele queria abraçar a corda e descer nó a nó, mas assim que começou a recuar, ele pôde sentir como a pressão de suas mãos na corda mantinha seus pés plantados na parede do despenhadeiro, e percebeu que dessa forma o processo de descida realizava-se de maneira superior.

Quando alcançou o chão, Seth olhou para Gavin, mirando a corrente de prata em volta de seu pescoço. Seria uma pena desperdiçar um objeto tão formidável.

Seth aproximou-se de Gavin.

– Vem cá, você está interessado na minha irmã?

– Eu acho que esse não é o m-m-melhor momento para tocar nesse assunto – respondeu Gavin, os olhos voltando-se para o topo do íngreme despenhadeiro.

Seth passou o dedo em seu próprio colar.

– O momento parece perfeito.

– Desde quando você dá uma de cupido?

– Eu só estou curioso.

Gavin ficou um pouco vermelho.

– Se você quer mesmo saber, sim, eu estou muito interessado em Kendra. Eu mal posso esperar pra ver no que vai dar o nosso relacionamento.

— Foi o que eu pensei — respondeu Seth de modo complacente. — Só pra constar: eu acho que ela também gosta de você.

Ficando cada vez mais vermelho, Gavin começou a distanciar-se.

— Ela logo vai estar aqui embaixo. Podemos continuar a conversa depois.

Seth olhou para cima, esperando ver Kendra. Mendigo descia usando apenas uma das mãos, segurando a enorme espada com a outra, soltando e agarrando a corda em tal ritmo que estava praticamente correndo para trás. Mara veio depois dele com a mochila. Enquanto Dougan descia, Kendra emergiu da mochila.

— Você trapaceou — sussurrou Seth.

— Dragões e hidras já são estressantes o bastante — rebateu ela.

— Acho que tem alguém afinzão de você — mencionou Seth casualmente.

Os olhos de Kendra ficaram arregalados.

— Você não disse nada pra ele, disse?

Seth deu de ombros.

— Ele não foi estrangulado. Eu acho que ele está caidinho.

Kendra agarrou com firmeza o braço de Seth. Por acaso havia uma fagulha de entusiasmo em seu olhar? Ela levou um momento para achar as palavras.

— Vê se não fala de mim com garotos. Nunca. Por qualquer motivo que seja.

— Só estava tentando aliviar o seu estresse.

O aperto dela ficou mais intenso.

— Eu meio que agradeço a intenção, mas isso não diminui em nada o meu estresse.

— Você devia dar logo um beijo nele e acabar com essa angústia.

Kendra soltou-o com cara de quem está enojada. Seth reprimiu uma risada.

Quando eles atingiram a primeira curva significativa na ravina, a luz do dia vinda da entrada diminuiu de intensidade. Brilhantes pedras brancas encontravam-se nas paredes e o distante teto proporcionava suficiente iluminação para se enxergar, embora a desequilibrada radiância deixasse o cavernoso espaço envolto em bolsões de sombra.

À frente deles, um lago cobria o chão da ravina, a luz de suas luminosas pedras refletindo a superfície escura e vítrea. Com a forma de um trapézio, a extremidade do lago era bem mais estreita do que o lado mais próximo. Pouco além do lago, a ravina afunilava-se numa estreita passagem não muito diferente de Sidestep Cleft. Uma saliência percorrendo centenas de metros ao longo da parede esquerda da ravina proporcionava a única rota para se contornar o lago.

– Eu não estou gostando nada disso – murmurou Trask. – Nós vamos cair numa emboscada. Vamos ficar presos numa armadilha naquela saliência sobre a água e sem nenhuma possibilidade de manobra.

– Nós deveríamos atravessar o lago em grupos de dois – recomendou Dougan. – Assim pelo menos nós podemos dar cobertura uns aos outros.

– E evitar que alguém seja expelido da face da Terra por um único sopro de dragão – concordou Trask. – Tudo bem, eu e Gavin primeiro. Depois Mara e Seth. Em seguida Kendra e Tanu. Depois Mendigo e Dougan.

Seth torceu os dedos enquanto Trask seguia ao longo da saliência na companhia de Gavin, movendo-se com o corpo agachado, avançando com leveza e velocidade.

– Fique com essa besta a postos – murmurou Dougan no ouvido de Seth. Assentindo com a cabeça, Seth desengatou a besta e certificou-se de que ela estava pronta para ser utilizada.

Quando Trask balançou a besta em cima de sua cabeça na outra extremidade do lago, Mara e Seth partiram. Eles desceram perto da água para dar um impulso e ascender à saliência. A prateleira de pedra tinha um ângulo voltado para cima, de modo que eles logo, logo estavam uns bons três ou quatro metros acima do escuro e silencioso lago. Em determinados locais, a saliência estreitava-se a alguns centímetros de largura, mas na maior parte do percurso, cair não representava preocupação. Eles se moviam rapidamente, tentando pisar com leveza. Seth estremecia sempre que terra ou pedrinhas estalavam debaixo de seus pés.

A última seção da saliência descia como uma rampa até depositá-los na extremidade do lago. Quando chegaram, Trask assinalou com a besta novamente e Kendra começou a travessia com Tanu. Seth observou o lago escuro e ficou de ouvidos atentos, mas não detectou nada ameaçador.

Finalmente, Dougan e Mendigo começaram a travessia em alta velocidade. Seth e os outros haviam se afastado na direção da estreita passagem que levava mais para o fundo da ravina. Trask permaneceu mais perto da água, um par de flechas com ponta de adamas pronta em sua besta gigantesca.

Seth começou a relaxar assim que Dougan e Mendigo alcançaram a margem mais próxima. E então cabeças guinchantes surgiram borbulhando na superfície da água.

Com água chovendo sobre eles, Dougan e Mendigo começaram a correr. Com a mão na espada gigante, o boneco articulado arrastava a ponta atrás de si, o metal raspando ruidosamente nas rochas. Resoluto, Trask deu um passo à frente em direção ao lago, mirando sua besta. Tanu conduziu Kendra, Seth e Mara para um ponto mais ao fundo da passagem. Gavin disparou na direção do lago, acenando com o braço, sacudindo a lança e berrando na linguagem dos dragões.

À medida que a hidra verde-escura deslizava seu corpanzil em direção à margem, Seth, boquiaberto e maravilhado, mirava a coisa.

A maciça criatura não tinha menos de quinze cabeças balançando na extremidade da mesma quantidade de pescoços serpentinos. Três pescoços mais curtos terminavam em cotocos calcinados. As dracônicas cabeças tinham praticamente o tamanho de caixões, de certa forma variando uma em relação a outra em tamanho e formato. Diversas continham cicatrizes.

Enquanto Gavin continuava balançando o braço e berrando, todas as cabeças fixaram-se gradualmente nele, olhos malevolentes cintilando. Respirando pesadamente, Dougan alcançou Seth e os outros na boca da estreita passagem. Mendigo chegou atrás dele.

– Nós não damos a mínima para quem você é – cuspiram as cabeças ao mesmo tempo, vozes ásperas soando em uníssono. – Tudo que entra nesse templo deve morrer.

– N-n-nós não estamos atrás das lu-lu-luvas – falou Gavin, trocando para a língua inglesa. Seth imaginou se Gavin também gaguejava quando falava a língua dos dragões.

– Você acha que nós ligamos para o que você veio buscar? – gritaram as cabeças. – Nós matamos desde a aurora dos tempos, e mataremos até o crepúsculo.

A hidra parecia velha na opinião de Seth. Comparadas a Nafia, as cabeças e pescoços pareciam devastadas, mais como se fossem esqueletos. Uma estava sem um olho. Outra estava sem a mandíbula inferior. Uma cabeça pendia apaticamente na extremidade do pescoço, ou morta ou inconsciente. Faixas de escamas caídas deixavam pontos nus nos pescoços chamuscados. Filetes delgados de espuma brilhavam de umidade.

– Você se acha uma assassina? – provocou Gavin. – Eu digo que você é uma escrava! Um cão de guarda encarquilhado!

As cabeças berraram. Seth cobriu os ouvidos, e mesmo assim os gritos ressoaram num tremendo volume.

— Nós somos Hespera! Nós guardamos tesouros sagrados!

— Você está agachada num fosso enlameado fedendo a lodo — disse Gavin, rindo. — Em algum outro ponto desse mesmo santuário uma hidra mais jovem vaga por um pântano glorioso, caçando presas gordas ao bel prazer!

— Mentiroso! — rosnaram as cabeças conjuntamente.

— Ah, esses dragões realmente te passaram a perna. Ouça o que você está dizendo! Tantas vozes tristes cantando a mesma canção pesarosa. — Gavin apontou para uma das cabeças. — Diga alguma coisa por conta própria. — Ele fez um gesto para a cabeça sem um dos olhos. — Que tal você, ciclope? — Gavin balançou a cabeça. — Suas mentes estão mais acabadas do que seu corpo! Patético!

Duas das cabeças à direita começaram a sibilar uma para a outra. Outra cabeça começou a guinchar. Uma cabeça à esquerda esticou-se na direção de Gavin, as presas à mostra, mas ele fugiu de seu alcance.

— Silêncio — exigiu uma cabeça única na direção do centro, mais amarela do que as outras.

Gavin apontou para a cabeça que falara.

— Aquela.

Trask deu uma flechada na cabeça amarela, e um de seus olhos ficou escuro. A cabeça pendeu para trás, as mandíbulas abertas, e Trask lançou uma segunda flecha dentro da boca. Usando pernas dianteiras de tamanho inferior e barbatanas semicirculares, a hidra deslizou mais para fora do lago. Trask jogou sua besta para Gavin, que a pegou enquanto corria para longe do lago. Diversas cabeças atacaram Trask. Jogando o escudo para o lado, ele sacou um par de espadas, e as lâminas chocaram-se com dentes e escamas enquanto ele rodopiava e golpeava, movendo-se quase sempre na direção oposta a da água.

Seth deu uma flechada com sua besta, mas não tinha como saber onde a flecha aterrissara. Tanu lançou esferas de vidro que começaram a encher o ar de fumaça. A hidra avançou ainda mais na margem. Depois de cortar parte de uma língua, Trask virou-se e correu. Todos seguiram desabaladamente para o fundo da passagem. Atrás deles a hidra se debatia e guinchava. Os gritos que ecoavam pareciam vir de todas as direções.

– Devagar – arfou Trask. – Não corram, nós estamos fora de perigo.

– É melhor pararmos aqui – sugeriu Tanu num sussurro. – A passagem se alarga novamente não muito depois desse ponto. Nós podemos dar de cara com algum inimigo igualmente perigoso sem estarmos preparados.

– A criatura é grande demais para nos alcançar aqui – disse Trask, encostando-se na parede. – Alguém está ferido?

Ninguém respondeu.

– Podia ter sido pior – disse Dougan.

– A hidra não está lá pra afastar a gente – disse Seth. – Ela está lá pra prender a gente aqui dentro.

– É o que parece – concordou Trask. – A criatura só se mostrou depois que todos nós havíamos passado.

– Entre o acesso estreito e a saliência vulnerável, nós teremos uma saída difícil à nossa frente – lamentou Gavin, devolvendo a besta a Trask.

– O que foi aquela conversa barra-pesada? – perguntou Seth.

– Estava tentando fazer com que as cabeças ficassem fora de sincronia – disse Gavin. – Eu queria identificar a c-c-cabeça líder. Acho que deu certo. Hespera é antiquíssima. Algumas daquelas cabeças pareciam muito doentes. Senis ou piradas ou qualquer coisa assim. Eu fiquei na esperança de que talvez algumas delas pudessem se ressentir de seu papel como guardiã. Se nós conseguíssemos tirar a cabeça dirigente e incitar as outras, talvez a monstruosidade acabasse tentando seguir ao mesmo tempo para dez direções diferentes.

– Trask acertou um olho – disse Dougan. – Que tal essa pontaria certeira sob pressão?

– Nós ferimos a cabeça principal – concordou Gavin. – Talvez o ferimento tenha sido até bem sério. A segunda flecha entrou pela boca e foi até a parte de cima do crânio.

Trask agachou-se, respirando forte e recarregando sua besta.

– Nós vamos lidar com ela no momento oportuno. Aqueles berros alertaram tudo que tem ouvido para a nossa presença. É melhor seguirmos em frente. Fiquem alertas.

Trask seguiu novamente na frente do grupo. Como Tanu observara, a passagem se alargou até eles começarem a avançar ao longo de uma ampla ravina mais uma vez. Seth prestou atenção a suas pisadas no piso desnivelado. Esporádicas pedras brilhantes deixavam grande parte do chão nas sombras.

– Quem nós temos aqui? – proferiu uma voz lenta e profunda vinda de uma caverna na parede da ravina mais ou menos uns trinta metros à frente. A abertura da caverna dera a impressão de ser uma faixa de sombra até que Seth viu uma enorme cabeça cinza emergir de dentro dela.

Sua mente ficou vazia. Ele não conseguia nem enxergar com clareza os olhos sombreados, mas encontrou-se estupefato, incapaz de se mover. Gavin agarrou a mão dele e colocou-a na de Kendra, e a sensação passou.

– Viajantes fatigados – respondeu Gavin.

– Eu lhes darei descanso – respondeu a morosa voz.

Abrindo bem a boca, Gavin guinchou e chiou. O dragão gritou uma breve resposta.

– Glommus! – gritou Gavin. – Corram! Prendam a respiração!

Trask atirou as duas flechas na cabeça assim que esta saiu mais um pouco do buraco e oscilou na direção deles. Cambaleando ao lado de Kendra, Seth ouviu um poderoso ruído de aerossol, e então sentiu um fino spray em sua pele. Uma densa névoa abafou a luz das pedras brilhantes. Gavin apareceu ao seu lado, lutando para tirar a mochila de Kendra e puxando a aba.

Como lhe havia sido ordenado, Seth não inalou a substância. Seus olhos estavam coçando, e sua força parecia estar sendo drenada. Ele perdeu a mão de Kendra enquanto Gavin tentava enfiá-la na mochila. Seth jamais se sentira tão tonto antes. Será que havia algo que ele deveria estar fazendo? Será que estava no chão? Como chegou lá? O piso rochoso da ravina dava-lhe a mesma sensação de um colchão acolchoado. Será que ele não estava no meio de algo importante?

Seus pulmões apertavam-se insistentemente. Ele ouviu outro ruído de aerossol. Seus olhos estavam pesados, sua mente embaralhada. Será que ele estava prendendo a respiração por algum motivo? Parecia que se tratava de algo importante. Ele exalou o que restava em seus pulmões. Algum instinto profundo dentro dele o alertava para não inalar. Mas se não inalasse, será que não ficaria asfixiado? Ele arriscou uma leve respiração, e o esquecimento engoliu o pensamento consciente.

CAPÍTULO VINTE E CINCO

Chacinas

Kendra pensou ter escutado uma voz confusa ao longe. As palavras não faziam sentido, mas o emissor parecia insistente. Ela gostaria muito que ele fosse embora. Sentia-se excessivamente cansada.

Uma palavra começou a se tornar compreensível. O emissor continuava repetindo o nome dela. Ela começou a notar um cheiro forte e pungente. Seus olhos começaram a lacrimejar e a voz ficou mais inteligível. Alguém estava batendo delicadamente nela.

Seus olhos se abriram e ela se sentou contorcendo o corpo. Tanu manteve-a firme no lugar. Suas cavidades nasais estavam irritadas. Umidade escorria de suas narinas. Ela esfregou o nariz com a manga da camisa.

Tanu tirou uma garrafinha de perto do nariz dela e tampou-a.

– O que é isso? – perguntou ela.

– São como sais aromáticos – explicou ele.

Kendra olhou ao redor. Eles estavam sozinhos, numa ravina envolta em penumbra. Ela estava esquecendo alguma coisa.

– O dragão! – exclamou ela.

Tanu fez um gesto indicando que ela não fizesse barulho.

– Está tudo bem. Eu o matei.

A última coisa que Kendra se lembrava era de Gavin tentando empurrá-la para dentro da mochila. Ela ficara inconsciente, perdera o contato com ele e um sono desprovido de sonhos tomou conta dela.

– Onde estão os outros? – perguntou Kendra.

– Ainda paralisados – disse Tanu. – Eu te arrastei pra bem longe da fumaça, mas mesmo assim foram necessários mais de vinte minutos pra fazer você despertar.

– O dragão nos drogou?

– Algum tipo de gás do sono. Troço potente. Eu entrei em estado de alerta quando Tanu e Seth caíram em sono profundo ao mesmo tempo no meio do dia.

– Tanu caiu no sono? Mas você é...

Tanu estava sacudindo a cabeça.

– Vanessa.

Sobressaltada, Kendra afastou-se por puro reflexo.

Tanu segurou-lhe as mãos inocentemente.

– Fique contente por eu ter aparecido. Aquele dragão teria matado todos vocês. Onde nós estamos?

Kendra hesitou.

– Provavelmente é melhor não dizer. Sei lá. Como foi que você matou o dragão?

Tanu deu um risinho.

– Quando eles dormem, eu consigo sentir todos aqueles que eu já mordi. Como mencionei, fiquei curiosa a respeito da maneira pouco comum pela qual Seth e Tanu haviam subitamente perdido a consciência, então controlei Tanu, estudando a situação através de olhos parcialmente fechados. A princípio, eu estava apenas investigando uma hipótese, mas assim que avistei Dougan esparramado perto de mim, soube que alguma coisa estava realmente errada. Uma névoa fina impregnava o ar, e observei um dragão farejando ao redor. Jamais rotularia a mim mesma uma domadora de dragão, mas já estive na presença de dragões e fui capaz de manter a sensatez. O temor me assaltou, de modo intenso e irracional, mas o dragão não havia me notado, e consegui resistir. Eu reparei numa espada ao meu lado no chão. Sempre fui muito útil com uma lâmina na mão. Quando a grande cabeça se mexeu para farejar a mim e Dougan, me sentei no chão e cortei o pescoço dele. Imagine a minha surpresa quando a lâmina entrou bem fundo, separando suas escamas como se fossem feitas de cartolina. Eu nunca manuseei uma espada como aquela antes!

"Meu ataque pegou o dragão completamente de surpresa. Quando me levantei e o cortei com um novo golpe, deixei a fera quase decapitada. O dragão saiu girando para longe, exalando uma fumacinha doce e sangrando profusamente. Ele retirou-se para o interior de uma caverna sombria e morreu. Eu entrei no local atrás dele para comprovar seu fim, e terminei arrancando sua cabeça."

– Você matou um dragão? – disse Kendra, espantada.

Tanu riu. A voz podia ser do samoano, mas o riso pertencia a Vanessa.

– Tenho a impressão que sim. – Era estranho ouvir Tanu falando com as inflexões de Vanessa. – Há uma boa chance de eu ser o único ser vivo que mata dragões. Não que eu mereça me gabar por isso. Isso me foi dado. Nem sempre você encontra o pescoço exposto de um dragão mexendo-se pachorrentamente. E lá estava eu, com uma espada afiada na mão. Não ocorrera à fera que algum de nós podia estar consciente. Ele estava visivelmente gastando o tempo de modo descuidado.

– Será que eu devia te ajudar a encontrar os outros? – perguntou Kendra.

— Não. O gás do sono ainda está pesado no ar. Vou ter de trazê-los. Você pode esperar aqui e ajudar a acordá-los. — Tanu estendeu para Kendra a garrafinha que a ajudara a despertar. Ele curvou a cabeça para trás para estudar o teto alto. — Isso aqui não é um covil de dragões como outro qualquer. Onde é que nós estamos? Se você não me diz, você nos coloca a todos em grande perigo.

— Em que lado da ravina estava a caverna do dragão? — perguntou Kendra.

— Aquele lado — apontou Tanu. — Naquela direção.

A resposta ajudou Kendra a se orientar.

— Tem uma hidra lá atrás, depois da caverna do dragão. E em algum ponto lá na frente tem um guardião desconhecido nos esperando.

Tanu franziu as sobrancelhas.

— Isso aqui é um Templo de Dragão? Em que vocês foram se meter?

— É uma longa história — disse Kendra.

— Tenho certeza que vocês devem ter seus motivos — murmurou Tanu. — Escute, eu vou reunir o resto da equipe. É melhor você falar muito bem de mim para seus avós quando chegar em casa.

— Os outros estão muito longe? — perguntou Kendra.

— A uma boa distância. A névoa está espalhada num raio bem amplo.

— Existe uma mochila. Tem um espaço dentro dela. Se você for forte o bastante pra levar as pessoas pra esse espaço, talvez você leve menos tempo. Ou não.

— Obrigada pela dica. Eu já volto.

Kendra esperou sozinha, tentando reunir coragem. Eles haviam sobrevivido a um dragão. Talvez eles conseguissem realmente escapar do Templo de Dragão. Ela destampou a garrafinha e experimentou cheirar ligeiramente o conteúdo. Sentiu um cheiro pungente penetrar suas vias nasais, fazendo com que seus olhos lacrimejassem. O aroma invasivo deixou um gosto metálico no céu de sua boca. Ela já estava começando a imaginar por que a demora estava tão prolongada quando ouviu Tanu retornando. Ele arrastou Trask e o depositou de costas no chão. A mochila estava em seu ombro.

— Tem alguém na mochila? — perguntou Kendra.

— Mara, Gavin, Seth e Warren — disse Tanu.

— E Warren também está adormecido?

— E bem ferido. Eu o encontrei encolhido na base da escada.

— Ele já estava machucado — disse Kendra. — Ele estava dentro da mochila quando o dragão nos pôs pra dormir. Ele deve ter tentado subir na escada pra nos ajudar.

— Quando ele tentou sair, o gás do sono o deixou inconsciente e ele caiu — finalizou Tanu. — Essa situação cai bem pra ele. Warren sempre foi muito arrogante. Eu não vou tentar puxar nenhum deles por aquela escada.

— Tudo bem — disse Kendra. — Eu desço lá e acordo todo mundo.

— Eu vou voltar por Dougan. Ele é grande demais pra entrar na mochila. Assim que a gente terminar, vou liberar o meu controle sobre Tanu e você também vai poder acordá-lo.

Tanu foi embora.

Kendra agachou-se ao lado de Trask, tirando a tampa da garrafa e sacudindo-a embaixo de suas narinas. Ela lembrou-se de como seu nome havia sido a primeira coisa que ela registrara.

— Trask — disse ela. — Trask, acorde. A gente está no templo, Trask. Você precisa acordar. Trask. Vamos lá, Trask.

Ele não se mexeu. Kendra deu outra aspirada na garrafa. Seus olhos lacrimejaram imediatamente e suas vias nasais queimaram. Como ele podia dormir com aquela sensação? Enxugando as lágrimas, ela colocou novamente a garrafa debaixo das narinas dele. Ele não reagiu.

– Trask! Trask, vamos lá, acorde. Trask, dragões! Rápido, Trask, acorda! – Ela cutucou a bochecha dele. Abriu um de seus olhos para vê-lo voltar a se fechar languidamente. Ela o sacudiu. Ela gritou. Nenhuma resposta era extraída.

Kendra continuou a falar e a gritar com persistência. Quando Tanu voltou com Dougan, Trask ainda não havia se mexido.

– Tem algum truque pra isso? – perguntou Kendra.

– Eu levei uns bons vinte minutos pra te acordar – disse Tanu. – Um tempo distante da fumaça deve ser parte da equação. Assim que você conseguir acordar Trask, tenho certeza de que os outros vão despertar com mais rapidez.

– Como é que você sabia qual poção usar? – perguntou Kendra. – Você consegue enxergar os pensamentos de Tanu?

Tanu balançou a cabeça.

– Tentativa e erro. Eu sabia que ele devia ter algum composto semelhante a sais aromáticos.

Kendra pôs a garrafa embaixo das narinas de Trask.

– Acorde, Trask. Vamos lá, acorde, a gente tem um monte de dragão pra enfrentar. Trask? Trask? – Ela sacudiu o ombro dele.

– Eu só vou liberar Tanu depois de Trask acordar – disse Tanu. – Eu não quero deixar você aqui sozinha.

– Obrigada, Vanessa. Eu te agradeço de verdade.

– Não se esqueça de falar bem de mim com seus avós.

– Vou fazer isso – prometeu Kendra. – Se a gente conseguir escapar desse lugar. – Ela voltou a tentar despertar Trask.

Kendra não tinha como confirmar quanto tempo havia sido necessário para que Trask começasse a despertar. Parecia ter sido mais de vinte minutos. Por fim ele começou a zumbir e a gemer enquanto ela o sacudia. Não muito tempo depois disso, os olhos dele se abriram. Com a mão no ombro dele, ela o sentiu ficar tenso.

– O que aconteceu? – perguntou ele.

Kendra explicou. Quando ela terminou, Trask já estava de pé.

– Vanessa Santoro – disse ele, de má vontade, apertando a mão de Tanu. – Nós temos uma dívida com você.

– Acredite ou não, estou na verdade do lado de vocês ultimamente – respondeu Tanu. – Agora que você está acordado, tenente, é melhor eu te devolver seu mestre de poções. Vou ficar de olho. Caso você volte a cair no sono de modo não natural, eu volto. – Tanu reclinou-se no chão. – A essa altura já deve estar mais fácil pra acordar os outros que estão na mochila. Deixe a mim e Dougan pro fim. Tchau, Kendra.

– Tchau.

Tanu fechou os olhos e seu corpo relaxou até cair num sono profundo.

Trask ficou vigiando enquanto Kendra descia para o depósito. Foram necessários apenas alguns minutos para despertar Seth. Gavin e Mara acordaram em menos tempo ainda, e Warren sentou-se por conta própria. A queda lhe deixara com os dois ossos do antebraço quebrado. Os outros o ajudaram cuidadosamente a retornar ao seu local de descanso.

Depois que todos no depósito entenderam o que havia acontecido, Kendra seguiu na frente escada acima. Usando o pungente aroma da garrafinha, ela acordou Dougan e finalmente Tanu. Quando eles terminaram de recontar o que transcorrera o samoano já estava com um enorme sorriso no rosto.

– Glommus era um dragão velho e cego – disse Gavin. – Eu tinha ouvido falar dele. Sua reputação era conhecida. Ele era verdadeiramente singular. Assim que entendi quem nós estávamos enfrentando, eu soube que estávamos encrencados. Aquele há-há-hálito dele põe qualquer coisa pra dormir, até mesmo outros dragões!

— Consegui quebrar uma granada de fumaça antes de cair — observou Tanu.

— O que explica por que Glommus foi obrigado a se aproximar tanto pra nos cheirar — disse Gavin. — Nós tivemos uma sorte danada. Sem aquela narcoblix, nós teríamos virado comida de dragão.

— Sei que a Vanessa vai ficar com o crédito — comentou Tanu, reprimindo um risinho —, mas é legal demais pensar que eu derrubei um dragão. O meu corpo, pelo menos.

— Foi uma boa você estar com uma das espadas revestidas de adamas — observou Seth.

— Nós ainda não estamos fora de perigo — lembrou-lhes Trask. — Temos outro guardião à nossa frente, e a hidra atrás. Nós superamos um obstáculo de suma importância, mas agora precisamos nos concentrar no que virá em seguida.

Eles começaram a colocar os equipamentos em ordem. Tanu entrou na mochila para verificar como Warren estava se sentindo e descobrir que atenções adicionais ele poderia estar precisando.

Seth foi até onde estava Kendra.

— E aí, por que você acha que Vanessa escolheu Tanu em vez de mim?

— Você preferia que ela tivesse te escolhido? — perguntou Kendra.

— Bom, eu ia meio que ser um matador de dragão.

— Quer saber, eu acho que Vanessa não teve intenção de ser grosseira com ninguém. Ela já controlou Tanu antes. E além do mais, Tanu é maior do que você.

Seth pareceu ter ficado desanimado.

— Ela também me mordeu.

Kendra rolou os olhos.

— Dá uma animada aí! Você pode não ter matado nenhum dragão, mas pelo menos conseguiu ver alguns. E, quem sabe, pode ser que você ainda seja comido por um!

— Estou contente por ter visto alguns — admitiu ele.

Kendra irritou-se.

— Você está mesmo contente? De verdade? Eu fiquei apavorada. Nós quase morremos.

— Você não entendeu direito. Não estou tentando fingir que eu também não fiquei apavorado. Pensei que a gente estava acabado. Mas se os dragões não fossem apavorantes, eles seriam... decepcionantes.

Kendra deu um tapinha no ombro dele.

— Não se preocupe. Deve ter muito mais coisa apavorante pela frente. A possibilidade da gente não sobreviver ainda está de pé.

Trask decidiu que o grupo estava muito junto no momento em que Glommus atacou, de modo que espalhou-os mais, quando a jornada recomeçou. Ele e Gavin iam na frente. Mara e Tanu seguiam cinquenta metros atrás. Depois Kendra, Seth, Mendigo e Dougan estavam mais cinquenta metros atrás.

Eles viajaram uma longa distância, geralmente no sentido ascendente. A ravina estreitava-se e alargava-se. Tornava-se mais profunda e mais rasa. Dava diversas guinadas.

Kendra avaliava todas as sombras, preocupada com alguma outra caverna ou buraco onde algum dragão pudesse estar escondido. À frente, Trask e Gavin davam buscas nas paredes da ravina de alto a baixo com suas brilhantes lanternas. Kendra estava preparada para a ocorrência de um desastre a cada passo que eles davam. Ela sabia que a qualquer minuto Trask e Gavin poderiam ser engolfados por um inferno de chamas.

Ela tentou adivinhar o que poderia ser o último guardião. Outro dragão? Um gigante? Um demônio enorme como Bahumat? Alguma outra criatura mortífera da qual eles jamais haviam ouvido falar? As possibilidades eram infinitas.

Quando eles viraram numa outra curva, degraus tornaram-se visíveis à frente. A escada de pedra bege ia de um lado a outro da ravina, levando a uma estrutura de pilares. Estátuas de bronze representando dragões flanqueavam o topo dos degraus. O imenso edifício não possuía parede frontal, e tinha tamanho suficiente para acomodar dragões ou gigantes.

Trask e Gavin esperaram que os outros os alcançassem pouco antes da ampla escadaria.

– Parece que nós alcançamos o templo propriamente dito – disse Trask. – Gavin apresentou-se como voluntário para rastrear a área à frente. Nós imaginamos que o terceiro guardião está nos esperando lá dentro.

– Ele vai rastrear sozinho? – perguntou Kendra.

– Eu vou seguir uns vinte metros atrás – disse Trask. – Vou mantê-lo sob cobertura com a minha besta. Tanu, siga atrás de mim. O resto de vocês permaneçam afastados à espera do meu sinal.

Kendra observou Gavin subir os degraus e desaparecer no interior do sombrio edifício. Trask estava na metade da escada quando Gavin começou a descer correndo, acenando para que ele voltasse. Gavin desceu a escada correndo, dois degraus por vez, e disparou na direção de Kendra. Ela afastou-se involuntariamente quando ele surgiu à luz da pedra brilhante mais próxima. Sua pele havia adquirido um tom azulado, quase preto ao redor do pescoço e dos lábios. Ele a encarava fixamente com olhos horrivelmente cheios de sangue.

– O chifre – murmurou ele, desabando.

– Ele foi envenenado – percebeu Seth, mergulhando na mochila.

Kendra podia ter dado um abraço em seu irmão por ter se movido tão rapidamente. Sentada ao lado de Gavin, ela pegou-lhe a mão para consolá-lo. Estava frio. Pálpebras pretas cobriam os olhos dele. Uma descarga cremosa vazou de baixo das pálpebras fechadas como lágrimas gosmentas. Ele começou a tremer e a se contorcer. Suas veias estavam ficando cada vez mais visíveis, linhas pretas abaixo de sua pele azul e viscosa.

Tanu ajoelhou-se ao lado da mochila, sua cabeça e um braço dentro do depósito. Ela o ouviu chamar:

– Jogue! – Um momento depois, o samoano estava se aproximando com o chifre de unicórnio na mão. Ele encostou a ponta do chifre no pescoço azul e preto de Gavin e manteve-o lá.

As convulsões pararam instantaneamente. As veias pretas desapareceram e os tons azuis sumiram de sua pele. Gavin tossiu e abriu os olhos, a mão suada fechando-se sobre o chifre.

– Essa passou perto – disse ele, respirando.

– Ele está bem? – perguntou Trask.

– O chifre purifica – disse Tanu. – Se era veneno, ele vai ficar bom.

– Eu estou ótimo – afirmou Gavin, sentando-se. – Era ve-ve-veneno. Nós estamos na maior enrascada.

– O que foi que você viu? – perguntou Trask.

– Não muita coisa. Eu mal consegui vê-la. Não falei com ela. Não tive tempo. O veneno me atingiu em cheio e se moveu rapidamente. Mas eu não precisava de uma conversa pra saber quem era ela. O terceiro guardião é uma guardiã: Siletta.

– O dragão venenoso – rosnou Tanu.

Gavin assentiu com a cabeça.

– Ela não exalou em mim ou qualquer coisa assim. A atmosfera inteira daquele lugar está contaminada.

– Eu nunca ouvi falar de um dragão venenoso – disse Trask.

— Muitos pensavam que ela não passava de uma lenda — explicou Tanu. — Ou então que estava morta havia muito tempo. Produtores de poções das trevas fantasiam sobre ela. Ela é absolutamente singular.

— Veneno até a medula — disse Gavin. — Eu uma vez falei com um dragão que a conhecia de tempos ancestrais. Seu hálito, sua carne, seu sangue, suas lágrimas, sua excreções, tudo nela é veneno mortífero. Vocês viram como eu fiquei? Aquilo foi simplesmente por estar no mesmo espaço que ela. Todo mundo deveria tocar o chifre. Mesmo aqui fora nós podemos estar expostos.

Todos se juntaram para colocar a mão no chifre.

— O que vamos fazer? — perguntou Tanu.

Gavin riu de modo sombrio.

— Vamos desistir. Não há como passar por Siletta. Eu jamais teria imaginado um guardião melhor do que ela. Mesmo que você segure o chifre para se proteger do veneno no ar, ela ainda assim é um dragão, com dentes e garras e uma majestosa aura de terror. Ela me viu. Ela está preparada pra nós. Além disso, quem pode saber por quanto tempo o chifre de unicórnio nos protegeria? Todos os itens mágicos têm limitações. Siletta é uma fonte primária dos mais potentes venenos jamais conhecidos.

— Nós estamos presos entre a hidra e um dragão venenoso — murmurou Dougan.

— Precisamos arrumar uma maneira de sair dessa — disse Trask. — Ela pode sair de lá a qualquer momento.

— Eu cuido dela — disse Seth.

— Não seja ridículo — respondeu Tanu.

Seth fez cara feia para a desfeita.

— Não estou sendo. Eu tenho um plano.

— Como assim? — perguntou Trask.

— A gente não vai usar o chifre só pra ficar vivo enquanto lutamos com Siletta – disse Seth. – A gente vai usar o chifre pra matar Siletta.

— Como? – perguntou Kendra.

— Quando Graulas estava me ajudando a pegar o chifre, eu desconfiei de que ele queria o negócio pra ele. Mas aí ele me disse que as doenças dele tinham se tornado de tal forma uma parte de seu corpo que a cura provavelmente o mataria. Se esse dragão tem sangue venenoso e carne venenosa, será que o chifre não acabaria com ele?

— Talvez – disse Gavin com ponderação. – Mas duvido que o chifre contenha energia suficiente pra se contrapor a tanto veneno. Unicórnios possuem uma tremenda pureza, mas nós não temos nenhum unicórnio aqui, apenas um chifre velho. Você estaria opondo o poder de um chifre descartado a um dragão vivo.

— A gente tem a Kendra – argumentou Seth. – Ela é tipo uma bateria cheia de energia mágica. Se ela segurar o chifre, vai mantê-lo carregado. E, é claro, eu terei de ir junto senão o terror de dragão vai deixar ela paralisada.

Os adultos trocaram olhares.

— Pode ser que funcione – admitiu Gavin.

— Eles são crianças – objetou Trask.

— Crianças ou não – testemunhou Tanu –, eles já fizeram coisas impressionantes.

— Deixem-me levar o chifre – ofereceu-se Gavin. – Pode ser que ele tenha potência suficiente pra de-de-derrotar o dragão sem colocar Kendra em risco.

— Não – disse Kendra, a voz trêmula. – Se tem alguém que deveria usar o chifre, esse alguém sou eu. Seth está certo. Não podemos correr o risco do chifre ficar sem energia. A gente só vai ter uma oportunidade.

— Eu não vou deixar crianças se arriscarem por mim – disse Dougan. – Os dois nem deviam estar aqui. Kendra devia estar na fortaleza e Seth devia estar em Fablehaven. Nós não podemos correr o risco de perder Gavin. Nós precisamos dele como nosso embaixador junto aos dragões. Se Tanu puder arrumar alguma poção que me tire o medo do dragão eu vou lá fazer isso.

— Deixem-me assumir esse risco — disse Mara. — Eu sou rápida. Sou ágil. E sou domadora de dragão.

— Que tal Mendigo? — propôs Tanu. — O fantoche não vai reagir ao veneno. E ele é de uma agilidade sobrenatural.

— Mendigo pode vir com a gente — disse Seth. — Como apoio. Mas Kendra tem de ficar lá pra garantir que o chifre permaneça energizado. Todo mundo aqui sabe que se não for assim ele provavelmente não vai ter energia suficiente. E eu preciso ficar lá pra que Kendra também possa ficar.

— A única coisa que você quer é matar um dragão — acusou Kendra.

Seth esforçou-se para reprimir um sorriso de culpa.

— De repente é um pouco isso, sim. Mas, principalmente, eu quero pegar aquela chave e voltar pra casa.

— Vocês realmente acham que conseguem fazer isso? — perguntou Trask, os olhos piscando ora para Kendra ora para Seth. — O dragão não vai ficar parado e se deixar tocar. Se o veneno de Siletta não os tirar de lá, vocês provavelmente serão golpeados até morrer ou serão comidos.

— Eu vou levar um saco de veneno de dragão — disse Seth. — Se ela me engolir, ela morre também.

Gavin balançou a cabeça.

— Siletta é composta de veneno. Acho que veneno de dragão não faria nada além de diverti-la.

— Eu acho que a gente consegue fazer isso — disse Kendra, resoluta. — Mendigo vai ter ordens pra pegar o chifre e encostá-lo no dragão se a gente tiver fracassado. Essa é de longe a nossa melhor opção. Como quero continuar viva, isso significa que devo fazer isso. É preciso que seja eu. E depois, eu e Seth não íamos ficar muito mais seguros aqui esperando enquanto outra pessoa estiver tentando resolver o problema. Tudo depende disso.

– A gente não vai fazer besteira – prometeu Seth.

– O argumento deles é bem sólido – disse Trask. – Alguma objeção?

Gavin suspirou.

– Se a nossa intenção é seguir em frente, essa é a nossa melhor opção.

– Se nós tentarmos recuar, Siletta pode nos seguir – alertou Mara.

– Eles são jovens demais – protestou Dougan, sem muita convicção.

– Tudo bem – disse Trask. – Façam isso.

– No topo da escada vocês vão ver uma sala enorme com pilares por todos os lados – descreveu Gavin. – Usem os pilares como obstruções para impedir o dragão de saltar facilmente em cima de vocês. Quando vocês se movimentarem, sigam com firmeza e rapidez. De mãos dadas o tempo todo.

– Eu tenho algemas na mochila – disse Tanu. – Será que não seria melhor algemá-los?

– Acho que sim – responderam Seth e Kendra ao mesmo tempo.

Tanu entrou no depósito. Gavin deu a Kendra o chifre de unicórnio. Trask puxou Mendigo para o lado e deu ao fantoche uma espada e uma lanterna.

– Mendigo – começou Trask –, você vai entrar no templo à frente de Kendra e Seth. Tanu vai te dar quatro esferas de fumaça. Você vai arrebentá-las em partes diferentes da sala. Você vai permanecer em movimento, circulando pela sala, mas mantendo o foco da lanterna nos olhos do dragão. Se for necessário, você vai usar a espada pra defender Kendra e Seth. Caso eles sejam mortos ou percam o chifre de alguma outra maneira, você recuperará o chifre e o encostará no dragão. Entendido?

Mendigo assentiu com a cabeça.

Tanu emergiu da mochila.

– Nós vamos colocar o chifre na mão direita de Kendra – disse Tanu, algemando o pulso direito de Kendra ao esquerdo de Seth.

– Pra evitar serem envenenados, vocês dois vão precisar manter-se constantemente em contato com o chifre assim como um com o outro – disse Gavin. Ele ajustou a pegada dos dois até ficar satisfeito. Seth acabou segurando o chifre numa altura um pouco maior do que a de Kendra, com sua mão sobrepondo-se à dela.

– A minha mão boa está livre – disse Seth. – Será que não é melhor eu levar a minha espada?

– Não – disse Trask. – Se você ficar perto o bastante a ponto de poder usar uma espada, você vai ter de usar o chifre. Mas você pode levar a besta.

Gavin deu a arma a Seth.

– Não conte com a besta – alertou Dougan. – O chifre é tudo.

– Entendido – concordou Seth.

– Podem ir – disse Trask.

– Boa sorte – acrescentou Tanu.

– Vamos nessa – instou Seth, dando um empurrãozinho na irmã.

– Calma aí – reclamou Kendra.

Mendigo trotou à frente, alcançando a escada e subindo-a fluidamente. Kendra olhou de relance para Seth.

– Sem estresse – disse ele com um sorriso. – Pouco importa se o dragão é grande, o que a gente tem que fazer é encostar nela.

– Antes que ela encoste na gente com suas garras e dentes – corrigiu Kendra.

— Tudo bem. E é melhor a gente esperar que o chifre funcione rapidamente.

A mão de Kendra estava úmida em contato com a de Seth. Era suor dele ou dela? Não seria maravilhoso se o chifre escorregasse da mão dela? Ele e sua irmã morreriam azuis, algemados um ao outro.

Eles começaram a subir os degraus imensos. Os dragões de bronze olhavam de cima a baixo. Conforme Kendra e Seth ultrapassavam os degraus mais altos, a sala surgia-lhes aos olhos. Pedras cintilantes nas paredes e no teto forneciam parca luminosidade. Fumaça serpenteava no ar dentro da vasta câmara onde Mendigo arrebentara as esferas. O lado esquerdo e o direito da sala eram florestas de amplos pilares, com um espaçoso corredor central levando a um distante umbral.

Ocupando grande parte do espaço da sala, o dragão estava agachado entre os pilares mais a esquerda. Mendigo corria sem parar, distanciando-se de Siletta, mantendo a intensa luminosidade da lanterna fixa sobre o dragão, o foco interrompido em determinados intervalos em que as colunas o bloqueavam. Desprovida de escamas visíveis, Siletta parecia uma salamandra gigante com a pele translúcida. Redes de veias azul-escuras emaranhavam-se com órgãos púrpuras e verdes. Grande o suficiente para engolir um gato, sua boca larga continha múltiplas fileiras de dentes finos e brancos, afiados e ligeiramente curvos.

Num movimento tempestuoso, o dragão disparou na direção de Mendigo, o longo corpo avançando com rapidez. O fantoche dançou para longe do ataque. Só no instante em que Siletta moveu-se para mais perto da pedra luminosa Kendra foi capaz de reparar seu incrível comprimento, o corpo alongado sustentado por pelo menos dez conjuntos de pernas.

Seth seguiu na frente em direção ao pilar mais próximo no lado esquerdo da sala.

– Eu vejo vocês dois – sibilou o dragão numa voz similar a potentes sussurros sobrepostos. – Vocês enviaram esse ridículo fantoche pra me espezinhar?

Kendra balançou a cabeça para Seth, alertando-o para não responder.

– A gente está aqui de férias – berrou Seth. – Estamos visitando os dragões mais esquisitos do mundo. O fantoche é o nosso guia. Você cobra pra tirar uma foto com a gente?

Dando um empurrãozinho para que Kendra avançasse, Seth correu para outro pilar mais à frente. Enquanto disparavam pelo espaço aberto, Kendra viu o dragão deslizando na direção deles.

– Por que vocês não estão sufocados? – perguntou Siletta.

– A gente não está a fim – respondeu Seth. – A gente está pensando se de repente você não podia nos dizer como é que se faz pra chegar num dragão chamado Glommus. A gente só conseguiu encontrar um dragão cinza enorme e estúpido com a cabeça cortada.

Siletta deu uma rosnada estrepitosa. Uma névoa púrpura preencheu o ar. As partículas esfumaçaram-se quando tocaram a pele de Kendra. Novamente, Seth seguiu na frente enquanto eles corriam em direção ao pilar seguinte. Estreitando os olhos em meio à névoa púrpura, Kendra mal conseguia distinguir o dragão agachado a apenas dois pilares de distância.

– Que espécie de contraencanto vocês estão usando? – acusou Siletta.

Seth deu uma espiada ao redor do recinto, levantou a besta e atirou.

O dragão rugiu. Eles podiam ouvi-la rastejando na sua direção. Ao lado do pilar, Kendra deu uma olhadinha e viu que em vez de vir diretamente para eles, o dragão estava se dirigindo a um pilar vizinho.

Seth e Kendra ajustaram-se para manter seu pilar entre eles e o dragão.

– Parem de se mexer – sibilou Siletta, sua voz cheia de irritação.

– A gente vai parar de se esconder quando você parar de soltar veneno – falou Seth. – Parece que é você que está empacada. Aparece aqui pra gente poder tirar uma foto e ir embora.

Eles ouviram Mendigo tilintando nas proximidades, e então a imensa cabeça do dragão contornou o pilar a não mais do que três metros de distância. Kendra não ouvira nenhum indício da aproximação sigilosa de Siletta. Aparentemente, o dragão podia se mover silenciosamente quando sentia vontade. A enorme boca abriu-se e um gêiser de lama morna fez com que eles voassem para trás. Kendra grudou-se desesperadamente em Seth e no chifre enquanto eles caíam. A substância com aspecto de alcatrão chispava e crepitava, escapando de suas peles e de suas roupas na forma de vapor. Kendra usou sua mão livre para remover a matéria viscosa de seus olhos enquanto Seth a colocava de pé.

Espada na mão, Mendigo estava golpeando o dragão atrás da cabeça. Girando o corpo e mordendo, Siletta prendeu o boneco articulado em sua boca, deixando apenas as pernas de madeira penduradas.

Segurando o chifre na frente de seus corpos, Kendra e Seth atacaram. A boca se abriu novamente, regurgitando mais líquido pegajoso. Mendigo foi lançado ao chão, mas dessa vez não houve muita pressão por trás da pestilenta descarga. Mantendo-se em equilíbrio, Kendra e Seth avançaram, o chifre esticado, na direção do focinho do dragão.

Quando a ponta do chifre ficou próxima, Siletta recuou. Eles atacaram-na, mas seu longo corpo flexionou e se contorceu para longe deles. Dezenas de pés úmidos e membranosos começaram a andar para trás. Apesar da metade frontal de seu sinuoso corpo estar curvando-se para ficar fora de alcance, seu rabo balançou e chicoteou

Kendra e Seth na altura dos tornozelos, jogando-os no ar. Eles caíram em cheio no chão duro.

— Agora eu estou entendendo — sibilou Siletta nervosamente. — Sim, sim, as crianças endiabradas trouxeram um chifre irritante pra me atazanar.

Levantando-se conjuntamente, Kendra e Seth saíram à caça do rabo que se afastava. A parte dianteira de Siletta foi para trás de um pilar grosso logo à frente e deu a impressão de ter desaparecido, seu rabo a última parte dela a sumir de vista. Sem se importar com o perigo, Kendra e Seth correram na direção do dragão, contornando o pilar a tempo de ver que Siletta estava escalando a parte mais extrema da sala. Sua cabeça e pernas dianteiras já haviam alcançado o topo e estavam começando a percorrer o teto. Dando um salto para a frente, Kendra e Seth levantaram o chifre de unicórnio e encostaram-no na extremidade do rabo do dragão pouco antes da criatura ficar fora de alcance.

O rabo ficou paralisado e enrijecido. Kendra ouviu um som úmido e dilacerante. Olhando para cima, ela viu pés espalhados afastando-se da parede. O dragão estava começando a cair! Rompendo o contato com o rabo, Kendra puxou Seth para o lado. Eles caminharam em direção ao outro lado do pilar enquanto Siletta batia pesadamente de encontro ao chão. Dando meia-volta, eles encontraram-na se debatendo e se contorcendo. Disparando na direção das costas da criatura, eles encostaram o chifre com firmeza em seu corpo pegajososo.

As contorções pararam. Siletta ficou absolutamente imóvel. O chifre ficou quente na mão de Kendra. Quando o dragão começou a vibrar, o chifre tornou-se uma brasa, mas Kendra e Seth mantiveram-no firmemente em contato com o dragão, mesmo depois de suas pernas ficarem molengas e sua cabeça desabar no chão. Por baixo da pele translúcida, as linhas pretas de suas veias espalhavam-se até se transformarem em nuvens de tinta preta. Os órgãos estranhamente visíveis perderam sua forma e ficaram todos indistintos. Suas entranhas começaram a entrar em ebulição, e sua pele abriu-se, emitindo fumaças espessas em tons de azul e púrpura dos mais profundos.

Kendra cobriu a boca com a mão livre e empurrou o chifre de unicórnio de encontro ao dragão. Quando Siletta começou a encolher e a definhar, ela e Seth ajustaram-se para manter o chifre em contato direto. Depois de alguns momentos, eles estavam encostando o chifre numa casca enrugada e seca, que não era nem a décima parte do tamanho anterior do dragão. Depois de Siletta manter-se quebradiça e imóvel durante um longo minuto, sem nenhum vapor escapando de seu corpo, Seth disse:

– Acho que deu certo.

Mantendo suas mãos no chifre, eles deram um passo para trás. A grotesca casca do dragão não se mexia. Kendra olhou por cima do ombro. Alguns metros dali, uma poça de líquido preto cobria o chão, mas ela não estava enxergando Mendigo.

– Onde é que está o nosso fantoche? – perguntou Seth, dando voz ao pensamento da irmã.

Kendra andou até a poça preta, agachou-se, e afundou a ponta do chifre de unicórnio no líquido pestilento. Borbulhando e esfumaçando, a poça com aspecto de alcatrão transformou-se em vapor. No piso nu encontrava-se a espada, uma lanterna e numerosos ganchinhos dourados.

– Que saco – exclamou Seth. – Ele já era!

Kendra avaliou a evidência.

– Aquela lama preta deve ter dissolvido a madeira.

Seth pegou um gancho, examinando-o atentamente.

– Não sobrou nem uma farpinha. – Seus olhos se encheram de lágrimas. – Isso meio que tirou toda a graça da coisa. Você acha que dá pra reconstruir ele?

— Só com os ganchos? Eu acho que dá pra gente juntar todos eles e fazer uma tentativa, sei lá.

Ainda apertando a mão de Kendra e o chifre, Seth rastejou ao redor da área, recolhendo meticulosamente todos os ganchos e engates que encontrava pela frente. Kendra também juntou ganchos. Ela dizia para si mesma que não devia chorar, que Mendigo não era uma pessoa. O fantoche não tinha identidade, não tinha vontade própria; era apenas uma ferramenta. Um robô de madeira desprovido de mente. Quando trabalhava para Muriel, Mendigo colocara Kendra e sua família em grave perigo. Mas desde que sua lealdade havia sido alterada pelas fadas, o fantoche salvara a vida de Kendra diversas vezes. E agora ele fora destruído tentando protegê-los. Ele pode ter sido apenas um serviçal mecânico, mas fora confiável e fiel. Ela e Seth ficariam menos seguros sem ele. Kendra flagrou-se enxugando lágrimas de suas bochechas.

— Kendra! — berrou uma voz do lado de fora da câmara. — Seth? Vocês estão bem? — Era Tanu.

— Você acha que a gente pegou tudo? — perguntou Kendra.

Seth examinou com cuidado o chão.

— Parece que sim. É melhor a gente ir lá falar pra eles o que aconteceu.

Juntos, os dois caminharam até o topo da escada. Seus companheiros os esperavam não muito distantes do último degrau.

— A gente matou Siletta — anunciou Kendra. Ela e Seth começaram a descer a escada.

Os outros deram vivas e gritaram congratulações. No fim da escada, ela e Seth tiveram de recontar todos os detalhes. Eles recebiam abraços e tapinhas nas costas de todos. Pelas exuberantes expressões de alívio, Kendra podia dizer que a maior parte de seus camaradas duvidara que ela e seu irmão podiam ter sucesso na empreitada. Todos ficaram entristecidos ao ouvir que Mendigo havia sido desintegrado, mas nenhuma outra lágrima foi derramada. Tanu disse que a magia que animava Mendigo estava contida muito provavelmente na madeira, mas que ele não era nenhum especialista nesse tipo de assunto e concluiu afirmando que guardar os ganchos não faria mal algum a ninguém. O samoano usou uma chave para retirar as algemas.

– Você acha que o chifre saneou o ar lá dentro? – perguntou Seth.

– Encoste um chifre de unicórnio numa poça e toda a poça ficará purificada – disse Tanu. – Não tenho certeza de como o chifre afetaria o gás. Os vapores que vocês viram escapando do dragão e a poça de veneno ficariam inofensivos, mas pode ser que os gases preexistentes na câmara ainda contenham alguma potência.

– Nós não correremos nenhum risco desnecessário – disse Trask. – Três de nós vão se encaminhar à sala do tesouro, cada qual com uma das mãos no chifre. Kendra deve fazer parte desse grupo, para termos a certeza de que o chifre permanece ativo. Ela também deve estar lá para a eventualidade de Patton ter deixado alguma outra mensagem.

– Eu também quero ir – disse Seth. – Lembro das descrições das estatuetas.

– E eu vou pra fazer a proteção – disse Trask.

– Eu vou voltar pra hidra – anunciou Gavin.

Trask balançou a cabeça em negativa.

– Nós vamos enfrentar Hespera juntos assim que recuperarmos a chave.

– Não, eu t-t-tenho um plano – insistiu Gavin. – Quero que Seth me empreste sua besta. Vou fazer uma visita ao cadáver de Glommus e molhar a minha lança e algumas flechas nas seivas vitais dele. Pode ser que eu consiga colocar a hidra pra dormir.

– Provavelmente vai ser você mesmo quem vai cair no sono quando voltar àquela área onde Glommus se encontra – alertou Tanu.

— Se isso acontecer, vocês podem me acordar — insistiu Gavin.
— Estou inspirado por Kendra e Seth. Um pequeno ataque focado tem suas vantagens. Se eu abordar a hidra sozinho, acho que consigo apascentá-la e chegar perto o suficiente pra furá-la. Não se preocupem. Não vou jogar a minha vida no lixo. Mas se eu puder limpar o caminho pra nossa fuga, por que não tentar?

— Vou confiar no seu discernimento — disse Trask. — Você não quer que ninguém o acompanhe?

— As minhas chances de chegar perto serão maiores se eu for sozinho — disse Gavin. — Se eu tiver sucesso, vocês vão me encontrar esperando. Se não conseguir, eu volto. Ou então vocês vão me encontrar inconsciente perto de Glommus. Se vocês não me encontrarem, vão saber o que aconteceu.

— Não estou gostando nada disso — disse Kendra.

— Eu estou confiante — respondeu Gavin.

— Nenhuma das nossas opções é agradável — disse Trask. — Gavin, eu acho que isso merece uma tentativa. Se você conseguir chegar perto e colocar a hidra pra dormir, talvez nós possamos superar as probabilidades e ver a luz do dia novamente. Você pode ir. Caso Gavin não subjugue a hidra, o resto de nós deve estar preparado pra encarar Hespera e disparar em direção ao nosso ponto de encontro com os grifos. Kendra, Seth, venham comigo.

CAPÍTULO VINTE E SEIS

Emboscada

Os dragões haviam, era evidente, depositado muita confiança em seus guardiões. Além da câmara onde Kendra e Seth haviam chacinado Siletta, um corredor curto e espaçoso levava à sala de tesouro desprovida de porta. Trask levou algum tempo para testar e investigar cuidadosamente, mas não detectou nenhuma armadilha. Com Siletta e Glommus mortos, e a hidra imobilizada perto da entrada, o tesouro encontrava-se desguarnecido.

Mais além da entrada gigantesca, a sala do tesouro continha três amplos corredores repletos de fileiras de mesas de pedra. Uma interminável variedade de itens apinhava as mesas, indo do opulento ao primitivo. Gemas lapidadas de maneira refinada, do tamanho de bolas de bilhar, repousavam ao longo de bastões de pedra esculpidos de modo tosco. Caminhando ao longo de uma fileira de mesas, Kendra reparou um elaborado pagode entalhado em jade luminoso, um elmo de ferro enferrujado, uma presa de marfim de três metros de comprimento revestida de ouro, um balde com pregos grosseiros, delicadas quinquilharias de vidro colorido, livros esfarrapados decorados com hieroglifos arcanos, uma gaiola de passarinho de couro apodrecida, uma coleção de grandes lentes dentro de um baú de madeira compartimentalizado, extravagantes máscaras de bronze, uma capa puída, um candelabro corroído e uma pilha de moedas de cobre com buracos no meio.

Trask, Kendra e Seth seguravam juntos o chifre de unicórnio. Seth os levou para o outro lado do corredor para que pudesse pegar uma espada resplandecente.

– Puro adamas – notou Trask, de modo reverente.

– Posso ficar com ela? – quis saber Seth.

– Nós só devemos levar o que viemos buscar – advertiu Trask. – Não vamos querer dragões atrás de nós reclamando tesouros roubados.

– Eles já vão ficar atrás de mim por ter matado Siletta – disse Seth.

– Ainda assim nós devemos evitar estragos extras – disse Trask. – Combater os dragões guardiões foi inevitável. Mas não precisamos inflamar o insulto pilhando o tesouro deles. Nós devemos as estatuetas a Thronis, então esse débito será pago. Se os dragões as quiserem de volta, poderão pegá-las com ele. A chave, pra início de conversa, jamais pertenceu a eles, de modo que, num certo sentido, nós não teremos roubado coisa alguma.

– Tudo bem – concedeu Seth. Ele recolocou a espada e eles seguiram pelo corredor.

Uma plataforma elevada estava montada nos fundos da sala, sustentando uma fileira extra de mesas de pedra. Na direção do centro, em cima de um pedestal mais alto do que as mesas circundantes, repousava um par de luvas – aço embelezado com ouro e arabescos.

– Olha só para essas luvas – disse Seth.

– Quase com certeza não se trata das Luvas do Sábio – alegou Trask. – Exibidas de modo tão explícito, elas devem ser iscas. Eu não ficaria surpreso se agulhas envenenadas estivessem à espera de dedos imprudentes.

– Eu não sei – disse Kendra. – Fora os dragões e a hidra, eles não fizeram muita coisa pra guardar essa sala. Eles bem que podiam ser arrogantes o bastante a ponto de deixar as luvas bem visíveis.

– De repente a gente pega essas luvas, que tal? – propôs Seth. – A gente pode devolver no final, mas, enquanto isso, a gente as usa para distrair os dragões. Se a gente ficar numa situação de aperto, de repente arrumamos alguma barganha com elas.

– A princípio, não chega a ser uma ideia das mais terríveis – reconheceu Trask. – Mas mexer nas luvas deixaria os dragões enraivecidos num ponto além de qualquer barganha. Eu repito: nossa chance mais real de sucesso é nos movermos com rapidez e levarmos apenas o que viemos buscar. Kendra, por acaso Patton deixou alguma pista no santuário da Fada Rainha indicando em que lugar na sala ele escondeu a chave?

– Eu não vi nada – disse Kendra, sendo deliberadamente vaga a respeito de não ter de fato lido a mensagem de Patton no santuário. Suas bochechas ficaram em fogo. Ela ficou torcendo para não estar enrubescida. Pensando retrospectivamente, ela achou que provavelmente deveria ter tirado o tablete da piscina para a eventualidade de Patton haver incluído algum detalhe extra. – Eu também não notei nenhuma inscrição aqui no tesouro. Patton disse que a chave parece um ovo de ferro do tamanho de um abacaxi, com um monte de protuberâncias na metade superior.

Eles subiram na plataforma.

– As estatuetas – disse Seth quase instantaneamente. Ele os levou até o local onde cinco estatuetas estavam posicionadas numa esteira circular.

– Dragão vermelho, gigante branco, quimera de jade. Ônix é preto?

– Pode ser – disse Trask. – E aquela coisa num tom azulado mortiço é o leviatã de ágata.

– Posso soltar o chifre? – perguntou Seth.

Trask farejou o ar em teste.

– Acho que sim. Se você começar a se sentir mal, recoloque logo a mão.

Seth abriu um saquinho.

– Thronis me deu isso aqui – disse ele a Kendra. Ele puxou quadrados de tecido sedoso do saquinho e enrolou cada estatueta individualmente. Em seguida colocou-as juntas dentro do pequeno saco.

Trask deixou Kendra segurando o chifre sozinha e começou a percorrer o longo corredor de mesas elevadas, fazendo uma pausa ao lado das luvas cintilantes. Ele olhou atrás do pedestal sobre o qual as luvas elegantes estavam dispostas.

– Achei a chave – anunciou Trask. – Ele a guardou atrás das luvas.

– Bom trabalho! – disse Kendra, entusiasmada. Ela e Seth juntaram-se a Trask, que lutava para pegar a massa de ferro preto em formato de ovo.

– Abacaxi grande – grunhiu Trask. – Patton não mencionou que a chave era de ferro *maciço*. Isso aqui deve pesar pelo menos trinta e cinco quilos. Difícil segurar.

– Use as duas mãos – recomendou Kendra. – Vou seguir atrás e manter o chifre em contato com a sua pele.

Eles se puseram a caminho numa estranha formação de comboio e começaram a atravessar a sala do tesouro, seguindo à frente pelo corredor, e passando pela câmara com os pilares e pelo cadáver encolhido de Siletta. Tanu, Dougan e Mara os esperavam na base da escada.

– Sucesso? – perguntou Dougan.

– Conseguimos a chave e as estatuetas do gigante – relatou Trask.

– A chave parece pesada – observou Tanu.

— Ou então eu estou ficando realmente fraco — disse Trask.

— Vou guardar a chave no depósito — ofereceu Dougan. — Já guardei a espada do gigante lá embaixo.

Trask estendeu o ovo de ferro com gratidão no olhar.

— Quando você voltar, eu quero partir. Espero que Gavin tenha tido sucesso. Não tenho certeza se deveria tê-lo deixado ir sozinho.

O rosto vermelho devido ao esforço, Dougan conseguiu descer os degraus em direção ao depósito com o ovo bem encaixado em um dos braços. Quando voltou, eles correram de volta para a hidra. Kendra tentou não se preocupar com Gavin. Ela dizia para si mesma que ele estava bem, que não teria assumido riscos desnecessários. Mas ela sabia o quanto ele era corajoso e o quanto a hidra lhe parecera mortífera.

À medida que eles se aproximavam da caverna de Glommus, Tanu seguia na frente sozinho para avaliar o estado do ar. Ele voltou e relatou que o ar estava respirável e que não descobrira nenhum sinal de Gavin.

— Seria melhor nós mesmos atacarmos o cadáver do dragão — acrescentou Tanu. — Poderíamos salpicar nossas armas com sedativos, e seria uma chance única de adquirir ingredientes para fazer poções.

— Nós precisamos correr — observou Trask —, mas preparar nossas armas poderia nos dar dividendos futuros. Mara, venha comigo e Tanu.

Enquanto esperava do lado de fora da caverna, Kendra viu Gavin voltando e mancando ligeiramente. Berrando de alívio, ela correu até ele, e ele a abraçou ternamente. Gavin estava totalmente molhado, suas roupas estavam rasgadas, e ele estava sangrando levemente devido a diversos ferimentos e arranhões.

— O que aconteceu? — perguntou Kendra, recuando.

— Eu a peguei — disse Gavin com um sorriso tímido. — Eu achei uma gl-gl-glândula no pescoço de Glommus e molhei a minha lança

EMBOSCADA

e algumas flechas nela. Sabe aquela maneira do Trask acertar um dos olhos amarelados da cabeça dela? Eu furei o outro com uma flecha molhada na seiva do Glommus. As cabeças começaram a se debater, e eu dei alguns golpes com a lança.

– Você está ferido – disse Kendra.

– Algumas cabeças me acertaram quando Hespera caiu – disse Gavin, tirando a importância do incidente. – Nada de mais. Não tem nenhum corte feio, nenhum osso quebrado, pelo menos até agora. Ela está submersa. É melhor nós corrermos.

Trask, Mara e Tanu saíram rapidamente da caverna, e Gavin recontou sua batalha com a hidra enquanto eles corriam na direção do lago. Trask mandou os outros esperarem enquanto ele e Gavin avançavam em meio à estreita passagem para avaliar a água escura. Eles voltaram quase que imediatamente, e então todos saíram correndo pela passagem e atravessaram a saliência em dois grupos separados.

Kendra caminhava rapidamente, pronta para dar de cara com cabeças monstruosas subindo das profundezas a qualquer momento, mas o lago escurecido não fez movimento de espécie alguma. Com a hidra inerte atrás deles, o grupo escalou a corda cheia de nós e correu por entre os enormes dragões de pedra para sair do templo em direção à luz do fim de tarde. Nuvens de libélulas pairavam perto das poças cheias de junco.

– E agora? – perguntou Kendra.

– Nós corremos em direção ao ponto de encontro – disse Trask, saindo em disparada. – Isso deve levar mais de uma hora. De lá, os grifos nos levarão até Thronis. O gigante deu sua palavra de honra que nos ajudaria, e ele não pode mentir. Vamos passar a noite na mansão dele e depois planejaremos uma maneira de sair de Wyrmroost. Talvez alguns grifos possam dar uma busca pra ver se Navarog está de fato nos portões da reserva.

Eles marcharam em fila única, seguindo uma trilha não demarcada embaixo das altas coníferas. Ninguém falava. Com a floresta em volta deles em total silêncio, exceto por brisas esporádicas soprando nos galhos, Kendra imaginou que ninguém queria trazer azar ao grupo perturbando a paz. Eles haviam sobrevivido ao Templo de Dragão. Estavam de posse da chave e das estatuetas. Agora, se ao menos pudessem alcançar os grifos sem atrair atenção de algum predador de Wyrmroost de passagem pelo local, seria a glória!

Em determinado ponto, Mara os fez parar e se agachar enquanto observava um dragão pairando no céu bem distante de lá. A criatura não mostrava nenhum sinal de ter reparado na presença deles e logo voou e sumiu de vista.

As árvores ficavam cada vez mais finas à medida que eles escalavam a lateral de um espinhaço rochoso. Quase na metade do caminho até o topo da longa encosta, Trask reuniu o grupo embaixo de uma saliência.

– Nossos grifos deveriam estar nos esperando aqui em cima desse penhasco fino – explicou Mara.

Trask assentiu com a cabeça.

– Eu vou primeiro com Gavin. Se tudo estiver bem, assobio.

Kendra e os outros reuniram-se embaixo da saliência e escutaram as pedras soltas deslizarem e se mexerem à medida que Trask e Gavin escalavam o penhasco. Não muito depois de eles passarem pela crista, um breve assobio soou duas vezes. Mara seguiu na frente enquanto o resto do grupo subia a encosta pedregosa. À medida que subia pelas rochas soltas, Kendra entendeu melhor por que Trask e Gavin haviam feito tanto barulho na subida. Não importa como ela pisava, as rochas se mexiam e deslizavam.

Perto do topo da crista em formato de faca, Kendra ouviu um bater de asas. Uma astride pousou numa projeção rochosa perto da crista do penhasco, e palavras começaram a se derramar em sua mente. *Isso é uma emboscada. Dois dragões os esperam. Corra!*

Olhando cuidadosamente o rosto humano desprovido de expressão da coruja dourada, Mara manteve sua lança de prontidão.

– O que ela quer? – perguntou ela a Kendra.

– Ela está dando um aviso – disse Kendra, colocando a mão na lança para indicar que não havia perigo. Kendra estudou a astride. – Você tem certeza?

Corra! Eles vão atacar a qualquer momento. Avise seus amigos. A astride alçou voo.

– É uma armadilha! – berrou Kendra. Ela correu ao topo do penhasco e olhou para Trask e Gavin descendo a extremidade lateral. Eles haviam se virado para ela em resposta ao grito. Diversos grifos haviam emergido das árvores abaixo, incluindo um sobre o qual cavalgava o anão. – Dragões! Corram! É uma emboscada!

O anão gritou uma ordem e os grifos alçaram voo. Ao mesmo tempo, um par de enormes dragões pairou acima da extremidade do penhasco. Um possuía escamas verdes e um ornamento ossudo emoldurando sua cabeça angulosa. O outro era uma monstruosidade em tom escarlate, com nós grumosos no focinho e um rabo com formato de bastão. O dragão vermelho deu um voo rasante sobre as árvores, um inferno espiralado saindo de suas mandíbulas e incendiando uma longa fileira de pinheiros. O dragão verde fez um amplo giro no ar, curvando-se e ascendendo para se aproximar a partir de um ângulo diferente.

Os grifos se espalharam. Alguns lutaram para ganhar altitude; outros permaneceram próximos ao chão. Eles dispararam em todas as direções. O grifo com o anão agarrou Gavin com uma das garras e Trask com a outra. Asas bateram furiosamente, o grifo sobrecarregado voou para cima do penhasco, depositando Trask e Gavin perto de Kendra e dos outros.

– Nós vamos voltar – prometeu o anão, suas palavras sumindo no ar à medida que o grifo o levava para longe.

Trask agarrou o braço de Kendra e guiou-a para baixo pela parte traseira do penhasco, rochas rolando debaixo de seus pés. Depois de alguns passos, ele mergulhou com ela dentro de um abrigo num penedo, protegendo-a com seu corpo. Acima deles, um dragão rugiu. Uma onda de calor atingiu o corpo de Kendra à medida que um jorro fervente de chama calcinava um campo de seixos à direita de onde eles se encontravam.

Depois que o dragão passou voando, um par de grifos voou baixo ao longo da encosta. Seth surgiu de seu esconderijo e um grifo puxou-o para cima em direção ao céu. O outro agarrou Tanu. Acima dela e à sua esquerda, silhuetado contra o sol poente, Kendra viu o dragão verde mergulhar na direção de um trio de grifos soltando fogo pela boca, mas os grifos se separaram e manobraram agressivamente para escapar do predador de maior tamanho.

O dragão escarlate parecia estar retornando para mais uma passagem infernal, mas então deu uma guinada para perseguir o grifo que levava Tanu. O grifo desceu no meio das árvores em busca de abrigo enquanto o dragão liberou uma torrente escorchante de fogo. Abaixo das asas amplas e vermelhas, a floresta irrompeu numa conflagração furiosa.

– Pra dentro da bolsa – ordenou Trask, puxando a mochila de Kendra. Assim que ela entrou, um grifo chamuscado com uma asa apenas se espatifou nas rochas a menos de vinte metros do despenhadeiro. Kendra desceu os degraus às pressas.

Warren estava apoiado em um cotovelo.

– O que houve agora?

– Tinha dois dragões esperando a gente no ponto de encontro com os grifos – disse Kendra, olhando a nova tala dele. – Como está o seu braço?

– Uma droga, como o resto do meu corpo. Pelo menos Tanu colocou isso aqui e me deu analgésicos. Nós vamos conseguir escapar?

– Vamos ver.

De dentro do depósito, a batalha parecia bem distante. Kendra ouvia os guinchos dos grifos e os rugidos dos dragões, mas, fora isso, o espaço estável permanecia sem qualquer mudança.

Dougan desceu a escada correndo, seguido por Gavin. Um momento depois, Mara entrou, mas ficou nos degraus de cima.

– Trask arranjou um grifo – relatou ela. Mara colocou a cabeça na entrada da mochila. – Nós estamos voando.

Gavin aproximou-se de Kendra.

– Como você está?

– Eu não sei.

– Vai ficar tudo bem. – Ele pegou a mão dela e lhe ofereceu um abraço reconfortante.

– O dragão verde está atrás de nós – falou Mara. – Ele está se aproximando. Estamos oscilando. Estamos mergulhando. Estamos bem perto do penhasco! Acho que pode ser que nós... – Ela recuou, abaixando a cabeça, e olhou para cima depois de um instante. – Não, nós conseguimos. Esse grifo voa bem mesmo!

Olhando para Mara, Kendra e os outros puderam ver o vento chicoteando seus longos cabelos pretos.

– Estamos mergulhando – relatou ela. – Estamos ascendendo. Eu acho que eu sei pra onde a gente está indo. Estamos de cabeça pra baixo. Agora estamos rolando. Subindo. Ah, não. Não, não, não. Não! Trask está caindo! Nós estamos caindo! – Mara baixou a aba, trouxe de volta a cabeça para dentro da mochila e grudou-se nos degraus.

Todos eles ouviram a mochila bater de encontro ao chão. Mara subiu e saiu do espaço. Gavin pegou uma espada e seguiu-a, depois Dougan. Kendra também pôs-se a escalar os degraus.

— Seria melhor você esperar aqui — sugeriu Warren.

— Eu preciso ver — disse Kendra.

Ela emergiu numa longa saliência perto da beirada de um elevado abismo. Atrás dela havia um penhasco escarpado. Acima dela, o dragão verde pairava bem alto no céu, à caça de grifos. O dragão vermelho perseguia um grifo distante que se dirigia a Stormcrag. Mara, Gavin e Dougan estavam olhando para cima.

— O que aconteceu com Trask? — perguntou Kendra.

— Ele está caindo — disse Gavin, apontando.

Kendra levou um momento para avistar a forma fantasmagórica de Trask descendo na direção deles, seu corpo uma massa rodopiante de vapor.

— Ele engoliu uma poção gasosa! — exclamou Kendra em alívio.

Trask estava acenando para que eles seguissem.

— Ele quer que a gente se encaminhe pra Sidestep Cleft — disse Mara.

— Estamos a que distância de lá? — perguntou Dougan.

— Não estamos muito longe — disse Mara, pegando a mochila. — Eu acho que o grifo estava tentando chegar lá. Um grifo caberia bem mais no fundo da abertura do que um dragão. A greta é a nossa melhor opção. Nós ficaremos relativamente seguros lá. — Eles puseram-se a caminho a passos largos pelo piso rochoso.

— E o Trask? — perguntou Kendra.

— Ele vai tentar se esconder — disse Dougan. — Ficar no estado gasoso o salvou de cair, mas agora ele não tem como se mover muito rápido. Nós temos de deixá-lo. Nossa presença apenas chamaria atenção sobre ele.

— Trask vai encontrar um local onde se esconder — disse Gavin. — Ele sabe que nós precisamos chegar à greta. Ele e Mara estão certos, os dragões não devem conseguir nos alcançar lá.

Sem prestar atenção ao piso traiçoeiro, Kendra corria ao longo da saliência. O dragão verde permanecia visível sempre que ela olhava para trás, mas parecia só querer caçar grifos. Ela estava surpresa pelo fato do dragão não mergulhar sobre eles para matá-los. Eram presas muito fáceis na saliência. Talvez o dragão tivesse deixado de reparar na presença deles.

– A greta deve ficar depois daquela curva – anunciou Mara.

– Aí vem o dragão – alertou Gavin.

Arriscando uma olhada, Kendra viu o dragão pairando no céu e vindo na direção deles, ainda a uma boa distância. Eles aumentaram o ritmo da passada e começaram a correr.

– Será que não é melhor colocarmos Kendra na bolsa? – perguntou Dougan.

– Não temos tempo pra diminuir o ritmo – respondeu Gavin. – Nós precisamos chegar na greta.

Mara distanciou-se deles, suas pernas compridas devorando o terreno como se fosse uma estrela de corrida. Mas, assim que contornou a curva, Mara parou de súbito. Quando Kendra e os outros a alcançaram, viram o motivo.

Um enorme dragão estava bloqueando a entrada de Sidestep Cleft. O dragão tinha a região abaixo da barriga tão branca quanto leite e escamas amarelas furadinhas com uma textura similar a linóleo. Um par de chifres em formato de garfo coroava a longa cabeça. A boca em forma de bico abria e fechava, estalando de forma agourenta.

Kendra sentiu o terror de dragão tomar conta dela. Seus músculos enrijeceram. Ao lado dela, Dougan ficara igualmente imóvel. Mara olhou para trás, na direção do dragão verde, e depois à frente, para o amarelo, seus olhos escuros totalmente em pânico. Eles estavam presos numa armadilha. Gavin guinchou violentamente na língua dos dragões. O dragão respondeu de maneira aguda, rastejando para a frente como se fosse um gato atacando um rato. A imensa criatura não parecia estar interessada no que ele tinha a dizer. Desespero tomou conta de Kendra. Eles haviam invadido o Templo de Dragão, e agora pagariam por isso.

Kendra desejou muito que seus músculos se mexessem, mas eles se recusavam. Que maneira mais triste de morrer! Encurralada por dragões depois de suportar tantas dificuldades. Pelo menos Seth teria uma chance de escapar. E Tanu. Talvez os dragões deixassem de examinar o interior da mochila, e Warren também conseguisse livrar-se. Ela tinha esperanças de que Trask pudesse vagar silenciosamente para um local seguro.

O dragão amarelo quase os alcançara. O dragão verde também deveria estar se aproximando. Kendra queria fechar os olhos, mas suas pálpebras se recusavam a trabalhar. Embora seu corpo não se mexesse, parecia que ela estava se sacudindo de medo por dentro.

Gavin abandonou sua lança e saiu correndo, investindo diretamente contra o dragão amarelo. Kendra não queria assistir a criatura destruir seu amigo, mas sua cabeça não virava.

E então Gavin se transformou. A mudança não foi gradual. Ele inchou repentinamente, triplicando de tamanho rapidamente uma vez, duas vezes, fazendo brotar asas e um rabo, chifres e garras, até inflar e se transformar num imenso dragão preto, tornando seu oponente amarelo abruptamente insignificante. O colar de prata esticou-se, permanecendo no lugar em volta de seu pescoço escamoso.

Um holocausto cegante de fogo líquido irrompeu da boca do dragão preto, explodindo no dragão amarelo, que foi arremessado para fora da saliência, e banhando toda a vizinhança num calor escorchante. Abrindo as asas, o dragão preto saltou e se virou para se encontrar com o dragão verde acima. O dragão verde soprou fogo em Gavin, mas a rajada que ele deu em retribuição parecia mais ouro fundido do que chama de verdade. O dragão verde deu uma guinada para longe. O dragão preto retornou e aterrissou na saliência, rochas desabando sob sua estrutura descomunal.

Kendra continuava sem conseguir se mexer. Será que aquilo era realmente Gavin? Ele estava gigantesco! Uma armadura de escamas escuras e oleosas revestia seus flancos e suas costas, e sua barriga parecia encrustada de joias pretas. Brutais esporões projetavam-se de seu maciço rabo e ao longo de sua espinha. Suas garras curvavam-se como imensas foices, e seus ferozes olhos queimavam como magma. Seu amigo não era nenhum irmão de dragão. Ele era um dragão de verdade!

Kendra viu o dragão amarelo ascender na extremidade da ravina. Um lado da criatura estava preto, e a asa daquele lado parecia estar em frangalhos, mas o dragão continuava voando. O dragão amarelo foi na direção deles. O dragão verde também parecia estar rodopiando de volta. O dragão preto observou o retorno de seus adversários e então arqueou sua imensa cabeça e engoliu Dougan com uma única mordida.

Através de lábios paralisados, Kendra gritou totalmente descrente.

Mara jogou a mochila para Kendra. O objeto atingiu seu ombro e caiu no chão.

O dragão preto deu uma forte pancada com sua perna dianteira em Mara, que não conseguiu desviar-se do golpe e foi arremessada do outro lado da saliência, em seguida despencando do penhasco. A outra perna dianteira golpeou Kendra, uma garra afiada como lâmina atacando-lhe na altura do peito e jogando-a para trás. Asas abertas, o dragão preto alçou voo para enfrentar os adversários recém-chegados.

Com rosnados de dragões trovejando em seus ouvidos, Kendra examinou pasmada o rasgo em sua camisa. Abaixo do material rasgado, o peitoral que Seth lhe dera estava sem nenhum arranhão. Sua mente

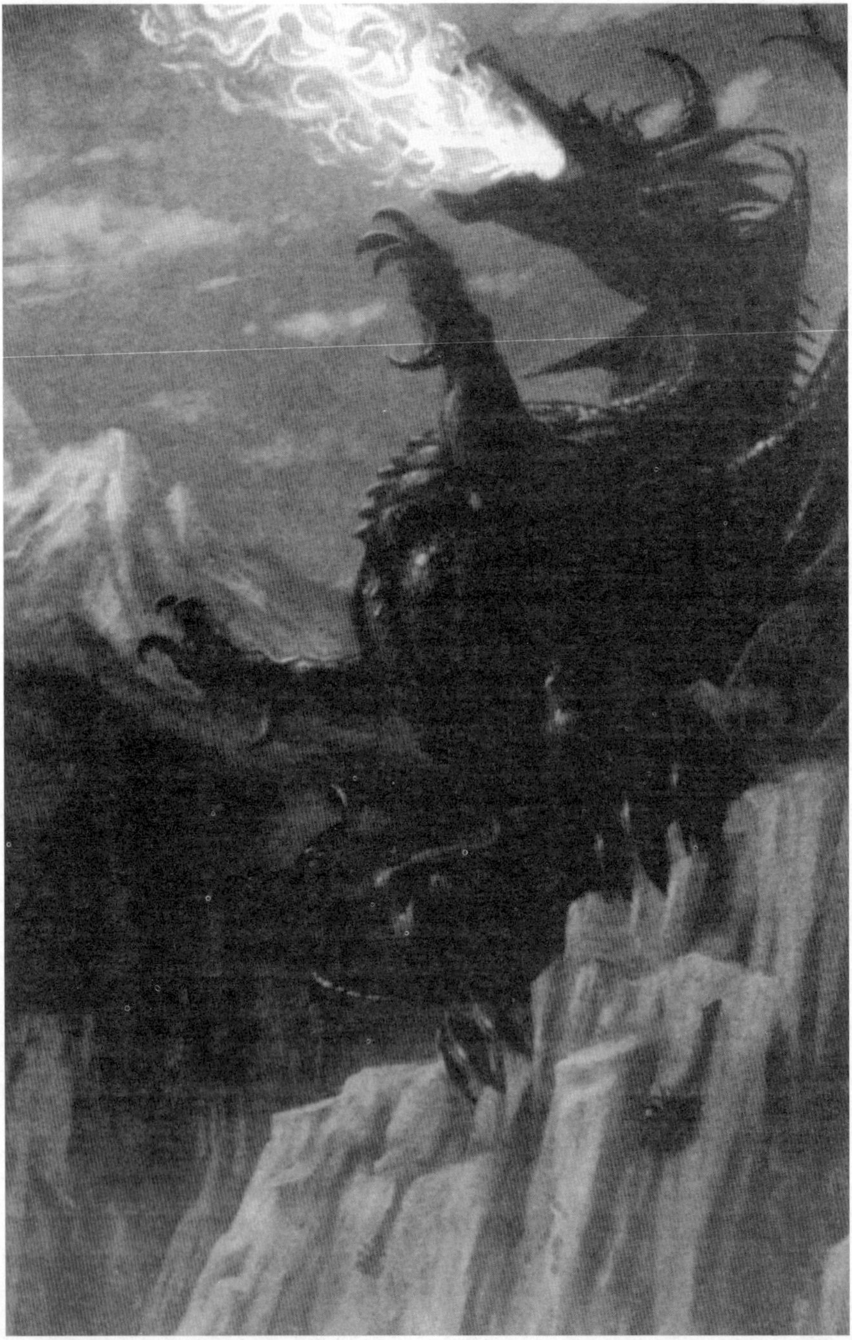

girou loucamente, tentando entender o que acontecera. Sua respiração estava rápida e superficial. Não somente Gavin era um dragão como também atacara seus amigos! Ele comera Dougan e matara Mara!

Enquanto seus dedos esfregavam o peitoral de adamas, Kendra percebeu que conseguia se mexer. Quando Gavin alçara voo, o terror de dragão evanescera. Enquanto os dragões rodopiavam e batalhavam acima, Kendra se sentou. A mochila estava ao seu lado. E Sidestep Cleft estava agora desguarnecida.

Vibrando com a adrenalina, Kendra agarrou a mochila, prendeu uma alça no ombro e saiu correndo para a greta, evitando as depressões onde poças de ouro líquido ferventes haviam se formado. À medida que a rachadura na montanha agigantava-se diante dela, Kendra olhava para cima e para trás, tentando situar o local onde os dois dragões enfrentavam Gavin. O sol acabara de se pôr. Fontes de chama iluminavam o céu escurecido. Os oponentes de Gavin permaneciam distantes um do outro. Independente de qual caminho Gavin escolhia, um de seus oponentes fazia uma pirueta para trás e tentava tostá-lo. Kendra ficou algum tempo na entrada de Sidestep Cleft, cativada pela dança mortífera. A dificuldade de acertar diretamente com fogo de dragão, enquanto atacante e alvo adernavam em conjunto no céu, tornou-se logo aparente.

Enquanto o combate aéreo seguia seu curso, os dragões participantes ficavam cada vez mais distantes. Mas Kendra sabia que eles podiam mergulhar de volta a qualquer momento. Dando as costas novamente para a batalha de dragões, ela disparou para a greta. A passagem ficou imediatamente estreita demais para qualquer um dos dragões, mas, disposta a ter certeza de que se encontrava fora de alcance do sopro ígneo de algum dragão, Kendra seguiu em frente, lembrando a si mesma que não deveria ir tão longe porque, dessa forma, as exalações ígneas poderiam atingi-la do extremo oposto.

Kendra passou o dedo ao longo da parede até sentir que percorrera o suficiente. Depositou a mochila no chão, levantou a aba e desceu a escada.

– Eu ouvi muita agitação – disse Warren.

– Gavin é um dragão – conseguiu dizer Kendra com a voz entrecortada. Pulando os últimos degraus, ela caiu, aterrissando de quatro.

– O quê?

– Um imenso dragão preto. Ele comeu Dougan. Matou Mara. – Enquanto falava, Kendra sentia-se como se estivesse escutando as palavras em vez de pronunciando-as. Como aquelas palavras poderiam ser verdadeiras? – Ele tentou me matar. Me atingiu em cheio no peito antes de sair voando pra lutar com outros dragões. O peitoral que eu estou usando debaixo da roupa me salvou. – Com a luz fornecida pela lanterna elétrica de Warren, Kendra começou a remexer o equipamento deles.

– Não acredito nisso – murmurou Warren.

– Pode acreditar – disse Kendra, testando uma lanterna. Ela funcionou. – Nós estamos dentro de Sidestep Cleft, sozinhos. Acho que Seth e Tanu escaparam com os grifos. A gente deixou Trask pra trás. Ele ficou gasoso. – Ela segurou um cajado primitivo com chocalhos no topo.

– O cajado de chuva de Lost Mesa? – perguntou Warren.

– A gente precisa de tempo ruim – disse Kendra. – Quem sabe por quanto tempo Gavin vai ficar lutando com outros dragões? Quem sabe quantos outros dragões podem dar as caras? Eu vou sacudir isso aqui até a gente ter a maior tempestade já vista em Wyrmroost. – Kendra atravessou o espaço em direção à escada presa à parede. – Já volto.

– Por que não sacudir aqui mesmo? – perguntou Warren.

— Não tenho muita certeza se sacudir o cajado aqui embaixo vai dar certo — disse Kendra. — Estou preocupada demais com a possibilidade de Thronis ser capaz de anular a tempestade que eu invocar.

— Boa sorte — disse Warren. — Ao primeiro sinal de perigo, esconda essa mochila e volte aqui pra dentro.

— Pode deixar — disse Kendra, já no topo dos degraus. Espremendo-se para sair da mochila, ela acendeu a lanterna e começou a sacudir vigorosamente o cajado. Do lado de fora, o dia havia sido relativamente moderado, com alguns ventos suaves e algumas nuvens inofensivas no céu. Ela não fazia a menor ideia de quanto tempo seria necessário para produzir uma grande tempestade, principalmente se Thronis resistisse. Talvez não funcionasse antes que Gavin ou quaisquer outros inimigos viessem até ela. Talvez não funcionasse em hipótese alguma. Mas ela estava cansada de se esconder, cansada de se sentir amedrontada. Isso era bem melhor do que se esconder na mochila.

CAPÍTULO VINTE E SETE

Navarog

Tudo o que Seth podia fazer era ficar pendurado no ar. Ele não conseguia nem se segurar adequadamente. O grifo o carregava pelos ombros. Se as garras o soltassem, ele cairia. Se o tenaz dragão escarlate matasse o grifo, Seth e a criatura alada cairiam juntos. Se o dragão os incendiasse com seu sopro abrasador, Seth teria a rara experiência de queimar e cair simultaneamente.

Olhando para baixo e para trás, Seth observara o dragão vermelho caçando Tanu, tocando fogo na floresta. Quando o grifo emergira das árvores sem o samoano, o dragão virara-se para seguir o grifo que estava carregando Seth.

Pernas balançando livremente, Seth gritara para o grifo que estava com as estatuetas para Thronis em seu saquinho. Ele esperava que essa informação pudesse dar ao grifo um motivo extra para não soltá-lo. Ele não tinha como saber se o grifo entendera ou não.

Depois de pegar uma carona com um grifo até o topo de Stormcrag e em seguida retornar no dia seguinte, Seth pensou que sabia algo a respeito de voar. Mas agora ele estava aprendendo que para convencer um grifo a *realmente* voar, era preciso fazer com que ele fosse caçado por um dragão.

A princípio o grifo subira resolutamente, as asas batendo com força para ascender cada vez mais alto em direção ao ar frio e rarefeito. Enquanto eles subiam, aproximando-se das encostas íngremes de Stormcrag, o dragão diminuíra bastante a distância entre eles. À medida que o dragão vermelho se aproximava, o grifo dava guinadas para encostar mais na montanha, às vezes subindo, às vezes descendo, às vezes voltando, sempre usando a encosta pedregosa da montanha para criar obstáculos. Quando o grifo se aproximava da montanha e rodopiava e ascendia, Seth balançava para a frente e para trás nas garras da criatura, ocasionalmente sendo obrigado e erguer as pernas ou contorcer o corpo para evitar os espinhaços de pedra.

Embora às vezes mergulhassem para evitar o fogo dracônico, eles ascendiam mais do que caíam, espiralando gradualmente na direção do cume. Em determinado ponto, com o dragão bastante próximo, o grifo fez um contorno e penetrou numa caverna de gelo. Quando o dragão passou sem vê-los, eles voaram para longe, subindo na direção oposta.

Finalmente, quando eles ficaram próximos do mais alto pico de Stormcrag, o grifo voou para bem longe da montanha, as asas batendo freneticamente para ganhar altitude. No céu vazio, o dragão se aproximou. O grifo fingiu que daria um mergulho no ar, e o dragão mordeu a isca, mergulhando para interceptá-los. Enquanto o dragão se recuperava e dava meia-volta, o grifo subiu mais alto ainda. Olhando para trás na direção da montanha, Seth pôde ver que eles agora voavam bem acima da mansão.

Quando o dragão se aproximou novamente, o grifo fechou as asas e empreendeu um mergulho alucinante que deixou o estômago de

Seth na garganta. Presumivelmente temendo uma outra enganação, o dragão hesitou em segui-los a princípio. Quando o dragão percebeu que o mergulho era verdadeiro, o grifo já abrira as asas e Seth estava pairando rapidamente em direção à mansão, parcialmente cego pelo vento proporcionado pela vertiginosa descida.

O dragão investiu contra eles, aproximando-se até ficar claro que o maciço predador os alcançaria antes que eles atingissem a mansão. Seth esperou que as manobras evasivas de seu grifo não tivessem se esgotado. Quando o dragão já estava a uma distância que parecia propícia para soprar fogo, Seth ouviu um ruído profundo. Uma flecha do tamanho de um poste de eletricidade alojou-se no peito do dragão. Asas amolecidas, o dragão rolou para trás e despencou do céu como um penedo.

Seth olhou na direção da mansão e viu Thronis manuseando uma enorme besta no pátio. O gigante celeste se levantou e foi até a porta da frente de sua mansão bem a tempo de receber Seth e o grifo. Pairando em direção à mesa na porta da frente, o grifo soltou Seth e em seguida aterrissou, trotando até parar definitivamente. Os flancos cobertos de espuma, o grifo baixou sua cabeça aquilina.

— Bom trabalho — disse Seth ao grifo, sem saber ao certo se a criatura conseguia entendê-lo. Ela caminhou até ele e acariciou-lhe o pelo molhado em tom vermelho-ouro.

— Lamento o seu inquietante encontro — desculpou-se Thronis, sentando-se ao lado da mesa. — Quando eu identifiquei a emboscada, já era tarde demais para avisá-los. Fico feliz em ver que você conquistou sua liberdade, jovem Seth.

— Lindo tiro com a besta.

— Vamos esperar que o exemplo motive outros dragões a pensar duas vezes antes de se aventurar nas imediações de meus domínios.

— Eu estou com as suas estatuetas — relatou Seth, abrindo o saquinho.

O gigante celeste deu um risinho.

– Então eu estou especialmente contente por você ter sobrevivido! Coloque-as perto da beirada da mesa.

Seth desenrolou as cinco estatuetas e enfileirou-as. O gigante se aproximou, examinando-as com um dos olhos fechados.

– Hmmm – murmurou ele. – Muito bom, muito bom mesmo. Você trouxe as estatuetas que eu requisitei.

– Por que você queria tanto elas? – perguntou Seth.

– Eu queria três delas. Se eu disser as palavras adequadas e colocar o dragão vermelho no fogo, ele vai crescer e se transformar num dragão de verdade que acatará todas as minhas ordens. Enterrado em neve com as palavras corretamente pronunciadas, o gigante de mármore irá se expandir até se transformar num valente gigante das neves, um servo com tremendo potencial. E a quimera de jade pode, da mesma forma, ser transformada numa quimera de verdade obediente a meus desejos.

– Estou imaginando que elas vão dar uma boa força na defesa da sua mansão – disse Seth.

– Elas se provarão imensamente úteis.

– E a torre e o peixe?

O gigante estalou as juntas.

– Você pode ficar com as outras estatuetas, Seth Sorenson. Colocadas em solo firme, depois dos encantamentos designados, a torre crescerá e irá se transformar numa torre de verdade. A fortificação é projetada para ser habitada por homens, não por gigantes, de modo que não tem nenhuma utilidade para mim. Coloque-o no mar com algumas palavras, e o peixe crescerá e irá se transformar num leviatã. Eu vivo muito distante do mar e não tenho nenhuma intenção de visitá-lo.

— Você pode me dizer quais são as palavras mágicas? — perguntou Seth.

— Vou mandar o meu anão escrevê-las para você assim que ele retornar. Elas não são complicadas. Os encantos necessários às transformações estão entranhados nos itens. As palavras apenas fazem com que os encantos entrem em ação, algo semelhante a ligar um fusível mágico.

— Você pode dar uma olhada no seu globo pra ver como estão os meus amigos? — perguntou Seth.

— Com certeza — disse Thronis, levantando-se. — Eu voltarei imediatamente.

Seth sentou-se, dedilhando a torre e o peixe. Ter sua própria torre seria muito legal. Ele esperava que Kendra e os outros estivessem bem. Como o dragão vermelho o caçara e fora atingido no céu, os outros só tinham que enfrentar agora o dragão verde. Certamente a maioria deles, senão todos, escapariam.

Thronis retornou com um semblante aparentemente sério.

— Enquanto eu estava longe de meu globo, manuseando a besta, Navarog entrou no combate. Não sei ao certo quando ele chegou no santuário. Temo que seus amigos estejam espalhados, e parece que alguns deles pereceram. Meus grifos partiram. Eles perderam as pistas de seus camaradas. Três grifos já caíram, e dois outros estão feridos. Navarog está nesse exato momento enfrentando um par de dragões. E ao que parece, existe um poderoso encantamento invocando uma violenta tempestade, usando magia que me é estranha.

— Chamando chuva? — perguntou Seth.

— Essencialmente.

— Deve ser a Kendra usando o cajado de chuva. Ela deve estar precisando de tempo ruim pra conseguir fugir dos dragões.

— Os dragões confiam em mim para manter o tempo relativamente bom — disse Thronis.

— Eles também confiam que você não vai mandar ladrões roubarem o tesouro deles — rebateu Seth. — E você confia que eles não vão atacar os seus grifos. O dia de hoje parece estar propício a algumas quebras de regra. Por que você não ajuda a invocar uma tempestade da pesada?

O gigante celeste cofiou o queixo.

— Meus grifos são ágeis. Eles podem lidar com tempo ruim muito melhor do que os dragões. Talvez uma horrível tempestade seja exatamente o que nós estamos precisando para fazer com que os wyrms se lembrem de meu valor.

— Se Kendra está invocando uma, eu realmente vou ficar agradecido. E também, como você já está com as estatuetas, será que não daria pra dar uma aliviada nessas correntes?

O gigante falou uma palavra estranha e estalou seus enormes dedos. A corrente de prata se abriu e caiu do pescoço de Seth.

— Nós tínhamos um acordo. Você ganhou a minha gratidão. Sua irmã e eu invocaremos uma tempestade tal qual Wyrmroost jamais viu em muito tempo. Com a sua licença.

Seth fez um gesto para que o gigante prosseguisse.

— Vai lá.

— Quando a tempestade for invocada, eu retornarei com alguns víveres.

— Se isso aí significar comida, eu estou dentro.

✼ ✼ ✼

Lufadas de ar congelantes uivavam através de Sidestep Cleft, levando consigo o cheiro de neve. Trovões crepitavam e ribombavam. E Kendra continuava a sacudir o cajado incansavelmente, na esperança de que, caso o sacudisse com força suficiente e por tempo suficiente, os dragões seriam forçados a buscar abrigo enquanto o restante de seus amigos fugiria.

Embora conseguisse enxergar no escuro, Kendra podia ver mais longe com a lanterna acesa, de modo que assim a manteve, sempre iluminando ambas as direções para evitar ser pega de surpresa. Consequentemente, ela identificou Gavin enquanto ele ainda estava a uma boa distância, aproximando-se ao longo da passagem alta e estreita. Não mais um dragão, ele sangrava em abundância por um ferimento no pescoço e mancava pronunciadamente. O foco de sua lanterna refletia a espada na sua mão. Quando uma poderosa lufada de vento invadiu a passagem, ele levantou a mão vazia para proteger o rosto.

– Pode parar de sacudir o cajado – falou Gavin.

– Acho melhor não – respondeu Kendra.

– Eu estava tentando ser educado – disse Gavin, chegando mais perto. – O que eu quero dizer é: pare de sacudir esse cajado ou então eu vou te matar.

Os olhos de Kendra ficaram encharcados de lágrimas. Um riso perturbado ameaçou escapar de seus lábios. Gavin matara Dougan. Ele matara Mara.

– Você não vai me matar de qualquer modo?

– Na condição de dragão, eu mataria – disse Gavin, mancando para se aproximar ainda mais. – Nessa forma em que me encontro, eu preferia não matá-la.

– Quem é você, Gavin?

Ele deu um risinho.

– Você não adivinhou? Você não é nenhuma imbecil. Faça uma tentativa.

Ela sabia. Ela tentara não admitir a coisa para si mesma, mas sabia.

– Navarog.
– É claro.
– Como é que você pode ser Navarog? – Ele era amigo dela! Ele a protegera! Ela tivera esperança de que talvez ele pudesse vir a ser seu namorado! Ela segurara a mão dele e lhe escrevera cartas em tom de paquera! Kendra sentiu-se mal. Ela queria se encolher toda e chorar.

– Uma pergunta melhor talvez fosse como o resto de vocês deixou de perceber isso. Pensei que tivesse ficado óbvio depois de Lost Mesa. Imagino que, na maioria das vezes, nós só vemos o que queremos.

Kendra balançou a cabeça, horrorizada, abismada e curiosa, tudo ao mesmo tempo.

– Quer dizer então que você era o prisioneiro encapuzado dentro da Caixa Quieta?

– Apesar de o capuz ter mascarado meus sentidos, eu ainda consigo lembrar do cheiro de seu nervosismo. Não muito diferente do aroma que estou sentindo nesse exato momento. O Esfinge me tirou de lá, e depois me soltou pouco antes de sair de Fablehaven. Eu procurei e encontrei o prego que Seth tirou do espectro e o dei a Kurisock.

– E depois você foi embora – disse Kendra.

– Meu negócio em Fablehaven estava feito. Fui para um santuário de dragão no Himalaia.

– Você é o dragão que comeu Charlie Rose. Ele nunca teve um filho, não é?

– Eu sabia que você conseguiria juntar as peças. O Esfinge recomendou que eu visitasse Chuck Rose. Arlin Santos, um amigo de longa data de Chuck, é um dos Cavaleiros da Madrugada e também traidor. Chuck gostava de desaparecer de vez em quando na selva, onde ficava por muitos meses. Arlin me ajudou a encontrar Chuck. Matá-lo foi simples. Depois que o trabalho foi feito, Arlin me ajudou a fingir que a morte dele acontecera há mais tempo do que efetivamente ocorrera, e me ajudou a estabelecer o meu avatar como o filho secreto de Chuck. Gavin Rose, o gaguinho pro-pro-prodígio.

— Eu gostava da sua gagueira.

— Ela serviu a um propósito. Fazia com que eu parecesse mais humano, mais vulnerável.

Kendra fez cara feia.

— O que realmente aconteceu em Lost Mesa?

— O que você acha?

Ela sabia que havia sido algo ruim, mas ainda havia muita coisa a ser processada.

— Você conseguia falar com Chalize porque também era dragão.

— Antes do resto de vocês entrar na sala, eu mostrei a minha verdadeira forma a Chalize. Deixei-a morta de medo. Ela quase tentou lutar comigo. Assim que estabeleci a minha dominância, eu a alertei que a mataria se ela tentasse atacar algum de vocês. Depois eu prometi que, se ela nos deixasse passar, eu a libertaria. Ela era tão jovem e inexperiente que eu fiquei preocupado com a possibilidade de ela fazer alguma idiotice. Mas a coisa funcionou.

— Você soltou Chalize? Você destruiu Lost Mesa.

Gavin deu uma risadinha.

— Eu montei uma cilada para o coitado do Javier, o cara sem pernas. Ele não era era traidor. Eu o comi. Depois roubei o artefato fajuto, arrebentei alguns pneus e levei a picape. Naquela mesma noite eu soltei Chalize, mas mandei ela esperar até que nós estivéssemos longe para começar a devastação. Liberta de seu confinamento, Chalize era poderosa o bastante para revirar o tratado. Ela abriu uma brecha no portão e fez com que o sr. Lich fosse envolvido libertando zumbis e reanimando os mortos.

— Eu não consigo acreditar nisso — murmurou Kendra entorpecidamente. — Você é o príncipe demônio dos dragões. E agora você está na posição perfeita pra ajudar o Esfinge a roubar o próximo artefato.

Gavin parecia estar deliciado com o espanto dela.

— Agora você já deve ter percebido que o Esfinge deixou sua duplicata escapar deliberadamente. Sua versão fruta-espinho, a que você deixou pra trás. Ele soube que ela era falsa quando seu toque não conseguiu restaurar a energia de um item que ele queria que fosse recarregado. Ele havia dado o item a ela casualmente, portanto ela não fazia a menor ideia de que ele sabia.

Kendra balançou a cabeça com tristeza.

— Quer dizer então que a Kendra falsa o estava ajudando por acaso?

— O Esfinge tomou todas as precauções pra que ela soubesse exatamente o que ele queria que ela soubesse. Ela pensou que havia escapado por conta própria, mas ele foi negligente de propósito. Caso ela deixasse de agir, ele teria sido ainda mais negligente. Assim que a fruta-espinho fugiu, ele mandou um agente segui-la para garantir que ela voltasse para Fablehaven. Você é muito desembaraçada, Kendra, mesmo na condição de clone. A duplicata não precisou de ajuda. O Esfinge sabia que uma vez que seu avô ouvisse que a Sociedade havia descoberto o local onde Patton havia escondido a chave, os Cavaleiros teriam de enviar uma equipe pra Wyrmroost com a tarefa de recuperá-la. O Esfinge tinha certeza absoluta que eles incluiriam Gavin Rose, o domador de dragões prodígio. Ele tinha razão.

Kendra colocou as mãos na cabeça.

— Navarog veio pra Wyrmroost com a gente. Nós abrimos o portão e o deixamos entrar.

— Um plano simples, porém eficaz — disse Gavin. — Eu fiquei nervoso quando nós demos de cara com Nafia. Ela me conhece. Felizmente, ela é um dragão das trevas. Nós tínhamos nos encontrado antes, séculos atrás, e ela conhecia a minha reputação, de modo que me ajudou em vez de me desmascarar. Quando ela apareceu no nosso acampamento na forma humana, ela estava me provocando. A princípio fiquei com medo de que ela estivesse com intenção de revelar o meu segredo, mas no fim ela ajudou a minha causa, fingindo que eu havia sido visto fora dos portões, enevoando ainda mais a minha identidade verdadeira.

— Como a gente foi idiota — rosnou Kendra miseravelmente.

— Vocês não param de fazer várias coisas para nós — concordou Gavin. — Todo esse roteiro se desenrolou quase que à perfeição. Eu preferiria manter a minha identidade em segredo até que nós tivéssemos saído de Wyrmroost. Preferiria devorar Trask e todos eles logo ali nos portões, e depois ter voado para longe com você, Seth e a chave. Mas assim também está bom.

— Por que poupar a mim e Seth? — perguntou Kendra. — Você não tentou me matar?

Gavin deu de ombros.

— Quando eu te ataquei fora daqui agora há pouco, eu estava com pressa, e preocupado com a possibilidade de você fugir com a chave. Você e seu irmão são bastante simpáticos. Apesar de serem jovens e inocentes, vocês dois são surpreendentemente capazes. Eu mal pude acreditar quando vocês mataram Siletta. Enfim, ela era uma lenda. Um dragão cuja importância não é nem um pouco irrelevante. Eu não fazia a menor ideia de que ela era guardiã aqui. Seth tirar o preguinho do espectro foi um outro golpe que me deixou chocado. A praga das sombras deveria ter engolido Fablehaven, mas vocês também impediram isso. Juntos, vocês conseguiram realizar alguns feitos espantosos. Quando o momento de revelar a minha identidade chegou, eu posso ter mudado de ideia, mas me senti muito tentado a poupar vocês dois. Naturalmente, eu teria devorado todos os outros.

— Em vez disso, você comeu Dougan – disse Kendra com amargura.

— Só ele até agora – disse Gavin, dando um risinho. O risinho não parecia cair bem em seu rosto. Astuto demais. Predador demais. O menino de quem ela gostara no passado jamais daria um risinho como aquele.

— Você comeu algum dos outros? – perguntou Kendra.

— Não consegui encontrá-los – admitiu Gavin. – Seth pode ter escapado e voltado para Thronis. Achei o dragão vermelho nas encostas de Stromcrag com uma enorme flecha no corpo. Difícil adivinhar para onde a sua tempestade levou Trask. Mara também pode ter sobrevivido, eu não consegui localizar o corpo. Ela é uma mulher ágil. Pode ter se segurado de algum modo depois de cair do precipício. Ou pode ser que eu simplesmente tenha deixado de perceber o cadáver dela. Não se preocupe, nenhum de seus amigos vai vir te ajudar. Eu derrubei parte da saliência do lado de fora da greta, e Nafia está lá montando guarda.

— O que vai proteger você de mim? – perguntou Kendra, mudando de posição, agarrando o cajado de chuva como se fosse uma arma.

Gavin riu com condescendência.

— Você é corajosa, Kendra, mas não vejo nenhuma necessidade de você se humilhar. – Ele balançou a espada no ar algumas vezes para dar ênfase. – Reconheço que sou mais poderoso como dragão, mas mesmo nessa inadequada forma mortal, eu tenho força e reflexos sobre-humanos. Você pôde vislumbrar o que eu consigo fazer quando nós estávamos em meio àquela batalha em Lost Mesa, e mesmo naquele momento eu estava me contendo, tentando não estragar o meu disfarce.

Kendra baixou o cajado.

– Você matou os dragões que estavam lutando com você? Aqueles, agora há pouco.

Gavin debochou.

– Eles não eram páreo pra mim. Um terceiro dragão também se juntou à luta, uma fera cinza com chifres curvos. Mas todos eles foram derrotados. O vento que você convocou foi vantajoso para mim. Eu sempre superei outros dragões em condições climáticas adversas. No fim, Nafia me ajudou. Não que eu precisasse da assistência dela.

– A minha esperança era que o vento pudesse impedir você de me alcançar.

– Com vento suficiente, pode ser arriscado para dragões tão bons como nós ficar no ar. Mas nós sempre podemos fechar nossas asas e andar.

– Você deve ter lutado com a hidra como dragão – percebeu Kendra.

– Por que outro motivo eu teria ido até lá sozinho?

Kendra olhou para ele com irritação.

– Mas você disse que lutou com ela com flechas e lança. Por que o colar não te estrangulou?

Gavin deu uma risadinha.

– Eu realmente lutei com ela usando flechas e uma lança... a princípio. Eu mudei para a forma de dragão depois disso. A hidra era um obstáculo perigoso. Mesmo como dragão, o resultado parecia arriscado para mim. Ela lutou muito. O colar era uma inconveniência. Ele permaneceu inclusive enquanto eu estava na forma de dragão. Só caiu pouco antes de eu vir para cá, o que significa que Seth deve ter conseguido voltar para Thronis.

Alívio tomou conta de Kendra. Pelo menos seu irmão poderia sair vivo da aventura.

– Mas vamos parar com tanta reminiscência. Eu sei que a chave está na mochila assim como o chifre de unicórnio. Nós vamos precisar do chifre pra abrir o portão e, é claro, eu não vou sair daqui sem a chave.

– Eu não vou com você – disse Kendra com firmeza.

– Você está equivocada – disse Gavin. – Você não tem escolha nessa questão. Eu prefiro não ser obrigado a deixá-la inconsciente. Como dragão, acho que seria capaz de tolerá-la. Como pessoa, eu de fato gostava de você. Vamos tentar manter tudo isso de modo civilizado.

Kendra riu, incrédula.

– Você não gosta de mim. Você me quer ao seu lado como um fantoche, caso você precise recarregar algum objeto mágico.

– Também tem isso.

– Tudo bem – disse Kendra, andando encostada à parede. – Acho que não tenho muita escolha.

– Entregue a mochila – disse Gavin.

Kendra pegou a mochila e entregou-a a Gavin. Quando ele se aproximou para pegá-la, ela bateu o cajado na cabeça dele com toda a força. Ele bloqueou o golpe com a espada, arrancou o cajado da mão dela e usou-o para acertá-la no ombro, fazendo com que ela caísse no chão.

– Eu estou falando sério, Kendra. Não faça isso, é constrangedor demais. – Ele abriu a aba principal da mochila. – Você primeiro.

Kendra curvou-se sobre a mochila e gritou:

– Warren, Gavin é Navarog e...

Ela não conseguiu nada mais antes de Gavin empurrá-la para o lado e entrar na mochila, ignorando os degraus na parede. Kendra hesitou. Será que ela deveria segui-lo e tentar ajudar Warren? Ou será que deveria sair correndo? Se saísse correndo, ele a pegaria. Ou Nafia a pegaria. Será que ele derrubara a saliência do lado de fora das duas entradas? Ela provavelmente não seria capaz de fugir de Sidestep Clift sem asas.

Kendra desceu os degraus. Quando alcançou o fundo, Warren já estava inconsciente.

– Essa está sendo uma semana dura pra Warren – comentou Gavin. – Será que não seria melhor eu simplesmente acabar com essa aflição?

– Não, por favor – implorou Kendra.

– Por que eu deveria ceder a seus apelos? – perguntou Gavin. – Você tentou me dar uma porretada na cabeça!

– Eu vou ser boazinha se você o deixar em paz – prometeu Kendra.

– Realmente não faz a menor diferença se você se comportar. Mas, com certeza, vou poupá-la de assistir a seu amigo sendo morto. Suba a escada. – Ele já estava segurando o chifre de unicórnio. Agachou-se, pegando com facilidade o ovo de ferro com a outra mão.

Kendra escalou os degraus. Se bom comportamento talvez poupasse Warren, ela se comportaria. Além disso, Gavin estava certo. Se ela resistisse, tudo o que ele tinha a fazer era nocauteá-la e arrastá-la para onde quer que desejasse.

Gavin saiu da mochila, colocou de lado o ovo e o chifre e retirou um frasco do bolso. Destampou o frasco e começou a molhar a mochila com um pungente fluido.

– O que você está fazendo? – perguntou Kendra, medo contido em sua voz.

Gavin pegou um isqueiro e tocou fogo na mochila.

– Não! – gritou Kendra, avançando na direção da mochila em chamas.

Gavin segurou-a, retendo-a com firmeza. Ela lutava, mirando horrorizada as chamas consumindo rapidamente a mochila. Por fim o fogo começou a queimar menos. Mantendo Kendra presa no chão, Gavin despejou mais fluido no fogo, as chamas ressurgentes produzindo realces demoníacos em suas feições. Como o fogo diminuía de intensidade uma segunda vez, ele arrebentou a mochila escurecida com sua espada.

– Você disse que não o machucaria se eu me comportasse – disse Kendra, soluçando, as mãos tremendo.

– Não, eu disse que não faria diferença se você se comportasse. E disse que não te obrigaria a me assistir matar seu amigo. Em vez disso, você me assistiu prendê-lo em um espaço tridimensional para sempre. Ele tem provisões, e o espaço é magicamente ventilado. Aposto que Warren vai se transformar num exímio jogador de Yahtzee.

– Você é um monstro! – berrou Kendra.

– Finalmente você está entendendo. Sou muito pior do que a maioria dos monstros, Kendra. Eu sou um dragão e um príncipe demônio.

Kendra irritou-se:

– E um servo do Esfinge. Que tal receber ordens de um ser humano?

O rosto de Gavin ficou endurecido.

– O Esfinge pode ser um brilhante estrategista, e pode servir aos meus propósitos ajudá-lo por um tempo, mas, no fim, o Esfinge vai aprender que um mero mortal não pode ser meu mestre.

– Por que não dar uma lição nele trocando de lado e ajudando a gente?

Gavin resfolegou debochadamente.

– Não, Kendra, eu não vou ajudar vocês. Eu quero a prisão dos demônios aberta.

Estamos a caminho, Kendra. Ela não ouviu as palavras com seus ouvidos. Elas foram cantadas em sua mente. Embora um frêmito de esperança percorresse seu corpo, Kendra tentou manter o rosto tranquilo. Ela precisava manter Gavin falando.

— Você quer abrir a prisão nos seus termos, não nos do Esfinge.

— Nós não devíamos estar tendo essa conversa — disse Gavin, virando-se e levantando a espada. Uma astride guinchou e voou na direção dele. A lâmina brilhou, e a coruja caiu. Uma segunda astride surgiu atrás da primeira, as garras esticadas, o rosto humano exibindo uma expressão determinada. Gavin também a golpeou e ela caiu. Uma terceira astride voou pela passagem vinda da direção oposta. Gavin girou o corpo e chacinou-a com um golpe certeiro.

Kendra cobriu os olhos, sem querer ver as três astrides mortas.

— Parem! — gritou ela. — Parem, ele vai matar vocês!

— Astrides? — perguntou Gavin, examinando a passagem de alto a baixo. Nenhuma outra coruja surgiu. — Mesmo como humano, eu conseguiria passar um dia inteiro matando astrides! Não existe lugar mais fácil do que numa passagem estreita como essa. Mande-as todas e vamos nos livrar delas! A ajuda de quem você vai convocar agora? Esquilos? Caramujos?

— Eu não chamei elas — disse Kendra.

— É melhor partirmos.

— Se Nafia está montando guarda, como as astrides passaram por ela?

— Da mesma maneira que os esquilos passariam — disse Gavin. — Nafia está montando guarda contra possíveis ameaças, não contra corujas ridículas.

— Eu não vou de livre e espontânea vontade — disse Kendra. — Você vai ter de me nocautear ou então me matar.

— Sem problema — disse Gavin, dando de ombros.

Então um dragão com escamas prateadas materializou-se atrás dele. O dragão não era especialmente grande, pouco mais do que duas vezes a altura de Gavin, mas mesmo com as asas dobradas, a aerodinâmica criatura mal cabia na passagem. Raxtus olhou para Kendra e em seguida para Gavin, tomado de incerteza.

Gavin rapidamente olhou por cima do ombro. Raxtus desapareceu no tempo exato de evitar ser percebido, depois reapareceu assim que Gavin se virou para encarar Kendra.

— Você está agindo de modo exagerado — observou Gavin —, mas é sempre bom ter certeza. Pode poupar as fanfarronices. Se você quiser que eu desvie o olhar de você novamente, vai ter de fazer algo melhor do que olhar por cima do meu ombro, boquiaberta desse jeito cômico.

Kendra voltou a olhar para Gavin. Raxtus assomou bem atrás dele. Gavin manteve os olhos fixos nos dela.

— Não a culpo por querer tentar me passar a perna — prosseguiu Gavin —, mas tente demonstrar um pouquinho mais de inteligência. Eu tenho excelentes sentidos. Se alguma coisa tentasse me atacar por trás, eu saberia.

Raxtus balançou a cabeça.

Kendra lutou contra a ânsia de olhar o dragão. Ele havia montado uma armadilha para Gavin! O corredor era apertado demais para Gavin efetuar sua transformação. Tudo o que Raxtus tinha a fazer era atacar. Enquanto ela o observava perifericamente, o dragão prateado deu-lhe a impressão de estar hesitante. Ele curvou a cabeça para a frente, a boca abrindo-se ligeiramente, e em seguida se deteve, recuando um pouquinho.

— Pelo menos agora você está olhando por cima do meu ombro com mais sutileza — elogiou Gavin. — Se você tivesse olhado desse jeito indireto da primeira vez, eu teria ficado muito mais sobressaltado.

Talvez você pudesse até ter tido uma chance de fazer alguns ataques verbais. – Ele bufou como se ideia de resistência fosse ridícula.

Kendra tinha de motivar Raxtus. Tinha de fazê-lo sem falar diretamente com ele, e isso tinha de acontecer naquele momento.

– De repente eu devia parar de tentar te enganar – disse Kendra, suspirando.

– Agora você está sendo sensata – respondeu Gavin. – Eu gostaria muito que você estivesse sendo sincera.

– E os outros dragões? – perguntou Kendra. – Será que eles não vão ficar enfurecidos por você ter levado a chave que a gente pegou no Templo de Dragão? Será que não vão ficar zangados por você ter matado os dragões que vieram atrás da gente? E Celebrant?

Gavin deu uma gargalhada.

– Nós estaremos muito longe daqui quando algum deles descobrir realmente o que aconteceu.

– Mas dizem que Celebrant é o dragão mais feroz de todos – disse Kendra. – Você não fica preocupado com a possibilidade de ele querer vingança?

Gavin balançou a cabeça.

– Celebrant é que devia ficar preocupado. Depois que eu abrir a prisão dos demônios, serei capaz de enfrentá-lo com um exército cujo poder será de uma magnitude que o mundo jamais conheceu. Confie em mim, haverá um novo rei dos dragões em pouco tempo. Kendra, você está mais uma vez olhando de uma maneira óbvia demais.

Raxtus mostrou as presas, seus brilhantes olhos cintilando de raiva. Seu pescoço espiralou-se ligeiramente, e então sua cabeça foi impulsionada para a frente, os dentes à mostra e, com uma rápida mordida, uma grande porção de Gavin desapareceu. A espada caiu no chão num clangor. As pernas dianteiras do dragão levantaram Gavin e, com mais três mordidas, ele deixou de existir.

Kendra olhou para Raxtus boquiaberta, estupefata, maravilhada.

– Sabia que para um cara tão malvado, até que ele é saboroso? – disse o dragão, ainda mastigando.

– Você conseguiu! – disse Kendra, arquejando. – De onde você veio?

– As astrides me alertaram do seu apuro. – O dragão examinou as astrides mortas no chão. – Depois de tantos séculos, essas são as primeiras da espécie a perecer. Minha culpa, como de costume. Eu vim pra cá, invisível, evidentemente, e vi Nafia montando guarda. Entrei em pânico. Aí, três astrides entraram. Quando as ouvi morrer, alguma coisa estalou dentro de mim. Antes tarde do que nunca. Sinto muito por ter hesitado. Nunca chacinei um dragão antes.

Kendra permanecia perplexa.

– Você deve ser o único dragão que consegue caber dentro de Sidestep Cleft.

– Nem mesmo eu consigo me espremer por toda a extensão. Mas eu podia ouvir os pensamentos das astrides, e sabia que você estava desse lado, da abertura mais estreita.

– Você comeu Gavin. Você comeu Navarog.

– Não muito cavalheiresco da minha parte emboscá-lo enquanto ele estava preso na forma humana por causa de uma caverna estreita. Mas também, ele não era nenhum cavalheiro.

Ela queria abraçar Raxtus. Incapaz de resistir, deu um passo à frente e envolveu o pescoço dele com os braços. As escamas do dragão eram duras e frias. Enquanto Kendra mantinha-se grudada nele, o dragão começou a cintilar e a resplandecer como se a luz do sol se refletisse em suas brilhantes escamas.

– Uau – disse o dragão, a voz atônita. – O que você está fazendo?

Kendra afastou-se.

— Você está brilhando.

Raxtus piscou.

— Estou me sentindo muito bem mesmo.

— Eu sou cheia de energia mágica — disse Kendra. — Quando toco em seres encantados, eles ficam mais brilhantes.

— A sensação que eu tenho é de você ter acendido uma fogueira dentro de mim.

— Você já me tocou antes — disse Kendra, um tanto confusa.

— Eu toquei a sua roupa, como da vez que te carreguei. Mas contato de pele com escama só agora. Abrace-me novamente.

Ela jogou os braços em volta dele, apertando bastante. Raxtus brilhou mais intensamente, e o brilho não parava de aumentar. Suas escamas começaram a ficar quentes.

— Tudo bem, já chega — disse ele, por fim. Ela se afastou. — Eu sinto como se pudesse explodir.

— Eu mal consigo olhar pra você — falou Kendra, os olhos estreitando-se.

De repente, o dragão desapareceu.

— Eu ainda consigo ficar invisível — disse ele. — É melhor irmos embora.

— Deixa eu dar uma olhada numa coisa. — Kendra usou o cajado de chuva para mexer nos resquícios queimados da mochila, na esperança de que alguma conexão com o espaço pudesse ainda perdurar. Enquanto jogava para o lado os resquícios chamuscados, ela não descobriu nenhuma evidência de abertura. A mochila danificada perdera toda a forma.

— Seu amigo está preso aí dentro? — perguntou Raxtus.

Kendra assentiu com a cabeça, sem confiar que sua voz se sustentaria se ela falasse.

— Acho que não temos mais como ter acesso ao espaço, mas vou levar o que resta da mochila. Talvez alguém mais inteligente do que eu consiga descobrir uma maneira de entrar. – Ele segurou as abas queimadas do couro despedaçado. – Qual deve ser o nosso destino?

— Imagino que Seth tenha conseguido chegar em Thronis – disse Kendra, hesitante. Ela sabia que Raxtus tinha medo do gigante celeste.

— Os grifos provaram que ele estava do lado de vocês – disse Raxtus. – Mas os encantos que protegem sua fortaleza ainda podem nos causar algum mal se nós tentarmos voar até lá.

— Será que é melhor a gente ficar aqui? – imaginou Kendra.

— Não. Sem contar o que pode ter acontecido com os guardiões, quatro dragões estão mortos. Cinco, incluindo Navarog. Precisamos sair da cena do crime.

— Para onde? Para a Fortaleza Blackwell?

— Você não vai querer envolver Agad – alertou Raxtus. – Ele não vai gostar nem um pouquinho de saber que todos esses dragões estão mortos. Se ele os abrigou, outros dragões provavelmente atacariam em busca de vingança, mergulhando Wyrmroost no caos. Vou te levar pro meu covil. Fica longe daqui e muito bem escondido.

Kendra pegou o chifre de unicórnio, seu cajado de chuva e sua lanterna.

— O ovo é pesado demais.

— Não pra mim – respondeu Raxtus. – Todas as minhas quatro garras são úteis pra segurar. Siga-me. Caminhe desse jeito. Mantenha a luz apagada. Perto do fim, quando a passagem se alargar, eu te pego. Se a chuva continuar caindo e nós formos rápidos e tivermos sorte, sairemos daqui bem debaixo do focinho de Nafia.

Kendra seguiu o dragão ao longo da passagem. Assim que esta ficou mais larga, ela sentiu sua garra segurá-la na altura da cintura, e em seguida eles estavam pairando na noite chuvosa. Como ela parara de sacudir o cajado, a tempestade perdera parte de sua fúria, mas os ventos continuavam a soprar, e a chuva tinha uma sensação gélida em contato com seu rosto. Como era possível água assim tão gelada não congelar?

Olhando para cima e para trás, Kendra viu uma forma assomando em meio à chuva que bem poderia ser Nafia empoleirada em algum penhasco. A forma não foi ao encalço deles.

Kendra teve a sensação de ter descido de paraquedas no meio de um furacão. Ventos sinuosos os atingiam, vindos de cima e de baixo. Até mesmo um pequeno e aerodinâmico dragão como Raxtus parecia estar sendo vencido pelas turbulentas lufadas. Às vezes ele lutava contra o vento, às vezes usava-o, disparando no ar ou empacando, contorcendo-se e mergulhando, curvando-se e subindo. Assim que ganharam altitude, a chuva transformou-se em granizo, respingando das invisíveis escamas do dragão. O traje de inverno de Kendra oferecia alguma proteção contra o frio e a umidade, mas por fim ela começou a tremer. Ela perdeu todo o senso de direção quando ventos erráticos propeliram-nos através da frígida escuridão.

Por fim eles desceram numa pequena grota. Quando Raxtus tornou-se visível, seu brilho iluminou o espaço melhor do que uma fogueira. Formações rochosas cobriam as paredes e o piso dando-lhes um aspecto de caramelo congelado. Numa prateleira de pedra perto de uma faixa cintilante de calcita estava empoleirada uma astride.

– Esse é o seu covil? – perguntou Kendra.

– Esse buraco na parede? – disse Raxtus, rindo. – Não, meu covil não é grandioso, mas não é assim tão diminuto e pelado. A astride me convocou.

Seu irmão está bem.

– Seth? – perguntou Kendra. – Você o viu?

Outras de meu grupo o viram. Ele está com o gigante celeste. Agora que nós podemos falar com fadas, duas de nós levaram uma fada até Thronis para servir como intérprete. Seu irmão e o gigante sabem que você está aqui. Eles sugerem que você espere aqui até o amanhecer.

– E depois o quê?

O gigante vai dar uma trégua na tempestade por tempo suficiente para que você corra até a saída com os outros sobreviventes de seu grupo.

– E Trask? Tanu? Mara?

Esses três estão bem. O gigante tem utilizado sua pedra visionária para localizá-los. Grifos estão recolhendo-os nesse exato momento. Eles vão se abrigar ao redor da reserva. De manhã, um grifo virá te buscar, e você se reunirá com seus amigos no portão.

– Eu vou ficar com você até o amanhecer – prometeu Raxtus. Ele levantou uma das asas. – Pode dormir encostada em mim. Sua energia me esquentou.

– Tudo bem – disse Kendra. – Agradeça ao gigante por mim.

Eu também vou ficar com você.

Kendra enfiou-se debaixo da asa erguida, e Raxtus baixou-a sobre ela como se fosse um cobertor. O dragão estava certo: ele estava quente. Quase que imediatamente, ela parou de tremer. A sensação era, na verdade, bastante aconchegante.

Fechando os olhos, Kendra tentou desligar sua mente. Pelo menos Seth estava bem. E alguns dos outros permaneceram vivos. Até Mara, que parecia que já era.

Kendra lambeu os lábios. Contra todas as expectativas, escapara de Navarog. Ela podia muito bem escapar ilesa de tudo aquilo. Podia, quem sabe, ver seus pais e avós novamente. Podia talvez tornar-se adulta.

Kendra tentou não visualizar Navarog devorando Dougan. Tentou não visualizar Warren, ferido e preso na mochila. Tentou não visualizar Mendigo desintegrando. Tentou esquecer o que descobrira a respeito de Gavin, e tentou ignorar que o vira ser comido na sua frente.

Onde estava o sono? Quando ele chegaria para ela?

Ela tentou não se preocupar em relação ao que a manhã traria. Tentou não imaginar quais novos problemas surgiriam a caminho do portão. Tentou não se estressar com o que poderia estar à espera além das coloridas paredes de Wyrmroost.

Onde estava aquela simpática e forte poção do sono quando ela mais precisava dela?

Lá fora, o vento uivava. Ao seu lado o dragão respirava suavemente. Ela se concentrou no vento, escutou a respiração, e o sono tomou conta dela.

Capítulo vinte e oito

Os novos Cavaleiros

Sentindo a vibração da estrada, Kendra tentou descansar os olhos. Ocasionalmente, ela espiava pela janela as árvores desfolhadas passando num borrão, ou para seu irmão, sentado do outro lado do veículo utilitário. Eles logo estariam de volta a Fablehaven.

Tanu dera uma pista no sentido de que vovô possuía um segredo que queria compartilhar. Não parecia tratar-se de notícias boas. Ela e Seth o haviam pressionado em busca de informações, mas o samoano não soltara a língua de maneira nenhuma, insistindo que o avô dela queria transmitir a informação em pessoa.

Tanu estava ao volante. Elise estava sentada ao lado dele no banco do carona. Ela encontrara-se com o grupo no aeroporto para lhes dar mais segurança.

A saída deles de Wyrmroost havia sido tranquila. O grifo aparecera como combinado, Kendra despedira-se de Raxtus e os outros estavam esperando por ela depois de um rápido voo até o portão. Mara quebrara algumas costelas, mas Trask, Tanu e Seth haviam sobrevivido quase que ilesos. Quando eles saíram, o encanto dispersivo não os repeliu, e o chifre funcionou perfeitamente como chave.

Do lado de fora do portão, eles retornaram à clareira em formato de coração, onde Trask entrou em contato com Aaron Stone. O helicóptero os encontrou algum tempo depois e, sem maiores percalços, voaram de volta à civilização. Na manhã seguinte, deram início a uma série de voos que levaram Kendra a sua atual localização.

Tanu conduziu o utilitário até a estradinha na entrada. O céu estava nublado, mas não havia neve caindo. Kendra baixou a cabeça. Ela não queria voltar a ver Fablehaven. Estava enjoada de criaturas mágicas em seu encalço. Estava enjoada de sentir medo e de traições. Se um de seus melhores amigos era secretamente um dragão demoníaco, em quem ela poderia confiar?

Kendra olhou para Seth do outro lado do carro. Ela podia confiar no seu irmão. Talvez ele fosse idiota e imprudente às vezes, mas também agia de forma heroica e confiável. Mas suas dúvidas persistiam: e se a pessoa que estava no utilitário não fosse seu irmão? E se Thronis tivesse substituído Seth por uma fruta-espinho? Ou por algum outro tipo de duplicata, até mais maligna e com duração maior?

Ela sabia que estava sendo tola. Ou será que não? Um de seus melhores amigos revelara-se ser um dragão maligno. A Sociedade da Estrela Vespertina dera provas de que seus membros se submeteriam a quaisquer baixezas para montar uma armadilha. Eles mentiriam, roubariam, sequestrariam, matariam. E eles eram pacientes. Será que Tanu estava gastando tempo, esperando o momento perfeito para a traição definitiva? O quanto ela conhecia Elise? Como eles poderiam ter confiança em Vanessa?

Kendra estava começando a entender por que Patton quisera esconder os artefatos em locais fora do alcance de qualquer pessoa, por que ele só confiava a localização apenas a si mesmo. Num mundo cheio de traidores, como era possível confiar em quem quer que fosse?

É claro que Patton confiara nela. Será que essa fora uma atitude sábia? Eles haviam recuperado a chave do cofre onde o Translocalizador havia sido escondido. Mas, por mais que eles tentassem esconder o Cronômetro e a chave, não seria apenas uma questão de tempo até que a Sociedade os roubasse?

O veículo passou pelo portão de Fablehaven e encostou na frente da casa. Vovô, vovó, Dale e Coulter saíram para saudá-los. Seth saltou do carro às pressas, pegando o chifre branco e balançando-o no ar para eles. Por telefone, Tanu explicara como Seth havia se escondido na mochila e como ele ajudara a resolver a situação em Wyrmroost.

– Eu o trouxe de volta – disse Seth, correndo na direção deles. Assim que alcançou a calçada de cimento na frente da casa, ele jogou o chifre no ar e o pegou de volta. Quando o jogou uma segunda vez, não conseguiu segurá-lo. O chifre caiu e se despedaçou de encontro ao cimento.

Todos ficaram paralisados. Seth pareceu ter ficado em estado de pânico. Coulter empalideceu. Vovô exibiu uma carranca. Pequeninos fragmentos tomaram conta da calçada.

Kendra flagrou-se contendo uma gargalhada. A cara de sua avó era impagável. Mas era injusto prolongar a gozação. Kendra saiu do utilitário.

– O chifre verdadeiro está aqui comigo – disse Kendra, pegando o chifre de unicórnio.

Seth estava tendo um ataque de riso. Os outros pareciam aliviados. Seth disse, rindo:

– Tinha uma cabeça de unicórnio numa loja do aeroporto. A gente comprou a cabeça e arrancou o chifre. E valeu a pena!

– Para um jovem que está andando na corda bamba – disse vovô –, você com certeza gosta de piadas.

Seth continuava rindo. Ele simplesmente não conseguia se conter. Vovô sorriu. Deu um passo à frente e abraçou Seth.

– Depois de tudo que vocês passaram, estou contente de você ainda ser capaz de rir. Kendra, Seth, eu sei que vocês acabaram de chegar em casa, mas nós temos alguns assuntos urgentes a tratar. Vocês podem me acompanhar até o escritório? Depois poderão repousar.

– Eu pego as bolsas? – perguntou Kendra.

– Outras pessoas vão cuidar de suas bolsas – disse vovô, abraçando Seth depois que vovô o soltou.

Vovô abraçou Kendra com força.

– Estou contente por vocês terem conseguido voltar – sussurrou ele.

Lutando para conter as lágrimas, Kendra o abraçou com firmeza. Vovó a abraçou, e também Coulter e Dale. Depois ela seguiu vovô até o escritório.

Kendra e Seth sentaram-se nas grandes poltronas, e vovô atrás da escrivaninha. Ela imaginou por um momento se eles não poderiam estar encrencados. Não, provavelmente Seth, por ter ido às escondidas, mas ela não fizera nada errado.

– Eu sinto muitíssimo pelos terríveis eventos que ocorreram em Wyrmroost – disse vovô, estudando Kendra. – A traição de Gavin deve ter sido um choque horrível.

Kendra não confiava em si mesma para falar. Suas emoções estavam à flor da pele.

– Compreendo que vocês necessitarão de tempo para se recuperar – acrescentou vovô. – Não precisamos remoer nesse exato momento as coisas ruins que aconteceram. Saibam que nós faremos tudo o que pudermos para descobrir uma maneira de recuperar Warren.

– Quais são as chances? – perguntou Seth.

— Honestamente? – respondeu vovô. – Nada boas. O espaço extradimensional do depósito nem faz parte de nossa realidade. Uma vez que a conexão com a mochila foi rompida, o depósito ficou à deriva.

— Ele consegue pelo menos respirar lá dentro? – perguntou Seth. – O lugar tinha dutos de ar, não tinha?

— O depósito tinha dutos de circulação de ar, e nós não temos motivos para acreditar que os dutos tenham sofrido danos. Eles deveriam ter uma conexão com o mundo exterior separada da abertura da mochila.

— Será que tem alguma maneira de resgatar Warren e Bubda usando os dutos?

— Possivelmente, se nós pudermos descobrir onde os dutos se conectam com nosso mundo. Mas, de acordo com o próprio projeto, a conexão deve estar bem escondida. Os criadores da mochila não queriam inimigos entrando pelos dutos.

Seth assentiu com a cabeça.

— Mas a gente vai tentar.

— É claro que vamos. – Vovô não parecia estar muito otimista. – Warren conta com um grande sortimento de comida e de poções medicinais. Nós encontraremos uma maneira de libertá-lo. Chega de tragédia. Eu mal posso acreditar que estou na presença de matadores de dragão, e que uma outra reside no calabouço.

— Você soube do que Vanessa fez? – perguntou Kendra.

— Tanu me informou por telefone – disse vovô. – Ela estava sob ordens estritas de não dominar nenhum de vocês mas, sob tais circunstâncias, é difícil vê-la como algo menos do que uma heroína. Não que eu esteja preparado para confiar nela. Ela pode ter sabido que também estava ajudando Navarog.

— Será que algum dia vamos poder confiar em alguém? – murmurou Kendra.

— Nós também experimentamos outra dolorosa traição em Wyrmroost — reconheceu vovô. — Devemos admitir que nenhum de nós a percebeu. Mas isso não significa que nos falte aliados verdadeiros. Podemos confiar uns nos outros. Nós podemos confiar em Ruth. E seria difícil duvidar de Tanu, Mara, Trask, Coulter e Dale.

— E as frutas-espinho? — perguntou Kendra. — Ou então, e se a maioria dos nossos melhores aliados forem na realidade apenas inimigos pacientes?

Vovô estudou Kendra com ponderação.

— Devemos sempre estar atentos, imagino eu. Mas não podemos parar de confiar uns nos outros, ou nossos inimigos vencerão. Nós ainda estamos no meio da crise. Nenhum de nós pode lidar com ela sozinho.

— Eu estou ferrado? — perguntou Seth.

— Uma pergunta justa — respondeu vovô, mudando o foco de sua atenção. — O que você acha?

— Provavelmente. Mas não deveria estar. Vocês deviam ter me mandado para lá, para começo de conversa. Eu sou tão bom quanto qualquer Cavaleiro. Melhor do que alguns. E as minhas novas habilidades me tornam muito útil.

Vovô cruzou as mãos em cima da mesa.

— Você gostaria de se juntar aos Cavaleiros?

— Essa pergunta é uma pegadinha?

— Não — disse vovô com seriedade.

— É claro!

— É difícil argumentar com os seus êxitos — disse vovô. — Eu não acho que a sua capacidade de julgamento tenha amadurecido por completo, mas tempos desesperados requerem a coragem que você tem, Seth. Levante-se.

Seth levantou-se.

— Levante a mão direita — disse vovô.

Seth obedeceu.

— Repita comigo: eu prometo manter os segredos dos Cavaleiros da Madrugada, e ajudar meus companheiros Cavaleiros em suas metas valorosas.

Seth repetiu as palavras.

— Congratulações — disse vovô.

— Você tem permissão para fazer de mim um Cavaleiro? — inquiriu Seth, esperançoso.

— Recebi um pedido para abandonar minha aposentadoria — disse vovô. — Levando em consideração as ameaças que temos diante de nós, consenti. Agora sou o novo Capitão dos Cavaleiros.

— E agora eu sou Cavaleiro — disse Seth, olhando de relance para Kendra, mal conseguindo conter seu entusiasmo.

— Você tomou decisões questionáveis nos últimos dias — disse vovô. — Mas tais decisões não foram tolas. Você assumiu riscos porque o perigo era enorme e, quando desafiado, você forneceu motivos adequados. Você estava certo ao defender que, quando o destino do mundo está em jogo, talvez seja melhor ser ativo do que passivo. Em certo sentido, os Cavaleiros como um todo tornaram-se excessivamente conservadores. Para afastar a crise iminente, temo que tenhamos que assumir riscos e sermos ofensivos.

— Alguém te contou que Arlin Santos era um traidor? — perguntou Kendra.

— Trask me contou — disse vovô. — Nós nos movimentamos pra prendê-lo, mas ele já havia fugido.

— Qual é o próximo passo? — perguntou Kendra.

— Nós temos o Cronômetro e a chave de Wyrmroost — disse vovô. — Manter a chave em segurança impedirá que nossos inimigos obtenham o Translocalizador. A questão é se nós podemos proteger a chave enquanto o Esfinge utiliza o Oculus. Parte de nossa estratégia deve ser manter a chave em movimento, nunca no mesmo local por muito tempo. Teremos também de colocar iscas em movimento. O Translocalizador pode servir como uma ferramenta poderosa em nossos esforços ofensivos. Talvez possamos montar uma missão para resgatar o artefato de Obsidian Waste. Vou avaliar a questão com meus principais conselheiros, incluindo vocês dois, nos próximos dias.

– E vai devolver o chifre aos centauros – disse Kendra.

– Faremos isso hoje – disse vovô. – Nossa história será que conseguimos recuperar o chifre das mãos da Sociedade. Quando você esteve em poder de Gavin, o item esteve nas mãos deles por um curto espaço de tempo, de modo que a história nem vai ser totalmente falsa.

– E a quinta reserva secreta? – perguntou Seth. – A que tem o último artefato?

– Nós não temos nenhuma pista – lamentou vovô. – Mas continuaremos nossas buscas. E Coulter vai continuar tentando entender como funciona o Cronômetro. Haverá muita necessidade de planejamento urgente nos próximos dias e semanas.

– Enquanto isso, o que vai acontecer com a gente? – imaginou Kendra.

Vovô mudou de posição com desconforto na cadeira, evitando os olhos dela.

– O mundo acha que você está morta, Kendra. Talvez seja mais simples deixar que eles continuem com essa crença até que essa crise tenha sido superada.

– Quer dizer então que vou voltar para casa sozinho? – perguntou Seth.

Vovô olhou-o bem nos olhos.

– Não, vocês dois terão de permanecer aqui. Normalmente aqueles sem conhecimento de criaturas mágicas são mantidos fora dos eventos referentes à comunidade mágica. Mas a Sociedade ultrapassou outra fronteira impensável. – Vovô franziu o cenho para eles e em seguida suspirou. – Depois de tudo pelo que vocês passaram recentemente, não sei como dizer isso. Eu hesitei em compartilhar a notícia, mas, depois de pensarmos muito tempo no assunto, sua avó e eu decidimos que seria não só injusto como também impossível esconder a verdade por muito tempo.

Kendra sentiu o medo aflorar dentro de si, uma mão fria apertando sua garganta. O tom de voz e o jeito de seu avô sugeriam que alguma coisa trágica havia transcorrido. Ela estava com uma desconfiança perturbadora em relação a qual fronteira vovô estava se referindo.

Vovô hesitou, olhos relutantes piscando ora para Kendra, ora para Seth.

– A Sociedade raptou seus pais.

Agradecimentos

Um livro não lido não faz bem nenhum a ninguém. Histórias acontecem na mente de um leitor, não entre símbolos impressos em uma página. Eu sou grato aos muitos leitores que vêm dando vida a Fablehaven em suas mentes. Adoro ouvir que uma família inteira abraçou a série, ou que uma turma inteira leu um dos livros em voz alta, ou que um leitor relutante usou os livros para descobrir que ler pode ser realmente divertido. Como autor, a melhor notícia que eu posso receber é saber que as pessoas estão lendo e desfrutando das coisas que escrevo.

Gostaria de agradecer àqueles que estão espalhando informações sobre Fablehaven. As pessoas descobrem novos livros quando amigos falam para amigos, quando professores falam para alunos, quando alunos falam para professores, quando bibliotecários falam para seus usuários, quando livreiros recomendam, quando blogueiros fazem comentários, e quando famílias compartilham seu entusiasmo uns com os outros. Eu tenho um emprego como escritor por causa de vocês, pessoal.

Muitas pessoas causaram impacto direto na criação deste livro. Meus agradecimentos vão para leitores precoces como Chris Schoebinger, Simon Lipskar, Emily Watts, Tucker Davis, Liz Saban, Jason e Natalie Conforto, Mike Walton, a família Freeman, e Jaleh Fidler, além de Pam, Cherie, Summer, e Bryson Mull, por suas sacações e comentários. Meu jovem sobrinho Cole Saban merece uma menção especial pela ideia de um dragão que era venenoso até no sangue. Minha mulher, Mary, ajudou mais do que nunca com a edição do texto e enquanto eu discutia ideias com ela antes de escrever. Mais uma vez, meu irmão Ty quis ajudar. Pelo menos ele finalmente começou a ler *Nas garras da praga das sombras*.

Eu gostaria de agradecer a Chris Schoebinger por supervisionar todas as coisas relacionadas a Fablehaven, Emily Watts por sua edição astuta, e meu agente Simon Lipskar por sua sábia orientação. Sou grato a Sheri Dew, principal executiva da Shadow Mountain, por sua liderança visionária e apoio a esse projeto. Mais uma vez, Brandon Dorman forneceu imagens fantásticas para acompanhar o texto. Mais uma vez obrigado a Richard Erickson por sua direção de arte, e a Rachael Ward e a Tonya Facemyer pela tipografia. Sou grato a toda a equipe da Shadow Mountain por seu trabalho divulgando a série, incluindo Patrick Muir, Roberta Stout e Gail Halladay. A equipe de vendas merece igualmente um aceno: Boyd Ware, John Rose, Lonnie Lockhart e Lee Broadhead. Meus amigos na Aladdin fizeram um maravilhoso trabalho com as brochuras e na expansão da marca Fablehaven.

Como os produtores do audiolivro fazem seu trabalho depois que o livro é escrito, eu deixei no passado de agradecer suficientemente seus impressionantes esforços. Kenny Hodges criou todos os meus audiolivros, com ajuda das vozes talentosas de E.B. Stevens para a série Fablehaven e Emily Card para *The Candy Shop War*. Os audiolivros deram super certo, graças ao grande trabalho deles.

Também gostaria de agradecer a algumas das famílias que me receberam durante a minha última turnê: a família Gillrie na Flórida, os Fleming no Arizona, os Bender em Long Island, os Benedict na Virginia e os Andrew no Texas. Eu gostaria de agradecer aos muitos livreiros que fizeram esforços extras para ajudar a causa, incluindo Tracy Rydell, Jackie Harris, Donna Powers, Joel Harris, Lisa Lindquest, Angie Wager, Deborah Horne, Nancy Clark, Laura Jonio e Nathan Jarvis.

Alguns autores saíram de sua rotina para me dar conselhos e, ocasionalmente, para divulgar meus livros. Tais autores incluem Richard Paul Evans, Orson Scott Card, Shannon Hale, Brandon Sanderson, Obert Skye e Rick Walton. Christopher Paolini teve a gentileza de ler os livros e escrever uma resenha.

Você, caro leitor, recebe os meus agradecimentos especiais por se manter fiel até agora à série Fablehaven. Ainda falta um. Estou muito entusiasmado com ele. Entre em meu site brandonmull.com para se incluir na minha lista de e-mails sobre novidades e atualizações. E sinta-se à vontade para me procurar no Facebook.

Impresso na Gráfica JPA Ltda.,
Rio de Janeiro – RJ